BASTEI
LÜBBE
STARS

Von Jessica Stirling erschienen bei Bastei Lübbe Taschenbücher:

14600 Die Frauen von der Insel
14656 Im Schatten der Stürme
14762 Die Insel der Zuversicht
15143 Träume im Landhaus
15274 Die Früchte der Erde

Über die Autorin

Jessica Stirling wurde in Glasgow geboren. Sie lebt heute auf dem Lande in Stirlingshire, Schottland.

Jessica Stirling

Sturm über Schottland

Roman

Aus dem Englischen von
Cécile Lecaux

BASTEI
LÜBBE
STARS

BASTEI LÜBBE STARS
77131

Vollständige Taschenbuchausgabe

Bastei Lübbe Stars in der Verlagsgruppe Lübbe

Titel der englischen Originalausgabe: *Treasures On Earth*

Einbandgestaltung: Gisela Kullowatz
Titelbild: getty-images/Kathy Collins – getty-images/Digital Zoo
Satz: hanseatenSatz-bremen, Bremen
Druck und Verarbeitung:
Oldenbourg Taschenbuch GmbH, Kirchheim
Printed in Czech Republic, Oktober 2006
ISBN-13: 978-3-404-77131-8 (ab 01.01.2007)
ISBN-10: 3-404-77131-1

INHALT

Teil I: Gaddy

Teil II : Elspeth

Niemand weiß,
Welch stürmische Jahrhunderte
Die Rose sah vorüberziehen.

Sir David Lindsay

TEIL I

Gaddy

Geschützte Weiden

1 Von einer eisigen Böe erfasst, die durch Lücken in der Brombeerhecke pfiff, wirbelte Laub vor ihr in den Tunnel unter den Eichen. Die Bäume neigten sich im Wind, und in ihrer Nervosität kam es Gaddy so vor, als wollten sie ihr mit ihren Ästen den Weg versperren. Sie war eine kräftige, gut aussehende Frau, kein elfenhaftes junges Ding mehr, und doch wurde sie von der Kraft des Sturms regelrecht geschüttelt, und ihre blauen Augen tränten. Sie beugte sich tief über den Hals der Stute, krallte beide Hände in die zerzauste Mähne und spähte zwischen halb geschlossenen Lidern auf den Weg vor ihr.

Sie hatte gehört, dass piktische Krieger, Kelten aus dem Norden Schottlands, den Weg Jahrhunderte zuvor angelegt hatten auf ihrem heimlichen Zug nach Süden, um die römischen Festungen in den Hügeln oberhalb von Clyde zu stürmen. Seit jenen Tagen waren zahllose Highlander, einige von ihnen kaum weniger barbarisch als ihre Vorväter, dieser Route von den Bergschluchten herunter gefolgt, um ihr Vieh von den wilden freien Bergen auf die geschützten Weiden der Ebenen zu treiben.

Donald und sie selbst hielten es genauso. Seit zweiundzwanzig Jahren kamen sie jeden Herbst vom abgelegenen Argyll hierher nach Stirlingshire. Gaddy hatte keine Veranlassung anzunehmen, dass dieses Jahr 1791 anders sein würde als die vorangegangen, dass ihr Leben an diesem ungemütlichen Novemberabend eine unwiderrufliche Wende erfahren sollte.

Für Gaddy Patterson und Donald McIver war dieser Viehtrieb nur einer von vielen über die Jahreszeiten hinweg. Alles in allem würden sie fast 300 Meilen zurücklegen, bevor der Winterschnee sie heim zwang zu den armseligen Höfen von Ardelve auf dem nackten Rücken des Ben Cruachan. Aber im November trieben sie keine schwarzen Rinder vor sich her. Im November schufteten sie auf eigene Rechnung und nicht für einen Hungerlohn als Saisonarbeiter für irgendwelche Gutsherren oder Viehzüchter aus der Gegend. Ihr Ziel war der Pferdemarkt im Thorn of Cadder am Stadtrand von Glasgow.

Der Pferdemarkt von Cadder war eine bescheidene Angelegenheit verglichen mit jenem von Rutherglen oder den gut besuchten Veranstaltungen in Falkirk, wo in drei Tagen fünfzigtausend Tiere den Besitzer wechselten. Aber Cadder war am geeignetsten, wenn man robuste Arbeitstiere aus dem Hochland verkaufen wollte, stämmige Ponys, die das Herzblut der schottischen Landwirtschaft und des Transportwesens waren. Hinterher, wenn die Ponys verkauft waren, würden sie und Donald sich einer anderen, nicht minder wichtigen Angelegenheit widmen. Sie würden dem Clyde-Tal folgen bis Dumbarton, mit der Kaltblutstute und ihrem zweijährigen Fohlen, das bereits kräftig genug war, mit dem Schweif eine Heuhocke umzuwerfen. Es war schon lange vereinbart worden, dass die Stute von einem der flämischen Hengste des Edderly-Anwesens, auf dem Donalds Onkel Oberstallmeister war, gedeckt werden sollte. Das Fohlen sollte für sieben Pfund in den Besitz der Edderlys übergehen, wobei die Differenz zwischen diesem Betrag und dem tatsächlichen Wert des Jungtieres als Decktaxe verrechnet wurde, ein Arrangement, das sich in den vergangenen Jahren bewährt hatte.

Die Stute hieß Bracken, das Hengstfohlen Gallant. Im Sturm tänzelte der Halbstarke unruhig hinter seiner Mutter her, als spürte er Gaddys Widerwillen, Privatgrund zu betreten.

»Verdammt, Weib. Reite weiter«, rief Donald ihr zu.

Aber Gaddy zögerte und hielt die Zügel kurz.

Sobald sie die Ponys den Weg hinunter auf die Bergweide getrieben hatten, würden sie sich mit dem Gesetz in Konflikt befinden. Von Perth über Crieff und Stirling galten öffentliche Straßen und das umliegende Land als Eigentum der Gemeinden, die wiederum den ansässigen Gutsherren gehörten. Es mussten Gebühren entrichtet werden, wenngleich Gaddy keine Ahnung hatte, an wen und in welcher Höhe. Donald hatte noch nie dafür bezahlt, dass er seine Tiere auf Privatgrund grasen ließ, und er hatte deutlich gemacht, dass er verdammt nochmal nicht im Traum daran dachte, jetzt damit anzufangen, Gesetz hin oder her.

»Gaddy, hörst du nicht?«

Die dunkle Oberfläche des Sumpfes wurde von Schneeregen aufgeschäumt, der die Cottages des nahe gelegenen Dorfes verschluckte. Pächter und Arbeiter saßen zweifellos gemütlich im Trockenen. Im Herrenhaus von Ottershaw würden nur die Pferdepfleger draußen sein und im geschützten Stallhof ihre Tiere striegeln. Gaddy fühlte sich schrecklich allein. An diesem Abend sehnte sie sich schmerzlich nach einer eigenen Familie. Donald teilte zwar das Bett mit ihr, aber sie waren nicht verheiratet. Eigentlich war sie kalte Nächte und Einsamkeit gewohnt, warum also machte ihr beides ausgerechnet heute zu schaffen? Ihre Mutter, die schon vor langer Zeit verstorben war, hatte die Gabe des zweiten Gesichts besessen, und obgleich Gaddy nicht von sich behaupten konnte, die Zukunft in den Flammen eines Feuers zu sehen oder im Rauschen der Meeresbrandung Stimmen zu hören, warnte eine innere Stimme sie, so hoch und eindringlich wie der Ton einer straff gespannten Geigensaite.

»Los doch, dummes Weib«, zürnte Donald.

Sie brachte es immer noch nicht über sich, den röhrenartigen Gang zu betreten. Hoch oben auf dem Rücken der Stute, mit nur einer Decke und einem Segeltuchüberwurf als Sattel, klammerte sie sich mit nackten Beinen an die nassen Flanken. Der Schal klebte an ihren Ohren, und der Wind zerrte an ihrem Haar. Sie war eine große, kräftig gebaute Frau von achtunddreißig Jahren mit großen Händen und einer Gesichtsform, die die Hirten in Ardelve als »pausbäckig« bezeichneten. Sie kam gut mit jedem Wetter zurecht, wenn sie sich auch in den kalten Monaten die Schenkel mit Wollbahnen umwickelte, um sich nicht wund zu reiten, da sie die Stute außerhalb von Ortschaften im Herrensitz ritt.

Donald verlor vollends die Geduld.

»Los«, bellte er. *»Mach dass du weiterkommst, Mädchen.«*

Was war es nur? Hatte es in den umliegenden Hügeln irgendwann einmal einen Hexensabbat gegeben? Lag der Gestank des ketzerischen Treibens noch fünf Tage nach Allerheiligen in der Luft? War das der Grund für ihre unerklärliche Furcht? Du dumme Gans, schalt sie sich. Beweg dich, sonst prügelt Donald dich noch mit der Rute grün und blau. Sie grub die Fersen in die Flanken der Stute, die sich gehorsam in Bewegung setzte.

Der Wind schleuderte erneut Laub durch die Luft, und die Äste der Eichen streiften Gaddys Kopf, obwohl sie sich so weit vornüber neigte wie nur möglich. Bracken fiel in einen federnden Trab, und das Fohlen trottete hinterher. Sie steuerte das offene Tor an und ritt auf die Weide. Gallant holte sie ein. Donald eilte herbei und schloss hastig das Tor, das er sogleich mit dem dazu bestimmten Seil fixierte. Jetzt befanden sie sich auf Bontines Land, auf Bontines Weide. Nervös blickte Gaddy sich um.

Mutterschafe hatten unter den Ästen, die die Hecke überragten, Schutz gesucht. Als die Ponys auf die Wiese trabten, erhoben sie sich und zogen sich blökend zurück, hinaus in den beißenden Wind. Die Umrisse mehrerer Ochsen hoben sich vom Himmel ab. Aufgeschreckt galoppierten sie über die Hügelkuppe davon und verschwanden außer Sichtweite.

Es war eine karge Weide oben auf dem Hügel Drumglass. Sie fiel recht steil von einem konischen Gipfel ab, über den Weg und die Grenze nach Glasgow, bis durch die Tore des Parks von Ottershaw und zu Sir Gilbert Bontines Haustür.

Gaddy hatte Ottershaw House bisher nur ein einziges Mal gesehen. Vor sieben Jahren hatte Donald, der unbedingt etwas zu trinken gebraucht hatte, versucht, dort Ponys zu verkaufen, und war prompt von zwei Landarbeitern verjagt worden. Was sie über die Familie Bontine wusste, war nicht mehr als das, was sie über andere Gutsherren aus der Gegend dem Tratsch auf Viehmärkten und an Lagerfeuern entnommen hatte, wo sich Viehtreiber und Hausierer trafen und austauschten. Bontine galt landläufig nicht als Tyrann. Er schoss nicht um sich, sperrte einen nicht in den Keller, um einen von seinem Schmied auspeitschen zu lassen, und schleifte einen auch nicht vor den Kadi, es sei denn, man hatte ihn bestohlen. Aber Donald McIver besaß die unheilvolle Gabe, überall anzuecken, da er sich prinzipiell weigerte, klein beizugeben, sei es auch nur der Form halber. Wenn man sie erwischte, würde es Ärger geben, und möglicherweise versäumten sie sogar den Pferdemarkt am Thorn of Cadder.

Auf der Weide waren vorstehende Büschel harten Grases und Disteln zu erkennen, weiß vom Schneeregen. Weiter vorn floss ein Bach, von dem winzige Wasseradern abgingen, die den Hang hinunterrannen, und ein rundes natürliches Becken eignete sich hervorragend als Tränke für die Ponys. Aber die Weide war karg und das Gras so spärlich, dass es kaum eine Gebühr gerechtfertigt hätte. Es würde kaum eine Anzeige geben wegen Grasdiebstahl oder unbefugten Betretens, auch wenn Letzteres zweifellos zutreffend war.

Bracken folgte den Highland Ponys an der Hecke entlang und dann aufwärts über die Hügelkuppe, fort vom Wald, der zumindest ein wenig Schutz vor Wind und Wetter geboten hatte. Gaddy konnte die Ponys trotz des Schneetreibens gut erkennen, Donalds zwei Hunde liefen ihnen geduckt hinterher und schnappten hier und da nach ihren Hufen, um sie zusammenzuhalten.

Dreihundert Meter oberhalb des Weges stießen sie auf die Überreste einer Mauer und eine windschiefe Hütte. Früher hatte hier ein altes Weib gewohnt, das sich seinen Lebensunterhalt damit verdient hatte, Hasen von den Weiden fern zu halten. Das war noch in einer Zeit gewesen, bevor Flinten in Mode kamen. Aber die Alte war lange tot, und die Hütte diente längst nur noch den Schafen als Unterstand. Trotzdem war Gaddy dankbar für das Dach über den Kopf und die Mauern, die sie vor dem eisigen Wind und ihren beunruhigenden Ahnungen schützen würden. Es würde sie aufheitern zuzuhören, wie Donald sich fluchend über die Grundbesitzer ausließ, nachdem sie es sich, so gut es ging, gemütlich gemacht hatten, ein Feuer brannte und das Abendessen im Topf köchelte. Sie würde sich um die typischen Frauenarbeiten kümmern, während Donald die Ponys versorgte und den Pferden den Hafersack umhängte. Heute Abend würde sie ausnahmsweise auf ihren Teevorrat zurückgreifen. Tee war Gaddys einzige Schwäche. Sie hasste minderwertiges Bier und Ale, ganz zu schweigen von härteren Getränken, auch wenn ein »Lady's Drink« bei den Kleinbauern von Ardelve durchaus toleriert wurde.

Die Ponys hatten an der Mauer ein paar genießbare Gräser entdeckt, die sie zufrieden ausrupften, ihre Schweife wehten wie Wimpels im Wind. Donald überließ sie sich selbst und folgte den Hunden durch das Loch in der Mauer. Gaddy folgte auf der Stute, die vorsichtig über halb im Erdboden versunkene Steine hinwegstieg. Sie zügelte das Pferd im Windschatten der halb verfallenen Hütte, und Donald befreite den Junghengst von seinem Strick.

Als er an Gaddy vorbeiging, brummte Donald: »Gott, was ist nur heute Abend mit dir los, Gaddy Patterson?«

Er erwartete gar keine Antwort.

Gaddy ließ sich vom Pferderücken gleiten. Der Wind drückte die Röcke gegen ihre Schenkel, und der nasse Schal klebte an ihrem Kopf. Das Packpony stand ganz in der Nähe, geduldig wie ein Standbild. Die zitternden, hechelnden Hunde warteten ebenfalls. Hunde und Pferde zollten dem Highlander bedingungslosen Gehorsam; er behandelte sie gut, oft genug besser als seine Lebensgefährtin. Gaddy näherte sich der Tür mit einer seltsamen Mischung aus Furcht und Erregung.

Im Inneren der Hütte roch es streng nach Schafen, es war feucht wie in einer Meeresgrotte und dazu stockfinster. Aber es war nicht der Gestank, der sie zögern ließ. Lug und Birkie, die für gewöhnlich furchtlosen und listigen Mischlinge, wichen zähnefletschend mit gekräuselten Lefzen, angelegten Ohren und gesträubten Nackenhaaren zurück.

Gaddy gab den Hunden ein Zeichen: »Geh rein, Luggie. Du auch, Birkie. Los, vorwärts.« Die Hunde verweigerten den Gehorsam. Zitternd drückten sie sich ins Gras.

Die Stute wieherte und stampfte nervös mit den Hufen. So groß und stark wie er war, rückte der junge Hengst näher an seine Mutter heran und rieb den Kopf an ihrer Schulter.

»Donald?«

Aber er hörte sie nicht. Er war wieder hinter der verfallenen Mauer verschwunden, um die Ponys zu zählen.

Gaddy holte tief Luft und trat einen Schritt vor.

Mit geschärften Sinnen machte sie in der Dunkelheit eine helle längliche Form aus, die im ersten Moment aussah, als würde sie über dem löchrigen feuchten Erdboden schweben. Ganz bestimmt handelte es sich um nichts Bedrohliches, vermutlich war es nur ein Mehlsack, der von einem Kind als Treibhilfe oder zum Verjagen von Wildtieren benutzt und zurückgelassen worden war. Wenn sie Donald wegen dieser Lappalie rief, würde er an ihr vorbeigehen, das Ding beiseite treten und sie wegen ihrer Ängstlichkeit verhöhnen.

Gaddy ging zum Packpony hinüber und wühlte in einem der Bündel, die auf seinem Rücken festgeschnallt waren. Sie fand die Laterne in ihrer Wachstuchhülle und den kleineren wasserdichten Beutel mit Zunder und Feuersteinen. Sie kniete sich neben die Mauer, schützte die Büchse mit ihrem Rock vor Wind und Nässe und schlug die Feuersteine aneinander. Funken sprühten. Eine winzige Flamme loderte in dem Gemisch aus Wolle und Holzspänen in der Blechdose. Mit einem in Wachs getauchten Strohhalm entzündete sie den Laternendocht und verschloss das Lampenglas wieder. Mit der brennenden Laterne in der Hand näherte sie sich wieder der Tür.

Der rissige und moosverschleimte Türsturz war kaum höher als ihr Kopf. Sie blieb darunter stehen und hielt die Laterne auf Armeslänge von sich.

Es war doch kein Mehlsack.

Gaddy schrie entsetzt auf.

Eine Frau lag ausgestreckt auf dem Boden, die Röcke bis über die nackten, dürren Schenkel hochgeschoben. Gaddy erkannte, dass sie über die Schwelle gestolpert sein musste und auf dem Bauch tiefer in den Schutz der Hütte gekrochen war. Ihr von Schneeregen und Schlamm verklebtes Haar erinnerte an schimmelige Federn. Gaddy ging durch den Kopf, dass sie aussah wie ein junger Reiher, dem man den Hals umgedreht hatte.

»Donald?«, rief Gaddy noch einmal mit erstickter Stimme.

Birkie war Gaddy nachgeschlichen und schnupperte neugierig. Die Highlanderin trat nach dem Hund, um zu verhindern, dass er der Leiche zu nahe kam.

»Donald, komm her, schnell.«

Lug bellte, wie um ihren Befehl weiterzugeben, aber Donald herrschte das Tier nur an, es solle verdammt nochmal still sein.

Gaddy näherte sich der Toten vorsichtig, bis der Lichtkreis der Laterne auf die Fremde fiel.

Aus der Nähe erkannte sie, dass es noch gar keine Frau war, sondern kaum mehr als ein Mädchen, groß und knochig, mit Armen so dünn wie Weidenruten. Der rechte Arm war unter der Brust angewinkelt.

»Donald?«

Vielleicht war Gaddys Ruf der Auslöser für das kaum wahrnehmbare klägliche Wimmern, nicht viel lauter als das Piepsen einer Maus, zu schwach und leise, als dass man es als Wehklagen hätte bezeichnen können.

Gaddy fiel auf die Knie, stellte die Laterne an die Wand und zog die Schulter des Mädchens zurück. Der Kopf rollte kraftlos zur Seite. Glasige Augen starrten blicklos zu Gaddy auf. Die Kleine war höchstens fünfzehn oder sechzehn, und trotz der eingefallenen Wangen und der unnatürlichen Blässe noch hübsch.

Gaddy schluckte den Kloß des Mitleids herunter, der ihre Kehle verengte. Sanft zog sie erneut an der Schulter, bis das Mädchen kraftlos auf den Rücken rollte.

Erst jetzt sah Gaddy, dass das Mädchen etwas an die Brust gedrückt hielt. Ein Säugling!

»O mein Gott! Allmächtiger!«, murmelte Gaddy Patterson und streckte die Arme nach dem Baby aus.

Reverend William Leggat kam 1772 nach Balnesmoor. Der Herzog von Montrose sprach seine Empfehlung aus, und am 9. Juni wurde Leggat zum Priester geweiht. Er war der fünfte Sohn eines Pachtbauern in Franklin bei Dunblane und hatte erst die Schule in Stirling besucht und anschließend die Universität von Glasgow. In den ersten drei Jahren nach seinem

Abschluss war er als Hauslehrer bei der Familie von Mr. Arbuthnot aus Croal in der Nähe von Perth angestellt. Dort verliebte er sich hoffnungslos in die Tochter des Hauses, ein hochnäsiges Biest namens Isobella, die entschlossen war, einen Mann von Adel zu heiraten, sich aber einen Spaß daraus machte, den jungen Geistlichen mit ihren Reizen und Neckereien um den Verstand zu bringen. Mr. Leggat war derart erleichtert, der Hexe endlich entronnen zu sein, dass er am Vorabend seiner Ordinierung vor dem Altar der alten Kirche von Balnesmoor niederkniete und den Schwur leistete, nicht nach höheren beruflichen Ehren zu streben, sondern sich zufrieden zu geben mit dem Los, das ihm beschieden war. Außerdem schwor er, nie zu heiraten, könnte ihn die Suche nach einer geeigneten Ehefrau doch erneut in die Fänge einer kaltherzigen Schlange wie Miss Arbuthnot treiben, und er sah sich nicht im Stande, eine solche fleischliche Qual noch einmal durchzustehen. Zölibat war jedoch ein Zustand, der leichter versprochen als gelebt wurde. Mr. Leggat war ein liebevoller Mensch, wenn auch nicht über die Maßen sinnlich, sodass er andere Wege fand, sein Naturell auszuleben. Er war kein Eiferer und vermied es tunlichst, sich in die Streitigkeiten einzumischen, die die presbyterianischen Kirchen spalteten. Er stützte seine Predigten auf eine solide Doktrin, die Lehren des Katechismus und das Singen metrischer Psalmen. Er war als Prediger nicht etwa leidenschaftslos, verkörperte jedoch die neue Toleranz, die sich in der Kirche etablierte, und seine Zurückhaltung brachte ihm viele Sympathien ein. So genoss er als gereifter Mann großes Ansehen in seiner Gemeinde – nicht zuletzt wegen Größe und Menge des von ihm selbst angebauten Gemüses.

Manch böse Zunge monierte denn auch, dass der Reverend offenbar mehr Zeit darauf verwandte, seinen Gemüsegarten zu pflegen, als die Gärten des Herrn. Aber auch der kleinlichste Dorfbewohner musste zugeben, dass der Geistliche

Wunder gewirkt hatte auf dem kargen, recht steil abfallenden Grundstück hinter dem Pfarrhaus, das so steinig und unfruchtbar war, dass dort ursprünglich nicht einmal Disteln wuchsen. Eine solche Fülle an Obst, Blumen und Gemüse im Garten eines Geistlichen, hieß es, sei ganz sicher ein Beweis für die Gunst Gottes – und die Wirkung regelmäßigen Aufbringens von Mist als Dünger.

Das Pfarrhaus lag vierhundert Meter von der Kirche entfernt in einer Sackgasse, die als Bonnywell bekannt war, obwohl der eigentliche Brunnen längst versiegt war und das Wasser von der Pumpe beim Ramshead Inn geholt werden musste.

Das Haus selbst lag verborgen hinter Sträuchern und einer efeuberankten Mauer. Es war ein zweistöckiges Sandsteinhaus mit Schieferdach und schmuckem Backsteinkamin. Obgleich Bonnywell am ruhigen Ende des Dorfes lag, standen dort noch zwei weiß getünchte Cottages, die Bontine gehörten und an Mr. James Simpson Moodie, seines Zeichens Weber und Mitglied des Kirchenrates, verpachtet waren.

James Moodie musste für zwei unverheiratete Schwestern und eine verwitwete Mutter aufkommen. Mancher Mann in Balnesmoor hätte die Arbeitskraft dreier Paar Frauenhände geschickt eingesetzt und sich auf die faule Haut gelegt, aber nicht so Jamie Moodie: Er nahm seine Verantwortung sehr ernst. Die Familie lebte in dem einen Cottage und arbeitete in dem zweiten, wo sie Wolle spann und zu Stoff verwob. Es war ein ordentlicher, gut organisierter Betrieb, den der junge James von seinem sparsamen, fleißigen Vater übernommen hatte. Der Webstuhl war dicht beim Vorderfenster des Cottages am Boden verschraubt, zum einen, weil dort das Licht am besten war, jedoch auch wegen des Blicks auf das Pfarrhaus.

Es war kurz vor sechs an diesem Dienstagabend, als Hufgetrappel Jamie veranlasste, von seinem Schemel am Webstuhl aufzuspringen und ans Fenster zu laufen. Misstrauisch spähte er durch die beschlagene Scheibe, wischte mit dem Ärmel über das Glas und schaute erneut hinaus.

Seine Mutter und seine Schwestern hatten den Lärm ebenfalls gehört und eilten herbei.

»Was ist los? Was hat das zu bedeuten?«, fragte das ältere der beiden Mädchen.

»Warte, ich kann noch nichts erkennen.«

Ein grobschlächtig wirkender Mann in zerlumpter Kleidung schwang sich vom Rücken eines Highland Ponys, stieß das Tor zum Pfarrhaus auf und zog sein Reittier am Zügel hinter sich her, den schmalen Weg zwischen den gepflegten kleinen Stechpalmen entlang.

»Was meinst du, Jamie? Ob das ein Dieb ist?«

»Er ist ein Unheilsbote, ein Überbringer schlechter Nachrichten«, erklärte Mutter Moodie voller Überzeugung. »Das sehe ich ihm an.«

»Urteile nicht, wenn du nicht willst, dass über dich geurteilt wird«, sagte Jamie streng.

Kurz darauf hörten sie gedämpftes Klopfen, als der Fremde mit der Faust an die Tür des Pfarrhauses hämmerte.

»Passt auf. Seht genau hin«, forderte James Moodie die Frauen auf. »Achtet darauf, ob sie ihn hereinlässt.«

Eine halbe Minute schimmerte die Lampe der Haushälterin wie ein Elfenlicht herüber, dann verschwand der helle Schein wieder, als die Tür geschlossen wurde.

»Sie hat ihn eingelassen. Sie hat ihn wahrhaftig hineingelassen.«

»Vielleicht ist es ein Bote mit einem Brief«, meinte die jüngere der beiden Schwestern.

»Oder ein Samenhändler, der eine Bestellung aufnehmen will«, warf die Ältere ein.

»Kein Samenhändler würde in einem so unschicklichen Tempo reiten«, wandte James Moodie ein.

»Sohn, wie ich schon sagte: Ich denke, der Fremde bringt schlechte Nachrichten.«

»Wahrscheinlich hast du Recht, Mutter«, knurrte der Weber.

»Fragt sich nur, für wen«, murmelte Mutter Moodie.

Die Neugier brannte wie trockenes Stroh, nicht nur in den Frauen, sondern auch in James, der ganz angespannt war vor Frustration und Beunruhigung. Er rieb die Fäuste aneinander und blickte vom Fenster auf den Webstuhl und zu seiner Mutter.

»Ich ... Ich geh mal rüber«, sagte er schließlich. »Ich muss wissen, was passiert ist.«

»Mit der Schürze kannst du nicht gehen«, gab Mutter Moodie zu bedenken.

»Lizzie, hol mir meine Sonntags-Breeches, und beeil dich.«

Tatsächlich hatte die ältere Haushälterin des Reverend den Fremden gar nicht eingelassen, vielmehr war dieser einfach an ihr vorbeigestürmt. Nun drohte die alte Frau bissig wie ein Terrier, um Hilfe zu rufen, wenn er sein ungebührliches Benehmen nicht auf der Stelle erklärte. Aber der Fremde dachte nicht im Traum daran, sich einer einfachen Hausangestellten zu erklären. Vielmehr betrat er, angezogen vom Lampenlicht, unaufgefordert das Esszimmer.

Mr. Leggat hatte einen arbeitsreichen Tag hinter sich. Mittags hatte er zwei alte Gemeindemitglieder besucht, und anschließend hatte er den ganzen Nachmittag damit verbracht, an der Nordwestmauer des Gartens Bohnenstangen in den trockenen Boden zu bohren. Nun saß der Geistliche gewaschen und gekämmt bei einem Glas Loganbeerenwein und mit einer aufgeschlagenen Ausgabe von Youngs Bauernkalender vor sich am Tisch, als der Pferdehändler hereinstürmte.

»Sind Sie der Pfarrer?«, fragte der Fremde ohne Umschweife.

»Der bin ich. Ich bin Mr. Leggat.«

»Wir haben eine tote Frau gefunden.«

Leggat war hager und sehnig, mit weichem, rötlichem Haar, braunen Augen und Händen, die so schwielig und kräftig waren wie die eines Dachdeckers.

Sprühend vor Zorn und verletztem Stolz betrat Mrs. Sprott das Esszimmer. Mr. Leggat bremste sie mit erhobener Hand. »Ich werde mich unseres Gastes annehmen, Mrs. Sprott, vielen Dank.« Er wandte sich dem Fremden zu. »Wo?«

»Oben am Bach, auf den Drumglass-Weiden.«

»Und wer sind Sie, wenn ich fragen darf?«

»McIver ist mein Name. Donald McIver.«

Mr. Leggat hatte schon viele wie ihn kennen gelernt. Er erkannte an der grauen Wollmütze, dem Dufflecoat, den Kniebundhosen aus grobem Cord und den durchlöcherten dicken gerippten Wollsocken den »König der Straße«.

»Sind Sie zufällig Viehtreiber, Mr. McIver?«

»Jawohl, Sir, das bin ich. Allerdings bin ich derzeit nicht mit Rindern, sondern mit Highland Ponys unterwegs.«

»Wollen Sie nach Cadder?«

»Das wollte ich, ja, bis wir die Tote gefunden haben.«

Hinter Mr. Leggats verbindlicher Art verbarg sich ein hohes Maß an Scharfsinn. »Drumglass gehört zu Sir Gilbert Bontines Ländereien, McIver, wie Sie sicher wissen. Warum überbringen Sie diese traurige Nachricht mir und nicht dem Gutsherren?«

»Sie ... meine ... Frau hat gesagt, ich soll zum Pfarrer gehen.«

»Wären Sie weitergeritten, ohne Bescheid zu geben?«

Die Offenheit der Frage brachte McIver aus dem Konzept. Er grinste schief. »Ja, mag sein. Aber da ist ein Kleines, das noch atmet.«

»Ein Kleines?«

»Ein Säugling.«

Mr. Leggat erhob sich. »Mrs. Sprott, laufen Sie rüber und holen Sie Mr. Moodie. Sagen Sie ihm, er soll sofort herkommen. Ach ja, und wo sind meine Reitstiefel?«

»Im Schrank neben der Treppe. Wollen Sie wirklich mit diesem Kerl gehen? Der lügt doch, wenn er den Mund aufmacht.«

»Es ist keine Lüge, Mistress. Ich wünschte, es wäre so«, entgegnete McIver.

Noch bevor Mrs. Sprott der Anweisung des Geistlichen Folge leisten konnte, wurde an die Tür geklopft.

Mr. Leggat grunzte spöttisch. »Wenn ich nicht sehr irre, ist das Mr. Moodie. Machen Sie ihm doch bitte auf.«

Pfarrer und Hirte folgten der alten Frau in die Diele und sahen zu, wie sie ein zweites Mal an diesem Abend die Tür entriegelte. Blätter raschelten auf der Steintreppe und wehten herein, weniger höflich als der Mann, der mit gerecktem Hals und hervorquellenden Augen wartete, zum Eintreten aufgefordert zu werden.

»Kommen Sie rein«, sagte Mrs. Sprott. »Ich wollte gerade zu Ihnen. Er braucht Sie zum Schutz, denke ich.«

»Schutz?«, fragte James Moodie. »Wovor?«

Trotz seiner gehobenen Stellung in Kirche und Gemeinde, war James Simpson Moodie erst knapp dreißig Jahre alt. Aber er hatte Kindheit und Jugend lange hinter sich gelassen und wirkte viel reifer und älter als seine Jahre. Seine Aufmachung erinnerte mehr an die eines Rechtsgelehrten aus Edinburgh als an einen Weber, und er sprach sehr gewählt, als er nun das Wort an den Geistlichen richtete. Er war einen Kopf kleiner als der Reverend und der Hirte, aber sehr muskulös, und besaß Bärenkräfte.

»Sie kommen gerade recht, Mr. Moodie«, sagte Leggat. »Wir müssen uns den Elementen stellen, Sie und ich. Seien Sie doch so gut, die Pferde aus dem Stall zu holen und zum Tor zu bringen. Und schauen Sie doch bei dieser Gelegenheit bitte bei Mr. Rankellor vorbei, um zu sehen, ob er schon aus Stirling zurück ist. Wenn ja, seien Sie so freundlich ihm mitzuteilen, dass ich ihm sehr verbunden wäre, wenn wir uns baldmöglichst auf dem Hof des Ramshead treffen könnten.«

Mr. Moodie beäugte den Fremden forschend, seine Neugier war bei weitem nicht befriedigt. »Wozu brauchen Sie den Doktor, Mr. Leggat?«

»Um ein Findelkind zu versorgen.«

»Wäre Mrs. Campbell da nicht ebenso gut geeignet wie der Doktor? Ich könnte nach Harlwood reiten und sie holen.«

»Eine Hebamme würde uns und dem armen Kind kaum helfen – immerhin ist das arme Ding schon auf der Welt.«

»Mrs. Campbell ist aber billiger als Mr. Rankellor. Viel billiger.«

Mr. Leggat seufzte. »Über die Bezahlung der Arztrechnung unterhalten wir uns später, Mr. Moodie. Ich lege nämlich auch Wert auf Doktor Rankellors Anwesenheit in seiner Eigenschaft als stellvertretender Sheriff. (In Schottland Richter an einem Gericht mit Zuständigkeit in Zivil- und Strafsachen; Anm. des Übersetzers) Und jetzt gehen Sie bitte und tun, worum ich Sie gebeten habe.«

»Sofort, Mr. Leggat. Bin schon unterwegs.«

Der Weber machte auf dem Absatz kehrt, eilte die Treppe hinunter und hastete zwischen den Stechpalmen hindurch zum Gartentor.

Erschrocken von der Eile Moodies scheute McIvers Pony, das an einem kleinen Haselnussstrauch vor dem Haus angebunden war, und zertrampelte gleich mehrere Blumenrabatten. Mr. Leggat seufzte erneut, setzte sich auf die Treppe und zog die Reitstiefel an, die Mrs. Sprott aus dem Kabuff geholt hatte. Außerdem hatte sie ihm einen schweren Wollmantel gebracht, einen Strickschal, Handschuhe und eine Mütze, alles notwendig, um den Geistlichen vor der nasskalten Novemberluft zu schützen.

»Dieser ... Rankellor ... ist Richter?«, fragte Donald McIver.

»Das ist er. Und durch einen glücklichen Zufall wohnt er hier in dieser Gemeinde.«

»Wozu brauchen wir ihn überhaupt?«

»Um die Frage der Verantwortlichkeit zu klären«, antwortete Mr. Leggat.

»Verantwortlichkeit? Wir wollten nur die Pferde tränken, verdammt nochmal.«

»Verantwortlichkeit für das Kind.«

Donald ließ sich hiervon jedoch nicht beruhigen. Nervös trat er von einem Fuß auf den anderen, während der Pfarrer sich ankleidete. Er fragte sich, was für Ärger Gaddy ihm da eingebrockt hatte. Jetzt hatten sie nicht nur den Pfarrer am Hals, sondern dazu noch diesen neugierigen Kerl von Weber und einen Richter. Ob es zu spät war, um den bedrohlichen Schatten der Kirchengerechtigkeit und des Gesetzes davonzulaufen, Ponys, Pferde und Weib zu opfern für seine persönliche Freiheit und ein Leben in Ruhe und Frieden?

Immerhin, sagte er sich, war er Gaddy Patterson nichts schuldig – und schon gar nicht dem armen wimmernden Neugeborenen, das sowieso bald sterben würde, wenn nicht in dieser Nacht, dann spätestens am folgenden Tag.

»Kommen Sie«, sagte Mr. Leggat und erhob sich.

Als hätte er die Gedanken des Hirten gelesen, packte er den Highlander mit festem Griff am Arm und führte ihn hinaus.

Gaddy hörte, wie der kleine Trupp vom Weg auf die Wiese abbog. Lug und Birkie, die dicht beim Feuer in einer Ecke der Hütte lagen, spitzten die Ohren und knurrten, als sie die fremden Pferde hörten.

»Pssst, ruhig, ihr beiden«, befahl Gaddy, obwohl das Baby

in ihren Armen weder die Hunde wahrzunehmen schien noch die Stute und ihr Fohlen an der Tür, wo Gaddy ihnen etwas Hafer hingestreut hatte, damit sie sich still verhielten.

Wohin die Ponys inzwischen gewandert waren, kümmerte Gaddy nicht. Ihre ganze Sorge galt dem winzigen Menschlein, das sich an ihre Brust kuschelte, sogar zu schwach, um nach der Milchquelle zu suchen.

Gaddy verstand nicht viel von Kleinkindern, einmal abgesehen davon, dass sie oft starben. In Ardelve beispielsweise überlebten vier von sechs Neugeborenen nicht einmal das erste Jahr; Keuchhusten, Krämpfe oder hartnäckige Durchfälle rafften sie dahin. Aber Gaddy hatte viele Kälber und Fohlen auf die Welt geholt und teilweise mit der Flasche großgezogen, sodass sie nicht völlig ahnungslos war, was die Grundbedürfnisse eines Neugeborenen anbelangte. Um dieses hilflose kleine Wesen bangte sie jedoch.

Der Säugling hatte weder Strümpfe noch Mütze getragen und war nur in schmutzige Lumpen aus Baumwolle und Schafswolle gewickelt gewesen, die die kalte Nässe aufgesaugt hatten. Gaddy hatte ihn als Erstes ganz nackt ausgezogen, derweil Donald ihren Anweisungen folgend am Bach Wasser geholt und mit dem trockenen Holz, das sie immer mit sich führten, ein Feuer entzündet hatte.

»Es ist ein Mädchen, Donald.«

»Das dachte ich mir schon«, hatte der nur entgegnet.

»Jetzt geh und hol den Pfarrer.«

Donald McIver mochte ja ein Egoist sein, aber er war nicht völlig verroht. Außerdem leuchtete ihm Gaddys Argument ein, dass ihnen ein Riesenärger drohte, wenn sie das Kind einfach behielten und erwischt wurden. Zwar war das Gesetz in Stirlingshire noch ziemlich primitiv, aber gelegentlich konnten die Behörden zu drakonischen Strafen greifen. Sie wussten ja nicht, wessen Kind es war und welcher Familie das tote Mädchen angehörte. Also legte Donald die Tote an die Wand, breitete die Satteldecke über sie, lud das Gepäck vom Packpony und schwang sich auf dessen Rücken, um ins Dorf zu reiten und den Pfarrer zu holen.

Das Feuerholz hielt nicht lange und wärmte das Wasser im Kessel nur mäßig. Kurz nach Donalds Aufbruch musste Gaddy den Säugling in einen Schal und eine große Decke wickeln und ablegen, um draußen im Dunkeln Feuerholz zu sammeln. Da sie hierin Expertin war, brauchte sie nicht lange und war schon Minuten später wieder in der Hütte. Sie brach die trockenen Äste in kleine Stücke, die sie in die Glut steckte, öffnete dann eine der Packtaschen und nahm Zucker und Hafermehl heraus, zusammen mit einer Holzschale und einem hübschen silbernen Teelöffel, den Donald ihr in einer seltenen Spendierlaune bei einem fahrenden Händler gekauft hatte.

Es war unmöglich, das Alter des Kindes zu schätzen. Das arme kleine Ding war verschrumpelt und mager wie ein gehäuteter Feldhase, und dazu völlig entkräftet und lethargisch. Die Kopfhaut unter dem feinen Haarflaum war verkrustet, die Augen waren von gelbem Eiter verklebt. Fieber hatte das Baby keins, auch wenn die Kälte nur sehr langsam aus dem kleinen Körper wich. Gaddy hielt das kleine Mädchen ganz dicht an sich gepresst und rieb es vorsichtig, um die Durchblutung anzuregen, während sie wartete, dass das Wasser anfing zu dampfen. Das Alter war wichtig. Wenn der Säugling noch sehr jung war, würde sein Magen jede Nahrung außer Milch verweigern, und Gaddy hatte keine Milch zur Hand. Aber das Baby brauchte Nahrung, und das bald. Gaddy betete, dass die Kleine abgestillt war und der aufgeblähte Bauch in der Lage sein würde, Haferbrei zu verdauen.

Das Wasser im Kessel fing an zu brodeln. Gaddy legte das Baby wieder ab, maß mit dem Teelöffel Hafermehl ab, gab etwas Zucker aus der Blechdose hinzu und rührte beides im Wasser um, bis der Brei andickte. Dann kramte sie ein sauberes Taschentuch aus ihrem Gepäck, breitete es über die Holzschale und gab den Brei darüber, um diesen zu passieren. Abschließend drückte sie den klumpigen Inhalt des Taschentuches aus, sodass eine milchige Substanz hervorquoll, die dem Hafersud eine etwas sämigere Konsistenz verlieh.

Das Baby lag die ganze Zeit reglos da, ohne einen Laut von sich zu geben, derweil der Wind heulend und pfeifend durch das löchrige Dach fuhr und Schnee hereinwirbelte, der immerhin weniger nass war als der Eisregen von vorhin. Bracken und Gallant standen ganz dicht vor der Tür und hoben sich als massige Silhouetten vom schneegesprenkelten Dunkel ab. Lug war aufgestanden, schnupperte und winselte, als ihm der Geruch des Breis in die Nase stieg. Um die Hunde ruhig zu halten, bereitete Gaddy auch für sie eine Portion Haferbrei, den sie noch warm in ihre Näpfe gab. Wedelnd machten die beiden sich über die warme Mahlzeit her. Gaddy hoffte, dass der Säugling ebenso willig essen würde. Sie nahm das kleine Mädchen wieder auf den Arm, tauchte den kleinen Finger in den süßen Brei und strich dann über die winzigen Lippen. Das Baby reagierte nicht. Die Augen blieben geschlossen, aber nicht, weil die Kleine schlief, sondern weil sie schlicht zu schwach war, um sie offen zu halten.

Gaddy versuchte es noch einmal. Mit der Kuppe des Daumens hob sie vorsichtig die Oberlippe des Kindes an und strich den Brei auf Zahnfleisch und Zunge. Lange schien es, als hätten die natürlichen Instinkte des Kindes ausgesetzt, aber dann fühlte Gaddy zu ihrer grenzenlosen Erleichterung, wie die kleine Zunge sich bewegte und die zahnlosen Kiefer sich um ihren Finger schlossen. Das Baby wimmerte – der erste Laut, den es von sich gab, seit sie es vor einer Stunde gefunden hatte. Als Gaddy den Finger zurückzog, steigerte sich das Wimmern zu einem Protestgejammer. Winzige Finger krallten sich in Gaddys Haar, bis sie den mit Brei bedeckten Finger erneut in den kleinen Mund schob. Der Haferschleim war schnell weggenuckelt. Ah, dachte Gaddy, sie hat nicht nur Hunger, sondern auch Durst. Jetzt isst sie zumindest, und wenn ihr Magen die Nahrung verträgt und sie den Brei bei sich behält, wird sie wenigstens nicht verhungern.

Gaddy war immer noch dabei, den Säugling geduldig mit dem Finger zu füttern, als sie hörte, wie die Pferde sich der Hütte näherten. Sie hob den Kopf. Sie hörte eine Männerstimme und gleich darauf eine zweite, die antwortete. Sie war so schmutzig und zerrupft wie eine Garbe Winterstroh, aber sie war nicht gewillt, aus Eitelkeit die Fütterung des Kindes zu unterbrechen.

»Durch das Loch in der Mauer, Sir«, hörte sie Donald rufen. »Dort ist die Hütte, sehen Sie? Wo der Lichtschein ist.«

Aufgeschreckt von der Ankunft der fremden Pferde galoppierten Bracken und Gallant polternd davon. Donald würde einige Mühe haben, sie wieder einzufangen, sofern sie sich nicht von etwas Hafer anlocken ließen. Lug und Birkie hatten ihre Schläfrigkeit abgeschüttelt und drohten nun knurrend. Donald war so klug, als Erster hereinzukommen, packte die Hunde beim Nackenfell und warf sie hinaus.

»Wer ist bei dir, Donald?«

»Ein Geistlicher, so wie Mylady es verlangt haben«, knurrte McIver ironisch. »Und ein Richter.«

Wären die drei Männer nicht gewesen, hätte Donald sie verdroschen, weil sie ihm so viel Ärger aufgeladen hatte. Gaddy registrierte, dass er sich nicht nach dem Befinden des Säuglings erkundigte.

Sie war enttäuscht von ihrem Gefährten, auch wenn er ihr nie große Versprechungen gemacht hatte und sie in den vergangenen zwanzig Jahren ganz gut miteinander ausgekommen waren. Plötzlich sah sie in Donald jedoch eine Bedrohung. Sie drückte das Kind fester an sich und hob schützend die Schulter, bis Donald wieder draußen war und stattdessen ein Fremder mit einer großen hellen Öllampe die Hütte betrat.

»Wie heißt du, Frau?«

»Gaddy Patterson, Sir.«

»Du bist aus dem Hochland, habe ich Recht?«

»Aus Lorne, Sir.«

Der Fremde betrachtete das Baby aus zusammengekniffenen Augen. »Isst das Baby?«

»Jawohl, Sir.«

»Und was ist in der Schale?«

»Süßer Haferbrei.«

»Mit Milch?«

»Nur mit Wasser, Sir.«

»Abgekochtem Wasser?«

»Jawohl, Sir.«

Der Mann nickte und wandte seine Aufmerksamkeit dem toten Mädchen unter der Decke zu. Er schwenkte die Lampe herum.

Der Fremde war untersetzt, hatte breite Schultern und war in etwa so alt wie Donald. Er hatte abweisende, grimmige Züge und trug eine alte gepuderte Perücke mit einem albernen kleinen Zopf im Nacken, einen dicken, speckigen Mantel mit Epauletten und hohe Reitstiefel aus ungegerbtem Leder. Er erinnerte Gaddy an einen Kutscher oder mehr noch, an einen Straßenräuber. Der Fremde hielt es nicht für nötig, sich vorzustellen, aber sie nahm an, dass er der Doktor und stellvertretende Sheriff namens Rankellor war. Gaddy war sich der Macht bewusst, die ihm vom High Sheriff des County verliehen worden war. Für das Amt des stellvertretenden Sheriffs brauchte man keine besondere Qualifikation, aber der Betreffende musste »ehrbar« sein und gewillt, lästige und manchmal auch mühsame Aufgaben zu erfüllen. Ärzte, hieß es, wären gute stellvertretende Richter, weil sie Gerechtigkeit wie

Medizin mit dem Troygewicht maßen und es verstanden, die Wahrheit aus einem Zeugen herauszukitzeln wie schlechte Säfte aus einem kranken Leib.

Zwei weitere Männer traten geduckt durch die niedrige Tür. Der Größere der beiden hatte rotes Haar, eine sanfte Stimme und ein freundliches Auftreten. Er kam sofort auf Gaddy zu und bückte sich, die Hände auf die Knie gestützt, um den Säugling zu begutachten.

»Ist es ein Mädchen?«

»Jawohl, Sir.«

»Gut. Gut. Isst sie?«

»Jawohl, Sir.«

»Gut. Gut. Übrigens, ich bin der Pfarrer. Mr. Leggat.«

»Ich bin Gaddy Patterson, Reverend.«

Reverend Leggat zeigte vage über die Schulter. »Dieser Gentleman hier ist mein Küster, Mr. Moodie.«

Gaddy nickte, aber der Mann erwiderte ihren Gruß nicht, sondern starrte stattdessen in düsterem Schweigen auf das wimmernde Bündel in ihren Armen. Gaddy spürte seine Feindseligkeit. Sie brauchte gar nichts zu tun, um sich diese zu verdienen; es genügte, dass sie mit einem Wanderhirten zusammen war. Moodie hatte ganz sicher einen festen Arbeitsplatz und verachtete jene, die ihr Geld auf Wanderschaft verdienten, auf den Straßen mit ihren Jahrmärkten und Gasthäusern, Kneipen und Zeltlagern. Mr. Moodie blickte einen Moment an dem Geistlichen vorbei und trat dann grunzend zur Seite, um dem Doktor zuzusehen, der die Tote untersuchte. Reverend Leggat, der sich mehr vom Leben als vom Tod angezogen fühlte, sank neben Gaddy auf ein Knie und fragte, ob er sich den Findling näher ansehen dürfe.

Gaddy schlug erst die Decke und dann den Schal auseinander.

»O weh! Was für ein mickriges armes Würmchen.«

»Fieber hat sie aber keins«, sagte Gaddy.

»Was schätzt du, wie alt sie ist?«
»Ich weiß auch nicht, Sir. Alt genug, abgestillt zu sein.«
»Dann vielleicht so zehn Monate?«
»Nein, Sir. Eher sechs oder sieben, würde ich sagen.«
»Ich frage mich, ob sie getauft ist.«
»Keine Ahnung, Reverend.«
»Hatte die Frau keine Papiere bei sich, keine Nachricht?«
»Nein, Reverend.«

Gaddy beantwortete die Fragen des Reverend völlig arglos und ohne Zögern. Sie spürte, dass dieser Mann dem Kind nichts Böses tun würde.

»Ihre Augen scheinen entzündet zu sein. Hat sie sie schon aufgemacht?«

»Sie wird sie aufmachen, wenn sie so weit ist, Sir. Vermutlich, wenn ich aufhöre, ihr Nahrung in den Mund zu schieben.«

»Versuchen Sie es«, bat Mr. Leggat in verschwörerischem Tonfall.

Gaddy zog den kleinen Finger aus dem winzigen Mund und wartete. Der Säugling gab einen kehligen Laut von sich und riss dann wie ein kleines Vögelchen den Mund weit auf. Er strampelte mit Beinen und Armen und hatte bereits wieder so viel Kraft, dass er das Wimmern zu durchdringendem Geschrei zu steigern vermochte.

Der Doktor unterbrach einen Moment seine makabre Arbeit und blickte herüber.

»Hören Sie das, Harry?«, sagte Mr. Leggat. »Ein ermutigender Laut, finden Sie nicht?«

»Vor allem laut«, knurrte Harry Rankellor. »Was immer ihr fehlt, mit den Lungen scheint alles in Ordnung zu sein.«

»Sehen Sie, Sir!«

»Aaah! Die Fenster zur Seele. Was für ein hübsches Blau.«

Die Beschreibung »hübsch« war etwas übertrieben, da die Augen des Babys immer noch von Eiter verklebt waren, aber zumindest schimmerte ein schmaler Streifen der Pupillen durch die halb geschlossenen Lider.

»Füttere sie weiter«, meinte der Geistliche.

Gaddy nahm mit dem Finger den letzten Rest des Breis auf, und sofort nuckelte die Kleine gierig. Die Augen fielen ihr wieder zu.

»Falls die Kleine getauft wurde, gibt es darüber irgendwo Unterlagen, und dann könnte es mit etwas Glück gelingen, Angehörige ausfindig zu machen«, erklärte Mr. Leggat.

»Und wenn sich keine Angehörigen finden?«, fragte Gaddy.

»Dann wird sie ein Mündel der Gemeinde.«

»Und wo soll sie hin?«

»Zu einer christlichen Familie.«

»Und wenn sie niemand haben will?«

Mr. Leggat richtete sich auf. »Ich bin sicher, dass sich Pflegeeltern finden werden.«

»Aber was, wenn nicht?«, wollte Gaddy wissen.

»Es wird für sie gesorgt werden, keine Angst.«

»Aber wo, Reverend?«

Der Reverend vermied eine direkte Antwort. »Vielleicht hatte die Mutter ja Verwandte, die gewillt sind ...«

»Wo, Sir?«

»Es wird sich ein Asyl finden.«

»Im Armenhaus?«, fragte Gaddy.

»Ja«, entgegnete Mr. Leggat nickend. »Ja, im Armenhaus.«

»Dann nehme ich sie.«

»Das wird vielleicht nicht möglich sein«, gab Mr. Leggat zu bedenken.

»Ich nehme sie«, wiederholte die Frau aus den Highlands. »Ich werde mich um sie kümmern, als wäre sie mein eigen Fleisch und Blut.«

»Ganz zweifellos, aber ...«

Doktor Rankellor tauchte wie ein Schatten an seiner Seite

auf und unterbrach das Gespräch in einem für Leggat günstigen Moment.

»Was haben Sie festgestellt, Harry?«, fragte der Reverend.

»Es besteht keine Veranlassung, die Kirchenglocke zu läuten, William«, entgegnete der Arzt. »So weit ich feststellen konnte, ist sie nicht an einer ansteckenden Krankheit gestorben.«

»Gott sei Dank.«

»Nichts deutet auf Typhus, Cholera oder Pocken hin. Und ich konnte auch keine Anzeichen von Gewalt oder einer tödlichen Verletzung feststellen.«

»Und woran ist sie Ihrer Ansicht nach gestorben?«

»Das kann ich ohne genaue Untersuchung nicht genau sagen, William. Ich halte es aber für wahrscheinlich, dass die Todesursache Unterernährung und daraus resultierende Erschöpfung war.«

»Hatte sie noch Milch?«

»Nein – oder so gut wie keine mehr.«

Mr. Moodie hatte die Leiche wieder zugedeckt, kam ebenfalls herüber und stellte sich zu dem Doktor und dem Geistlichen dicht an das kleine Feuer. Rankellor hatte die Laterne auf den Boden gestellt, und der nach oben gerichtete Lichtschein tauchte die drei Männer in ein gespenstisches Licht, sodass sie richtig bedrohlich wirkten, ein Eindruck, der von den aufsteigenden schwarzen Rauchschwaden noch verstärkt wurde. Gaddy fand, dass sie aussahen wie Hexenmeister.

Unwillkürlich wich sie zurück, tiefer in die Ecke der Hütte, das Baby fest an sich gedrückt. Sie war entsetzt gewesen von den Worten des Geistlichen. Armenhaus. Das bedeutete Zwangsarbeit, sobald sie alt genug war. Sie hatte unterwegs zu viele halb verhungerte, misshandelte Waisen getroffen, die Sklaven grausamer Herren waren, um auf die Wohltätigkeit der Menschen zu vertrauen. Die Kirche mochte das Kind ja »unterbringen«, aber andere, weniger christliche Hände, würden über seine Zukunft bestimmen. Man würde sie verkaufen, sobald sie laufen konnte – wie sonst sollte man die Praktik nennen, Waisen als billige Arbeitskräfte »abzugeben«? An eine Kohlengrube, in der sie eine Lore schoben, Körbe schleppten oder das Seil der Wettertür bedienten, bis sie vor Anstrengung, Staub oder Feuchtigkeit ihr Leben aushauchten.

Gaddy wusste wohl, dass Kinder, wie jung sie auch sein mochten, für ihr Brot arbeiten mussten. Sie selbst hatte schon in frühen Jahren gemolken, Wolle gekämmt und gewaschen, Hühner gefüttert und Wasser und Getreide geschleppt. Aber das war immerhin abwechslungsreiche Arbeit gewesen und nie mehr, als sie zu leisten in der Lage gewesen war. Und wenn mal nicht genug zu essen da gewesen war, war es allen in Ardelve so gegangen. Aber Waisenkinder waren nicht besser dran als Sklaven, die an Ausbeuter verschachert wurden, sobald sie laufen konnten. Mit geschürzten Lippen hörte sie weiter zu. Der arme Donald, der draußen warten musste, lauschte sicher auch. Sie wusste nur zu gut, was Donald sagen, auf wessen Seite er sich stellen würde.

»Können Sie nicht irgendwelche Hinweise auf ihre Herkunft ableiten, Doktor Rankellor?«, fragte James Moodie. »Ich meine, ist so etwas möglich?«

»Nun, ein paar Angaben kann ich schon zu ihrer Person machen«, entgegnete der Doktor. »Sie ist etwa sechzehn Jahre alt und gehörte nicht der Arbeiterklasse an. Ihre Hände sind nicht schwielig, und ihre Kleider sind zwar geflickt, aber der Stoff ist von ordentlicher Qualität, so wie ihn Dienstboten aus der Stadt tragen.«

»Dann ist sie weggelaufen«, meinte Leggat. »Ich frage mich, was sie in Balnesmoor wollte.«

»Eine Herumtreiberin«, knurrte Moodie. »Ist ihrem Herrn davongelaufen, ohne sich darum zu scheren, wohin.«

»Ich kann mit ziemlicher Sicherheit sagen, dass sie lange

unterwegs war«, erklärte Rankellor. »Ihre Füße sind zerschunden und blutig.«

»Dann kommt sie von weither«, stellte Moodie fest.

»Heute ist sie aus dem Moor gekommen«, meinte Rankellor.

»Sie trägt keinen Ehering«, stellte Mr. Leggat fest.

»Man wird sie an die Luft gesetzt haben, als herauskam, dass sie schwanger war«, sagte Rankellor. »Gott allein weiß, wie das arme Ding so lange überlebt hat.«

»Keine zweifelhaften Umstände, Harry?«, wollte der Pfarrer wissen.

»Keine, abgesehen davon, dass der Mann, der ihr das Kind gemacht hat, sie ihrem Schicksal überlassen hat.«

»Ich fürchte, er wird nie erfahren, was sie erleiden musste«, murmelte Leggat.

»Wie auch immer, William. Ich würde jedenfalls dazu raten, sie unverzüglich zu bestatten.«

»Vielleicht finden wir irgendwo einen Hinweis auf sie«, entgegnete Mr. Leggat. »Wären Sie so gut, noch heute Abend an die umliegenden Gemeinden zu schreiben, Mr. Moodie?«

»Natürlich«, entgegnete der Küster wenig begeistert.

»Jetzt sehe ich mir erst einmal das Kind an«, sagte Rankellor. »Das kleine Mädchen mit der mächtigen Stimme.«

Der Säugling ließ sich anstandslos vom Doktor abtasten und Augen und Kiefer untersuchen. »Sie ist erstaunlich gesund dafür, dass sie so unterernährt ist. Sie hat schon ein paar Zähne. Man hat ihr Laudanum gegeben, aber glücklicherweise nur in geringer Menge. Vielleicht war es ein Glück, dass ihrer Mutter nicht nur die Milch, sondern auch das Geld ausgegangen ist, sonst hätte sie sie womöglich noch aus Unwissenheit vergiftet.«

»Was kann ich tun?«, fragte Gaddy.

»Überlass das braven Bürgern, Frau«, entgegnete James Moodie knapp.

Rankellor tätschelte der Frau den Arm. »Ein Teelöffel Lebertran in einer Tasse Flohkraut-Tee müsste die Ausscheidung des Giftes und ihre Genesung beschleunigen. Ich denke, sie ist alt genug für Brei, aber sie sollte noch eine Weile zusätzlich Milch bekommen.«

Gaddy konnte den Doktor riechen – ein trockener Geruch, durchdringend wie Schnupftabak vermischt mit Rum.

»Aber es ist nicht ihre Sache, sich um das Kleine zu kümmern«, wandte Moodie ein.

»Wer sollte es sonst tun?«, hielt Rankellor ihm entgegen.

»Der Säugling ist ein Findelkind und gehört in unsere Gemeinde.«

»Und was, wenn ich fragen darf, soll die Gemeinde mit ihr anfangen?«, fragte der Doktor.

Erregt setzte Moodie zu einer Antwort an, obwohl die Frage des Doktors rhetorisch gemeint gewesen war. »Sie wird in Pflege gegeben, bis die Gemeinden, an die ich bezüglich dieser Angelegenheit schreiben werde, erklärt haben, dass es keine Einträge über Mutter und Kind gibt. Das sollte etwa zwei Wochen dauern.«

»Und was, wenn niemand Anspruch auf das Kind erhebt?«

»Dann kommt es ins Armenhaus von Judgehead.«

»Damit Sie es los sind?«, meinte Rankellor abfällig.

»Ich bin nicht für den Säugling verantwortlich«, erregte sich James Moodie. »Und ich kann auch nichts für das System, Doktor.«

»Könnte man sie nicht in einer christlichen Familie unterbringen?«, meinte Rankellor.

»Doch, aber ...«

»Warum nehmen Sie sie nicht auf, Bürger Moodie?«

»Ich? Warum ich? Ich habe keinen Platz. Außerdem kann ich nicht ...«

»In diesem Fall schlage ich vor, dass Sie sich um eine andere Unterkunft für das Kind kümmern.«

Als Küster wusste Moodie wohl, wie schwierig es war, ein Waisenkind unterzubringen, vor allem, wenn kein finanzieller Anreiz gegeben war wie eine Unterstützung seitens der Gemeinde. Das Armenhaus von Judgehead war die einzige Armeneinrichtung des Countys, ein abstoßendes gefängnisartiges Heim, das mit einem minimalen Budget unterhalten wurde. Es flüchteten mehr Menschen von dort als welche um Obdach ansuchten, aber es war der gesetzlich vorgesehene Hort für Kinder, die ihre Eltern verloren oder in Sünde geboren wurden sowie für jene, die nicht so klug waren, sich lieber in den Graben zu legen, um dort zu sterben. Rankellor hatte Moodies mitleidlose Ansichten zur Wohltätigkeit schon früher gehört. Diesmal aber sprach der brave Bürger zögernd und ohne rechte Überzeugung.

»In Judgehead bekommt sie zu essen, wird eingekleidet und lernt beten. Mehr braucht ein Kind nicht.«

»Das wäre wie lebendig begraben zu sein, und das wissen Sie, Mr. Moodie«, entgegnete Rankellor.

»Schicken Sie sie nicht dorthin«, flehte Gaddy. »Ich behalte sie und kümmere mich um sie, ich verspreche es.«

»In Judgehead ist sie besser aufgehoben als bei der Hure eines Wanderhirten«, entgegnete Moodie kalt.

»Mr. Moodie«, mischte sich der Pfarrer ein, »das reicht.«

»Ich muss sicher sein, dass das Kind gut aufgehoben ist«, entgegnete Moodie stur.

»Darf ich Sie daran erinnern, dass es nicht bei Ihnen liegt, über den Verbleib des Kindes zu entscheiden«, sagte Mr. Leggat.

Moodie gab sich sofort kleinlaut. »Natürlich, Sir. Ich habe voreilig gesprochen. Selbstverständlich muss über das Schicksal des Findelkindes abgestimmt werden.«

Gaddy wandte sich an den Geistlichen. »Überlassen Sie sie mir, ich flehe Sie an. Ich werde sie großziehen, als wäre sie meine Tochter.«

»Hast du schon Kinder?«

»Gott hat es nicht gefallen, mich mit Kindern zu segnen.«

»Harry, was meinen Sie?«, fragte der Pfarrer.

»Es ist weniger eine Frage der moralischen oder materiellen Eignung«, meinte Rankellor nach einer Weile. »Tatsächlich wäre uns allen damit gedient, wenn sie das Kind adoptieren würde. Und wenn das Mädchen älter wäre – sagen wir sechs –, dann würde ich nicht zögern, es in die Hände eines Wanderhirten zu geben. Das ist ein anständiger und ordentlicher Beruf.«

»Bitte, Sir. Bitte.«

»Aber ich muss das zarte Alter der Waise berücksichtigen.«

Gaddy blickte an Rankellor vorbei. Sie konnte Donald in der schmalen Tür erkennen, die Mütze voller Schnee und einzelne Flocken in den buschigen Brauen. Mit den Händen auf den Hüften und den zurückgeschobenen Mantelaufschlägen sah er aus wie ein gereizter Kampfhahn, bereit, sich mit den umgeschnallten Sporen auf seinen Widersacher zu stürzen.

»Wollen Sie damit sagen, ich wäre nicht würdig und gottesfürchtig genug, um ein Kind großzuziehen?«, polterte er.

»Ich sage nur meine Meinung, die sich auf persönliche Erfahrungen stützt«, erklärte Harry Rankellor. »Im Übrigen werde ich mich nicht bei dir entschuldigen, Hirte, immerhin nimmst du es mit dem Gesetz nicht allzu genau. Du kannst dich glücklich schätzen, dass ich dich nicht nach Ottershaw schaffen und einsperren lasse. Sir Gilbert hat nicht viel übrig für Leute, die sich unerlaubt auf seinem Land aufhalten.«

»Dann nehmen Sie das Kind«, lenkte Donald ein. »Nehmen Sie es und lassen Sie uns weiterziehen.«

»Nein«, rief Gaddy dazwischen.

Sie ließ sich schwerfällig in einer Ecke der Hütte zu Boden sinken, die Arme besitzergreifend um das Kind gelegt. Jeder der Männer erkannte in ihrem Blick die weibliche Unnachgiebigkeit, die er mit einem Mädchen oder einer Frau aus seinem persönlichen Umfeld in Verbindung brachte – wobei Moodie derer gleich drei daheim hatte.

»Dann ziehe ich ohne dich weiter«, drohte Donald.

»Dann geh doch.«

»Ich lasse dich hier zurück.«

»Dann bleibe ich eben.«

»Zweiundzwanzig Jahre, Gaddy«, brummte Donald. »Bist du nicht glücklich gewesen mit mir?«

»Eine halbe Ehefrau und ein halbes Leben, Donald?«

»Was meint sie damit?«, murmelte Moodie. »Halbe Ehefrau?«

Weder Rankellor noch der Pfarrer antworteten ihm.

»Ich habe mir immer ein Kind gewünscht und konnte keins bekommen. Du selbst hast gesagt, du willst ein Kind von mir, Donald. Jetzt hat Gott unsere Gebete erhört.«

»Unsinn!«, schalt der Hirte. »Ein Findelkind. Der Fehltritt eines anderen Mannes. Das ist es nicht, was ich wollte, Weib, und das weißt du.«

»Ich will es aber.«

»Sie oder ich«, sagte McIver kalt. »Entscheide dich.«

»Ich wünsche dir alles Gute.«

Donald McIver schien nicht sonderlich überrascht.

»Dann war es das also?«

»Das war's.«

»Moment, nicht so hastig.« Moodie versuchte, den Hirten am Arm festzuhalten, aber McIver war zu schnell und zu stark. Er riss sich los und stürmte hinaus in die stürmische Nacht.

»Dumm«, bemerkte Rankellor. »Sehr dumm.«

Aber Gaddy schien Donald bereits aus ihren Gedanken gestrichen zu haben. »Wenn sonst niemand Anspruch erhebt, keine Angehörigen, würden Sie den Säugling dann in meine Obhut geben, Sir?«

Rankellor seufzte. »Wovon willst du das Kind ernähren?«

»Ich werde arbeiten.«

»Es gibt in dieser Gegend nur sehr wenig Arbeit für ledige Frauen mit Kind«, gab Rankellor zu bedenken.

»Andererseits, Harry«, gab Mr. Leggat zu bedenken, »wenn das Kind innerhalb der Gemeindegrenzen bliebe ...«

»Es ist Schicksal, Sir. Sehen Sie denn nicht, dass die Vorsehung es so gewollt hat? Warum sonst sollte ich ausgerechnet heute Abend hier auf diese Hütte gestoßen sein, gerade rechtzeitig, um die Kleine vor dem sicheren Tod zu bewahren?«

»Vielleicht hat sie Recht«, meinte Mr. Leggat. »Die Wege des Herrn sind wahrhaft unergründlich.«

Von draußen war die immer leiser werdende Stimme des Hirten zu hören, der zornig seine Herde zusammentrieb. Er würde Ponys und Pferde wütend durch die stockfinstere Nacht treiben bis zu einem der Stände am Thorn of Cadder. Der Mann, der von Donald Wegezoll forderte, war zu bedauern, auch wenn dieser um eine Weidegebühr nicht herumkommen würde.

Rankellor gehörte nicht zu denen, die Wanderarbeiter als romantische Abenteurer sahen. Sie kamen und gingen emotionslos und fast ohne Spuren zu hinterlassen, wie der Wind, der über die Hügel strich, wie der Wind, der das arme tote Mädchen hergeführt hatte, ein zerrupftes Blatt, abgerissen vom Baum des Lebens.

»Hat er dich wirklich verlassen?«, wollte der Pfarrer wissen.

Gaddy lächelte. »Nicht doch. Donald wird in zwei Wochen mit eingekniffenem Schwanz zurückkommen.«

»Und was willst du bis dahin tun?«, fragte Rankellor.

»Ich werde hier bleiben. Zusammen mit meiner kleinen Tochter«, entgegnete Gaddy Patterson bestimmt.

Der Doktor schnaubte verächtlich angesichts der naiven

Überzeugung der Frau, dass Liebe allein genügen würde, um das Überleben des Kindes zu sichern. Aber er ließ ihr ihren Willen und gab ihr so die Gelegenheit, ihn eines Besseren zu belehren – und einen Schilling, von dem sie Milch kaufen sollte, sobald es hell wurde.

Käsebrot und Küsse

2 In vielen Teilen Schottlands, im Hochland wie in der Ebene, galten Schafe bereits als Feinde des kleinen Mannes. So unschuldig die Tiere an sich auch waren, wurden sie gleichgesetzt mit einer weit weniger unschuldigen Spezies, sprich abwesenden Großgrundbesitzern. Diese hohen Herren residierten in London und überließen es Aufsehern und Verwaltern, ihre geschäftlichen Belange in Schottland zu regeln. Entmutigt von Krone und Gerichten, gehörten so genannte Privatbezirke der Adligen der Vergangenheit an, und Gutsherrn konnten nicht mehr auf ein Heer loyaler Pächter zählen. Hinzu kam, dass gepachtetes Ackerland und das alte Landverteilungssystem, das vorsah, einzelnen Pächtern jeweils mehrere Streifen Land zur Bewirtschaftung zu überlassen, die zwischen jenen der anderen Pächter lagen, aus der Mode kamen. Nur hohe Marktpreise hatten die unaufhaltsame Ausweitung der Schafzucht, der immer mehr ehemalige Ackerflächen zum Opfer fielen, hinausgezögert.

In Balnesmoor aber waren gemischte Landwirtschaft und eingezäunte Schafweiden bereits Alltag. Die Geistlichen brauchten nicht erst die Vertreibung als Teil von Gottes Strafe für Sünder zu predigen und zu verkünden, dass Auflehnung gegen das Göttliche Gebot ein unverzeihliches Sakrileg sei – nicht dass Mr. Leggat sich auf eine so krasse Heuchelei eingelassen hätte, wenn sie denn vom lokalen Adel verlangt worden wäre. Mr. Leggat ging sparsam mit Drohungen um, und er hielt auch nichts davon, dass sich die Kirche in politische Belange einmischte. Im Übrigen wurden im ganzen Bezirk keine Grenzmauern eingerissen, und Aufstände gab es ebenso wenig. Sogar in Fintry, das für gewöhnlich keine Gelegenheit ausließ, den Gutsherren das Leben schwer zu machen, und wo ebenso schnell ein Aufstand angezettelt werden konnte wie man ein Bier in sich hineinschüttete, war es damals ruhig. Aber die Kunde von den Ereignissen in Frankreich hatte die herrschende Klasse Stirlingshires beunruhigt. Und so fern die Revolution des französischen Volkes auch scheinen mochte von kargen schottischen Landstreifen und heimischen Tälern, waren die Grundbesitzer doch darauf bedacht, den Status quo zu erhalten – was nicht weiter schwer war, da Schafe bereits ganz selbstverständlich den Löwenanteil der lokalen Landwirtschaft ausmachten.

Sir Gilbert Bontine beispielsweise mochte Schafe fast so gerne wie Pferde und hätte seinen Bestand um mehrere hundert Tiere aufgestockt, wenn dies ohne weitere Einfriedungen machbar gewesen wäre. Aber er war ein typischer Vertreter der alten *Noblesse*, für die Geduld weniger eine Tugend war als eine angeborene Charaktereigenschaft. Er konnte es sich leisten zu warten. Immerhin lebte die Familie schon seit Generationen in diesem stillen Winkel Stirlingshires und genoss das beschauliche Landleben des kleinen Landadels. Das Land um Ottershaw und Balnesmoor war Anfang des 17. Jahrhunderts lange Zeit Lehensgut eines Marquis von Montrose gewesen, und seitdem war noch einiges an Grundbesitz dazugekommen. Inzwischen umfasste Bontines Besitz 2200 Morgen Land in Ottershaw und Balnesmoor, wobei 300 Morgen in Balnesmoor als Gemeinschaftsweiden den Bewohnern des Bezirks zur Verfügung standen. Das Dorf gehörte selbstverständlich ebenfalls den Bontines, bis hin zum Schweinepferchen hinter dem Black Bull, einer üblen Kaschemme, die das Ale verwässerte und deren schwarz gebrannter Whisky aus Destillerien irgendwo in den Wäldern von Aberfoyle stammte, ein Schnaps, der so feurig und urtümlich war, dass man mit den Fingern Holzsplitter herausfischen musste und sich dabei die Nägel braun verfärbten.

Das Herrenhaus von Ottershaw war 1670 errichtet worden. Was von dem ursprünglichen Gebäude noch erhalten war, war längst unter diversen angebauten Flügeln und Stockwerken begraben, die an der Westseite von einem ansehnlichen quadratischen Turm überragt wurden. Dort befand sich auch der Haupteingang, eine an der Oberseite abgerundete massive Eichentür. Darüber, zu den Hügeln des Loch Lomond hin ausgerichtet, befand sich ein Erkerfenster aus Bleiglas, hinter dem sich ein lang gestreckter, mit Eichenholz getäfelter Raum befand, die so genannte Bibliothek. In diesem Zimmer suchte Sir Gilbert Zuflucht vor den Anstrengungen und Geduldsproben, denen ein Vater von elf Kindern ausgesetzt war, davon acht von seiner verstorbenen ersten Frau und drei von seiner zweiten Gemahlin, die umso lebendiger war. Sir Gilbert nahm jeden Morgen das Frühstück in der Bibliothek ein, und wenn er nicht gerade zu Pferd auf den Ländereien unterwegs war, aß er dort auch am späten Nachmittag zu Abend. Der Großteil der Verwaltungsarbeit wurde von diesem Raum aus erledigt, wenn dieser auch keine echte Zuflucht war. Sir Gilbert war sehr nachsichtig mit seinem Nachwuchs, sodass ständig irgendwelche Kinder unterschiedlichen Alters herein- und hinausstürmten wie herumtollende Kälber, Kinderfrauen und Hausmädchen dicht auf den Fersen. An diesem Novembermorgen war der Gutsherr jedoch aufgrund der frühen Stunde für sich allein.

Der Sturm, der am Vorabend heulend um das Haus gefegt war, hatte sich gelegt, und draußen dämmerte ein ruhiger, windstiller Morgen. Schwerer, beinahe frostiger Nebel hüllte die Berge ein. Stellenweise war der Schnee liegen geblieben, und die abgestorbenen Blätter des Bergahorns glänzten vor Nässe wie frisch poliert. Vier Hirschkühe grasten in der Ferne, rostfarbene Flecken vor gräulichem Hintergrund. Fasane stolzierten umher, stolz und hochnäsig, und pickten zwischen den Schafen nach Bucheckern und kleinen Insekten. Es waren die Mutterschafe, die Sir Gilbert voller Zuneigung betrachtete, während er seinen Porridge löffelte und dazu warmen Lammschinken kaute. Sechzig kräftige Cheviots hatte er vor einem knappen Jahr von Tweeddale gekauft. Schwerfällige, träge Tiere verglichen mit den zähen schwarzgesichtigen Linton-Schafen, und auch nicht so widerstandsfähig, weshalb sie auf eingefriedeten kleineren Weiden standen, die ein wenig wettergeschützt waren. Er würde sie den ganzen Winter über dort belassen und sie erst auf höher gelegene Wiesen treiben, wenn der Frühling bereits weit fortgeschritten war. Keine Arbeiterunterkunft und keine ungepflegten Wirtschaftsgebäude verschandelten die Aussicht. Ställe, Remisen und Molkerei befanden sich auf der Rückseite des Landgutes. Der eigentliche zum Gut gehörende Bauernhof, auf dem der Verwalter Sinclair lebte, befand sich eine Viertelmeile entfernt auf einem erhöhten Stück Schwemmland, das oberhalb der Flutmarke des Lightwater lag, und war, abgesehen von der Rauchsäule, die von seinem Kamin aufstieg, vollständig von Tannen und Buchen verdeckt.

Sir Gilbert konnte nicht gleich ausmachen, was die Hirschkühe aufschreckte, die mit großen Sprüngen zwischen die Binsen am Flussufer flüchteten. Er legte Gabel und Löffel aus der Hand und stand auf. Mit dem Ärmel seines Hausmantels wischte er über die beschlagene Fensterscheibe und blickte hinaus in den Nebel. Das sägende Krächzen eines Fasans erregte seine Aufmerksamkeit, ebenso wie die Schafe, die plötzlich misstrauisch in eine bestimmte Ecke der zwanzig Morgen umfassenden Wiese schauten. Sir Bontine sah genauer hin und fragte sich, welcher von den Hausangestellten sich vom Weg entfernt haben mochte, oder ob vielleicht Sinclair in einer dringenden Angelegenheit zu ihm unterwegs war. Aber es war kein Mann, der schließlich zwischen den Bäumen auftauchte. Sir Gilbert schob den Riegel zurück und öffnete das Fenster. Ein eisiger Lufthauch wehte herein, und das knisternde Feuer im Kamin am anderen Ende des Raumes loderte auf. Aber der Gutsherr, der mit der Kälte groß geworden war, störte sich nicht daran. Er stützte sich mit beiden Ellbogen auf den Fenstersims und reckte den Hals.

Die Frau kam geradewegs auf das Haus zu. Ihre Kleider ließen darauf schließen, dass sie aus dem Hochland kam. Das Plaid, das sie sich umgehängt hatte, war nicht wie in der Ebene üblich an den Ecken vernäht, sondern schwang lose hin und her. Die Röcke hatte sie fast bis zu den Knien gerafft. Barfuß stapfte sie durch den frostigen Tau, als wäre es warme Milch. Ihre Schuhe baumelten an einer Schnur an ihrem Gürtel, aber ansonsten hatte sie weder Tasche noch Bündel bei sich, abgesehen von jenem, das sie auf den Armen trug. Sir Gilbert wusste gleich, dass es sich um einen Säugling handelte.

Wenn sein Ältester, Randall, noch die Gegend um Balnesmoor unsicher gemacht hätte so wie früher, hätte der Gutsherr wohl vermutet, die Frau käme, um einen unehelichen Enkel auf seiner Schwelle abzulegen. Aber Randall, eine rebellische Natur, war seit drei Jahren im Exil bei seinem Onkel Alexander in Marinwood in der Grafschaft Kerry, und Sir Gilbert bezweifelte, dass die Frau die Irische See überquert hatte, um der Familie Ärger zu machen.

»Du da«, rief er. »Wo willst du hin?«

»Zum Bauernhof, Sir.«

»Das hier ist Privatbesitz, weißt du das nicht?«

»Ich suche den Gutsherrn.«

»Was du nicht sagst. Und was willst du?«

»Ich möchte Milch kaufen.« Die Frau setzte während der aufgrund der Entfernung lautstark geführten Unterhaltung ihren Weg fort und erreichte bald den Rasen zwischen der schmalen Ligusterhecke. Sie blieb vor den Stufen zur geplätteten Terrasse unmittelbar unter dem Fenster stehen.

»Was hast du gesagt?«

»Milch, Sir. Für das Baby.«

»Milch bekommst du in der Molkerei. Was willst du also von mir?«

»Dann sind Sie der Grundbesitzer?«

»Natürlich bin ich das.«

»Ich würde gerne ein ganz kleines Stück Land pachten, Sir.«

»Land, sagst du?« Sir Gilbert kratzte sich am Ohrläppchen. »Bleib, wo du bist. Rühr dich nicht von der Stelle, hörst du. Ich komme runter.«

Er schlüpfte in seine Schuhe und nahm seinen mit Federn geschmückten Hut von dem kleinen Tisch bei der Tür. Sein erst halb gegessenes Frühstück zurücklassend, eilte er die Seitentreppe hinunter in die Halle, wo Hunter, sein ranghöchster Dienstbote, verschlafen die Hausmädchen zu diversen Feuerstellen dirigierte und allgemein rege Betriebsamkeit herrschte.

»Guten Morgen, Herr.«

»Draußen ist eine Frau, Hunter.«

»Eine Frau, Herr?«

Hunter hatte schon genug am Hals mit den Frauen, die ihm unterstellt waren, neun an der Zahl, die Köchin nicht mitgerechnet, da diese sich von niemandem etwas sagen ließ. Die Jahre als Dienstbote hatten seine Instinkte geschärft, und er wusste sofort, dass er ebenso wenig für die Fremde draußen verantwortlich gemacht werden konnte wie für Mehltau in den Bäumen, eine Schmeißfliegenplage oder Holzbockbefall bei den Schafen. Achselzuckend öffnete er die Haupttür und ließ seinen Dienstherrn hinaus. Die Hahnenfeder an seinem Hut nickte heftig, als dieser über die Schwelle trat. Der Diener warf neugierig einen Blick nach draußen und sah, wie der Gutsherr die Treppe zum Rasen hinunterstieg.

Hunter schnippte mit den Fingern. »Betty, sag Klein-Dougie, er soll rüberlaufen und Mr. Sinclair holen.«

Betty machte sich auf, den Küchenburschen zu finden, um ihm Mr. Hunters Anweisung zu übermitteln und dabei auf den weitläufigen Fluren des Dienstbotentraktes zu verbreiten, dass sich etwas Ungewöhnliches ereignete.

Derweil trafen Sir Gilbert und die Frau aufeinander.

Sie schien nicht eingeschüchtert von ihm, aber Highlander ließen sich so leicht nicht einschüchtern. Auch waren sie zuweilen listig und verschlagen, was jedoch ganz sicher nicht auf die Frau zutraf, die er vor sich hatte. Sie machte einen ehrlichen und aufrechten Eindruck und erwiderte den Blick des Gutsherren ohne das kalte Glitzern der Feindseligkeit oder Arglist, das den meisten Vagabunden eigen war.

»Wo ist dein Mann?«, fragte Bontine. »Wenn du über eine Pacht sprechen willst – und in diesem Bezirk ist kein Pachtland mehr zu vergeben, das sage ich dir gleich –, müsstest du das vorab mit deinem Mann besprechen.« Nach einer kurzen Pause fuhr er fort. »Ich meine natürlich, dann müsste ich die Angelegenheit mit deinem Mann besprechen. Es ist nicht deine Sache, solche Angelegenheiten mit deinem Mann zu besprechen. Oder mit mir.« Wieder legte er eine Pause ein. »Oder dein Mann sollte wenigstens dabei sein.«

»Ich habe keinen Ehemann, Herr.«

»Oha! Und wem gehört dann dieses Kind? Deiner Tochter vielleicht? Ich meine, du bist doch nicht dic Mutter des Säuglings, sondern höchstens seiner Mutter.« Er zögerte. »Ich meine, ist das dein Enkel?«

»Das Baby ist ein Findelkind. Ich habe es gestern Abend oben in der Hütte beim Bach auf dem Drumglass gefunden, Sir. Mr. Leggat und Doktor Rankellor wurden verständigt.«

»Was du nicht sagst. Meinst du damit, dass sie bei der Geburt dabei waren?«

»Nein, Herr.« Die Frau warf einen Blick auf das Haus und den Mann, der sie von der Tür aus neugierig musterte. »Die

Mutter war tot, das Kind aber lebte noch. Doktor Rankellor wurde hinzugezogen.«

»Wer hat Harry Rankellor geholt?«

»Der Pfarrer.«

»Und wer hat den Pfarrer verständigt?«

»Ich, Sir.«

»Und warum hat es niemand für nötig erachtet, den Gutsherrn zu verständigen?«

»Es war lange nach Einbruch der Dunkelheit, Sir, und es gab keinen Grund, den Gutsherrn zu stören.«

»Ganz recht. Der Gutsherr hätte nicht viel mehr tun können als Mr. Leggat und der stellvertretende Sheriff, aber ich würde doch meinen, dass die Höflichkeit gebietet, den Gutsherrn zu informieren. Mich. Immerhin gehört die Hütte auf dem Drumglass mir.«

Unvermittelt hielt die Fremde ihm das Bündel hin. »Möchten Sie sie sehen, Herr?«

»Sie sehen? Warum sollte ich sie mir ansehen wollen?«

»Immerhin wurde sie auf Ihrem Land gefunden, Sir.«

»Stimmt mit ihr etwas nicht?«

»Aber nein, Sir. Sie ist völlig in Ordnung.«

»Und woran ist die Mutter gestorben?«

»Hunger, Sir. Sie ist verhungert.«

»Sie gehörte nicht zu uns, oder?«, fragte Sir Gilbert.

»Ich verstehe nicht, Sir.«

»Sie gehörte nicht zu meiner Gemeinde.«

»Der Pfarrer hat sie nicht gekannt«, entgegnete Gaddy. »Und Sie möchten wirklich nicht einen kleinen Blick auf das Kleine werfen?«

Sir Gilbert hatte nicht das Geringste gegen Kinder, ganz im Gegenteil, er hatte durchaus aktiv geholfen, seine eigenen Kinder mitzuversorgen, als sie noch klein waren, und er hatte manche Nacht vor Sorge wach gelegen, wenn eins von ihnen krank gewesen war. Und so nahm er das in die Decke gewickelte Baby aus den Armen der Highlanderin und blickte in sein winziges Gesicht.

»Macht mir einen ganz zähen Eindruck«, sagte er und wiegte den Säugling ganz automatisch. »Hat sie einen Namen?«

»Ich werde sie Elspeth nennen, Sir.«

»Elspeth. Meine Kinderfrau hieß Elspeth. Sie stammte von der Insel Mull. Sie stammen nicht zufällig aus derselben Familie?«

»Ich komme aus Ardelve, Sir.«

»Auf dem Cruachan? Dann bist du weit weg von zu Hause.«

»Ich bin mit einem Wanderhirten hergekommen. Er ist nach Cadder weitergezogen.«

»Aha!«, meinte Gilbert Bontine. »Ihr habt mein Gras gestohlen, stimmt's?«

»Ja, Sir.«

»Ihr seid doch alle gleich, ihr Hirten aus dem Hochland. Keine Achtung vor dem Gesetz. Hast du eigentlich eine Vorstellung davon, was es kostet, Gras wachsen zu lassen? Wenn ich meine Schafe auf eure Äcker treiben und eure Gerste fressen ließe oder den Haferbrei von euren Tellern, würdet ihr auch Zeter und Mordio schreien, oder?« Er fuhr fort, das Baby zu wiegen, wobei die lange Feder an seinem Hut wieder wippte. »Milch. Ja. Sie braucht Milch. Aber was hat es mit dem Land auf sich, das du pachten wolltest?«

»Ich möchte mich in der Gegend niederlassen, da Elspeth Mündel der Gemeinde ist.«

»Du wirst davonlaufen, habe ich Recht? Sobald sie dir offiziell überlassen wurde, wirst du mit ihr zurückkehren in dein armseliges Dorf.«

»Dort aufzuwachsen ist immer noch besser für sie als das Armenhaus, Herr.«

»Zweifellos. Aber wie ich schon sagte, ich habe kein Land mehr zu verpachten.«

Der Gutsherr hielt das Baby immer noch auf dem Arm und schaukelte es leicht.

Jetzt, da sein fünfundfünfzigster Geburtstag mit großen Schritten nahte, hatte Sir Gilbert das kritische Alter erreicht, in dem er keine eigenen Kinder mehr zeugen würde. Er sehnte sich nach Enkelkindern. Gilbert Junior und Randall waren als Einzige in dem Alter, ihm welche zu schenken, aber bislang hatte keiner seiner beiden ältesten Söhne Anstalten gemacht, sich eine Frau zu nehmen. Aber seine Tochter Sarah würde bald alt genug sein für den Heiratsmarkt, und das Gewicht und der Geruch des Kindes in seinen Armen weckte seine Vorfreude auf die Zukunft und das Gefühl der Erfüllung, wenn die dritte Generation Erben das Licht der Welt erblicken würde. Wenn es in seiner Macht gestanden hätte, hätte er der Frau geholfen, das Sorgerecht für das arme Findelkind übertragen zu bekommen. Aber er hatte die Wahrheit gesagt; es war keine Hütte mehr frei, und Dienstboten brauchte er auch keine mehr. Haus und Anwesen quollen bereits förmlich über von Personal.

»Da wäre die Hütte, Sir.«

»Hütte? Was für eine Hütte? Die der alten Peevie? Dort würde ich nicht einmal Schweine unterbringen, Frau.«

»Ich würde sie etwas herrichten, Sir.«

»Und wovon willst du leben? Du kannst dich ja schlecht von Gras und Wasser ernähren. Und Arbeit gibt es auch so gut wie keine, jetzt, da der Winter vor der Tür steht.«

»Ich habe vier Pfund und acht Schilling, Sir. Das müsste bis zum Frühjahr reichen.«

»Vier Pfund und acht Schilling? Wie kommst du an eine solche Summe?«

»Ich habe das Geld ehrlich verdient, Sir. Ich habe es über viele Jahre hinweg gespart.«

Wenn er auch zuweilen rhetorische Schwierigkeiten hatte, war Sir Gilbert umso geschickter im Umgang mit Zahlen. Er konnte mit erstaunlicher Geschwindigkeit addieren, subtrahieren, dividieren und multiplizieren, und das ohne Zählsteine oder Kreide und Tafel. Er gab der Frau das Baby zurück und strich sich mit dem Zeigefinger nachdenklich über das Kinn.

»Brot macht vier Pence pro Pfund, Hafermehl zwei. Kartoffeln, recht billig mit sieben Pence pro sechs Kilo, Zucker zu sechs Pence. Der Milchpreis schwankt leicht.« Er sprach sehr schnell. »Der Durchschnittslohn für einen weiblichen Viehtreiber liegt bei einem Schilling und sechs Pence pro Woche, oder zehn Pence pro Tag für einen kräftigen Arbeiter, der eine Familie zu unterhalten hat. Wenn wir die Differenz zwischen einem Arbeiterlohn und dem einer Viehtreiberin teilen – drei Schillinge –, sind das neunundzwanzig Wochen, und es bleibt noch ein Schilling übrig.«

»Ja, Sir«, entgegnete die Frau ganz benommen von den vielen Zahlen.

»Ich nehme an, du willst mir den Schilling als Pacht anbieten?«

»Was für eine Pacht würden Sie denn verlangen, Herr?«

»Wie willst du sie verdienen, wie hoch sie auch sein mag?«

»Durch Säen und Ernten.«

»Saatgut kostet Geld.«

»Drei Morgen oben auf dem Hügel, Sir, und die Hütte.«

»Du wirst Anspruch auf mein Wasser erheben, auf den Bach.«

»Nur auf den Abschnitt, der unmittelbar hinter der Hütte vorbeifließt, Sir. Ich möchte aber um das Privileg bitten, aus dem Bach schöpfen zu dürfen, so viel ich mag.«

»Woher willst du wissen, dass der Bach nicht austrocknet?«

»Sie würden kein Vieh auf Weiden halten, deren Wasserversorgung nicht gesichert ist, Sir.«

Der Gutsherr hatte Spaß an dieser Unterhaltung mit der

Highlanderin. Auch ging ihm langsam auf, dass er aus dem Ersuchen der Frau noch Profit schlagen könnte. Das Land, das sie haben wollte, bestand aus hartem Lehmboden, und dort wuchs nur spärlich Gras. Die Hütte selbst war wertlos.

»Wenn du bereit bist, die Hütte in ihrem jetzigen Zustand zu pachten und keine Instandsetzungsarbeiten von mir verlangst, könnte ich unter Umständen eine Verpachtung in Erwägung ziehen.«

»Und wie hoch wäre diese Pacht, Sir Gilbert?«

Dass sie bereit war, die Last einer Pacht um des Babys willen auf sich zu nehmen, war nur allzu offensichtlich. Wenn er ihrem Wunsch nachgab und ihr die Möglichkeit eröffnete, sich in Balnesmoor niederzulassen, hatte er nichts zu verlieren, wenn sie scheiterte.

»Weide- oder Ackerland?«

»Beides.«

»Beides? Dann hast du Vieh?«

»Noch nicht, Sir.«

»Dann möchtest du welches kaufen?«

»Jawohl, Sir. Zu gegebener Zeit. Eine Kuh und ein paar Schafe.«

»Schafe. Ich will nicht, dass du irgendwelche Krankheiten einschleppst«, erklärte der Gutsherr. »Bedingung für die Verpachtung wäre, dass jedes Tier, bevor du es kaufst, von mir begutachtet und genehmigt wird.«

»Dem würde ich zustimmen, Sir. Und, wie hoch wäre die Pacht?«

»Drei Morgen beginnend bei der Rückwand der Hütte?«

»Jawohl, Sir.«

»Nächste Woche ist Martinstag«, erklärte Sir Gilbert. »Dann werden die meisten halbjährlich gezahlten Pachten fällig. Manche zahlen aber auch erst am Pfingstsonntag im Mai. Manche nur am Martinstag; jene, die zum Fest fette Lämmer verkaufen. Wenn du vom Martinstag an pachtest und an Pfingsten bezahlst, wirst du noch keine Ernte eingebracht haben, das heißt, du wirst noch keine Erträge erwirtschaftet haben. Willst du das Land trotzdem pachten?«

»Jawohl, Herr.«

»Zwei Pfund im Voraus«, sagte Sir Gilbert, als Sinclair eben auf dem mit Schlacken befestigten Weg auftauchte, der seitlich um das Haus herumführte. »Den Rest stunde ich. Den kannst du in einem Jahr zahlen, am nächsten Martinstag.«

»Und wie viel wäre das insgesamt, Sir, bis kommenden November?«

»Acht Pfund natürlich.«

»Und die Länge des Pachtvertrages?«

»Ich werde dir nicht die Last von neunzehn Jahren auferlegen«, entgegnete der Grundbesitzer. »Ich biete dir fünf an. Neun, wenn du willst.«

»Dann nehme ich neun, Sir.«

»Das ist ein guter Handel, das kann ich dir versichern. Im Umland eines so geschäftigen Dorfes wie Balnesmoor liegt die Pacht normalerweise zwischen vierzig und fünfundsiebzig Schilling pro Morgen.«

»Aber doch nicht für unfruchtbaren Lehmboden, Sir?«

»Je nachdem.«

»Dreiunddreißig Schillinge pro Morgen und Jahr erscheint mir fair, Sir«, sagte Gaddy und wandte sich um, als Sinclair näher kam.

Sinclair war ein gut aussehender Mann. Er war groß, dunkelhaarig und hielt sich sehr gerade. Er hätte unter den Mädchen der Gemeinde frei wählen können, war aber seiner zierlichen Frau Aileen treu, die Sir Gilbert immer an eine Spitzmaus erinnerte und Sinclair in drei Jahren ebenso viele kräftige, gesunde Kinder geschenkt hatte. Sinclairs Vater und Großvater waren bereits Verwalter im Dienste der Familie Bontine gewesen, und Lachlan war von klein auf in diese Aufgabe hineingewachsen.

»Dann ist es also abgemacht?«, fragte Sir Gilbert hastig.

»Jawohl, Sir. Abgemacht.«

Der Gutsherr grinste und wandte sich seinem Verwalter zu, der respektvoll einen Meter entfernt stehen geblieben war. Sinclairs schmales Gesicht drückte wie gewöhnlich Wachsamkeit aus.

»Wünschen Sie etwas, Sir?«, fragte er.

»Ich habe eben einen neuen Pachtvertrag abgeschlossen, Lachlan. Für ein Feld.«

»Um welches Feld handelt es sich, Sir Gilbert?«

»Es liegt seitlich oben auf dem Drumglass, östlich und nordöstlich vom Nettleburn. Die Hütte der alten Peevie gehört auch dazu.«

»Wie viele Morgen, Sir Gilbert?«

»Drei. Diese Frau benötigt nur eine kleine Fläche.«

»Ist sie allein?«

Der Gutsherr nahm seinen Verwalter beiseite und flüsterte ihm etwas ins Ohr. Sinclair enthielt sich jeglichen Kommentares zu dem Handel, den sein Arbeitgeber abgeschlossen hatte. Aber der Handel war typisch für kleingeistige, rückständige, patriarchalische Grundbesitzer, die wenig von modernen Entwicklungen in der Landwirtschaft hielten und sich auch nicht auf den Treffen der Harlwood Agricultural Improvement Society blicken ließen, einer Körperschaft mit Sinclair als Vorsitzendem. Lachlan Sinclair hielt nichts davon, einzelne kleine Landparzellen zu verpachten und Ländereien dieser Art zu stückeln. Aber niemals würde ein kritisches Wort zu einer Entscheidung seines Arbeitgebers über seine Lippen kommen, nicht einmal seiner Frau gegenüber, der er ansonsten so ziemlich alles anvertraute.

Als Sir Gilbert mit seinen Instruktionen fertig war, nickte Sinclair der Frau zu. »Komm mit.«

Sie warf einen Blick auf den Gutsherrn, den sie weniger fürchtete als seinen Verwalter.

»Geh mit Sinclair. Er wird dafür sorgen, dass ein entsprechender Vertrag aufgesetzt und unterzeichnet wird. Hier in Ottershaw halten wir gerne alles schriftlich fest. Er wird dir auch einen Viertelliter Milch für das Baby geben.«

Gaddy verneigte sich ungelenk vor Sir Gilbert. »Ich danke Ihnen, Sir.«

»Wenn du deinen Namen nicht schreiben kannst, mach dein Zeichen«, fuhr der Grundbesitzer fort. »Und lass dir das Dokument vorher von Mr. Sinclair vorlesen.«

»Jawohl, Sir.«

»Und lass das Kind ordentlich taufen«, fügte er hinzu und erfüllte so seine Pflicht gegenüber Gott und Kirche.

Hierauf verabschiedete sich Sir Gilbert Bontine mit einem Wink und kehrte zurück ins Haus, um fertig zu frühstücken.

Gaddy hatte in ihrer Kindheit eine Reihe nützlicher Fertigkeiten gelernt, von denen viele in Balnesmoor in Vergessenheit geraten waren, da hier jeder seine klar definierten Aufgaben hatte und nur die Handgriffe beherrschte, die von ihm verlangt wurden. Die sehr eng verbundenen Mitglieder einer landwirtschaftlichen Gemeinde waren stolz auf ihre Ahnen, die ihre Spuren hinterlassen hatten, wie Generationen von Eseln beim Drehen der Mahlsteine mit ihren Hufen tiefe Furchen im Boden der Mühlen hinterließen. Wenn man niederen Standes geboren wurde, musste man auch niederen Standes bleiben. Dass nun die Bettgefährtin eines Wanderhirten sich erdreistete, Land von Bontine zu pachten, war unerhört.

Gaddy war schon bald in ganz Balnesmoor bekannt. Sie versteckte sich nicht wie ein Eremit in ihrer schäbigen Hütte, zumal es über den Schafpfad vorbei an Coll Cochrans Hof nur zwei Meilen bis zur Hauptstraße waren und eine weitere Viertelmeile bis zur Kirche. Sie kam daher – wobei sie viel zu schnell ging für eine anständige Frau –, das Kind in einer Decke auf den Rücken gebunden, die Schuhe an einem Riemen von ihrem unweiblichen Gürtel baumelnd. Schon bald sprach sich herum, dass sie ganz gewöhnliche Gegenstände suchte wie alte landwirtschaftliche Geräte, Stricke und Zwirn, Säcke und Kisten, alles, dessen sie habhaft werden konnte, wenngleich man fairerweise sagen musste, dass sie keine Almosen nahm und für alles bezahlte. Und obgleich die braven Bürger von Balnesmoor sie mit Missachtung straften, wenn sie ihr unterwegs begegneten, waren sie doch gerne bereit, Gaddys Geld zu nehmen.

Es ging das Gerücht um, sie habe als Hure ein Vermögen gemacht und sich jetzt, da sie in die Jahre gekommen war, in Balnesmoor niedergelassen, um den einsamen, anspruchslosen, unverheirateten Landarbeitern im Umkreis ein paar Schillinge aus der Tasche zu ziehen. Auch erzählte man sich, dass sie von einem Trupp Viehhirten vorgeschickt worden war, die ein Auge auf Drumglass geworfen hatten und das Land mit ungepflegtem Vieh aus den Highlands überschwemmen würden, wogegen niemand etwas würde unternehmen können, da diese Gaddy das Sagen über die Weiden hatte.

Als die Mutter des Balgs bestattet wurde, lungerte die Frau aus dem Hochland an der Mauer herum, während Mr. Leggat die Grabrede hielt und ein Gebet sprach zugunsten der Verstorbenen, auf dass sie in Frieden ins Paradies einkehren möge. Doktor Rankellor und Lachlan Sinclair kamen auch. Mr. Moodie stahl sich von seinem Webstuhl davon, um der Beerdigung beizuwohnen, wohl um sich davon zu überzeugen, dass das Geld aus dem Armenfonds nicht vergeudet wurde. Nur die drei Männer, der Pfarrer und sie an der Mauer, die mit dem Baby auf dem Arm herübersah und dabei beruhigend auf das Kind einredete, damit es nicht schrie. Es war ein düsterer, fahler Tag und um zwölf Uhr mittags, Mr. Leggats bevorzugte Uhrzeit für Bestattungen, bereits dämmrig. Es gab nichts zu sehen außer den Gestalten der Männer, der Frau an der Mauer und dem Kirchengiebel, der aussah wie ein Stück altes Segeltuch, das reglos in der windstillen grauen Luft hing.

Sechs Schillinge und acht Pence hatte die Gemeinde der Sarg gekostet. Dazu kamen ein Schilling und vier Pence für das Totenhemd. Mr. Moodies Vorschlag, die Highlanderin solle für die Beerdigungskosten aufkommen, war von Mr. Leggat entschieden zurückgewiesen worden. Es kam zu einer Versammlung des Dorfrates, bei der heftig debattiert wurde, ehe Mr. Leggat schließlich seinen Willen durchsetzte und die Beerdigung der Unbekannten aus dem Wohltätigkeitsfonds bestritten wurde. Dank der Moodie-Frauen wurde reichlich Tratsch zu den Wasserpumpen und Misthaufen und von den Trockenflächen bis zu den Gemeinschaftsweiden getragen, um spitze Zungen in Gang zu halten.

»Aber hat sie das Kind nicht taufen lassen?«

»Doch, diese listige Schlange. Aber erst, als Mr. Leggat darauf bestanden hat. Besser doppelt in die Gnade Gottes aufgenommen werden als gar nicht, hat der Pfarrer gesagt.«

»Aber sie hat die Kirche nie betreten, oder?«

»Bis zum Taufbecken ist sie gegangen. Ist zusammengezuckt, als das Weihwasser auf ihre Hand gespritzt ist, hat Jeannie Moodie mir erzählt.«

»Und wann war das?«

»Freitag, einen Tag nach der Beerdigung.«

»Klammheimlich?«

»Um neun Uhr am Morgen.«

»Und wer hat für das Kind Pate gestanden?«

»Rankellor.«

»Allmächtiger. War Jamie Moodie auch da?«

»Ihm blieb gar nichts anderes übrig.«

»Und gab es nur den einen Paten?«

»Sinclair hat den zweiten gestellt.«

»Was Rankellor betrifft, wundert es mich nicht, aber Sinclair hätte ich für klüger gehalten.«

»Der springt doch auf jeden Wink des Gutsherrn.«

»Und auf welchen Namen wurde das Baby getauft?«

»Elspeth. Elspeth McIver Patterson.«

Balnesmoor war auf einem weitläufigen Hügel an der Hauptstraße von Glasgow nach Stirling gelegen. Das Dorf umfasste an die dreißig strohgedeckte Hütten, die man aufgrund ihrer stinkenden Schornsteine ebenso gut für Ställe hätte halten können, jedes mit einem Misthaufen davor und mit einem Schwein, Pferd oder Rind hinter dem Haus, einem aufgestellten Karren neben der Tür, Pfützen schlammigen Wassers, dort wo Dachrinnen und Fallrohre undicht waren – also praktisch überall. Weiter oben grenzten die Hütten der einfachen Landarbeiter an größere, massivere Gebäude, und dort waren auch die Straßen ordentlicher, manche Häuser weiß getüncht mit Vorhängen hier und da an den Fenstern und schimmernden Dekorationsgegenständen aus Messing in den Wohnungen. Dort lebten Händler und Handwerker mit ihren Familien. Auf dem Platz vor dem Ramshead Inn befand sich eine Pumpe, um die herum der Boden sogar mit Kopfsteinpflaster befestigt war. In der Sackgasse Bonnywell kauerten die beiden Häuschen der Weberfamilie gleich neben dem Pfarrhaus. Die schlichte Kirche hatte einen sächsischen Turm, und davor standen zwei große Eschen, an denen bis vor zehn Jahren noch die Kirchenglocken gehangen hatten. In den Außenbezirken von Balnesmoor standen vier recht große Villen mit Schiebefenstern im Erdgeschoss, Gauben im Schieferdach und eingezäunten Gärten mit dekorativen Rhododendronsträuchern.

Nach Harlwood waren es drei Meilen, aber erst kam Greenhead mit seinen Schuppen, Werkstätten, der Schmiede und dem »Büro«, wo der Harlwood Flyer hielt, um die Post für die Stadt mitzunehmen, sofern Wattie McGowan sich die Mühe machte. Die letzten Gebäude des Dorfes lagen an einer schlammigen Straße, die zum Steinbruch führte sowie zu vier Bauernhöfen, die unauffällig wie Wachteln unterhalb des Moores im Gras kauerten. Und dann war da noch die Kreuzung mit einem vierarmigen Wegweiser – Harlwood, Balfron, Killearn, Fintry –, Straßen, die Abenteuerlustige in die weite Welt lockten und andere zurückschickten wie ein Soldat, der den Durchgang verweigerte und sagte: *Keinen Schritt weiter, Junge. Kehr um, dorthin, wo du hingehörst*, ein Befehl, dem die meisten Pächter Bontines nur zu gerne Folge leisteten. Entlang dieser Route und unten bei den Hütten am Loup o'Kennart sowie ganz hinten in den Kuhställen der herrschaftlichen Farm fand Gaddy mit Mr. Sinclairs Erlaubnis alles Gerät, das sie brauchte, um damit anzufangen, ihr bisschen Land zu bewirtschaften. Als sie am Abend ihr Geld zählte, stellte sie zu ihrem Entsetzen fest, dass sie in drei Tagen 14 Schillinge ausgegeben hatte, zusätzlich zu den zwei Pfund, die sie als Pachtvorschuss gezahlt hatte und einen Schilling und zehn Pence für Lebensmittel und Stoff. Aber sie hatte das Geld nicht verschwendet, und erst beim Tageslicht, das durch das Loch im Hüttendach fiel, und später im flackernden Schein der Talgkerze reinigte und schärfte sie die Gerätschaften mit einem harten Brocken Basalttuff, den sie aus dem Bach gefischt hatte, um sie abschließend mit ein, zwei Tropfen Rizinusöl einzufetten, das sie für das Baby gekauft hatte.

Feuerholz und alles, was auf dem von ihr gepachteten Grund wuchs und lebte, gehörten von Rechts wegen ihr. Sinclair hatte ihr eine Stelle verraten, an der entlang des Lightwater Binsen mit biegsamen, widerstandsfähigen Stängeln wuchsen. Außerdem gab es in unmittelbarer Nähe der Hütte Heide- und Farnkraut genug zum Ausstreuen, um den Fußboden sauber zu halten und ihr Lager einigermaßen weich. Wenn sie gutes dunkles Haselnussholz fand – helles ginge auch, wäre aber nicht ganz so geeignet –, konnte sie Flechtwerk herstellen, das ihr dann beispielsweise als Tür diente und als Windfang, sowie anschließend ein vernünftiges Bettchen für Elspeth, etwas Solideres als der alte Strohkorb, in dem sie derzeit schlief.

Mr. Leggat tat ihr seine Expertenmeinung bezüglich des Potenzials ihrer drei Morgen Land kund. Und wer würde es wagen, in gärtnerischen Fragen einem Mann zu widersprechen, der einem eben erst einen Blumenkohl von der Größe eines halben Kalbskopfes gebracht hatte und einen ganzen Korb voller süßer, makelloser Pippinäpfel.

»Ah, Brennnesseln«, sagte der Geistliche. »Die sprechen immer für einen guten Boden. Wenn ich du wäre, würde ich die letzten noch halbwegs warmen Tage nutzen und zuallererst dort umgraben, wo Brennnesseln wachsen. Die Erde sollte vor dem ersten strengen Frost umgegraben sein.«

»Und was sollte ich Ihrer Meinung nach anpflanzen, Sir?«

»Erst einmal gar nichts«, entgegnete der Pfarrer. »Versuch lieber die Vorbereitungen für die Frühjahrsaussaat möglichst weit voranzutreiben. Wir werden für einen trockenen März beten. Hast du auch das Land an der Grenze zum Moor gepachtet?«

»Alles, was zwischen den zehn Pfosten liegt, die Mr. Sinclair eingeschlagen hat, Sir. Er hat die Fläche mit zwei anderen Männern exakt abgemessen.«

»Ich verstehe. Versuch, soweit möglich, kleine farnbewachsene Flächen zu roden, denn der Boden dort wird dunkel und fruchtbar sein und ideal für Kartoffeln, wenn du auch später im Jahr viel Arbeit haben wirst mit Unkrautjäten.«

»Ja, Sir.«

Gaddy saugte die Informationen in sich auf wie ein Schwamm und fügte sie ihrem eigenen Wissensschatz hinzu.

Auf den ersten Blick wirkte das mit einer dünnen Moosschicht bedeckte sumpfartige Land mit dem einen Graben, der Hecke und der stellenweise eingestürzten Mauer eher abweisend, aber in den Augen des Geistlichen war es ein verborgenes Paradies.

»Leider wirst du die viele Arbeit nicht allein bewältigen können«, sagte Mr. Leggat.

»Donald wird bald zurück sein und mir helfen.«

Der Geistliche hegte diesbezüglich so seine Zweifel, behielt diese jedoch für sich.

Harry Rankellor war beim Abendessen im Pfarrhaus weniger zurückhaltend. Er erklärte, dass der Hirte künftig einen großen Bogen um Balnesmoor – und Gaddy Patterson – machen würde. »Und wie soll sie dann zurechtkommen?«, entgegnete Mr. Leggat.

»Aller Wahrscheinlichkeit nach wird sie das nicht«, stellte Rankellor fest.

»Sie hat sich viel aufgebürdet.«

»Zu viel. Aber es ist nur verständlich. Fast vorbildlich«, sagte der Doktor. »Ich bewundere ihren Mut. Wenn er auch auf einer derben Natur begründet. Denken Sie doch nur, William: Eine Frau, die nach ländlichen Maßstäben die besten Jahre hinter sich hat und noch kinderlos ist. Das Baby muss ihr wahrlich wie ein Gottesgeschenk erschienen sein.«

»Von Gott gesandt, ja«, pflichtete der Pfarrer ihm bei. »Aber auch wenn ich ihr mit noch so vielen Ratschlägen zur Seite stehe, kann sie unmöglich in einem Jahr drei Morgen Land umgraben, bepflanzen und genug ernten, um die Pacht am kommenden Martinstag zu zahlen und dazu sich und das Kind zu ernähren.«

»Wie viel verlangt Bontine denn für den Grund?«

»Zwei Pfund zuzüglich sechs weiterer, die er ihr einstweilen stundet.«

»Man sollte ihn rädern und vierteilen.«

»Nein, seien wir nicht unfair. Allein die Weidegebühr würde fast so viel einbringen. Außerdem ist der Boden ausgesprochen fruchtbar.«

»Vielleicht wenn er von vier Leuten bewirtschaftet wird und zwei davon in Lohn stehen, um Fleischvorräte zu kaufen.«

»Wenn der Hirte nicht zurückkommt, wird die Frau sich eine Anstellung suchen müssen – oder wir müssen eine für sie finden.«

»Das würde wiederum noch weniger Zeit für die Bewirtschaftung des eigenen Bodens bedeuten.«

»Sie hat erwähnt, dass sie Vieh kaufen will – eine Kuh und Schafe.«

»Das sind doch Träumereien«, sagte Rankellor kopfschüttelnd. »Aber nachdem Sie sie ermutigt haben, William, gehe ich davon aus, dass Sie sie nicht verhungern lassen werden. Es würde mich nicht im Mindesten überraschen, wenn sie mit dem Kind in ihr Heimatdorf zurückkehrte.«

»Nein, Harry. Ich fühle im Herzen, dass Gaddy Patterson bleiben wird.«

Rankellor grunzte. »Gibt es noch nichts Neues von den anderen Gemeinden bezüglich der Mutter?«

»Nichts.«

»Dann ist es ein Bastard, ein armes unschuldiges Wesen, entstanden aus einer sündigen Verbindung. Vielleicht war es wirklich Schicksal, dass ausgerechnet an diesem Abend ein Hirte und seine Hure in der Nähe waren.«

»Das würde ich auch meinen«, stimmte der Pfarrer zu.

»Falls das Kind überlebt, hoffe ich, dass es nie Grund hat, dies zu bedauern.«

»Bedauern? Was sollte es denn bedauern?«

»Nun ja, dass das Schicksal sein Leben verschont hat.«

»Aber Harry, als Geistlicher kann ich nicht an Schicksal

glauben, sondern nur an die geheimnisvollen Wege unseres Herrn.«

Rankellor lächelte schief.

»Das ist doch dasselbe, William.«

Lachlan Sinclair achtete sehr darauf, Gaddy Patterson und das Baby, das sie überallhin begleitete, als wäre es mit ihr verwachsen, nicht zu bevorzugen. Er hatte eine Sonderstellung innerhalb der Gemeinde inne, rangierte zwischen Grundbesitzer und Pächter und fungierte darüber hinaus als Schiedsmann bei allen Streitigkeiten, die die Bewirtschaftung des Bontine-Anwesens betrafen. Er vertrat den Standpunkt, dass das, was für die Bontines vorteilhaft war, ihnen allen zum Vorteil gereichte. In jenem November wurde er neunundzwanzig, noch etwas jung für einen so verantwortungsvollen Posten, aber dabei so nüchtern und weise, dass ihm niemand seine Jugend vorwarf. Sein Vater hatte ihm Lesen und Schreiben sowie komplizierte Rechenvorgänge beigebracht, und darüber hinaus hatte er Unterricht bei dem Privatlehrer erhalten, den Bontine für seine jüngeren Söhne eingestellt hatte. Sinclair war besonders brillant in Geschichte, Erdkunde und Bibellehre. Es war nicht üblich, Verwalter zu Kirchenältesten zu berufen, aber Lachlan Sinclair las hin und wieder beim Gottesdienst aus der Bibel vor, seine Stimme klang sicher, deutlich und entschlossen, als läse er aus dem Evangelium nach Boll Weights und nicht aus Gottes Heiliger Schrift. Und er wirkte dabei so männlich und aufrecht am Lesepult, dass manches junge Mädchen – und auch manches nicht mehr ganz so junge weibliche Wesen – in den Bankreihen vor ihm erschauerte, die Augen schloss, vor unterdrücktem Verlangen errötete und betete, dass Gott ihr einen Mann wie Lachlan Sinclair schickte, wenn die Zeit zu heiraten gekommen war. Aber keins der Mädchen – und auch keine der

Frauen – seiner Gemeinde hätte es je gewagt, ihm Avancen zu machen, wohl wissend, dass sein streng moralischer Blick sie zur Salzsäule hätte erstarren lassen.

Entgegen der allgemeinen Vermutung hatte Sinclair nicht auf Befehl des Gutsherrn hin die Patenschaft für das Findelkind übernommen. Sinclair betrachtete Kinder wie auch Jungtiere als das Resultat wenn auch zuweilen leichtsinniger Paarungen. Leben war für ihn kostbar, und vor allem der Nachwuchs musste gehegt werden. Außerdem respektierte er die Highlanderin, auch wenn er sich hiervon nichts anmerken ließ, damit die Frauen im Dorf sich nicht das Maul zerrissen. Gaddy kam alle zwei bis drei Tage herunter, um ein Viertel Milch zu kaufen, da die Temperaturen bereits so weit gefallen waren, dass die Milch sich eine Weile hielt. Sie ertrug stoisch die Beleidigungen der Molkereiarbeiter und scherte sich auch nicht um das Gegacker der Mädchen, die an die Tür kamen, um sie anzugaffen, als wäre sie ein zweiköpfiges Ungeheuer. Wenn er da war, machte Sinclair kein Aufhebens um sie und nickte nur grüßend, ohne ein Wort mit ihr zu wechseln. Er war aber sehr aufmerksam und versuchte, ihr möglichst nahe genug zu kommen, um einen Blick auf den Säugling zu werfen. Die Geschäfte verlangten in diesem Herbst regelmäßig seine Anwesenheit auf Coll Cochrans Hof, der in ernsthaften Schwierigkeiten steckte. Mit anzusehen wie ein Bauer verzweifelt versuchte, seinen Hof ohne ausreichendes Kapital zu retten, war, als würde man einem Mann zusehen, der versuchte, ein voll gelaufenes Boot mit einem Sieb leer zu schöpfen. Auf seinem Weg zu Coll wählte der Verwalter den Weg zwischen den Eichen und warf über die Hecke einen Blick auf den Nettleburn, um zu sehen, wie die Patterson zurechtkam und wie sie die Gerätschaften einsetzte, die er ihr verkauft hatte. Was er in jenen friedlichen Novembertagen sah, tat seinem großen Herzen gut.

Ganz gleich, wann er dort vorbeiritt, sie war immer bei der

Arbeit, schuftete schon vor Morgengrauen und bis nach Sonnenuntergang und legte lediglich Pausen ein, um für Elspeth zu kochen und sie zu füttern oder das kleine Mädchen am Nachmittag in der Hütte schlafen zu legen. Sinclair war verblüfft von den vielfältigen Fertigkeiten der Highlanderin. Die Arbeiten, die sie verrichtete, waren zwar alle nicht perfekt, zumindest nicht nach den strengen Maßstäben eines Verwalters, aber doch sehr ordentlich. Wenn die Arbeiter auf der Farm gesehen hätten, wie sie sich abrackerte, hätten sie ihr vielleicht nicht so sehr verübelt, dass sie, eine Frau und Herumtreiberin, Pächterin auf dem Bontine-Anwesen geworden war. Sie war geschickt im Anfertigen von Flechtwerk, ein Handwerk, das in Stirlingshire kaum noch ausgeübt wurde. So flocht sie dünne Haselnussruten und dickere Äste aus Eschenholz zu großen biegsamen Rechtecken auf einfachen Rahmen, die sie auf einer Grasfläche oberhalb des Baches ausgelegt hatte. Das Flechtwerk sollte die Löcher im Dach abdecken. Sinclair hatte noch nie gesehen, wie ein Dach auf diese Art repariert wurde, und war entsprechend neugierig. Die geflochtenen Rechtecke wurden überlappend aufgebracht, um den Regen abzuleiten, und mit Seil oder Binsengras befestigt. Sämtliches Schilf am Ufer des Lightwater war geschnitten und Arm voll für Arm voll eine Meilc bergauf geschleppt worden, wobei sie auch noch das Kind auf dem Rücken mit sich herumtrug. Auch sammelte sie Grassodcn von den umgegrabenen Flächen am Fuß der Mauer und errichtete aus ihnen an der Giebelseite einen Wall, von dem aus sie oben auf das Dach gelangte. Vier Rasenstücke auf einmal tragend, erklomm sie die improvisierte Treppe, kroch auf das Dach und dichtete das Flechtwerk mit ihnen ab, was sie vier ganze Tage unermüdlicher Schufterei kostete.

Als Sinclair am fünften Tag erneut vorbeiritt, war das Dach fertig, vielleicht ein bisschen struppig, aber solide und dicht, mit einer verschnürten oberen Schicht aus Binsengras und

Farn und einer grauen Rauchwolke, die aus dem Belüftungsloch am steinernen Giebel quoll. Insgesamt hatte die Instandsetzung neun Tage in Anspruch genommen. Ein Mann hätte mit einem Gehilfen unter Sinclairs Anleitung mindestens doppelt so lange gebraucht.

»Ist das Dach fertig?«, rief Sinclair über die Hecke hinweg.

»Ja, Mr. Sinclair. Jetzt haben wir es trocken und gemütlich.«

»Das Wetter wird nur noch ein oder zwei Tage halten.«

»Ich kann den Umschwung riechen, Sir.«

»Hast du genug Feuerholz?«

»Davon kann ich auch später noch welches sammeln, Mr. Sinclair. Ich muss die Hütte warm halten für Donalds Rückkehr.«

»Natürlich«, sagte der Verwalter und ritt weiter.

Am Abend kam Sinclair wieder an der Hütte vorbei, da der Weg über den Trampelpfad kürzer war als der über die Hauptstraße. Es dämmerte bereits, und er hatte es eilig, nach Ottershaw zurückzukommen, da die Pferdepfleger nachlässig geworden waren, seit der Winter sich über das Land stahl. Trotz der Eile machte er kurz Halt und stellte sich in die Steigbügel, um einen staunenden Blick auf den Nettleburn zu werfen. Es war also doch etwas dran an der alten Weisheit: *Was einem gehört, nimmt einen in Besitz*. Aber noch nie hatte Lachlan Sinclair erlebt, dass jemand so rasch dem Bann des Eigentums verfiel, dem Zauber des eigenen Bodens. Es mochte der Wunsch nach einem eigenen Kind gewesen sein, der Gaddy Patterson ursprünglich bewogen hatte, das Leben als Wanderhirtin aufzugeben und in Balnesmoor sesshaft zu werden, aber der Berg würde sie mit aller Macht festhalten und sie durch seine Unbezähmbarkeit vielleicht vernichten, so wie er eben dabei war, den alten Coll Cochran zu vernichten, der immerhin ein gestandener Mann und Bauer war.

Es war eine helle Nacht, kalt und klar, mit Sternen am

Himmel und einem Mond mit deutlichem Hof. Sinclair schnupperte; er roch den strengen Frost, der über das Land kriechen würde, nachdem die Wolken sich verzogen hatten. Er fröstelte bei dem Gedanken daran, wie kalt es in der Hütte werden würde, zumal ohne Bett. Als er jedoch die Rauchsäule vor tintenblauem Himmel sah und das Flackern des Feuers durch die Tür aus Flechtwerk, erschien es ihm plötzlich doch möglich, dass sie allen Widrigkeiten zum Trotz überlebte und es ihr sogar gelang, sich ein neues Leben aufzubauen. Ein Heim schien sie sich jedenfalls schon geschaffen zu haben.

Gaddy legte sich früh schlafen, schon kurz nach sieben. Ihr ganzer Körper schmerzte vor Erschöpfung und von den ungewohnten Anstrengungen der vergangenen Tage. Sie wollte eine Stunde vor Tagesanbruch aufstehen und hatte einiges vor. Jetzt erst wurde ihr bewusst, wie leicht das Leben eines Wanderhirten war, sofern man nur Nässe, Kälte, den eisigen Winden in den Tälern und dem Schnee in den Bergen trotzte. Wie beschaulich war es doch gewesen, gemächlich hinter den Tieren herzutrotten, zu Fuß, auf einem trittsicheren Pony oder auf der Stute, immer unterwegs und doch immer am selben Ort, als wären die Grafschaften nur Räume, durch die sie schlenderten wie ein Earl durch seinen Palast, nicht halb so anstrengend wie die täglichen Pflichten eines Bauern.

Sorgfältig erstickte sie das Feuer und stellte den Milcheimer auf das Regal, das sie selbst gebaut hatte, zu den Äpfeln, dem Blumenkohl und dem Bund Möhren, die Mr. Leggat vorgestern vorbeigebracht hatte. Das Regal diente dazu, Mäuse von den frischen Lebensmitteln, den Säcken Schrotmehl und den Talgkerzen fern zu halten. Elspeth schlief bereits in einer trockenen Ecke vor der Feuerstelle. Sie lag seitlich in ihrem Körbchen und nuckelte am Daumen. Nur ihre Nase und eine kleine Faust waren zu sehen.

Gaddy murmelte zufrieden vor sich hin, als sie ihren Gürtel und die Oberkleider ablegte und ordentlich über den Schemel am Feuer breitete. Frisches Wasser im Kessel, ein Vorrat trockenes Holz und die Dose mit dem Zunder auf einem flachen Stein. Der heutige Tag war vorüber, und für den kommenden Tag war alles so weit vorbereitet. In der Hütte roch es behaglich nach Suppe, Bratapfel, Holzrauch und dem leicht moschusartigen Duft des Heidekrautlagers neben der Wiege: Gaddys Bett. Sie streckte sich darauf aus und entspannte die Schultern.

Sie löste ihr Haar, wickelte die rauen Bänder um einen Finger und legte sie ebenfalls auf das Regal.

Genüsslich streckte sie sich, schüttelte mit beiden Händen ihr Haar auf, blies die Kerze aus und ließ sich auf das Heidekraut zurücksinken. Sie zog die karierte Wolldecke über sich und kuschelte sich hinein. Sie verzichtete auf ein Kissen und bettete den Kopf auf einem Arm, das Gesicht Elspeth zugewandt, den Säugling mit ihrem Körper abschirmend.

Aufmerksam lauschte sie dem gleichmäßigen Atem des kleinen Mädchens und anschließend dem Knistern draußen im Gras, als der Frost über die Wiesen kroch. Der Bach ächzte wie ein altes Eisenrad. Eine Eule rief, und gleich darauf ertönte ein zweiter Ruf wie ein Echo auf dem von Eichen gesäumten Weg. Inzwischen war es völlig windstill, und nicht einmal das trockene Herbstlaub raschelte.

Gaddy seufzte. Zum ersten Mal, seit er ohne sie weitergezogen war, vermisste sie Donald. Sie verspürte leise, mit Schuldgefühlen durchsetzte Sehnsucht danach, seine Arme um sich zu fühlen, seinen stämmigen Körper, der sich an sie drückte, sein Verlangen. Wehmütig rieb sie ihre Brüste mit der Decke, war jedoch zu müde, um sich lange von der Sehnsucht nach einem Mann den Schlaf rauben zu lassen. Sie schloss die Augen.

Bangen Herzens fragte sie sich, ob Donald überhaupt zurückkommen würde oder ob er angesichts des bevorstehenden Winters gleich nach dem Pferdemarkt ohne sie nach Ardelve zurückgekehrt war, heim zu seiner alten Mutter mit dem ausgeprägten Damenbart, seiner fetten Frau und seinen Töchtern. Vielleicht würde er sich ja im nächsten Frühling ein anderes Mädchen suchen und überreden, ihn auf seinen Wanderungen zu begleiten, so wie er es bei ihr getan hatte, als sie noch jung und ahnungslos gewesen war.

Elspeth wurde unruhig.

Sofort kehrten Gaddys Gedanken in die Gegenwart zurück. Sie schlug die Augen auf und betrachtete das kleine Gesichtchen hinter der winzigen Faust, die Züge vom schwachen Schein der Glut und tanzenden Schatten überzogen.

»Ganz ruhig, mein kleiner Goldschatz. Ruhig, Liebes«, murmelte die Highlanderin. »Du hast keinen Grund, dich zu fürchten, wenn deine Mam bei dir ist. Schlaf schön.«

Und das tat die kleine Elspeth.

Ein Freund auf der Welt

3 Die Tage im November und im Weihnachtsmonat waren kalt und ungemütlich. Auf Schneegestöber folgte strenger Frost. Über den Gipfeln des Dumgoyne und des Drumglass hing so dichter Nebel, dass es aussah, als würden die Berge Rauch speien. Im Moor verendeten verirrte Rinder, und die Schafböcke verstreuten sich bei der Futtersuche über ein riesiges Gebiet. Landarbeiter und Grundbesitzer, Weber, Ehefrauen und Rinderhirten froren drinnen wie draußen, da eisige Luft pfeifend durch den Spalt jeder noch so sorgfältig angepassten Tür fuhr. In Gaddys Hütte am Nettleburn gab es kein Entrinnen vor der Kälte. Langsam und lautlos nagte sich der Frost durch den Boden in ihre Beine und verursachte ihr Bauchkrämpfe und Kopfschmerzen. Schneestürme machten ihre Wangen wund, und sie zog sich Frostbeulen und Blasen zu, ihre Lippen sprangen auf, ihre Finger wurden rissig, und jeder Atemzug schmerzte so sehr in den Nasenhöhlen, dass sie weinte vor Pein. Gern hätte sie den ganzen Tag am Feuer gesessen, eingewickelt in Decken und Schals wie eine Invalide. Aber der Wassereimer war leer, es war kaum noch Holz übrig, und die acht Pfund Pacht hingen über ihr wie ein tödlicher Eiszapfen, der nur darauf wartete, sie zu erschlagen. Von einem Martinstag zum nächsten war es gar nicht so lang, und so konnte sie es sich nicht erlauben, sich zu hätscheln, ganz gleich, wie streng das Wetter auch sein mochte. Aber Umgraben und Zäune setzen war einfach unmöglich. Die Steine waren mit dem Erdboden verschweißt, und die Zweige hatten keinen Saft. Sie konnte in einem Boden, der hart war wie Granit, keine Furchen ziehen, um Kartoffeln zu pflanzen.

Und so konnte sie nicht mehr tun, um die lähmende Kälte zu bekämpfen, als Feuerholz zu sammeln und Wasser aus einem Loch zu schöpfen, das sie in die Eisdecke über dem Bach schlug. Jeden zweiten Tag stolperte sie hinunter nach Ottershaw, um Milch zu kaufen, oder stapfte durch Schneewehen ins Dorf, wo sie Schrotmehl, eine Kerze oder etwas Salz erstand. Jeden Abend zählte sie das Geld in ihrer Börse und staunte immer wieder darüber, wie rasend schnell es Penny für Penny weniger wurde, ohne dass sie im Gegenzug große Fortschritte zu verzeichnen gehabt hätte.

Anfang der Weihnachtswoche wurde Gaddy klar, dass sie es niemals schaffen würde, mit drei Morgen Grasland acht Pfund Pacht zu erwirtschaften, ganz zu schweigen davon, einen Gewinn zu erzielen, der ausreichte, um sie ein weiteres Jahr über Wasser zu halten. Von unbarmherziger Kälte in die Einsamkeit ihrer Hütte gesperrt, grübelte sie über ihre Dummheit nach, sich allein durchschlagen zu wollen. Sie war so erpicht darauf gewesen, das Sorgerecht für das von Gott gesandte Kind zu bekommen, dass sie Mr. Leggats wohlmeinende Warnungen und Doktor Rankellors Predigten in den Wind geschlagen hatte. Aber sie hegte keinen Groll gegen den Verpächter. Immerhin war sie es gewesen, die Sir Gilbert förmlich angefleht hatte, ihr das Land zu verpachten, und sie war überglücklich gewesen ob seiner Bereitwilligkeit, ihrem Wunsch nachzukommen. Aber mehr als sie bereits getan hatten, konnte sie weder vom Pfarrer noch vom Gutsbesitzer oder dem Doktor erwarten. Eine Chance war nicht genug – und auch harte Arbeit und Liebe würden nicht ausreichen. Innerhalb von nur sechs kurzen Wochen hatte das Wetter alles verändert.

Sie würde erst spät säen können, und entsprechend spät würde die Ernte ausfallen. Die Preise würden ins Unermessliche steigen, und das Saatgut würde ein Vermögen kosten. Plötzlich erschien ihr das Vorhaben, von dem erwirtschafteten

Gewinn eine Kuh zu kaufen, lachhaft. Sie würde sich kaum ein Ei leisten können, ganz zu schweigen von einer Henne. Ihr Leben war sicherer gewesen, als sie noch mit Donald umhergezogen war und den Winter auf dem kleinen Hof in Ardelve verbracht hatte, ihre Pflichten von der Gewohnheit diktiert, sie selbst als »Zweitfrau« des wilden Donald McIver bekannt und akzeptiert. Donald hatte sie so beiläufig, wie man eine Feldblume pflückte, aus einem Haufen junger Mädchen, die in dem Tal bei Cruachan lebten, herausgepickt, um ihn bei seinen Viehwanderungen im Frühling und zum Sommeranfang zu begleiten. Gott steh dem bei, der Donald das Recht verwehren wollte, sich zu nehmen, wonach ihm der Sinn stand. Zum Teufel mit Donalds angetrautem Eheweib, das ihn im Stich ließ, indem es nach der Geburt des fünften Kindes den Verstand verloren hatte. Die Vorstellung, mit Elspeth nach Ardelve zurückzukehren, erschien Gaddy wenig verlockend. Die Kleinbauern im Tal würden zwar davon ausgehen, dass die Kleine Donalds Kind war und entsprechend dafür sorgen, dass sie nicht verhungerte, auch wenn Donald sie verstieß, aber dort wäre sie aus der Not heraus ebenso versklavt wie hier in der Fremde. Nachdem sie erst die Unabhängigkeit gekostet hatte, würde Gaddy sich nicht mehr zufrieden geben mit der Abhängigkeit von dem eigenwilligen Clan, der ihr zwar zu essen geben würde, aber keinen Funken Mitgefühl. Seit sie Elspeth hatte, war Gaddy frei von der Herrschaft der Instinkte und dem Stumpfsinn, der das Los der Frauen von Ardelve war.

Ein Ziel weckte völlig neue Leidenschaften, die zu lenken Herz und Verstand erforderte. Aber nun wurde sie von Ungeduld erfasst, wie sie sie noch nie zuvor gekannt hatte. Die Frustration über die anhaltende Kälte verwandelte sich rasch in eine Art Wut. Jetzt verstand sie den Zorn der Männer von Ardelve, verstand, warum sie sich in Kneipen bis zur Besinnungslosigkeit betranken. Sie mussten ihre Wut loswerden, die eigene Ohnmacht vergessen. Winzlinge waren sie, hilflos gegen Nordwind und die Schneewolken am Himmel. Wenn sie morgens durch die pulvrigen Schneeverwehungen stapfte und auf die Gipfel des Lomond blickte, die sich von der bleiernen Wolkendecke abhoben, fiel es schwer, nicht zu verzweifeln, und das nach erst vier Wochen Winter und der Aussicht auf noch viele solcher Monate mehr. Anfangs versuchte sie noch, sich damit zu trösten, dass Donald ganz sicher bei seinem Onkel in Edderly eingekehrt war, aber jeden Moment auf der Stute und mit klingender Münze in der Tasche angeritten käme. Aber aus Hoffnung wurde Wehmut, die sich wiederum in Zorn und schließlich Resignation wandelte. Nur Elspeth gab Gaddy die Kraft durchzuhalten.

Die Kleine gedieh prächtig unter ihrer liebevollen Fürsorge und wärmte Gaddy umso mehr das Herz, je düsterer ihre Zukunftsaussichten wurden. Von der anfänglichen Schwäche des Säuglings war nichts mehr übrig. Sie war lebhaft, fordernd und aufgeschlossen, dazu so wohl genährt, dass ihr die Fütterung an sich längst beinahe ebenso wichtig war wie die Nahrung selbst. Manchmal machte sie sich einen Spaß daraus, den roten Brei aus eingekochten Brombeeren oder die honiggelben pürierten Rüben, die Gaddy so sorgfältig zubereitet hatte, zu verweigern und auszuspucken. Sie drehte das Köpfchen vom Löffel weg und streckte die Zunge heraus. Sie verdrehte frech die strahlenden Augen und legte Gaddy herein, indem sie den Mund weit aufriss, nur um ihn schnell wieder zu schließen, sobald der Löffel sich näherte. Gaddy verlor nie die Geduld mit ihr. Es erschien ihr nur natürlich, dass Elspeth so versuchte, ihre Position in der Welt zu ergründen und herauszufinden, was eine positive Reaktion erzeugte und was nicht. Sie fühlte sich pudelwohl in der trockenen Kälte, so locker und dick eingewickelt, dass sie aussah wie ein überdimensionaler Tannenzapfen. Sie hatte mit Maiskörnern gefüllte Puppen und einen Ball aus Lumpen zum Spielen, ja sogar eine Windmühle mit sich drehenden Flügeln, die Gaddy aus einem Stück Tannenholz, einem Nagel und zwei dünnen Latten gebastelt hatte. Außerdem beanspruchte die Kleine Gaddys silbernen Löffel für sich, den sie mal als Trommelstock verwendete, mal um darauf herumzulutschen, wenn ihr das Zahnfleisch weh tat, da sie inzwischen schon mehrere neue Zähne bekommen hatte und weitere anstanden. Schon lange vor Weihnachten krabbelte sie energisch über den Hüttenboden und draußen auf der steinharten Erde vor der Tür. Vermutlich wäre sie wie ein Igel quer über die Wiese gekrochen, wenn Gaddy sie nicht zurückgeholt hätte. Um das neugierige Kleinkind vor den Gefahren des offenen Kamins zu schützen, musste Gaddy einen kleinen Laufstall bauen, den sie mit Stroh und einer Decke polsterte und in dem sie Elspeth sicher unterbringen konnte, wenn sie unterwegs war, um Wasser zu holen oder Feuerholz zu sammeln. Elspeth schrie jedes Mal empört, wenn sie auf diese Art in ihrer Bewegungsfreiheit eingeschränkt wurde, aber Gaddy machte es wieder gut, wenn sie zurück war, und die vorübergehenden Trennungen schienen der Kleinen nicht wirklich zu schaden. Alles in allem machte das Kind Gaddy, die ihren ganzen Alltag nach seinem Wohlergehen ausgerichtet hatte, keine Schwierigkeiten. Wenn sie nur ihre Pläne ungehindert hätte vorantreiben können und etwas Geld hereingekommen wäre, wäre Gaddy mit ihrem Dasein glücklich gewesen. Aber stattdessen schwanden ihre Geldreserven zusehends, mit der Bewirtschaftung ihrer bescheidenen drei Morgen Land ging es nicht voran, und es war noch kein Ende des eisigen Wetters abzusehen. Gaddy wusste nicht, was sie tun sollte, wie sie den Rest ihres Geldes sparen konnte für Saatgut.

Schließlich erwies sich Lachlan Sinclair als Retter in der Not. An einem ungemütlichen, eisigkalten Montagmorgen, etwa eine Woche vor Weihnachten, kam der Verwalter den glitschigen Weg von Ottershaw heraufgeritten, mit einem gehäuteten Kaninchen und einem runden roten Käse, den ersten Geschenken, die er Gaddy je gemacht hatte, abgesehen von dem glänzenden neuen Schilling, den er Elspeth am Tag ihrer Taufe in die Hand gedrückt hatte – eine Geste, die die Tradition verlangte. Jemand, der sich besser auskannte mit den Bräuchen im Tiefland, hätte Fleisch und Käse vielleicht als Bestechung betrachtet, aber Gaddy wusste nicht, wie viel Ärger eine Zwangsräumung dem Verwalter bescheren oder für wie viel Unruhe sie unter den anderen Bontine-Pächtern sorgen würde, die ebenfalls ums Überleben kämpften. Klumpen vereisten Schnees baumelten vom struppigen Fell am Bauch des Ponys und dem Kötenbehang um seine beschlagenen Hufe herum, als Mr. Sinclair das Tier vorsichtig über das freie Feld zwischen dem Tor am Weg und der Hütte lenkte. Er trug eine Jacke aus derbem Tweed, eine Inverness-Mütze, die er bis über beide Ohren gezogen hatte, und die Stiefel waren über den Schienbeinen eng geschnürt. Trotz seiner warmen Kleidung war sein Gesicht aschfahl von der Kälte. Er beneidete die Highlanderin um ihre Körperfülle und die glühenden Wangen vom Holzhacken, da sie gerade damit beschäftigt war, einen Birkenast zu bearbeiten. Elspeth steckte in ihrem Laufstall in der Tür wie ein Lämmchen im Pferch und beobachtete ihre Mutter durch die Ritzen des Flechtwerks. Lachlan Sinclair war kein Mann langer Reden. Er kam direkt auf den Punkt.

Coll Cochran war von Rheuma verkrüppelt und brauchte dringend einen Arbeiter, der das Getreide für den täglichen Bedarf drosch, da er mehrere Kühe im Stall hatte und noch weitere draußen in den Bergen zu verhungern drohten.

»Und warum stellt er keinen Gehilfen an?«, fragte Gaddy.

»Weil er sich keinen leisten kann«, erklärte Sinclair unverblümt.

Gaddy hielt die Axt lose in einer Hand, und ihr Atem bildete eine große weiße Wolke vor ihrem Gesicht. »Gibt es denn auf Ottershaw niemanden, der einspringen könnte?«

»Ottershaw bezahlt seinen Arbeitskräften einen Winterlohn. Sie würden Zeter und Mordio schreien, wenn man von ihnen verlangen würde, anderswo mit anzupacken.«

»Und wie kommt Mr. Cochran in der warmen Jahreszeit zurecht?«

»In den letzten vier Jahren hat er einen Wanderarbeiter oder Tagelöhner angeheuert, irgendjemanden, der bereit war, für einen Frauenlohn zu arbeiten.«

»Geht es ihm finanziell wirklich so schlecht?«

»Allerdings, nachdem er ein Siebtel seines Viehbestandes durch Blutharnen verloren hat.«

»Haben die Cochrans denn keine Kinder?«

»Eine Tochter, die einen Schafhirten aus Eskdale geheiratet hat, und drei Söhne, die allesamt aus Balnesmoor fortgegangen sind, um ihr Glück anderswo zu versuchen. Ich habe gehört, dass einer von ihnen als Fuhrmann bei einer Brauerei in Edinburgh angestellt sein soll. Was aus den anderen geworden ist, entzieht sich meiner Kenntnis. Coll spricht nicht von ihnen.«

Wind wehte weißen Schnee wie ein Leichentuch über die Brust des Moores, aber die Bäume, sogar die immergrünen, waren leblos und bewegten sich nicht. Gaddy saugte an der Unterlippe.

»Ich muss mein eigenes Land bestellen.«

»Bei diesem Wetter?«

»Stimmt. Woher wollen Sie wissen, dass ich dreschen kann?«

»Alle Frauen aus dem Hochland können dreschen«, entgegnete Sinclair. »Außerdem könntest du es nicht schlechter machen als der Taugenichts, der sich mit dem Weizen die Taschen gefüllt und mehr gestohlen als ans Vieh verfüttert hat.

Die meisten Tagelöhner glauben, Dreschen erfordere keine Aufmerksamkeit.«

»Und verschwenden zehn Körner pro Ähre«, murmelte Gaddy.

»Coll wird dich bezahlen.«

»Wie viel?«

»Zwei Pence am Tag. Mehr kann er nicht aufbringen.«

Gaddy schwang die Hippe und hob etwas trockenen Pulverschnee mit der Spitze auf. Sie betrachtete ihn eine Weile schweigend und drehte dann den Oberkörper den Bergen zu. Der große pyramidenförmige Gipfel des Ben Lomond hob sich bleich vom grauen Himmel ab. Es konnte Wochen, ja Monate dauern, ehe der Winter ging und ein Wetterumschwung Regen brachte.

»Ich werde morgen hingehen.«

»Geh noch heute«, entgegnete Lachlan Sinclair.

Das Pech verfolgte Coll Cochran schon sein ganzes Leben, wenn auch einige in der Gemeinde der Meinung waren, sein Unglück habe erst bei der Heirat mit Etta Cleghorn begonnen. Sie wäre für sich allein schon ein Kreuz zu tragen gewesen, auch ohne die Schulden, die Cochrans Vater angehäuft hatte, die ewig quengelnde alte Mutter und die nicht minder unzufriedenen Zwillingsschwestern, die zwanzig Jahre älter gewesen waren als er und die er pflichtschuldigst bis zu ihrem Tod beherbergt, ernährt und ertragen hatte.

Durch harte Arbeit, eine spartanische Lebensweise und Verzicht auf der ganzen Linie war es Coll gelungen, die väterlichen Schulden abzutragen und die Farm am Dyers' Dyke sogar in wenn auch bescheidene schwarze Zahlen zu wirtschaften. Aber der Dyers' Dyke war verflucht, so wie auf Coll selbst ein Fluch lastete, und der verfluchte Grundbesitzer hätte dem armen Coll noch Geld dafür bezahlen müssen, dass er das Land überhaupt bestellte. Nicht dass der Boden schlecht, das Gras minderwertig oder die Gebäude in schlechtem Zustand gewesen wären, nein, aber das Land schien verhext zu sein, sodass ohne erklärlichen Grund eine Katastrophe auf die andere folgte. Getreide verfaulte, Vieh ging ein, Rüben, Kohlköpfe und Kartoffeln wurden von Rost, Parasiten oder Wurzelfäule befallen. Kaum eine Jahreszeit verstrich, ohne dass es über Coll Cochran und sein Unglücksland eine weitere traurige Geschichte zu berichten gäbe. Sogar jene Farmer, die Jammern zu einer wahren Kunst erhoben hatten und immer neue Klagelieder anstimmten, mussten vor Coll den Hut ziehen. Aber Coll nutzte das allgemeine Mitgefühl niemals aus. Er beschwerte sich nur selten über sein Los, derweil Etta selten etwas anderes tat.

Die Söhne konnten gar nicht schnell genug von ihrer Mutter und der verfluchten Farm wegkommen, sobald sie alt genug waren. Die Tochter, wie zerbrechlich und zart sie auch aussehen mochte, hatte die spitze Zunge und die Einstellung ihrer Mutter geerbt und war für ihren geplagten Vater wirklich kein Verlust. So hatte er auch nicht gezögert, als der Hirte aus Eskdale auf einem Frühlingsmarkt in Ayrshire um ihre Hand angehalten hatte. Damals, bevor der Gutsbesitzer auf seine Privilegien gepocht und die Verkäufe seiner Pächter eingedämmt hatte, hatte Coll noch reichlich eigene Erzeugnisse zum Markt getragen, und an jenem Tag war er mit einigen Rindern und der Tochter zum Markt gezogen, in der Hoffnung, nicht nur das Vieh an den Mann zu bringen, sondern sein letztes Kind gleich mit. Coll hatte dem liebeskranken Werber eine gute gesunde kleine Färse aus seiner Herde geschenkt als Ausgleich für die unglücklichen Jahre, die vor ihm lagen.

Nachdem seine Tochter also ebenfalls aus dem Haus war, lebte Coll wieder allein mit seiner Frau auf der Farm – einmal abgesehen von der Blutharn-Krankheit, Gasbrand, einer Vergiftung durch das Fressen von Hahnenfuß und nassem Husten. Er lebte in einem ständigen Chaos, in dem er Tieren Flüssigkeiten und Glaubersalz verabreichte, Spaten und ungelöschten Kalk stets griffbereit, um die Kadaver des verendeten Viehs zu beseitigen. Und auch im Haus hatte Coll ständig den Geruch von Krankheit in der Nase, wenn auch die Tiere bei weitem nicht so viel Aufhebens um ihre Leiden machten wie Etta, die über mehr Symptome klagte, als in allen drei Bänden von Buchans »Hausmedizin« aufgeführt waren, und diese unablässig bis ins kleinste Details beschrieb. Tiegel und Phiolen, blaue Glasflaschen, Päckchen mit Kräutern und Pillen türmten sich auf dem Regal über dem Herd. Ein Blasebalg und Klistierschläuche hingen an der Schlafzimmerwand. Es gab sogar ein spezielles kleines Schränkchen, in dem Ettas eigenes Nachtgeschirr untergebracht war, sowie einen langen Ausziehtisch, auf dem sie ihre »Proben« aufbewahrte, nur für den Fall, dass Doktor Rankellor sich überreden ließ, sie doch noch ein weiteres Mal zu untersuchen. Schließlich war sogar Coll der Geduldsfaden gerissen beim Anblick dieser unappetitlichen Sammlung, und er hatte darauf bestanden, dass Etta diese mit einem Gazetuch bedeckte, was diese auch tat, wenn sie dies seitens eines Ehemannes auch unerträglich kleinlich fand und sich konsterniert mit schlimmen, von lautem Wehklagen begleiteten Koliken ins Bett zurückzog.

Coll zögerte nicht, die Highlanderin als Tagelöhnerin einzustellen, wenn er sich auch der Form halber von Sinclair überreden ließ. Er wollte nicht zugeben, dass er sich zu Gaddy Patterson hingezogen fühlte.

Coll hatte viel an Gaddy denken müssen seit ihrer ersten Begegnung, als er ihr den alten Pflug aus dem Kuhstall überlassen hatte, ein Gerät, mit dem sein Urgroßvater noch den Acker auf dem Hügel hinter dem Dyke urbar gemacht hatte. Coll hatte Gaddy vom ersten Augenblick an begehrt. Diese spontane Anziehung war ungewöhnlich in einer Gesellschaft, in der Beziehungen nur langsam und über Jahre reiften. Anständig wie er war, versuchte Coll nicht, sich Gaddy Patterson zu nähern. Hinzu kam, dass sich weder eine Gelegenheit ergab, die Bekanntschaft zu vertiefen, noch die Zeit, eine solche Gelegenheit herbeizuführen. Aber er dachte oft an die Highlanderin, die Kraft und Ruhe ausstrahlte, mit tiefer, mitfühlender Stimme sprach und einem ehrlich interessiert mit schräg gelegtem Kopf zuhörte. Er dachte ständig an sie, während er in diesem wirklich eiskalten Monat seine Arbeiten verrichtete, mit angeschwollenen Fingerknöcheln und immer steifer werdenden Gelenken, während das Vieh brüllte und tobte vor Hunger.

Vor vielen Jahren hatte es eine Zeit gegeben, da Etta dieselben Gefühle in ihm geweckt hatte, da er davon geträumt hatte, Etta bei sich im Stall oder auf dem Hof zu haben. Aber er erinnerte sich nur noch an den Nachhall dieses Gefühls und nicht an die Befriedigung der alten Sehnsucht, da es die nie gegeben hatte. Etta hatte nie freiwillig mehr getan als unbedingt nötig, auch in den härtesten Zeiten nicht – ebenso wenig wie seine Söhne und seine Tochter mit ihrer hochnäsigen Art. Es war, als gaben alle ihm allein die Schuld für die Entbehrungen, die sie erdulden mussten, und als grollten sie ihm, weil er ihnen nur das Lebensnotwendigste bieten konnte, ohne den geringsten Luxus.

Gaddy war die erste Fremde, die Coll seit ewigen Zeiten kennen gelernt hatte. Er verkaufte und kaufte selbst schon lange kein Vieh mehr auf dem Markt. Er empfing einmal monatlich von Mr. Leggat die heilige Kommunion, war aber kein regelmäßiger Kirchgänger, da er es sich nicht leisten konnte, den Lohn eines arbeitsreichen Vormittages in den Opferstock zu geben. Gott sei Dank war Balnesmoor keine sehr strenge Kirchengemeinde, und die Menschen waren viel zu pragmatisch, um einen Ruhetag einzuhalten. Hin und wieder mal schlenderte Coll hinunter zum Ramshead, um sich dort ein Ale zu gönnen oder einen Plausch mit den Nachbarn, aber für häufigere Besuche in der Wirtschaft hatte er kein Geld übrig. Um Etta zu entkommen, flüchtete er mit seiner Pfeife aus der Küche in den Garten oder auf einen Felsen am Rande des Sumpfes, wo sich Dorf und Lightwater-Tal vor ihm erstreckten. Feldlerche und Kiebitz, Turmfalke, Meise und Krähe genügten Coll Cochran zur Gesellschaft, während er seine kurze Tonpfeife paffte und ohne Groll und böses Blut über die Vergangenheit und Zukunft nachdachte, die Seele erfüllt von wehmütiger Sehnsucht, auch wenn ihm im Jahr 1791, im Alter von fünfundfünfzig, das Träumen, wie alles andere auch, schwerer fiel.

Was Coll Cochran an Gaddy Patterson so anziehend fand, waren genau jene Eigenschaften, die James Moodie derart gegen sie aufbrachten. Ihre fraulichen Kurven, ihre strahlende Gesundheit, ihre Unerschütterlichkeit und die Freiheitsliebe, die ihr anhaftete wie ein berauschender Duft. Coll hätte eine Krone für ihre Gesellschaft am Dyers' Dyke gegeben, aber Sinclair hatte den angemessenen Lohn auf zwei Pence geschätzt, und er brauchte wirklich jemanden, der das Getreide drosch, da er selbst nicht mehr dazu in der Lage war.

Sie kam gegen eins. Coll, der bereits nach ihr Ausschau gehalten hatte, sah sie kommen. Sie hatte sich das Kleine in einer großen karierten Wolldecke auf den Rücken gebunden, ein Farbklecks in der aschgrauen Landschaft, eine leise Bewegung in der Reglosigkeit um sie herum. Coll hatte entschieden, wie er sich ihr gegenüber verhalten sollte: zurückhaltend. Immerhin war er der zahlende Arbeitgeber und sie die Tagelöhnerin. Man konnte nicht wissen, ob sie ihn nicht ausrauben wollte und Getreide stahl, so viel sie tragen konnte, bevor er sie erwischte. Auch sie machte schwere Zeiten durch, nach allem, was der Verwalter ihm erzählt hatte. Und so grüßte er sie schroff und führte sie gleich in die Scheune, wo er den Weizen bereits zum Dreschen ausgebreitet hatte.

Die Scheune war groß, zu groß für das bisschen Vieh und Getreide, das dort untergebracht war. In dem hohen Gebäude war es unglaublich kalt, und die Luft war weiß. Er zeigte Gaddy das Tagewerk und ließ sie unter mehreren Dreschflegeln wählen. In besseren Tagen hatte er vierzig Stück Vieh im Stall gehalten und weitere draußen auf den Bergweiden, dazu vier oder fünf Hilfskräfte, die das Getreide droschen. Aber alles war weniger geworden, einschließlich der Profite, auch wenn er im vergangenen Herbst eine gute Ernte eingebracht hatte auf den Feldern, die er allein bewirtschaften konnte. Heute stand die Schutzhütte leer, und auch der Kuhstall beherbergte nur noch wenige Stück Vieh. Rübenstapel verloren sich fast in den weitläufigen Boxen, in denen sich einstmals fette Schweine getummelt hatten. Er hatte Platz satt, aber weder die Arbeitskräfte noch die Mittel, mehr daraus zu machen.

»Wo kann ich das Baby hinlegen?«, fragte Gaddy, als sie Schal und Decke aufknöpfte und abnahm. »Hier drin ist es zu kalt, und wenn ich erst angefangen habe, wird es auch zu staubig.«

»Ich nehme die Kleine mit ins Haus.«

»Sie lassen sie doch nicht allein? Ich meine, sie könnte sich verletzen.«

»Meine Frau wird ein Auge auf sie haben«, versprach Coll.

Gaddy übergab ihm das Kind, das, als es so unerwartet von seiner Mutter getrennt und in die Obhut des grauhaarigen fremden Mannes mit den harten Händen gegeben wurde, verständlicherweise ein lautstarkes Protestgeschrei anstimmte. Coll drückte das kleine Mädchen mit den Unterarmen an sich und sprach begütigend auf sie ein. Elspeth beruhigte sich tatsächlich, fing jedoch von neuem an zu weinen, als der Mann sie aus der Scheune trug.

Coll war froh, ins Haus zurück zu können, da die Feuchtigkeit des Nachmittags bis tief in seine schmerzenden Knochen gedrungen war. Etta saß am Feuer, eine Schüssel auf dem

Schoß und einen Kartoffelstampfer in der Hand. Einen Moment fragte Coll sich, ob sie sich wieder eine Medizin oder einen Wickel bereitete, aber dann sah er Erbsen und gekochte Kartoffeln und erkannte, dass sie Püree für das Abendessen stampfte.

»Sieh nur, wir haben Besuch«, sagte er.

Etta Cochran zeigte nicht die Spur von Freude über die Gesellschaft des Kindes, obwohl sie nicht ahnen konnte, welch sonderbare Gedanken ihrem Mann durch den Kopf gingen. Vielmehr verübelte sie dem Kind, dass es die Aufmerksamkeit ihres Mannes von ihr ablenkte.

»Im Schrank ist Milch und etwas Brot«, sagte Etta barsch und zerstampfte dabei die Erbsen in der Schüssel zu Brei.

»Ich dachte, du könntest vielleicht ... Ich habe im Kuhstall zu tun, Etta.«

»Wenn du schon eine Frau einstellen musst, um deine Arbeit zu tun, erwarte nicht von mir, die Kinderfrau zu spielen«, entgegnete sie unwirsch. »Ich habe mit der Hausarbeit genug zu tun, Coll Cochran. Bei meinen Magenschmerzen kannst du von Glück sagen, dass ich überhaupt noch in der Lage bin, dich zu versorgen.«

Er hätte Ettas Reaktion voraussehen müssen. Jetzt, da Gaddy Patterson das Stroh drosch und Etta sich weigerte, auf das Kind aufzupassen, würde ihm das Tageslicht entgehen. Er würde kostbares Öl für eine Laterne vergeuden müssen, um später den Stall auszumisten und einzustreuen, und anschließend im Dunkeln die Ponys füttern.

Die Atmosphäre in der Küche konnte man kaum als behaglich bezeichnen. Im Ofen musste Holz nachgelegt werden, und während das Feuer im Kamin genug Wärme verströmen mochte, um Ettas Knie zu rösten, wurde sie von ihrem großen Holzstuhl und dem Tablett mit der Schüssel daran gehindert, sich weiter auszubreiten. Durch die schmalen Fenster fiel nur spärlich Licht. Aber er musste das Beste daraus machen. Er würde sich selbst um das Kind kümmern, in der Hoffnung, dass Etta sich doch noch erweichen ließ. Er schaute das kleine Mädchen an: Sie war lebhaft und niedlich und hatte blaue Augen, die in Tränen schwammen. Sie konnte Herzen im Sturm erobern, ohne einen mit immer neuen Forderungen zu traktieren. Doris war genauso gewesen, als sie noch klein war; auch sie hatte es von klein auf verstanden, Männer um den Finger zu wickeln. Das konnten die meisten Mädchen. Coll schmunzelte. Da seine Hände verkrüppelt waren und sie erschrecken könnten, tippte er mit der Nasenspitze an Elspeths Stirn und imitierte eine aufgeschreckte Ente.

Die Tränen flossen weiter, aber sie hörte auf zu schluchzen.

Er tippte sie erneut mit der Nase an und quakte.

»Esel!«, krähte Etta.

»Iaaaahh! Iaaahhh!«, antwortete Coll Cochran.

»Verrückter alter Mann!«, entgegnete Etta ohne jede Spur von Wärme.

Aber die Imitation eines Esels kam bei seinem Publikum gut an. Coll wiederholte die Vorstellung, und schon bald gluckste Elspeth vergnügt.

Soll die Zeit doch vergehen, sagte sich Coll. Ich werde die Lampe anzünden und im Dunkeln arbeiten, und wenn ich mich ranhalte, spüre ich die Kälte vielleicht gar nicht.

Beruhigt von den dumpfen Schlägen des Dreschflegels aus der Scheune auf der gegenüberliegenden Seite des Hofes, von dem gleichmäßigen und kraftvollen Rhythmus, trug Coll Cochran das Kind zum Schrank und gab ihm Milch zu trinken und ein Stück Brot zu essen, derweil Gaddy Patterson den Flegel schwang und seine Frau vor sich hin schmollte.

Nachdem Gaddy ihren Rhythmus gefunden hatte, fiel ihr das Dreschen nicht weiter schwer. Dyers' Dyke war kein Ottershaw; der Bedarf an Getreide und Stroh konnte in zwei

Stunden Arbeit gedeckt werden. Trotzdem schleppte Gaddy sich in der ersten Woche jeden Abend nach Hause wie eine gebeugte alte Frau, mit wunden Händen, schmerzendem Kreuz und wehen Armen. Jetzt war ihr klar, warum Coll mit seinen verkrüppelten Händen diese Arbeit unmöglich verrichten konnte: Das Dreschen erforderte unbedingt einen festen, aber gleichzeitig elastischen Griff. Gaddy hatte den Bogen bald raus, und es blieben nur sehr wenige Körner in den Ähren hängen. Ihrer etwas naiven Denkweise entsprechend hatte sie sich ihre zwei Pence redlich verdient. Als sie nach Nettleburn zurückkam, hatte sie zu viel zu tun, um sich mit komplizierten Rechenaufgaben zu befassen oder ihr Geld zu zählen. Die Arbeit trug also entscheidend dazu bei, ihre nagende Furcht zu besänftigen, und sorgte außerdem für Beschäftigung an den langen trostlosen Wintertagen.

Elspeth wurde bestens versorgt, während Gaddy in der Scheune schuftete, wenn sie auch nicht sicher war, von wem: Coll oder seiner Frau. Bislang hatte sie die geheimnisvolle Mrs. Cochran noch nicht kennen gelernt, sondern nur als undeutliche Gestalt an der Tür oder am Fenster gesehen. Die Ehefrau schien so schüchtern und in sich gekehrt zu sein, wie ihr Ehemann freundlich und extrovertiert war. Gaddy war das egal. Solange Frost und Schnee das Land fest im Griff hatten, gab es in Nettleburn nichts zu tun, und so war sie froh, ihre Arbeitskraft an einen Gentleman wie Coll Cochran verkaufen zu können.

Es war nicht weiter überraschend, dass Gaddy Colls verzweifeltes Werben anfangs nicht als solches erkannte. Für Gaddy war Coll fast so etwas wie ein Grundbesitzer. Er konnte lesen und schreiben, besaß Vieh und wohnte in einem großen Haus. Coll schien es gut zu gehen, verglichen mit den Kleinbauern um Cruachan oder den Arbeitern, die in Ottershaw herumlungerten.

An Heiligabend drosch Gaddy eine doppelte Menge Getreide. Coll schenkte ihr ein großes Stück fettes Schweinefleisch und einen Sirup, und Elspeth bekam eine bemalte Holzente, die er gestand, beim Schreiner in Greenhead gekauft zu haben, da er selbst nicht mehr in der Lage war zu schnitzen. Elspeth erkannte sofort, worum es sich handelte, und sie war so begeistert von ihrem neuen Spielzeug, dass sie Coll mit einer Reihe von Krählauten und Gebrabbel ansprach, das er scheinbar mühelos verstand, so als hätten der Mann und das Kind eine Geheimsprache entwickelt. Etta Cochran ihrerseits ließ sich nicht einmal an diesem Vorweihnachtstag blicken, um Gaddy ein frohes Fest zu wünschen. Überzeugt, dass die Frau wahrhaftig eine Invalide war, wuchs Gaddys Mitgefühl für Coll.

Aber ein Kirchenbesuch am Weihnachtsmorgen rückte die Situation dann ins richtige Licht. Vor dem Tor begegneten Gaddy und Etta Cochran einander zum ersten Mal von Angesicht zu Angesicht. Die Bäuerin rauschte mit stolz erhobenem Haupt und einem so lauten verächtlichen Schnauben, dass es bis nach Harlwood zu hören war, an Gaddy vorbei, die erst jetzt erkannte, dass sie in Etta eine noch viel größere Feindin hatte als in dem selbstgerechten Presbyter James Moodie.

Fast die ganze Kirchengemeinde von Balnesmoor fand sich zum Weihnachtsgottesdienst um elf Uhr an diesem Vormittag ein. Die Männer hatten sich mit einem kräftigen Frühstück aus Fleisch und Ale gestärkt für die Anstrengungen einer überlangen Predigt, endloser Lesungen und Psalmengesänge. Die Frauen trugen ihre besten Hauben und Mäntel, darunter auch einige mit Samt- oder gekräuselten Seidenkragen, an denen pudrige Schneeflocken klebten wie zusätzliches Schmückwerk. Die Kirche selbst war zum Bersten gefüllt. Die Presbyter lehnten während des Gottesdienstes mit verschränkten Armen an der Wand oder stolzierten während der Gesänge feierlich in den Gängen auf und ab, um zu sehen und vor allem gesehen zu werden sowie um die Durchblutung in Gang zu halten. Alles in allem sorgte die versammelte Menge in ihrer Festtagsstimmung und Unruhe mehr für eine ausgelassene denn eine andächtige demütige Frömmigkeit. Reverend Leggat war ganz in seinem Element und genoss sichtlich jede Sekunde der Zeremonie zur Feier von Christi Geburt. Der Adel, die wohlhabenderen Bauern und ihre Familien thronten auf separaten Bänken auf der Westseite des Gotteshauses, vom gemeinen Volk getrennt und doch zur Schau gestellt. Das soziale Gefälle zog sich durch sämtliche Bankreihen, bis hin zu den Ehefrauen und Kindern der »gemeinen« Pachthäusler oben auf der Galerie.

Gaddy hatte sich mit Elspeth auf dem Arm zu einer Gruppe von Müttern kleiner Kinder gesellt, die sich vorn unterhalb des Altars versammelt hatte. An diesem Tag gestattete Mr. Leggat nicht, dass die kleinen Kinder in die eisige Halle neben dem Kirchenschiff verbannt wurden, sondern hieß sie vielmehr einschließlich der rotwangigen Schreihälse gleich vor dem Altar willkommen und sprach entsprechend laut, um den Lärm aus diesen Reihen zu übertönen. Mit Rücksicht auf die Bedürfnisse der Kinder und die aufgrund der Kälte empfindlichen Blasen, hielt der Pfarrer die Predigt kurz, ließ einige der weniger wichtigen Lesungen aus und schaffte es, den ganzen Gottesdienst so knapp zu halten, wie es sein Gewissen erlaubte, sodass schon um Viertel nach eins die Türen wieder geöffnet wurden und die Kongregation ins Freie strömte.

Mr. Leggat stand – wie neuerdings modern – von den Gemeindeältesten flankiert an der Kirchentür, um jenen, die es wünschten, die Hand zu schütteln und jedem seinen Segen für diesen Tag auszusprechen.

Über die Hauben der Damen von Harlwood hinweg, die sich um ihn scharten, rief Mr. Leggat: »Geht es Ihnen gut, Mistress Patterson?«

»Ja, Herr Pfarrer.«

»Und dem Kind?«

»Es geht ihr gut, Herr Pfarrer.«

»Frohe Weihnachten Ihnen beiden.«

»Ihnen ebenso, Mr. Leggat.«

Obgleich Sinclair und seine Frau am Gottesdienst teilgenommen hatten, war der Verwalter Sir Gilbert und seiner Familie bei der Kutsche behilflich, und Harry Rankellor hatte seine Frau gleich in Richtung Ramshead geführt, wo es heißen Glühwein gab und vor allem einen Abort.

Der Rest der Gemeinde entfernte sich zu Fuß, im Sattel eines Ponys, auf dem Bock eines Karrens oder in einer Kutsche. Eine Viertelstunde lang waren nur Fellmützen und Hauben in der Sackgasse und den ganzen Bonnywell hinunter zu sehen. Gaddy, die sich nach etwas menschlicher Gesellschaft sehnte, ließ sich Zeit und wünschte, irgendjemand würde ihr freundlich zunicken, auch wenn sie in Anbetracht der eher abweisenden Natur der Dorfbewohner nicht wirklich damit rechnete. Und so entfernte sie sich langsam vom Kirchentor, Elspeth auf den Armen.

Es schneite leicht, aber es war nicht mehr ganz so kalt. Die Berge hoch über dem Dorf hoben sich grau vom weißen Himmel ab. Dort oben lebte sie, viel weiter oben als jeder andere in der Gemeinde, wie ihr jetzt erst bewusst wurde. Sie ging die Straße entlang an Murphys Schänke vorbei, aber dort war niemand außer am Eingang, dort wo die Straße auf den Innenhof des Wirtshauses stieß. Sie hörte ihn ihren Namen rufen.

Sie drehte sich um.

Coll kam auf sie zu. Plötzlich wirkte er gar nicht mehr alt, und sein Gang war richtig federnd, auch wenn er die Hände in den Taschen verbarg. Er trug einen Anzug aus gekämmtem Tweed, nach ihren Maßstäben richtig elegante Schnallenschuhe und eine Pelzmütze, an der gleich mehrere Fasanenfedern steckten. Sein silbernes Haar stand nach allen Seiten ab, und Gaddy musste den Impuls unterdrücken, es glatt streichen zu wollen. Sie verspürte eine Welle der Zuneigung ihm gegenüber, weil er ihr nachgerufen hatte, und fragte sich, wo er seinen Drachen von einer Ehefrau gelassen hatte.

»Gaddy?« Er blieb vor ihr stehen und betrachtete Elspeth, die eine Hand nach den Federn an seiner Kopfbedeckung ausstreckte. »Gaddy. Eigentlich wollte ich dich zum Abendessen einladen, aber ...«

»Ich habe Eier, Käse und Kuchen, Mr. Cochran.«

»Ziemlich karge Mahlzeit an einem Weihnachtstag.«

»Es ist sowieso schon fast dunkel. Das ist kein Wetter, um sich länger als nötig im Freien aufzuhalten.«

»Sie ... Etta will niemanden im Haus haben, nicht einmal an Weihnachten.«

»Das macht doch nichts«, versicherte ihm Gaddy.

Aber es machte doch etwas.

Coll musterte sie mit solchem Schmerz in den Augen – nicht körperlichem Schmerz, sondern unerträglicher quälender Einsamkeit –, dass Gaddy Elspeth an die Schulter legte, damit sie den Ausdruck nicht sah.

Coll brauchte gar nichts mehr zu sagen. Es würde an diesem Tag auf dem Dyers' Dyke nicht mehr Frohsinn oder Liebe geben als an irgendeinem anderen Tag. Coll war nicht das Opfer einer anhaltenden willkürlichen Pechsträhne. Er war an eine Frau gekettet, die ihn verachtete und ihn bewogen hatte, eine Mauer um ihre lieblose Beziehung herum zu errichten. Aber sofern er dies vergessen hatte, war Coll noch einmal daran erinnert worden, dass es außerhalb der Mauern seiner Ehe noch etwas Ungezügeltes gab, eine Romantik des Blutes, Urbedürfnisse und Instinkte, mochten diese auch gemildert sein vom Alter und seiner eigenen sanften Natur. Schockiert von dieser Erkenntnis und ihrer Tragweite, zuckte Gaddy innerlich zusammen. Feiertage, Meilensteine eines Jahres, der unveränderliche Rhythmus der Erde mit der Zeit der Aussaat, des Heranreifens und der Ernte mussten besonders schwer zu ertragen sein für einen Mann, der immer nur die oberflächlichen Strukturen des Lebens kennen gelernt hatte und nie seine Ursprünge, der sich in Resignation der Arbeit verschrieben hatte und sich einbildete, sogar sein Versagen selbst herbeigeführt zu haben.

Wie undramatisch das ganze Drumherum doch war. Feuchte Flocken fielen vom Himmel herab. Die Luft war erfüllt von starken Gerüchen, freigesetzt von Feuchtigkeit und dem Temperaturanstieg um die Mittagszeit, Gerüche nach Rauch und gekochtem Kohl, Misthaufen, Eintopf und gebratenen Speckwürfeln. Aber für Coll Cochran war es eine große Geste, der das schäbige schmucklose Ambiente der Murphy's Lane nicht wirklich gerecht wurde.

»Kommen Sie mich doch besuchen«, schlug Gaddy vor. »Am Nettleburn.«

»Die Pferde ...«

»Ich lasse das Feuer brennen und hänge eine Laterne an die Tür.«

»Und du willst wirklich, dass ich komme?«

»Komm ... wenn du kannst. Ganz egal, wie spät es wird.«

»Wir reden.« Coll Cochran gestand ein Bedürfnis ein, das den meisten Männern im Dorf völlig unverständlich gewesen wäre, Männern, für die das Zusammensein mit einer Frau, die nicht das eigene Eheweib war, reine Fleischeslust war, ein Ausdruck purer Lust, die nichts mit Anteilnahme oder Gefühlen zu tun hatte. »Wir können uns eine Weile unterhalten.«

»So lange du willst, Coll«, erwiderte Gaddy.

Eine ganze Weile geschah zwischen Coll und Gaddy Patterson tatsächlich nicht mehr, als dass sie miteinander redeten. Aber es waren ungewöhnlich intime Gespräche, denen von Beginn an eine Nähe anhaftete, die beide förmlich süchtig machte nach mehr. Keiner von beiden hatte je etwas Vergleichbares gekannt. Stück für Stück gab Coll die zahllosen Enttäuschungen preis, die seine Seele einschnürten wie stacheliger Draht. Schließlich gestand er Gaddy sogar, dass er sich schon so manches Mal einen frühen Tod gewünscht hatte. Was hatte das Leben ihm denn zu bieten? Etta hatte seine Söhne in die Flucht getrieben, und obgleich diese lesen und schreiben konnten, hatte er seit Jahren kein Wort mehr von ihnen gehört. Sogar Doris hatte aufgehört zu schreiben. Die Wahrscheinlichkeit, sie oder seine Enkel je wieder zu Gesicht zu bekommen, war nicht viel größer, als wenn sie nach Amerika ausgewandert wäre.

Coll erzählte Gaddy auch vom Niedergang des Hofes, was in diesem Bezirk seinem Versagen als Mann gleichzusetzen war. Er hatte nicht über seine Verhältnisse gelebt, war weder gierig noch lasterhaft oder faul gewesen. Er hatte geschuftet wie ein Wahnsinniger, um sich über Wasser zu halten, um durchzuhalten wie sein Vater durchgehalten hatte. Aber Stück für Stück war die gut gehende Farm, die sein Vater aufgebaut hatte, Coll entglitten. Er konnte sich nicht mit seinem Vater vergleichen, der ein stämmiger, leutseliger Mann gewesen war und eine Stütze der Gemeinde. Aber sein Vater hatte eine Reihe von Schulden angehäuft, geheime Darlehen und langfristige Verpflichtungen, die aufgrund seines Namens und seines Auftretens über drei Jahrzehnte hinweg nicht eingefordert worden waren. Aber beim Tod seines Vaters hatten die Gläubiger die Geduld verloren und alle Schuldscheine zur sofortigen Begleichung vorgelegt. Coll war gezwungen gewesen, das Land ohne Rücksicht auf Verluste auszuquetschen, um die Forderungen zu erfüllen und den guten Namen seines Vaters zu erhalten.

»Wenn Etta nicht wäre, würde ich alles hinschmeißen«, sagte Coll. »Ich bin völlig am Ende. Sinclair sagt, er würde uns eine Unterkunft besorgen und mir irgendeine Arbeit, von der wir existieren könnten. Aber Etta ... Gott, die Schande würde sie umbringen. Wie könnte ich ihr das antun?«

»Und wenn du dich in einer anderen Gemeinde niederlässt?«

»Ich bin in einem Cottage in Kennart geboren, zwei Meilen entfernt von hier. Etta stammt aus Harlwood. Welche Gemeinde würde uns schon aufnehmen?«

»Wenn deine Frau dich liebt, Coll, wird sie mit dir gehen, egal wohin.«

»Sie würde nicht verhungern«, lenkte Coll ab. »Ehe ich das zuließe, würde ich lieber für fremde Bauern die Felder düngen.«

»Wie hoch sind die Schulden, die auf Dyers' Dyke lasten?«

»Drei Pachtzinsen. Mehr Schulden lässt Sinclair nicht zu, und ich kann ihm deswegen keinen Vorwurf machen.«

»Wenn du fettes Vieh hättest ...«

»Das Vieh ist mager wie Schiffszwieback. Trotz des Getreides stehen die Kühe schlecht im Futter.«

»Und woher stammt der Stier?«

»Ottershaw. Sir Gilbert hat ihn mir verpachtet. Es ist ein ordentlicher Bulle guter Abstammung. Nein, es hat mit dem Dyke zu tun. Wenn ich gläubiger wäre, Gaddy, würde ich glauben, Gott hat mich mit einem Fluch belegt.«

Coll konnte dies aussprechen, ohne fürchten zu müssen, sich der Lächerlichkeit preiszugeben. Auch wenn Gaddy keine Bäuerin war, hatte sie selbst lange genug am Abgrund gelebt, um zu wissen, dass ein Mann nicht zwangsläufig ein Versager war, wenn er in seinem Beruf scheiterte. Sie erzählte ihm von Viehtreibern, die sich Jahre abgerackert hatten, um dann alles bei einem Fehlkauf zu verlieren. Sie erzählte von unerwarteten Katastrophen, die Viehhändler in den Bankrott getrieben hatten, die allgemein als so sicher etabliert galten wie das Königliche Bankhaus. Coll hörte zwar zu, aber ein Trost waren ihm die Schicksalsschläge anderer nicht.

Die Kälte hielt den ganzen Januar und bis in den Februar hinein an. Hier und da gab es vereinzelt Tage, an denen die Luft sich erwärmte, der Schnee zu schmelzen begann, der Nettleburn laut plätscherte und Regen über den Drumglass hinwegzog und den Bauern Hoffnung auf Tauwetter machte, aber nur eine Woche später war der Himmel wieder dick bewölkt, und der Zyklus aus Polarwinden und Schnee begann von neuem.

Gaddy kam jetzt immer sehr früh zum Dyers' Dyke. So war sie lange vor Mittag mit dem Dreschen fertig und konnte noch an anderer Stelle zupacken. Sie mistete die Ställe aus, streute sie frisch ein, brachte dem Vieh, das Coll leichtsinnigerweise draußen auf den Weiden belassen hatte, Heu und Futterrüben. Die armen Kreaturen hatten sich Schutz suchend in das Birkenwäldchen an der Grenze zur Short-Farm zurückgezogen, dort, wo das Moor einen Bogen zum Steinbruch hin beschrieb. Sie weigerten sich, den Schutz der Bäume zu verlassen und hatten angefangen, aus reiner Not heraus Rinde zu fressen wie Rotwild.

»Es ist zu spät, Gaddy. Ich kann sie nicht mehr reinholen.«

»Drei sind schon verendet, Coll. Du kannst sie zusammentreiben, für den Rest des Winters aufstallen und für den Viehmarkt im Frühling mästen.«

»Das Futter würde nicht mal bis März reichen.«

»Doch, würde es.«

Coll schüttelte den Kopf. Er hielt nicht aus Sturheit an seinem Entschluss fest, sondern eher aus Fatalismus. Er hatte das Schicksal der Herde oben auf dem Berg in die Hände einer höheren Macht gelegt – und sie so den Launen des Wetters ausgesetzt. Aber die Abende, die er von acht oder neun bis Mitternacht in der Hütte am Nettleburn verbrachte, trösteten ihn und ließen ihm den unabwendbaren Verlust des Dyers' Dyke leichter ertragen. In der primitiven Hütte mit dem improvisierten Gras- und Reetdach oben am Berghang war es so warm wie in einer Erdhöhle. Es brannte immer ein Feuer, eine Suppe köchelte auf dem Herd, überall lagen Decken und Plaids, und eine Laterne hieß ihn willkommen.

»Weiß sie, dass du herkommst?«, fragte Gaddy eines Tages.

»Nein, nein. O nein. Sie glaubt, ich wäre im Black Bull.«

»Sagt sie denn nichts?«

»Sie schläft wie eine Tote«, entgegnete Coll achselzuckend.

Sofern Etta argwöhnte, dass er bei seiner Hilfsarbeiterin Trost suchte, verhinderte Gleichgültigkeit, dass sie sich hierüber ernsthaft Gedanken machte.

Und Coll wäre weiß Gott ohne Gaddy nicht zurechtgekommen in den dreizehn Wochen Schnee. Es war der härteste Winter, an den sich die Menschen im Tal erinnern konnten, so feindselig, dass sogar die Sportarten ausfielen, die für gewöhnlich die Wintertage etwas fröhlicher gestalteten. Auf den Teichen und Seen tummelten sich weder Eisläufer noch übte sich jemand im Curling. Sogar für die Kinder hatten Schneeballschlachten, Schlittenfahren und Eiszapfenlutschen bald den Reiz des Neuen verloren. Jetzt husteten sie, ihre Nasen liefen, und ihre wunden Hände und Knie schmerzten. Allein hätte Coll auch das Vieh nicht ausreichend versorgen können; ohne Gaddys Unterstützung hätte er die meisten Tiere verloren. Sie erfüllte Dyers' Dyke mit neuer Energie, die seine eigene verlorene Vitalität ersetzte. Die aufgestallten Rinder hatten sogar ein wenig angesetzt.

»Kälte hat noch keinen umgebracht, Unterernährung ist es, die krank macht«, erklärte Gaddy. »Nässe ist für Huftiere viel schlimmer.«

Wäre Etta nicht gewesen, hätte Coll Gaddy zu denselben Konditionen eingestellt wie einen Mann. Sie war zuverlässiger und fleißiger als mancher männliche Arbeiter der vergangenen Jahre. Andererseits stellte Gaddy auch eine Gefahr dar:

Sie brachte ihn in Versuchung. Sie bot ihm den Luxus der Gesellschaft, und nachdem er erst von der Freundschaft gekostet hatte, hätte er einfach alles gegeben, um daran festzuhalten. Diese Frau gab seinem Leben einen Sinn und einen Mittelpunkt.

Die Sonne brach durch die blaugrauen Wolken, dann wieder regnete es, und die Bäche und Flüsse quollen über von Schlamm und allerlei winterlichem Treibgut. Die Haselnusssträucher schlugen aus, und die rostroten Stängel des Huflattich in der feuchten schwarzen Erde hinter dem Misthaufen verrieten Coll schließlich, dass der Winter vorbei war. Das Blut strömte durch seine Adern wie Lebenssaft; er hatte stechende Schmerzen in den Gelenken, aber zum Ausgleich kehrte zumindest eine gewisse Beweglichkeit zurück.

»Du musst bald dein eigenes Land bestellen, Gaddy«, sagte Coll.

Aber sie kam weiter jeden Morgen zum Dyers' Dyke, durch Regen und Schlamm, wobei sie Elspeth nicht länger in einem Plaid auf dem Rücken trug, sondern das Kind bei der Hand führte, sofern der Boden trocken genug war. Coll stand früh auf und hielt von der Stalltür aus Ausschau nach ihr, winkte und rief ihr einen Gruß zu, sobald er sie erspähte, da das Farmhaus hinter dem Giebel des Nebengebäudes lag und Etta ihn nicht sehen oder hören konnte – vor allem nicht die Zuneigung, die in seiner Stimme mitschwang. War seine Frau allerdings auf dem Hof, um die Hühner zu füttern, oder hatte sie die Kraft aufgebracht, in dem großen Holzzuber einen Stoß Wäsche zu waschen, schwieg Coll, bis Gaddy ganz nah war, und ließ sich auch sonst seine Freude, sie zu sehen, nicht anmerken.

»Ich habe gesehen, dass Mr. Short mit dem Pflügen des Ackers begonnen hat«, sagte Gaddy beispielsweise.

»Short ist immer etwas voreilig. Der Boden ist noch zu weich und schwer für die Pferde.«

»Mr. Leggat meint, ich solle umgraben und Kartoffeln pflanzen.«

»Wann hast du den Pfarrer gesehen?«

»Gestern. Er hat am Nachmittag vorbeigeschaut.«

»Es stimmt, was er gesagt hat. Es ist Zeit, Grasland umzugraben. Ich werde morgen nicht auf dich warten.«

»Zwei Pence sind zwei Pence«, entgegnete Gaddy.

Aber sie ging schon früh, gleich nach dem Dreschen. Coll wusste, dass sie zu ihrer eigenen kleinen Farm zurückkehrte, um dort weiterzuschuften, die dicke Erdkruste mit der Klinge des Pfluges aufzubrechen und zu wenden. Harte Arbeit für eine Frau. Aber sie hatte die Grenzen abgesteckt für die Ackerflächen direkt bei der Hütte und an der Grenze zum Moor, wo sie außerdem die Binsen entfernt und Zaunpfähle eingeschlagen hatte. Man brauchte Gaddy nur einmal etwas zu sagen; sie hatte nichts von dem vergessen, was Mr. Leggat ihr vor Weihnachten geraten hatte, und auch die Empfehlungen, die Coll an den langen Winterabenden ausgesprochen hatte, waren gespeichert. Systematisch machte sie sich daran, alles umzusetzen. Von dem Geld, das sie bei Coll verdient und gespart hatte, würde sie Saatgut kaufen. Wenn er jetzt am Abend zum Nettleburn kam, musste Coll sehr vorsichtig zwischen die lehmigen Erdbrocken der rechteckigen Äcker treten, die von der Mauer bis über den Bach hinweg reichten. Gaddy war weniger lebhaft und oft müde von der doppelten Arbeitslast und der Versorgung Elspeths, die sich prächtig entwickelte und mit Mundwerk und Beinchen gleichermaßen schnell war.

Das Einzige, was Coll den Frühling verdarb, war das nahende Pfingstfest. Er hatte in seiner Metallkiste nicht genug, um auch nur die Hälfte seiner Schulden an Bontine zu begleichen. Sinclair wusste das, hatte den Dyke abgeschrieben und kam nicht mehr, um Coll zu ermutigen. Wenn er sämtliches Vieh verkaufte, würde der Erlös vielleicht gerade so reichen, um seine Schulden zu begleichen. Dann hätte er zwar Futter, aber keine Tiere mehr, und kein Geld, um eine neue Herde zu erwerben und für den Herbst zu mästen. Vielleicht sollte er seine Pferde anspannen und alles umpflügen. Aber auch Pferde brauchten Futter und Arbeitspausen, und er würde Saatgut kaufen müssen. Nachdem er eine Weile über seine Optionen nachgegrübelt hatte, konnte er keinen klaren Gedanken mehr fassen und träumte stattdessen von Gaddy, von einem noch einfacheren Leben als jenem, das er bereits führte, jedoch wohltuend frei von der Bürde der Farm und Ettas, frei, sich mit Gaddy zusammenzutun, Rüben anzubauen und ein paar Stück Vieh zu halten auf dem überschaubaren Stück Land, das sie gepachtet hatte.

Etta war sich der verzweifelten Lage ihres Mannes wohl bewusst. Heimlich hatte sie die Ersparnisse in der Metallkiste gezählt, wenn Coll außer Hause war. Sie lebte jedoch schon so lange in Abhängigkeit von ihrem Mannes, dass sie sich abgewöhnt hatte, sich Sorgen wegen des Hofes zu machen. Angesichts der drohenden Vertreibung reichte ihre Fantasie nicht aus, sich das Szenario vorzustellen; sie konnte einfach nicht glauben, dass Coll das zulassen würde. Sie vertraute voll und ganz darauf, dass er ihr Heim ohne ihr Zutun retten würde.

Es war Gaddy Patterson, die auf ihrem eigenen Land emsig wie eine Ameise zugange war, die einen Plan ersann, der den Cochrans Dyers' Dyke möglicherweise erhalten würde.

Gaddy hatte ihr ganzes Erwachsenendasein unter Viehtreibern verbracht, und etwas von deren Einfallsreichtum und Gerissenheit hatte auf sie abgefärbt. Sie hatte aus erster Hand ein paar Tricks gelernt, mit denen die Viehtreiber ihr Einkommen aufbesserten, wenn Unfälle oder Krankheiten sie heimsuchten, oder wie sie durch zusätzliches und schnelleres Arbeiten Einbußen wettmachen konnten. Aber so früh im Jahr gab es nur wenige Märkte, auf denen sich Vieh verkaufen ließ. Vieh brachte vor allem im Herbst etwas ein, auf den drei großen Auktionen in Falkirk und der später im Jahr stattfindenden in Doune. Dort kamen Banker, Züchter und Käufer aus allen Ecken Schottlands und Englands zusammen. Züchter, die nur knapp den Winter überstanden hatten, konnten sich somit im April und Mai kaum gegen Ausbeutung wehren. Viele waren aus der Not heraus gezwungen, möglichst schnell gegen Bares für eine Hand voll Silbergeld und ein Zahlungsversprechen zu verkaufen. Die meisten Banken erkannten diese Zahlungsverpflichtungen inzwischen an, aber das war einem Züchter, der am Ende der Saison nur einen Stapel dieser Papiere in Händen hielt, nur ein schwacher Trost, da die Banken nicht immer die Garantie für die Einlösung übernahm, weil die Bezahlung in den Augen der Banker eine Ehrensache zwischen Käufer und Verkäufer war.

Züchtern in der Gegend von Balnesmoor widerstrebte es, mit professionellen Viehtreibern Geschäfte zu machen oder ihr Vieh in kleinen Stückzahlen zu verkaufen. Sie zogen das alte System vor und boten im Frühjahr ihr Vieh dem Verwalter des Gutsherrn zu einem fairen Stückpreis an. Später im Jahr ließ Sir Gilbert die Herde dann nach Falkirk treiben und von einem vertrauenswürdigen Agenten verkaufen. Sir Gilbert trug das Risiko eines eventuellen Preisverfalls. Obgleich der Gutsherr den Handel nicht in seiner ganzen Komplexität durchschaute, was nicht zuletzt seinen Reiz ausmachte, machte das Bontine-Gut jedes Mal Profit. Und so war Coll denn auch jahrelang zufrieden damit gewesen, sich an diese lokale Praxis zu halten – einmal abgesehen von diesem einen Mal, da er sein Vieh nach Ayr getrieben hatte, um einen Mann für Doris zu finden. Eine Verpflichtung des Pächters, sein Vieh an den Gutsherrn zu verkaufen, bestand jedoch nicht. Jedem stand es frei, einen Käufer für seine Tiere zu finden, wo und wann es ihm beliebte. Wenn Coll Cochran seine überfällige Pacht im Mai nicht bezahlen konnte, würde Sir Gilbert sein gesamtes Vieh allerdings zur Abgleichung seiner Schulden pfänden. Im Gegensatz zu Gaddy verstand Coll nicht, dass jetzt, wo die Pässe im Hochland noch tief verschneit waren, Vieh aus den Tälern Höchstpreise erzielte, nicht nur bei den Sommer-Züchtern, sondern auch bei Fleischern und Fleischlieferanten.

Gaddy hatte nie die prickelnde Spannung und Freude spontaner Verkäufe vergessen, wenn das rasche Denken und die gewandte Zunge des Viehtreibers eine sich bietende Gelegenheit in bare Münze verwandelt hatten. Das eine oder andere Mal hatte Donald sogar eine Herde verkauft, noch ehe er sie selbst erworben hatte, wenn ein Lieferant einen Engpass hatte und die Fleischqualität weniger entscheidend war. Bewundernd und belustigt hatte sie dem Wanderhirten bei der Arbeit zugesehen und unbewusst einiges über die Kunst des Handelns gelernt.

Mageres, struppiges Vieh vom Fleck weg zu verkaufen lief Colls konservativer Einstellung zuwider. Trotzdem sprach Gaddy ihn darauf an, und letztendlich, als es nur noch drei Wochen bis Pfingsten waren, erlaubte er ihr, seine Herde in Dumbarton zu verkaufen, nicht auf einem Markt, sondern direkt an die Metzger, die nach der anhaltenden Kälteperiode händeringend auf der Suche nach Frischfleisch sein mussten, ganz gleich, wie mager die Rinder auch sein mochten. Der Weg nach Dumbarton war unproblematisch. Sie würden schon vor dem ersten Hahnenschrei aufbrechen und konnten die Strecke in einem halben Tagesritt schaffen.

Zögernd willigte Cochran ein.

Gaddy bedrängte ihn nicht weiter. Er schenkte ihr sein Vertrauen. Er hatte auch kaum eine andere Wahl. In seiner Situation hieß es, alles riskieren oder alles verlieren. Gaddy wusste, dass in den Nebenstraßen von Dumbarton nicht ihre, sondern Colls Zukunft auf dem Spiel stand.

Hochzeit am See

4 Spät am Nachmittag sonderte Coll die Jungstiere aus; die Bullen hatten fast das ideale Schlachtalter erreicht. Im Halbdunkel der Dämmerung sperrte er sie auf dem Hof ein, wo sie um die Heuraufen und Wassertröge herumstampften, überall dampfende Fladen hinterließen und dazu vor Aufregung bis tief in die Nacht husteten, schnaubten und brüllten. Ansonsten war alles für einen raschen Aufbruch bereit: der kleine Karren, das Pony, die Futtersäcke, die Coll auf Gaddys Anraten hin vom Heuboden geholt hatte. Im Stall standen drei hochträchtige Kühe kurz vor dem Kalben, und auf den Bergweiden befanden sich noch neun einjährige Ochsen und Färsen, Nachkommen des Bontine-Zuchtbullen. In der Herde, die den Weg nach Dumbarton antreten würde, befanden sich keine Ausnahmetiere, aber für reine West-Highland-Rinder waren sie schwer genug, und Gaddy schätzte, dass sie Schlachtkörper von an die 300 Pfund liefern würden. Die meisten Tiere waren schwarz, aber es waren auch zwei braune und zwei gefleckte darunter. Sie hatten einen kleinen Kopf, einen runden, fassförmigen Rumpf mit fülligen Flanken und wächsern-grün schimmernden stumpfen Hörnern. Männer vom Fach würden sich von dem zotteligen Fell nicht irreleiten lassen, sondern ihren reinen Fleischwert erkennen und nicht weniger als sechs Pfund fünf Schilling pro Kopf bezahlen, versicherte Gaddy Coll. Der war hiervon alles andere als überzeugt. Beim Auftrieb im April, noch vor der Fälligkeit der Pacht an Pfingsten, würde der Aufkäufer des Gutsherrn lokalen Aufzüchtern fünf Pfund bieten und drei weitere versprechen, wenn sie die Tiere bis zum Herbst weitermästeten.

Ihm war das immer fair erschienen. Natürlich achtete Sinclair darauf, dass die Tiere gesund waren und gesichert war, dass sie den Sommer auch überstanden. Er zahlte nicht bar für kränkliche Tiere und zeigte auch wenig Interesse an Färsen, derer es auf den örtlichen Farmen reichlich gab. Aber zusätzliche Einnahmen von 25 Schilling pro Jungbulle bei einer Stückzahl von insgesamt neunzehn Stück und einem entsprechenden Grasüberschuss, damit ließen sich die Schulden, die auf Dyers' Dyke lasteten, abtragen und sogar ein Großteil der Kosten für das kommende Jahr decken.

Langsam und geduldig wie er war, und den traditionellen Bräuchen verhaftet, konnte Coll einfach nicht glauben, dass die Lösung seiner Probleme so einfach sein sollte. Er fürchtete sich davor, sein Vieh selbst so früh im Jahr zum Verkauf anzubieten, zumal die Kälberzeit noch nicht einmal begonnen hatte. Er fürchtete sich vor dem Neuen, vor dem, was Lachlan Sinclair sagen würde, wenn sich herumsprach, dass das Vieh weg war; und das Fehlen der Jungbullen würde nicht unentdeckt bleiben, da Sinclair in der Lage war, aus einer Meile Entfernung zu erkennen, wie viele Disteln auf einer bestimmten Weide abgefressen worden waren. Wenn sich mit dem Direktverkauf so viel Geld machen ließ, warum hatte Sinclair ihn dann nicht darauf hingewiesen? Warum hatten die Mitglieder der Harlwood Agricultural Improvement Society das gängige Vertriebssystem nicht unter die Lupe genommen und eventuelle Alternativen geprüft? Coll dachte lange über diese unausgesprochenen Fragen nach und kam zu dem Schluss, dass dieses System offenbar zu große Risiken barg. Aber vielleicht war ja eine Viehtreiber-Frau weniger abgebrüht als Bontines Mann. Konnte es sein, dass Sinclair um das zusätzliche Geld wusste, das Wintervieh brachte, wenn man es zur rechten Zeit am rechten Ort anbot? Pächter Cochran brachte es einfach nicht über sich, an Sinclair zu zweifeln und somit an den Herren von Ottershaw, die seit dreißig Jahren nach gleicher Art verfuhren. Andererseits konnte er auch sein Vertrauen in Gaddy Patterson nicht verleugnen.

Von Zweifeln geplagt, machte Coll in der Nacht vor dem Viehtrieb kein Auge zu.

Es gab allerdings noch einen anderen Grund zur Sorge: Etta.

Etta strafte ihn mit Verachtung. Sie weigerte sich nicht nur, ihm für sein Vorhaben Glück zu wünschen, sondern machte keinen Finger krumm, um ihm zu helfen, obwohl er ihr lang und breit erklärt hatte, weshalb dieses Vorhaben unabdingbar war und dass, wenn die Highlanderin Recht behielt, sie mit einem Schlag nicht nur schuldenfrei sein, sondern darüber hinaus sogar einen satten Profit erwirtschaften würden. Etta wollte nichts davon hören. Nicht, dass sie versucht hätte, ihm sein Vorhaben auszureden, vielmehr weigerte sie sich schlicht, auch nur ein Wort mit ihrem Mann zu wechseln. In einen Schal aus gallegrüner Wolle gehüllt hockte sie den ganzen Nachmittag und Abend am Feuer und erhob sich nur, wenn sie sich erleichtern musste, nicht aber um zu kochen oder ihm sonst etwas zu bringen. Sie bereitete sich einen Kessel Tee und einen Topf Grütze zu, stellte mehrere Fläschchen und Phiolen auf einen Schemel neben sich und flößte sich mit sichtlichem Genuss Tropfen für Tropfen dubiose Tinkturen und Medizin ein.

»Was machst du da, Etta?«

Keine Antwort.

»Was nimmst du da?«

Schweigen.

»Fühlst du dich nicht wohl, Schatz?«

Keine Antwort, abgesehen von einem Schulterzucken und einem gezwungenen Husten.

Coll hatte längst den Überblick über ihren Vorrat an Kräutern und Tinkturen verloren, die sie fahrenden Händlern abkaufte, bei denen sich die chronischen Leiden von Cochrans

Ehefrau längst herumgesprochen hatten und die demzufolge bei ihr anklopften. Coll stieg der durchdringende Geruch von Blaustern und Äther in die Nase. Er aß also allein eine kalte Mahlzeit, die er am Tisch vor dem Fenster einnahm, in einiger Entfernung vom Feuer, den Blick abgewandt von dem monumentalen Bild des Jammers am anderen Ende des Raumes. Sie hockte immer noch vor dem inzwischen heruntergebrannten Feuer, als Coll zu Bett ging.

Es war nach Mitternacht, als er nach langem Herumwälzen aufstand und sie suchen ging. Er fand sie schlafend auf der Pritsche im kleinen Hinterzimmer, in dem vor langer Zeit einmal die Jungen geschlafen hatten.

»Etta? Etta?«

Sie stellte sich nicht schlafend, sondern schlief tatsächlich tief und fest, wobei sie schnurrte wie eine Katze nach einer Schale Milch, wobei sie bei jedem Ausatmen von neuem durchdringender Äthergeruch umwehte.

Sie schnarchte immer noch, als Coll sich um vier Uhr früh aus dem Haus stahl, um das Pony anzuspannen und den zweirädrigen Karren zu beladen. Dann wartete er voller Vorfreude darauf, dass Gaddy und die kleine Elspeth auftauchten und das Abenteuer losgehen konnte, ein Abenteuer, das für Coll Cochran nie wirklich enden würde.

Das Glück kann – sofern es sich überhaupt einstellt – in den sonderbarsten Erscheinungsformen auftreten. Wenn abergläubische Menschen bereit sind, einem Kleeblatt oder Hufeisen die Macht zuzuschreiben, ein glückliches Ereignis herbeizuführen, dann muss man auch akzeptieren, dass es mehr als nur Zufall war, dass Coll Cochrans Rinder an einer bestimmten Stelle von der Hauptstraße abkamen und zu einer kleinen Ansammlung von Gebäuden liefen, die sich um den großen Felsen von Dumbarton scharten, wo gerade zwei Gentlemen,

Mr. Spruell und Mr. Wallace, in nebeneinander liegenden Schlachträumen Messer und Hackblöcke aufbewahrten, die förmlich nach Frischfleisch schrien.

Jeder für sich hätten Mr. Wallace und Mr. Spruell den unerfahrenen Farmer und seine Begleiterin ausgenommen, aber aufgrund der zwischen ihnen seit jeher bestehenden erbitterten Konkurrenz hätten die Metzger von Ossian's Close sich sogar selbst die Kehle durchgeschnitten, nur um den anderen zu übertrumpfen.

Dumbarton war weder ein hübscher noch ein idyllischer Ort und fügte sich auch keineswegs harmonisch in die atemberaubende Kulisse von Fluss, Moor und Bergen ein. Vom Clyde aus betrachtet, handelte es sich lediglich um eine Anhäufung zusammengedrängter Hütten, zwischen denen das Spantenholz der Schiffstakler lagerte und die Netze der Lachsfischer hingen, das Ganze gekrönt von stinkenden Glaspyramiden und chemischen Dämpfen. Die schäbigen kleinen Docks und o-beinigen Häfen wurden von einem gewaltigen verwitterten Felsen überragt, der acht Stunden von zehn seinen Schatten auf den Ossian's Close warf. Der Close selbst war kaum mehr als eine Gasse mit Kranbalken, die an Galgen erinnerten, und einem Rinnstein, durch den bei jedem Regen blutiges Wasser strömte.

Es war kein Zufall, dass die Fleischer unmittelbar angrenzende Metzgereien in diesem ungastlichsten Teil des Weilers hatten. Seit der Kindheit waren die beiden Männer bis aufs Blut verfeindet, und keiner von ihnen wollte den anderen aus den Augen lassen, bis der Tod oder ein Schicksalsschlag ihn aus dem Weg schaffte. Im Alter von zehn Jahren waren Mr. Spruell und Mr. Wallace Lehrlinge beim selben Fleischer gewesen, und seit damals konkurrierten sie miteinander und kämpften Hachse für Hachse und Rippe für Rippe um die Vorherrschaft auf ihrem Fachgebiet.

Mr. Wallace war ein stämmiger, sehr muskulöser bärtiger

Mann, jovial, laut und korrupt. Er lebte seine Junggesellen-Vergnügen in einer Spelunke namens Celtic Earl aus sowie zusammen mit anderen sportlich orientierten Gentlemen in den Räumen des kürzlich erst gegründeten Salmon Club. Die meisten seiner Freunde aus dem Salmon Club waren verhältnismäßig wohlhabend, und an diese gut betuchten Fleischliebhaber verkaufte Wallace bestes Rind- und Hammelfleisch, und diese Leute verschafften ihm auch reichlich Schlachtaufträge. Er war beliebt wegen seiner herzlichen Frohnatur und wurde bewundert für seine Geschicklichkeit im Umgang mit Vogelflinte und Angelrute. Bei den leichten Mädchen von Levens wurde er noch wegen ganz anderer Fertigkeiten geschätzt, mit denen er jedoch in Gesellschaft nicht prahlte, es sei denn, der Whisky war reichlich geflossen und die Gespräche hatten ganz allgemein ein gewisses Niveau erreicht.

Mr. Spruell seinerseits war ein glatt polierter Marmorpfeiler der lokalen Kirchengemeinde, deren altes, beinahe anheimelndes, mit Galerien versehenes Gotteshaus direkt an der Hauptstraße gut besucht wurde vom alten Adel, der Mr. Spruell in Form von Bestellungen und Kommissionsaufträgen protegierte. Mr. Spruell war überraschend klein und schmal für einen Mann, dessen Beruf darin bestand, Jungbullen zu Boden zu zwingen, riesige Schlachtkörper auszunehmen, Knorpel abzulösen und Knochen zu zersägen. Aber dieser Eindruck täuschte: Er besaß Bärenkräfte und überaus geschickte kleine Hände. Er konnte sogar rohes Kalbfleisch in hauchdünne Scheiben schneiden und machte die besten Hackfleischbällchen in der ganzen Grafschaft. Seine Frau wirkte an seiner Seite wie eine Riesin. Sie hatte ihm im Laufe der Jahre sieben Kinder geschenkt, die alle so hager, anständig und sandgestrahlt waren wie ihr Vater – und ebenso tugendhaft. Mr. Spruell, dessen Augen nicht minder flink waren als die Hände, war es, der die Cochran-Herde als Erster entdeckte.

Der Vormittag war trocken und sonnig gewesen, mit einer leichten Brise, die den Firth kräuselte, sodass die kleinen Boote zügig über das Wasser glitten und die Wimpel an der Fahnenstange oben auf der Festungsmauer flatterten. Die Luft roch nach Frühling, und für Mr. William Spruell und Mr. Bob Wallace wäre alles so wunderbar gewesen wie das Wetter, wenn sie nur etwas zu tun gehabt hätten. Nicht, dass es ihnen an Kundschaft gemangelt hätte. Mr. Stirling wartete auf ein halbes Rind für seine Dinnerparty am Samstagabend; Lady Fream hatte sechzehn Pfund Hackfleischbällchen bestellt, der Celtic Earl wollte Steak-Geschnetzeltes für Fleischpasteten und Doktor Pierce ein Lendenstück. Mr. Spruell und Mr. Wallace konnten die Stimmen ihrer Kunden wie Gespenster in den leeren Räumen ihrer Metzgereien jammern hören. Und dann war plötzlich Fleisch da, eine ganze Herde Jungbullen, drei Tage vor dem wöchentlichen Viehmarkt auf den Broadmeadows, wo doch nichts zu kriegen sein würde außer ein paar kranken Kühen und klapperdürren Färsen. Um diese Jahreszeit war einfach kein vernünftiges Fleisch zu bekommen, aber wie sollte man das Lady Fream begreiflich machen?

Jeder der beiden Metzger beschäftigte einen Gehilfen. Einer war genug für den Auftragsumfang, und notfalls konnte man ja noch eine Aushilfe einstellen, was tatsächlich des Öfteren vorkam. Aber an diesem Frühlingsnachmittag hatten auch die Lehrlinge nichts zu tun, und anders als ihre Arbeitgeber verstanden sie sich prächtig und spielten hinter den Läden ein Münzwurfspiel um Pennys. Mr. Spruell stand wie gewöhnlich, die verschränkten Arme über der Segeltuchschürze, vor dem Laden und behielt Mr. Wallace im Auge, der Pfeife rauchend auf einer Kiste saß und mit Leim und Faden eine gesplitterte Angelrute reparierte – wobei er ebenfalls verstohlen seinen Nachbarn beobachtete. Beim Klappern der Hufe kam ganz plötzlich hektisches Leben in die beiden.

Ihre Köpfe flogen herum, ihre Augen huschten suchend umher, aus Mr. Wallaces Pfeife stiegen in rascher Folge dicke Rauchwolken auf, und gleich darauf stürzten die Fleischer von Ossian's Close auch schon los in die Richtung, aus der das hochwillkommene Geräusch kam. Mr. Spruell, der dem Close näher war, entdeckte als Erster die neunzehn Stück zählende Herde schwarzer und gefleckter Jungbullen, die im Schweinsgalopp die Gasse heraufkamen. Er breitete die Arme aus, als wollte er das Tier an der Spitze fangen, schob das Kinn vor und schickte ein Dankesgebet für den unverhofften Fleischsegen himmelwärts. Aber Mr. Wallace hatte da so seine eigenen Vorstellungen. Als er Willie Spruell in dieser Position sah, brauchte er die Tiere gar nicht erst zu sehen: Sie konnten nur im Close sein und dem lauter werdenden Getrappel nach zu urteilen auf den Fluss zuhalten und die weit geöffneten Türen der Schlachthäuser. Watschelnd lief er durch seinen Schuppen, die kurze Schürze fest an die Schenkel gedrückt, schnappte sich im Vorbeigehen das Hackbeil vom Holzblock, schoss durch den Pferch auf der Rückseite der Metzgerei und rief dabei *»Iain. Iain, hierher, Junge, komm her«*, um seinen Gehilfen auf den Glücksfall aufmerksam zu machen. Er bog nach rechts ab, rannte die schmale Gasse hinunter und in den eigentlichen Close. Bei Gott, die Rinder waren schon da. Beim Anblick des so unvermittelt vor ihnen auftauchenden stämmigen Metzgers, der wild mit dem Beil herumfuchtelte, scheuten sie und gerieten derart in Panik, dass die Frau in ihrer Mitte fast umgeworfen wurde und der zweirädrige Karren mit dem Pony in der Deichsel und dem hageren Farmer auf dem Bock auf das Letzte der Rindviecher auffuhr und dieses zu einem Bocksprung nach vorn veranlasste. Mr. Wallace winkte und rief und wich keinen Zentimeter, während Mr. Spruell zornsprühend den Close heruntereilte und schrie, die Herde gehöre ihm, er habe sie zuerst gesehen. Natürlich gehörte die Herde keinem der beiden Fleischer. Aber sie waren es gewohnt, schnelle Geschäfte zu machen, und es war immer noch Zeit, Züchter oder Viehtreiber, wem immer das Vieh gehörte, das Fell über die Ohren zu ziehen, wenn die Rinder sicher im eigenen Pferch standen.

Iain und Malcolm, die Lehrlinge – der eine braunhaarig und rund wie eine Haselnuss, der andere dünn wie eine Bohnenstange mit Ohren –, bugsierten die Tiere in die schmale Gasse und öffneten und schlossen Tore wie gedrillte Milizionäre, um die Herde auf zwei Pferche hinter den Schlachthäusern zu verteilen. Derweil brüllten Mr. Wallace und Mr. Spruell einander in der Gasse an, während die Frau und der Mann am Karren sich bei den Armen hielten und aus einem Grund, der beiden Fleischern verborgen blieb, bogen vor Lachen.

Nach Lachen war James Moodie ganz und gar nicht zu Mute, als er, nachdem er seine Mutter an seinen eigenen Platz am Webstuhl beordert hatte, das Cottage durch die Hintertür verließ und sich in der Stunde, die er sich als abendliche Essenspause gönnte, zu Fuß aufmachte zum Dyers' Dyke.

Er trug seine Arbeitskleidung, dazu jedoch einen Schal aus feiner schwarzer Wolle und seine grauen Wildlederhandschuhe. In der Brusttasche seiner Jacke steckte seine in Leder gebundene Bibel. Beten und Lesen in der Bibel waren tägliche Rituale, an denen der Presbyter streng festhielt, wenn man auch nicht sagen konnte, dass sein frommes Gebaren sonderlich inbrünstig oder anhaltend gewesen wäre. Auch wenn Moodies Züge bar jeglichen Humors waren, empfand er im Herzen eine gewisse Genugtuung, da er in einer Sache gerufen worden war, die ihm gefiel und seinen Glauben daran wiederherstellte, dass er in der Gemeinde als Schiedsmann und Gewissensstütze betrachtet wurde, dort tätig, wo der Pfarrer fehl am Platze gewesen wäre.

Die Neugier war ein so fest verwurzelter Teil seiner Natur, dass James Moodie sie längst als Tugend betrachtete, ein Talent, das danach schrie, in den Dienst Gottes gestellt zu werden, um der Bekehrung der irregeleiteten Schäfchen von Balnesmoor zu dienen. Zu seinem Leidwesen war er zu spät in sein Amt erhoben worden, und Mr. Leggat, dieser so moderate und wenig orthodoxe Vertreter seines Standes, reizte James Moodie oft, den halbherzig daherredenden Geistlichen zu packen und zu schütteln, bis ihm Hören und Sehen verging – und seine gemäßigte, großherzige Vergebung dazu. Wenn die Menschen von Balnesmoor und dem ganzen Bezirk Laster nicht von Tugend unterscheiden konnten, sollte der Gemeindepfarrer zusammen mit den Ältesten gewillt sein, ihnen diese Aufgabe abzunehmen, sie von der Sünde zu befreien und ihnen so ewige Glückseligkeit zu bescheren.

Auf dem vergilbten Deckblatt seiner Bibel, die er stets in einem Holzkästchen aufbewahrte –, ein Geschenk seines verblichenen Vaters – stand geschrieben: *Alles Weltliche steht auf zwei tönernen Beinen, Ungewissheit und Unzulänglichkeit, und so darf man sich niemals darauf verlassen.*

Moodie Senior war kein Schreibkundiger gewesen, und so wusste Jamie nicht, wer den Satz für seinen Vater aufgeschrieben hatte, und er hatte auch kein Verständnis dafür, dass sein Vater es versäumt hatte, die Quelle des Zitates anzugeben. Trotzdem hatte Jamie den in Miniaturschrift geschriebenen Text zu seinem Evangelium erhoben, eine Antwort ohne Frage, obwohl er weder Sinn noch Tragweite völlig verstand. Moodie war kein Anhänger von Doktrinen, sondern von amtlichen Stellen, Komitees und Versammlungen in der Tradition des großen John Knox, des schottischen Messias. Moodie sammelte allerlei Missetaten und Skandälchen, die er in seiner Erinnerung reifen ließ, um sein Bild eines gottesfürchtigen Dieners der Gerechtigkeit zu nähren sowie die Überzeugung, dass es nur verhältnismäßig wenige Auserwählte gab und er seinen eigenen dunklen Geheimnissen zum Trotz dazugehörte.

An diesem frischen sonnigen Nachmittag im März, den durchdringenden Duft des Moores in der Nase, schritt Mr. James Moodie mit geneigtem Haupt einher, in Gedanken bei der Angelegenheit, die ihn vom Dorf hinauf zu der abgelegenen Farm führte. Wäre die Frau, die ihn über einen Zettel, der unter der Tür seines Cottages hindurchgeschoben worden war, zu sich gerufen hatte, jünger gewesen, wäre er vielleicht nicht so bei der Sache gewesen, und sein Blut wäre möglicherweise aus einem ganz anderen Grund in Wallung geraten. Aber Mrs. Cochran war viel zu alt für Moodie – und zu hässlich. Er war ihr Vertrauter, so wie die Patterson Cochrans Vertraute war, und ihm lag viel an dieser Beziehung wegen der Kontrolle, die sie ihm über die Familie auf dem Dyers' Dyke verlieh. Darüber hinaus sah er darin einen Trumpf, der sich irgendwann zu seinen Gunsten ausspielen ließ.

Die Tür des Farmhauses war nur angelehnt.

»Mrs. Cochran? Ich bin's, der Küster.«

Ein Krächzen forderte ihn auf einzutreten.

Sie saß am Kamin, nach Balnesmoor-Maßstäben ordentlich und sauber gekleidet, aber sichtlich leidend. Moodie registrierte jedoch den Suppenteller in der Spüle und die Eierschalen im Abfalleimer. Offenbar ging es Mrs. Cochran nicht so schlecht, dass es ihr den Appetit verdorben hätte. Eifrig nahm Mr. Moodie auf dem Schemel zu ihrer Linken Platz und tat so, als kaufe er ihr ab, dass sie zu schwach war, um ihn an der Tür zu empfangen. Sie streckte eine Hand aus, die er mit seinen eigenen schwieligen Händen ergriff.

»Es ist wirklich sehr gütig von Ihnen, so schnell zu kommen, Mr. Moodie«, sagte sie mit zittriger Stimme.

»Es ist die heilige Pflicht eines jeden Menschen mit christlichem Gewissen, schnellstmöglichst auf einen Hilferuf zu reagieren, Mistress Cochran. Was haben Sie denn auf dem Herzen?«

»Er ist mit ihr weggegangen.«

»Wie?« Mr. Moodie richtete im Sitzen den Oberkörper auf.

»Er ist mit der Highland-Schlampe auf und davon.«

»Sie meinen, sie sind ... durchgebrannt?«

»Nach Dumbarton, hat er jedenfalls behauptet.«

»Dumbarton?«

Moodie griff mit einer Hand zwischen seine Knie und zog den Schemel dichter zu ihr heran. Er warf einen Blick hinter sich auf die Tür. Ein Huhn steckte den Kopf durch den Türspalt und schaute ihn glucksend an, aber der grimmige Blick des Presbyters jagte es flügelschlagend in die Flucht.

»Und was wollen die beiden in Dumbarton, Mistress Cochran?«

»Unser Vieh verkaufen.«

Sofern Mr. Moodie enttäuscht war von dieser Antwort, ließ er sich hiervon nichts anmerken. Die Erfahrung hatte ihn gelehrt, dass auch der willigste Bekenner sich gerne etwas bitten ließ. Spekulative Intimität ließ ihn noch näher rücken. Die Frau verströmte einen scharfen, aber nicht säuerlichen Geruch; Alkohol und aromatische Kräuter, dachte er, da er sich mit Äther nicht auskannte.

»Die beiden sind heute Morgen auf und davon.«

»Und was ist mit dem Kind?«, fragte James Moodie. »Was ist mit Elspeth?«

»Die haben sie mitgenommen. Im Karren.«

»Wie viele Stück Vieh?«

»Neunzehn.«

»Weiß Sinclair Bescheid?«

»Niemand außer den beiden weiß Bescheid. Sie hat ihm das eingeredet, darauf können Sie wetten. Ohne den schlechten Einfluss dieser Hexe wäre er nie auf eine so hirnverbrannte Idee gekommen.«

»Hexe? Hat sie in Ihrer Gegenwart irgendwelche Zaubersprüche benutzt, Mistress Cochran?«

»Hat ihm den Kopf verdreht, Mr. Moodie, glauben Sie mir. Ich bin außer mir. Ich fühle mich ganz elend und krank von alledem. Sie hat ihn in Versuchung geführt, ganz so wie Sie gesagt haben.«

»Aha, aha!«, murmelte James Moodie. »Dann war es also ihre Idee, dass sie zusammen nach Dumbarton gehen. Wie lange sind sie schon weg?«

»Sie sind vor Tagesanbruch aufgebrochen.«

»Wie haben Sie mir die Nachricht zukommen lassen?«

»Ich ... ich habe mich ins Dorf geschleppt.«

»Soso! Miss Cochran ... können Sie mir auch sagen, wann sie zurückkommen werden?«

»Heute Abend, hat er gesagt.«

»Aha! Das glaube ich erst, wenn ich es sehe«, entgegnete James Moodie düster und tätschelte ihren Arm. »Tut mir Leid, Mistress Cochran, das ist mir nur so herausgerutscht. Aber der Gedanke ist Ihnen doch sicher auch schon gekommen, oder?«

»Es ist ganz schön weit bis Dumbarton«, entgegnete Etta, als wäre ihr Misstrauen erschüttert und als überlege sie, zumindest Zweifel an den unlauteren Absichten ihres sündigen Ehemannes zuzulassen.

»Unsinn!«, widersprach James Moodie. »Ich könnte die Strecke an einem Tag dreimal schaffen. Ich fürchte, Mistress Cochran, wenn die beiden nicht zurückkommen, hat das nichts mit der Entfernung zwischen uns und Dumbarton zu tun, sondern ist von den beiden so gewollt.«

»Ja, natürlich haben Sie Recht, Mr. Moodie.«

Sie brach in Tränen aus.

Moodie war im ersten Moment völlig verdattert. Er hatte nicht zum ersten Mal mit einer weinenden Frau zu tun, viele von ihnen um einiges jünger und hübscher als Etta Cochran.

Ihre »Beichte« war nicht die erste dieser Art, die Mr. Moodie provoziert hatte, und Coll Cochrans Eskapaden waren nicht die ersten, die seine mitfühlenden Ohren vernahmen. Aber etwas an den Tränen dieser Frau rührte Moodie. Ein paar flüchtige Sekunden wirkte sie verwundbar. Er tätschelte erst ihre Hand und dann ihre Schulter. Sie wandte sich ihm zu, streifte den Schal ab, drückte sich an seine breite junge Brust und hüllte ihn in eine durchdringend-süße Ätherwolke.

»Ist ja gut, beruhigen Sie sich doch, schhhhht«, sagte Moodie ganz automatisch, so wie er es getan hatte, als seine Schwestern noch jung und störrisch gewesen waren und er sich als ihr Beschützer fühlte. Etta Cochran schlang die Arme noch fester um ihn. James Moodie bekam es mit der Angst zu tun, und er musste an sich halten, um sie nicht wegzustoßen. »Schhhhht, ruhig, so beruhigen Sie sich doch.«

»Was soll ich nur tun? Was soll ich tun, Mr. Moodie?«

Moodie öffnete den Mund und schnappte nach Luft wie ein Fisch auf dem Trockenen. Er brachte keinen Ton hervor. Er konnte kaum noch atmen. Er suchte fieberhaft nach einem Ratschlag, irgendeiner abgedroschenen Phrase, irgendetwas, das ihn von den unheiligen Gedanken ablenkte, die sich seiner bemächtigt hatten.

Er kippte nach hinten über, der Schemel fiel um, und Moodie landete mit ausgestreckten Armen auf dem Rücken. Seiner Würde beraubt lag er ihr zu Füßen und starrte voller Entsetzen zu Etta Cochran auf, als wäre sie schuld an der Demütigung, an der Erkenntnis, dass es im Leben mehr gab als Ehrgeiz und finanzielle Sicherheit. Er rappelte sich auf, atmete tief ein und baute sich vor ihr auf.

Die Bibel hatte mitsamt ihrem Kästchen den Weg in seine Hände gefunden, und er hielt sie vor sich, als wolle er den leibhaftigen Teufel abwehren.

»B-b-beten Sie, Mistress Cochran«, stammelte er. »Beten Sie, dass es nicht so weit kommt.«

Sein Ratschlag befriedigte sie nicht.

Sie erhob sich. Allein dass sie sich von ihrem Stuhl am Feuer löste, kündete von einer neuen Entschlossenheit.

Mr. Moodie drückte die Bibel an die Brust und wich zurück, aber ihre Finger krallten sich um seinen Unterarm und hinderten ihn an seiner Flucht ins Freie.

»Und was, wenn es doch passiert? Was dann, Mr. Moodie?«

»Ich ... Ich ... Ich werde dafür sorgen, dass sie bestraft wird.«

»Und was ist mit Coll?«

»Er auch«, versprach Moodie, als ihm jedoch Zweifel kamen, fügte er hinzu: »Wenn Sie das wirklich wollen, Mistress Cochran.«

Schneckenspuren von Tränen glänzten noch auf ihren Wangen, aber ihre Augen waren wieder trocken und glitzerten kalt. Er sah Hass in ihnen, Verbitterung und nackte Rachsucht. Die Intensität erschreckte ihn.

»O ja, das will ich«, zischte Etta Cochran. »Sie sollen büßen für das, was sie mir angetan haben.«

James Moodie schluckte. »So sei es. Wenn die beiden bis heute Abend nicht zurück in Balnesmoor sind ...«

Er beendete den Satz nicht. Er wusste nicht recht, wie er eine Bestrafung von der Art, wie sie Etta Cochran vorschwebte, garantieren sollte. Er konnte Kapitel und Verse aus Kirchenprozessen zitieren zur privaten Ermahnung oder auch öffentlichen Rüge, aber er besaß nicht die Macht, jemanden zu vernichten. Und genau das war es, wonach sein Gegenüber verlangte. Er sah Dinge in den Augen der Bäuerin, die ihn beunruhigten, Leidenschaften, die über die harmlosen Wünsche der meisten Gemeindemitglieder hinausgingen, verlockende Sünden, die ein Presbyter genießen durfte und die ihrer Natur nach seine Seele nicht beschmutzten.

»Lassen Sie uns beten, Mistress Cochran.«

Moodie trat zurück, und mit einem weit aufgerissenen Auge leierte er ein Dutzend Platitüden herunter, bat Gott, der armen betrogenen Ehefrau beizustehen, ihr nicht Frieden zu schenken, sondern Willenskraft. Hiernach verabschiedete er sich hastig.

Der Nachmittag war immer noch frisch und sonnig, und James Moodie war dankbar für das schöne Wetter, als er den Weg hinunterhastete, fort von dem düsteren Farmhaus. Beinahe kam es ihm vor, als verließe er ein Tal der Schatten, einen Ort des Leids und des Betrugs, an dem ein Mann straucheln und sich verirren konnte. Im Hinterkopf hatte er den Gedanken, dass Etta Cochran übertrieb und der Farmer und die Highlanderin tatsächlich nur zusammen fortgegangen waren, um das Vieh zu verkaufen.

Aber er bezweifelte es. O ja, das bezweifelte er wirklich.

In James Moodies Augen durfte man nie davon ausgehen, dass jemand unschuldig war. Das hatte ihn die Erfahrung gelehrt.

Schließlich ging es nur noch um ein Rind. Welches spielte keine Rolle. Wenn sie achtzehn statt neunzehn Stück Vieh gehabt hätten, wären die Käufer vielleicht willens gewesen, halbe-halbe zu machen. Aber dieses eine Tier gab Anlass für einen Riesendisput. Es bewies, dass alles, was Gaddy in der Vergangenheit über die Fleischer von Ossian's Close gehört hatte, nicht übertrieben gewesen war.

In Mr. Spruells Pferch befanden sich zehn Rinder.

In Mr. Wallaces nur neun.

»Ich habe sie zuerst gesehen, Bob Wallace, sie gehören also mir, das müsste dir doch klar sein.«

»Gar nichts ist mir klar, Spruell. Wer zuerst kommt, mahlt zuerst.«

Die Lehrlinge hatten ihr Bestes für ihre Lehrherren gegeben, und nachdem sie solche Szenen gewohnt waren, hatten sie es sich auf der Pfercheinfriedung bequem gemacht und genossen den Spaß. Die Bullen verhielten sich ziemlich ruhig, dampfend und schnaubend in der fremden Umgebung, aber froh, eingesperrt zu sein und nicht mehr zwischen Hecken und Häusern hergetrieben zu werden. Coll hatte sich in jener Ecke aufgebaut, wo die Eckpfosten der beiden Pferche aufeinander trafen, wie um die beiden wütenden Fleischer daran zu erinnern, dass immer noch er Besitzer der neunzehn Rindviecher war und ihm bislang noch niemand ein Angebot gemacht hatte.

Während sie stritten, inspizierten die Metzger die Tiere in ihrem eigenen Pferch, spazierten durch die Herde hindurch und um die einzelnen Bullen herum und beugten sich über einen Rumpf oder eine Lende, um ihren Rivalen anzuschnauzen, so laut, dass man hätte meinen können, die beiden würden vom Clyde getrennt und nicht von vier oder fünf Metern schlammigen Bodens.

»Ich suche meine Tiere als Erster aus«, schrie Spruell.

»Aussuchen? Aussuchen? Bei Gott, du kannst von Glück sagen, wenn du überhaupt welche bekommst«, entgegnete Wallace ebenso laut. »Ich würde dir kein einziges Stück verkaufen, auch wenn du und deine Gören am Verhungern wärt, Spruell.«

Neunzehn Rinder waren zu viel für einen Fleischer; das Fleisch reichte locker für beide. Sie hätten die Köpfe zusammenstecken und gemeinsam einen Preis aushandeln können, um Coll zu übervorteilen, aber eine solche Taktik kam ihnen gar nicht in den Sinn. Das völlig unerwartete Auftauchen der Rinder in diesen mageren Zeiten hatte vorübergehend die Gerissenheit der beiden Metzger untergraben.

Nachdem sie ihre Inspektion beendet hatten, näherten Mr. Wallace und Mr. Spruell sich dem Gatter zwischen den beiden Pferchen und betrachteten abschätzig den Anteil des anderen. Gaddy wusste, dass beide das Schlachtgewicht bis auf ein Pfund genau berechnet hatten, und wartete ein wenig nervös darauf, dass List doch die Oberhand gewann und die Gier dämpfte.

»Ich gebe dir vier, Bob Wallace«, verkündete Spruell großzügig. »Aber ich wähle sie aus.«

»Das ist eine Frechheit. Du bekommst kein einziges von den Tieren«, konterte Bob Wallace.

Das war der Moment, da sich Coll ohne Gaddys Zutun einmischte. Er schlenderte zum Trenngatter, ging hinter Mr. Wallace vorbei und entfernte, ohne die Fleischer eines Blickes zu würdigen, die oberste Stange des Gatters. Er setzte das eine Ende auf dem Boden ab und machte sich an der zweiten Stange zu schaffen. Die Rinder drängten herbei und scharrten mit den Hufen, wichen noch einmal zurück und scharten sich dann wieder um den Farmer, aus einem ausgeprägten Herdentrieb heraus oder in der Hoffnung auf Wasser und Futter.

»Was zum Teufel machen Sie da?«, knurrte Bob Wallace.

»Ich lasse mein Vieh raus«, entgegnete Coll ruhig.

»Aus meinem Pferch?«

»Ich habe es nicht reingetrieben«, sagte Coll achselzuckend.

»Rüber zu *ihm*?«

»Und dann aus scincm raus auf die Straße. Und weiter nach Broadmeadow.«

»Broadmeadow?«, fragte Mr. Spruell.

»Zum Grasen bis Freitag.«

»Freitag ist kein Markttag«, bemerkte Mr. Wallace.

Die Fleischer hatten sich nun doch noch verbündet und flankierten den Farmer und die beginnende Lücke im Gatter, die Mr. Wallace mit seinem Bauch ausfüllte, während er ein neugieriges Rind unauffällig mit dem Ellbogen zurückstieß.

»Ich habe schon einen Käufer, der aus Inver runterkommt, um ...«

Coll kam gar nicht dazu, die Lügengeschichte weiter auszubauen.

»Käufer?«, fiel Mr. Spruell ihm ins Wort. »Ich bin Ihr Käufer, Sir.«

»Bitte entschuldigen Sie die Umstände, Gentlemen«, fuhr Coll fort, als hätte er ihn nicht gehört. »Komm, Gaddy. Wir machen uns besser wieder auf den Weg.«

»Sie haben die Tiere hierher gebracht«, wandte Bob Wallace ein.

»Sie sind von allein hergerannt.«

Gaddy konnte sich nur mit Mühe ein Lachen verkneifen. Sie nahm Elspeth auf den Arm und drückte das Mädchen fest an sich. Für einen Hinterwäldler aus Balnesmoor, der keine Erfahrung hatte mit Verkaufsverhandlungen, machte Coll seine Sache wirklich gut. Donald McIver hätte es nicht besser gekonnt.

Einschmeichelnd legte Mr. Spruell Coll eine Hand auf die Schulter und sagte, als würde er einen Segen aussprechen: »Ich zahle Ihnen fünf Pfund pro Kopf, so wie sie dastehen. Ich stelle einen Zeugen für den Kauf und gebe Ihnen auf der Stelle einen Schuldschein für die Bank, den Sie morgen einlösen können.«

Es sprach für Mr. Wallace, dass er Spruell sogar aussprechen ließ.

»Sechs«, sagte er. »Sechs Pfund für so magere Rinder sind ein achtbarer Preis.«

»Sechs Pfund fünf Schilling«, warf Mr. Spruell ein. »Und ich nehme alle neunzehn.«

»Sechs Pfund acht ...«

»Sechs Pfund zwölf ...«

Coll fuhr sich mit der Zungenspitze über die Lippen, aber er hielt den Blick gesenkt und fuhr mit desinteressierter

Miene fort, die mittlere Stange des Gatters zu entfernen. Mr. Wallace legte je einen Arm um die Hälse zweier dampfender Bullen, wie ein Onkel, der seine Zuneigung zu zwei Taugenichtsen von Neffen bekundet. »Sechs Pfund fünfzehn Schilling.«

Die Tiere warfen ungeduldig die Köpfe auf, aber Mr. Wallace hielt sie fest.

Gaddy erkannte, dass die Fleischer, wenn sie sich zu überhöhten Geboten hinreißen ließen, diese nicht mehr würden zahlen können. Ossian's Close war nicht der Royal Mart. Keiner der beiden Landmetzger verfügte im Frühling über eine solche Summe. Das war kein Bieten mehr, das war reine Angabe, zu der sich die Männer von ihrer Abneigung zueinander und reinem Konkurrenzdenken hinreißen ließen. Der eine überschüssige Bulle trieb sie dazu an. Acht Pfund waren ein Hochsaison-Preis für fette Rinder, und auch wenn Frischfleisch zurzeit Mangelware war, würden die Fleischer von Dumbarton keinen Gewinn machen mit Schlachtkörpern, für die sie selbst über 150 Schilling gezahlt hatten, ohne ihrerseits Häute, Hufe und Hörner weiterverkaufen zu können.

»Achtzehn.«

»Sieben Pfund.«

Sie boten Geld, das sie nicht hatten, für Rinder, die sie noch Monate mästen mussten, was sie zusätzlich das Gras kosten würde. Sie hatte Donalds Geschichten von den verrückten Metzgern von Dumbarton nie wirklich geglaubt. Sie hatte auf einen guten Preis gehofft, aber mit so etwas hatte sie nicht gerechnet. Sie wurde wieder nervös.

»Sieben Pfund fünf.«

»Sieben acht.«

»Neun, und zum Teufel mit dir, Spruell.«

»Einhundertundfünfzig Schilling, Sir. Ein ordentliches Sümmchen für Wintervieh.«

Coll stellte sich auf die Zehenspitzen und wippte mit verschränkten Armen auf und ab. »Und wie wollen Sie mich bezahlen?«

»Einen Teil in bar und den Rest per Schuldschein«, sagte Wallace.

»Und auf welche Summe würde sich der Schuldschein belaufen?«

»Die Differenz.« Mr. Spruell hatte Coll einen Arm um die Taille gelegt, als wolle er ihn geradewegs zu einer Kiste voll Bargeld führen.

»Sie haben mir ein sehr großzügiges Angebot gemacht. Ich kann nicht klagen, was die Summe angeht, weniger sicher bin ich mir, wie ich an mein Geld kommen soll.«

»Sie bekommen es von der Bank, Mann«, entgegnete Wallace.

»Der Bank of Scotland. *Meiner* Bank. Gegen Vorlage meines Wechsels«, warf Spruell ein.

Coll schüttelte Mr. Spruells Arm ab und fragte: »Einen Wechsel über den Hauptanteil von einhundertfünfzig Pfund?«

Mr. Wallace ließ sogleich die zappelnden Jungbullen los.

»Wie ... *wie viel*?«

»Um genau zu sein, beläuft sich die Gesamtsumme auf einhundertzweiundvierzig Pfund und fünf Schilling.«

»Ein besseres Angebot werden Sie nirgends bekommen«, erklärte Spruell.

»Mag sein, aber von einem Gebot allein kann ich kein Saatgut kaufen«, konterte Coll. »Das geht nur mit Barem.«

»Mein Wort ist bares Geld wert«, stellte Spruell fest.

»Verdammt, Mann, ich bin für jeden einzelnen Farthing der Summe gut«, rief Wallace. »Da können Sie in der Gegend fragen, wen Sie wollen. Fragen Sie Sir Peter Stirling, wenn Sie an meinen Worten zweifeln.«

»Dann versprechen Sie mir hundertzweiundvierzig Pfund und die Bezahlung der vollen Summe bis morgen Früh?«, fragte Coll und blickte von Mr. Spruell auf Mr. Wallace.

»Sagen wir, in zwei, drei Tagen«, wiegelte Mr. Wallace ab.

»Üblich ist eine Zahlungsfrist von drei Monaten«, sagte Mr. Spruell.

»Ich verlange aber sofortige Bezahlung.«

»Verdammt, Mann, so macht man doch keine Geschäfte.«

»Ich bin nicht darauf angewiesen, mit Ihnen Geschäfte zu machen«, erwiderte Coll achselzuckend und wandte sich ab.

»Warten Sie.«

»Moment.«

Jetzt oder nie. Jeden Moment würden die Fleischer anfangen, von ihrem überzogenen Gebot von 150 Schilling pro Tier Abstand zu nehmen. Sie waren es gewohnt, Vieh in kleinen Stückzahlen von vier bis fünf zu kaufen, sodass sie keine Kalkulationen dieser Größenordnung gewohnt waren, wie Gaddy vermutete. Gaddy ging davon aus, dass die beiden Männer Konten bei der Bank of Scotland unterhielten, dort aber aufgrund ihres Standes keinen unbegrenzten Kredit genossen.

»Bei neun Stück wären es insgesamt fünfundsechzig Pfund fünf Schilling.«

»Wir sollen die Herde teilen?«

»Ich halte das für das Beste. Ich teile die Herde zwischen Ihnen beiden auf. Sie bekommen beide gleich viele Rinder.«

»Und was ist mit dem überzähligen Bullen?«, fragte Wallace.

»Schneiden Sie ihn einfach durch.«

Die Wangen gerötet von unterdrücktem Gelächter trug Gaddy Elspeth hastig von den Pferchen fort in die Gasse.

Beim Teilen des armen Bullen würde es weiteren Streit geben; er würde den streitsüchtigen Fleischern sein Gewicht an hitzigen Argumenten wert sein.

»Ich nehme das hintere Stück«, rief Mr. Spruell auch schon.

»Den Teufel wirst du«, protestierte Mr. Wallace.

Gaddy kehrte zum Karren zurück, wo die Ponys warteten, das eine in der Deichsel, das andere am Tor angebunden. Beide kauten zufrieden an ihrem Heu aus dem mitgebrachten Vorratssack. Sie stieg auf den Bock und setzte Elspeth neben sich. Dann hielt sie das Kind mit einer Hand fest, nahm die Leinen auf und wendete den Karren geschickt auf der schmalen Straße, bis er wieder in Richtung Hauptstraße stand – als würde Coll einen Raubüberfall begehen und sie die Flucht mit der Beute vorbereiten.

Einhundertvierzig Pfund; Donald hatte in all den Jahren als Viehtreiber und -händler noch nie eine solche Summe für Wintervieh ausgehandelt. Sie war stolz auf sich, dass sie die Gelegenheit genutzt hatte. Und sie war stolz auf Coll Cochran und die Taktik, mit der er die konkurrierenden Parteien dazu angestachelt hatte, sich gegenseitig zu überbieten und den Preis damit in die Höhe zu treiben.

Der Dyke war gerettet. Sinclair würde die Pachtrückstände bekommen; Bontines Geldkassetten würden noch etwas schwerer werden. Und sie würde dafür sorgen, dass Coll mindestens ein Dutzend ausgewählter Jungtiere erstand, die er auf der Sommerweide mästen konnte, damit er am Jahresende erneut Vieh zu verkaufen hatte. Sie freute sich für Coll. Sie lächelte, als er aus Richtung der Pferche um die Ecke kam, zwei kleine Beutel Silber in der einen Hand und einen langen Papierstreifen in der anderen. Er hielt beides hoch wie einen frisch gefangenen Fisch, damit sie seinen »Fang« bewundern konnte. Er stieg zu ihr auf den Bock. Sie ließ die Leinen auf den Rücken des Ponys klatschen und fuhr los.

Elspeth klammerte sich an Colls Oberschenkel. Die Berge vor ihnen wirkten fleckig vom Gemisch aus Schatten und schräg stehenden Strahlen der Abendsonne. Der große Felsen von Dumbarton war in weinrotes und braunes Licht getaucht, als sie die Häuser des Close hinter sich ließen. Coll schüttelte die Geldbeutel, dass die Münzen klimperten. Dann beugte er sich ohne Hast zu Gaddy herüber und küsste sie auf die Wange.

»Diese verrückten, durchgedrehten Kerle haben sich die Herde letztendlich doch geteilt«, sagte er. »Sechzig Pfund mehr als Sinclair gezahlt hätte. Sechzig Pfund.«

Er legte den Kopf in den Nacken und lachte laut, etwas, das Gaddy bislang nur sehr selten bei ihm erlebt hatte, als hätte der Wind, der vom St. Patrick's Quay herüberwehte, seine Sorgen und Ängste weggeblasen.

»Zweiundvierzig Pfund und fünf Schilling in bar.« Wieder schüttelte er die Lederbeutel in der offenen Hand. »Und dazu noch zwei Wechsel über je fünfzig Pfund.«

»Ich bete nur, dass die beiden es sich nicht noch anders überlegen.«

»Wie könnten sie das, Gaddy? Ich habe unterschriebene Zahlungsverpflichtungen von ihnen, und sie haben mein Vieh.«

»Trotzdem. Ich denke, es ist das Beste, wenn wir die Wechsel auf der Bank einlösen, sobald diese morgen Früh aufmacht.«

»Wir sollen in Dumbarton bleiben?«, fragte Coll.

»Es wäre doch dumm, erst heimzufahren und morgen wiederzukommen.«

»Wir sollen hier übernachten?«

»Ja.«

»Und wo?«

»Wir finden bestimmt eine Scheune oder einen Kuhstall.«

»Nein«, sagte Coll. »Nein.«

Die Enttäuschung versetzte Gaddy einen Stich.

Andererseits bestand kein Grund zu der Annahme, dass Colls Korrektheit und sein Ehrgefühl sich zusammen mit seiner Sorge um Dyers' Dyke in nichts aufgelöst hatten. Immerhin hatte er daheim eine Frau. Etta Cochran würde sich kaum über die Rettung der Farm freuen, wenn der Preis dafür war, ihre Macht über ihren Mann einzubüßen, sei es auch nur für eine Nacht.

»Keine zugige Scheune und kein stinkender Kuhstall für uns, Gaddy«, verkündete Coll. »Wir suchen uns ein Gasthaus. Heute Abend werden wir das beste Essen und das weicheste Bett teilen, das man für Geld bekommen kann.«

»Coll, wenn wir heimkommen, nach Blanesmoor ... Ich meine ...«

»Zum Teufel mit Balnesmoor«, schnitt Coll ihr das Wort ab, langte herüber und trieb das Pony mit den Leinen zu größerem Tempo an.

Das Kalb, um dessen Fesseln ein weiches Flachsseil geknotet war, ließ sich ganz leicht aus dem Geburtskanal ziehen. Die Kuh presste ein letztes Mal, dann lag das Neugeborene glitschig inmitten der gerissenen Fruchtblase im Stroh. Sinclair hatte kaum Zug ausüben müssen, vielleicht weil er die erreichbaren Teile des Kalbes dick mit Gänsefett eingeschmiert hatte. Das Segeltuch, das er auf dem Boden ausgebreitet hatte, war voll gesogen mit Fruchtwasser, aber Sinclair watete ungerührt durch die unappetitliche Brühe, um dem Kalb Maul und Nasenlöcher zu säubern.

»Ich werde es mit einem Strohbündel trockenreiben, Mr. Sinclair«, sagte Etta Cochran.

»Nein.« Sinclairs Tonfall duldete keinen Widerspruch.

Mit einer unkomplizierten Geburt wie dieser konnte auch eine Frau alleine klarkommen, aber die den alten Traditionen verhafteten Bäuerinnen hatten einige seltsame Vorstellungen, darunter auch das Abreiben neugeborener Kälber mit Stroh. Dadurch verklebten die Haare nur, was den Trocknungsprozess verzögerte und somit das Risiko einer Erkältung erhöhte. Die Geburtsflüssigkeit verdampfte recht schnell an der Luft, und das weiche Fell würde bald trocken und warm sein.

»Atmet es nicht?« Etta Cochran beugte sich vor und spähte über Sinclairs Schulter.

»Das wird es noch«, entgegnete der Verwalter. »Lassen Sie mir doch bitte ein klein wenig Platz, ja, Mistress Cochran.«

Widerwillig wich die Frau zurück.

Obgleich das Kalb tot zu sein schien, hatte Sinclair seinen Herzschlag gefühlt und wusste, dass er nur Luft in die Lungen zu blasen brauchte. Er neigte den Kopf, hob den Hals des Tieres in die Armbeuge und öffnete das kleine Maul. Dann blies er kräftig und gleichmäßig hinein, woraufhin das Neugeborene den ersten eigenständigen Atemzug machte und zum Leben erwachte. Kurz darauf muhte es laut, prustete und versuchte aufzustehen.

Sinclair löste das Seil, hob das Kalb auf die Arme und trug es hängend, der Kopf zwischen den Vorderbeinen baumelnd, in die frisch eingestreute Kinderstube, die Coll Cochran schon vorbereitet hatte. Das Stroh würde es warm halten, und die Mutterkuh konnte sich in aller Ruhe darum kümmern, ihren Nachwuchs trocken zu lecken und zu säugen. Sinclair schlug das Tuch zusammen; die Bäuerin konnte es auswaschen, bevor es zu steif wurde. Er untersuchte die Kuh. Die herabhängende Plazenta würde mit den Nachwehen in ein, zwei Stunden abgestoßen werden. Das Muttertier schien gesund und munter wie das Kalb. Die Kuh hatte schon im vergangenen Frühjahr ein Kalb geboren, ebenfalls ein kräftiger kleiner Bulle für Cochrans Herde. Sie stakste an dem Verwalter vorbei, um ihren Nachwuchs in Augenschein zu nehmen. Sinclair fuhr sanft mit der Hand über ihre Flanken und lächelte mit den Augen.

Das Kalben in einem Stall war leichte und meist unkomplizierte Arbeit. Die Highland-Rinder kamen in der Regel auch gut allein zurecht. Coll Cochran hatte die Kuh offenbar in den schwierigen Wochen der Trächtigkeit bestens gepflegt. Er konnte nicht verstehen, warum Etta ihn bei Morgengrauen so dringend herbeigerufen hatte. Sie war höchstpersönlich zu seinem Cottage gekommen und hatte so laut an die Tür gehämmert, dass die ganze Familie wach geworden war. Sie hätte auch Sim Wanlock holen können, der dichter am Dyke wohnte und als der erfahrenste Rinderexperte in der Gegend galt. Oder Smith, ihren freundlichen, hilfsbereiten Nachbarn, der über glühende Kohlen gelaufen wäre, um einer kalbenden Kuh beizustehen. Aber nein, sie war geradewegs zu ihm gekommen, dem Verwalter des Bontine-Gutes.

Sinclair hatte in den vergangenen drei Wochen alle Hände voll zu tun gehabt. Der Winter hatte seine Spuren hinterlassen. Hecken wiesen Lücken auf, Bäume waren entwurzelt worden, und das Gras war so spärlich, dass er für Rinder und Schafe gleichermaßen tief in die Futterkiste hatte greifen, ja sogar zu einem exorbitanten Preis Gerste und Hafer hatte zukaufen müssen, um die Pferde bei Kräften zu halten. Sie waren mit dem Pflügen im Rückstand, und mit den Bewässerungs- und Drainagegräben hatten sie noch gar nicht angefangen. Das Kalben auf dem Bontine-Gut geschah ausnahmslos im Stall und erfolgte früher als auf den umliegenden Pachthöfen, denen der Zuchtbulle erst zur Verfügung gestellt wurde, nachdem er die eigene Herde gedeckt hatte. Inzwischen waren in den heimischen Herden neunzehn Bullenkälber und elf Färsen geboren worden. Der Anteil an Frühgeburten, Totgeburten oder Missbildungen war in Anbetracht des strengen Winters erstaunlich gering ausgefallen. In den umliegenden Tälern und Ebenen stand es allerdings schlechter um die Kühe. Sie waren unterernährt und angeschlagen vom Stehen auf Wiesen, die das Tauwasser in Schlammlöcher verwandelt hatte. Außerdem waren sie schlecht gepflegt, da seine Lehren, dass eine gute Versorgung sich langfristig bezahlt machte, sich nicht im gewünschten Maße durchgesetzt hatten.

Aber trotz aller Hektik hatte Sinclair erfahren, dass Coll Cochran neunzehn seiner mageren Rinder nach Dumbarton getrieben hatte. Sinclair hatte außerdem festgestellt, dass die Hütte oben am Nettleburn verlassen war. Die Tür war mit einem Baumstamm und einem Stapel Reisig gesichert worden, um zu verhindern, dass hungrige Hasen und Rehe auf Futtersuche eindrangen. Er hatte sogar – von seiner Frau, die es wiederum von Hunters Frau hatte, der es von dem jungen Moodie zugetragen worden war – erfahren, dass Cochran zusammen in seinem Karren mit Gaddy Patterson davongefahren war. Aber Sinclair hatte die Gerüchte ignoriert, bis er sich davon überzeugt hatte, was nun wirklich los war und was sich auf der einsamen Farm am Rande des Moores wirklich zusammenbraute. Aus diesem Grund hatte er auch eingewilligt, Etta Cochran persönlich beim Kalben zu »assistieren«, anstatt einen der Burschen zu schicken.

Sinclair hatte Colls Kühe gesehen. Er wusste, dass sie gut genährt und sauber eingestreut waren. Bis zum Monatsende würden alle gekalbt haben. Normalerweise dauerte die Trächtigkeit einer Kuh 273 Tage, wenn auch die meisten Highland-Rinder diese Zeit um sechs bis acht Tage überschritten. Es sah Coll gar nicht ähnlich, kalbende Kühe in einer kritischen Phase, in der die Tiere mit prallem Euter und geschwollenen Zitzen besonders leicht erregbar waren, allein zu lassen. Aber Etta Cochran war lange genug Bäuerin und hatte in der Zeit, bevor sie krank geworden war, kräftig mit zugepackt. Sie wurde nicht von Amateurpanik befallen. Sie wusste, dass die Kühe kalben würden, ein ganz natürlicher und normaler Vorgang. Sinclair kaufte ihr nicht ab, dass sie sich von der Situation überfordert gefühlt hatte. Er durchschaute, dass er nicht gerufen worden war, um einem Bullenkalb auf die Welt zu helfen, sondern weil sie ihn in irgendeine verfängliche, berechnende Intrige hineinziehen wollte.

Aus den Fakten, die ihm bereits bekannt waren, schloss Sinclair, dass Gaddy Patterson Coll überredet hatte, die Jungbullen auf dem Markt zu verkaufen. Jetzt, da fette Rinder selten waren und es noch kein Gras gab, um die Pächter nördlich und westlich des Clyde zu entlasten, war schwer zu schätzen, was Cochran für seine Tiere bekommen würde. Der Gutsherr würde die ausstehende Pacht für den Dyers' Dyke bekommen, aber dafür den Gewinn aus dem Verkauf von Colls Rindern einbüßen. Natürlich hatte Bontine keinen gesetzlichen Anspruch auf Cochrans Vieh, es sei denn, dieses wurde beschlagnahmt, um Schulden abzugleichen, aber die Tradition war auf Bontines Seite, und Cochran hatte gegen die Tradition verstoßen. Sinclair war hin und her gerissen zwischen widerwilliger Bewunderung für Coll Cochrans Mut und Sorge, dass dieser Präzedenzfall Schule machen und in der Gegend um Balnesmoor wie ein Moorfeuer um sich greifen könnte.

Sinclair sah nach den anderen Kühen. Nichts deutete darauf hin, dass bei einer von ihnen eine Geburt unmittelbar bevorstand. Sie machten einen zufriedenen Eindruck und leckten sich leise die Lippen in Antwort auf die mütterlichen Geräusche aus der angrenzenden Box, wo das Kalb saubergeleckt und gesäugt wurde.

Die Arbeit hatte nur eine Stunde in Anspruch genommen, und es war erst sieben. Auf jeder anderen Farm im Lennox wäre Sinclair ins Haus eingeladen worden, zum Frühstück oder auf eine Tasse Tee oder ein Glas Ale. Aber von jemandem wie Etta Cochran erwartete er nichts dergleichen, und seine Einschätzung erwies sich als richtig.

»Ich danke Ihnen vielmals für Ihre Hilfe, Mr. Sinclair.«

Der Gutsverwalter wischte sich Hände und Unterarme mit einem Strohbüschel sauber. Er würde sich auf Ottershaw waschen.

»Er hätte hier sein müssen, um sich selbst darum zu kümmern«, fuhr Etta Cochran fort. »Nur ein schlechter Pächter vernachlässigt seine Kühe so wie er seine Frau vernachlässigt.«

»Die Kuh hätte das Kalb auch ohne Hilfe problemlos zur Welt gebracht.«

»Wie sollte ich das wissen, Mr. Sinclair? Und er ist jetzt schon drei Tage weg, ohne dass ich ein Wort von ihm gehört hätte.«

Wie James Moodie und auch sonst jeder im Dorf wollte Lachlan Sinclair sich nicht länger als nötig in Gesellschaft der Frau aufhalten und sich ihre verbitterte Tirade gegen Coll anhören. Aber er war persönlich gekommen, um mehr zu erfahren, und so brachte er das Thema auf den Punkt, indem er fragte: »Ich habe gehört, er ist nach Dumbarton gegangen, um Vieh zu verkaufen?«

»Es dauert keine drei Tage, Vieh zu verkaufen. Er ist mit ihr weg.«

Küchenmädchen und feine Damen mochten ja eine Schwäche für Andeutungen und versteckte Hinweise haben, aber das war nichts für Sinclair.

»Wie viele Tiere?«

Etta Cochran verriet es ihm.

»Sie wird die Verhandlungen für ihn führen. Sie hat darin mehr Erfahrung als Coll.«

»Er hätte an den Gutsherrn verkaufen sollen.«

Ettas Züge waren verzerrt von Verschlagenheit. Sie ermutigte ihn, ihrer schlechten Meinung von Coll zuzustimmen und mit ihr Partei zu ergreifen gegen die verhasste Gaddy Patterson. Sinclair ließ sich weder auf das eine noch auf das andere ein. Sie hatte ihn hergeschleift, um ihn zu informieren und nicht, um ihr zu helfen, das Kalb zu holen. Also sollte sie ihn informieren.

»Drei Nächte«, fuhr sie fort. »Drei Nächte zusammen mit der Highlanderin.«

Sinclair lag es auf der Zunge, ihr zu erklären, dass Gaddy Patterson unterwegs zweifellos eine angenehmere Begleitung war als die meisten anderen Frauen, ganz zu schweigen davon, dass sie Coll sehr nützlich sein konnte, aber er schwieg.

»Nach Dumbarton sind sie gezogen.«

»Warum erzählen Sie mir das alles?«, wollte Sinclair wissen.

»Das ist doch ein Fall für den Gutsherrn, oder?«

»Nein, ist es nicht. Das betrifft den Gutsherrn nicht.«

»Es ist doch Sir Gilberts Vieh.«

Sir Gilberts Profit, ja, vielleicht, aber ein Profit, auf den er keinen rechtlichen Anspruch hatte. Sinclair hätte dies allerdings nicht einmal zugegeben, wenn man ihn aufgespießt und geröstet hätte, nicht Etta Cochran und auch sonst niemandem gegenüber. Unter dem Panzer der Loyalität, der seine Zweifel schützte wie ein Schildkrötenpanzer, verbarg sich ein Anflug von Radikalismus in Lachlan Sinclair, und wenn er nicht in seine privilegierte Position hineingeboren wäre, hätte dieser Charakterzug ihn leicht zu einem unbeherrschten, rebellischen Gesellen machen können. Er hätte vielleicht auch die Fahne der Freiheit geschwenkt wie Bauern in Frankreich und hätte gegen die Tories und ihre Politik der Repression gekämpft. Da er lesen konnte, wusste er um die politischen Entwicklungen in Europa und glaubte entsprechend, dass Fortschritt nicht mit dem Vorsitz der Harlwood Improvement Society endete.

Aber Balnesmoor war nun einmal nicht London oder auch nur Edinburgh. Bei den Menschen aus der Gegend wurde nicht hinter vorgehaltener Hand von Revolution und Kriegsgefahr getuschelt. Ein Pächter, dem eine umgängliche Frau aus anderen Kreisen den Kopf verdreht hatte, war kaum eine Bedrohung für Ottershaw oder die Ordnung auf dem Anwesen. Wie Etta Cochran ließen die Bauern von Lennox sich eher in Skandale verwickeln als zu Reformen hinreißen, durch Klatsch und Tratsch von tiefgründigeren Gedanken abgehalten. Sie hatten weiß Gott Feinde genug, auch ohne dass sie sich mit ihren Landsleuten verfeindeten. Aber so war das eben, und Lachlan Sinclair war seiner Bildung zum Trotz aus diesem Stamm ehrlicher, aber kleingeistiger Dienender entsprungen, die die eigene Position über alles andere stellten. Sie, die betrogene Ehefrau, verschwendete keinen Gedanken an etwas anderes als ihre ureigenste kleine Welt. Er, der Vertreter des Gutsherrn und die eiserne Faust von Ottershaw, hatte mit den revolutionären Strömungen, von denen er las und die er insgeheim befürwortete, nicht das Geringste zu schaffen.

Nicht bewusste Provokation, sondern Verzweiflung hatte Coll Cochran und Gaddy Patterson bewogen, mit den Tieren loszuziehen. Und, bei Gott, wenn die Verlockung unter dem Banner anklopfte, das diese Frau aus dem Hochland hochhielt, könnte sogar er, glücklich verheiratet und seiner Familie eng verbunden, sich vom schmalen rechten Pfad fortlocken lassen in völlig neue Gefilde.

Obwohl Sinclair Ettas Frage nicht beantwortete, zeigte er seine Ungeduld und seinen Unwillen offen, machte ein grimmiges Gesicht und schüttelte den Kopf. Er hatte diese garstige Frau, deren Verbitterung und Unzufriedenheit unter weit geringeren Belastungen entstanden waren, als sie manche ihrer Geschlechtsgenossinnen in ihrer Ehe durchmachten, nie leiden können. So lange er denken konnte, war Etta Cochran chronisch unzufrieden, und wenn sie Coll an Gaddy Patterson verloren hatte – eine Entwicklung, die Sinclair ernsthaft anzweifelte –, dann war sie selbst schuld. Eine Ehe musste wie ein Acker gehegt und gepflegt werden, wenn sie die Jahreszeiten unbeschadet überstehen und fruchtbar bleiben sollte.

Sofern es Ettas Absicht gewesen war, ihn zum Verbündeten zu gewinnen, war sie nicht schlau genug, sich bei ihm beliebt zu machen.

Abrupt zischte sie: »Sie haben sie hergebracht, Lachie Sinclair.«

Er würde sich kein schlechtes Gewissen deswegen einreden lassen.

»Das ist richtig, Frau, um die Arbeit zu tun, die Sie nicht zu tun bereit waren.«

»Und was soll das gewesen sein, dass ich nicht zu tun bereit gewesen sein soll?«

»Ihm zu helfen.«

»Ihm, der keinen Finger rührt, um mir zu helfen?«

»Er ernährt Sie, kleidet Sie und hält Sie warm, sorgt dafür, dass Sie ein Dach über dem Kopf haben ...« Sinclair beherrschte sich mühsam. »Was erwarten Sie denn noch von ihm?«

Die Antwort war hässlich, zu ehrlich, um sie laut auszusprechen.

Etta Cochran war irgendwann zu der Überzeugung gelangt, dass ihr Geschlecht alles rechtfertigte, einen Hang zu besseren Kreisen, den Sinclair schon bei vielen Frauen in Harlwood und Killearn beobachtet hatte, eine Eigenliebe, die jede Forderung entschuldigte, die eine Frau an einen Mann stellte, und die Ehe auf ein System reduzierte, in dem es nur noch um Verhandlungen und Bezahlung ging.

Sinclair fragte sich, wie lange es wohl her sein mochte, dass Etta Cochran ihrem Mann den Arm um die Schultern gelegt und ihm in liebevollem Tonfall gesagt hatte, dass sie zu schätzen wusste, was er leistete? Vermutlich Jahre. Es war ja gut und schön, wenn ein Mann stark war und widrige Umstände mit Stolz ertrug, denn dann konnte er die Schwäche der Frau ausgleichen und die Last für beide tragen. Aber es gab im Leben jedes Mannes – außer den ganz verrohten – Zeiten, in denen er sich nach Aufmerksamkeit, Fürsorge und zärtlicher Anerkennung sehnte. Sollten die Geistlichen von Liebe und Sünde schwafeln, für den gebildeten und disziplinierten Lachlan Sinclair war Vernachlässigung das Schlimmste aller Laster.

Zur Hölle mit ihr; er würde sich nicht in kleinlichen Zorn hineinziehen lassen wie ein toter Ast in einen Wasserstrudel. Er konnte sich hinter seiner Position und Rechtschaffenheit verschanzen, Gleichgültigkeit vorgeben, während er im tiefsten Inneren Mitgefühl hatte mit Cochran und Bewunderung hegte für die Highlanderin, die aus nichts so viel gemacht hatte und offenbar diese Gabe an Coll weitergeben würde, sofern dieser schlau genug war, die Lektion so spät in seinem Leben noch zu lernen.

»Sie wird ihn nicht bekommen!« Etta Cochran spie die Worte förmlich aus. »Sie wird ihn nicht bekommen. Lieber sorge ich dafür, dass sie beide der Verdammnis anheim fallen.«

Und du mit ihnen oder an ihrer Stelle, dachte Sinclair bei sich.

Und überhaupt, wenn Coll mit einer anderen schlief, dann mit Gaddy, weil sie unkompliziert war und von Natur aus liebevoll und gütig, geformt von dem Leben auf der Straße und nicht von den Beschränkungen einer Stadt- oder Dorfgrenze.

Obwohl seine Arme noch nicht trocken waren, zog Sinclair seine Jacke über und setzte die braune Mütze auf. Er zupfte noch einmal demonstrativ-förmlich an der Mütze, um Etta Cochran vor Augen zu führen, dass er ein halber Gentleman war und über solcherlei Streitigkeiten stand.

»Wie lange, sagten Sie, sind sie schon unterwegs?«, fragte er.

»Das habe ich doch schon zweimal gesagt. Drei Nächte.«

»In diesem Fall ist es, fürchte ich, zu spät.«

»Zu spät wofür, wenn ich fragen darf?«

»Verdammnis hin oder her, sie hat ihn bereits.«

Genau diese objektive Meinung hatte Etta Cochran gehofft, dem Verwalter zu entlocken, damit er, ein Mann von tadellosem Ruf und von Autorität, den Ehebruch gegebenenfalls bestätigte.

Sie atmete in einem anhaltenden stöhnenden Seufzer aus und verschränkte unter ihrem fadenscheinigen Schal die Arme vor der Brust.

Sinclair erkannte, dass er einen Fehler gemacht hatte, wusste aber nicht, wie er das Gesagte zurücknehmen sollte.

Und so tippte er sich noch einmal an die Mütze und sagte: »Noch einen guten Morgen, Etta Cochran.«

Sie antwortete nicht.

Sie hatte Lachlan Sinclair nichts mehr zu sagen. Er hatte ihr gegeben, worauf sie aus gewesen war: die Bestätigung ihres Martyriums.

Der Rest lag nicht mehr bei ihr, sondern in Gottes Händen.

Geselligkeit war Mangelware in den von schwarzen Felsen überragten Schluchten, die die Flanken des Ben Lomond zerfurchten. Es gab nur wenige Häuser, in denen Fremde gastfreundlich empfangen wurden, und Gasthäuser gab es schon gar nicht, abgesehen von dem einen, das Gaddy jedoch nur vom Hörensagen kannte. Es kam ihnen sonderbar vor, dass sie nur 14 Meilen von der Hauptstraße nach Balnesmoor entfernt waren, ließen die hoch aufragenden schroffen Felswände der noch verschneiten Berge Inchbruck wie ein fremdes Land erscheinen und die Pächter von Montrose, die dort lebten, so exotisch wie amerikanische Rothäute. Sogar jene Teile der ausgedehnten Gemeinde, die an Balnesmoor grenzten, waren Coll in ihrem Dialekt und ihrem Erscheinungsbild weniger vertraut als die Stadt und die Ortschaften im Süden und Osten entlang der Hauptverkehrswege. Er hätte ebenso gut eintausend Meilen vom Dyers' Dyke entfernt sein können und nicht nur sieben Stunden Weges mit dem Vieh, das Gaddy aus den mageren Beständen am Seeufer sehr sorgfältig ausgewählt hatte.

Dreizehn Ochsen waren ausgesucht und bezahlt worden,

einer hier, der andere dort, auf einer Route durch Balloch und in das karge Hinterland. Hier wehte ein kalter, kräftiger Wind, die Weiden unterhalb der Schneegrenze waren kahl, und Schneehühner und Hasen waren noch weiß. Bleich waren auch die Farmer, die Gaddy aufsuchte. Sie schienen so erfreut über eine Stunde menschlicher Gesellschaft wie über die Münzen, die Coll in ihre gierigen Hände abzählte.

Züchter aus dem Süden hätten über diese Art des Geschäftemachens gelacht, aber in dieser abgelegenen Gegend folgten das Überwintern von Vieh sowie An- und Verkauf ganz bestimmten komplizierten, schwer durchschaubaren Regeln. Die Not bestimmte die Musik. Viele der Tiere hatten seit Januar nicht genügend Futter bekommen, und die Überlebenden der Hungermonate waren ausnahmslos in erbärmlichem Zustand. Gaddy wählte auf ihrem Weg von Farm zu Farm knochige männliche Jungtiere aus, deren Skelett sehr groß schien im Verhältnis zu dem geringen Fleischanteil. Diese Tiere würden in kurzer Zeit auf den Sommerweiden des Dyke in die Breite gehen und bis zum Herbst ein ordentliches Schlachtgewicht erreicht haben. Durch Fühlen prüfte Gaddy, ob die Haut auch nicht allzu dünn oder gespannt war. Sie suchte nach Fellen, die sich weich und geschmeidig anfühlten. Auch die Schwänze begutachtete sie sehr genau, da ein dicker Schwanz mit haarigem Quast auf eine gute Konstitution hindeutete. Coll hatte selbst Ahnung in der Beurteilung von Vieh, aber seine Kenntnisse konnten sich nicht mit Gaddys Erfahrungsschatz messen. Als sie einem bestimmten Tier auf den Rumpf klopfte und sagte »Den nehmen wir«, kramte Coll denn auch wortlos seine Börse hervor und zahlte ohne Murren die vier oder fünf Guineas, die als Kaufpreis ausgemacht worden waren.

Auf diese Weise, indem sie sich im Zickzack-Kurs von Farm zu Farm vorarbeiteten, stellten Gaddy und Coll für insgesamt weniger als sechzig Pfund eine vollständig neue Herde für den Dyers' Dyke zusammen. Was Coll am meisten verblüffte, wenn er die neue Herde betrachtete, die sie vor sich her trieben, war, dass sie so »ausgewogen« war, die einzelnen Tiere alle gleich groß und schwer, als hätten sie alle dasselbe Pedigree.

Das Treiben der neu zusammengestellten Herde war schwierig, da die Tiere sich untereinander nicht kannten, und so behielt Gaddy ein gemächliches Tempo von nicht mehr als zwei Meilen in der Stunde bei. Sie ging voraus, während Coll mit dem Karren folgte und mit einer Weidenrute dafür sorgte, dass keins der Tiere eigene Wege ging. Elspeth saß warm in einen Mehlsack gehüllt auf einem Korbsitz und plapperte munter drauflos, jedes Mal, wenn sie etwas Neues entdeckte. Sie ließen sie bei jeder Gelegenheit herunter, damit sie etwas von ihrer unglaublichen Energie verbrauchte, ließen sie von den Farmer-Ehefrauen hätscheln und füttern, während sie selbst mit dem Herrn des Hauses im Pferch oder draußen auf der Weide Geschäfte abwickelten. Coll erwähnte bei keiner Gelegenheit, dass Elspeth nicht seine Tochter war und Gaddy nicht seine Frau; er stellte auch den Irrtum nicht richtig, wenn jemand sie mit Mistress Cochran ansprach.

Zwei Nächte hatten sie in schäbigen, heruntergekommenen Gasthäusern verbracht. Colls großspurige Ankündigung, dass sie wie die Könige speisen und in Leinentüchern schlafen würden, hatte sich nicht erfüllt. Gaddy war klug genug, nicht in einem der großen Inns abzusteigen, die um Dumbarton herum entstanden waren. Dort waren Viehtreiber ebenso unerwünscht wie Kesselflicker oder Hausierer, und ihre angeborene Sparsamkeit lenkte ihre Schritte zu den ihr bekannten Unterkünften. Die Gasthäuser, die sie auswählte, verfügten über Weideland, aber wenig Komfort. Genau genommen handelte es sich um Spelunken, in denen billiger Fusel ausgeschenkt wurde und die Suppe so dünn war wie die Betten hart. Gaddy störte das nicht im Mindesten, und sogar Coll, der eigentlich sehr auf Hygiene achtete, trug es mit Fassung. Mehrere Gläser Glühwein und die prall gefüllten Geldbeutel, die er sich vorn in die Hose gestopft hatte, wo sie niemand stehlen konnte, es sei denn, er brachte ihn um, trösteten ihn über solcherlei Kleinigkeiten hinweg.

Wenn sie an diesem kalten Abend kehrtgemacht hätten und am Seeufer entlang den Heimweg angetreten hätten, wäre es nicht passiert. Aber Elspeth war durchgefroren, und Gaddy wollte baldmöglichst ein Dach über dem Kopf und das Kind am Feuer wärmen. Da sie sich an Berichte von Hausierern erinnert hatte, hatte sie die Herde zum Inn of Inchbruck geführt, wo sie rein zufällig in eine Soldatenhochzeit gerieten.

Inchbruck war eigentlich gar kein richtiger Ort, nur eine Brücke, die über einen schäumenden Bach führte, und eine traurige kleine Farm, die hinter einem Erlenhain verborgen lag. Das Gasthaus lag in einer Senke mitten in den farnbewachsenen Hügeln oberhalb der Seeuferstraße. Es war nicht mehr als ein lang gezogenes niedriges Gebäude, Küche und Kuhstall unter einem Dach, mit separatem Pferdestall und einer grünen Wiese davor, der Rasen von wilden Rhododendronbüschen geschützt, die jedoch nicht vor Mai oder Juni blühen würden. Aber es quoll Rauch aus dem Schornstein, Laternen erhellten die kleinen Fenster, und die Einsamkeit der Berge wurde vertrieben von den fröhlichen Klängen mehrerer Dudelsäcke und Fiedeln. Gruppen von Tänzern woben Muster in die grüne Frühlingsdämmerung, während man durch die weit offen stehenden Türen die Männer und Frauen in der Gaststube sehen konnte. Kleine Jungen tollten übermütig umher, und kleine Mädchen spielten Fangen. Alte Männer und Frauen, Verwandte der Braut, saßen auf einer Bank, rauchten Pfeife und schlürften Gläser mit heißem Grog, der ihnen durch die offenen Fenster gereicht wurde.

Gaddy zögerte; es widerstrebte ihr, eine private Feier zu stören, aber die Herde marschierte einfach an ihr vorbei zur

Wiese, und nach einigen übermütigen Bocksprüngen senkten die hungrigen Ochsen die Köpfe, um Büschel trockenen Grases am Rand abzurupfen. Auch wenn Gaddy und Coll lieber weitergezogen wären, war es hierfür jetzt zu spät. Ein ungewöhnlich großer Mann – sogar noch um einiges größer als Coll – eilte mit erhobenem Arm auf sie zu.

»Kommt nur, nicht so schüchtern«, rief er.

Die Kinder hörten auf zu spielen, scharten sich um den Gastgeber und beäugten die Fremden neugierig. Der Tanz wurde abgebrochen. Gaddy blickte fragend auf Coll, der mit Elspeth auf dem Arm vom Wagen gestiegen war und das Pony weiterführte.

»Habt ihr einen weiten Weg hinter euch?«, fragte der große Mann.

In einer familiären Geste legte er Gaddy den Arm um die Schultern. Er hatte seine Gäste großzügig mit Whisky versorgt und mit jedem angestoßen. Seine Jovialität erfolgte somit nicht ganz nüchtern, war deshalb jedoch nicht weniger echt.

»McAlpine ist mein Name«, verkündete er, den Arm immer noch um Gaddy gelegt. »Und wenn ihr Viehtreiber seid, seid ihr doppelt willkommen, da mein alter Vater in seiner Jugend selbst Hirte war, bevor er sich hier in der Gegend niedergelassen hat. Er stammte ursprünglich aus Frae Skye. Ich habe die Strecke selbst viele Male mit ihm zurückgelegt, als ich noch klein war.«

McAlpine war Wirt des Inchbruck Inn. Es war seine Tochter Margaret, die Älteste von vieren, die an diesem Tag mit einem gut aussehenden Soldaten der Garnison in Inversnaid vermählt worden war. McAlpine war offenbar zufrieden mit der Wahl, auch wenn manch weniger tolerante Mann seine Tochter lieber im See ertränkt hätte, als sie einem Soldaten zur Frau zu geben.

In den letzten zwölf Jahren war die Garnison in Inversnaid

beinahe zu einer Geisterstadt verkommen, einem vergessenen Fleckchen militärischer Ordnung inmitten der Einöde. Eine arme Hand voll Rekruten und Berufssoldaten, die von Taugenichtsen von Unteroffizieren herumgeschubst wurden, mussten wie Kriminelle das einsame Exil dieses abgelegenen Außenpostens ertragen. Jetzt, da Recht und Gesetz bis in die Glens vorgedrungen waren, war die Garnison praktisch überflüssig geworden. In Anbetracht des Krieges in Frankreich würden die letzten regulären Soldaten auch bald abgezogen werden, und das 43. Highlander-Regiment würde ganz allein zurückbleiben inmitten der Rufe der Fischadler und des Röhrens der Hirsche von Lomond.

Der Wirt des Gasthauses von Inchbruck hatte die Soldaten immer willkommen geheißen und ihnen Frohsinn und Trost seiner Gaststube und Küche geboten. McAlpine war ein derber, eigenwilliger Mann. Er war nach dem Geschmack manch eines Bürgers der Gemeinde Buchanan viel zu großzügig, aber viele waren dennoch mit ihm befreundet. Tatsächlich versorgte er die Militärmesse von Inversnaid und hatte nicht schlecht daran verdient. Er war nicht unglücklich, dass Margaret ihren Kanonier geheiratet hatte, da der Junge Schotte war, ein netter Bursche, und ihm vor allem das Mädchen, so liebreizend es auch war, für alle Zeiten abnehmen würde.

Fünf Minuten später war die neue Herde ein Stück weitergetrieben und kaute zufrieden Heu und Rübenschnitzel auf einem von einer Hecke umgebenen Feld auf der Rückseite des Gasthauses. Die halbe Hochzeitsgesellschaft prostete Gaddy, Coll und Elspeth zu, denen Riesenportionen warmer Speisen förmlich aufgedrängt wurden. Sie saßen mit dem Rücken zum Kamin an einem breiten Kieferntisch und wurden ein oder zwei Minuten von der gertenschlanken Braut und ihrem attraktiven Bräutigam im feschen Kilt bedient, einem Burschen, der so großzügig und freundlich zu sein schien wie sein Schwiegervater.

Es gab eine solche Fülle und Vielfalt an Speisen, wie Gaddy und Coll sie nur selten erlebt hatten: verschiedene Suppen und Eintöpfe, Lammschulter, Rinderfilet, Schweinerippchen, Brathähnchen, perfekt geräucherte und gewürzte Forelle, Käse unterschiedlicher Farbe und Konsistenz, und zum Abschluss einen riesigen bröckeligen runden Bratkuchen, den auszulassen, auch wenn sie beinahe platzten, eine Sünde gewesen wäre. Der Wein floss in Strömen, ebenso Ale und Whisky. In der Kaminecke führten drei herausgeputzte Frauen Experimente mit Kupferpfannen und einem Gewürztablett durch, wobei sie Getränke brauten, die sonderbar dufteten und leicht scharf schmeckten. Elspeth, die auf Gaddys Schoß saß, bekam erst Suppe zu essen und anschließend zartes Hähnchenfleisch, das die freundliche Wirtin extra für sie klein geschnitten hatte. Schließlich naschte Elspeth dann noch mit einem Löffel aus Horn aus einem Krug süßen Brei mit Honig und Sahne, der, wie Gaddy bald feststellte, außerdem großzügig mit Whisky versetzt war. Das kleine Mädchen mit den unnatürlich roten Wangen und blitzenden Augen protestierte lauthals, als man ihr den Krug wegnahm. Aber schon kurz darauf kniete sie sich hin, schlug mit dem Löffel den Takt zum Reel der Fiedler und wiegte sich fröhlich, ganz offensichtlich leicht angetrunken.

»Keine Sorge, Gaddy«, meinte Coll. »Sie wird eine Weile überdreht sein, und in einer Viertelstunde werden ihr die Augen zufallen.«

Coll war neugierig auf die Würz-Experimente am Kamin, wo für Glühwein-Nachschub gesorgt wurde. Er entschuldigte sich und ließ Gaddy allein mit der Kleinen zurück. Gaddy gönnte ihm das Vergnügen. Auch sie hatte etwas entdeckt, das ihre Begehrlichkeit weckte: Eine große Kanne Tee wurde in der Küche herumgereicht. Mit Elspeth auf dem Arm ging sie hinüber und gesellte sich unter dem Vorwand, der Brautmutter für ihre Gastfreundschaft danken zu wollen, zu den Teetrinkern.

»Eine wirklich großartige Herde, die Sie da haben«, bemerkte eine kleine kräftige Frau, die das rabenschwarze Haar zu geflochtenen Schnecken aufgedreht hatte, die ihr überhaupt nicht standen. »Wollen Sie zum Markt?«

»Wir verkaufen nicht, sondern kaufen.«

»Dann ist Ihr Mann Viehhändler?«

»Er ist Züchter«, entgegnete Gaddy.

»Pächter?«

»Ja. Auf Bontine-Land bei Balnesmoor.«

»Was Sie nicht sagen. Ich habe eine Kusine in Balnesmoor. Ist mit einem gewissen Murray verheiratet. Vielleicht kennen Sie sie. Sie heißt Mary so wie ich selbst.«

»Um ehrlich zu sein wohne ich noch nicht lange dort«, entgegnete Gaddy.

Sie waren sehr aufmerksam, diese Frauen von den abgelegenen Höfen. Da es sonst keine gesellschaftliche Ablenkung gab, hatten sie den Tratsch zu einer Kunst erhoben, in der ihnen nicht einmal die Klatschweiber der Dörfer von Lennox das Wasser reichen konnten.

»Dann haben Sie erst spät geheiratet?«

»Ja«, bestätigte Gaddy.

»Und auch erst spät Kinder bekommen«, fuhr die schwarzhaarige Frau fort und fügte dann, um ihre Bemerkung abzumildern, hinzu: »Ein wirklich niedliches kleines Mädchen. Ein süßer kleiner Schatz.« Sie kitzelte Elspeth mit dem Zeigefinger am Ohrläppchen.

Elspeth schenkte ihr ein breites, strahlendes Lächeln, das den versammelten Damen einen Chor von Aaaaaahs, entlockte und Gott sei Dank weiteren neugierigen Fragen erst einmal ein Ende machte. Gaddy sah die Müdigkeit in den tiefblauen Augen ihrer kleinen Tochter, trank ihren Tee aus, drückte das Kind an die Brust und fing an, es sanft in den Schlaf zu wiegen.

Das Pfeifen des Dudelsacks, das Stampfen der derben

Schuhe auf dem irdenen Boden, die Rufe und Jauchzer der Tänzer, die bei Einbruch der Dunkelheit von draußen hereingekommen waren, das polternde Gelächter der Betrunkenen und der Rest der Geräuschkulisse waren für Gaddys müde Kleine nur ein Schlaflied, so stetig und rhythmisch wie Wellen, die sich an einem goldenen Strand brachen. Ohne auch nur einmal zusammenzuzucken kuschelte sie sich in die Arme ihrer Mami und lutschte dabei zufrieden an ihrem nach Whisky-Brei schmeckenden Daumen.

In einem Hinterzimmer standen drei Betten mit Decken für die kleineren Kinder bereit, die wie Elspeth eingeschlafen waren. Fünf von ihnen lagen dort, und dazu noch ein Säugling, der von Kissen gestützt auf der Seite lag. Ein niedriges Feuer in einem gusseisernen Ofen sorgte für mollige Wärme, und zwei junge Mädchen, die sonst in der Wirtschaft bedienten, saßen auf Schemeln, tuschelten miteinander und knabberten Haselnüsse aus einem Korb, der zwischen ihnen stand. Sie hatten die Aufgabe, auf die Kleinen aufzupassen, damit die Mütter sich ausnahmsweise auch einmal amüsieren konnten.

Gaddy legte Elspeth hin, strich ihr noch einmal zärtlich über das Haar und kehrte dann zurück in den Schankraum, wo inzwischen derbe Spiele das Tanzen abgelöst hatten. Die ganze Gesellschaft, einschließlich des Brautpaares, machte mit. Coll und seine Saufkumpane hatten die perfekte Mischung gefunden und verteilten mit glückseligem Lächeln heißen Glühwein an jeden Probierwilligen, wobei sie den Tänzern der großen lärmenden Polonäse ein Glas in die Hand drückten. In dieser Formation, die sogar auf die Küche übergriff, wurden »Silly Auld Man« und »Pen the Ram« gespielt sowie eine Schmuseversion von »Babbity Bowster«, woraufhin viele der jungen Burschen und Mädchen sich davonmachten, um sich zwischen den Rhododendronbüschen romantischen Augenblicken hinzugeben.

Es wurde weiter gefeiert und getrunken, und dann, als es auf Mitternacht zuging und die Energie nachließ, kamen die letzten Darbietungen: ein von Freunden des Bräutigams durchgeführter Schwerttanz, eine wirklich urkomische Pantomime von »New Milkmaid« und zum Abschluss eine Interpretation von »Cameron's Lass«, gesungen von der jüngeren Schwester der Braut. Sie war ein schmales, blasses Kind mit einer so lieblichen und weichen Stimme, dass Gaddy das Augustgras riechen und das Seufzen des Südwindes in den Tälern von Cruachan hören konnte. Sie fühlte, wie ihr Tränen in die Augen stiegen. Sie lehnte sich an Coll und lauschte weiter der traurigen, eindringlichen Melodie. Das Lied lockte das Jungvolk aus den Büschen hervor, die alten Frauen vom Feuer weg, und auch die hartgesottensten Säufer ließen sich eine Weile vom Inhalt ihrer Gläser ablenken, um in wehmütigem Schweigen dem Klagelied des Mädchens im weißen Kleid zuzuhören, das wie Camerons Mädchen zu verwundbar schien, um noch lange von dieser Welt zu sein. Als das Lied zu Ende war, herrschte Stille im Schankraum, die erst nach einer Weile vom Dudelsackspieler unterbrochen wurde, der mit einem Fuß den Rhythmus vorgab und »The Blythesome Bridal« spielte.

Braut und Bräutigam hatten sich davongestohlen, um sich fertig zu machen. Sie würden nach alter Inchbruck-Tradition noch in dieser Nach zu einer Reise aufbrechen. Coll und Gaddy erhoben sich mit den anderen und folgten dem Brautpaar zu den Klängen des Dudelsacks nach draußen und den Weg zum See hinunter.

Die Wasseroberfläche war spiegelglatt, und über dem Bergrücken stand ein Mond rund wie ein Sixpence-Stück, der dem Schnee einen fahlen Schimmer verlieh. Nach Hitze und Enge im Gasthaus schien die Kälte und Weite draußen die Menschen zu isolieren, sie voneinander zu trennen, während sie langsam jeweils zu zweit hintereinander hergingen. Sogar die ganz alten folgten dem Pfad, den junge Männer mit Teerfackeln beleuchteten, und das Mondlicht war hell genug, um ihnen den Weg ans Ufer zu weisen. Margaret, die Braut, trug einen bodenlangen, mit Rot abgesetzten schwarzen Umhang über ihrem Brautkleid. In den Armen trug sie einen runden Brotlaib, einen Krug gutes Ale und eine Kanne frische Milch. Sie hielt sich sehr gerade an der Seite ihres jungen Ehemannes in seinem schwingenden farbenfrohen Kilt.

»Wo wollen sie denn hin um diese nachtschlafende Zeit?«, fragte Gaddy die Frau, die in der Schlange hinter ihr ging.

»Sie setzen über zur kleinen Insel. McAlpine hat dort eine Hütte. Im Kamin brennt ein Feuer, das Bett ist frisch bezogen, und auf dem Herd steht ein Kessel mit Wasser. Morgen müssen sie zurück nach Inversnaid, aber die Nacht gehört ihnen.«

Die kleine Insel, die nur ein paar Hundert Meter vom Ufer entfernt war, schien auf dem Wasser zu schwimmen wie eine Hand voll Schafswolle. Im Fenster der Hütte stand eine Laterne, um dem jungen Paar den Weg zu weisen. Das Boot hatte hohe Dollborde und war mit zwei stabilen Rudern ausgestattet. Margarets Bruder und ein Sergeant der Garnison hatten es zu Wasser gelassen und hielten es nun fest, damit es nicht abtrieb, beides herzlich-derbe Menschen, die jedoch jetzt den angemessen feierlichen Ernst an den Tag legten. Braut und Bräutigam kletterten an Bord, und der Soldat übernahm die Ruder. Eine Laterne wurde an den Bug gestellt. Margaret saß mit dem Gesicht zum Bug auf der Bank, ihr Bündel auf dem Schoß, und die Männer schoben das Boot in tieferes Wasser. Kenneth, Margarets frisch gebackener Ehemann, beugte sich vor und legte sich in die Riemen. Der Dudelsackspieler stimmte eine eindringliche Melodie an, die Gaddy noch nie gehört hatte, halb triumphierend, halb klagend, während das Boot langsam über den See glitt. Die Hochzeitsgesellschaft wartete am steinigen Ufer, bis das Boot das Ufer der kleinen Insel erreichte und die Laterne ausging. Die Dudelsackklänge wehten klar und laut über das silbrigglitzernde Wasser und brachen dann abrupt ab. Über Pfad und Wiese kehrten die Gäste zurück zum Gasthaus, ganz leise, abgesehen von Kichern und vereinzeltem Gelächter jener, die zu jung und von Lust erfüllt waren, um zu verstehen, dass zu Liebe und Eheleben mehr gehörte als zwei verschlungene Körper.

Grog und Tee erwartete sie, aber kurz darauf brachen die Hochzeitsgäste auf. Morgen – heute – mussten sie bei Morgengrauen aufstehen, um die nicht enden wollenden Arbeiten auf ihren Farmen zu verrichten, die ihnen diktiert wurden von Vieh und Land sowie selbstverständlich auch vom ungnädigen Herren über das Land.

Während Coll ging, um nach der Herde zu sehen, holte Gaddy Elspeth aus dem Hinterzimmer. Sie nahm das schlafende Kind auf den Arm und trug es hinauf in das Zimmer unter dem Nordgiebel, wo die Wirtin ein Bett für die Reisenden bezogen und eine Holzwiege aufgestellt hatte für die Kleine. Unten konnte Gaddy die letzten Gäste lachen hören; sechs oder sieben Männer hatten sich um den Kamin versammelt und waren offenbar entschlossen, die Nacht durchzumachen. Aber die Kammer, die man über eine Treppe und durch eine Luke am anderen Ende der Küche erreichte, lag so weit abseits, dass sie kaum etwas von dem Lärm mitbekommen würden. Gaddy legte Elspeth in ihr Bettchen und wiegte sie, bis sie wieder eingeschlafen war. Dann nahm sie die Kerze, um das Bett zu inspizieren.

Es war groß genug. Die Matratze sah einladend aus, und die Decken schienen dick und warm. Sie schlug das Bett auf und stellte fest, dass die Laken frisch und sauber waren.

Sie warf einen Blick auf die offene Luke.

Wenn Coll nicht hier schlief, wo sollte er dann schlafen?

Sie legte ihren breiten Ledergürtel ab, zog den Wickelrock

aus, knöpfte das Mieder auf und entkleidete sich bis auf das Unterkleid. Wie ein Schwimmer, der einen Kopfsprung ins kühle Nass machte, sprang sie in das eisige Bett und zog sich die Decke bis zum Kinn. Sie kam sich ganz klein vor, so klein wie Elspeth in dem niedrigen abgeteilten Raum. Aber bald schon wurde ihr warm. Sie war hellwach und sehnte sich nach Coll. Sie wünschte sich, dass er die Nachtstunden dieses seltsamen, ausgefüllten Tages bei ihr verbrachte. Aber sie würde ihn nicht darum bitten. Sie spürte, dass er von sich aus kommen musste, dass es durch seinen Wunsch und Willen geschehen musste. Sie hörte Schritte auf der Treppe, das Knarren der Luke, das Klappern, als er sie über der Gasthausküche zufallen ließ.

»Gaddy, Gaddy, Liebes, schläfst du schon?«

»Nein.«

Auf der Insel vor Inchbruck würde die junge Braut in den Armen ihres Mannes liegen, ganz versunken in den noch unsicheren Freuden der Unerfahrenheit. Sie würde geliebt werden im Bewusstsein ihrer neuen Freiheit und des Gefühls, gebraucht zu werden. Aber Coll war kein junger Bursche mehr; und er war auch nicht wie Donald McIver, der sie grob genommen hätte, laut vom Alkohol und großspurig vor Stolz. Donald wäre es egal gewesen, wer sie war oder was sie an diesem Tag oder in den vergangenen Jahren geteilt hatten, er hätte sich nicht um ihre gemeinsame Vergangenheit geschert.

Aber Coll Cochran bedeutete sie etwas, vielleicht sogar zu viel.

Er blies die Kerze aus.

Sie hörte, wie er sich entkleidete. Sie fühlte, wie die Decke angehoben wurde und seine kalten Beine gegen ihre Waden stießen.

»Gott!«, rief er mit einem erstickten Lachen aus. »Du bist ja warm wie frisch gebackenes Brot, Gaddy.«

Sie streckte die Arme nach ihm aus und umschlang seinen

schlanken drahtigen Körper. Er roch nach Glühwein. Er erschauerte, als er sie berührte. Er löste seine Arme aus ihrer Umarmung und blies auf seine Fingerspitzen, um diese zu wärmen, bevor er die Hand auf ihre Brust legte.

Sie wartete. Sie brauchte ihn, geduldete sich aber, bis sein Verlangen so groß war wie ihres. Er zog sich die Decke über den Rücken und schob ihr Unterkleid hoch. Seine verkrümmten, schwieligen Hände strichen zärtlich über ihre Brüste, und seine Lippen küssten sie liebevoll. Sie drängte ihm entgegen, eine Hand auf seinem Rücken, und drückte ihn sanft gegen ihren Leib, bis er so weit war, bis er sich nicht länger zurückhielt. Da steigerte sich Gaddys Wärme zu Hitze, und sie gab sich einer Leidenschaft hin, die wie ihre Liebe erwidert wurde.

Coll plagte das schlechte Gewissen, als er sich dem Farmhaus näherte. Er war seit einer halben Stunde auf dem Dyers' Dyke, hatte die neue Herde auf die Weide geführt und die Ponys gestriegelt und gefüttert. Beides hatte er zuerst erledigt, ehe er sich Haus oder Kuhstall näherte. Er war ebenso neugierig auf die trächtigen Kühe wie er vor der Begegnung mit Etta zurückschreckte. Gaddy hatte ihn am Ende der Straße verlassen, um mit Elspeth zum Nettleburn zurückzukehren. Vielleicht schämte sich die Highlanderin ja auch für das, was zwischen ihnen passiert war. Coll hatte auf der Fahrt von Inchbruck kein Wort darüber verloren. Jetzt, kurz vor drei, näherte er sich der Tür zum Farmhaus.

Es sprach für sich, dass Etta nicht herausgekommen war, um ihn zu begrüßen. Er rechnete damit, dass sie eingeschnappt war. Aber er registrierte, dass ein auffrischender Ostwind eine Spirale Holzrauch verwehte, die aus dem Kamin aufstieg, und frisch gewaschene Laken und Decken auf der Leine flatterten. Auch fiel ihm auf, dass die Vorhänge an den Fenstern gewaschen waren und die Scheiben gewischt. Er schnürte seine Stiefel auf und zog sie an der Tür aus, da auch die Stufe weiß getüncht war.

»Etta?«, rief er.

Auf dem Herd standen Töpfe, in denen etwas köchelte. Der Kamin war sauber gefegt, der Raum ordentlich aufgeräumt. Der verführerische Duft einer Suppe mit Hammelfleisch-Einlage überdeckte den unangenehmen Medizingeruch.

»Etta?«

Sie kam mit einem Ausdruck freudiger Überraschung aus dem Hinterzimmer – in ihrem besten Kleid. Sie hatte sich das Haar gewaschen und auf Wickler gedreht. Alles in allem sah sie aus wie die Verkörperung der perfekten Ehefrau, sodass Coll erneut das schlechte Gewissen plagte. Vielleicht hatte er ihr ja Angst gemacht durch sein langes Fortbleiben. Wenn sie ihm doch nur zugehört und Verständnis gezeigt hätte für die Notwendigkeit, Geld aufzutreiben. Mit einem starren Lächeln kam sie auf ihn zu. Sie drehte den Kopf und hielt ihm die Wange zum Kuss hin, etwas, das sie fünfzehn Jahre nicht mehr getan hatte.

Coll stellte seine schlammigen Stiefel zum Trocknen ans Feuer.

Draußen hatte der Wind zugenommen, pfiff über den Hof und blies ein paar Häckselkörner durch die offene Tür. Fast rechnete er damit, dass Etta sie mit dem Besen wegfegte. Stattdessen zog sie einen Stuhl unter dem Esstisch hervor, dort, wo für eine Person eingedeckt war.

»Du bist sicher hungrig, nachdem du so lange unterwegs warst.«

»Ja.«

Er zog die Jacke aus, hängte sie über die Rückenlehne des Stuhls und setzte sich müde. Er konnte ihren schwarzen Seidenrock rascheln hören, ein Kleidungsstück, das sie die letzten zehn Jahre nicht mehr aus der Mottenkiste geholt hatte.

Aus einem unerfindlichen Grund stellten sich ihm bei diesem Geräusch die Nackenhaare auf.

Sie brachte ihm Suppe, in einem richtigen Teller und nicht wie sonst in der Holzschale.

Sie brach ein Stück Brot für ihn ab.

Coll nahm den Löffel, tauchte ihn in die Suppe und fing an zu essen, als wäre alles wie immer. Innerlich fühlte er sich mehr als unbehaglich. Es war, als ahnte Etta nicht nur, was passiert war, sondern als wäre sie als Motte oder Spinne oben im Gästezimmer des Gasthauses von Inchbruck gewesen und hätte alles beobachtet. Coll hustete und warf einen verstohlenen Blick auf seine Frau. Eigentlich hatte er sich vorgenommen zu schweigen und sich weder zu entschuldigen noch sonst wie ein schlechtes Gewissen an den Tag zu legen. Er hatte beschlossen, ihr nicht die Befriedigung zu gönnen, ihn zu ignorieren. Ein solches Benehmen hatte er allerdings nicht erwartet. Es brachte ihn völlig aus dem Konzept.

»Ich ... ich habe neues Vieh gekauft. Richtig gutes Vieh, Etta.«

»Das habe ich gesehen, ja.«

Die gute Laune war so uncharakteristisch für sie, dass sie Coll geradezu einschüchterte. Coll tauchte wieder den Löffel in die Suppe, aber er konnte nicht länger an sich halten. »Wir haben die Jungtiere mit einem ordentlichen Gewinn in Dumbarton verkauft. Jetzt sind wir erst mal für ein oder zwei Jahre aus dem Schneider. Wir haben wieder Luft.«

»Mr. Sinclair war hier.«

»Und was wollte er?«

»Nur nach dem Rechten sehen.« Sie drehte sich um, einen Teller mit dampfendem Lammfleisch in den Händen. Sie schenkte ihm ein Lächeln, eine Mischung aus verletztem Stolz und Loyalität. »Ich habe ihm gesagt, ich wüsste nicht, wo du wärst und wann du zurückkommen würdest.«

»Und was hat er gesagt?«

»Man weiß nie, was in Sinclair vorgeht.«

»Stimmt, aber hat er etwas gesagt?«

»Nein. Wo hast du gesteckt?«

Die Frage sollte eigentlich beiläufig klingen. Sie bog den Kopf zurück, das Gesicht verschleiert vom Dampf des Hammelfleisches.

»Erst in Dumbarton und dann sind wir dem See gefolgt auf der Suche nach kräftigen Jungbullen.«

»Hast du heute schon einen weiten Weg hinter dir?«

Coll löffelte hastig seine Suppe und antwortete mit vollem Mund. »Ja. Aus Inchbruck. Wir ... wir haben dort übernachtet. Wir wollten uns dort Rinder ansehen. Gute Tiere, wenn auch nicht viele. Wir sind im Gasthaus geblieben.«

Er wollte schon ausschmücken, wäre fast der Arglist erlegen, die ihm ein Geständnis entlocken sollte. Aber er widerstand dem Impuls und erwähnte die Soldatenhochzeit mit keinem Wort. Stattdessen fischte er die Lederbeutel aus der Tasche, öffnete sie und leerte ihren Inhalt auf den Tisch.

»Siehst du!«

»Meine Güte!«, bemerkte Etta. »Schau an!«

Er wollte raus aus der guten Stube, weg von ihrer honigsüßen Art und ihrer erstickenden Unaufrichtigkeit. Er hasste diese Falschheit noch mehr, als ihm ihr Zorn zuwider war. Er hatte sich zu sehr daran gewöhnt, sie zu verachten. Diese neue, liebevolle Etta war einfach zu dick aufgetragen, als dass sie ihn hätte überzeugen können. Er ließ die Münzen neben seiner Hand liegen, während er Brot und Suppe fertig aß. Der leere Teller wurde durch jenen mit dem gekochten Hammel ausgetauscht. Eilig schnitt er das Fleisch an, schob sich mit der Gabel ein Stück nach dem anderen in den Mund und kaute mit vollen Backen. Er unternahm keinen weiteren Versuch mehr, ihr Interesse am Ergebnis des Viehhandels zu wecken. Die Guineas lagen so unbeachtet auf dem Tisch wie Brotkrumen.

»Was machen die Kühe?« Er blickte sich um.

Sie stand mit unter der Brust verschränkten Armen, schräg geneigtem Kopf und einem leisen, beunruhigenden Lächeln da.

»Noch keine Kälber?«

»Doch, eins.«

»Queenie?«

»Ich habe sie vor einer Stunde erst gemolken.«

»Gemolken?« Coll ließ die Gabel fallen und schob seinen Stuhl zurück, der laut über den Steinboden schabte. »Dann hat sie zu viel Milch, willst du das damit ...«

»Tot.«

»Die Kuh ist tot?«

»Dummkopf. Das Kalb natürlich.«

»Aber ... warum denn?«

»Mr. Sinclair hat es auf die Welt geholt, und erst schien auch alles in Ordnung zu sein.« Etta schwieg einen Moment. »Es ist einfach gestorben.«

Coll holte seine Stiefel, die noch neben dem Kamin standen, und stieg hinein. Mit großen Schritten verließ er die Küche und eilte in den Kuhstall. Verflucht sei seine Geduld; er hätte herkommen sollen, sobald er die Herde auf die Weide gebracht hatte. Nicht dass das Kalb jetzt noch überlebenswichtig für den Hof gewesen wäre – noch vor einer Woche wäre der Verlust eine Katastrophe gewesen –, aber er hasste es, ein Tier zu verlieren, erst recht, wenn es nach allen Regeln der Kunst hätte leben und gedeihen müssen. Queenie war eine gesunde Kuh. Er hatte sie sehr sorgfältig gepflegt. Er verlangsamte den Schritt, als er den dunklen Kuhstall betrat und sich Queenies Box näherte.

Sie war angebunden, machte einen ganz normalen Eindruck. Das Euter war schlaff, und die Zitzen hatten eine ganz normale rosa Farbe. Sie drehte den Kopf, als er hinter sie trat, und schaute ihn an. Obgleich Coll nicht zur Vermenschlichung von Tieren neigte, glaubte er, Vorwurf in den braunen Augen mit den langen Wimpern zu sehen.

»Schon gut, Mädchen. Braves Mädchen«, murmelte er.

Sie muhte leise, als er sich bückte, um ihren Euter aus der Nähe zu betrachten. Er konnte nichts Ungewöhnliches feststellen, trat zurück und schaute sich suchend nach dem Kalb um.

Es lag ausgestreckt auf schimmeligem Heu in einer Nische am anderen Ende des Stalles. Coll fiel das Seil auf, das um sein Vorderbein geschlungen war. Er konnte die Schleifspuren sehen, die von der Box zur Nische führten. Queenie stöhnte und rüttelte an ihrer Kette, als er niederkniete und das Kalb untersuchte. Er streichelte das weiche Fell und das Maul. Warum war es gestorben? Der Bauch war prallvoll von Milch, der Rumpf nicht unnatürlich aufgebläht, das Maul frei, die Drüsen am Hals nicht vergrößert. Es gab keinen Hinweis auf die Todesursache.

Er massierte es mit den Handflächen.

Der lang gestreckte Körper und die Beine waren noch beweglich; die Leichenstarre hatte noch nicht eingesetzt. Der kleine Bulle konnte höchstens ein paar Stunden tot sein.

Schnuppernd beugte Coll sich über den Kadaver.

Der Geruch um das Maul des Kalbes herum war durchdringend und unverwechselbar.

Äther.

Coll rappelte sich auf. Er wandte sich zur Tür. »Etta. Etta!«

Sie stand mit wehendem schwarzen Rock im grauen Licht der Türöffnung, immer noch dieses leise Lächeln auf den Lippen.

Wütend stapfte er auf sie zu und blieb dann abrupt stehen.

Nein, verdammt, er würde ihr den Gefallen nicht tun und ihre Schlechtigkeit zur Kenntnis nehmen. Er würde sie nicht wissen lassen, wie das Kalb gestorben war und aus welchem Grund.

»Ja, Schatz? Was gibt es?«, fragte sie unschuldig.
»Hol mir das Schlachtmesser.«
»Ist was?«
»Nein, nichts«, entgegnete Coll Cochran.

Schwarze Rinder

5

Balnesmoor hatte keine richtige Hebamme, da der Pfarrer unverheiratet war und somit keine Frau da war, die den Fortschritt vorangetrieben hätte, indem sie für eine bezahlte! Der Gutsherr und seine Damen hätten sich nicht weniger für die Gebärumstände der Bauern interessieren können, nachdem sie mit den eigenen genug Probleme hatten. Und doch unterstützten die Bontines und die Ihren die Geburtenbetreuung in der Gemeinde ungewollt, da die Fruchtbarkeit der Grundbesitzer Harry Rankellor zwang, sich mit Geburtshilfe zu befassen, ob er das wollte oder nicht.

Glücklicherweise stimmte Harry Rankellor nicht mit vielen seiner Kollegen darin überein, dass eine Geburtshilfe ein unfeiner und unangenehmer Bereich der Medizin war, den man lieber dem anderen Geschlecht überließ. Auch gab es bei ihm in der Ausübung seines Berufes keine Standesunterschiede. So widmete er der Frau eines Pachthäuslers die gleiche schroffe Aufmerksamkeit wie einer Bontine-Lady, wenngleich er ein geringeres Honorar forderte oder auch gar keins.

Hilf, wo du gebraucht wirst, lautete Rankellors Motto, ansonsten lass die Natur ihren Lauf nehmen; halte die Egel in der Flasche und die Abführmittel in ihrem Kästchen. In der Sommerhitze konnte eine Schwangerschaft allerdings anstrengend und schwierig sein, da die Frauen beim Heumachen und bei der Ernte ebenso hart arbeiteten wie die Männer, was dazu führte, dass sie oft auf dem Stoppelacker oder hinter einer Stechginsterhecke viel zu früh ein nicht überlebensfähiges Kind zur Welt brachten. Rankellor war sich trotz vielen Grübelns nie schlüssig geworden, ob Stoizismus oder Ignoranz die Frauen dazu trieb – oder auch, und das passte besser zu seiner eigenen zynischen Natur, ob es vielleicht Gier war, die sie bewog, die paar lausigen Pennys zu sparen, die ein Saisonarbeiter gekostet hätte.

Eines Tages Ende August kam sie zur Hintertür bei der Küche. Als seine Köchin Purvis ihn rief, sah er, dass sie vom Nettleburn durch das Moor gekommen war anstatt durch das Dorf. Aber das war nichts Ungewöhnliches bei ihr. Sie wählte oft Wege, die die anderen Frauen mieden, sofern die Arbeit sie nicht dorthin zwang, Wege, um die sogar die Männer einen Bogen machten, wenn sie nicht gerade wilderten. Sie hatte das Kind bei sich, Elspeth, die kräftig in die Höhe geschossen war und auch den Babyspeck verloren hatte. Sie hatte einen sehr geraden und wiegenden Gang für ein so kleines Kind und zeigte keinerlei Scheu, als er sich, die Hände in die Seiten gestemmt, nach vorn beugte, um sie anzusehen. Heller Teint, dichtes Haar und klare blaue Augen. Sie würde zu einer wahren Schönheit heranwachsen – darauf hätte er hundert Kronen gewettet –, vorausgesetzt, sie wurde nicht zu groß und schlaksig. Aber jetzt war sie ein Bild von einem gesunden, hübschen Mädchen vom Lande, lebendiger Beweis für die Vorzüge sauberer Luft, ausgewogener Ernährung und nicht zu viel Hätschelei.

Er fragte die Patterson, was er für sie tun könne, da er auf den ersten Blick erkannt hatte, dass dem Kind nichts fehlte.

Gaddy öffnete die Hand und zeigte ihm eine Ein-Guinea-Note, einer von den alten zweifarbigen Scheinen mit zerfledderten Rändern.

Er war überrascht. Er hatte von Legat gehört, dass sie für Coll Cochran ein gutes Geschäft eingefädelt hatte beim Verkauf seiner Rinder, und es hieß auch, dass auf dem Nettleburn und dem Dyers' Dyke gleichermaßen eine Rekordernte herangereift war nach einem milden Frühling und idealem Juniwetter. Dennoch war er etwas verblüfft, eine Banknote gereicht zu bekommen von einer Frau, der er kaum zehn Monate zuvor noch aus Mitleid einen Schilling geschenkt hatte.

»Wofür ist das?«

»Für Sie, Sir. Ich brauche einen ärztlichen Rat.«

Purvis lauschte mit gespitzten Ohren. Er führte Frau und Kind durch die Küche auf einen getäfelten Flur, der zur Waffenkammer führte.

Die Kammer diente längst nicht mehr ihrem ursprünglichen Zweck; Rankellor bewahrte seine Gewehre und Angelruten in Schränken in der Bibliothek auf. Das kleine Zimmer im Erdgeschoss wurde jetzt gelegentlich für Untersuchungen benutzt, vor allem in Notfällen, die aus irgendwelchen Unfällen resultierten, sowie zur Lagerung von Medikamenten und Chemikalien. Rankellor war sein eigener Apotheker, auch wenn Robert, Purvis' ältester Sohn, das Zermahlen, Abwiegen und Mischen der einzelnen Zutaten übernahm. Die Holzläden waren immer halb geschlossen, weil das Sonnenlicht manchen chemischen und pflanzlichen Präparaten schadete. Anstatt den Jungen zu rufen, damit er sie öffnete, zündete Rankellor eine Lampe auf dem unordentlichen Tisch an. Durch den schmalen Spalt zwischen den Fensterläden konnte man Garten und Moor im Sonnenlicht sehen. Es kam ihm sonderbar vor, um die Mittagszeit überhaupt hier zu sein, da er normalerweise nachts arbeitete.

»Nun?«

Mit niedergeschlagenem Blick beichtete sie ihm ihren Verdacht und den Grund für ihren Besuch bei einem Arzt.

»Darf ich davon ausgehen, dass dein Viehtreiber eines Nachts betrunken zurückgekehrt ist und dich im Bett um Verzeihung gebeten hat?«

»Viehtreiber, Sir? Ach, Sie meinen Donald. Nein, nein. Der hat sich nicht wieder blicken lassen«, entgegnete Gaddy Patterson arglos.

Rankellor ärgerte sich über Eigenschaften, die er zuvor an

ihr bewundert hatte, und das hatte nicht zuletzt auch mit der verdammt hohen Banknote zu tun, die sie ihm angeboten hatte. Sie war so verflucht selbstsicher. Natürlich machte sie ihm keine Vorschriften wie beispielsweise die Frau des jungen Gilbert Bontine, die arrogant und hochnäsig in ihrem feinen Krankenaufzug auf ihn herabblickte. Aber Gaddy Patterson war niedrigen Standes, und das Selbstbewusstsein, das sie ausstrahlte, hatte seinen Ursprung in anderen Dingen als dem Privileg des Reichtums, ungeachtet des Geldscheins. Sie schämte sich ihrer außerehelichen Schwangerschaft nicht einmal, und diese Art der Häresie brachte den Doktor aus dem Konzept.

Ihr Verdacht erwies sich dann auch als richtig, wie Harry Rankellor mühelos feststellen konnte. Er arbeitete ohne Hilfsmittel, die der Sittsamkeit dienten, wie beispielsweise ein Laken, das wie ein arabisches Zelt über seinen Kopf und den Unterleib der Dame gebreitet wurde, und es waren auch keine grimmig dreinblickenden weiblichen Verwandten anwesend, die Sorge trugen, dass der Anstand gewahrt wurde. Auch verwendete er nicht die üblichen Euphemismen für die verschiedenen Körperfunktionen. Und die Highlanderin antwortete auf seine unverblümten Fragen ebenso direkt und ohne schamhafte Ausflüchte.

»Wie alt bist du?«

»Neununddreißig.«

Er nickte. Er stellte ein paar Fragen zu ihrer Menstruation, in Betracht ziehend, dass die prallen Brüste und das Aussetzen der Regel ein Zeichen für die Wechseljahre sein konnten anstatt für eine Schwangerschaft. Aber diese Möglichkeit schied nach der Untersuchung eindeutig aus.

Sie war etwas alt für eine erste Schwangerschaft, aber kräftig und bei bester Gesundheit. Sie berichtete, dass sie die Übelkeit der ersten Wochen ihres Zustandes bereits hinter sich hatte. Sie spielte das Unwohlsein herunter. Nur die

Schmerzen und die Sorge um das Kind in ihrem Bauch hatten sie bewogen, den Arzt aufzusuchen. Sie habe gefühlt, wie das Baby strampelte. Rankellor schenkte dem keine größere Beachtung. Er wusste aus Erfahrung, dass viele unfruchtbare Frauen mit Kinderwunsch sich eine Schwangerschaft einbildeten, aber es gab eindeutige Hinweise darauf, dass Gaddy tatsächlich ein Kind erwartete. So hörte er beispielsweise durch sein Hörrohr den Herzschlag des Kindes und konnte auch einzelne Gliedmaßen ertasten. Gaddy Patterson war im fünften Monat, vermutlich der 20. Woche.

Rankellor wies die Frau an, sich aus der Rückenlage aufzurichten. Gaddy kam der Aufforderung nur zu gerne nach. Elspeth saß auf einem Holzschemel am Fenster. Sie hatte die ungewöhnlichen Verrenkungen ihrer Mutter mit ernster Konzentration verfolgt, aber nichts gesehen, was sie schockiert hätte. Auch hatte Gaddy Patterson während der Untersuchung beruhigend mit ihrer Adoptivtochter gesprochen.

Rankellor desinfizierte sich die Hände mit Alkohol. Seine hochgeschobenen Hemdsärmel waren über den Ellbogen festgebunden, damit die Manschetten ihn nicht bei der Arbeit behinderten. Er ließ sie wieder herunter.

»Es ist so, wie du vermutet hast.«

»Die Schmerzen ...?«

»Du bist nicht so dick, wie du aussiehst«, entgegnete Rankellor scherzhaft, um sie zu beschwichtigen. »Die Bauchwand ... verstehst du?« Gaddy nickte. »Die Schicht aus Bindegewebe, Fett und Muskeln ist sehr dünn, aber das Baby schwimmt bequem in seiner Fruchtblase. Ich habe es deutlich ertasten und bewegen können wie einen Korken.« Rankellor wollte die ohnehin beunruhigte Frau nicht zusätzlich verunsichern und verschwieg, dass er nicht ganz zufrieden war mit der Lage des Fötus. »Die stechenden Schmerzen werden von Gasbläschen hervorgerufen, die gegen deine Rippen drücken. Du hast doch keine Blutungen? Auch nicht nachts?«

»Nein, Sir.«

»Das Kind wird um Weihnachten herum kommen.«

»Ja.«

»Du darfst dich, bis es so weit ist, nicht überanstrengen.«

»Ich habe Arbeit zu verrichten.«

»Geh alles möglichst gelassen an. Schlepp keine schweren Säcke oder Torfballen den verdammten Berg rauf und runter, sonst findet man dich irgendwann mit geplatztem Magen tot auf.« Das sollte genügen, um ihr einen gehörigen Schreck einzujagen und sie zur Vernunft zu bringen, dachte Rankellor. »Außerdem rate ich dir ab, grünes Gemüse zu essen, da du bereits Probleme mit leichten Blähungen hast.«

Sie nickte. Sie hatte Unterkleid und Röcke wieder herabgelassen und das Mieder wieder geschnürt. Sie war trotz der milden Temperaturen ziemlich warm angezogen, ein Beweis dafür, dass sie bereit war, die Sitten und Gebräuche des Dorfes zu achten. Harry Rankellor kannte Frauen, die, sobald die Schwangerschaft feststand, ihr Zimmer und erst recht das Haus nicht mehr verließen, als wäre ihr Zustand anstößig wie Lepra oder Syphilis. Das andere Extrem waren die Frauen der Rinderhirten und -aufkäufer, die bis in die letzten Schwangerschaftswochen hinein ungeachtet ihrer prallen Bäuche ihre Arbeit verrichteten und auch schwere Lasten wie Futtermaisgarben schulterten, wobei sie gegen die Schmerzen nur ab und zu an ihrcr Tabakpfcifc zogcn odcr cincn Schluck aus der Aleflasche nahmen. Bei Gaddy Patterson konnte er sich das nicht vorstellen. Er war sicher, dass sie sich dieses Kind ebenso verzweifelt wünschte wie seinerzeit das Findelkind. Sie würde ihm die gleiche Fürsorge angedeihen lassen wie Elspeth. Allerdings hatte Leggat erzählt, dass ihr Pachtland oben am Nettleburn anspruchsvoll und schwierig zu bestellen war.

Sie zückte wieder den Schein der Bank of Scotland.

»Das ist viel zu viel«, entgegnete Rankellor.

»Ich möchte aber bezahlen, Sir. Vielleicht muss ich ja wiederkommen.«

»Kannst du es dir denn leisten?«

»Ich habe etwas Geld beiseite gelegt.«

»Und woher kommt dieses Geld?«

»Von Mr. Cochran. Ich habe es mir erarbeitet.«

»Vom alten Coll? Er ist der Vater, habe ich Recht?«

Sie antwortete nicht. Wenigstens besitzt sie ein Mindestmaß an Anstand, dachte Rankellor erleichtert. Der Gedanke, dass sie sich wahllos mit den Farmern in den Bergen vergnügt haben könnte, gefiel ihm gar nicht. Er konnte verstehen, was der alte Cochran an ihr fand. Etta Cochrans ständiges Gejammer konnte die Genitalien eines Mannes schrumpfen lassen wie der Frost schwedische Rüben. Wenn Rankellors Frau dasselbe Interesse am Balnesmoor-Klatsch gehabt hätte wie an den Vorgängen innerhalb der feinen Gesellschaft von Edinburgh, hätte sie vielleicht mitbekommen, was über die Vorgänge am Nettleburn getuschelt wurde. Aber sein Informant war der Pfarrer, und Mr. Leggat konnte zuweilen unglaublich naiv sein.

»Also gut, ich nehme deine Pfundnote. Aber dafür werde ich dich betreuen bis zur Niederkunft.«

»Aber Sie sind doch ein Mann.«

»Wäre es dir lieber, dass ein schmutziges altes Weib aus Harlwood oder Balfron deinen Bauch betatscht und das arme neugeborene Würmchen in Ampferblätter wickelt, um Hexen abzuwehren?«

»Ich kann allein ...«

»Egal, wie diese Dinge in Ardelve gehandhabt werden«, fiel Rankellor ihr streng ins Wort, »hier in meiner Gemeinde geht man bei einer Geburt kein unnötiges Risiko ein, nicht, wenn ich es verhindern kann.«

Er zupfte die Banknote aus ihrer Hand, faltete sie zusammen und steckte sie hochkant in einen Behälter mit Pfeifenreinigern. Er hatte eine Schwäche für Geld und würde den Schein nicht sinnlos vergeuden. Außerdem war sein Pflichtbewusstsein recht ausgeprägt, und er war entschlossen, mehr für sie zu tun, als er ohnehin versprochen hatte. Auch war er ein wenig beunruhigt wegen der ominösen stechenden Schmerzen. Sie war hart im Nehmen und gehörte nicht zu den Frauen, die wegen jeder Kleinigkeit ins Jammern verfielen. In vier bis fünf Wochen würde er sich ein konkreteres Bild von der Lage des Kindes machen können und wissen, ob mit Komplikationen zu rechnen war. So zäh sie auch wirken mochte, würde sie zweifellos seine Hilfe brauchen, wenn die Geburt problemlos verlaufen und das Kind gesund auf die Welt kommen sollte. Aber vielleicht wäre es ja besser, wenn sie das Kind vor der Zeit verlor? Ihm ging flüchtig durch den Kopf, ob sie ihn vielleicht wegen eines Schwangerschaftsabbruches aufgesucht hatte. Aber er verwarf den Gedanken gleich wieder. Er konnte sich noch gut an jene Nacht im vergangenen November erinnern, als Gaddy sie angefleht hatte, ihr das Findelkind zu überlassen. Gaddy Patterson hatte einen ausgeprägten Mutterinstinkt, darauf hätte er seinen guten Ruf verwettet.

»Weiß er es? Cochran, meine ich?«

»Nein.«

»Du solltest es ihm sagen. Ich meine, er wird es sowieso in ein, zwei Wochen sehen, vor allem, wenn er ...« Doktor Rankellor ließ den Satz unvollendet.

»Ich werde es ihm bald sagen«, versicherte ihm Gaddy Patterson.

»Und wer sagt es seiner Frau?«, fragte Rankellor rundheraus.

Die Highlanderin antwortete nicht. Wortlos ging sie zum Fenster und nahm die kleine Elspeth bei der Hand.

»Es wird sehr schwierig für dich werden, ganz allein zwei kleine Kinder großzuziehen und dazu noch das Land zu bestellen«, gab Doktor Rankellor zu bedenken.

Er hätte sie auch darüber aufklären können, dass uneheliche Kinder in Balnesmoor nicht akzeptiert wurden. Tatsächlich kam es mit deprimierender Regelmäßigkeit vor, dass uneheliche Kinder geboren wurden, aber diese Fehltritte wurden totgeschwiegen oder vertuscht. Wenn die Mädchen jung waren und nicht allzu hässlich, suchte man ihnen einen Mann unter den jungen Rinderhirten oder Tagelöhnern. Wenn es gar nicht anders ging, schickte man sie ein oder zwei Jahre als billige Arbeitskraft zu Verwandten, die möglichst weit weg wohnten.

»Ich schaffe das schon«, entgegnete Gaddy Patterson.

War es möglich, nur mit Träumen und Willenskraft zu überleben? War diese Frage in Zusammenhang mit dieser Frau überhaupt fair? Geld und Überleben schienen für sie mehr als nur Worte zu sein. Sie besaß ein Vertrauen in die eigenen Fähigkeiten, wie man es in der abgeschiedenen Gemeinde Balnesmoor nur selten antraf. Außerdem hatte er selbst erlebt, wie mancher Taugenichts und manches schwarze Schaf es weit gebracht hatten, trotz lauten Geschreis der Geistlichkeit und der Lesungen von Bibeltexten, die scheinbar das Gegenteil belegten. Rankellor betrachtete Gaddy nicht als schlechten Menschen, aber sie gab ihm Rätsel auf.

Sie nickte und wirkte recht glücklich. »Ich komme schon zurecht, Mr. Rankellor.«

Er begleitete sie noch bis zur Küchentür und hinaus in den Garten.

Er sah zu, wie sie mit Elspeth durch das Gartentor ging und dann dem Trampelpfad folgte, der sich vom Moor hinunterschlängelte. Lange blickte er den beiden Gestalten nach, die immer kleiner und kleiner wurden. Aber Gaddy Patterson verschmolz anders als die Landfrauen nicht mit der Landschaft. Auch vor dem anheimelnden Hintergrund von Heidekraut und Farn bewahrte sie sich eine ganz eigentümliche Individualität.

Harry Rankellor nahm seine Perücke ab und fächerte sich damit Luft zu. Er musste unbedingt mit Leggat sprechen. Falls sich aufgrund der neuen Situation Ärger zusammenbraute, würde der Pfarrer dies am meisten zu spüren bekommen, durch Etta Cochran und James Moodie, diesen Ausbund an Selbstgerechtigkeit. Rankellor vermutete, dass beide schon bald ganz besessen sein würden von der Sünde.

Coll war bis dahin nie wirklich bewusst gewesen, was für einen Unterschied es machte, ob man Geld hatte oder nicht. Ohne Geld hätte er in diesem Sommer 1792 mit dem Rücken an der Wand gestanden, hoch verschuldet beim Gutsherrn und darüber hinaus geplagt von Schuldgefühlen. Es war nicht sein Verhalten Etta gegenüber, das ihm zu schaffen machte, sondern vielmehr seine Gefühle für Gaddy. Er fühlte sich hin und her gerissen zwischen den grundlegenden Anforderungen der Farm und seiner Sehnsucht danach, mit ihr zusammen zu sein, ihren Existenzkampf am Nettleburn zu teilen, ein Stück Land, das er wider jede Logik als eine Bürde betrachtete, die sie nicht nur um ihrer selbst willen trug, sondern auch für ihn.

Aber das Geld änderte alles. Ohne wäre Coll gebeutelt worden wie ein altes Hemd, das von einem Collie »totgeschüttelt« wurde. Er setzte etwas von dem Geld ein, um den Entscheidungsdruck zu mildern. Da Gaddy nichts von ihm annehmen wollte außer dem Lohn, den sie sich mit Dreschen verdient hatte, musste Coll sie dadurch entschädigen, dass er Zeit mit ihr verbrachte – was ihm nicht schwer fiel, da er am liebsten jede Minute jeder Stunde des Tages mit ihr und Elspeth verbracht hätte. Dahingegen empfand er die Zeit auf der eigenen Farm, vor allem im Haus, als eine Strafe.

Nachdem er die überfällige Pacht bezahlt hatte, kaufte er Saatgut und Geflügel sowie große Mengen bestimmter Chemikalien, die Sinclair für die Verbesserung sauren Bodens empfohlen hatte. Darüber hinaus legte er zwei Drainagen an und ließ einen neuen Graben ausheben. Er ließ ein Stück Hecke pflanzen, und vor allem stellte er einen fähigen jungen Mann mit guten Referenzen an. Docherty aus Fintry sollte in den Mastmonaten die schweren Arbeiten verrichten. Endlich hatte Coll etwas Luft. Jetzt, da Docherty das Gros der Farmarbeit übernahm, hatte er genug Energie übrig, um seine Schuld bei Gaddy Patterson abzuarbeiten.

Jeden Abend, wenn das Tagwerk auf dem Dyke erledigt war oder er Docherty unbeaufsichtigt seiner Arbeit überlassen konnte, machte Coll sich mit einer Sammlung Werkzeug auf der Schulter und der Pfeife im Mund auf zum Nettleburn, um der Highlanderin auf ihrem Pachtland zu helfen. Er brachte die Hütte in Schuss, baute Schränke und Regale und sogar ein ordentliches Bett unter den ausgetauschten Dachbalken. Die dringend erforderlichen Arbeiten am Haus oder auf den Feldern gingen ihm leicht von der Hand, da Gaddy bei ihm war und beim Pflügen half oder den Schlitten belud, der dann von seinem Pony gezogen wurde. Sie pflanzten Rüben und Kartoffeln, Erbsen und Bohnen. Von Farn überwuchertes Land wurde urbar gemacht, und von den Weiden entfernten sie Steine und kleinere Felsbrocken. Coll kaufte ihr zwei Ziegen und erstand von Sinclair einen frechen jungen Hahn und sechs Hühner, die sich sofort daranmachten, sich in dem Hühnerstall, den Coll um den Stamm einer dicken Eiche herum errichtet hatte, häuslich niederzulassen. Gaddy nahm die Tiere, die er ihr schenkte, ohne allzu viel Murren an, da, wie Coll überzeugend feststellte, die kleine Farm endlich auch wie eine roch. Ihr Widerwillen, Geschenke von ihm anzunehmen, rührte daher, dass sie ihn ermutigte, mit ihr zu schlafen, und sie wollte nicht, dass es so aussah, als würde sie hierfür irgendeine Gegenleistung erwarten. Sie gab sich ihm aus Liebe hin und nicht aus Berechnung.

Sie zu berühren, sie in den Armen zu halten und sich an ihren weichen und doch starken Körper zu schmiegen, gab Coll das Gefühl, ins Leben zurückgeholt worden zu sein, um Freuden zu entdecken, die er nicht nur in den letzten Jahren, sondern sein ganzes Leben entbehrt hatte.

Etta war nach ihrer kurzen, beleidigenden Vorstellung und der Vergiftung des Kalbes – am Tag seiner Rückkehr vom Viehtrieb – schon bald in ihr altes Verhaltensmuster zurückverfallen. Aber dank Gaddy verging die Zeit von März bis zur Sommermitte wie im Flug, zumal nicht nur auf dem Dyke alles planmäßig lief, sondern auch die Farm auf dem Nettleburn Formen annahm und die Schmerzen in seinen Gelenken nachließen. Coll scherte sich nicht darum, was seine Frau von ihm hielt, ebenso wenig wie ihn Sinclairs Meinung oder die der Kleingeister oder Kirchgänger im Dorf interessierte. Er war ein neuer Mensch und froh darüber. So verändert war er, dass er Gaddys verblüffende Neuigkeit ohne Furcht oder gar Panik aufnahm, sondern sich stattdessen vielleicht eine Art Garten Eden vorstellte, in dem er den Großteil seiner Zeit oben bei der Highlanderin und den beiden Kindern verbrachte, während ein anderer seine Farm bewirtschaftete, während Etta bis in alle Ewigkeit vor sich hin schmollte.

Gaddy hatte den Augenblick sorgfältig gewählt. Sie waren gemeinsam in der Abenddämmerung auf der Wiese oberhalb des Baches. Die erste Eule rief oben im natürlichen Baumtunnel, und hoch über ihnen flogen die letzten Saatkrähen heim zu ihren Schlafplätzen. Coll hatte die Pfeife im Mund und hielt Gaddys Hand. Elspeth schlief tief und fest in der Hütte. Sogar die lebhaften jungen Ziegen hatten sich an ihren langen Stricken für die Nacht niedergelassen. Auf der Kuppe des Drumglass riefen Bontines Mutterschafe ihre Lämmer, wobei ihr Mähen weich über den Hang rollte wie flauschige Distelwolle.

Gaddy redete nicht lange um den heißen Brei herum.

»Coll, ich trage ein Kind unter dem Herzen. Unser Kind.«

Es war, als hätte er es gewusst, was nicht der Fall war. Sofern er über die möglichen Konsequenzen des Beischlafes nachgedacht hatte, hatte er nie darüber gesprochen. Aber ihm als Farmer und Viehzüchter musste klar gewesen sein, dass seine Virilität und Liebe ihrer Unfruchtbarkeit ein Ende machen könnten. Immerhin handelte es sich um eine rein körperliche Angelegenheit, und die war bei weitem nicht so kompliziert und rätselhaft wie jene des Herzens oder der Seele. Und sie war berechenbarer.

»Bist du ganz sicher?« Er zog an seiner Pfeife und hielt weiter ihre Hand, als hätte sie ihm etwas so Alltägliches mitgeteilt wie beispielsweise, dass die Hühner mit dem Eierlegen angefangen hätten.

»Ja. Ich war bei Doktor Rankellor.«

Jetzt reagierte er doch und drehte abrupt den Kopf, um sie anzusehen. »Beim Doktor? Bist du krank?«

»Nein. Aber er hat es mir gesagt.«

Coll lächelte nachsichtig. »Wusstest du das denn nicht selbst, Gaddy?«

Sie lächelte. Es klang tatsächlich ein wenig albern. »Ich konnte es nicht glauben.«

»Mein Gott, jetzt werden sie sich erst recht das Maul zerreißen.«

»Ist das alles, was du dazu zu sagen hast, Coll Cochran?«

Er legte die Pfeife beiseite und zog sie im Gras auf den Knien an sich wie ein junger Bursche, der seinem Mädchen seine Liebe gesteht, und nicht wie ein Mann seines Alters mit einer so kräftigen Gefährtin wie Gaddy. Er kniete sich vor sie und legte die Arme um ihre Taille.

»Ich werde eine Wiege für das Kleine bauen.«

»Dazu ist noch viel Zeit. Das Kind wird erst im Dezember kommen.«

»Hast du Angst?«
»Wovor sollte ich Angst haben?«
»Es ist doch dein Erstes, oder?«
»Stimmt.«
»Du bist nicht mehr die Jüngste.«
»Glaubst du, es ist zu spät?«
»Dann wäre es nicht so weit gekommen.«

Sie kuschelte sich an ihn und legte den Kopf an seine Schulter.

»Ich werde etwas für den Winter zurücklegen«, sagte sie. »Genau, das tue ich. Ich werde genug Feuerholz gelagert haben und Futter für die Hühner und Ziegen. Und auch für uns genug zu essen. Das Ganze wird kein Problem sein, nicht im Dezember, wenn sowieso alle Arbeit ruht.«

Und da wusste er, dass sie anders war, anders als die meisten Leute, die die Geburt eines Kindes als unausweichliche Last sahen, wie eine Strafe für begangene Sünden. Er dachte an seine Söhne und seine Tochter in ihrer Kindheit, an Etta, die bei der Geburt des Erstgeborenen sogar so etwas wie Liebe gezeigt hatte, die jedoch sehr bald verflogen war angesichts der undankbaren Aufgabe, ein Kind zu versorgen. »Undankbar« war Ettas Bezeichnung gewesen. Als wäre seine Frau darauf gedrillt worden, dass man ihr und nicht der Vorsehung danken sollte für dieses Geschenk. Wie hatte er sie geliebt, als sie klein waren und völlig abhängig von ihm. Armut und schlechter Boden hatten ihn seiner Kraft und Hoffnung beraubt und die Kinder als junge Erwachsene bewogen, ihr Elternhaus zu verlassen. Armut, Regen, schlechter Boden – und Etta. Bei Gaddy gab es keinen solchen Zyklus des Unausweichlichen. Sie stand außerhalb.

In der Hütte brannte eine Kerze, sicher innerhalb eines kleinen Kreises aus Steinen aufgestellt. Bei zunehmender Dunkelheit konnte er riechen, wie das Land sich um diesen einsamen Lichtschein herumdrängte, und er sah die hellen

Umrisse der Ziegen, die aussahen wie Gespenster, die sich im Gras niedergelassen hatten. Coll realisierte erst jetzt richtig, dass er ein neues Leben gezeugt hatte, wenn auch diesmal alles anders war. Einen Augenblick lastete das Bewusstsein der Sterblichkeit auf ihm. Er gab ungewollt ein Knurren von sich wie ein Hund im Traum.

Die ergrauten alten Angstgötter zerrten mit höhnischen Fratzen an ihm.

Sie würde vierzig sein, wenn das Kind geboren wurde, und er selbst fünfundfünfzig. Es konnte durchaus sein, dass das Kind zur Waise wurde, bevor es alt genug war, sich ganz allein durchzuschlagen. Er versuchte krampfhaft, nicht rein rechnerisch zu denken. Aber wenn es ein Junge war – ja, dann würde er den Jungen gerne als Herrn von Dyers' Dyke sehen, und er wollte ihm eine gut gehende, blühende Farm hinterlassen.

Als wüsste sie, was ihn beschäftigte, hakte Gaddy ihn unter und führte ihn quer über die Wiese zurück zur Hütte.

»Sie werden zu zweit sein«, sagte sie. »Elspeth und ihr kleines Geschwisterchen. Sollte etwas passieren, werden sie gegenseitig füreinander da sein und sich Halt geben, Coll.«

»Ich dachte nur ...«

»Nicht.«

»... was wohl Etta dazu sagen wird.«

»Es wird mein Kind sein und nicht ihres.«

»Komm schon, Gaddy. Sie ist immer noch meine Frau.«

»Ich bin deine Frau.«

»Richtig, in jeder Hinsicht außer vor dem Gesetz.«

»Ich brauche keinen Trauschein.«

Gaddy mochte ja damit zufrieden sein, dass sie nie seinen Namen tragen würde, aber die Wahrheit ließ sich nicht so leicht ignorieren. In den Annalen von Gesetz und Kirche war Coll Cochran verheiratet, ob es ihm gefiel oder nicht.

Entschlossen schob er die melancholischen Gedanken beiseite, als sie geduckt durch die niedrige Hüttentür traten, hinein in Feuer- und Kerzenschein, und die Dunkelheit aussperrten.

Coll erzählte seiner Frau nicht, dass Gaddy Patterson ein Kind von ihm erwartete. Etta war ohnehin nicht ansprechbar, und Coll hatte den Kopf voller Pläne, die er umsetzen wollte, bevor er beichtete und den Albtraum ihrer Wut entfesselte. Jene wenigen, die die Wahrheit kannten, behielten sie für sich. Rankellor, Leggat und der korrekte Sinclair wussten Bescheid, und sie alle waren auf ihre eigene Art verärgert wegen Coll Cochrans Benehmen, und doch wagte keiner von ihnen es auf sich zu nehmen, die ahnungslose betrogene Ehefrau ins Bild zu setzen. Lange bevor es Oktober wurde, hatte Gaddy deutlich an Umfang zugenommen, und nur ein unförmiges Kleid, das sie gegen Röcke und Gürtel tauschte, verbarg den Bauch vor neugierigen Blicken. So gelang es Gaddy tatsächlich, ihre Schwangerschaft bis zum Herbst geheim zu halten.

Es war viele Jahre her, dass in Balnesmoor jemand vor der Kongregation denunziert worden war, aber einige der Kirchgänger konnten sich noch gut daran erinnern, wie spannend Sabbate waren und wie die Aussicht auf eine Liste moralischer Verbrechen, gefolgt von einer harschen Predigt, der Höhepunkt der Woche gewesen war. Beim Wasserholen an der Pumpe, in der stinkenden Atmosphäre der Kneipe, hinter zugezogenen Vorhängen und geschlossenen Türen der Cottages aber wurden von den Fantasievollen unter den Neugierigen Falschinformationen weitergegeben und verbreitet. Im vorliegenden Fall war vieles davon einigermaßen harmlos, aber vieles auch so abstoßend lästerlich und obszön, dass es nicht mehr mit der stämmigen Highlanderin und dem schlanken leicht gebeugten Farmer in Zusammenhang zu bringen war, die ihrerseits so unwirklich wurden wie die Protagonisten unanständiger Verse und zotiger Lieder. Wenn bekannt geworden wäre, dass sie von ihm ein Kind erwartete, wäre spekuliert worden ohne Grenzen. Alle hätten gespannt darauf gewartet, was die andere »Sie« tun und wie er sich aus dieser misslichen Lage herauslavieren würde. Aber die Menschen von Balnesmoor waren im August und September viel zu beschäftigt, um sich mit Getuschel und Spekulationen über Gaddy, Coll und Etta abzugeben.

Die arbeitsreichste Zeit des Jahres forderte allen alles ab. Für das Einbringen der Ernte wurden jeder Mann, jede Frau und jedes Kind gebraucht, ganz gleich, ob kleine karge Felder abzuernten waren oder Bontines riesige Äcker. Horden von Mähern und Bindern, die pro Garbe bezahlt wurden, wurden herangezogen, um die lokalen Kräfte zu unterstützen, und nach Einbruch der Dunkelheit ging es in den Kneipen hoch her, es wurde reichlich getrunken und ausgelassen gefeiert. Getreidegarben wurden allerorten entlang den Feldern zu riesigen Haufen aufgetürmt, und trotz des wechselhaften Wetters wurden die Felder mit Sense und Sichel kahl geschoren, Morgen um endlosen Morgen. Auf den Bergweiden und in den Pferchen wurden die Mutterschafe des Vorjahres aussortiert und dem Widder zum Decken zugeführt. Sir Gilbert war nie weit entfernt vom Anblick seiner geliebten Tiere und beobachtete sie beim Deckakt; die Jagdflinten mussten warten, bis diese wichtige Angelegenheit erledigt war. Erst dann konnte der Gutsherr frohen Mutes auf die Pirsch nach Moor- und Rebhühnern gehen. Bei den Webern klapperten die Webstühle im Akkord, da reichlich Wolle gesponnen wurde und es somit reichlich bestes Material gab nach der Schur im Juli, und die Moodie-Schwestern waren von früh bis spät unterwegs, mal um Wolle abzuholen, mal um fertige Ware abzuliefern. Im Garten des Pfarrhauses schuftete ein von der Sonne tief gebräunter Mr. Leggat wie ein Wahnsinniger, um die Lücken neu zu bepflanzen, die früh geerntetes Gemüse hinterlassen hatte. Er hatte keine Zeit und ehrlich gesagt auch keine Lust, nach Gaddy Patterson zu sehen, die nach allem, was er gehört hatte, nicht nur schwanger war, sondern darüber hinaus prächtig zurechtkam.

Die Versammlungen der Harlwood Agricultural Improvement Society waren die Sommermonate über ausgesetzt. Sie würden erst wiederaufgenommen werden, wenn die Herbstverkäufe abgewickelt waren und die Nacht wieder früh hereinbrach über Drumglass und Dumgoyne. Außerdem hatte der Tag nicht genug Stunden für die Fülle von Aufgaben, für die Sinclair zuständig war, sodass er in dieser Zeit herzlich wenig von seiner Frau und seinen Söhnen zu sehen bekam. Der Herbst war eine ganz besondere Zeit für die Tiere, die jetzt anfälliger waren und häufiger erkrankten. Sinclair verbrachte jeden Tag viel Zeit damit, Tiere zu untersuchen oder zu behandeln oder Pfleger und Hirten zur Wachsamkeit zu ermahnen in der Ruhezeit zwischen Ernteende und dem Viehtrieb nach Falkirk Tryst. In dieser Zeit gerieten denn auch Gutsverwalter Sinclair und Pächter Coll Cochran aneinander.

Colls handverlesene Herde hatte sich prächtig entwickelt dank des Grases auf dem Dyke, und wie Gaddy es versprochen hatte, setzten sie täglich Fleisch für mehrere Pfund zu. Noch nie hatte der Dyke so prächtiges Schlachtvieh hervorgebracht, fett, mit glänzendem Fell und feuchten Mäulern. Coll hatte beschlossen, im kommenden Jahr nur eine kleine Herde über Winter zu behalten und zu versuchen, mit Gaddys Hilfe genug Geld zu erwirtschaften, um den Dyke bis zum Frühjahr zu unterhalten. Dann würden er und die Highlanderin wie in diesem Jahr das Vieh im März eigenhändig verkaufen und neues Mastvieh kaufen. Bis dahin wäre sogar das Baby so weit, dass sie es mitnehmen konnten. Aber erst kamen die Märkte, darunter vor allem jener große Viehmarkt in Falkirk, der dutzende von englischen Händlern anlockte und auf dem

Bontines Beauftragte die Balnesmoor-Herde *en bloc* verkaufen würden, es sei denn, durch eine Stückelung ließ sich ein höherer Preis erzielen.

Der Falkirk-Markt wurde auf einem 75 Morgen umfassenden Hof in Stenhousemuir abgehalten, jeweils am zweiten Dienstag im August, September und Oktober. Im August waren dort vergleichsweise wenige Rinder zu finden, die meisten aus dem näheren Umland. Im September kamen Schafe und zahlreiche Pferde hinzu, und dann im Oktober, wenn die Viehtreiber aus dem Hochland im Norden hinzukamen und zahlungsfähige Käufer aus dem Süden, war fast eine halbe Million Pfund Sterling in Umlauf. Die meisten Rinder waren zum Überwintern bestimmt, aber es gab auch einen separaten, ganz ordentlichen Markt für fettes Mastvieh. Auf diesem spezialisierteren Markt wollte Coll seine kleine Herde anbieten. Allerdings hatte er es versäumt, Sinclair hiervon zu unterrichten. Als dann Bontines Viehaufkäufer kam, eine verschrumpelte Rosine von einem Mann namens Wardrop, mit listigen braunen Augen und Fingern so dünn wie Regenwürmer, um die Tiere zu zählen und die üblichen acht Pfund pro Stück zu zahlen, jagte Coll ihn zum Teufel.

Kurz darauf war Sinclair auf seinem Wallach zur Stelle, das Gesicht wutverzerrt. Er kam spät und erwischte Coll, als er eben den Zaun am Nettleburn überwand, während Gaddy und Elspeth bei der Hütte auf ihn warteten, um ihn zu begrüßen.

»Was hat das alles zu bedeuten?«, schleuderte Sinclair ihm vom Sattel aus entgegen.

»Ich besuche eine Freundin.«

»Ich meine das mit dem Vieh.«

»Ich werde in diesem Jahr meine Herde selbst verkaufen.«

Coll hielt sich nicht mehr gebeugt, sondern straffte die Schultern und schob kämpferisch das Kinn vor. Er hielt die Pfeife wie einen kleinen Dolch und stach damit in die Luft, vielleicht weil er auf seinem Weg zu Gaddy aufgehalten wurde, wenngleich Sinclair jetzt sehen konnte, dass sie bereits hochschwanger war. Obgleich es ein schöner, lauer Abend war, war Sinclair aggressiv vor Erschöpfung.

»Was ist mit dem Winter?«, rief er und hatte mit dem Pferd zu kämpfen, das unruhig auf der Stelle trat und dabei eine Staubwolke aufwirbelte.

»Ich habe genug Futter zum Überwintern, Mr. Sinclair. Sie werden den Winter gut überstehen und im kommenden Jahr umso besser sein. Allerdings kaufe ich vielleicht noch ein paar Färsen dazu.«

»Wir hatten eine Abmachung, Cochran.«

»Eine Abmachung? Ich kann mich an keine Abmachung erinnern – Sinclair.«

»Warum hast du im Frühjahr kein Weidegeld genommen?«

»Ich brauche keine Almosen.«

»Und was ist mit all den Jahren, in denen du das Geld gerne genommen hast?«

»Was soll damit sein?«

Er hatte eine Hand am Tor und hielt sich so stolz aufrecht, als gehörten Moor, Hügel und alles Land, das man mit bloßem Auge sehen konnte, nicht Bontine, sondern ihm.

»Zählt das denn gar nichts?«, fragte Sinclair.

Die Frau stand hinter ihm, das kleine Mädchen an der Hand. Er konnte an der Erde auf ihrer Schürze erkennen, dass sie den Kartoffelacker gewässert hatte, den sie mit Cochrans Hilfe dem Moor abgerungen hatte und der dem Grün nach zu urteilen im Oktober eine reiche Ernte hervorbringen würde.

»Was soll ihr Mann, dieser Wardrop, mir denn zahlen?«, fragte Coll.

»Acht Pfund.«

»Ich kann aber zwölf oder sogar dreizehn bekommen. Wardrop wird Ihnen berichtet haben, in welch überragendem Zustand die Tiere sind und wie schwer.«

»Vom guten Gras des Gutsherrn.«

»Von *meinem* Gras. Ich bin Pächter und kein Leibeigener, Mr. Sinclair.«

Sinclair konnte den Wallach endlich beruhigen, aber die Flanken des Pferdes hoben und senkten sich heftig, als spürte es den Zorn seines Reiters, obgleich Sinclairs Stimme ruhig klang und sein Gesicht beinahe ausdruckslos war. Die Frau rührte sich nicht und sagte auch kein Wort, aber Sinclair hatte das Gefühl, dass sie und der Farmer wortlos miteinander kommunizierten und als spräche sie durch Coll.

»Ich verkaufe sie dem Gutsherrn für elf Pfund zehn Schilling«, erklärte Coll Cochran.

»Dann verkauf sie selbst.«

»Ich nehme an ...«

»Nimm an, was du willst, Cochran. Ich werde mich auf keinen Handel einlassen und auch keinem Agenten Sir Gilberts gestatten, dies zu tun. Die Abmachung hat bislang bestens funktioniert. Ich werde nicht zulassen, dass du sie jetzt zum Gespött machst.«

»Zum Gespött, ja? Wenn ich die Früchte meiner Arbeit in die eigene Tasche stecke? Nicht ich bin es, dessen Praktiken ein Hohn sind, sondern ...«

Sinclair fiel ihm ins Wort. »Was, wenn du weniger erzielst als erwartet?«

»Dann werde ich den Verlust schon verkraften.«

»Und das Gut kann es dann ausbaden, indem es dir zum Jahresende die Pacht stundet?«

Coll lehnte sich an das Weidetor. Er wirkte nicht zornig, sondern strahlte nur eine Selbstsicherheit aus, die ihn in allem, sogar dem Alter, Lachlan Sinclair ebenbürtig erscheinen ließ. »Nein, Mr. Sinclair. Ich werde nie mehr betteln. Ich habe mich von dem Joch der Abhängigkeit befreit und werde mich von Ihnen nicht wieder davorspannen lassen, niemals.«

»Coll Cochran, du hast den Verstand verloren«, stellte Sinclair fest.

»Ich bin also verrückt, ja? Blödsinn, Lachlan, ich bin eben erst zur Vernunft gekommen. Und dazu habe ich nur so viel Silber gebraucht.« Er hob eine Hand, Daumen und Zeigefinger zusammengedrückt. »So viel. Ich weiß jetzt, dass es keiner Tricks bedarf. Eine kleine Geldspritze, und es sprühen Funken, wo vorher nur kalte Asche war.«

»Ich warne dich, Coll, pass auf, dass du die Grenzen nicht überschreitest.«

»Haben Sie Angst, andere könnten meinem Beispiel folgen?«

»Du bist wirklich nicht bei Trost. Niemand hier beneidet dich um irgendetwas, Coll.« Sinclair ritt einen Kreis und lenkte seinen Wallach dichter ans Tor. Oben auf seinem Pferd thronend zeigte er mit der Weidenrute, die ihm als Gerte diente, auf Gaddy. »Diese Frau ist nicht deine dir rechtmäßig angetraute Ehefrau. Du tätest gut daran, das nicht zu vergessen.«

»Soll das eine Drohung sein, Sinclair?«

»Ich habe Besseres zu tun, als meine Zeit damit zu vergeuden, Dummköpfen zu drohen«, entgegnete der Verwalter kühl. »Ich mache dir ein allerletztes Angebot, Coll. Neun Pfund für jedes Stück Vieh deiner Herde.«

»Inakzeptabel, Mr. Sinclair.«

Lachlan Sinclair würde sich nicht demütigen oder die Ehre seines Herrn beschmutzen lassen, indem er mit einem liebeskranken alten Mann herumstritt. Er grub dem Wallach die Fersen in die Flanken und ritt davon, wobei er den Oberkörper immer wieder weit vorneigte, um tief hängenden Ästen auszuweichen, während die wirbelnden Hufe seines Pferdes eine riesige Staubwolke aufwarfen.

Coll blickte dem davongaloppierenden Verwalter nach und lachte dann schroff, eine Hand noch auf dem Tor. »Das wird ihm eine Lehre sein. Der wird meine Unabhängigkeit nicht wieder in Frage stellen.«

Gaddy legte Coll eine Hand auf den Arm, und er wandte sich ihr sofort zu, plötzlich verunsichert und neugierig auf ihre Meinung dazu, dass er es gewagt hatte, dem Gutsverwalter die Stirn zu bieten. Sie gab keinen Kommentar ab, aber er fasste ihr Schweigen als Zustimmung auf. An Gaddys Augen waren die Schmerzen abzulesen, die sie vor einigen Minuten durchbohrt hatten, ein plötzliches Stechen, das sich wie ein glühender Draht zwischen ihre Hüftknochen schob und sich dann in einen nicht viel weniger intensiven Spannungsschmerz verwandelte.

Aber Coll bemerkte hiervon nichts, da er ihr nicht in die Augen sah. Er war in diesem Moment ganz mit sich selbst beschäftigt, zu arrogant und egoistisch, um anderen Aufmerksamkeit zu schenken, sogar Gaddy, der er seine neue Unabhängigkeit verdankte.

Es war ein trister grauer Tag, windig und mit vereinzelten Schauern, die Stenhousemuir mit einer Schlammschicht überzogen, während das raue sumpfige Gemeindeland einigermaßen geschützt war durch dichte Ginsterbüsche. Der Viehtrieb am Carron Water entlang durch die Berge von Fintry und Kilsyth war kein Spaziergang gewesen wie seinerzeit der Marsch nach Dumbarton. Auch hatte er Coll eine saftige Gebühr pro Tier gekostet an den zwei neuen Mautschranken, obwohl es sich nicht einmal um eine richtige Straße handelte. Gaddy, Elspeth und der Farmer hatten eine ungemütliche Nacht unter der Segeltuchplane im Karren verbracht, auf einer abgegrasten Weide, die sie von Grahams Verwalter gemietet hatten und die noch weit weg lag vom Markt. Sie standen schon vor Tagesanbruch auf und hofften, bis Mittag auf dem Falkirik-Markt zu sein.

Auf dem letzten Stück kamen sie nur noch langsam voran. Horden von Rindern und Schafen sorgten für lange Wartezeiten an jeder Brücke, und in Höhe des Spitals bei Den Lodge ging gar nichts mehr.

Colls Enthusiasmus verflog angesichts des chaotischen Treibens auf dem eigentlichen Markt: Er sah ein Meer von Schafen, Rindern und Pferden, das gespeist wurde von neuen Strömen aus allen Richtungen. Die Straße von Stirling glich einem Fluss nasser Leiber, rot, schwarz und gescheckt, die sich träge in Deltas offenen Geländes rund um die Verkaufsringe ergossen. Der Lärm war ein einziges höllisches Tosen, das zehn Meilen weit zu hören war, eine dumpfe Verschmelzung verschiedenster Geräusche, die wie Nebel vom Wind nach allen Richtungen hin getragen wurde. Hier und da wurde das auf- und abschwellende Dröhnen vom Röhren eines Bullen übertönt, der über die Grenzen des Erträglichen hinaus gereizt worden, oder vom durchdringenden Jaulen eines Hundes, der unter die Hufe gekommen war. Vierzehn fette Rinder kamen Coll plötzlich wie ein sehr klägliches Opfer an diesen Moloch vor.

Obgleich er schon auf vielen betriebsamen Märkten gewesen war, hatte Coll noch nie etwas Vergleichbares erlebt. Er war richtig eingeschüchtert, als er seinen Karren hinter dem Vieh her lenkte, während Gaddy zu Fuß nebenher ging, die Tiere mit einem Stock zusammenhielt und jeden wie eine Furie anbrüllte, der ihnen in die Quere kam.

Am Rande umliegender Farmen hockten junge Hirten auf Strohhaufen oder einem der wenigen Bäume um den Marktplatz herum und versuchten, ihre eigenen Tiere zwischen den Sträuchern auszumachen, wobei sie Männern zuriefen oder Zeichen gaben, die meist in Begleitung knurrender Hunde, welche für zusätzliche Panik sorgten, das Gebüsch nach den verlaufenen Tieren durchforsteten. Packpferde und Karren standen in einem vagen Oval zwischen den wartenden Herden und den Wegen, die sich wie Bäche zu den einzelnen Schauringen schlängelten. Verkaufsstände, Bankbuden und eingefallene Zelte, in denen Erfrischungen angeboten wurden, drängten sich in Gassen, die voll gestopft waren mit Viehhändlern und ihren Frauen. Der Geruch von Bier und bratendem Fleisch vermischte sich mit dem Gestank nach Urin und Dung sowie dem beißenden Rauch der Lagerfeuer und Grills.

Schließlich war auch Coll gezwungen, den Karren zurückzulassen. Er band die unruhigen Ponys vor und hinter dem Wagen an Pfählen an, die er in den Boden rammte. Er gab ihnen etwas Getreide, obwohl er wusste, dass sie nicht zur Ruhe kommen würden, und er betete, dass sie weder die Anbindepflöcke herauszogen noch den Karren umwarfen. Auch Diebstahl war nicht ausgeschlossen, aber er hatte keine andere Wahl, da Gaddy mit der Herde bereits weitergegangen war und er sie im Gewühl aus den Augen verloren hatte. Hastig bahnte er sich einen Weg zwischen den Schafpferchen aus Rohrgeflecht hindurch.

Minuten später bog Gaddy ab in eine ruhige Ecke hinter einer lang gezogenen grau-grünen Markise, wo Tiere eigentlich nichts zu suchen hatten. Hätte der Eigentümer des Platzes, ein Brauer aus Edinburgh, sie erwischt, hätte er die Herde ohne zu zögern von dort vertrieben, aber das konnte Coll nicht wissen. Überall standen leere Fässer und Tische herum, und Coll fürchtete, die Rinder könnten sich mit den Hufen in den Befestigungsseilen des Zeltes verheddern und die Beine brechen. Gaddy passte jedoch gut auf, und mit ausgestrecktem Stock und beruhigender Stimme gelang es ihr, die Aufmerksamkeit der Jungbullen auf sich zu lenken und sie so verhältnismäßig ruhig zu halten. Es dauerte nicht lange, und sie begannen, die vertrockneten Gräser hinter dem Zelt auszurupfen und nach grünem Gras zu suchen. Coll hielt Elspeth auf den Armen, da das Kind ausnahmsweise einmal quengelig war.

»Ich nehme die Kleine.«

Erleichtert übergab Coll Gaddy das Mädchen, das sich in den Armen seiner Mutter ein wenig beruhigte. Es tat Gaddy jedoch nicht gut, das Kind länger zu tragen. Sie hatte auch so schon genug zu tragen an ihrem Bauch, der in der vergangenen Woche stark an Umfang zugenommen hatte. Coll fiel auf, dass sie ganz atemlos und ihr Gesicht unnatürlich gerötet war. Seine Sorge um sie verstärkte seine Nervosität und den Wunsch, möglichst bald aus dem Durcheinander zu verschwinden.

»Wie bekommen wir sie zu den Käufern?«, fragte er.

»Wir holen die Käufer her«, entgegnete Gaddy. »Solange uns niemand erwischt, sind sie hier gut aufgehoben.«

»Aber woher sollen wir wissen, wer Interesse hat an Mastvieh?«

Gaddy grinste. »Ich werde mich als Marktschreier betätigen.«

»Wie meinst du das?«

»Ich werde die Tiere anpreisen«, erklärte Gaddy.

»Geht es hier immer so zu?«

»Am Donnerstag wird es noch viel schlimmer werden.«

»Gott, ich hasse es.«

»Dann wird aus dir nie ein richtiger Viehhändler, Coll.«

»Was soll ich tun?«

»Halte sie davon ab, das Zelt niederzutrampeln. Ich bin bald zurück.«

Mit Elspeth in einer Trageschlinge auf der Hüfte bog Gaddy um die Ecke des Zeltes und überließ es Coll, auf seine Herde aufzupassen.

Tatsächlich war sie froh, endlich allein zu sein. Sie hatte noch etwas anderes vor, als Käufer anzulocken, und es war besser, wenn Coll von ihrem Vorhaben nichts erfuhr. Außerdem passte die Abneigung des Farmers gegen Menschenmassen nicht zu ihrer eigenen prickelnden Erregung. Wie Donald

McIver liebte sie das Durcheinander und hektische Treiben auf großen Märkten und Zusammenkünften.

In sicherer Entfernung der Rinder-Verkaufsringe, in einer Gasse, die Straßenhändlern vorbehalten war, setzte sie Elspeth ab.

»Halt dich gut an Mamis Hand fest«, wies sie ihre Tochter an.

Dann passte sie ihren Schritt jenem des Kindes an und machte sich auf die Suche zu den Verkaufsständen für Pferde und Highland Ponys.

Es war ein Uhr oder etwas später. Um sechs würde es dunkel sein, auch wenn das nicht bedeutete, dass dann Ruhe einkehrte. Die Händler, die Saatgut, Werkzeug, Hunde und Getränke anboten, die Jongleure, Akrobaten und Fiedler, Tabakverkäufer und Verkäufer warmer Speisen würden ihre Stände mit Fackeln und Laternen erleuchten, und wenn der Regen nicht schlimmer würde, würden sie die Menschen bis in die Morgenstunden hinein unterhalten.

Wimpel flatterten, und große in Decken und Tücher im schottischen Karomuster gehüllte Strohpuppen nickten von Stricken über den Arbeitstischen der Kleidermacher. Ein großer Braunbär, angekettet, aber ohne Maulkorb, lehnte mit ausgestreckten Beinen mit dem Rücken an seinem Pfosten wie ein großer dicker Pflüger und fraß einen Laib Brot, den er geschickt mit den Vorderpfoten festhielt. Elspeth fielen fast die Augen aus dem Kopf. Sie zog an Gaddys Hand, damit diese stehen blieb, und der Bär warf ihr über seine Pranken hinweg einen Blick zu und grüßte sie mit einem kehligen Knurren, das das kleine Mädchen erschrocken zusammenfahren ließ. Gaddy beruhigte Elspeth, und sie schauten eine Minute zu, wie der Bär sich Brot ins Maul stopfte, bis ein Junge mit einem Handkarren voller Uhren Elspeth ablenkte und sie ihm und seiner tickenden Ladung folgten bis zu einem Stand, an dem sich eine Menge Schaulustiger um seinen Vater scharten, der sich brennende Hölzer in den Mund steckte und blaue Flammen spie. Wäre sie nicht so angespannt gewesen, hätte Gaddy ihrer Tochter erlaubt, sich all diese Wunder anzusehen, aber in Anbetracht ihrer fortgeschrittenen Schwangerschaft waren ihre Kräfte begrenzt, und so ging sie weiter und zog Elspeth mit sanfter Gewalt hinter sich her.

Der Geruch wies ihr den Weg zu jenem Marktabschnitt, auf dem mit Pferden gehandelt wurde. Kurz darauf hörte sie auch schon das vertraute Wiehern der Ponys und das Schnauben der Ackergäule. Sie führte ihre Tochter zur offenen Vorderseite des Zeltes, in dem sich die Händler versammelt hatten. Tabakqualm und Whiskydünste machten es ihr schwer, jemanden im Inneren zu erkennen. Das Stimmengewirr war ohrenbetäubend, eine bunte Mischung verschiedenster Dialekte, von Gälisch aus der Gegend um Skye bis hin zu gutturalem Yorkshire-Geplapper und den melodischen Akzenten der Menschen aus Fenland und den Broads.

Gaddy nahm Elspeth wieder auf den Arm, betrat das Zelt. Sie reckte den Hals und ließ den Blick über die Menge schweifen. Sie sah Mützen aus dickem graubraunen Wollstoff und Biberfell, Schirmmützen, breitkrempige Hüte, Melonen und flache breite Mützen aus blauer Wolle, erhobene Fäuste, die ein Whiskyglas hielten, sowie allerlei verwitterte Gesichter, alte und junge, verschlagene und ehrliche, listige und brutale, und darunter endlich auch eines, das sie wiedererkannte.

»Callum«, rief sie. »Callum.«

Der Hausierer, denn davon lebte Callum McSween, drehte sich um und schaute in ihre Richtung. Anzügliche Bemerkungen wurden gemacht, als McSween auf sie zukam, ein Glas Whisky in der behandschuhten Hand.

»Ah, Gaddy Patterson, bist du's wirklich?«

»Ja, ich bin's.«

Callum, der inzwischen in den Fünfzigern war, war immer ein fröhlicher und freundlicher Mensch gewesen. Er musterte

Gaddy unter struppigen Brauen hervor neugierig. »Hübsch wie eh und je, meine Süße. Und wer ist das?«

»Meine Tochter.«

»Tatsächlich? Na, wie es aussieht bist du fest entschlossen, die verlorene Zeit aufzuholen, was, Gaddy?«

»Ist Donald hier?«

»Donald? Meinst du McIver?«

»Ist er hier auf dem Markt? Hast du ihn gesehen?«

Der Hausierer führte sein Glas an die Lippen und nippte an seinem Whisky. Dann rieb er sich das stoppelige Kinn, und ein listiger Ausdruck trat in seine Augen. »Ist er für deinen Zustand verantwortlich?«

»Ist er hier?«

»Ja, er treibt sich hier irgendwo rum. Ist ohne dich zurückgekommen, Mädchen. Irgendwann im Dezember, wenn ich mich recht erinnere. Ich habe gehört, du hättest ihn sitzen lassen. Stimmt das?«

»Die Kinder sind nicht von ihm«, entgegnete Gaddy.

»Das dachte ich mir schon, die Kleine ist viel zu niedlich, um von diesem groben Klotz zu sein. Ja, wirklich«, meinte Callum lächelnd. »Komm, Mädchen, ich habe eine Spule feines Seidenband dabei, das genau die Farbe ihrer Haare hat, und dazu gibt es noch ein paar Haarspangen.«

In Ardelve und auch unterwegs hatte Gaddy Callum McSweens Gesellschaft immer genossen, aber jetzt war ihr sein stinkender Atem widerlich, und auch der lüsterne Ausdruck in seinen tränenden Augen stieß sie ab. Als er die Hand ausstreckte, um Elspeth den Kopf zu tätscheln, wich Gaddy zurück. Der Hausierer versteifte sich beleidigt.

»Dann hast du jetzt einen Mann?«

»Ja, ich habe einen Mann.«

»Was willst du dann von McIver? In deinem Zustand bist du ja wohl kaum darauf aus, mit ihm zu vögeln.«

Gaddys Abscheu nahm mit jeder Sekunde zu. Sie ging ein

paar Schritte zurück, bis sie wieder draußen an der frischen Luft stand. Die Kumpel des Hausierers riefen weitere Anzüglichkeiten herüber.

»Ist Donald mit Ponys hier?«, fragte Gaddy.

»Ja«, entgegnete Callum McSween. »Aber ...«

Gaddy machte auf dem Absatz kehrt und eilte davon. Sie war verblüfft über ihre eigene Reaktion auf einen Mann, den sie früher als Freund bezeichnet hätte, so wie ein Dutzend anderer Gefährten der Straße.

Callum McSween tat das, was er seit dreißig Jahren tat und tun würde, bis er tot umfiel. Es würde nichts von ihm zurückbleiben, er würde keine Spuren hinterlassen in der Welt, in der er gelebt hatte. Gaddy erkannte schlagartig, dass sie selbst eben diesem Schicksal entgangen war. Sie hatte die eine kleine Chance ergriffen, die Zukunft abzuwenden, die McSween und seinesgleichen erwartete.

Ihre Suche nach dem Wanderhirten war ursprünglich nur eine Laune gewesen, der Wunsch, ihm unter die Nase zu reiben, dass sie es in Balnesmoor zu etwas gebracht hatte und es einem anderen Mann gelungen war, ihr ein Kind zu machen. Sie wollte, dass Donald sah, dass sie nicht nur überlebt, sondern etwas erreicht hatte. Er sollte einen Stich verspüren und all das bereuen, was er für sie zu tun versäumt hatte. Jetzt kam ihr das plötzlich des Status' unwürdig vor, zu dem Coll ihr verholfen hatte. Sie lebte jetzt in einem richtigen Dorf und nicht mehr in einem Bergweiler, in einem richtigen Heim und nicht mehr am Lagerfeuer. Sie zog Elspeth an sich und zögerte, unsicher, wo sich das Brauereizelt befand, hinter dem Coll mit der Herde auf sie wartete.

Und dann sah sie ihn.

Er hatte eine kleine Herde Ponys bei sich, weniger als sonst um diese Jahreszeit. Die Stute war nirgends zu sehen. Donald hatte die Tiere eben grob angefahren; jetzt drehte er ihr das Gesicht zu, den Mund noch offen vom Fluchen, und verstummte abrupt. Er erholte sich jedoch rasch von seiner Überraschung. Wiegenden Schrittes kam er auf sie zu. Sie sah die Hunde, Birkie und Lug, die zwischen den Hufen hervorschossen, sich vor die Ponys kauerten und diese zum Stehen brachten. Und noch bevor Donald den Mund aufmachte, sah sie das Mädchen, ein schlankes junges Ding mit zerzaustem braunen Haar und nackten braunen Beinen, die einen nackten Ponybauch umschlossen. Sie war höchstens siebzehn. Sie wäre hübsch gewesen ohne die gebrochene Nase, die flach und breit wie die eines Ferkels verheilt war. Sie war völlig durchweicht und zitterte vor Kälte, ohne das geringste Interesse an ihrer lärmenden Umgebung zu zeigen.

»Bei Gott, Gaddy, du willst mir doch nicht erzählen, dass du das hier auch unter einem Busch gefunden hast, oder?«, röhrte Donald.

Ehe Gaddy reagieren konnte, hatte er ihr den Arm um die Taille gelegt und tätschelte ihren Bauch, als wäre sie eine trächtige Stute. Seine Vertrautheit war ihr unangenehm. Eingeschüchtert von der polternden Stimme des Fremden wimmerte Elspeth und versteckte sich hinter ihrer Mutter.

»Drall wie eh und je, meine Süße, Teufel auch. Viel zu drall für mich in deinem Zustand.«

Falls Gaddy gehofft hatte, dem Mann, mit dem sie so viele Jahre zusammen gewesen war, auch nur ein Quäntchen Reue abzuringen, indem sie ihm vor Augen führte, wie gut es ihr ging, wurde sie enttäuscht. Donald war arroganter denn je.

»Kannst es nicht mit meiner hübschen Kleinen aufnehmen, mal abgesehen von deinen Rundungen.« Er zeigte in Richtung seiner neuen Geliebten. »Habe sie in Dalmally gefunden. Brauchte einen guten starken Mann, der für sie sorgt. Ihr Name ist Janet.«

»Freut mich für dich, Donald.«

Anders als bei McSween roch er nicht nach Alkohol. Er konnte auch völlig nüchtern aufbrausend und aggressiv sein.

»Die verdammte Stute ist mir eingegangen. Sie und das Fohlen. In der Kälte im Januar. Habe auch einen von meinen Jungen verloren, den jüngsten. Der liebe Gott hat ihn vor einem Monat zu sich geholt. War eine Gnade, er hat sich den ganzen Winter rumgequält.« Der Tod eines Sohnes schien McIver nicht sonderlich zu erschüttern. Er brachte auch diese Neuigkeit in angeberischem Tonfall vor. Er fuhr fort. »Ich habe mit den Logans verhandelt. Habe für wenig Geld eine Herde von ihnen gekauft. In ein, zwei Jahren habe ich auch wieder eine Kaltblutstute, wart's nur ab. Auf Edderly haben sie mir ein Stutfohlen versprochen, sobald ich die Kohle habe.«

Sie hörte ihm abwesend und desinteressiert zu. Er hatte ihren Zustand ebenso registriert wie das Kind auf ihren Armen, aber weder das eine noch das andere berührte ihn. Wenn er nur kurz Luft geholt und gesagt hätte, dass er sie vermisst oder in den vergangenen elf Monaten hin und wieder an sie gedacht hatte, hätte sie die Begegnung vielleicht in die Länge gezogen. Aber so entfernte sie sich langsam von ihm, ließ sich einfach forttreiben, während er neben ihr herumtanzte und ihr in den Ohren lag mit dem Müll *seines* Lebens, *seiner* Geschäfte, *seiner* lächerlichen Sorgen.

Sie wollte ihn los sein, wollte zurück zu Coll. Und doch verspürte Gaddy auch leises Mitleid für den Mann, der sich ihr gegenüber derart aufspielte.

»Ich bin in diesem Jahr mit einer feinen Herde Ponys hier. Ich erziele ganz sicher Höchstpreise. Habe die Kohle so gut wie in der Tasche. In dieser Saison brauche ich nicht weiter nach Süden ziehen. In der Gegend um Balnesmoor wird man mich nicht zu sehen bekommen.«

»Ich muss gehen, Donald.«

»Sie wohnt in deiner Hütte, die kleine Janet hier, schläft in deinen alten Decken.« Er zögerte und stellte dann ganz beiläufig seine Fragen, den Blick auf das Bierzelt gerichtet, als wäre er in Gedanken bei einem Ale und nicht bei ihr. »Wer hat dir das Kind gemacht? Der Pfarrer? Hast du mit dem Pfaffen gevögelt, ja?«

»Ein Farmer.«

»Nicht der Presbyter, nein?«

»Ein Farmer.«

»Was machst du hier in Falkirk?«

»Ich verkaufe Mastrinder.«

»Wie viele?«

»Vierzehn.«

»Ist kein Markt für Mastvieh. War reine Zeitverschwendung herzukommen.«

»Wir werden sehen«, erwiderte Gaddy. »Donald, ich muss los.«

»Meinetwegen.«

Sie blickte zu dem Mädchen auf dem Pony auf. Sie hatte den Kopf schräg gelegt und starrte Gaddy durch kraftlos herabhängende braune Locken hindurch an, glotzte blöd, ohne zu verstehen, was vor sich ging. Speichel rann ihr seitlich aus dem Mund. Ein zurückgebliebenes Kind mit einer gebrochenen Nase.

Donald brauchte ihrem Blick nicht zu folgen, um zu wissen, was Gaddy gesehen und erkannt hatte.

Er schwieg beschämt.

Was immer Gaddy von einer Begegnung erwartet hatte, das jedenfalls nicht.

Sanft sagte sie: »Ich wünsche dir alles Gute, Donald.«

Er nickte, Augenlider schwer, Lippen schlaff.

»Ich brauche ...«, begann sie.

»Geh«, sagte er. »Geh zurück zu deinem verdammten Farmer.«

Gaddy gehorchte und eilte davon.

Sie würde Donald McIver nie wiedersehen. Was immer das Leben noch bringen mochte, mit Colls Schutz oder ohne, der

Weg zurück zu den Hütten von Cruachan war ihr für immer versperrt. Sie würde – musste – bei dem Zuhause bleiben, das sie sich in Balnesmoor geschaffen hatte.

James Moodie wusste, dass er ein Wagnis einging. Ihm waren erst kürzlich Gerüchte zu Ohren gekommen, denen zufolge die Highlanderin schwanger war, aber er hatte es nicht gewagt, sich Gewissheit zu verschaffen, indem er Etta Cochran fragte. Er hatte zu große Angst davor, dass er der Überbringer der erschütternden, demütigenden Neuigkeit sein könnte und somit die erste Woge ihres aufbrandenden Zorns am eigenen Leib zu spüren bekommen würde. Er wusste ebenso gut wie das halbe Dorf, dass Gaddy Patterson wieder zusammen mit dem alten Coll Cochran unterwegs war, um Rinder zu verkaufen, und er selbst hatte lange über seiner Ausgabe von »Forms of Process in the Church of Scotland« gebrütet. Er hatte sogar mehrere Passagen von seiner Mutter abschreiben lassen, um sich möglichst rasch darüber klar zu werden, wie er weiter vorgehen sollte.

Vor allem ein Absatz ermutigte ihn, noch am selben Dienstagabend den Stier bei den Hörnern zu packen.

»Sollte allerdings die Schuldfrage nicht eindeutig durch Zeugenaussagen geklärt werden können, dienen Indizien der Wahrheitsfindung wie auffällig häufige Frequentierung der Schwangeren, Situationen, in denen beide solus cum sola in loco suspecto sind, in verdächtigen Situationen und dergleichen überrascht werden, für die er der Kirche keine plausible Erklärung liefern kann, sodass die Schuld erwiesen scheint und es keinen anderen Weg gibt, den Skandal aus der Welt zu schaffen, als den Betreffenden öffentlich für sein anstößiges Benehmen zu rügen.«

Die lateinische Zeile, die er nicht ganz verstand, überzeugte James Moodie davon, dass Gesetz und Kirche ihn bei seinem Antrag auf ein Verfahren unterstützen und ihm den Knüppel in die Hand geben würden, mit dem Reverend William Leggat der Liberalismus ausgetrieben wurde.

»Verdächtige Situationen.« James Moodies ließ sich die juristische Formulierung auf der Zunge zergehen, auch wenn er sie nicht ganz so prickelnd fand wie solus cum sola.

Bewaffnet mit Protokollbuch, Hauptbuch, Bänden über Kirchenverfahren und den abgeschriebenen Passagen, die seine Mutter in eine Schutzhülle aus Schafleder eingenäht hatte, traf Presbyter Moodie um Viertel nach sechs im Versammlungsraum auf der Rückseite der Kirche ein. Er wählte einen Platz am Ende des langen Tisches, weil er sich von dieser Position dem Pfarrer direkt gegenüber den größten Einfluss auf die anderen drei Vertreter des Rates erhoffte.

Wassergläser, Wachskerzen und die zugezogenen Vorhänge vor dem einen Fenster ließen den Versammlungsraum so offiziell und abgeschottet erscheinen, wie man sich nur wünschen konnte.

Nach und nach trafen die anderen Ratsmitglieder ein. Mr. Parry und Mr. Dewar kamen zusammen, nachdem sie kurz im Ramshead eingekehrt waren, um ihre Stimmbänder mit einem Whisky zu ölen. Ihnen folgte Reverend Leggat, frisch gewaschen und propper nach stundenlanger Gartenarbeit, und als Letzter Mr. Symington, der wie gewöhnlich ganz atemlos und gehetzt hereinhastete. Moodies Kollegen entsprachen alle der Tradition geistiger Reife und Frömmigkeit, die dieses Amt erforderte. Nur James Moodie hatte der Eifer trotz seiner Jugend in Rekordzeit in den Rat verholfen, sodass er heute die älteren Männer dominierte.

Auffällig war, dass keiner der Anwesenden Pachtbauer war. In der letzten Dekade waren Händler und Handwerker in das Heiligtum der Kirche eingedrungen und hatten zumindest in Balnesmoor die Bauern aus den einflussreichen

Positionen verdrängt. Mr. Parry war Saatguthändler mit Zweigstellen in Stirling, Dunblane und Harlwood, die von seinen Söhnen geleitet wurden. Mr. Dewar war Steinmetz, Verputzer und Maurer mit acht Angestellten, sodass er dieser Tage keinen Meißel oder Mauerstein mehr in die klobigen Hände nahm. Mr. Symington war Vertreter eines Sachverständigen und Schätzer für die Wertermittlung von Grundbesitz, eine mysteriöse Beschäftigung, die umfangreiche Messarbeiten erforderte und ihm die Mitarbeit und den Respekt des Landadels von Lennox eingebracht hatte. Jeder der drei hätte Jamie Moodie finanziell in die Tasche stecken können, aber keiner von ihnen wäre auch nur im Traum darauf gekommen, dies in Gegenwart des Webers zu erwähnen. Mr. Moodie wurde als Handwerker in Eigenanstellung angesehen, auch wenn er nicht viel besaß, abgesehen von dem Webstuhl und einigen Regalen voller Bücher, die ihm sein Vater hinterlassen hatte.

Die Sitzung begann mit einem Gebet Mr. Leggats.

Das Gebet wurde sorgfältig ins Protokollbuch eingetragen, da ex facie die Versammlung sonst nicht als reguläre Sitzung anerkannt worden wäre. Es ging zügig voran, Einkünfte und Ausgaben wurden erfasst, neue Vertreter des Ältestenrates ernannt und andere Angelegenheiten besprochen, dic von spirituellem Vorteil für die Gemeinde waren. Kürzlich erfolgte Einträge ins Gemeinderegister – Geburten, Eheschließungen und Todesfälle – wurden laut vorgelesen. Dann, als der Reverend in Gedanken schon daheim beim Abendessen war und sich auf sein Bett freute, warf Ratsmitglied Moodie eine brennende Fackel in den Heuhaufen und sorgte für einen Riesenwirbel.

Moodies Erklärung war sehr deutlich und unmissverständlich.

»Mir ist etwas zur Kenntnis gelangt, das mich mit größter Sorge erfüllt. Ein Mitglied dieser Gemeinde, unserer Kirchengemeinde, hat erhebliche moralische Schuld auf sich geladen«, deklamierte Moodie theatralisch, »indem er sich mit einer Frau, die nicht sein angeheiratetes Eheweib ist, der Fleischeslust hingegeben hat.«

»Im Ernst, James?«, warf Mr. Parry ein, dem der Klatsch um Coll Cochran vom Dyke bisher irgendwie entgangen war. »Und um wen geht es?«

»Derjenige, der sich dieses skandalösen Verstoßes gegen Gott und die Natur schuldig gemacht hat«, antwortete Moodie nüchtern, »heißt Coll Cochran.«

»Heiland, wie hat er denn das zu Wege gebracht!«, entfuhr es Mr. Parry.

»Lüsternheit kennt keine Altersgrenze«, bemerkte Ian Dewar. »Ich habe auch schon etwas in der Richtung läuten hören. Ich bin Mr. Moodie dankbar, dass er uns über diese Angelegenheit informiert.«

»Und wer ist die Frau?«, wollte Mr. Parry wissen.

»Bei der Frau«, entgegnete James Moodie und starrte den Tisch hinunter auf die anderen Mitglieder des Rates, »handelt es sich um eine nicht mehr ganz junge Viehtreiber-Schlampe, die als Heimatlose herkam und von einigen angesehenen Gentlemen willkommen geheißen wurde, zweifellos eine christliche Geste, jedoch rückblickend offenbar unüberlegt im Lichte des schamlosen Benehmens, das diese Person zwischenzeitlich an den Tag gelegt hat.«

»Du meinst doch nicht etwa diese Patterson?«, fragte Mr. Parry.

»Doch, genau die meint er«, warf Mr. Dewar ein.

»Warum hast du das nie erwähnt, Ian?«

»Habe ich ja. Ich habe dir gesagt ...«

»Gentlemen«, fiel Leggat ihnen ins Wort. »Ich bin mit der Situation, die Mr. Moodie angedeutet hat, vertraut.«

»Das wundert mich nicht, Herr Pfarrer«, meinte Symington. »Ihnen entgeht kaum etwas in der Gemeinde. Gehe ich recht in der Annahme, dass sie die Sünder zur Rede gestellt haben?«

Wäre Peter Symington von Mr. Moodie unterwiesen worden, hätte er seine Frage nicht besser formulieren können, um den Geistlichen in Verlegenheit zu bringen.

Mr. Leggat zögerte.

Mr. Moodie musterte ihn mit eindringlichem Eulenblick.

»Ich ... äh, nein. Um ehrlich zu sein, habe ich nicht wirklich an den sündigen Aspekt der Beziehung geglaubt.«

»Aha. Aber Sie haben von der Beziehung gewusst, Mr. Leggat?«, hakte Ian Dewar nach, dem die moderate Art des Geistlichen gar nicht gefiel.

»Ich wusste von *einer* Beziehung, aber nicht, welcher Natur diese genau war.«

Moodie schrieb eifrig mit; die Feder flog behände wie eine Schwalbe zwischen Blatt und Tintenfässchen hin und her.

»Eine Beziehung zu diesem Viehtreiber-Weib?«, fragte Mr. Parry, der keineswegs so naiv war, wie er sich gab.

Mr. Leggat musterte seine Ratskollegen einen nach dem anderen. Alle außer Moodie befanden sich im Herbst ihres Lebens, waren Ende fünfzig oder sogar Anfang sechzig. Dewar war ein notorischer Säufer mit roten Wangen und Knollennase, ein Geizhals, der seine Arbeiter unglaublich schlecht behandelte. George Parry war ein untersetzter, selbstgerechter Geselle, kahlköpfig und korpulent, großzügig, wenn es um wohltätige Zwecke ging, aber knauserig seinen Söhnen gegenüber, die keinen Anteil hatten an seinem gut gehenden Geschäft, sich hierüber jedoch nicht beklagten, um ihr Erbe nicht zu gefährden. Peter Symington, so hager und etepetete wie eine alte Jungfer, hatte den verschlagenen Blick eines Verschwörers und würde sich zweifellos als Moodies Apostel aufspielen.

»Cochran hat sie Anfang des Jahres als Hilfsarbeiterin auf seiner Farm beschäftigt«, erklärte Mr. Leggat. »Sinclair hat die beiden miteinander bekannt gemacht.«

»Dann wurde Cochran von ihr verführt«, erklärte Dewar.

»Gentlemen, ich bin mir nicht sicher, ob diese Angelegenheit öffentlich verhandelt werden sollte.«

»Die Highlanderin ist unverheiratet«, sagte James Moodie.

»Das weiß ich.«

»Die Prozessordnung ist unmissverständlich und kristallklar, Sir.«

Mr. Leggat wusste, was jetzt kommen würde. Er seufzte, rieb sich das Kinn und fragte sich insgeheim, ob die Kirchenältesten nicht Recht hatten und es voreilig von ihm gewesen war, die Fremde so bereitwillig in den Kreis seiner Schäfchen aufzunehmen.

James Moodie löste die Pergamenthülle des Bandes und las mit routinierter volltönender Bibelstimme laut vor: »Wenn eine unverheiratete Frau ein Kind erwartet ...«

»Sie ist schwanger? Himmel, das wird ja immer besser«, bemerkte Mr. Parry.

»... ist dies Anlass für den Kirchenrat, ihr den Prozess zu machen und sie zur Identität des Vaters ihres Ungeborenen zu befragen. Ist ein Kind im Spiel, handelt es sich unleugbar um einen Skandal, und die Geheimhaltung des Vaters wird als noch größeres Vergehen erachtet, da manch Unschuldiger in falschen Verdacht geraten könnte. Darum soll sie, sofern sie sich weigert den Namen preiszugeben, als unkooperativ gelten und aus dem Kreis der christlichen Gemeinde ausgeschlossen werden.«

»Ja, ja, James, ich kenne den Text«, brummte Mr. Leggat.

»Aber die Identität des Vaters steht fest«, bemerkte Symington. »Es ist Cochran. Jeder weiß, dass sie mit ihm unterwegs war, um Vieh zu verkaufen. Und eben jetzt ist sie mit ihm auf dem Viehmarkt von Falkirk.«

»Außerdem verbringt er ganze Nächte in ihrer Hütte am Nettleburn«, fügte Ian Dewar hinzu. »Dafür lassen sich ein Dutzend Augenzeugen finden.«

»Trotzdem. Wird sie *gestehen*, wer der Vater ist?«, fragte Mr. Parry.

»Sie kann es schlecht abstreiten«, entgegnete Symington.

»Vielleicht doch.«

»Dann konfrontieren wir sie mit Cochran«, meinte Symington.

»Ich finde, das Ganze klingt so, als hätte sie ihn einmal zu oft ›konfrontiert‹«, meinte Parry spöttisch.

Mr. Leggat schlug mit der flachen Hand auf den Tisch. »Genug dieser verleumderischen Spekulationen. Darf ich Sie daran erinnern, Mr. Moodie, dass die Prozessordnung auch vorsieht, dass Angelegenheiten, die Ehebruch und Schwangerschaft betreffen, in erster Instanz unter Ausschluss der Öffentlichkeit zu verhandeln sind, und das mit Milde, Toleranz und Ernst? Haben Sie auch daran gedacht, diese Passage abzuschreiben?«

»Herr Pfarrer«, entgegnete James Moodie, »die Blicke der Gemeinde ruhen auf uns. Wir haben die Angelegenheit schon zu lange auf sich beruhen lassen. Wie wir vorhin schon gehört haben, ist sie sogar jetzt in dieser Minute bei ihm.«

»Um Rinder zu verkaufen«, hielt Mr. Leggat dem entgegen. »Das ist der Grund, weshalb sie ihn begleitet hat.«

»Nachts verkauft man keine Rinder, Sir.«

»Sie hat ihre Tochter bei sich«, gab Mr. Leggat zu bedenken. »Ihr Erstes, das Findelkind.«

»Sie setzt das arme kleine Ding schamlosen, sündigen Szenen aus«, wetterte Moodie.

Mr. Leggat erhob sich. »Also gut, Mr. Moodie, legen wir die Karten auf den Tisch. Welche Art der Bestrafung würden Sie für Cochran und Gaddy Patterson als angemessen betrachten?«

»Über die Art der Bestrafung zu entscheiden liegt nicht bei uns, Reverend«, sagte Parry.

»Darüber muss erst debattiert werden«, fügte Symington hinzu.

»Nachdem wir über sämtliche Fakten im Bilde sind«, pflichtete Dewar ihnen bei.

»Raus damit«, knurrte der Pfarrer zornig.

»Cochran muss in der Kirche öffentlich gerügt werden und glaubhaft versichern, sich künftig von der Patterson fern zu halten. Sollte er weiter sündigen, droht ihm die Exkommunizierung«, erklärte Moodie.

»Und die Frau?«, wollte Leggat wissen.

»Sie sollte aus der Gemeinde verjagt werden.«

»Für eine solche Maßnahme fehlt uns die Befugnis. Wir sind keine Richter und haben somit keine juristische Handhabe, sie dazu zu verurteilen, Balnesmoor für immer zu verlassen.«

»Mag sein, Mr. Leggat«, entgegnete James Moodie. »Aber wir können ihr die Kinder wegnehmen. Das läge sehr wohl in unserer Macht.«

William Leggat war entsetzt. »Ihr die Kinder wegnehmen?«

»Das kleine Mädchen wurde hier in der Gemeinde als Findelkind aufgefunden. Wir können sie wieder in die Obhut der Gemeinde geben, wann immer wir es für richtig halten«, sagte Moodie kalt. »Und wenn wir der Ansicht sind, das zweite Kind wäre moralisch gefährdet, können wir sogar ...«

»Wie können Sie dasitzen und so unglaublich grausame Vorschläge von sich geben?«, herrschte Mr. Leggat ihn an. »Ohne eine der beiden Parteien gehört zu haben, ohne ihnen auch nur die Chance zur Reue eingeräumt zu haben?«

»Ich habe lediglich dargelegt, was in unserer Macht liegt.«

»In diesem Monat der alte Cochran«, sagte Ian Dewar anzüglich. »Wer weiß, zu wem sie im nächsten Monat unter die Bettdecke kriecht.«

»Es gibt eine Ehefrau«, fuhr James Moodie fort. »Ein anständiges, angesehenes, gottesfürchtiges Mitglied der Kirchengemeinde. Hat sie nicht den Schutz des Rates verdient?«

»Ich traue meinen Ohren nicht«, sagte Mr. Leggat kopfschüttelnd. »Ist es wirklich möglich, dass wir Blut sehen wollen?«

»Wohl kaum, Mr. Leggat«, meinte Parry. »Um Blut geht es hier weniger.«

»Gaddy Patterson die Kinder wegzunehmen würde gegen sämtliche Prinzipien der Menschlichkeit verstoßen und wäre kaum gottgefällig zu nennen. Es wäre heidnisch. Ich verweigere meine Mitwirkung an einem Prozess, der zu einem solchen Resultat führen könnte«, rief Leggat aufgebracht.

»Dann müssen wir den Fall dem Presbyterium melden«, sagte Moodie.

»Das obliegt Mr. Leggat«, gab Symington zu bedenken.

»Aber wenn Mr. Leggat sich weigert, steht es uns frei, den Pfarrer der Vertuschung eines Skandals zu beschuldigen, und dann können wir uns direkt an das Presbyterium wenden«, erklärte James Moodie.

»Ha!«, rief Mr. Leggat aus. »So ist das also. Mein eigener Kirchenrat will mir in den Rücken fallen und mich vor meinen Amtskollegen bloßstellen.«

»Haben Sie die Frau nicht in die Kirchengemeinde aufgenommen?«, sagte James Moodie kalt. »Wollen Sie leugnen, dass sie das Findelkind getauft haben?«

»Selbstverständlich nicht. Mehr noch, ich würde es morgen, ohne auch nur eine Sekunde zu zögern, wieder tun.«

»Wir haben eine Schamlosigkeit aufgedeckt und das schmutzige Benehmen zweier Sünder an den Tag gebracht«, konterte James Moodie. »Weigern Sie sich, so zu handeln wie die Kirche es vorschreibt, Reverend Leggat?«

»Die Kirche befiehlt nicht. Gott und Jesus befehlen nicht«, entgegnete William Leggat in strengem, ruhigem Tonfall. »Weder die Frau noch der Mann sind schlechte Menschen.«

»Und das bedeutet?«

»Dass ich diese Angelegenheit diskret und unter Ausschluss der Öffentlichkeit regeln werde. Und mit Mitgefühl,

Gentlemen, da es heute Abend in diesem Raum einen traurigen Mangel an dieser christlichen Tugend zu geben scheint.«

»Ohne Meldung an das Presbyterium?«, fragte Ian Dewar.

»Dies ist nicht unbedingt ein Fall für das Presbyterium.«

»Wie oft haben Sie die Frau in ihrer Hütte besucht, Mr. Leggat?«, wollte James Moodie wissen.

»Ich ... ich ...«

»Haben Sie ihr Geschenke gemacht? Persönliche Geschenke?«

»Ich habe ihr Früchte gebracht. Lebensmittel. Für das Kind.«

»Waren Sie nicht mindestens ein dutzend Mal bei ihr?«

»Grundgütiger, Moodie! Wollen Sie damit andeuten, ich hätte mit dieser Frau der Fleischeslust gefrönt?« Mr. Leggat ließ sich auf seinen Stuhl zurückfallen und schüttelte fassungslos den Kopf.

»Ich meine nur, bei allem Respekt, Herr Pfarrer, dass Sie gut daran täten, unseren Wünschen nachzukommen.«

Nur sehr wenige Menschen, und ganz sicher keiner der Anwesenden, hatte je einen so zornigen Ausdruck auf dem Gesicht des Reverend gesehen. Jede Milde war aus seinen Zügen gewichen, abgelöst von einem so unheilvollen Stirnrunzeln, dass Parry und Symington angesichts des mühsam beherrschten Zorns ihres Pfarrers die Köpfe einzogen.

»Ich stehe hier nicht vor Gericht, James Moodie«, wetterte Mr. Leggat. »Und ich lasse mich auch nicht von Ihresgleichen gängeln. Von keinem von Ihnen. Sie sind Diener der Kirche, ebenso wie ich. Ja, o ja, Sünde ist eine ernste Angelegenheit, aber sie beschränkt sich nicht auf das Fleischliche. Auch Sie, James Moodie, versündigen sich. Warum ist Ihnen so viel daran gelegen, dass ich die Highlanderin bestrafe?«

»Weil sie einen schlechten Einfluss ausübt«, antwortete James Moodie, in keinster Weise eingeschüchtert vom Wutausbruch des Geistlichen. »Sie muss ausgeschlossen werden.«

»Im Grunde geht es Ihnen gar nicht um Gaddy Patterson, habe ich Recht? Sie haben es auf mich abgesehen. Darum auch die Drohung, mich beim Presbyterium anzuschwärzen und einen Riesenskandal zu verursachen, wo es tatsächlich gar keinen gibt.«

»O doch, den gibt es wohl«, wandte Ian Dewar ein. »Diese Frau hat den Ehemann einer guten Frau verführt und ist von ihm schwanger geworden.«

»Das gebe ich zu«, erwiderte Mr. Leggat. »Es ist auch durchaus meine Absicht, mir die Sünder vorzunehmen, Mann und Frau gleichermaßen, und ich gedenke auch, sie auf den rechten Weg zurückzuführen. Aber hören Sie gut zu, was ich sage, Mr. Moodie: Ich werde nicht zulassen, dass zwei unschuldige kleine Kinder ihrer Mutter entrissen und in die Obhut der Gemeinde gegeben werden, nur um Ihre übertriebene Moral zu befriedigen. Und ich weigere mich außerdem, einen Mann öffentlich zu demütigen, dessen Leben bislang nicht mehr war als elende Plackerei. Nein, Gentlemen, ich bin nicht so bedacht auf meine eigene Reputation, dass ich mich Ihren kleingeistigen Wünschen einfach so beugen würde und mich erpressen ließe.«

»Sei's drum, Mr. Leggat«, sagte Moodie, »als gewählte Ratsmitglieder dieser Gemeinde ist es unsere Pflicht, für das geistige und moralische Wohlergehen der ...«

»Papperlapapp! Ich bin Ihre albernen Haarspaltereien leid, Moodie, zumal das Wort ›Liebe‹ nicht zu Ihrem Vokabular zu gehören scheint.«

Rote Flecken prangten auf den Wangen des Geistlichen. Es kostete ihn seine ganze Willenskraft, sein Temperament zu zügeln. Er registrierte jedoch, dass Moodie von der Vehemenz der Debatte so in Anspruch genommen war, dass er aufgehört hatte, ins Protokollbuch zu schreiben. Falls nachträglich ein Protokoll der Debatte in dem Buch erschien, würde er Moodie der vorsätzlichen Fälschung bezichtigen. Grundsätzlich war es ein schwaches Manöver. Moodie verfügte in dieser Sache über genug Fakten, um einen Riesenwirbel in der Gemeinde und sogar innerhalb des Presbyteriums zu verursachen.

William Leggat fürchtete nicht um sich selbst. Er machte sich Sorgen um Gaddy Patterson, deren Schwächen sich auf wundersame Weise in Stärken verwandelt hatten, die wiederum von diesen bigotten engstirnigen Männern als lasterhaft verurteilt wurden. Ermahnungen und Appelle würden sie nicht umstimmen. Er brauchte Zeit, um sich einen Kompromiss auszudenken zwischen seiner Pflicht der Gemeinde gegenüber und seinem irrationalen Wunsch, zwei Menschen zu schützen, die zwar nicht korrekt und untadelig gehandelt hatten, sich jedoch ebenso wenig eines unverzeihlichen Vergehens vor Gott schuldig gemacht hatten. Wenn schon jemand öffentlich zur Rechenschaft gezogen werden sollte, hatte Cochrans Frau dies verdient. Er konnte sich in etwa vorstellen, was Moodie bewog, Gaddy Patterson anzugreifen. Moodie wollte die Frau in seine Gewalt bringen, damit er in seiner Überheblichkeit das Gute in ihr verhöhnen und verurteilen und ihre Lebendigkeit ersticken konnte. Er wollte eine Liebe zerstören, die ihm selbst nicht vergönnt war und die er deshalb auch nicht tolerieren konnte. Moodies »Anstand« war von Egoismus verseucht. Er strebte nach Respekt, nach Ämtern und Macht anstatt nach Zuneigung. Und er stand nicht allein mit dieser Perversion menschlicher Bedürfnisse.

»Wir werden mit einem Gebet schließen«, verkündete Mr. Leggat.

»Schließen? Wir sind noch nicht fertig, Sir«, protestierte Ian Dewar.

»Diese Sitzung *ist* beendet, Kollege Dewar.«

»Neige den Kopf, Mann«, forderte Mr. Parry seinen Freund auf.

»Augenblick«, meldete sich James Moodie wieder zu

Wort. »Was für eine Entscheidung wurde denn nun gefällt, Mr. Leggat? Insbesondere bezüglich des Kindes.«

»Gar keine, Mr. Moodie. Ich werde, und darauf gebe ich Ihnen mein Christen-Ehrenwort, die Möglichkeiten einer Anklage gegen diesen Mann und diese Frau überdenken. Ich werde die Wahrheit ans Licht bringen und dann, erst dann, werde ich überlegen, was das Beste für die Gemeinde ist und was mit den Sündern geschehen soll, sofern ich zu dem Schluss komme, dass sie tatsächlich von Gott abgefallen sind.«

»Und bis wann werden Sie zu einem Entschluss gekommen sein?«, wollte Symington wissen.

»Bei der Rückkehr der beiden nach Balnesmoor.«

»Ohne Aufschub, Mr. Leggat?«

»Ohne Aufschub, Mr. Moodie«, entgegnete der Reverend. »Wenn Sie dann jetzt so gütig wären, den Kopf zu neigen, Mr. Moodie?«

»Selbstverständlich, Reverend«, entgegnete Moodie, der sich in Taten, aber nicht im Geiste fügte.

Tatsächlich hielt sich das betroffene Paar auf seiner Rückkehr aus Stenhousemuir gebeugt wie Flüchtlinge, wenn auch mehr wegen des anhaltenden Regens als unter der Last eines schlechten Gewissens.

Es war nicht leicht gewesen für Coll und Gaddy, wenn sie auch letztlich einen ordentlichen Profit erzielt hatten. Kein einziger eifriger und renommierter Käufer hatte sich am Dienstagnachmittag auf Gaddys Aufruf hin eingefunden, sodass sie die Herde doch in einem Verkaufsring hatten vorstellen müssen, für dessen Gebrauch sie selbstverständlich eine Gebühr hatten entrichten müssen. Aber dann, am Mittwochmorgen, nach einer weiteren ungemütlichen Nacht im feuchten Karren, hatte Gaddy sich unter das Volk gemischt und eine Gruppe Fleischer und Gastronomen aufgetan, denen sie die Herde stückweise für einen verhältnismäßig niedrigen Preis von 13 Pfund verkauft hatte, wobei die letzten paar Tiere für 28 Schilling mehr weggingen. Insgesamt nahmen sie 206 Pfund und sieben Schilling ein, und nach Abzug des Wegezolls und der anderen Gebühren behielt Coll einen Erlös von 190 Pfund zurück. Das war viel mehr, als er von Bontine bekommen hätte. In Anbetracht der Tatsache, dass es seine zweite größere Einnahme in einem Jahr war, war er mehr als zufrieden. Seine Zufriedenheit wurde allerdings vom Regen und dem langen Marsch am Carron Water entlang gedämpft, wobei Gaddy die weinerliche Elspeth in den Armen hielt, der die Nase lief und die ein Kratzen im Hals hatte. Obgleich Coll es gewohnt war, bei Regen zu arbeiten, nahm dieser ihm die Freude an ihrem Ausflug. Er wollte nur schnellstens wieder heim.

Hätte er gewusst, was ihn erwartete, hätte er das Pony vielleicht gewendet und wäre mit seiner Geliebten, ihrer Tochter und seiner Geldbörse gen Süden gefahren, um niemals zum Dyers' Dyke zurückzukehren.

Es dämmerte bereits, als die Wagenräder sich mit einem schmatzenden Geräusch aus dem Schlamm lösten und am Ende der Hauptstraße auf das Pflaster rollten. Tief hängende Wolken zogen über den Drumglass hinweg, und der Oktoberregen war so dicht, dass er an einen Musselinvorhang erinnerte. Hier und da funkelten erste Lichter in den Häusern und Cottages, als Coll erschöpft das Pony auf der vertrauten Route bis zum Straßenende lenkte, von wo aus sich ein Weg bis zum Dyke aufwärts wand.

Gaddy und er hatten kaum ein Wort miteinander gesprochen, auch nicht während der kurzen Pausen, die sie unterwegs vor allem dem Pony zuliebe eingelegt hatten. Während er Docherty hatte, der die abendlichen Arbeiten erledigen würde, musste Gaddy die Hühner füttern, die Ziegen versorgen und ein neues Feuer entfachen, bevor sie das Abendessen zubereiten konnte. Es wäre schön gewesen, wenn er sie in die Küche der Farm hätte bitten können, damit sie dort essen und sich aufwärmen konnte, während Etta in ihrem Medizin-Fundus etwas gegen Erkältung für die Kleine heraussuchte. Aber das war natürlich undenkbar.

»Coll.« Gaddy schüttelte ihn beim Ellbogen.

Sein Blick war auf das Pony geheftet gewesen, und er hatte nur die vorbeiziehende Straße wahrgenommen. Jetzt schaute er auf.

»Was gibt es denn?«

»Sieh doch.«

Elspeth war eingeschlafen unter dem Schal, in den Gaddy sie eingewickelt hatte. Ihre Füße ruhten auf dem Sitz und ihr Kopf auf dem gewölbten Bauch ihrer Mutter. Ihre Nase lief, ihre Augen tränten, und sie atmete durch spröde, leicht geöffnete Lippen. Aber Gaddy lenkte seine Aufmerksamkeit nicht auf das Kind.

Sie kamen aus den Türen, lehnten sich aus niedrigen Fenstern, schauten unter tropfenden Dachrinnen hervor. Frauen. Kinder. Alte Männer.

»Was ...?«

»Ich weiß es nicht, meine Liebe«, murmelte Coll.

Eine andere Art von Kälte durchströmte ihn, eine Kälte, die nicht von seinen durchweichten Kleidern und pitschnassen Füßen herrührte. Er zog die Schultern hoch und zog Schutz suchend den Kopf ein, noch bevor das erste Wurfgeschoss dumpf gegen die Karrenwand schlug und das Pony zum Scheuen brachte.

»Mein Gott, was war denn das?« Coll blickte sich um.

Er sah die Frau eines Landarbeiters. Er kannte ihren Namen. Jessie Stewart, eine rothaarige Furie von einer Frau, Anfang dreißig, die neun Kinder geboren hatte, von denen nur vier überlebt hatten. Sie hatte einen Erdklumpen geworfen.

Noch während Coll sich umdrehte, schleuderte sie einen Stein, der hinten auf dem Karren landete, über den Boden rutschte und schließlich, nachdem er den meisten Schwung verloren hatte, Gaddy am Rücken traf.

Instinktiv rief Coll laut »Hört auf damit« und ließ die Peitsche auf die Kruppe des Ponys niedersausen. Das Pony wurde von einem Strunk Winterkohl getroffen, hart genug, um weh zu tun.

Gaddy sank auf die Knie, den Rücken gegen den Holzsitz gedrückt. Sie zog die Schultern hoch und hielt sie schützend, so wie eine Glucke, die ihr Küken in Sicherheit brachte, über Elspeth, die wach geworden war und weinte vor Angst, als der Karren schlitternd quer über die Straße rumpelte, um die Ecke bog und den Hügel hinabraste. »Zurück«, rief Coll erschrocken. »Haut ab, alle!«

Der Lärm lockte weitere Frauen an die Türen, und für Coll und Gaddy begann ein Spießrutenlauf durch einen Hagel von Unrat. Aber nicht nur die Kohlstrünke und die Tonklumpen ließen den Mann und die Frau auf dem Karren zusammenzucken und sich ängstlich ducken, sondern vielmehr die hasserfüllten Rufe: *»Hure. Schlampe. Flittchen. Weg mit ihr. Weg. Weg.«*

»Coll, Coll, warum tun sie das?«

»Grundgütiger Gott!«, keuchte Coll. »Sie wissen Bescheid.«

Darauf beschränkte sich seine Erklärung. Er zog an den Zügeln, lenkte den Karren in den Rinnstein der Mainstreet und in zügigem Tempo um die Ecke auf den unbefestigten Weg, der bergan zu dem Pfad durch die Bäume führte.

Die Menge schloss sich nicht zusammen, um sie zu verfolgen, wenngleich die Beschimpfungen sie durch die dunstige graue Luft noch eine Viertelmeile oder mehr verfolgten.

Die Heftigkeit dieses Ausbruchs erschütterte Coll im gleichen Maße wie er Gaddy verwirrte. Die Guineas in seiner

Börse konnten seinen Seelenfrieden nicht wettmachen und ihm auch sein Ansehen nicht zurückkaufen. Als er jedoch den Karren auf der Hügelkuppe in der Nähe des Weidetores zum Stehen brachte und den Schmerz auf Gaddys Zügen sah, löste seine Sorge um die eigene Person sich in nichts auf. Er schloss sie in die Arme, hielt sie fest und schwor sich, dass er, was es ihn auch kosten und wie vehement die Gemeinde ihre Empörung auch kundtun mochte, nichts bereuen würde. Er würde sie bekämpfen, sie alle, Gaddy zuliebe und für das Recht, seinen Weg ins Verderben frei zu wählen.

Er hielt Elspeth, während Gaddy vom Karren kletterte.

»Ich komme mit zu dir«, sagte Coll.

»Nein, das darfst du nicht.«

Er zwang sich zu einem Grinsen, wölfisch und nicht ohne Mut.

»Warum nicht, Gaddy?«

»Was werden sie sagen?«

»Es kümmert mich nicht, was sie sagen«, entgegnete er. »Im Übrigen spielt es keine Rolle mehr, Liebes, jetzt sind doch sowieso alle im Bilde.«

Sie zögerte, nickte dann und führte das Pony durch die Lücke in der Dornenhecke und in Richtung Nettleburn.

Coll hatte seine Wahl getroffen.

Mit einem Fuß im Paradies

6 Sünde war in schottischen Gemeinden eine ernste Angelegenheit, und Balnesmoor bildete da keine Ausnahme. Der Gewaltausbruch gegen Coll und Gaddy war ebenso spontan wie ernst gemeint gewesen. Während einige gottesfürchtige Dorfbewohner sich um die Seelen der Sünder sorgten und der festen Überzeugung waren, dass der Verstoß gegen eins der Zehn Gebote so sicher eine göttliche Strafe nach sich ziehen würde, wie auf den Tag die Nacht folgte, ließen die meisten ihren Gefühlen freien Lauf, ganz einfach weil es ihnen eine perverse Freude bereitete. Zu weiteren tätlichen Angriffen kam es allerdings nicht mehr. Coll versuchte, so zu tun, als sei nichts gewesen. Gaddy unterstützte ihn dabei, indem sie sich nicht weit von ihrer Hütte entfernte und sich nicht mehr im Dorf blicken ließ. Etta, die längst über alles informiert war, wartete derweil still und geduldig darauf, dass James Moodie sein Versprechen einlöste und dafür sorgte, dass die beiden bereuten, was sie ihr angetan hatten.

William Leggat sprach unter vier Augen mit Gaddy und Coll. Er war verblüfft von Gaddys Gleichgültigkeit gegenüber der öffentlichen Demütigung, und er brachte es nicht übers Herz, sie zu warnen und ihr von Moodies Drohung zu erzählen, ihr die Kinder wegzunehmen. Noch überraschter war der Pfarrer aber von Cochran, der ihm entschieden mitteilte, dass es die Kirche nichts angehe, wie viele Frauen er unterhielt, vorausgesetzt, er verfügte über die entsprechenden Mittel, und das wäre der Fall. Er untermauerte seine Feststellung, indem er seine prall gefüllte Geldbörse schüttelte.

Derweil konsolidierten die Mitglieder des Kirchenrates ihre Machtstellung bei geheimen Abendessen und »Krisensitzungen« im oberen Zimmer des Ramshead, wo reichlich Ale floss und die christliche Selbstgerechtigkeit keine Grenzen kannte, jedoch nie ein Gebet zu hören war.

Von den einfachen Dorfbewohnern wusste Peter Docherty, Cochrans Angestellter, am meisten zu erzählen. Während er oben auf der Farm stumm war wie ein Fisch, war er bei seinen Kumpeln im Balfron Inn um so beredter. Er war nicht nur bestens über alles informiert, sondern konnte darüber hinaus die betroffenen Charaktere perfekt imitieren, von Coll, wie er das Bein über seine Geliebte schwang, bis hin zu Etta, die sich hinter verschlossene Türen verschanzte, damit ja niemand auch nur einen noch so flüchtigen Blick auf ihren kostbaren Körper erhaschte. Ettas übertriebene Schamhaftigkeit bot hierbei größeren Anlass zu derben Witzen als Colls Untreue. Gaddy ihrerseits wurde noch am wenigsten kritisiert. Die Gäste der Wirtschaft in Balfron waren bodenständige Männer, die Gaddy Respekt zollten für ihren Mumm.

Harry Rankellors Wissen warf ein bedrückenderes Licht auf den Skandal, wie Mr. Leggat erfahren musste, als der Doktor ihm seine Sorge anvertraute.

»Wart's ab, William«, riet Rankellor dem Pfarrer. »Gott – oder die Natur, wenn dir das lieber ist – könnte das Problem für dich lösen.«

Auf Leggats Frage, was er damit meine, entgegnete der Arzt: »Ich fürchte, es könnte eine Totgeburt werden.«

»Auf mich macht sie einen sehr robusten Eindruck, Harry«, sagte der Pfarrer skeptisch.

»Sie hat Schmerzen, und ich fürchte, das Baby liegt nicht richtig.«

»Kannst du nichts für sie tun?«

»Ich werde für sie tun, was in meiner Macht steht, aber

würde es dir nicht zum Vorteil gereichen, wenn das Kind tot auf die Welt käme?«

»Ich verstehe nicht.«

»Die Strafe Gottes und so weiter.«

»Ich bitte dich, Harry!«

»Ich bin kein Theologe, aber ich kenne mich aus mit den Gedankengängen des Durchschnittsbauern. Falls es zu einer Totgeburt kommt und du Cochran das Versprechen abringen kannst, künftig diskreter zu sein, wird die ganze Angelegenheit sich totlaufen, und die Dorfbewohner werden sich ein anderes Opfer suchen.«

»Meine Presbyter, der Kirchenrat, vor allem Moodie, werden darauf drängen, dass ...«

»Was James Moodie braucht«, fiel Rankellor ihm ins Wort, »ist eine heißblütige Bettgefährtin!«

»Also wirklich, Harry! Ich wüsste wirklich nicht, was das damit zu tun hätte.«

»Unser Jamie ist ein leidenschaftlicher Mann, der in einem Haus voller Frauen lebt. Er ist von Natur aus humorlos und streitsüchtig, was er natürlich nie zugeben würde. Ich denke, William, dass der arme Wicht sich inzwischen selbst davon überzeugt hat, dass das Bedürfnis nach einem Partner für sich allein schon Sünde ist.«

»Ich glaube, er hat ein Ventil für seine Bedürfnisse gefunden«, entgegnete Mr. Leggat. »Man kann ihm nicht absprechen, dass er am Webstuhl ebenso emsig ist wie er seine Pflichten als Mitglied des Kirchenrates ernst nimmt.«

»Auch Toleranz hat ihre Grenzen, William. Frag Coll Cochran, wenn du mir nicht glaubst. Er kann dir sicher sagen, was passieren kann, wenn man seine Bedürfnisse zu lange unterdrückt.«

»Vergiss nicht, dass auch ich unverheiratet bin.«

»Aber, aber, sei doch nicht gleich beleidigt. Du bist ein völlig anderer Mensch, William. Du hast dich bewusst gegen die zweifelhaften Freuden der Ehe zu Gunsten deiner Berufung entschieden. Moodies Berufung hingegen ist mehr aus der Not heraus entstanden.«

»Warum legt er nur so großen Wert darauf, dass ich Gaddy Patterson den Prozess mache?«

»Aus Eifersucht vielleicht. Oder weil er sich nicht eingestehen will, dass er sich zu ihr hingezogen fühlt.«

»Es fällt mir schwer, das zu glauben.«

»Angezogen von ihrer Unabhängigkeit, ihrer Freiheit.«

»Sie hat ein härteres, entbehrungsreicheres Leben hinter sich als Moodie, würde ich sagen.«

»O ja, William, aber sie hat es *genossen*, hat es *gelebt*.«

»Also die kleine Elspeth macht sie ganz sicher glücklich.«

»Sie trägt so viel Liebe in sich. Und ich glaube, dass Moodie ihr genau das neidet.«

»Ich glaube, dem muss ich widersprechen. Jamie würde niemals den Kopf verlieren, so wie es Coll Cochran ergangen ist.«

»Genau«, sagte Harry Rankellor. »Moodie ist wütend auf sich selbst, weil er es einfach nicht fertig bringt, ›den Kopf zu verlieren‹, wie du es ausdrückst.«

»Ich habe für eine solche Denkweise kein Verständnis.«

»Ich verurteile keinen der beiden Männer«, fuhr Rankellor fort. »Ich weise nur darauf hin, dass das Herz mehr dunkle Nächte zählt als der Monat Dezember.«

»Und was soll ich deiner Meinung nach tun, Harry?«

»Zeit schinden«, erwiderte Harry Rankellor wie aus der Pistole geschossen. »Sorg dafür, dass die arme Frau bis zur Geburt ihre Ruhe hat.«

»Ich bin mir nicht sicher, ob der Kirchenrat eine solche Verzögerung zulassen wird.«

»Hast du Angst vor dem Presbyterium?«

»Ich habe Angst vor meiner eigenen Gemeinde – und davor, was aus ihr werden soll, falls ich abberufen werde.«

»Wo würde man dich hinschicken?«

»Ach, nirgendwohin. Aber ich würde meine Schäfchen verlieren, und das könnte ich nicht ertragen.«

»Bin ich froh, dass ich nur ein einfacher Bauchaufschneider bin und kein Kirchenmann. Hör zu, William, du musst Cochran warnen, dass dir, wenn er sich weigert, seine Verfehlung vor dir und dem Kirchenrat zu beichten und Reue zu zeigen, indem er der Frau abschwört, nichts anderes übrig bleibt, als ihn öffentlich zu rügen und ihm die heilige Kommunion zu verweigern.«

»Ich habe nicht viel übrig für solche Maßnahmen.«

»Das ist die einzige Möglichkeit, den Kirchenrat zu beschwichtigen und die Gemeinde zufrieden zu stellen, oder?«

»Ich fürchte, da könntest du Recht haben.«

»Teile dem Rat mit, dass du den Prozess für Januar ansetzt. Denk dir eine plausible Erklärung aus für die Verzögerung. Aber sorge dafür, dass vor Januar nichts passiert, William.«

»Warum?«

»Das sagte ich doch schon.«

»Weil das Kind möglicherweise nicht überleben wird?«

»Das Kind und die Frau«, sagte Harry Rankellor düster.

Wenn es reichlich Eis und Schnee gegeben hätte oder der Unfall sich nach Einbruch der Dunkelheit ereignet hätte, hätte Gaddy nicht überlebt, und dann hätte Rankellors zynische Prophezeiung sich erfüllt. Aber was immer Gott oder das Schicksal für die braven Menschen von Balnesmoor vorgesehen hatte, nicht nur Gaddy Patterson schien ein wichtiger Bestandteil des großen Plans zu sein, sondern auch das kleine Mädchen in ihrem Bauch. Zwei Dinge bewahrten Gaddy vor dem sicheren Tod: das Tageslicht und die milde Witterung.

An den kurzen Tagen im November und Anfang des Weihnachtsmonats hatte Gaddy schwer mit sich und den Härten ihres Lebens oben am Nettleburn zu kämpfen. Jeder neue Tag kam ihr unendlich lang vor, und egal, was sie auch tat, jeder Handgriff war mit Schmerzen verbunden und kostete sie alle Kraft.

Es war nicht nur das Gewicht ihres Bauches, das sie in ihrer Beweglichkeit hemmte, sondern auch der Verlust ihrer inneren Kraft. Sie konnte sich der schrecklichen Gewissheit nicht erwehren, dass das Kind in ihr bereits tot war. Sie spürte keine Bewegungen mehr, sondern nur noch unerträgliche stechende Schmerzen, Schmerzen, die manchmal ihre Seele zu peinigen schienen statt ihren Körper, Schmerzen, für die es keinen Trost gab, nicht einmal von Coll. Von ihm vielleicht am allerwenigsten. Er war ihr gegenüber zurückhaltender geworden, und sie ihrerseits schwieg, ihm die Wahrheit vorenthaltend, obgleich der Ausdruck auf ihren angespannten Zügen und ihr mühsamer, watschelnder Gang deutlich genug verrieten, dass etwas nicht stimmte.

Wenn er sie dann trotz seiner Furcht vor der Wahrheit doch fragte, sagte sie: »Mir geht es gut. Ich mache das schon«, bis weder er noch sie es mehr glaubten und die Litanei ihren Mut und Optimismus verhöhnte.

Sie konnte in keiner Position mehr bequem liegen, und Schlafmangel zehrte an ihren ohnehin schon knappen Kraftreserven. Sie verschwendete keinen Gedanken an das, was im Dorf vorging, und wollte nicht mit dem Pfarrer, ja nicht einmal mit Coll über den Skandal sprechen, in dessen Mittelpunkt sie stand. Sie beschäftigte sich mit ganz anderen Fragen. Sie glaubte inzwischen, dass sie sterben würde, und so beherrschte die Frage ihre Gedanken, was aus Elspeth werden sollte, wenn sie nicht mehr da war.

Eine Geburt barg für Gaddy keine Geheimnisse, aber für die Vorgänge in ihrem Inneren hatte sie keine rationale Erklärung, und so kam Aberglaube ins Spiel. Sie betrachtete sich selbst, wenn sie in ihrer höhlenartigen Hütte in der Nische am Feuer saß, als einen Altar und das Ungeborene als Opfer, das nicht Gott, sondern die Kirche ihr abverlangte. In den ersten acht Tagen im Dezember war sie kaum ansprechbar, und Coll kam zwar regelmäßig, blieb aber nie lange. Er gebrauchte Ausreden, um sich bald wieder zu verabschieden, und fand sogar Etta und das häusliche Elend in der Küche des Dyers' Dyke erträglicher, als hilflos das Leiden der Frau mit ansehen zu müssen, die er liebte.

Elspeth war Gaddys einziger Halt, das Einzige, woran sie sich in den letzten Wochen der Schwangerschaft klammern konnte. Auch wenn sie sich verzehrte vor Selbstmitleid und Trauer und drohte, unter der Last der Schmerzen zusammenzubrechen, zwang sie sich, sich vor ihrer Tochter nichts anmerken zu lassen. Allerdings war sie sich selbst nicht ganz sicher, ob sie Elspeth nicht hasste, wenn die ganz gewöhnlichen Bedürfnisse des Kindes von ihr Anstrengungen forderten, die ihre Kräfte überstiegen.

»Mam, Mam, Mam.« Sogar die Worte durchzuckten sie wie eine Messerklinge. »Mam, Mam, Mam. Zicklein im Stroh. Mam, Mam, Mam. Milch haben. Mam. Mam. Mami.«

Coll verstaute die besten Kartoffeln der eigenen Ernte an einem trockenen, dunklen Platz auf einem tiefen Regalboden oben unter dem Dach. Einen besseren Lagerplatz gab es in der Hütte nicht. Er kaufte ihr die kleinsten Knollen als Rinderfutter für die Farm ab und bezahlte sie in Lebensmitteln. Was übrig blieb, lagerte er ein. Sogar im November rackerte Gaddy sich noch ab, um ihm zu helfen. Aber die Arbeit ermüdete sie derart, dass Coll es nicht länger mit ansehen konnte, vorbeikam und die Arbeit am Moor erledigte, ohne sich vorher anzukündigen, damit Gaddy sich ihm nicht anschloss. Er sammelte einen großen Vorrat Zunder und brachte ein Fass, das er jeden Tag mit Wasser aus dem Bach auffüllte. Als er damit fertig war und die Hütte voll gestopft war wie ein Spind, konnte er nichts mehr tun außer mit Elspeth spazieren zu gehen, damit Gaddy für eine Stunde ausruhen konnte.

Rankellor besuchte sie regelmäßig und tat immer so, als wäre er zufällig in der Nähe gewesen. Er kam im November und dann wieder Anfang Dezember. Er kam vom Moor her, eine Vogelflinte unter dem Arm und in Begleitung eines schnüffelnden Spaniels, die Wildtasche jedoch leer. Dass die Besuche gar nicht so spontan waren, wie er vorgab, wurde deutlich, als der Doktor sein Hörrohr hervorholte und Gaddys Herz und Bauch abhörte.

Rankellor machte ihr Mut und versuchte, sie aufzumuntern. Bei seinem zweiten Besuch ließ er ihr ein Kästchen mit einem Dutzend teigartiger Laudanum-Tabletten da, von denen sie bei Bedarf eine kauen sollte. Gaddy vergrub die Pillen im Moor, kaum dass Rankellor außer Sichtweite war, um nicht der Versuchung zu erliegen, sie tatsächlich zu nehmen. Und doch war ein Teil von ihr, ein Teil der »alten« sorglosen Viehtreiberin, dankbar für Rankellors Aufmerksamkeit.

Wenn sie auch nur eine der Laudanum-Pillen genommen hätte, hätte Gaddy die Besserung ihres Zustandes darauf zurückgeführt. Aber sie hatte nichts zu sich genommen, von etwas Hafergrütze und einer Tasse Tee abgesehen, als ihr plötzlich bewusst wurde, dass die Schmerzen weg waren. Zum ersten Mal seit Wochen hatte sie nicht die geringsten Beschwerden. Bei aller Erleichterung beunruhigte diese unerwartete Entwicklung sie auch. Sie schickte Elspeth zum Spielen nach draußen und entkleidete sich. Dann setzte sie sich auf einen kleinen Schemel vor das rauchende Feuer. Ihre Brüste waren schwer und prall von Milch. Als sie auf die beachtliche Wölbung ihres Bauches schaute, konnte sie unmittelbar unterhalb ihres Brustbeines ein Pochen unter der

Haut erkennen. Fasziniert starrte sie auf die Stelle und begann dann, vorsichtig mit den Fingerspitzen ihren Bauch zu betasten auf der Suche nach den vertrauten Schmerzen. Nichts.

Sie zog sich wieder an, lehnte sich mit einer Schulter an die Wand und schloss die Augen. Nun, da die quälenden Stiche ihr nicht mehr jegliches Entspannen unmöglich machten, fielen ihr sofort die Augen zu. Fast zum ersten Mal hatte sie das Gefühl, dass der schwere, behäbige Bauch wirklich ein Teil von ihr war und kein Fremdkörper, den ihr jemand angehext hatte. Sie fühlte leise Hoffnung und freudige Erregung, jetzt, da die peinigenden Schmerzen weg waren.

»Mami. Mami.«

Sie schlug die Augen auf. »Ich bin hier, Liebes.«

Elspeth tauchte in der Tür auf. Sie trug keine Babykleidung mehr, sondern einen kleinen Rock, dessen Saum bis zur Hälfte der Waden hochgezogen war, damit sie nicht stolperte. Ihre Füße und Beine waren nackt und wie gewöhnlich schmutzig. Obwohl Dezember war, war es ein ruhiger milder Tag mit harmlosen Wolken, die scheinbar reglos über den Bergen von Argyll hingen. Gaddy schenkte ihrer Tochter ein Lächeln.

Das kleine Mädchen machte große Augen, und auf seinem Gesicht lag ein staunender Ausdruck, wie so oft in diesen Tagen, da ihr alles magisch vorkam, auch die normalsten Vorgänge in der begrenzten Welt des Nettleburn.

»Was gibt es denn?«

»Tottie.«

Tottie war der Name einer der beiden weißen Ziegen.

»Was ist mit Tottie?«

Mit geschürzten Lippen und mit beiden Händen gestikulierend, versuchte Elspeth, sich so gut als möglich verständlich zu machen.

Offenbar war Tottie oben auf dem Dach.

Elspeth hatte inzwischen auch gelernt, was ein Scherz war, und sie hatte ihrer armen erschöpften Mutter mehr als einen Streich gespielt.

Gaddy rappelte sich auf und lauschte. Kein verräterisches Grinsen umspielte die Lippen ihrer kleinen Tochter, und tatsächlich konnte sie das Rascheln der Ziegenhufe auf der Schicht getrockneten Farns hören, die als zusätzlicher Wetterschutz die Rasensoden bedeckte. Feuchter Staub rieselte in den improvisierten Speicher, in dem die Kartoffeln lagerten. Hätte dieser Zwischenfall sich am Vortag ereignet, hätte Gaddy nicht gewusst, was sie tun sollte. Vermutlich wäre sie in Tränen ausgebrochen vor Wut und Frust. Heute aber, da der nagende Schmerz sie nicht mehr plagte, konnte sie das Ganze sogar komisch finden, ging lachend mit Elspeth nach draußen und um die Hütte herum.

Ihr war völlig schleierhaft, wie es Tottie gelungen war, auf das Dach zu kommen. Andererseits war die Hütte leicht windschief, und aus einem bestimmten Blickwinkel schien es, als neige sie sich dem Hang zu. Ein wenig Anlauf und ein gewagter Satz hatten offenbar genügt.

»Tottie runter. Tottie, runter. Böse Tottie. Böses Mädchen«, schimpfte die kleine Elspeth und fuchtelte mit den Armen herum, so wie sie es Gaddy und Coll beim Viehtreiben hatte tun sehen.

Tottie fraß irgendeinen Leckerbissen, den sie in der Dacheindeckung entdeckt hatte; offenbar fühlte sie sich völlig sicher, nachdem sie die Kletterei überstanden hatte. Das durchgenagte Anbindeseil baumelte noch von ihrem Hals. Marigold, die zweite Ziege, war noch angepflockt, schaute am Ende ihrer Leine interessiert und neidisch auf ihre Gefährtin und meckerte dabei fragend. Einer Ziege befehlen zu wollen, das hatte Gaddy erst kürzlich gelernt, war ebenso aussichtslos, wie von einem Stein zu erwarten, sich von ganz allein in Bewegung zu setzen. Ziegen waren so eigenwillig wie Schuljungen und konnten sich wunderbar taub stellen.

Elspeth überlegte sich ihre eigene Lösung des Problems, hob einen Zweig auf und warf ihn mit aller Kraft nach der Ziege auf dem Dach. Natürlich reichten ihre Kräfte nicht aus, und der Zweig fiel ein gutes Stück von der Hütte entfernt zu Boden.

»Nicht, Schatz«, sagte Gaddy. »Du darfst nicht mit Gegenständen nach Tottie werfen.«

Sie wollte nicht, dass das Tier erschrak, womöglich vom Dach stürzte und sich die Beine brach. Nutztiere, auch Ziegen, waren zu wertvoll, um einen Unfall zu riskieren. Ob sie Tottie lassen konnte, wo sie war, bis Coll kam? Tottie beantwortete die Frage selbst; sie brach mit den Vorderbeinen durch Farn und Grassoden des Daches. Mühsam befreite sie sich wieder und fing dann an zu bocken. Wenn sie nicht damit aufhörte, würde sie noch vollends durch das Dach brechen.

Gaddy watschelte zur Rückseite der Hütte und befahl Elspeth, sich nicht von der Stelle zu rühren. Das kleine Mädchen schnatterte aufgeregt. Gaddy holte die primitive Leiter aus dicken Kieferzweigen und Seil mit insgesamt nur vier Sprossen, die an der Giebelseite lehnte, und platzierte sie an der niedrigsten Stelle des Daches an der rückwärtigen Hüttenwand. Ihr war bewusst, dass ihr Vorhaben nicht ganz ungefährlich war, aber nachdem ihr Unabhängigkeitssinn neu erwacht war, ließ sie sich hiervon nicht entmutigen. Langsam erklomm sie die ersten drei Sprossen und drückte den Bauch gegen die seitlichen Leiterstreben. Sie hielt einen Stock in der Hand, schlug damit auf die Dachschräge und rief nach der Ziege. Die Ziege, die spürte, dass ihr Ärger drohte, kehrte der Frau das Hinterteil zu und fraß seelenruhig weiter.

Mit großer Anstrengung zog Gaddy sich höher, dichter an

den ausgefransten Dachvorsprung, reckte den Kopf über den Dachrand und schlug der Ziege leicht mit dem Stock auf die Schwanzwurzel. Die Wirkung konnte man nur als explosiv bezeichnen. Tottie stieg und bockte, tanzte dann auf den Hinterbeinen herum, schoss wie ein Boxer vor und sprang über Gaddys Kopf hinweg. Die Vorderhufe trafen die Highlanderin am Kopf. Sie verlor das Gleichgewicht und lehnte sich nach hinten. Die kurze Leiter folgte den Gesetzen der Schwerkraft, kippte um und begrub Gaddy unter sich. Die unverletzt gebliebene Ziege stürmte durch das Heidekraut auf und davon.

Auf dem Rücken liegend, die Leiter auf dem Bauch, blickte Gaddy Tottie mit nach oben verdrehten Augen nach. Obwohl der Abstand zwischen Dachüberstand und Boden nur anderthalb oder höchstens zwei Meter betrug, hatte nichts ihren Sturz abgefangen. Sie bekam keine Luft, war ganz benommen und blutete, wie sie gleich darauf feststellte.

Über ihr und ein wenig abseits stand Elspeth und starrte sie an, weniger entsetzt als verblüfft. Grunzend stieß Gaddy die Leiter von sich. Sie richtete den Oberkörper auf, indem sie mit den Armen ruderte wie mit Flossen. Sie hatte kein Gefühl in den Beinen. Einen Moment fürchtete sie, sie hätte sich das Rückgrat gebrochen, dann setzten die Schmerzen wieder ein, ganz plötzlich und atemberaubend zogen sie glühendheiß über ihren Unterleib bis ins Becken.

Sie schrie auf. Tränen schossen ihr in die Augen. Sie krallte die Finger ins Gras, als hielte sie sich auf einer Drehscheibe fest. Sie wand sich und presste die Ellbogen an den Körper, als der Schmerz sie förmlich zerriss, hielt sich aber aufrecht und kämpfte entschlossen gegen die drohende Ohnmacht an. Durch den Tränenschleier hindurch starrte sie auf ihre nackten Schenkel. Ihr Rock war bei dem Sturz hochgerutscht, und sie sah Blutspritzer auf der weißen Haut.

Pfeifend sog sie Luft ein.

»El-El-Elspeth. K-Komm zu Mammy.«

Das kleine Mädchen rührte sich nicht. Verblüffung hatte sich in lähmende Furcht verwandelt.

Gaddy versuchte, sich zu bewegen. Blut tropfte zwischen ihren Beinen ins Gras. Sie spürte ein Pulsieren tief im Bauch, und ihre Muskeln verkrampften sich im Rhythmus der an- und abschwellenden Schmerzen. Bei jeder Bewegung kam es ihr vor, als bohre sich eine Klinge aus kaltem Stahl in ihren Leib.

Sie holte tief Luft und sagte dann scheinbar ruhig, wenn auch kaum lauter als ein Flüstern: »Elspeth. Geh zu Daddy Cochrans Haus. Geh zur Farm.«

»Mammy? Mammy?« Elspeth schob den Daumen in den Mund. Ihre Nase lief. Sie klemmte die linke Hand zwischen die Beine, die Knie nach innen gedreht in einer Haltung völliger Verunsicherung.

Aber es war keine Zeit für gutes Zureden.

»Geh zu Daddy Cochran. Du kennst den Weg. Durch ... durch das Tor und dann den Weg entlang. So wie wir immer gegangen sind.«

»Mammy mitkomm. Mammy mit.«

»Mammy hat sich wehgetan. Geh und hol Daddy Cochran.«

Elspeth rückte Trost suchend näher, wenn auch zögernd, als rechne sie damit, von ihrer Mutter geschlagen zu werden. Auf ein wenig Zuspruch hoffend, streckte sie die Hand aus.

Sie war erst knapp über zwei Jahre alt, und der Nettleburn und der Weg zum Dyers' Dyke waren für sie unendlich weit und erschreckend. Es war nicht so, dass sie die Anweisung ihrer Mutter nicht verstanden hätte, aber sie brachte es einfach nicht über sich, sich von ihrer Mutter zu entfernen. Sie war überzeugt, dass auf dem Weg zum Weidetor drüben bei den Eichen unsägliche Gefahren auf sie lauerten. Und doch registrierte sie die Eindringlichkeit und Verzweiflung in der Stimme ihrer Mutter, und vielleicht aus einer bösen Zukunftsahnung beim Anblick des Blutes heraus, steckte sie den Daumen tiefer in den Mund, machte kehrt und lief auf das ferne Tor zu.

Gaddy verdrehte den Kopf und blickte ihrer Tochter nach.

Neue Sorge mischte sich in Gaddys Furcht, Sorge um die Sicherheit des kleinen Mädchens. Elspeth musste weder klettern noch Wasser überqueren, und es war auch nicht damit zu rechnen, dass verirrte Rinder sie niedertrampelten. Aber bis zum Dyke war es ein weiter Weg für ihre kleinen Beinchen, auch wenn Elspeth es gewohnt war, längere Strecken zurückzulegen. Sie würde unter dem Tor herkriechen und dem Weg bis zur Gabelung bei der hohen Dornenhecke folgen, weiter bis zu der Anhöhe, von der aus auch jemand, der nicht größer war als eine Distel, das Farmhaus sehen konnte. Potenzielle Gefahren gingen Gaddy unablässig durch den Kopf, immer wieder überlagert von den Schmerzen, die jetzt in regelmäßigen Abständen kamen. Der Ausfluss zwischen ihren Schenkeln fühlte sich nicht mehr flüssig an, sondern wie trockener Sand, so als würde das Leben Körnchen für Körnchen aus ihr herausrinnen.

Oben auf dem Hüttendach hatten sich zwei Rabenkrähen niedergelassen, die zwischen den aufgewühlten Grassoden pickten und sich im Krebsgang seitwärts bewegten, als wären sie verkrüppelt, wobei sie aus kleinen runden gelben Augen zu der Frau hinabblickten, die immer schwächer werdend rücklings im Gras lag und reglos in den Himmel starrte.

Die Linsensuppe wurde ohne große Umstände heruntergeschlungen. Das Zeug war pappig genug, um an den Rippen kleben zu bleiben, dazwischen Stücke gekochter Kartoffeln, die dem Ganzen Substanz verleihen sollten. Auf einem Teller dampfte ein Streifen Kochfleisch. Es würde gerade reichen, damit jeder von ihnen seiner Portion dunkles Brot etwas Geschmack verleihen konnte. Aber Docherty hatte schon sehr oft schlechter gegessen. Er hatte auf Farmen gearbeitet, wo das Abendessen so bescheiden gewesen war, dass man sich um ein Uhr nachts bereits fragte, ob man überhaupt etwas gegessen hatte.

Hätte Docherty nicht mit am Tisch gesessen, wäre die Mahlzeit wohl schweigend verlaufen. So unterhielt Coll sich mit seinem Angestellten, während Etta es vorzog, keinen von beiden anzusprechen. An diesem Vormittag war es Docherty, der die Unterhaltung in Gang hielt. Er versuchte herauszufinden, ob Coll ihn behalten wollte. Der Winter war eine magere Zeit, und da Mr. Cochran so wenige Stück Vieh besaß, war Docherty nicht sicher, wie lange er sein Gehalt noch zahlen würde.

Docherty war es auch, der als Erster das ungewöhnliche Geräusch vernahm. Über seinen Teller gebeugt führte er den tropfenden Löffel zum Mund und hielt abrupt mitten in der Bewegung inne. Mit mahlenden Kiefern hob er den Kopf. Die Küchentür war nur angelehnt, da kein Wind war. Dieses Geräusch hatte weder ein Vogel noch eins der Haustiere auf dem Hof verursacht.

Docherty legte wortlos den Löffel aus der Hand und stand auf.

Die Cochrans blickten ihm fragend nach, als er zur Tür ging, den Kopf schräg legte und konzentriert lauschte.

»Was hörst du denn, Mann?«, wollte Coll wissen.

»Ich dachte, ich hätte ein Kind weinen hören.«

»Das wird eine Katze gewesen sein«, meinte Etta.

»Nein, nein. Hören Sie doch.«

Coll kam herüber, und die beiden Männer traten hinaus auf den Hof.

»Ich höre nichts«, sagte Coll.

Docherty hob die Hände und lächelte verlegen. Da es für die Kälber noch zu früh war, zog sie nichts zum Stall oder auf die Weide. Sie hatten das Farmhaus eben wieder betreten, als Docherty sich versteifte.

Der Stallgiebel verdeckte die Straße zum Dorf, und es grenzte an ein Wunder, dass der Laut überhaupt bis ins Haus gedrungen war. Es war ein leises, atemloses Geräusch, das von der windstillen Vormittagsluft getragen wurde wie das Quietschen einer Radachse.

»Da war es wieder.«

Der Arbeiter rannte über den Hof, um die Scheune herum und blickte zur Weggabelung hinüber, dort, wo der Weg aus Bontines Wald auf die Straße stieß.

»Boss, kommen Sie, schnell.«

Minuten später schloss Coll das weinende Kind in die Arme und hörte sich seinen stockenden und schwer verständlichen Bericht des Unfalles an. Er brauchte keine ausschmückenden Einzelheiten. Er wusste genug, um sofort zu handeln.

»Du reitest zu Rankellor«, wies er Docherty an.

»Wenn ich laufe, bin ich schneller, Boss.«

»Ich gehe zum Nettleburn. Es ist etwas passiert.«

»Ist es ... ist es so weit, Mr. Cochran?«

»Wenn ja, dann zu früh.«

»Und was ist mit der Kleinen?«, fragte der Farmarbeiter. »Wollen Sie sie bei Ihrer Frau lassen?«

Coll tätschelte Elspeth beruhigend mit der großen Hand. Er zögerte. Es wäre das Natürlichste gewesen, Elspeth auf der Farm zu lassen; falls das eingetreten war, was er vermutete, würde in der Hütte kein Platz für sie sein. Trotzdem hielt irgendein Instinkt ihn davon ab, das Kind in die Küche zu bringen und bei Etta zu lassen.

»Nimm du sie mit. Sie soll bei den Bediensteten in Rankellors Haus bleiben. Sie werden sich um sie kümmern.«

»Sind Sie ganz sicher, Mr. Cochran?«
»Beeil dich, Mann. Beeil dich.«
»Jawohl, in Ordnung.«

Die schluchzende Elspeth wurde dem Landarbeiter übergeben, der sie den Pfad hinunter durch das Moor zum Haus des Doktors trug.

Harry Rankellor wusste sehr gut, was für eine Art von Entbindung ihn bei Gaddy Patterson erwartete. Eine Steißlage war nichts Ungewöhnliches. Manchen besonders geschickten und wagemutigen Hebammen gelang es, das Baby während der Schwangerschaft im Mutterleib zu drehen, aber er selbst besaß keinerlei Erfahrung auf diesem Gebiet, und entsprechend widerstrebte es ihm, es zu versuchen.

Die Highlanderin war wirklich vom Schicksal gebeutelt. Nicht nur eine Steißlage, sondern dazu noch eine Frühgeburt. Er trieb das Pferd zu größerer Eile an. Die Wildtasche schlug gegen seinen Rumpf, und Perücke und breitkrempiger Hut gerieten ins Rutschen.

Cochran war bei ihr, als Rankellor eintraf. Der alte Farmer war sichtlich entsetzt vom Anblick des blutigen, wässrigen Fruchtwassers. Der Farmer, der hunderte von Kälbern auf die Welt geholt hatte, hätte die Zeichen erkennen müssen. Gott sei Dank hatte er nicht versucht, die Frau zu bewegen, auch wenn er ihren Kopf und ihre Schultern vom feuchten Boden gehoben und in seine Arme gebettet hatte. Rankellor erkannte auf den ersten Blick, was los war. Noch war nichts Unwiderrufliches passiert. Er war schroff zu Cochran, mehr wie der stellvertretende Richter als ein Doktor.

Auf Rankellors Anweisung hin holte Coll ein Stück Zaungeflecht, auf dem die beiden Männer Gaddy in die Hütte trugen.

Rankellor hatte zwei kleine Laternen und vier Wachskerzen mitgebracht. Er kramte diese Gegenstände aus seiner Tasche, zusammen mit zwei silbernen Flachmännern mit französischem Cognac und schottischem Whisky. Nachdem er seinen Mantel ausgezogen hatte, löste er die Bänder seines Hemdes, rollte die Ärmel auf und band sie oberhalb der Ellbogen fest. Er hatte haarige, muskulöse Arme und sehnige Handgelenke.

Mit Colls Hilfe richtete er die Trage etwas auf und stützte das eine Ende auf das Fußende des Kastenbettes. Dann gab Rankellor dem Mann, der, ob es ihm gefiel oder nicht, in den nächsten Stunden Geburtshelfer spielen musste, Anweisungen.

»Zünde die Laternen an. Nimm die neuen Kerzen. Ich kann keinen Rauch brauchen. Dann fach das Feuer an, damit es mehr Wärme abgibt. Ich brauche abgekochtes Wasser, das mit etwas kaltem auf eine angenehme Temperatur gebracht wird. Gib mir das Messer aus der Tasche dort.«

»Das Messer?«

»Bist du taub, Cochran? Ich habe nicht vor, ihr die Haut abzuziehen. Wenn du zu empfindlich bist, was das hier angeht, tu, was ich sage, und dann warte draußen.«

»Hat sie ... hat sie es bekommen?«

»Sie ist doch kein Schaf, Mann.«

»Wird sie sterben?«

»Tu deine Arbeit und stell nicht so viele Fragen.«

Einen Moment, bevor der langwierige Geburtsprozess begann, fragte sich der zynische Harry Rankellor, ob Cochrans Frage ganz selbstlos gewesen war oder der Farmer vielleicht in einem verborgenen Winkel seines Herzens wünschte, die Frau möge friedlich entschlafen. Sie hatte Cochran auf verschiedene Weise gute Dienste erwiesen, aber in Zukunft würde sie ihm eine Last sein, egal, wie das hier ausging.

Was Rankellor betraf, kam er gar nicht auf die Idee, dass Liebe im Spiel sein könnte.

Cochran machte ein grimmiges Gesicht.

»Das Messer, los doch.«

Cochran fand es und reichte es dem Arzt.

Rankellor durchtrennte die Bänder, mit denen Gaddys Rock ans Mieder gebunden war, und fing an, sie zu entkleiden. Sie war bei Bewusstsein, half jedoch nicht mit, stumm und keuchend wie ein Wal, den er in Studententagen am Strand von Portobello gesehen hatte, eine arme schwer atmende Kreatur, außerhalb ihres Elementes und erdrückt vom eigenen Gewicht. Er löste alle Schnüre, die er fand, hob dann ihre Hüften an und wickelte den schweren Rock auf. Dann schob er das Unterkleid hoch und strich gleichzeitig mit angewinkelten Fingerspitzen über ihren Oberbauch.

Coll hielt mit zusammengekniffenen Augen die kleine, aber helle Laterne.

In ihrem Licht sah Harry Rankellor seine Diagnose bestätigt; es verhielt sich genauso, wie er vermutet hatte. Jetzt hing das Überleben des Kindes allein von seinem Geschick ab.

Die Fruchtblase war bereits geplatzt, wodurch die Möglichkeiten, das Kind im Mutterleib zu drehen, eingeschränkt waren. Er hatte alles für die Wiederbelebung des Säuglings vorbereitet. Ein warmes Bad, vorgewärmte Kleidung und ein in Whisky getränkter Lappen waren bereit – oder würden es bald sein. Die Schenkel des Babys waren an den Bauch gedrückt, die Beine jedoch von den Knien abwärts vom Körper abgespreizt, was zu Komplikationen führen würde. Manche Hebammen verfuhren so, dass sie ein Beinchen packten und Schultern und Kopf gewaltsam gerade zogen, was in der Regel Tod oder Verkrüppelung des Kindes zur Folge hatte. Obwohl das Fruchtwasser bereits abgegangen war, galt es, Ruhe zu bewahren. Rankellor widerstand der Versuchung, die Beine herunterzudrücken. Darauf wollte er nur zurückgreifen, wenn das Kind stecken blieb.

Es würde eine langwierige und schwere Geburt für die

Highlanderin werden. Sie würde ihre ganze Kraft brauchen, um sie durchzustehen.

Schon jetzt perlte Schweiß auf ihrer Stirn. Mit seinem Taschentuch tupfte Rankellor den Schweiß fort. Ihre Gesichtsfarbe war nicht sehr ermutigend – sie hatte einen leicht bläulichen Schimmer –, und die Augen lagen tief in den Höhlen. Er hatte Leggat nicht belogen. Er fürchtete wirklich um das Leben der Frau.

»Jetzt pressen, nur ganz leicht.«

Er wagte nicht, das Pressen durch Zug zu unterstützen, half jedoch mit leichtem Druck durch die Bauchdecke mit.

Das Licht flackerte. Rankellor blickte auf und sah, dass Coll Cochran zitterte.

»Es wird mehrere Stunden dauern«, sagte der Doktor. »Häng die Lampe dort an den Pfosten und geh nach draußen. Rauch eine Pfeife. Ich rufe dich, wenn ich dich brauche.«

»Gibt es denn sonst niemanden, der helfen könnte? Eine Frau, die ...?«

»Ist es denn nicht dein Kind, Coll Cochran?«

»Doch, doch das ist es.«

»Und welche Frau würde schon so kurzfristig kommen?«, gab Rankellor zu bedenken. »Deine Ehefrau vielleicht?«

»Ich bin dann draußen.«

»Gut.«

Die Geburt dauerte von zwölf Uhr mittags bis nach Mitternacht.

Erst nachdem der Po zu sehen war, legte der Arzt die Highlanderin quer über das Bett. Weitere Stunden verstrichen, bis endlich auch die Füße auftauchten, begleitet von einem kreischenden Schrei Gaddys. Aber auch dann war es noch lange nicht vorbei. Rankellors Arbeit hatte eben erst begonnen.

Gestärkt von gelegentlichen kleinen Schlucken aus dem silbernen Flachmann, rieb der Doktor sich Hände und Unterarme mit einem Block reinen Rindertalgs ein und schob dann die Finger in den Geburtskanal. Er packte vorsichtig die Füße des Säuglings und drängte Gaddy, zu pressen. Es folgte eine weitere Presswehe, ein gequälter Aufschrei von Gaddy, und das winzige Wesen wurde bis zum Bauchnabel ausgestoßen.

»Gib mir das warme Tuch.«

Coll, der auf Rankellors Rufen hin wieder hereingekommen war, tat wie geheißen.

Rankellor wickelte die sichtbare Hälfte des Babys ein, wobei er es mit dem linken Unterarm stützte. Dann bewegte er die Finger, zog eine Schlinge der Nabelschnur herunter und klemmte sie zwischen Daumen und Zeigefinger, um den Puls zu fühlen. Wenigstens war überhaupt ein Puls zu fühlen. Er hielt die Nabelschnur weiter fest, damit sie nicht riss, als Gaddy erneut presste. Ihr eigener Puls war schwach, und sie atmete keuchend. Sie schwitzte kaum noch, und Kälte war ihr in die Glieder gekrochen. Ihr Zustand war kritisch nach endlosen Stunden unmenschlicher Anstrengung und Schmerzen. Rankellor redete eindringlich auf sie ein, während er die Position ertastete, in der sich der Oberkörper des Kindes befand. Er spürte die nächste Wehe, während er noch die Hand im Geburtskanal hatte, eine Art Krampf, den Gaddy kaum zu registrieren schien.

Rankellor fühlte, wie das leichte Pochen des Blutes in der Nabelschnur aufhörte.

»Grundgütiger!«, rief er aus.

Jetzt durfte er keine Zeit mehr verlieren. Trotzdem beherrschte er sich; er hatte in modernen medizinischen Texten gelesen, dass dringend davon abzuraten war, eine Geburt durch Zug auf Gliedmaßen oder Körper zu beschleunigen, da dies für das Ungeborene eine noch akutere Gefahr darstellte, als eine drohende Asphyxie. Zehn Minuten konnte das Kleine überleben, ohne Schaden zu nehmen, wenn er die Nabelschnur abklemmte. Er durfte sich nicht dazu verleiten lassen, übereilt zu handeln, wenn auch jetzt alles schnell gehen musste.

Das Baby lag zur Hälfte auf seinem Unterarm.

»Es ist ein Mädchen, Cochran, falls es dich interessiert.«

Coll Cochran grunzte nur. Er hockte in einiger Entfernung auf der anderen Seite des Feuers, im Dunkeln, die kalte Pfeife zwischen den Zähnen, den Blick auf Gaddy geheftet und auf das formlose in das Tuch gewickelte Etwas zwischen ihren Schenkeln.

Rankellor schob die rechte Hand tiefer in den Geburtskanal und tastete nach den Armen des Kindes. Sie befanden sich noch in der Gebärmutter; der Geburtskanal war extrem schmal und eng. An diesem entscheidenden Punkt konnte Rankellor sich keine Unentschlossenheit leisten. Er zog die Hand ein wenig zurück und schob sie dann wieder höher, wobei er die Position des Babys veränderte. Er zwängte die rechte Hand über die winzige Schulter und wand den Zeigefinger in den Ellbogen. Er musste sehr vorsichtig sein, keinen zu großen Druck auszuüben, da sonst die Gefahr bestand, dass der dünne Knochen brach. Ganz vorsichtig drehte er das Kind und fühlte gleich darauf, wie die verklemmte Schulter sich löste. Langsam zog er das Ärmchen herunter, wobei er den Unterarm anwinkelte, da an ein Strecken nicht zu denken war.

Gaddy verhielt sich völlig passiv, beinahe lethargisch, und atmete flach und stoßweise, was die letzten kritischen Phasen der Geburt noch schwieriger gestaltete.

Coll sprang auf, und die Pfeife fiel unbeachtet ins Stroh. Fasziniert sah er zu, wie Rankellor die Schultern des Babys drehte und den Säugling trotz Kontraktionen endlich vollständig aus dem Mutterleib holte.

Sekunden später, als die Luftwege gesäubert waren und Rankellor ihm ein paar Tropfen Whisky auf die zahnlosen

Kiefer und das Steißbein gerieben hatte, durchlief ein Schauer den kleinen Körper, und das Baby fing an zu atmen.

»Warme Tücher, schnell.«

Coll reichte dem Doktor das Gewünschte.

»Hier.« Rankellor reichte dem Farmer den warm eingepackten Säugling und konzentrierte sich wieder auf Gaddy.

Sie zeigte keinerlei Interesse an dem Neugeborenen. Sie war kaum noch bei Bewusstsein und extrem geschwächt von den durchgestandenen Qualen.

Das Kind, das drei Wochen zu früh gekommen war, war auch noch nicht über den Berg, bei weitem nicht. Die zarte, dunkelrote Haut bildete hässliche Falten, als müsse es erst noch hineinwachsen. Rankellor schätzte, dass das kleine Mädchen nicht mehr als drei Pfund wog. Sie musste warm gehalten werden und durfte sich unter keinen Umständen erkälten, allerdings ließ ihr Geschrei auf eine Energie schließen, die dem Doktor Hoffnung machte, dass sie bei guter Pflege und medizinischer Betreuung die ersten kritischen Wochen überleben würde.

Aber jetzt konnte Rankellor nichts weiter für sie tun; er hatte getan, was in seiner Macht stand.

Cochran stand immer noch mit dem Säugling auf den Armen da und wiegte seine Tochter zärtlich.

Gaddy Patterson ihrerseits atmete jetzt ruhiger und gleichmäßiger. Ihre Wangen hatten sogar wieder etwas Farbe bekommen. Rankellor legte noch ein paar zusätzliche Holzscheite ins Feuer. Gott sei Dank war das Wetter mild. Es war windstill, mit nur einem Hauch von Nachtfrost.

»Wollen Sie jetzt gehen, Mr. Rankellor?«, fragte Coll verunsichert.

»Ich komme morgen wieder.«

»Aber es ... sie ist so zerbrechlich. Wie soll ich ...?«

»Das Baby wird in etwa sechs Stunden trinken, denke ich. Wenn sie keinen Saugreflex hat, versuchen sie es mit ein oder zwei Tropfen warmem, abgekochtem Wasser. Deine Gefährtin wird sie stillen können. Mit etwas Hilfe.«

»Sie sieht krank aus.«

»Nein, nicht krank. Nur am Ende ihrer Kräfte. Keine Angst, Cochran. Ich werde weder Kind noch Mutter im Stich lassen. Aber ich kann auch nicht mehr tun als du selbst. Halte das Kleine warm und lass die Frau schlafen.«

»Ich sollte ... ich sollte heimgehen.«

»Was?! Warum? Willst du das freudige Ereignis vielleicht mit deiner Ehefrau feiern?«, entgegnete Rankellor scharf. »Es ist deine verdammte Pflicht, hier zu bleiben, solange diese Frau hier deiner Hilfe bedarf. Wenn du meinst, das sei keine Aufgabe für einen Mann, hättest du dir das früher überlegen müssen, Coll Cochran. Du musst mindestens so lange bleiben, bis sie sich so weit erholt hat, dass sie in der Lage ist, das Kind zu versorgen. Außerdem ist da noch die kleine Elspeth. Sie kann ein oder zwei Nächte bei mir bleiben, ich denke, dass meine Frau damit einverstanden ist, aber das sollte kein Dauerzustand werden.«

Während er sprach, zog Rankellor seinen Mantel über und packte seine Utensilien in die Wildtasche. Die Taschenflaschen sammelte er als Letztes ein. Er entstöpselte eine der beiden und roch am Inhalt, ehe er sie Coll reichte.

»Hier, die kannst du leer machen. Das ist Whisky. Besten französischen Cognac werde ich nicht an dich verschwenden.«

»Danke, Mr. Rankellor.«

Coll hob die Flasche an die Lippen, legte den Kopf in den Nacken und kippte den Inhalt herunter. Anschließend gab er sie an Rankellor zurück, der sie in seine Tasche fallen ließ.

»Was machst du denn für ein Gesicht, Cochran?«, fragte der Doktor.

»Ich ... ich weiß nicht, was ich fühlen soll.«

»Fühlen?«

»Soll ich mich freuen oder was?«

»Meine Güte!« Der Arzt schüttelte ungläubig den Kopf. »Heiland!«

»Ich denke, ich sollte wohl froh sein.«

»Natürlich solltest du das. Du hast eine kleine Tochter. Vielleicht erlebt sie das neue Jahr nicht mehr, Cochran, aber du kannst mir und der göttlichen Vorsehung dankbar sein, dass sie zumindest ihre Reise in diese unbarmherzige Welt überlebt hat. Das ist immerhin ein Anfang.«

»Ja«, sagte Coll Cochran. »Ein Anfang.«

Gaddy brauchte Wochen, um wieder zu Kräften zu kommen. Wenn Coll nicht eine alte Frau aus Blanefield eingestellt hätte, die ihr zur Hand ging, hätten weder sie noch das Neugeborene Weihnachten erlebt.

Bei der Frau handelte es sich um eine streitsüchtige alte Witwe mit Walrossbart, die keinen Hehl daraus machte, dass sie lieber daheim in ihrem eigenen Cottage wäre und die Pflege der Highlanderin nur aus reiner Geldnot heraus übernommen hatte. Sie hatte neun eigene Kinder großgezogen, war als Kinderfrau bei der Familie Stewarten gewesen und war sich immer noch zu fein dafür, eine »ledige Mutter« in einer Hütte mit Grasdach zu versorgen. Aber was Mrs. Boyle machte, machte sie ordentlich, und sie war von ihrer ganzen Art her sanfter als ihre Zunge.

Es wurmte Gaddy, dass sie auf die Hilfe der alten Frau angewiesen war und zusehen musste, wie diese allerlei Arbeiten ausführte, zu denen sie selbst nicht in der Lage war, wie Wasser holen, Holz hacken, Kochen und Elspeth anziehen, die verwöhnt und widerspenstig von den Rankellors nach Hause zurückgekehrt war.

Das Baby nahm Gaddys ganze Aufmerksamkeit in Anspruch, vor allem im ersten Monat.

Sie hatte das Gefühl, dass Anna, wie sie ihre Tochter nannte, die Muttermilch nicht vertrug. Gaddy musste durch Brustmassage eine kleine Menge Milch aus ihren prallen Brüsten in einen Eierbecher geben und im Verhältnis eins zu zwei mit abgekochtem Wasser verdünnen. Anschließend fütterte sie den Säugling Tropfen für Tropfen mit Hilfe eines Glasröhrchens, über dessen eines Ende sie einen improvisierten Nuckel aus schwarzem Gummi gezogen hatte.

Das Füttern erforderte so große Sorgfalt und Geduld, dass die erste Woche nach der Geburt für Gaddy ein einziger Albtraum war in ihrer Erschöpfung, von der ihr ganzer Körper sich bleischwer anfühlte. Während sie Mrs. Boyle nur zu gerne alle anderen Arbeiten überließ, erlaubte sie der alten Frau nicht, Anna zu versorgen. So zwang sie sich, gegen die lähmende Müdigkeit anzukämpfen, hievte sich aus dem Bett und erledigte all das, was Doktor Rankellors Instruktionen zufolge erledigt werden musste.

Regen kam, und dazu stürmischer Wind. Nasser Schnee klatschte auf das Dach. Gaddy bekam das Wetter nur am Rande mit, so wie ein Gefängnisinsasse nur Bruchstücke des Himmels sah, wenn sie nach draußen ging, um das Nachtgeschirr zu lehren oder – später – das ein paar Meter von der Hütte entfernte Toilettenhäuschen aufzusuchen. Ihr Leben wurde völlig von Anna beherrscht. Sie widmete sich dem Baby mit einer grenzenlosen Liebe und Opferbereitschaft.

Elspeth war nicht sonderlich begeistert von ihrer kleinen Schwester. Mit ihren zwei Jahren fiel es ihr schwer zu akzeptieren, dass sie jetzt nicht mehr im Mittelpunkt stand, sondern Liebe und Aufmerksamkeit ihrer Mutter teilen musste. Sie tröstete sich, indem sie versuchte, Mrs. Boyle für sich zu gewinnen, aber diese wies die Annäherungsversuche des einsamen Kindes schroff zurück. Es folgten Tränen und Schreianfälle.

Gaddy hätschelte ihre älteste Tochter in den Pausen zwischen Annas Mahlzeiten. Ihr war klar, wie sehr Elspeth unter der neuen Situation leiden musste, und so versuchte sie, das Benehmen des Kindes zu entschuldigen. Aber es war nicht viel Zeit zum Spielen. Coll hätte diesen Teil der elterlichen Pflichten mit Gaddy teilen können, aber er kam jetzt nur noch selten. Gaddy machte ihm keinen Vorwurf. Was sollte ein Mann in einer winzigen Hütte mit einer alten Frau, einer kranken Mutter, einem quengeligen Kind und einem schwächlichen Säugling? Ein Vergnügen war das sicher nicht. Und sie machte sich Sorgen, weil sie zum ersten Mal in ihrem Leben so schwach war, dass auch ihre Willenskraft nicht ausreichte, die Krise zu meistern, was sie von anderen abhängig machte.

Aber im Laufe der Wochen wurde Anna langsam kräftiger und ihr Zustand stabilisierte sich. Die faltige Haut glättete sich, und sie lernte, an der Brust zu trinken.

Am Dienstag zwischen Weihnachten und Neujahr stattete Rankellor ihr einen letzten Besuch ab. Er wog das lauthals protestierende Baby in den Händen wie einen frisch gefangenen Lachs, wobei ihm Elspeth mit einem hintergründigen Lächeln zusah.

»Klein«, stellte Rankellor schließlich fest. »Klein, aber gut entwickelt. Du musst sie weiterhin gut vor Nässe und Kälte schützen. Füttere sie nicht übermäßig in der Hoffnung, dass sie dann schneller wächst. Das würde ihr nicht bekommen. Was ist mit dir? Kannst du schon aufstehen?«

»Ja, das geht schon ganz gut.«

»Hast du genug Milch?«

»Ja, Sir.«

»Achte auf dich«, legte ihr der Arzt nahe. »Ich werde zwei oder drei Monate nicht in der Gegend sein. Ich muss nach Edinburgh, um ein Semester am College zu unterrichten und für eine Weile zivilisierte Gesellschaft zu genießen.«

»Ich kann Ihnen gar nicht genug danken für das, was Sie für mich getan haben.«

»Du hast dafür bezahlt, schon vergessen?«

Er hatte Gaddy nicht die Wahrheit gesagt. Es stimmte zwar, dass er als Gastdozent an der medizinischen Hochschule Vorlesungen halten würde, aber er hatte um diese Aufgabe ersucht. Er zog es vor, in den kommenden Monaten fort zu sein, um zu vermeiden, in den Streit zwischen Leggat und dem Kirchenrat hineingezogen zu werden. Er hatte das Kind der Sünde auf die Welt geholt, das wusste ganz Balnesmoor, aber er sah nicht ein, dass man ihn verteufelte, wo sich hierfür doch andere Gemeindemitglieder viel besser eigneten. Er fühlte sich auch nicht genötigt, dem Pfarrer in dieser Sache zur Seite zu stehen, auch wenn sie befreundet sein mochten. Und so verließ er Gaddy Patterson und das krähende Baby unendlich erleichtert und brach gleich am folgenden Morgen unbeschwert in seiner Kutsche auf nach Edinburgh.

Wenn Coll Cochran eine Kutsche gehabt hätte und die Aussicht auf eine Anstellung in einer fernen Stadt, hätte er der Highlanderin und Balnesmoor womöglich auch den Rücken gekehrt.

Er schränkte seine Besuche am Nettleburn nicht ein, um die gestrengen Ratsmitglieder zu beschwichtigen, und ebenso wenig fühlte er sich von verspätetem Pflichtgefühl Etta gegenüber hierzu veranlasst. Er fühlte sich schlicht verloren. Er kam sich vor, als befände er sich auf einem schmalen Brett über einer tiefen Schlucht und als wäre er in der Mitte stecken geblieben. Es fiel ihm schwer, in dem winzigen faltigen roten Wesen in seinem Kokon aus Schals seine Tochter zu sehen. Das einzig Positive, das der Farmer in dieser Phase tat, war Peter Docherty eine zwölfmonatige Festanstellung anzubieten und ihn für seine Arbeit ordentlich zu bezahlen. Er hatte in den vergangenen neun Monaten ein ordentliches Sümmchen ausgegeben, konnte aber hierfür auch einiges vorweisen und hatte auch eine ansehnliche Rücklage behalten für schlechte Zeiten – oder als Puffer gegen den heiligen Zorn der Kirchenältesten, die dieser verfluchte James Moodie gegen ihn aufgehetzt hatte.

Der Pfarrer brachte ihr als Neujahrsgeschenk einen Korb voll Winteräpfel und einen kleinen Wollschal, den er bei seiner Haushälterin in Auftrag gegeben hatte.

Mrs. Sprott hielt zwar nicht viel von Frauen wie Gaddy Patterson, aber James Moodie konnte sie noch weniger leiden, und so gab sie sich beim Stricken ganz besondere Mühe. Sie, und nur sie allein wusste, dass Mr. Leggat eine Entscheidung gefällt hatte, was die weitere Vorgehensweise in dieser Angelegenheit betraf.

»Sie werden bestraft werden müssen, Herr Pfarrer«, erinnerte ihn Mrs. Sprott, als hätte es einer Erinnerung bedurft.

»Dieser traurigen Tatsache bin ich mir bewusst.«

»Er wird nicht vor dem Rat bereuen, oder?«

»Nein. Und auch wenn er es täte, würde der Rat von ihm verlangen, sich künftig von der Frau fern zu halten, und ich kann mir nicht vorstellen, dass Coll Cochran sich seine Freundschaft zu Miss Patterson verbieten lassen wird.«

»Zumal er ihr erhebliche Einkünfte zu verdanken hat.«

»Ich bezweifle, dass seine Motive finanzieller Natur sind.«

»Er ist ein Farmer, Reverend«, gab Mrs. Sprott zu bedenken, deren verstorbener Mann ebenfalls Bauer gewesen war. »Ich habe noch keinen Bauern kennen gelernt, der nicht hinter dem Geld her gewesen wäre.«

»Mag sein, aber Mr. Moodie hat es nicht wirklich auf Cochran abgesehen.«

»Es ist höchste Zeit, Mr. Moodie in die Schranken zu verweisen.«

»Stimmt, aber das Dorf steht hinter ihm.«

»Die Leute im Dorf täten gut daran, sich an Worte im Alten

Testament zu erinnern, im 23. Kapitel des zweiten Buches Mose.«

Mr. Leggat war nicht mit sämtlichen Absätzen des Kapitels vertraut, zumal er sich mehr mit dem Neuen Testament beschäftigte als mit dem Alten. Er gönnte Mrs. Sprott ihren kleinen Triumph.

»Und wie genau lauten besagte Worte?«

Selbstzufrieden zitierte Mrs. Sprott den 9. Vers: »›Die Fremdlinge sollt ihr nicht unterdrücken; denn ihr wisset um der Fremdlinge Herz, weil ihr auch Fremdlinge in Ägyptenland gewesen seid.‹«

»Schr passend, Mrs. Sprott. Leider bezweifle ich, dass eins unserer Schäfchen weiß, wie einem Fremdling zu Mute ist, weil sie noch nie in der Fremde waren, schon gar nicht in Ägypten.«

Trotzdem sah sich James Moodie am folgenden Sonntagvormittag mit dem ersten Dutzend Verse aus dem zweiten Buch Mose konfrontiert, die ihm im Rahmen der Bibellesung vorgegeben wurden. Nicht einmal der Weber wagte es, seinem Tonfall eine empörte Note zu verleihen, als er laut vorlas: »›Du sollst kein falsches Gerücht verbreiten; du sollst nicht einem Schuldigen Beistand leisten und kein falscher Zeuge sein. Du sollst der Menge nicht auf dem Weg zum Bösen folgen und nicht so antworten vor Gericht, dass du der Menge nachgibst und vom Rechten abweichst.‹«

Aber eben wegen – oder trotz – dieser Verse stellten Mr. Moodie und die drei anderen Kirchenratsmitglieder den Pfarrer noch am selben Nachmittag zur Rede und verlangten, dass er endlich handelte.

So langsam die Mühlen eines Kirchenprozesses auch mahlten, ewig ließen sie sich nicht bremsen.

»Ist es nicht Fakt, dass das Kind inzwischen geboren wurde?«, meinte Mr. Parry.

»Ein kleines Mädchen, ja«, bestätigte Mr. Leggat.

»Und ist die Identität des Vaters geklärt?«, wollte Mr. Symington wissen.

»Ja, sie hat Coll Cochran als Vater genannt.«

»Und streitet besagter Coll Cochran ab, das Kind gezeugt zu haben?«, fragte Mr. Moodie.

»Im Gegenteil.«

»Und wurde Coll Cochran davon in Kenntnis gesetzt, dass er für das Kind aufkommen muss?«, fragte Mr. Dewar.

»Er übernimmt die Verantwortung gern.«

»Aber ist Coll Cochran auch gewillt zu versprechen, der Sünde abzuschwören, auf den Pfad der Tugend zurückzukehren und sich künftig von der Frau fern zu halten?«

»Dem hat er bislang nicht zugestimmt«, erwiderte Mr. Leggat.

»In diesem Fall, Reverend, da als erwiesen gilt, dass Coll Cochran keine Reue empfindet wegen seiner Sünde des Fleisches mit dieser Highlanderin und er Ihnen selbst gesagt hat, dass er nicht gewillt sei, seinen guten Namen vor der Gemeinde und vor Gott wieder herzustellen ...«

Mr. Leggat konnte James Moodies Gewäsch nicht länger ertragen und unterbrach ihn. »Ich werde ihn deswegen von der Kanzel aus rügen, Mr. Moodie.«

»Wann?«

»Am kommenden Sonntag.«

Die vier Männer brummten nickend und tauschten zufriedene Blicke, als hätten sie einen großen und dauerhaften Sieg gegen das Böse errungen.

»Und was, wenn er nicht kommt?«, fragte Ian Dewar.

»Er wird dreimal aufgefordert werden, sich der Gemeinde zu stellen, so wie es die Kirche verlangt«, sagte Mr. Leggat.

»Und dann?«, warf Mr. Symington ein, der vom Pfarrer persönlich hören wollte, welche Strafe er sich nun für den Sünder ausgedacht hatte.

»Dann werde ich ihm die Kommunion verweigern.«

Am darauf folgenden Tag, dem Montag, suchte der Geistliche mit seinen kleinen Geschenken Gaddy auf. Er traf sie bester Laune an. Sie war auf und angezogen, blieb jedoch in der schützenden Hütte, und ihm fiel auf, dass sie sich nicht weit vom Feuer entfernte.

Nachdem er das Neugeborene gebührend bewundert hatte, bat Mr. Leggat darum, unter vier Augen mit Gaddy sprechen zu dürfen, woraufhin die alte Frau murrend hinausging, um Wasser zu holen und das Fass aufzufüllen.

Gaddy hielt den winzigen Säugling so liebevoll im Arm, dass Mr. Leggat trotz aller Entschlossenheit, ganz offen und unverblümt mit ihr zu sprechen, zögerte. Es war Gaddy, die seine Nervosität spürte und auf den Punkt kam.

»Geht es um den Kirchenrat, Mr. Leggat?«

»Ich fürchte, ja.«

»Verlangen sie eine öffentliche Rüge?«

»Ja, genau.«

»Damit habe ich kein Problem.«

»Die Rüge würde sich auf Coll beziehen.«

»Er kommt schon damit zurecht.«

»Aber man wird auch von ihm verlangen ... öffentlich zu bereuen, was wiederum bedeutet, dass er schwören soll ... seine unanständigen Umtriebe in Zukunft zu unterlassen.«

»Es war nicht unanständig.«

»Gaddy, Gaddy!«, seufzte der Pfarrer. »Man wird ihn zwingen, dich aufzugeben, dich nicht wiederzusehen und auch sonst jeden Kontakt zu dir zu unterlassen.«

»Wie soll das gehen, wo seine Farm nur ein Stück weiter die Straße rauf liegt?«

»Glaub mir, Mr. Moodie und die anderen Ratsmitglieder werden ihn im Auge behalten.«

»Dann werden Sie Anna also nicht taufen?«

»Wie bitte?«

»Ich muss sie taufen lassen.«

»O nein«, entgegnete Mr. Leggat. »Das würde der Kirchenrat niemals erlauben. Gaddy, wie kann ich dir nur klar machen, dass du dich in den Augen Gottes mit Coll Cochran versündigt hast? Ich habe von einer genauen Untersuchung der Fakten abgesehen – ich halte nichts davon, aus reiner Sensationslust Einzelheiten auszugraben –, zumal weder du noch Cochran die Tat abgestritten habt. Aber ihr habt gesündigt. Du hattest unehelichen Verkehr, und er hat sich des Ehebruchs schuldig gemacht. Das *ist* skandalös und unmoralisch, und ich als Pfarrer habe gar keine andere Wahl, als Maßnahmen zu ergreifen.«

»Und wie erreiche ich, dass sie getauft wird?«

»Weder in dieser Gemeinde noch in irgendeiner anderen in Lennox wird eine Taufe möglich sein, solange der Skandal noch aktuell ist.«

»Heute ist es schon etwas spät ...«, begann Gaddy.

»Geh nicht leichtfertig mit dieser Sache um, ich bitte dich.«

»Das werde ich nicht.«

»Mir kommt es aber so vor. Empfindest du denn gar keine Reue?«

»Nein, Reverend, es tut mir nicht Leid, wenn Sie das meinen.«

»Aber Coll Cochran ist doch vor Gott und dem Gesetz verheiratet.«

»Nun, ich hatte nie den Eindruck, dass diese Ehe im Himmel geschlossen wurde.«

Mr. Leggat erhaschte einen Blick auf einen stahlharten Kern im Charakter der Highlanderin. Vielleicht hatte er ihn zuvor bereits bemerkt, aber als Entschlossenheit gedeutet. Jetzt erkannte er, dass es reine Selbstsucht war. Sie saß da wie eine heidnische Madonna, ein Kind an der Brust, das andere Kind an ihrer Seite, und wirkte dabei so resolut und ursprünglich, dass Leggat sich hiervon richtig eingeschüchtert fühlte.

Aber er war auch verärgert und fuhr mit ungewöhnlicher Härte fort.

»Es mag dir nichts ausmachen, vom Gottesdienst und aus der christlichen Gemeinde ausgeschlossen zu werden, wohl aber Cochran. Ich verstehe einfach nicht, wie ein Mensch wie Coll Cochran es fertig bringen konnte, nicht nur seinen Ausschluss aus der Kirche zu provozieren, sondern sich darüber hinaus mit dem Gutsherrn zu überwerfen und die Sympathien seiner Freunde in Balnesmoor zu verscherzen.«

»Er hat hier keine Freunde. Und der Gutsherr hat sich auch nie um ihn geschert. Soll er die Last bis ans Ende seiner Tage tragen, Reverend?«

»Gott wird ...«

Gaddy ließ nicht zu, dass er zu predigen anfing. »Ich behaupte ja gar nicht, dass Coll mein ist. Was er tut, ist alleine seine Entscheidung. Ich möchte nur, dass mein Kind Gottes Segen bekommt.«

»Wenn du so wenig Achtung vor der Institution Kirche hast, warum in Gottes Namen ist dir dann so viel an der Taufe gelegen?«

»Es ist eben so.«

»Das kann doch für einen Menschen deines Schlages keine Bedeutung haben.«

Mr. Leggat brachte den Vorwurf zwar in mildem Tonfall hervor, verfolgte jedoch damit den Zweck, sie aus der Reserve zu locken.

»Es könnte für Anna von Bedeutung sein.«

»Wenn ihr beide eure Verfehlungen ehrlich bereut und ...«

»Warum geschieht das alles?«, fragte Gaddy. »Ich habe das Kind aufgenommen, das sonst niemand haben wollte. Und ich bin ihm eine gute Mutter gewesen.«

»Du bringst da etwas durcheinander. Du hast außerdem den Ehemann einer anderen in dein Bett geholt.«

»Ich habe ihr nichts weggenommen; sie wollte ihn doch

nicht mehr in ihrem Bett haben. Ist das in den Augen Gottes nicht auch eine Sünde?«

Mr. Leggat erhob sich. »Du bist wirklich durcheinander. Aber mir ist klar geworden, dass Worte dich nicht zur Vernunft bringen werden. Ich muss dich nur warnen, dass die Sache mir möglicherweise aus den Händen genommen wird und keine rein lokale Angelegenheit bleibt. Die Mitglieder des Kirchenrates verlangen von mir, das Presbyterium der Kirche von Schottland einzuschalten. Weißt du, was das ist?«

»Ja, die Kirche selbst, die zentrale Macht.«

»Diese Leute werden weniger nachsichtig mit dir und Cochran verfahren als ich.«

»Und was können sie tun?«

Mr. Leggat zögerte. Er war eine halbe Generation zu jung, um die ganze Macht des Presbyteriums der Kirche von Schottland zu erleben. Aber er hatte von den verhängten Strafen gelesen und von dem Eifer, mit dem manche Geistliche jene verfolgten, die der Versuchung des Fleisches erlegen waren. Aber er war sich seiner Sache nicht ganz sicher. Trotzdem beschloss er, Gaddy Patterson Angst zu machen, und das ohne allzu schlechtes Gewissen. Etwas von seinem Mitgefühl für sie war verflogen. Sie stellte sogar seine gemäßigten Ansichten bewusst auf die Probe.

»Man könnte dir die Kinder wegnehmen.«

»Unmöglich.« Noch war sie nicht überzeugt. »So etwas geht gar nicht, Mr. Leggat.«

»Wenn sie glauben, die Kinder wären moralisch gefährdet, könnte es sehr wohl dazu kommen. Du bist nicht verheiratet. Du hattest Verkehr mit einem verheirateten Mann. Ihr weigert euch beide zu bereuen und eurer sündigen Beziehung zu entsagen.«

Gaddy zeigte immer noch keine Spur von Panik. »Das werde ich nicht zulassen.«

»Du wirst es nicht verhindern können.«

»Ich kann sie wegbringen. Sie verstecken.«

»Weg von Balnesmoor? Wie willst du sie dann versorgen? Bist du nicht auf Coll Cochran angewiesen, um euren Unterhalt zu erwirtschaften?«

»Ich ... ich würde Mittel und Wege finden.«

»Wäre es nicht einfacher, Cochran aufzugeben, Gaddy?«

»Nicht, wenn er mich noch braucht.«

»Diese sture Haltung ist sehr unklug.«

»Mag sein, Mr. Leggat, aber ich habe auch nie behauptet, besonders klug zu sein.«

»Zum letzten Mal, Gaddy, wirst du zusammen mit Coll Cochran in die Kirche kommen, öffentlich deine Sünden bekennen und ehrliche Reue zeigen?«

»Ich kann nicht.«

»Heißt das, du weigerst dich?«

»Wenn Sie sich weigern, Anna zu taufen, kann ich mich nicht den Gesetzen Ihrer Kirche beugen.«

»Das ist schlichtweg lächerlich«, schimpfte Mr. Leggat. »Nach allem, was wir für dich getan haben.«

»Sie waren sehr freundlich, Mr. Leggat, und dafür danke ich Ihnen auch herzlich. Aber das war es auch schon. Ich bereue nichts, und ich werde auch nicht so tun als ob. Was Coll tut, ist seine Sache.«

»Ist dir klar, dass man dich ächten wird?«

Sie schloss die Augen und schüttelte den Kopf. Dann öffnete sie die Augen wieder und schaute dem Pfarrer ins Gesicht. »Nicht von Kirche oder Kirchenanhängern verstoßen und gesteinigt zu werden macht einen zum Geächteten. Das wird man nur, wenn man nicht geliebt wird.«

»Gott liebt jeden, der seinen Geboten gehorcht.«

»Ja«, entgegnete Gaddy bitter. »Gott liebt den Spatzen – aber er war es, der ihm Flügel geschenkt hat.«

»Gaddy, ich kann nichts mehr für dich tun.«

»Taufen Sie meine Tochter.«

»Nichts mehr«, entgegnete Mr. Leggat kopfschüttelnd. »Nicht einmal das.«

Es war noch sehr früh, aber sie fütterte das Baby und legte es anschließend wieder warm eingepackt in die alte Korbwiege zurück. Hiernach überließ sie Anna der Obhut von Mrs. Boyle, nahm ihren Stock aus Eschenholz und ging quer über das Feld zum Tor, ohne der alten Frau zu verraten, wohin sie wollte und wozu.

Sie fand Coll auf der Weide eine Viertelmeile vom Farmhaus entfernt, bei der Hecke, wo Heuraufen aufgestellt werden würden, sobald es anfing zu schneien. Er hatte Heu für das Vieh gebracht, und die Tiere, die sich noch an die Futterstelle des Vorjahres erinnerten, waren aus dem ziemlich weit entfernten Erlenwäldchen und von jenseits des Grabens gekommen, um die trockenen Halme zu kauen und dem Farmer mit heiserem Muhen mangelnde Fürsorge vorzuwerfen. Aber noch gab es Gras genug, um die Schlachtbullen des kommenden Frühjahres bei Kräften zu halten, während die Kälber und Färsen im Stall mehr Platz hatten, nachdem der Winter bis zu diesem Januarnachmittag recht milde war.

Gaddy brauchte ziemlich lange, um sich bis dorthin durchzukämpfen – noch kamen ihre Beine ihr vor wie Fremdkörper –, aber als sie Coll entdeckte, straffte sie die Schultern, versteckte den Stock unter der Hecke und gab sich alle Mühe, etwas schwungvoller zu gehen.

Er empfing sie herzlich und machte sichtlich überrascht einiges Aufhebens um ihren Besuch. Aber sie merkte gleich, dass er zurückhaltender war, dass das Vertrauen und die tiefe Verbundenheit, die noch vor einem Monat zwischen ihnen bestanden hatten, von den Ereignissen der vergangenen Wochen verschüttet worden waren.

Sie erkundigte sich nach der Herde und der Farm ganz allgemein. Er beantwortete ihre Fragen mit der Mischung aus Stolz und Pessismismus, die bei Farmern so typisch war.

»Mr. Leggat ist bei mir gewesen«, sagte sie schließlich.

»Ja, hier war er auch.«

»Im Haus?«

»Er hat mich im Heuschober erwischt.«

»Hat er es dir gesagt?«

»Hat er, und das in aller Deutlichkeit.«

»Er weigert sich, Anna zu taufen.«

»Das kann ich ihm nicht verdenken.«

»Ich möchte, dass mein Kind in den Schoß der Kirche aufgenommen wird.«

»Das dürfte kein Problem sein«, entgegnete Coll achselzuckend. »Tritt vor den Kirchenrat, beichte deine Sünden mit mir, bereue und schwöre, es nie wieder zu tun. Dann werden sie Milde walten lassen, Leggat erteilt dir die Absolution, und in ein, zwei Monaten stehst du mit Anna am Taufbecken.«

»Das will ich nicht«, erwiderte Gaddy. »Aber ich möchte, dass du ...«

»Dass ich was?«

»Dass du das tust.«

»Wie bitte?!«

»Sonst gehe ich fort. Dann sehen wir uns nie wieder, Coll, weder im Schutz der Dunkelheit noch bei Tag.«

»Dann habe ich niemanden mehr, mit dem ich reden kann.«

»Kannst du dich nicht dazu durchringen?«

»Nein, das kann ich verdammt noch mal nicht.«

»Dann«, sagte Gaddy fest, »werde ich aus Balnesmoor fortgehen.«

»Und wo willst du hin mit zwei kleinen Kindern?«

»Zurück nach Ardelve«, log sie.

»Was erwartet dich da? Dein Viehtreiber?«

»Ich gehöre mehr dorthin als hierher, Coll.«

»Ich lasse mich nicht so leicht abschütteln, Gaddy. Ich dachte, du liebst mich.«

»Zu sehr, um mit anzusehen, wie man dich mit Schmutz bewirft und demütigt.«

»Ist es das, was dir zu schaffen macht? Lieber verzichte ich auf einen Platz in ihrem presbyterianischen Himmel und riskiere einen Aufenthalt in ihrer presbyterianischen Hölle, ehe ich dich ohne mich irgendwohin gehen lasse.«

»Ich dachte ... Ich dachte, du hättest genug von mir.«

»Ich werde deiner nie überdrüssig werden. Es sind diese engstirnigen Dorfbewohner, die mir zum Hals raus hängen, Gaddy. Das und meine eigene Unfähigkeit, dich zu meiner Frau zu machen.«

»Ich sagte dir doch schon, dass mir das nicht wichtig ist, Coll.«

»Was ist los? Warum bist du wirklich hier?«

»Tritt vor den Rat. Sag ihnen, was sie hören wollen.«

»Nein«, sagte Coll stur.

Ein paar Schneeflocken fielen von einem scheinbar unveränderten Himmel herab. Der Farmer nahm die Mütze ab und betrachtete die Flocken, die an der Wolle haften geblieben waren. Dann blickte er auf den Drumglass, von dem sich Streifen dunkler Wolken abhoben, so gerade wie Bleistiftlinien von Zeichenpergament.

»Für mich«, flehte Gaddy. »Tu es für mich, Coll.«

»Willst du mich auf die Probe stellen, Frau?«

»Ja, mag sein.«

»Warum?«

»Ich will ganz sicher sein, Coll.«

»Meiner Liebe, meinst du?«

»Ich will ganz sicher sein, wo ich hingehöre.«

»Wo du hingehörst?«

Sie legte ihm die Hände auf die Unterarme und zog ihn an sich. Winzige weiße Flocken klebten an seinem silbernen Haar, und die Luft um sie herum war plötzlich erfüllt von wirbelnder Weiße und ihren Schatten. Coll reagierte erst unsicher, aber dann leidenschaftlich und schloss sie in die Arme, als wollte er sie vor dem schneidenden Wind schützen, der den Wolken vorauseilte.

»Ich verstehe nicht, was du von mir willst, Gaddy.«

»Sag es ihnen. Stell dich ihnen. Siehst du, noch stehe ich nur mit einem Fuß im Paradies, während der andere fest auf dem Boden der Tatsachen steht.«

Coll drückte sie an sich und lachte.

»Ich soll sie herausfordern, ist es das?«

Sie antwortete nicht. Er schob sie ein wenig von sich fort, sodass er ihr Gesicht sehen konnte. Ihre Augen schwammen in Tränen.

»Und wenn ich es nicht tue, gehst du fort aus Balnesmoor?«

Sie nickte weinend.

Sie meinte, was sie sagte; Gaddy Patterson war nicht der Typ, der leere Drohungen ausstieß. Sie bot ihm eine Lösung für seine eigene verworrene Situation. Er musste sich entscheiden: Entweder er kämpfte für sie, oder aber er musste zu dem Leben zurückkehren, das er erduldet hatte, bevor die Highlanderin nach Balnesmoor gekommen war und ihr Gefährte seine Ponyherde auf die Weiden des Nettleburn getrieben hatte.

Inzwischen schneite es dichte, dicke Flocken, die auf ihrer Haut schmolzen und sich mit ihren Tränen vermischten.

»Ich bitte dich nicht um meinetwillen darum, Coll. Es geht um ...«

»Anna. Ja.«

»Und Elspeth.«

»Aber was ist mit Etta? Was ist mit meiner Frau?«

Gaddy zögerte nicht, ihm auch hier eine Lösung zu präsentieren.«

»Überlass ihr die Farm, Coll.«

»Die Farm? Dyers' Dyke? Meine Güte, wie sollte sie ...«

»Bezahl einen Verwalter, der sich um alles kümmert. Soll sie weiter dein altes Leben leben. Komm zu mir an den Nettleburn.«

»Wir würden alle verhungern.«

»Wir könnten Vieh verkaufen. Es würde uns ganz gut gehen, dir und mir, wir würden doch nicht viel brauchen.«

»Gaddy, ist dir klar, was du da von mir verlangst? Ich soll den Dyke weggeben, das Lebenswerk meines ...«

Coll verstummte abrupt. Sein Vater hatte auf Pump gelebt und ihm einen Haufen Schulden hinterlassen. Er hatte Silberlinge in den Klingelbeutel gegeben und im Inn Ale getrunken – alles auf Kredit, den er sich mit seinem guten Namen erkauft hatte. Er hatte keinen Gedanken an das Morgen verschwendet, hatte sich nicht darum geschert, seinem Sohn etwas zu hinterlassen. Im Übrigen gehörte der Hof nicht ihm, sondern dem Verpächter. Er besaß nichts, wenn er es genau bedachte, abgesehen von dem Vieh, das er allein durch elende Schufterei erhalten hatte. Nichts an der Farm, nicht einmal Etta, bedeutete ihm irgendetwas. Das Einzige, was ihn damit verband, waren Gewohnheiten, die die Gemeinschaft ihm auferlegt hatte. Er hatte nicht mehr allzu viele Jahre vor sich. Die Vergangenheit zerrte an ihm wie Ketten. Was brauchte er wirklich? Nicht den Dyers' Dyke, diese Morgen Land, die wie Mühlsteine um seinen Hals hingen. Auch wenn es auf den ersten Blick so schien, als würde Gaddy von ihm verlangen, alles aufzugeben, war dieses »Alles« tatsächlich nur eine Illusion.

»Es gäbe da noch einen anderen Ausweg, Gaddy.«

»Und der wäre?«

»Geld. Es ist heute nicht mehr so wie damals, als ich noch

ein kleiner Junge war. Heute kann ich mir meine Absolution erkaufen.«

»Wirst du das tun, Coll?«

Er nahm ihre Hand und führte sie an der Dornenhecke entlang, die bereits von Schwarz zu beinahe Weiß gewechselt hatte. Gemeinsam schaute das Paar hinab auf die Dächer, die vom Rand der Weide aus zu sehen waren, auf die Rauchsäulen, die aus den Kaminen aufstiegen und sich vor dem Wind neigten.

»Ich begleite dich ein Stück des Heimwegs«, sagte Coll.

»Coll, antworte mir: Wirst du es tun?«

»Bei Gott, das werde ich«, versprach er.

»Zehn Guineas?«, fragte James Moodie. »Zehn Guineas wofür?«

»Damit mein Name aus dem schwarzen Buch getilgt wird.«

Er schälte die Scheine von einem Bündel in seiner Hand ab und legte sie nebeneinander auf den Tisch. Die vier Ratsmitglieder und Mr. Leggat zuckten vor den Scheinen zurück, als wären sie mit Erregern einer hochinfektiösen Krankheit behaftet.

»Zehn Guineas«, sagte Parry. »Das ist ein fürstliches Gebot. Nicht einmal der Gutsherr selbst würde eine solche Summe als Buße verlangen.«

»Ist das Bestechung?«, fragte Ian Dewar.

»Das ist es allerdings«, bekräftigte Moodie.

»Herr Pfarrer, was sagen Sie dazu?«, fragte Coll.

Es war Freitagabend, und die Versammlung des Kirchenrates war auf Cochrans Begehren hin kurzfristig anberaumt worden. James Moodie und seine Mutter hatten bereits Spekulationen angestellt darüber, was dahinter stecken mochte. Sie waren zu dem Schluss gekommen, dass er vom Rat Milde erflehen wollte. Mr. Moodie hatte seiner Mutter erklärt, dass er sich nicht von tränenreichem Betteln erweichen lassen, sondern auf jeden Fall hart bleiben würde.

»Das ist ein Bußgeld«, sagte Coll nun. »Ist es für die Kirche nicht legitim, das Geld anzunehmen anstelle einer öffentlichen Rüge?«

»Das ist es«, entgegnete Mr. Leggat gequält. »Das ist eine übliche Praktik; es gibt zahllose Präzedenzfälle.«

»Bei Edelleuten und Vertretern des Landadels, aber doch nicht bei einfachen Leuten wie ihm«, knurrte James Moodie.

»Dann gelten also in der Kirche unterschiedliche Regeln für Reich und Arm?«, fragte Coll herausfordernd.

»Ganz und gar nicht«, entgegnete Mr. Leggat. »Tatsächlich sind zehn Guineas eine exorbitante Summe für einen Farmer. Wie das Scherflein einer mittellosen Witwe ist sie höher zu bewerten als beispielsweise eine noch höhere Summe aus der Tasche eines Sir Gilbert.«

»Sir Gilbert würde sich gar nicht erst in eine solche Lage bringen«, bemerkte Symington.

»Es geht nicht um die Summe an sich«, gab Ian Dewar zu bedenken. »Ich möchte nur gerne wissen, was Cochran genau dafür erkaufen möchte.«

Mr. Leggat nahm es auf sich, die Sachlage zu erläutern. »Damit soll eine öffentliche Rüge abgewendet werden. Zweifellos eine vernünftigere Lösung, als eine Strafpredigt vor der versammelten Kirchengemeinde. Eine solche Summe wäre beispielsweise ein großer Beitrag zur Einrichtung einer Schule.« Der Pfarrer warf einen Blick auf die anderen Ratsmitglieder, konnte aber nirgendwo Begeisterung für diese Regelung entdecken. »Es liegt durchaus im Ermessen einer Gemeinde, einen Geldbetrag anzunehmen als Sühne für eine Sünde dieser Größenordnung.«

»Nur Geld?«, fragte Parry zweifelnd.

»Zehn Guineas kann man wohl kaum mit ›nur‹ definieren«, gab Ian Dewar zu bedenken.

»Und wenn es hundert Guineas wären«, wandte James Moodie ein. »Es ist ein Bestechungsgeld und sonst nichts.«

»Es ist keine Bestechung«, widersprach Coll. »Sondern eine Wiedergutmachung.«

»Gegen die Absolution?«, hakte Mr. Parry nach.

»Die Absolution ist mir nicht so wichtig.«

»Dann heißt das, dass du nicht gekommen bist, um zu bereuen?«, stellte James Moodie fest.

»Das ist richtig«, bestätigte Coll.

»Du willst also weiter deinen sündigen Gelüsten des Fleisches frönen?«, rief James Moodie empört aus.

»Ich habe vor, meine Beziehung zu Gaddy weiter zu pflegen, ja.«

»In diesem Fall kannst du dein Geld behalten, Cochran«, sagte Moodie angewidert.

»Augenblick«, mischte sich Ian Dewar ein. »Nicht so hastig.«

James Moodie sprang auf und zeigte anklagend mit dem Finger auf den Farmer. »Wir lassen uns nicht von den Versuchungen Mammons verführen. Es ist unsere heilige Pflicht dieser Gemeinde gegenüber – ganz zu schweigen von Gott –, die Schande in der ganzen Gemeinde bekannt zu geben und anzuprangern, und dazu noch in jeder Gemeinde, in die du dich mit deiner Hure flüchten willst.«

Coll war mit einem Schritt am Tisch. Er packte über Symingtons Schulter hinweg mit beiden Händen James Moodies Mantelaufschläge und zog den Mann auf den Tisch.

Banknoten flatterten zu Boden. Mr. Parry griff ein, während Dewar, der blitzschnell erkannte, was Cochran vorhatte, den Stuhl zurückstieß und aufsprang. Er machte jedoch keine Anstalten, seinem Amtskollegen zu Hilfe zu eilen, der wie ein Schaf über die Schlachtbank gezerrt wurde und mit schützend über dem Kopf verschränkten Armen über das polierte Holz glitt. Aber das genügte Coll nicht.

»Wie hast du sie genannt, du Erbsenzähler?«, herrschte er den Weber an, hob Moodie, der kein Leichtgewicht war, auf dem Tisch auf die Knie, um ihm dann erst mit der linken Hand und gleich darauf mit der rechten Faust ins Gesicht zu schlagen.

Sofort spritzte Blut aus Moodies Nase, und er schlug kreischend wie ein Marktschreier die Hände über das gebrochene Nasenbein. Moodie wollte sich auf Coll stürzen, aber Dewar hielt ihn an den Rockschößen zurück.

Diese Seite Coll Cochrans – und auch Moodies – hatte noch keiner von ihnen kennen gelernt. Der Weber riss sich los, sprang auf den Farmer zu und warf diesen zu Boden, wo er wie ein gewöhnlicher Stallbrusche auf ihn einprügelte. Mehrere Minuten lang vermochte nicht einmal Mr. Leggat die Kampfhähne zu trennen und musste im Schutz Mr. Symingtons tatenlos zusehen, wie buchstäblich die Fetzen flogen.

Es war komisch, aber es war auch traurig, und solange es dauerte, war es auch unbeschreiblich brutal. Hinter diesem Gewaltausbruch steckte eine viel tiefer reichende Wut, ein weit weniger zivilisiertes Klima. Stühle stürzten polternd um, Banknoten wirbelten durch die Luft, und die Männer schrien und grunzten, wenn ihre Fäuste ihr Ziel trafen.

Wenn Coll die Oberhand gewonnen, wenn Coll gesiegt hätte, dann hätte James Moodies Leben möglicherweise eine völlig andere Richtung genommen. Aber der Weber war jung und kräftig und in seiner Ehre gekränkt, und seine ganze Wut über die Frustrationen, die das Leben ihm auferlegt hatte, floss in seine Fäuste. Er drückte den älteren Mann, der der Länge nach in einer Ecke des Raumes auf dem Rücken lag, mit einem Knie auf den Boden. Das wäre der Moment gewesen aufzuhören, die gewaltsame Auseinandersetzung zu beenden. Aber James Moodie hörte nicht auf. Er schlug und hämmerte auf Cochrans ungeschütztes Gesicht ein, bis der Farmer sich wand und schrie und Blut seine unkenntlichen Züge verschmierte.

Der Weber schrie ebenfalls, fluchte und stieß Schimpfwörter aus, die jedem Kesselflicker und Viehtreiber die Röte ins Gesicht getrieben hätten, einen Hagel von obszönen und blasphemischen Anschuldigungen, die ans Licht brachten, was wirklich in Moodies Hirn schwelte, die Schuldgefühle, die Lust und die Eifersucht, die bislang niemand erahnt hatte.

Erst Dewar und Symington gemeinsam gelang es, indem sie James Moodie an den Schultern packten, diesen vom reglos daliegenden Farmer wegzuziehen, und letztlich musste Mr. Parry sich sogar mit seinem ganzen Gewicht auf die Beine des Tobenden werfen, um diesen zu bändigen. Die drei Mitglieder des Kirchenrates und auch der Pfarrer würden nie den Ausdruck auf dem blutigen, zur Fratze gewordenen Gesicht vergessen, den Hass in den ach so frommen Augen des Webers.

Natürlich wurde der Zwischenfall vertuscht. Wenn ein Mitglied des ehrwürdigen Kirchenrates in Ungnade fiel, trug man dies nicht gleich ins Wirtshaus. Nicht einmal die Ehefrauen, die Sprachrohre der Gemeinde, die in die meisten Geheimnisse eingeweiht wurden, erfuhren von den Gründen für James Moodies Ausschluss aus dem Kirchenamt. Sogar Mr. Parry, der normalerweise Wachs war in den Händen seiner Frau, brummte auf ihr Drängen hin nur: »Das hätte ich ihm nicht zugetraut. Niemals hätte ich das von ihm gedacht.«

Es gab jedoch eine noch unheilvollere und ernstere Angelegenheit, die von Moodies mörderischem Ausbruch ablenkte – keins der Mitglieder des Kirchenrates betrachtete den Angriff als Akt der Selbstverteidigung oder gar Notwehr – und von seiner anschließenden Amtsniederlegung.

Etwas anderes überwog das Schweigen der Ältesten zu den Vorgängen am Freitagabend.

Im Dorf wurde allgemein noch angenommen, dass Coll

Cochran am folgenden Sonntag öffentlich von der Kanzel herab angeprangert werden würde für seine Sünden. So platzte die Kirche aus allen Nähten von einer erwartungsvollen Gemeinde. James Moodie blieb dem Gottesdienst fern. Er hockte wie ein verwundeter Fuchs im Hinterzimmer seines Cottages, mit einem dicken gepolsterten Verband im Gesicht, der seine gebrochene Nase schiente. Tatsächlich wusste James Moodie noch gar nicht, dass bei einer Sondersitzung des Kirchenrates beschlossen worden war, dass es das Beste wäre, Cochrans »Spende« anstelle einer öffentlichen Rüge anzunehmen und es dabei bewenden zu lassen.

Obgleich Mr. Leggat den Ausgang der Ereignisse nicht ganz befriedigend fand, hielt er es als friedliebender und vorsichtiger Mensch für das Beste, Cochran von einem Boten ausrichten zu lassen, dass er nicht länger am Haken hing.

Der Bote fand Coll auf einer Bank auf der Giebelseite der Scheune, obwohl es an diesem Samstag sehr kalt war und sogar etwas geschneit hatte. Sein Gesicht war zerschlagen und verfärbt wie eine vergammelte Rübe, dazu verquollen und lila-gelb verfärbt, das rechte Auge vollständig zugeschwollen, und er hatte eine Kerbe von der Größe eines Daumens mitten in der Oberlippe, dort, wo ein Zahn durch das Fleisch gedrungen war. Der junge Bursche aus Harlwood, der gelegentlich Botengänge für das Pfarrhaus übernahm, überreichte den Brief, den Coll Cochran auch gleich las.

»Wollen Sie antworten?«

»Naaah.«

»Wie bitte?«

Coll schüttelte den Kopf. »Naaahhhn. Kaaaahne Antwoohhht.«

Coll drückte dem Jungen zwei Cent in die Hand, und der trollte sich wieder. Coll steckte den zusammengefalteten Brief ein und verlor kein Wort darüber.

Docherty war neugierig. Er hatte dem alten Mann seine

Erklärung, er sei im Dunkeln unter einer Eiche hergeritten und von tief hängenden Ästen aus dem Sattel gefegt worden, nicht abgekauft – vor allem, da Coll schon seit Wochen nicht mehr geritten war. Die Erklärung beim Abendessen hatte denn auch nicht wirklich Docherty gegolten, sondern Etta. Sie ließ sich nicht dazu herab, nach der Wahrheit zu forschen, aus Furcht, man könnte ihr das Entzücken darüber ansehen, dass ihr Mann zumindest einen Teil seiner gerechten Strafe für seine Untreue erhalten hatte. Weder Coll noch Docherty wären je darauf gekommen, dass Etta wahrhaftig glauben könnte, dass die Hand Gottes ihren sündigen Mann gezüchtigt hatte.

Am Sonntag war Coll noch so steif wie ein drei Tage alter Leichnam und konnte nicht viel mehr tun, als in der Scheune herumzuhumpeln, und so nutzte Etta die Gelegenheit, um ihn eine Dreiviertelstunde vor Einläuten des Morgengottesdienstes anzusprechen.

»Ich habe deinen schwarzen Anzug und deine Handschuhe rausgelegt«, teilte sie ihm ohne Umschweife mit.

»Wozu?«

»Die Kirche.«

»Ich gehe nicht hin.«

»Aber du musst.«

»Ich muss gar nichts.«

Einen Moment war sie sichtlich verblüfft, dann schob sie ruckartig Kopf und Schultern vor und schrie mit flammendem Blick: »GOTT FINDET DICH, WO DU DICH AUCH VERSTECKST. GOTT FINDET DICH.«

Religiöser Wahn hatte bislang nicht zu Ettas sichtbaren Eigenarten gehört. Die regelmäßige Einnahme von Äther hat allerdings eine seltsame Wirkung auf das menschliche Gehirn, und es konnte kein Zweifel daran bestehen, dass Etta Cochrans Verstand in den vergangenen Monaten völlig durcheinander geraten war. Harry Rankellor hätte die Anzeichen erkannt und möglicherweise sogar die richtige Ursache diagnostiziert, aber Rankellor war in Edinburgh, und sonst gab es niemanden, dem Etta Cochrans Gesundheit genug bedeutete, als dass er ihr besondere Beachtung geschenkt hätte.

»Natürlich kann er das«, entgegnete Coll und zog sich in eine Box zurück, wo er sich hinter einer Färse versteckte.

»DAS NÄCHSTE MAL WIRD GOTT DICH MIT EINEM BLITZ FÄLLEN.«

Coll schnaubte, was die Schmerzen in seiner Oberlippe neu entfachte, die er gleich mit etwas Fett einschmierte.

Er hatte es für klüger gehalten, sich Gaddy in diesem Zustand nicht zu zeigen. Er verstand nicht ganz, was Etta da von sich gab. Er nahm an, dass sie davon ausging, er solle »abgekanzelt« werden, und er klärte sie nicht über den aktuellen Stand der Dinge auf.

Vielleicht war es Colls Schuld, vielleicht auch James Moodies. Keiner der beiden Männer konnte sich von Schuld freisprechen, im Übrigen ebenso wenig wie Gaddy. Aber an diesem Sonntag hätte wohl jede Kleinigkeit die arme Etta Cochran endgültig um den Verstand gebracht, sodass viele, darunter Mr. Leggat, wünschten, sie hätten sie darauf vorbereitet, dass sie auf ihre öffentliche Rache würde verzichten müssen.

Das zu wissen oder auch nur zu ahnen, hätte etwas von dem Druck genommen, der sich während des Gottesdienstes in Etta aufbaute, sodass ihre wachsende Ungeduld, wie ihre Banknachbarn später beschwören sollten, nicht nur an Augen und Ohren, sondern sogar an den geblähten Nasenflügeln zu erkennen war. Sie berichteten später, man habe ihren Rachedurst riechen können, trocken und schwefelartig wie Schießpulver nach dem Abfeuern einer Muskete.

Sie trug ein Kleid aus schwarzer Seide, einen schwarzen Strohhut und dazu schwarze Handschuhe. Sie war kreidebleich, abgesehen von zwei tiefroten Flecken auf den Wangen, die zu glühen schienen, als hätte sie Fieber. Sie sang die Psalmen nicht mit, wie an ihren bewegungslosen Lippen zu erkennen war. Sie betete auch nicht, da sie zu keiner Zeit in stiller Andacht die Augen schloss. Sofern sie überhaupt ein Wort von der Predigt oder den Lesungen mitbekam, machte nichts davon Eindruck auf sie, so als wäre es Hebräisch oder Griechisch. Aber dann, nach den Lesungen im Anschluss an die Predigt, als es Reverend Leggats Pflicht war, den Faden seiner Predigt wieder aufzunehmen, auf die Kanzel zu steigen und seine Strafpredigt gegen Sünde und Sünder zu halten, straffte Etta die Schultern. Sie war erfüllt von böswilliger Erwartung, und ein fratzenhaftes Grinsen entblößte ihre Zähne.

Als Mr. Leggat die verschiedenen Versammlungen der folgenden Woche ankündigte, wartete sie geduldig. Als Mr. Leggat die Gemeinde davon in Kenntnis setzte, dass Mr. Moodie unpässlich sei und alle bat, für seine rasche Genesung zu beten, verzweifelte sie nicht. Erst als Mr. Leggat sich abwandte und begann, die sechs Stufen hinunterzusteigen, die zur Kanzel führten, wurde Etta Cochran bewusst, dass ihr Mann durch die Maschen des Netzes geschlüpft war und wieder einmal nicht nur ihrem, sondern auch Gottes Zorn entgangen war.

Das war zu viel für jemanden in ihrem Zustand.

Langsam erhob sie sich, wie jemand, der lange untergetaucht war, um dann tief Luft zu holen und einen markerschütternden Schrei auszustoßen.

An diesem Tag waren alle anwesend, Sir Gilbert, seine Frau, zwei seiner Söhne sowie seine sämtlichen Töchter, Hausangestellten, Stallburschen und Rinderhirten. Sogar Sinclair, sein Verwalter, war mit seiner Frau erschienen. Sie alle, in den oberen wie in den niederen Rängen, erstarrten völlig verblüfft. Es war schockierend. Es war kein Raum für Gelächter, wenn auch nur wenige Ettas sich überschlagenden

Flüche und ihre Forderungen nach Rache verstehen konnten, die in ihrer Vehemenz noch abscheulicher wirkten. Ein, zwei Minuten tobte und schrie Etta Cochran. Mr. Leggat und seine Ratsmitglieder waren wie gelähmt vor Entsetzen, derweil jene, die auf derselben Bank saßen wie Etta, hastig von ihr abrückten.

Es war Sinclair, der dem hysterischen Wutausbruch ein Ende machte. Er stand von seinem Platz auf, überquerte den Mittelgang und ging auf sie zu. Alle machten ihm Platz, als er die Bankreihe betrat und Etta Cochran mit festem Griff die Hand auf die Schulter legte. Sie wirbelte herum und schlug mit beiden Fäusten auf ihn ein. Aber Lachlan war darauf vorbereitet. Er packte ihre Handgelenke und zog die immer noch kreischende ältere Frau an sich, drückte sie so fest an seine Brust, dass sie keine Luft mehr bekam. Zehn Sekunden später brach sie zusammen und fing an, bitterlich zu schluchzen.

Sinclair führte sie aus der Kirche, einen Arm um ihre Schultern gelegt.

Erschüttert beendete Mr. Leggat den Gottesdienst und eilte hinaus, um zu sehen, wie er der armen verwirrten Frau Beistand leisten konnte, kam jedoch zu spät: Sie befand sich bereits mit dem Verwalter in dessen Kutsche auf dem Heimweg.

Sinclair unterhielt sich ruhig mit Coll. Er berichtete ihm von der Szene in der Kirche. Inzwischen war Etta in eine Art Trance verfallen. Sie blickte starr und ohne zu zwinkern vor sich hin. Ihre Kiefer mahlten wie die einer wiederkäuenden Ziege. Ihr Unterkiefer war seltsam verrenkt, sodass die Muskeln und Sehnen an ihrem Hals hervortraten wie die Wurzeln der Baumheide. Sie war immer noch aschfahl, und ihre Wangen glühten nach wie vor. Wenn Doktor Rankellor da gewesen wäre, hätten sie ihn gerufen. So wie die Dinge standen, war die einzige Person, die überhaupt irgendwelche medizinischen Kenntnisse besaß, eine alte Kräuterhexe, die draußen bei den Mühlen von Balfron lebte. Sie war harmlos, aber nicht unbedingt jemand, von dem Sinclair seine eigene Frau hätte behandeln lassen.

»Was soll ich tun, Lachlan?«

»Sie ins Bett bringen und warm halten.«

»Soll ich ihr etwas eingeben? Sie hat mehr Mittel herumstehen als jeder Apotheker!«

»Um Himmels willen!«, rief Sinclair aus. »Die Gifte aus eben diesen Flaschen haben sie überhaupt erst in diesen Zustand versetzt, wenn du mich fragst.«

Coll nickte. Er hatte Etta noch nie pflegen müssen, nicht richtig. Während ihrer zahlreichen »Erkrankungen« war er immer sicher gewesen, dass es ihr an nichts mehr fehlte, sobald er das Haus verließ, um seiner Arbeit auf dem Hof nachzugehen. Er hatte ihr in diesen Zeiten eine gewisse Aufmerksamkeit geschenkt, war aber nie ernsthaft um ihre Gesundheit besorgt gewesen.

Schuldgefühle nagten an ihm. Er benahm sich seiner Frau gegenüber fürsorglicher als seit Jahren, legte den Arm um sie und führte sie durch die Küche nach kurzem Zögern ins große Schlafzimmer. Er drückte sie auf das Fußende der Matratze ihres Ehebettes. Ungeschickt knöpfte er ihr Mieder auf und zog es ihr aus. Weiter kam er jedoch nicht, überfordert von der ungewohnten Aufgabe, und so ließ er ihr den schwarzen Rock und die Strümpfe an. Und die ganze Zeit musterte sie ihn mit einem unheimlichen Blick und einem starren Lächeln auf dem versteinerten Gesicht.

Coll legte die Hände unter ihre Knie, hob sie auf das Bett, zog mit einiger Mühe die Decke unter ihr hervor und deckte sie zu. Die Arme über der Brust verschränkt lag sie reglos auf dem Rücken, den Blick an die Decke geheftet.

Sie flüsterte unverständliches Zeug vor sich hin.

»Was sagst du, Etta?« Coll beugte sich herab und hielt das Ohr dicht an ihre Lippen.

»Coll. Coll.«

»Ja, Etta. Ich bin hier.«

»Coll, Coll, Coll.«

»Ruhig, Liebes. Still. Reg dich nicht auf.«

»Coll, Coll, Coll.«

»Etta, hast du Schmerzen?«

»COLL. COLL. COLL. COLL.«

Auf das Bellen seines Namens folgte ein unkontrollierbarer Lachanfall, der sie schüttelte wie ein ganzes Heer von Dämonen, sodass ihr Körper auf der Matratze auf und ab hüpfte. Coll versuchte sie zu beruhigen, indem er beide Hände auf ihren Bauch drückte. Aber sie klammerte sich an seine Arme und zog sich an ihnen hoch, bis er nicht nur ihre übermenschlichen Kräfte fühlen konnte, sondern auch, wie er sich einbildete, den Wahnsinn, der in ihr brodelte.

Er riss sich los.

Docherty kam herein. Er trug noch den Sack, den er bei der Kartoffelernte gebraucht hatte, und hatte seine schlammigen Clogs an den Füßen. Sinclair hatte ihn aus der Scheune geholt und ins Haus geschickt, damit er Coll zur Hand ging. Sinclair selbst hatte offenbar genug. Etta machte ihn nervös. Ihre Irrationalität ließ sich nur mit einem Anfall exzessiver Leidenschaft erklären. Hysteriker waren ja so unbekannt nicht, nicht einmal in dieser ländlichen Gegend. Sinclair hatte von schubweise auftretenden Anfällen gehört, aber noch nie jemanden erlebt, der derart die Kontrolle verloren hätte. Der Verwalter fuhr in seiner Kutsche davon, bevor er noch tiefer in Cochrans Probleme verwickelt werden konnte.

Zumindest in diesem Punkt erwies sich Docherty als menschlicher als der Verwalter. Er hatte schon früher solche Anfälle erlebt. Es war, wie er gehört hatte, eine typisch weibliche Störung, die mit der monatlichen Blutung und ihrem plötzlichen Ende zu tun hatte. Er wusste jedoch auch von einer verwitweten jungen Frau mit vier kleinen Kindern, die aus Trauer und Furcht davor, auf die Straße gesetzt zu werden, einen solchen Anfall erlitten hatte. Sie hatte sich genauso benommen, der Ausbruch war sogar noch abrupter erfolgt und noch heftiger gewesen – sie hatte wie wild um sich geschlagen und Schaum vor dem Mund gehabt. Er war als Tagelöhner auf der Farm des Gutsherrn angestellt gewesen, als sie in diesen Zustand verfallen war, und er war dabei, als sie unter Krämpfen gleich dort auf dem Kopfsteinpflaster vor der Hintertür ihr Leben aushauchte.

Docherty schob sich an Coll vorbei und warf einen Blick auf Etta, deren unnatürliches schallendes Gelächter Mitleid erregendem Gejammer und einer Tränenflut gewichen war.

»Was in Gottes Namen soll ich nur tun?« Coll war ganz außer sich vor Hilflosigkeit.

»Sie braucht ein Beruhigungsmittel«, entgegnete Docherty. »Sonst schwillt ihr Gehirn an, oder die Fasern ihres Herzens reißen.«

»Aber was ...?«

»Hat sie vielleicht Opium da, oder Laudanum?«

»Ich kann nicht befürworten, dass wir ihr diese üblen Drogen verabreichen.«

»Es muss aber ein starkes Mittel her«, gab Docherty zu bedenken.

»Gott, Docherty, ich weiß nicht einmal, was an Medizin da ist.«

»Mit Ihrer Erlaubnis schaue ich mal nach, Mr. Cochran.«

»Sicher. Tu das.«

Etta hatte sich in die Kissen zurücksinken lassen, und ihre Hände fuhren gekrümmt wie Rattenklauen durch die Luft vor ihren Augen. Für Coll sah es aus, als würde sie einen unsichtbaren Stoff zerfetzen, eine Erscheinung, die nur sie allein sehen konnte, eine zweite Haut, die sie umschloss. Er versuchte erneut, zu ihr durchzudringen, sie zu beruhigen, indem er ihr bewusst machte, dass sie nicht allein war. Aber Etta war immer noch nicht ansprechbar.

Docherty kehrte mit einer blauen Glasflasche zurück, die er schüttelte wie einen Knobelbecher. »Ich brauche einen Löffel.«

Coll holte einen aus der Schublade des Küchenschranks und brachte sie seinem Arbeiter zusammen mit einer Tasse Wasser aus dem Eimer. Er sah zu, wie Docherty die Flasche entkorkte und an dem Inhalt schnupperte.

»Was zum Teufel ist das für ein Zeug?«

»Chloral.«

»Das ist doch gegen Zahnschmerzen, oder?«

»Stimmt, Boss, aber es hilft auch noch bei anderen Wehwehchen.«

»Was glaubst du, was ihr fehlt?«

»Hysterie.«

Das Wort kam Coll vage bekannt vor. Es klang korrekt. Ihm blieb auch kaum etwas anderes übrig, als darauf zu vertrauen, dass Docherty seine Frau nicht umbrachte, auch wenn dies bei näherer Betrachtung möglicherweise ein Segen wäre.

»Bist du auch ganz sicher, dass es Chloral ist?«

»Es steht hier auf dem kleinen Etikett Sirup. Dipper's Chloral Antondyne. Ich kann lesen, sehen Sie. Dipper – das muss ein Arzt sein – Ch-lo-ral ...«

»Also gut. Gib ihr einen Löffel. Vielleicht schläft sie ja davon ein.«

Etta jammerte immer noch, allerdings leise, und ihre klauenartigen Hände fuhren immer noch durch die Luft, wenn auch weniger hektisch. Ihr Hals war immer noch sichtlich angespannt, und Speichel rann ihr aus den Mundwinkeln. Es sah aus, als sei ihr ein dicker emotionaler Kloß im Hals stecken geblieben.

»Ich gebe es ihr.«

Coll nahm die Flasche und gab etwas von dem Saft auf den Löffel. Die Flasche war fast leer. Welche Wirkung die Medizin auch haben mochte, Etta musste reichlich davon genommen haben, da Coll sich undeutlich erinnerte, dass sie sie erst zum Herbstanfang von einem bestimmten fahrenden Händler gekauft hatte. Äther und Chloral. Kein Wunder, dass ihr Gehirn geschwollen war und Wutausbrüche und Launen jegliche Vernunft abgelöst hatten. Er legte ihr eine Hand fest unter den Nacken und führte den Löffel zu ihrem Mund.

Zu seiner Überraschung brauchte er sie nicht erst zu überreden. Sie gierte förmlich nach der Medizin, nahm den Löffel in den Mund und lutschte ihn sauber.

Einen kurzen Moment schien sie ihren Mann wahrzunehmen. Blinzelnd schaute sie in sein besorgtes Gesicht.

»Mehr«, verlangte sie.

Coll warf über die Schulter einen Blick auf Docherty.

Der junge Landarbeiter zuckte die Achseln.

Etta krallte die Fingernägel in seinen Arm und schrie: »Gib mir mehr, du blöder Hund. Ich will mehr. Ich brauche mehr.«

Hastig verabreichte Coll ihr die letzten acht oder zehn Tropfen aus der Flasche, ohne zu wissen, ob er sie damit nicht vergiftete. Aber Docherty war ja anwesend und würde notfalls seine lauteren Absichten bezeugen und Ettas Verlangen nach einer weiteren Dosis der Medizin. Und wenn Hausierer das verdammte Zeug verkauften, würde es schon nicht giftig sein.

Sie schnappte nach dem Löffel wie ein Kalb nach der Zitze.

Coll sah zu, wie sie die klebrige Flüssigkeit vom Löffel saugte und schluckte.

Sie schmatzte laut.

»Etta?«

Sie lachte – diesmal klang es einigermaßen normal –,

furzte, streckte die Arme über den Kopf und packte mit beiden Händen eine Strebe des Kopfteils ihres Bettes. Dann streckte sie sich erneut, gähnte und furzte wieder. Hiernach drehte sie sich, als wäre das das Einzige gewesen, das sie quälte, zufrieden auf die Seite und zog sich die Bettdecke über den Kopf.

»Etta?«

Vorsichtig traten die beiden Männer näher, Docherty an Colls Schulter. Gemeinsam blickten sie auf das winzige Stück von Ettas Gesicht, das noch zu sehen war und zu ihnen aufblinzelte. Ihr Blick war nicht mehr starr, sondern schläfrig. Ihre Mundpartie war erschlafft.

Die Männer tauschten einen fragenden Blick.

»Es ... es soll schläfrig machen«, sagte Docherty.

»Sie hat es gebraucht.«

»Richtig.«

Sie traten zurück und hielten dann inne, als Etta einen seltsamen Laut von sich gab.

»Was sagt sie, Boss?«

Coll antwortete nicht gleich, obwohl er das Lied, das schleppend über ihre Lippen kam, gerade noch erkannte.

»Maloolie, loolie, loolie-lo, loolie-loo-lie. Ma looloe babby's gaed tae Heav'n, ana'r Daddy for the grave-oh. Loolie, loolie, loolie.« Etta seufzte. *»Looooooo-lie-looooooooow.«*

»Sie ... das hat sie unseren Kindern vorgesungen, als sie noch ganz klein waren«, sagte Coll leise. »Das ist eine Ewigkeit her.«

»Ich verstehe. Nun ja. Also dann. Kommen Sie, Boss, lassen wir sie schlafen.«

Coll ließ sich von dem Farmarbeiter vom Bett fort in die Küche ziehen. In seinen Augenwinkeln glitzerten Tränen, aber anders als Docherty glaubte, weinte er nicht wegen der bittersüßen Erinnerung an die Zeiten, da er und seine Frau noch jung waren und die Zukunft voller Hoffnung. Coll dachte in diesem Moment gar nicht an Etta. Er war in Gedanken bei Gaddy und seiner kleinen Tochter. Die sich überstürzenden Ereignisse und das unerwartete Wiederauftauchen dieses traurigen und unheilvollen Wiegenliedes hatte ihm das Blut in den Adern gefrieren lassen.

»Lassen Sie sie ausruhen, Mr. Cochran. Vielleicht ist sie morgen Früh wieder sie selbst.«

»Ja, vielleicht«, entgegnete Coll, obwohl er keine Sekunde daran glaubte.

An diesem selben Vormittag hatte Gaddy endlich den Mut aufgebracht, die alte Frau aus ihren Diensten zu entlassen und sie zu ihrem schmerzlich vermissten Cottage in Blanefield zurückzuschicken. Sie waren sich von Anfang an nicht wirklich grün gewesen, und so fiel auch der Abschied nicht gerade herzlich aus.

Mrs. Boyles Zunge war noch unvermindert spitz und scharf, und sie ging mit einem Schnauben, ohne anzubieten, einen Teil des Wochenlohnes zurückzuerstatten, den Coll ihr am vergangenen Dienstag im Voraus gezahlt hatte. Es war nicht das Geld, das Gaddy so froh stimmte, die Frau endlich los zu sein, sondern der Umstand, dass diese nicht das Geringste für die Kinder übrig hatte. Sie hatte die Mädchen versorgt, jedoch ohne je auch nur einen Funken Zuneigung oder Freude dabei an den Tag zu legen; zwar auch keine Heuchelei, keine Strenge oder gar Schläge, aber einen echten, unverhohlenen Egoismus, verstärkt von purem Snobismus.

»Dann sage ich Ihnen mal auf Wiedersehen, mein Kind, aber ich warne Sie, wenn Sie noch mehr Gören in die Welt setzen, kommen Sie nicht wieder zu mir, wenn Sie Hilfe brauchen. Ich würde lieber verhungern, als so etwas noch einmal durchzumachen.«

Anna auf dem Arm, ließ Gaddy Mrs. Boyle ohne ein Wort

des Abschiedes gehen und blickte ihr nach, bis sie das Grundstück verlassen hatte.

Es war höchste Zeit, dass sie sich zusammenriss, die Qualen der Schwangerschaft und Geburt hinter sich ließ und einiges regelte, bevor es an der Zeit war, den ersten Acker zu bestellen.

In einem Monat würde Anna ein normales Gewicht erlangt haben, und Gaddy hoffte, dass sie bis dahin nicht mehr ganz so anstrengend war. Dann konnte sie sich wieder dem Kartoffelacker und dem Pflügen widmen. Vielleicht würde sie diesmal auf Colls Hilfe verzichten müssen. Sie hatte seit vier Tagen nichts mehr von ihm gehört und hatte sich charakterlich so weit verändert, dass sie nicht allzu sehr darauf vertraute, dass er zurückkam. Allerdings war sie neugierig, wie die Ratsversammlung am Freitagabend gelaufen war und ob Colls Name beim Sonntagsgottesdienst nun mit Schande überhäuft worden war oder nicht.

Mehr aus dem Bedürfnis heraus, mehr zu erfahren, als um seine Hilfe beim Umgraben zu erbitten, sehnte Gaddy Colls Besuch herbei.

Jedenfalls war sie an diesem Sonntag froh, die alte Frau los zu sein und die Hütte wieder für sich zu haben.

Sie stillte Anna, spielte eine Weile mit Elspeth, spaltete lange Äste für ein gutes, kräftiges Feuer, buk ein Blech Kartoffel-Pies und streckte die Reste gekochtes Lammfleisch vom Vortag mit einem Eigelb und etwas Milch. Elspeth aß einen Pie, der beinahe noch zu heiß zum Festhalten war, und einen zweiten zum Abendbrot, während Gaddy sich nach der Arbeit des Nachmittags zwei gönnte. Die übrigen Pies stellte sie kalt in einen gusseisernen Kessel, den sie vor Mäusen in Sicherheit brachte, aber bereit hielt, für den Fall, dass Coll doch noch kam.

Gegen acht legte Gaddy sich mit ihren Töchtern schlafen.

Um Mitternacht wachte Anna strampelnd und quengelnd

auf. Der Säugling bestimmte seinen eigenen Stillrhythmus, der aus häufigen kleinen Mahlzeiten bestand. Anna wachte regelmäßig lange vor dem Morgengrauen auf, das die Hütte nicht vor etwa acht Uhr früh erreichte. Morgen würde Gaddy etwas anderes versuchen. Arbeiten, die sie lernen musste, mit einem Baby auf der Hüfte oder in einem Tragetuch vor der Brust zu verrichten. Wenigstens hielt das Wetter, und der befürchtete anhaltende Schneefall blieb aus, auch wenn man spüren konnte, wie er hinter dem Drumglass lauerte.

Es geschah nach dem Stillen um Mitternacht. Anna schlief tief und fest, und Elspeth schnarchte leise in ihrem Bettchen, den rechten Daumen im Mund. Gaddy lag entspannt und schläfrig auf ihrer Strohmatratze, als sie das Geräusch vernahm.

Sie richtete sich ein wenig auf.

Ihr Instinkt sagte ihr, dass es keins der Mädchen war. Erst dachte sie, es müsse sich um Rehwild aus dem Moor handeln, das möglicherweise von Schneeregen aus den Bergen herabgetrieben worden war. Vielleicht war es auch ein Hase. Oder ein Fuchs. Bei dem Gedanken an einen Fuchs schlug sie die Augen auf. Aber die Hühner waren ruhig, und nur das leise, entspannte Meckern einer der Ziegen war zu hören, ein Laut so vertraut wie das Rauschen des Baches.

Gaddy versuchte wach zu bleiben, aber vergeblich.

Sie hörte weder das Knarren der Tür noch sah sie das Flattern des rabenschwarzen Seidenrocks, als die dunkle Gestalt am Kamin vorbeiging.

Gaddy hörte nichts, das sie gewarnt und ihr ermöglicht hätte, ihr Kind vor Etta Cochrans »göttlicher« Rache zu schützen.

»Boss. Boss. Wachen Sie auf.«

Coll stöhnte und schlug unwillig die Augen auf. Er lag wie

ein Toter im Sarg auf der schmalen harten Pritsche in dem kleinen Kabuff. Die Decke war immer wieder zu Boden gerutscht, und sein Gesicht schmerzte von der Januarkälte.

»Docherty?«

»Ja.«

Der Arbeiter trug sein Hemd und war zusätzlich in eine schmutzige braune Decke gehüllt. Beine und Füße waren nackt.

»Was gibt's? Ist es die Kuh mit ...« Coll schwang die Beine aus dem Bett.

»Ich glaube, Ihre Frau ist weg, Mr. Cochran.«

»Weg? Wohin weg, Mann?«

»Kann ich nicht sagen. Aber ich hole in diesen kalten Nächten den Hund zu mir rein, und er hat ... etwas gerochen. Ich habe aus dem Schuppenfenster geschaut und ... na ja, ich glaube, ich habe Ihre Frau gesehen, Boss.«

Coll war sofort hellwach. Er riss die Schlafzimmertür auf und warf einen Blick auf die zerwühlte Bettdecke und das leere Kissen mit der Kuhle in der Mitte.

»Gott Allmächtiger, du hast Recht.«

»Ob sie schlafwandelt? Ich habe so etwas befürchtet. Bei Chloral ...«

Coll hatte bereits einen Papieranzünder in den Kamin gehalten und zündete eine Kerze an, die auf dem Sims stand. Er nahm die Kerze, schirmte die Flamme mit der hohlen Hand ab und beleuchtete das Sammelsurium von Fläschchen, Phiolen und Krügen in den Regalfächern.

Docherty sah ihm bibbernd zu. »War der Sirup nicht alle?«

»Das war nicht der Sirup«, zischte Coll.

Die Männer unterhielten sich in einem angespannten, dringlichen Flüsterton, als würde Etta noch nebenan schlafen oder durch die offene Tür lauschen.

Zornig holte Coll aus und fegte die Fläschchen zu Boden, wo sie auf den Steinen aufschlugen und zum größten Teil zerbrachen. Ohne auf die Scherben zu achten, hockte er sich inmitten der Verwüstung hin und hielt die Kerze knapp darüber. Heißes Wachs lief ihm auf Finger und Daumen.

»Es ist der Äther. Dieses widerliche Teufelszeug. Sie hat den Äther genommen. Ich hätte ihn wegwerfen sollen. Was bin ich doch für ein weichherziger alter Idiot. Ich hätte ihn draußen auf dem Hof verbrennen sollen, jawohl, und das ganze übrige Gift gleich mit.«

»Aber ... aber ...«

»Schnell, Peter«, zischte Coll. »Zieh Hose und Stiefel an.«

»Aber ...«

»Verdammt, beeil dich.«

»Aber wo will sie denn mit einer Flasche Äther hin?«

»Zum Nettleburn.«

»Zum ... Aber wozu denn um Himmels willen?«

»Um jemanden zu töten«, entgegnete Coll.

Die Männer gingen zu Fuß und rannten so schnell sie konnten den Weg entlang. Der junge und leichtsinnige Docherty hätte die Abkürzung durch das Moor riskiert, aber Coll wusste nur zu gut, wie gefährlich die Sümpfe im Dunkeln sein konnten, und er hatte keine Lust, in eine der kleinen Schluchten entlang dem Moor zu fallen. Auf dem Weg hingegen, der im fahlen schimmernden Licht des Neumondes oben am klaren Himmel stand, konnte er laufen, so schnell ihn seine Füße trugen. Jedoch trieb er den jungen Docherty an, der ihm voran in halsbrecherischem Tempo dem von Eichen gesäumten Tunnel folgte.

Und so war es auch Docherty, der zuerst am Nettleburn eintraf.

Er stürzte gerade durch die geflochtene Tür, als Etta das Baby aus der Wiege nahm und ihm einen Lappen auf das Gesicht drückte, der einen widerlich süßen Geruch verströmte.

Allein der Geruch hätte Gaddy eigentlich wecken müssen.

Elspeth fuhr hoch und schrie wie in einem Albtraum. Im Inneren der Hütte war es dunkel, da das Feuer längst heruntergebrannt war. Das Licht reichte jedoch aus, um die dunkle Gestalt der Frau an der Wiege auszumachen; jetzt völlig still, still wie ein Gespenst, und nur der Gestank des getränkten Lappens verriet ihre mörderische Absicht.

Sie hielt den Säugling von sich fort und wirbelte herum, als Docherty hereinstürmte. Sie gab einen teuflischen Schrei von sich und schleuderte die Ätherflasche ins Feuer, wo sie wie feinstes Schießpulver in einer Stichflamme explodierte. Auch das Baby warf sie mit einer solchen niederträchtigen Gleichgültigkeit von sich, dass Docherty im ersten Moment dachte, es müsse bereits tot sein.

Er warf sich nach vorn und fing das zerbrechliche Wesen auf, das immer noch an ein gehäutetes Kaninchen erinnerte, unmittelbar bevor es auf die Steinplatten vor dem offenen Feuer aufschlug. Die Hölle brach los. Docherty rollte sich ab und drückte dabei schützend das Baby an die Brust, während Etta ihn wie ein tanzender Derwisch mit ihren harten und spitzen Schuhen traktierte. Jetzt wusste Docherty, dass sie wirklich von Dämonen besessen war. Verrückt, hätte er gesagt, ohne beschönigende oder mildernde Bezeichnung ihres Zustandes.

Gaddy hatte sich aufgerichtet und streckte kniend die Arme nach Anna aus. Elspeth saß kerzengerade in ihrem Bettchen und weinte herzzerreißend. Docherty hatte keinen Schimmer, wohin Etta Cochran verschwunden war. Den einen Moment trampelte sie noch auf ihm herum, und im nächsten war sie weg, als hätte sie sich in schwarzen Rauch aufgelöst und wäre durch das Abzugsloch im Dach entschwunden.

Docherty setzte sich auf.

Er hörte das Baby nach Luft ringen und würgen, und so reichte er es Gaddy, um gleich darauf ohne zu zögern aufzuspringen und in die Nacht hinauszulaufen.

Er wusste selbst nicht, warum er Etta Cochran verfolgte. In seiner Verwirrung glaubte er wirklich, sie hätte sich in Luft aufgelöst, und er würde keine Spur von ihr finden. Vielleicht rannte er deshalb hinaus, ohne ernsthaft damit zu rechnen, sie zu entdecken, eben weil er seine Theorie bestätigt haben wollte. Aber sie war da. Sie hatte die Arme erhoben, und der Rock bauschte sich um ihre Beine, ein dunkler Fleck auf der sanften Schräge, dort wo die Weide am Bachlauf entlang zu den Birken hin abfiel.

Coll war inzwischen durch das Tor auf die Weide gelaufen und stolperte und humpelte völlig außer Atem und von schlimmen Seitenstichen geplagt auf die Hütte zu.

»Da«, rief er. »Da. Docherty.«

»Ich sehe sie.«

Er setzte der flüchtenden Gestalt mit großen Sätzen nach, den immer steiler werdenden Hang hinunter. Dann löste Etta sich urplötzlich mit einem letzten hohl klingenden Schrei in Luft auf.

Docherty machte verblüfft Halt und wartete zu Tode erschrocken, bis Coll ihn hinkend eingeholt hatte.

»Sie ... sie ... hat sie es getan?«, fragte Coll keuchend.

Hinter ihnen fiel ein heller Lichtschein durch die Türöffnung, der von einer Laterne, einer Kerze oder dem neu angefachten Feuer herrührte.

»Ich glaube, sie wollte das Baby umbringen«, erwiderte Peter Docherty.

»Hat sie es getan?«

»Ich glaube, ich bin gerade noch rechtzeitig gekommen.«

»Und wo ist sie jetzt? Wir müssen sie finden.«

»Mr. Cochran ... sie ist ganz plötzlich verschwunden.«

Coll legte dem jüngeren Mann eine Hand auf die Schulter und nahm ihm etwas von seiner abergläubischen Furcht.

»Sie muss in den Nettleburn gefallen sein«, sagte er.

Sie gingen zusammen weiter, zögernd, obgleich die Uferböschung nicht sehr steil war und es bis zum felsigen Bett nicht mehr als anderthalb bis höchstens zwei Meter waren.

Aber die hatten genügt, um Coll Cochrans Ehefrau den Tod zu bringen.

Sie fanden sie im Fluss liegend, ihre Röcke schwammen auf dem klaren Wasser, ihr Haar trieb wie Kresse um sie herum, während der Fluss über die Felsen und ihr gen Himmel gerichtetes Gesicht sprudelte. Bei Tageslicht hätten sie gesehen, dass ihre Augen weit aufgerissen waren und ihr Mund offen stand, wodurch das eindringende Wasser ihre Züge hässlich verzerrte. Aber der Anblick blieb Coll und seinem Helfer erspart.

Sie zogen sie aus dem Wasser und die Böschung hinauf auf das Gras. Erst dann konnten sie sich davon überzeugen, dass sie tatsächlich tot war.

Coll kauerte nieder und stieß einen gequälten Seufzer aus.

Dann wischte er sich die Hände an den Schenkeln ab und stand auf.

»Bleib bei ihr, Peter. Nur ein oder zwei Minuten.«

»Wie Sie wollen, Mr. Cochran.«

Aber dem Baby war nichts geschehen. Gaddy hielt Anna mit hochroten Wangen und vom Schlaf zerzaustem Haar in den Armen. Der Äther hatte nicht viel bewirkt, und abgesehen von leichter Übelkeit, mit denen sie sich der Dämpfe entledigt hatte, schien es der kleinen Anna recht gut zu gehen. Anders Elspeth, die sich wie ein Äffchen an ihre Mutter klammerte und heulte wie am Spieß. Das unsanfte Erwachen hatte sie furchtbar geängstigt, und sie war gar nicht zu beruhigen.

Mit knappen Worten berichtete Coll, was passiert war.

Noch war dem Farmer nicht bewusst, was der Tod seiner Frau bedeuten und wie man ihn auslegen könnte. Für Coll war sie durch eigene Hand gestorben und nicht in Folge einer verwerflichen Tat seinerseits oder Peter Dochertys.

Gaddy reagierte schneller.

»Du musst sie wegschaffen, Coll.«

»Wie? Du meinst, hierher.«

»Nein, nein. Wo denkst du hin? Man darf sie nicht in der Nähe der Hütte finden.«

»Aber der Stellvertreter des Sheriffs – verdammt, Rankellor ist ja gar nicht da – dann muss eben der Verwalter bestätigen, dass der Leichnam ...«

»Nicht hier«, beharrte Gaddy.

»Aber ...?«

»Sonst werden sie behaupten, wir hätten es getan.«

»Was getan, Gaddy?«

»Sie ermordet.«

»Aber sie war es doch, die ...«

»Wie sollen wir das beweisen? Unser Wort würde gegen das Misstrauen der ganzen Gemeinde stehen.«

»Peter Docherty hat doch alles gesehen.«

»Man würde unterstellen, du hättest ihn bestochen.«

»Ach, Gaddy! Du siehst Gespenster. Wir müssen uns an das Gesetz halten, und das heißt, wir müssen den Leichnam liegen lassen, wo er ist, bis jemand von offizieller Seite sich ein Bild des Hergangs gemacht hat.«

Gaddy stand auf, und Elspeth klammerte sich an ihren Rock. Eine Minute ignorierte sie das Weinen des kleinen Mädchens.

Mit blitzenden Augen baute sie sich vor Coll auf. »Wer wird dir glauben, Coll? Wenn erst gemunkelt wird, wir hätten uns verschworen, deine Frau aus dem Weg zu räumen, wird man uns hängen. Gott, Coll Cochran, begreifst du das denn nicht?«

Coll schluckte, rieb sich das stoppelige Kinn und nickte schließlich wortlos.

»Bring sie zurück zum Dyke«, sagte Gaddy.

»Aber Docherty ...«

»Er soll dir helfen.«

»Er wird allen erzählen, was ...«

»Das wird er nicht, Coll. Wenn du ihn weiter beschäftigst und bezahlt, wird er den Mund halten. Er ist noch nicht sehr alt, aber immerhin alt genug, um einige Lebenserfahrung gesammelt zu haben. Peter Docherty weiß, wo der Hase lang läuft. Und überhaupt, wenn er dir erst geholfen hat, hat er sich zu deinem Komplizen gemacht.«

»Gaddy, ich finde immer noch, dass es falsch ist ...«

»Es ist auch nicht *richtig*, Coll, aber es ist *notwendig*.«

»In Ordnung«, stimmte er letztlich zu. »Also gut, ich sehe ein, dass es vernünftig ist. Aber sie – Etta – sie ist triefnass.«

»Hör auf, Gründe für unsere Hinrichtung zu finden, Coll Cochran. Geh und tu, was ich gesagt habe. Leg sie ans Ufer des Teiches hinter dem Farmhaus. Sie war – was? – betrunken, könntest du sagen, rasend von dem, was sie eingenommen hat.« Gaddy senkte die Stimme. »Coll, sie ist aus einem bestimmten Grund hergekommen. Sie wollte deine Tochter umbringen. Und Elspeth und mich vielleicht dazu. Sie ist tot, Coll, und wir haben ihr nichts getan. Wir drei wissen das sehr gut. Willst du, dass deine Frau uns doch noch mit in den Tod nimmt? Genau dazu würde es nämlich kommen, wenn erst getuschelt wird.«

»Heute Morgen in der Kirche ...«

»Vergiss, was heute Morgen war. Ich mache mir Sorgen wegen heute Nacht. Schaff sie zurück zum Dyers' Dyke. Wo man sie findet, kann der armen verwirrten Frau schließlich egal sein.«

»Du hast Recht, Gaddy. Ja, du hast Recht.«

Coll widersprach nicht länger. Er wandte sich der Böschung des Nettleburn zu, wo Peter Docherty zitternd vor Kälte in seinem Hemd zehn oder zwölf Meter entfernt von der dunklen Gestalt im Gras wartete.

»Hör zu«, sagte Coll, als er bei ihm angelangt war.

»Man sollte sie nicht hier finden, Mr. Cochran«, fiel der junge Mann ihm ins Wort.

Coll grunzte nur.

»Hilfst du mir, Peter? Stellst du dich auf unsere Seite? Wenn du das tust, werde ich dafür sorgen, dass du Arbeit hast, solange ich Pächter des Dykes' bin.«

»Es wäre schlimm für sie, was man über sie erzählen würde.« Docherty nickte in Richtung des Leichnams. »Es war nicht wirklich ihre Schuld. Es waren die verfluchten Flaschen, und die Dämonen darin haben ihr den Verstand geraubt. Aber wenn die Leute erfahren würden, was sie heute Nacht hier versucht hat – ein hilfloses Baby zu töten –, würden sie ihren Namen über das Grab hinaus verfluchen.«

Coll war in seinem Schockzustand und in seiner emotionalen Erschöpfung noch gar nicht der Gedanke gekommen, dass er Etta auch über den Tod hinaus vor den Konsequenzen ihrer Taten schützen musste, dass sie, seine Ehefrau, immer noch etwas zu verlieren hatte. Es war typisch für den gutherzigen Docherty, dass er noch vor allem anderen daran gedacht hatte.

Coll klopfte ihm auf die Schulter.

»Meinst du, wir schaffen das zu zweit, Peter? Es ist verdammt weit bis zum Dyke.«

»Wir könnten sie auf eine improvisierte Trage legen, Boss.«

»Großartige Idee«, stimmte Coll zu. »Ich gehe und besorge das nötige Material.«

Und so schaffte Coll Cochran seine Frau im Schutze der Nacht auf einer Trage aus Haselnusszweigen zurück zum Dyers' Dyke und legte sie vorsichtig beim Teich am Ende der Weiden ab, halb im Wasser, halb auf dem Trockenen.

Dorthin begaben sich dann auch Sir Gilbert Bontine und sein Verwalter, um im ersten kalten Tageslicht die sterblichen Überreste der armen verwirrten Frau zu begutachten. Nachdem sie sich Cochrans und Dochertys Schilderung angehört hatten, derzufolge Etta nach einem Tobsuchtsanfall davongelaufen war und sie sie im Finsteren nicht hatten finden können, und da auch keine Anzeichen äußerlicher Gewaltanwendung festzustellen waren, unterrichtete der Verwalter ohne jegliche Andeutung oder Schuldzuweisung Sheriff Wilson in Kilsyth, der den Vorfall auch, ohne weitere Untersuchungen anzustellen, zu einem unglücklichen Unfall erklärte.

Gaddy Patterson und ihre Kinder, die Hütte am Nettleburn und Ettas mörderische Absichten wurden mit keinem Wort erwähnt. Ettas Ehre wurde gewahrt. Man bemitleidete sie für das, was sie durchgemacht hatte, und wegen der Melancholie, die letztendlich ihren Verstand zerstört hatte. Zu ihrer Beerdigung fanden sich zehnmal mehr Trauergäste ein, als sie im Leben Freunde gehabt hatte. Gaddy blieb allerdings fern, um keinen Anlass zu Spekulationen zu geben und nicht für noch mehr Getuschel an der öffentlichen Wasserpumpe zu sorgen.

Vor Kirche und Gesetz gab es keinerlei Verbindung zwischen Gaddy und dem letzten Akt der Tragödie, die Coll Cochran zu einem freien Mann machte, und so hatte Mr. Leggat denn auch keine Einwände, das Paar nach Verstreichen des Trauerjahres im Angesicht Gottes zu vermählen und ihre Tochter Anna zu taufen.

TEIL II

Elspeth

Fragen im Wald

1

Im Frühjahr des Jahres 1808 war ein schlimmer Sturm über das Baltische Meer gefegt und hatte die Ostküste Schottlands getroffen wie eine Faust. Sie hatte Stirling zerschmettert und war dann dem Lauf des Carse gefolgt, mit genügend Kraft, um in der Grafschaft Lennox Dächer abzudecken und Hecken zu entwurzeln.

Die große weiße Weide, die seit Menschengedenken die Grenze zwischen dem Sumpfland in der Biegung des Lightwater markiert hatte, fiel der Gewalt des Unwetters ebenfalls zum Opfer. Jetzt lag sie in einem wirren Durcheinander von Erlen, Birken und Dornsträuchern im Fumarts' Wood, der so genannt wurde, weil dort einst ein paar Iltisse heimisch gewesen waren. Die Weide war mitsamt des Wurzelwerks aus dem Erdreich gerissen worden. Dichtes Astwerk umgab den Stamm wie eine grüne Höhle, so üppig um diese Jahreszeit, dass sie ein idealer Nistplatz für Tauben war und ein beliebtes Versteck für Rehwild und Füchse.

Als die Cochran-Mädchen jedoch an diesem Augustabend zum Wald kamen, gab es keine größeren Tiere zu erschrecken, und die gurrenden Tauben flogen völlig unaufgeregt auf, ohne unnötigen Lärm, der nur Raubtiere auf sie aufmerksam gemacht hätte.

Anna Cochran war sehr geschickt im Anpirschen. Sie hielt ihre Schwester bei der Hand und führte diese durch die samtweichen Gräser und wilden Blumen, die in Hülle und Fülle den Waldboden überzogen. Wenn auch nicht ganz so geübt wie Anna und auch bei weitem nicht so eifrig, war auch Elspeth es gewohnt, sich lautlos zu bewegen, da sie schon früh gelernt hatte, dass man Rinder, die sich verlaufen hatten, mit Ruhe leichter einfing als mit Gewalt.

Die Mädchen waren gleich groß, beide hoch aufgeschossen, beide schlank, und doch, wenn auch von der Sonne wenig vornehm gebräunt, zwei sehr verschiedene Schönheiten, wie man sie im Umkreis von hundert Meilen kein zweites Mal fand. Tatsächlich war ihre Schönheit so außergewöhnlich, dass sie Verdacht erregte und gemunkelt wurde, die Eltern hätten einen Pakt mit dem Teufel abschließen müssen, damit er zwei halbwilde Mädchen aus den Bergen mit einem solchen Aussehen ausstattete.

Es war allseits bekannt, dass Gaddy ihre Seele dafür verkaufen würde – und vielleicht verkauft hatte –, um ihren Töchtern jeden erdenklichen Vorteil zu verschaffen. Sie hatte sogar Schulgeld für sie bezahlt, hatte sie die vier Meilen nach Harlwood geschickt – und bei besonders schlechtem Wetter auch begleitet –, nachdem der Lehrer von Balnesmoor sich geweigert hatte, Mädchen über das Alter von neun Jahren hinaus zu unterrichten.

Annas Haar war so dunkel wie das von Elspeth hell, und trotz ihrer schwierigen ersten Lebensmonate hatte sie ihre Schwester in vielem eingeholt und in manchem sogar überflügelt. Sie war so dreist und frech, dass sie bei vielen aneckte, und dazu noch so selbstbewusst wie Elspeth schüchtern. Aber die Frauen aus dem Dorf, die immer noch kein gutes Wort hatten für den »Bastard«, beschränkten ihre Kritik dennoch nicht auf Anna, sondern deuteten Elspeth' Scheu böswillig als Hinterlist. Einige der älteren Frauen spuckten dreimal aus, wenn sie vorbeiging, nur für den Fall, dass an den Geschichten, die sich um ihre Herkunft rankten, etwas dran war.

Die Gemeinde hatte dafür gesorgt, dass Elspeth Cochran auch erfuhr, dass sie ein Findelkind war. Gaddy hatte dies jedoch vorausgesehen und Elspeth darauf vorbereitet und ihr in allen Einzelheiten erzählt, was sich damals zugetragen hatte. Aber Elspeth, die sich geborgen fühlte daheim bei Mammy und Daddy und gar nicht wusste, was ein Bastard war, zumindest nicht mit fünf Jahren, kam ganz gut damit zurecht. Innerhalb der Familie fühlte sie sich nie als Außenseiter, fühlte sich ebenso geliebt wie ihre Schwester Anna. Sie dachte nicht einmal darüber nach, dass sie gar keine Blutsverwandten waren. Als Spott und Hohn allzu schlimm wurden in der schäbigen kleinen Schule am Head o'the Brae, setzte Anna sich für ihre Schwester ein, indem sie physisch und verbal kräftig austeilte. Als sie jedoch älter wurden, wurde Anna zurückhaltender und ließ sich nicht mehr so leicht auf Prügeleien ein, vor allem nicht, wenn die Spötter Jungen waren.

»Sie machen Spaß«, sagte sie dann. »Nur Spaß.«

Im Alter von vierzehn Jahren wusste Anna instinktiv um die Macht, die ihre Schönheit ihr verlieh. Als ihre erste Monatsblutung einsetzte – fast zur gleichen Zeit wie bei Elspeth – und ihre Brüste sich formten, nutzte sie diese Macht schamlos aus, um ehrliche Bewunderer und verknallte Jungs in schwerfällige Klötze zu verwandeln, die nach einem einzigen flüchtigen Seitenblick aus ihren von langen dunklen Wimpern eingerahmten Augen über die eigenen Füße stolperten.

Etwa drei Jahre lang litt Elspeth an Stimmungsschwankungen, innerer Unruhe und depressiven Phasen, ja sogar unter gelegentlichen Erschöpfungszuständen, die nichts mit der vielen Arbeit zu tun hatten, die sie wie jedes andere Kind auch tagsüber zu verrichten hatte. Anna hingegen schienen Selbstzweifel und Verwirrung völlig fremd zu sein. Aber vielleicht täuschte das ja, und sie sprach nur nicht darüber, nicht einmal mit Elspeth. Anna war sich ihrer Sache immer sicher, war immer von allem überzeugt, was sie tat und sagte – wenn sich auch sehr oft herausstellte, dass sie völlig falsch lag.

Gaddy wusste sehr gut, was ihre Töchter in dieser Zeit

durchmachten. Je strenger das Umfeld, desto leidenschaftlicher das Jungvolk. Sogar in Balnesmoor, wo, da es sich um eine Gemeinde der Ebenen handelte, eine nicht ganz so freudlose Stimmung herrschte wie im noch kargeren, ärmlicheren Hochland, gab es genug Leid, um die Erinnerung daran auszulöschen, wie es war, jung und rastlos zu sein. Egal, ob aus gehobenen oder niederen Kreisen, rebellisch oder unterwürfig, es gab im Leben jedes weiblichen Wesens eine Zeit, in der ihr Körper das Denken übernahm, ohne dass gesprochene oder geschriebene Weisheiten oder tägliche Bibellektionen hieran etwas hätten ändern können.

Anders als die meisten anderen Mütter hatte Gaddy ihr eigenes stürmisches Erwachsenwerden jedoch keineswegs vergessen. Sie erinnerte sich noch gut an die Qualen dieses Zustandes, dem sie hilflos ausgeliefert gewesen war. Ganz egal, wie sehr sie sich auch bemüht hatte, sich abzulenken, ihre Gedanken kehrten immer wieder zurück zu Dingen, von denen man ihr gesagt hatte, sie wären unanständig. Dann hatte sie Donald McIver kennen gelernt. Die plumpe Annahme des Viehtreibers, sie sei reif, um gepflückt zu werden, war halbwegs korrekt gewesen. Aber das war vor vierzig Jahren auf dem Cruachan gewesen und nicht im 19. Jahrhundert in Balnesmoor.

»Anna«, flüsterte Elspeth. »Bist du ganz sicher, dass wir das wirklich tun sollen?«

»Psssst!« Das jüngere der beiden Mädchen zog an der Hand seiner Schwester, bis diese auf einem Bein kniete. »Hör doch. Kannst du sie denn nicht hören?«

»Anna, ich interessiere mich nicht für ...«

»Unsinn. Red keinen Unsinn. Sonst wärst du doch gar nicht erst mitgekommen.«

»Wenn sie uns sehen ... wenn sie uns erwischen ...«

»Das wäre lustig, die beiden splitterfasernackt«, entgegnete Anna ebenso leise. »Nein, nein, glaub mir, falls sie uns bemerken sollten, werden sie ganz rot werden und weinend zu ihren Mammys laufen.«

»Es wird bald dunkel, Anna.«

»Erst in einer Stunde. Es ist noch hell genug. Komm mit.«

Sie packte Elspeth' Handgelenk und zog diese auf Händen und Knien unter dem Stamm der umgestürzten Weide her und den grünen Tunnel entlang in Richtung Wurzelwerk.

Dort war durch eine Lücke im üppigen Grün ein Stück des Lightwater zu sehen, bis hinauf zur Mühle von Kennart und der klobigen Steinbrücke, die den Bach überspannte.

Hierher kamen die Jungen an kühlen Abenden nach verrichtetem Tagewerk; Burschen aus dem Dorf, Schmiedelehrlinge, Söhne von Pflasterern und die pummeligen Sprösslinge von Farmern, die in ihrer Nacktheit aussahen wie Männer, aber größtenteils noch mit kindlichem Verstand ausgestattet waren.

Elspeth wusste, dass Anna an heißen Sommerabenden des Öfteren zum »Mäuschen spielen« hergekommen war. Der Wasserstand war niedrig, das Wasser im Staubecken mit einer Staubschicht überzogen, voller Pusteblumenflaum und Tummelplatz verschiedenster Fluginsekten. Es gab Felsvorsprünge, und der Strom wand sich durch Rinnen, die das Wasser im Laufe der Jahrhunderte ausgehöhlt hatte. Es gab keine Gebäude in der Nähe, da die Mühle bei einem Feuer zerstört worden und bis auf die Grundmauern niedergebrannt war. Wenn ein weibliches Wesen an einem solchen Abend den Lightwater überqueren musste, ging es einen Umweg bis unterhalb des Loup und benutzte die neue Brücke in Höhe der Wrassle-Farm. Steinbrücke und Wasserbecken hatten die jungen Männer und Möchtegernmänner mit Beschlag belegt, und sie kosteten dieses Privileg in vollen Zügen aus. Es war seltsam, dass keiner der älteren Männer in dem Bachabschnitt badete, aber es galt als unwürdig, und Würde interessierte Männer erst ab einem gewissen Alter.

Anna schob das Laub noch weiter auseinander. Sie machte große Augen und hatte die Lippen geschürzt. Elspeth' Blicke wurden ebenfalls vom Gelächter und dem Anblick nackter Männer unwiderstehlich angezogen.

»Da ist Robbie McTear«, sagte Anna.

»Wo?«

»Auf der Brücke.«

»Was macht er?«

»Er springt gleich rein.«

»Auf die Felsen?«

»Über sie hinweg. Er ist sehr gut beim Kopfsprung.«

»Woher weißt du das alles?«

»Ich habe ihn schon früher beobachtet.«

Ohne zu ahnen, dass er von Vertreterinnen des anderen Geschlechts beobachtet wurde, stellte Robbie McTear sein Können zur Schau, um seine Freunde unten im Staubecken zu beeindrucken. Seine Zehen drückten sich fester in das raue Steingeländer, er hob beide Arme über den Kopf, stieß sich ab und segelte gleich darauf vorwärts abwärts durch die Luft. Er tauchte in perfekter Haltung ins Wasser ein und am Ende einer Kette von Luftblasen wieder auf, begleitet vom Johlen und Beifall seiner Freunde am Ufer. Das nasse Haar klebte am Schädel, und sein Körper war auffallend weiß im dunkelbraunen Wasser, als er ans Felsufer paddelte und an Land kletterte.

»Sieh nur, wie er dasitzt«, raunte Anna ihrer Schwester zu.

»Ich sehe es.«

In einem Durcheinander von Gliedmaßen sprangen zwei Jungen ins Becken, die noch in der Luft spielerisch miteinander rangen und sich erst trennten, als sie ins Wasser klatschten.

Die Jungen brachten sich das Schwimmen selber bei, das Element war für sie so natürlich wie für junge Otter. Auch im Hochsommer war das Wasser kalt, da es auf einer weiten

Strecke durch Granitgestein floss und sich auf der letzten halben Meile Sandstein nicht mehr aufwärmte. Aber nicht nur die Schwimmer erregten Annas Interesse, sondern auch die Grüppchen, die sich im Gras niedergelassen hatten oder auf den nach Westen ausgerichteten rosa schimmernden Felsen, um die letzten Strahlen der untergehenden Sonne auf der Haut zu genießen.

Hochrot im Gesicht, auch wenn außer ihrer Schwester niemand da war, der ihre geröteten Wangen sah, protestierte Elspeth in einem atemlosen Flüstern, dass sie nichts entdecken könne, was ihr Interesse erregen würde.

Sie hatte noch nie einen nackten Mann gesehen. Sie war sich der geschlechtlichen Unterschiede zwischen Mann und Frau wohl bewusst und wusste als Mädchen vom Lande auch über Fortpflanzung Bescheid, da Schamhaftigkeit zwar halbherzig propagiert, aber nicht ernsthaft praktiziert wurde. Das, wozu Anna sie überredet hatte, war jedoch mehr als gewagt – es war gefährlich. Nur sehr wenige Mädchen, wie neugierig sie auch sein mochten, hätten den Mumm gehabt, zu ihrer Neugier zu stehen und sich auch noch getraut, die Jungen heimlich zu beobachten.

Es erregte Elspeth nicht, sie so zu sehen. Sie beneidete sie um ihre Unbeschwertheit und Natürlichkeit, empfand ihre Männlichkeit jedoch entgegen ihren Erwartungen nicht als beängstigend. Sie vermochte aber auch keinen Zusammenhang herzustellen zwischen sich selbst und dem, was sie sah. Es war, als sähe sie einen Reiher oder Königsfischer, ein Anblick, den sie nicht vergessen würde, weil er so selten und geheimnisvoll war, aber nicht erschreckend.

»Da ist Sinclair.« Anna stieß ihr den Ellbogen in die Seite.

Elspeth hatte die Sinclairs bereits entdeckt, den neunzehnjährigen Matthew und seinen fünfzehnjährigen Bruder Alexander.

Sie hatte in Harlwood mit Matt dieselbe Schulbank gedrückt, worum Anna sie umso mehr beneidet hatte, als sie selbst neben der kleinen, über alle Maßen unsympathischen Sandy gesessen hatte. Matt Sinclair hatte die Autorität seines Vaters geerbt, wenn auch nicht sein Aussehen. Sein Haar war flachsfarben statt dunkelbraun. Dazu hatte er sinnliche dunkelbraune Augen und einen beeindruckend athletischen Körper mit breiten Schultern, breitem Brustkorb und schmalen Hüften.

Nackt war – zumindest für Anna – Lachlans Ältester sogar noch attraktiver und begehrenswerter. Sie stieß einen affektierten Seufzer aus und fächerte sich mit der Hand Luft zu.

»Wärst du nicht gerne bei ihm da unten?«, fragte sie.

»Niemals«, entgegnete Elspeth.

»Ich meine, wenn ihr allein wärt.«

»Anna!«

»Ich wette, ihr würdet nicht viel schwimmen. Er würde dich auf die Arme nehmen und mit dir im Gebüsch verschwinden.«

Elspeth fühlte sich verraten von dem verbalen Bild ihrer Schwester, die ihren eigenen romantischen Herzenstraum von einem Matt Sinclair als Ehemann auf puren Sex reduzierte. Das war der Unterschied zwischen Anna und ihr. Trotz ihrer Jugend betrachtete Anna Jungen bereits als potenzielle Liebhaber, als Wesen, die sie in den Armen halten und ihr unvorstellbare Freuden bescheren konnten. Elspeth' Träume waren tugendhafter, bescheidener. Sie stellte sich sanfte Berührungen vor, Liebesgeflüster und flüchtige gestohlene Küsse. Sie hatte es mit ihren idealisierten zärtlichen Sehnsüchten gegenüber Annas Realitätssinn nicht leicht.

Elspeth gehörte nicht zu den jungen Mädchen, die albern kicherten oder erfundene Intimitäten austauschten, und sie war auch nicht affektiert. Wenn sie Gaddys Pragmatismus auch nicht auf biologische Weise geerbt haben konnte, hatte sie ihn sich doch abgeguckt. Ein Fremder, der die Cochran-

Mädchen kennen lernte, hätte vermutlich Anna für den Kuckuck gehalten und Elspeth für die leibliche Tochter. Elspeth träumte von einer langen Werbung, einer Ehe und einem Leben mit Matt Sinclair, der nicht nur attraktiv und höflich war, sondern dazu noch die Aussicht hatte, eines Tages Ottershaw zu übernehmen. Er wäre in der Lage, ihr bleibendere Freuden zu bieten als jene, die Anna sich ausmalte. Die »Möglichkeit« war für Elspeth in den vergangenen Monaten zur fixen Idee geworden, immerhin hatte Matt sie mehrmals am Kirchentor angesprochen und dann wieder in Murphys Lebensmittelladen, wo er, wie Elspeth sich gerne einredete, mehr Zeit als nötig verbracht hatte, in der Hoffnung, ihr zu begegnen.

Sinclairs Sohn hatte Stil, und er hatte eine gute Erziehung genossen. Etwas von den Manieren der Adligen hatte auf ihn abgefärbt, da er durch seinen Vater regelmäßigen Kontakt zu den Bontine-Erben hatte. Er strahlte eine Selbstsicherheit aus, die für sich alleine schon anziehend wirkte auf alle Mädchen der Gemeinde, wenn auch auf keine so unwiderstehlich wie auf Elspeth Cochran – oder zumindest glaubte Elspeth dies in ihrer kindlichen Naivität.

Sie starrte Matthew nicht lange an. Der Gedanke, sie hätte ihn herabgewürdigt dadurch, dass sie jetzt ein Geheimnis vor ihm hatte, beschämte sie. Als Anna erneut eine eindeutige anzügliche Bemerkung machte, fuhr Elspeth ihr über den Mund und zog sich zurück, indem sie rückwärts durch den Tunnel aus Weidenästen kroch.

Anna folgte ihr blitzschnell.

»Was regst du dich denn so auf?«

»Es ist unanständig.«

»Unanständig! Du bist ja so spießig.«

»Aber es stimmt doch.«

»Wie du meinst. Wenigstens weißt du, was dich in der Hochzeitsnacht von Matt erwartet – sofern ihn dir nicht eine andere vor der Nase wegschnappt.« Anna verstand es meisterhaft, andere zu verletzen. »Ich gehe zurück.«

»Wozu? Es gibt doch nichts zu ...«

»Ich schaue sie gerne an. Ich hätte gute Lust, mich auszuziehen und zu ihnen zu stoßen.«

»Das würdest du nicht wagen!«

Anna zögerte und wog Herausforderung und Spaß eines so gewagten Unterfangens gegen die unweigerlich darauf folgenden Konsequenzen ab. Sie war klug genug, auf diese Eskapade zu verzichten.

»Warte auf mich«, sagte sie.

»Ich will heim. Ich habe noch viel zu tun.«

»Du kannst nicht ohne mich nach Hause gehen. Sonst fragt Mammy sich, wo ich stecke.«

Elspeth machte ein finsteres Gesicht, das sogar Anna als unnachgiebig erkannte. Elspeth war weder zu einem Kompromiss bereit noch würde sie sich erweichen lassen. »Fünf Minuten, mehr nicht.«

»Ich habe es gehört.«

»Fünf Minuten.«

Während Anna wieder im Gebüsch verschwand, kroch Elspeth ins Freie und lehnte sich mit dem Rücken an den Stamm einer kleinen Birke, die beim Sturz der Weide umgeknickt worden war. Sie konnte immer noch Rufen und Lachen vom Fluss hören, als kämen die Geräusche vom Himmel, leer und hohl. Viel näher war da das Tschirpen einer Amsel und das heisere Gezänk einiger Krähen in den Ulmen am Fluss. Das wogende Gras, das von Mücken umschwärmt wurde, sowie die schattigen Streifen, die die schräg stehende Sonne darauf projizierte, machten den Reiter fast unsichtbar.

Das Ross war grau, und der Mann trug wildfarbene Beinkleider, braune Kalbslederstiefel und einen weiten Rock aus cremefarbenem Leinen, sodass er farblich beinahe mit der

Landschaft verschmolz. Pferd und Reiter hielten sich so reglos, dass Elspeth zuerst gar nicht realisierte, was ihre Augen wahrnahmen, und deshalb auch nicht erschrak. Als sie jedoch wieder in diese Richtung schaute, sah sie die Ringe des Martingals aufblitzen. Auch der Mann bewegte sich, wenngleich nur geringfügig. Sein Gesicht, das bislang von einem blattreichen Ast verdeckt worden war, rückte in ihr Blickfeld.

Elspeth stockte der Atem. Sie drückte sich gegen den Birkenstamm und betete, dass er sie nicht bemerkt hatte, obwohl sie bereits wusste, dass Anna und auch sie selbst gesehen worden waren beim Beobachten der Jungen im Lightwater. Eine Zeit lang, die ihr vorkam wie eine Ewigkeit, stand sie da wie erstarrt, bis der Reiter sich erneut bewegte. Sie spürte, dass er auf sie zureiten würde, noch bevor er mit einer geschickten Bewegung aus dem Handgelenk heraus sein Pferd eine halbe Wende beschreiben ließ und über die Lichtung auf sie zukam. Elspeth war wie gelähmt und wusste nicht, was sie tun sollte. Sollte sie wie ein Hase unter der Weide verschwinden und nach Anna rufen, auf die Gefahr hin, die Badenden auf sich aufmerksam zu machen? Oder sollte sie tun, was Anna tun würde, und dem Mann entgegengehen, nach dem Motto »Angriff ist die beste Verteidigung«?

Wenn es irgendjemand anders als Randall Bontine gewesen wäre, hätte sie hierzu vielleicht sogar den Mut aufgebracht. Aber Bontine machte ihr Angst, so wie jeder auf Ottershaw und in ganz Balnesmoor ihn fürchtete – oder verabscheute. Die Dorfbewohner hegten keinerlei Sympathien für Sir Gilberts ältesten Sohn, den Renegaten und Erben, der Krieg der Schafzucht vorzog und die sengend heiße Wüste Ägyptens der Parklandschaft von Ottershaw. Und tatsächlich führte er sich bei den seltenen Gelegenheiten, bei denen er sich herabließ, das Anwesen seines Vaters zu verlassen, auf wie ein Offizier des Königs Männern gegenüber, die eine Heidenangst davor hatten, sie könnten zum Militärdienst für die Krone gezwungen werden.

Randall Bontine lächelte. Es war das Wissen in diesem Lächeln, die besitzergreifende Arroganz, die Elspeth veranlasste laut zu rufen.

»Anna. Anna.«

Es kümmerte sie nicht, wer sie hörte. Sie wäre erleichtert gewesen, wenn der ganze Jungenschwarm herbeigeeilt wäre, der junge Gutsherr auf seinem imposanten Hengst schien sie mit mehr als nur vorübergehender Scham zu bedrohen.

»Ruf sie, ja, ruf sie herbei.« Bontine hatte den Hengst mit kaum wahrnehmbarem Zug der behandschuhten Hand an den Zügeln und einem leichten Anlegen der Waden an die Flanken zum Stehen gebracht. »Ein Gentleman erfreut sein Auge lieber an zwei hübschen Mädchen als nur an einem.«

Elspeth beugte die Knie und machte sich bereit, ins Dickicht zu stürzen und zu flüchten.

»Bleib, wo du bist, Mädchen.«

Sie konnte den Blick nicht von ihm abwenden. Er hatte hohe Wangenknochen, eine schmale Oberlippe und die typische Hakennase der Bontines. Aber die ungleichmäßige, schlecht verheilte Narbe, die seinen Mundwinkel leicht hochzog, war einzigartig, das Brandmal eines Soldaten, der im Krieg gekämpft hatte. Sie hatte – von wem, wusste sie nicht mehr – gehört, dass er sich im Schatten der Pyramiden ein Duell mit einem Franzosen geliefert und bei dieser Gelegenheit einen Säbelhieb abbekommen hatte; eine dieser albernen Geschichten, die sich unreife Jungen am Lagerfeuer ausdachten oder oben in den nebligen Bergen in dem Monat, in dem die Lämmer zur Welt kamen. Jetzt, da sie Randall Bontine aus der Nähe sah, kam ihr diese Geschichte allerdings durchaus glaubhaft vor.

Der Hengst drängte näher und versperrte ihr den Fluchtweg.

»Anna«, rief sie erneut, diesmal war es jedoch kaum mehr als ein Flüstern.

Anna musste sie gehört haben. Elspeth riskierte einen Blick auf die Äste, die den Zugang zur Baumhöhle verdeckten. Von ihrer Schwester war weit und breit nichts zu sehen.

Bontine stieg vom Pferd. Er schwang das rechte Bein über das Sattelhorn, zog den linken Fuß aus dem Steigbügel und landete leichtfüßig auf dem Waldboden, die Zügel noch in der Hand. Das Pferd war ausstaffiert wie sie es noch nie zuvor gesehen hatte; das Pferd eines Soldaten, ein Ross, wie es ein Soldat der Leichten Dragoner zu seiner ausschließlichen Verwendung im Stall hatte, auch wenn er nur einmal alle drei oder vier Jahre ritt. In der linken Hand hielt Bontine eine kurze Peitsche aus weichem geflochtenen Leder. Er strich damit leicht über ihre Brüste, als wäre es ein Schwert und sie ein feindlicher Soldat, den er gerade gestellt hatte.

»Sprich mit mir«, forderte er sie auf. »Sag mir, wie du heißt.«

»Ich ... ich bin ...«

Alles, was er tat, war leicht, so leicht. Als wäre er selbst aus geflochtenem Leder mit einem dünnen steifen Kern aus indischem Gummi.

»Sprich, Mädchen. Ich bin doch nicht Eigentümer dieser Baumleiche, oder? Nein, sie gehört diesem Wrassle, ganz sicher. Aber egal. Wie heißt du?«

»Co-Cochran, Sir.«

»Nie gehört. Bist du aus unserer Gemeinde?«

»Von ... von oben auf dem Drumglass.«

Die Gerte bewegte sich wieder, strich über sie hinweg wie eine Liebkosung. Dann zuckte sie zurück. Bontine hob den Kopf zurück und blickte an seiner Nase entlang auf sie hinab. Durch den Kragen des nicht zugeschnürten Hemdes konnte sie Haare auf seiner Brust sehen sowie ein Medaillon rosiger Haut – eine weitere Narbe.

»Ah, jetzt weiß ich! Du bist das Kind dieser Viehtreiber-Braut, mit der mein Vater damals Mitleid hatte, stimmt's?«

»Ich ... das ist richtig, Sir.«

»Verdammt hübsch. Weißt du das? Ist dir bewusst, dass du verdammt hübsch bist?«

»Nein, Sir.«

»Und verdammt begehrenswert.«

»Ich muss jetzt nach Hause, Sir.«

»Gehe ich recht in der Annahme, dass du weißt, wer ich bin?«

»Gutsherr Bontine, Sir.«

»Noch bin ich nicht der Gutsherr, Gott sei's gedankt. Noch ist mein Vater der Herr hier. Irgendwann werde ich wohl seinen erlauchten Platz einnehmen. Ich denke, es wird Entschädigungen geben für die viele Arbeit, solange die Pächter Schönheiten wie dich in die Welt setzen.«

Elspeth ging erneut leicht in die Knie. Wieder war er schneller. Die Gerte fuhr erneut über ihre Brüste.

»Vom Drumglass, sagst du. Kennart ist ein ganzes Stück weg von dort. Ihr habt die Jungen beobachtet, habe ich Recht? O ja. Siehst du, ich weiß, wie sich nicht so brave kleine Mädchen benehmen. Es stimmt doch, oder? Ihr habt euch die Bauern-Adonisse angesehen.«

Elspeth fühlte, wie glühende Röte erst ihren Hals und dann ihr Gesicht überzog. Aber sie hatte die erste Angst überwunden und war wütend über seine arrogante Frechheit – umso mehr, als er sie bei etwas Unanständigem ertappt hatte.

»Jawohl, Mr. Bontine, Sir.«

»Was würdest du davon halten, wenn ich dich mit meiner Reitgerte vor mir her bis zum Fluss treibe und dich dort zwinge zu gestehen?«

»Ich würde mich schämen, Sir.«

»Darauf wette ich. Wie würde es dir gefallen, wenn die

Jungen dich beobachten würden, nackt wie Gott dich schuf? Was würdest du davon halten? Wie fändest du es, wenn deine hübschen Geheimnisse enthüllt würden?«

»Ich fände es schrecklich, Sir.«

»Dann sollte ich mir vielleicht eine andere Strafe ausdenken.«

»Strafe?«

»Nichts zu Strenges, das versichere ich dir. Was könnte es sein? Ein Kuss vielleicht. Ja, ein einfacher Kuss von deinen rubinroten Lippen, und ich wäre bereit, die Angelegenheit zu vergessen.«

»Ich ... ich küsse keine Gentlemen.«

»Was du nicht sagst. Hattest du denn schon einmal Gelegenheit, einen Gentleman zu küssen?«

»Lassen Sie mich nach Hause gehen, ich flehe Sie an.«

»Erst wenn du meine Bedingung erfüllt hast.«

»Das kann ich nicht, Sir.«

»Es wird dir nicht anderes übrig bleiben, Miss Cochran.«

Abrupt rannte sie nach links los, weg von der Birke, wobei sie mit beiden Händen ihre Röcke an die Schenkel drückte, damit sie nicht an Dornbüschen und Brombeerranken hängen blieben. Den Bruchteil einer Sekunde dachte sie, sie wäre ihm entwischt. Aber es gab kein Entkommen. Seine Hand schoss vor, und er packte ihr Handgelenk, fest aber nachgebend, um ihr nicht weh zu tun. Dann zog er sie zurück. Sie schien sich zu fügen.

»Warten Sie, Augenblick.«

Das war Anna. Sie war unbemerkt aus dem Weidengestrüpp gekrochen und hatte sich bis jetzt hinter einigen Ulmen versteckt gehalten. Elspeth sollte nie erfahren, ob ihre Schwester geblieben war, um ihr nötigenfalls beizustehen, oder aber aus reinem Übermut und Liebe zum Risiko.

Die Hände in die Seiten gestemmt kam sie wiegenden Schrittes mit schwingenden Röcken über den Teppich aus

Gras und Blumen, den Kopf so stolz erhoben wie eine Lady. Sie legte auch die Arroganz einer Dame an den Tag, und es wirkte weder aufgesetzt noch übertrieben oder albern, wie bei Elspeth oder einem der anderen Dorfmädchen, wenn sie so taten, als wären sie feine Ladys.

Bontine ließ Elspeth nicht los. Vielmehr trat er zurück und berührte mit dem Gertengriff die Brust des Hengstes, damit dieser am langen Zügel zurückwich, und Bontine den Störenfried genauer betrachten konnte.

»Zwei Schönheiten; ich hatte also Recht«, stellte er fest.

»Lassen Sie meine Schwester los, Gutsherr Bontine«, forderte Anna ihn auf.

»Noch nicht. Wir waren gerade dabei, einen interessanten Handel abzuschließen.«

»Wenn es ein Kuss ist, den Sie wollen, geben Sie sich dann auch mit einem Kuss von mir zufrieden?«

Bontine lachte, legte den Kopf auf die Seite, schob die Zunge von innen gegen die Wange und maß Anna mit unverschämtem Blick.

»Das würde mir noch besser gefallen, würde ich sagen.«

Anna war noch näher gekommen; sie zeigte keine Spur von Furcht oder Nervosität. Ihre Wangen waren nicht gerötet, und ihre Stimme zitterte nicht. Nur ein undamenhafter leichter Schweißfilm überzog ihre Oberlippe.

»Lassen Sie Elspeth gehen, Sir, dann bekommen Sie, was Sie verlangen.«

»Soll ich mir von einem dahergelaufenen Frauenzimmer befehlen lassen?«

»Bitte«, flehte Elspeth. »Bitte.«

Er ließ sie los, als hätte er vergessen, warum er sie überhaupt festhielt. Fast schien es, als hätte sie für ihn aufgehört zu existieren. Er hatte nur noch Augen für Anna.

»Erst müssen Sie es versprechen«, sagte Anna.

»Ich muss es versprechen? Meine Güte! Was für ein freches kleines Ding du bist.« Bontine war nicht im Geringsten verärgert. »Und was bitte soll ich versprechen?«

»Niemandem etwas zu verraten. Und sich mit einem Kuss zu begnügen.«

»Ha! Wie kommst du eigentlich darauf, du wärst in der Position, mit mir zu handeln, Mädchen?«

»Versprechen Sie es.«

»Für ein Gör aus den Bergen verstehst du dich verdammt gut auf die Kunst des Flirtens. Also gut. Ich gebe dir mein Wort. Als Offizier des Achtzehnten Husarenregiments. Ist Mademoiselle jetzt zufrieden, oder soll ich ihr noch Brief und Siegel darauf geben?«

Konsterniert sah Elspeth zu, wie ihre Schwester dicht vor ihn trat, nach dem ungeschnürten Band seines Hemdes griff und ihn näher zu sich heranzog. Sie küsste ihn mitten auf den Mund, dazu noch auf der vernarbten Seite, und hielt die Lippen drei oder vier endlose Minuten auf seine gedrückt. Elspeth sollte jedoch vor allem die Geste mit dem Band im Gedächtnis bleiben.

Auch nachdem sie den Kuss beendet hatte, ließ Anna noch nicht ganz von dem Sohn des Gutsherren ab.

»Reicht das als Bezahlung?«

Das Lächeln, das er ihr schenkte, war beinahe, wenn auch nicht wirklich, zärtlich.

»O ja, Mylady. Mehr als genug.«

Er trat zurück.

Die Mädchen liefen davon, Anna voran, Elspeth dicht auf den Fersen.

Sie rannten und rannten, bis ihre Lungen sich anfühlten, als seien sie mit Sand gefüllt, ihre Beine von Wicken und hohen Disteln zerkratzt und die Knöchel schmerzend von mehrmaligem Umknicken in den von der Sonne steinhart gebackenen Löchern und Furchen des Moores.

Als sie aus dem Wald kamen, hielt Anna geradewegs auf

die fernen Hänge des Drumglass zu. Erst als sie die dicke Dornenhecke entlang der neuen Hauptstraße von Stirling nach Glasgow erreichte, machte sie Halt. Keuchend fielen die Schwestern auf die Knie. Elspeth drehte den Kopf und blickte angstvoll zurück; beinahe rechnete sie damit, den schnaubenden Schimmelhengst zu sehen. Aber sie sah nur den schmalen Streifen des Waldrandes und die verlassene sattgrüne Weide dahinter. Nicht einmal das Gelächter der Jungen am Wasserbecken war zu hören, um sie daran zu erinnern, wie das Abenteuer begonnen hatte. Alles, sogar die Scham, war ausgelöscht worden von der Begegnung mit Randall Bontine.

»Au, au, au!«, jammerte Anna. »Ich kann nicht mehr. Ich kann einfach nicht mehr.«

»Hat ... hat ... er ... dir wehgetan?«

»Er war ...« Anna drehte sich auf dem Hang bei der Dornenhecke auf den Rücken, mit ausgestreckten Armen und Beinen, sodass sie ein Kreuz bildete, auf das die letzten Strahlen der Augustsonne fielen wie Blut.

Besorgt kniete Elspeth sich neben ihre Schwester.

»Anna?«

»Er war ... *wunderbar*.«

Bei der Erinnerung an jenen denkwürdigen Augenblick durchlief sie ein prickelnder Schauer. Abrupt setzte sie sich auf.

»Elspeth, wo gehst du denn hin?«

Elspeth steuerte mit zügigen Schritten das Loch in der Hecke an. »Nach Hause«, rief sie in einem so zornigen Tonfall, dass Anna nichts anderes übrig blieb, als sich aufzurappeln und ihr zu folgen.

Wenn sie sich auch selbst als Heldin sah, verliebt in den romantischen Dragoner mit der Säbelnarbe im Gesicht, ging es ihr erst einmal darum, nicht erwischt zu werden.

»Sag Mammy nichts davon, nein? Versprich mir, dass du Mammy nichts sagst.«

Aber Elspeth, die sich inzwischen durch die Lücke gezwängt hatte, überquerte die Straße und lief bereits ein Stoppelfeld hinauf in Richtung Nettleburn, der geborgen im Schatten des Drumglass lag. Sie antwortete nicht und versprach auch nichts.

Der niedrige Stuhl ohne Armlehnen war zerschrammt, und der Polsterbezug war schon mindestens ein Dutzend Mal geflickt worden. Und doch leistete er der älteren Frau noch ebenso gute Dienste wie in ihren besten Jahren. Sie hatte die vorderen Beine mit Kork unterlegt, wodurch der Stuhl eine bequeme Neigung erhalten hatte, und leere Säcke um die Rückenlehne gewickelt, damit sie das Möbel an die Wand neben der Hüttentür lehnen konnte. Von dort aus konnte Gaddy leicht schaukelnd ihr kleines Reich überblicken, und, auch wenn ihre Augen bei weitem nicht mehr so scharf waren wie früher, zu den Hügeln von Dumbarton und den Bergen von Argyll hinübersehen.

Die Französischen Kriege und Napoleon Bonapartes Behinderung des europäischen Handels waren Stürme gewesen, die sich bezahlt gemacht hatten für manche Landwirte und Handwerker, die vom Rückgang der Importe vom Festland profitiert hatten. Hohe Mieten und Schwindel erregende Steigerungen der Lebenshaltungskosten hatten einen Großteil der Gewinne aus den Rekord-Marktpreisen für Weizen, Wolle und Stoffe aufgefressen. Dem Tal war die Veränderung deutlich anzusehen. Die kleinen Patchwork-Parzellen gab es kaum noch; der Nettleburn gehörte zu den letzten Enklaven dieser alten Bewirtschaftungsform. Die traditionellen niedrigen Hecken waren durch Zäune ersetzt worden, und Schafe grasten auf den Wiesen, auf denen einstmals Herden schwarzer Rinder weideten. Morgen über Morgen bronzefarbener Stoppelfelder zeigten, auf welch großer Fläche des Talbodens inzwischen Getreide angebaut wurde. Jetzt nach der Ernte wachten Festungen aus Stroh und Regimenter aufgeschichteter Garbenhaufen über die Äcker, als hätte der französische Kaiser eine neue Invasion im Inneren Schottlands befohlen und als wären dies die Verteidigungslinien.

Neben Gaddy stand ein kleines Tablett mit einem Krug kalten, schwachen Tees, einem Zuckerhut und einer bemalten Tasse. In den warmen Monaten war das ihre liebste Erfrischung, und ihre Töchter neckten sie oft damit, dass sie ihre Gesichtsfarbe ihrer Sucht nach Tee aus dem fernen Indien verdankte.

Gaddy war heute blasser, ihre Haut von kleinen braunen Altersflecken überzogen. Ihr Gesicht war runzlig wie eine Walnuss, und sie hatte eine solche Fülle Fett angesetzt, dass sie nicht lange arbeiten konnte, ohne eine Atempause einlegen zu müssen. Aber Gaddy scherte sich nicht um ihr Aussehen, immerhin war sie keine feine Dame. Sie ging nicht einmal mehr ins Dorf, zog sie doch die Gesellschaft ihrer Hühner und Ziegen vor. Neuigkeiten aus der näheren und ferneren Außenwelt erfuhr sie aus dem Geschnatter ihrer beiden Töchter.

Coll war ganz plötzlich und ohne Vorwarnung gestorben. Er war an einem kalten Märzmorgen beim Holzhacken zusammengebrochen und schon tot gewesen, noch bevor Gaddy bei ihm war. Seit diesem Tag war Gaddy in sich gekehrt. Die Mädchen waren sich einig, dass der Tod ihres Vaters ihre Mutter so tief erschüttert hatte, dass sie sich nur noch um die allerwichtigsten Belange des Hofes kümmerte. Nicht, dass sie die Mädchen vernachlässigt hätte; im Gegenteil, sie war noch liebevoller und strenger als zu Colls Lebzeiten. Aber etwas in ihr war ausgebrannt. Es gab Zeiten, da die Mädchen mit der ganzen Schonungslosigkeit ihrer Jugend argwöhnten, sie sei ein klein wenig sonderbar geworden.

Die Mädchen hatten selbst nach Colls Beerdigung einige

Schocks verdauen müssen. Ihnen war nie ganz klar gewesen, wo das Geld herrührte, von dem die Familie lebte. Natürlich war ihnen klar, dass sie nicht so wohlhabend waren wie ein Doktor Rankellor oder auch nur so gut gestellt wie beispielsweise ein James Moodie. Aber sie wussten auch, wenn sie es auch vielleicht nicht angemessen zu schätzen wussten, dass eine vom Frost zerstörte Kartoffelernte sie nicht gleich ruinieren oder zum Hungern verurteilen würde wie die Kinder anderer Pächter in der Nachbarschaft.

In ihrer Kindheit und Jugend hatten Anna und Elspeth nie etwas entbehren müssen, es hatte sogar für einige Extras gereicht, etwas Luxus, der sie von ihren meisten Klassenkameraden abhob, irgendwelche Kleinigkeiten von den Märkten in Balfron, Falkirk, Doune oder Glasgow: Tee und Glaswaren, Bänder und Ringe, Schuhschnallen und Bücher. Tatsächlich lagen in der Kiste unter Elspeth' Bett mehr Bücher, als es entlang der ganzen übrigen Hauptstraße gab. Die Bücher wurden sehr liebevoll behandelt, bei Lampenlicht laut vorgelesen oder aber bei Tage in der Nische, in die Coll ein Fenster eingesetzt hatte, verschlungen. Aber erst nach Colls Tod im Frühling 1805 dämmerte den Mädchen, dass der Großteil des Familieneinkommens auf dem Dyers' Dyke erwirtschaftet wurde und nicht aus dem Verkauf der Ernteerzeugnisse der kleinen Farm auf dem Nettleburn.

Ebenso überraschend war für sie die Neuigkeit, dass Peter Docherty nur ein Angestellter ihres Vaters gewesen war und keineswegs, so wie sie immer angenommen hatten, der rechtmäßige Pächter des Dyke. Diese Übereinkunft war getroffen worden, als die Mädchen noch klein gewesen waren, und niemand hatte ein Aufhebens darum gemacht. Nachdem er seinerzeit keine Lust verspürt hatte, mit Gaddy und den Kindern auf einer Farm zu leben, deren gute Stube ihn nur an Etta erinnerte, hatte Coll Lachlan Sinclair überredet, ihm zu erlauben, Peter Docherty als »Verwalter« einzustellen.

Es war ein einzigartiger Vertrag, auch wenn der Hof nicht unterverpachtet wurde, da Sinclair dem niemals zugestimmt hätte. Docherty bewirtschaftete den Dyke ganz allein. Er bekam für seinen Einsatz einen festen Jahreslohn ausgezahlt sowie einen Anteil der Gewinne nach Abzug einer bestimmten »Instandhaltungssumme«, die in den Hof investiert wurde. In sieben von zehn Jahren erzielte Coll mit Vieh und Ernte des Dyke einen satten Gewinn. Er hatte sogar zusätzliche vier Morgen auf dem Nettleburn gepachtet und mit Sir Gilberts Einverständnis eine Herde schwarzgesichtiger Cheviot-Schafe angeschafft, um zu sehen, wie diese sich auf den Bergweiden machen würden.

Peter Docherty wohnte nicht im Farmhaus, sondern zog es vor, weiterhin im Schuppen zu hausen. Der Verwalter bestand darauf, dass das Haus auch unbewohnt in tadellosem Zustand gehalten wurde, und seinem Wunsch wurde entsprochen. Küche und Schlafzimmer blieben jedoch trotz regelmäßiger Befeuerung feucht und rochen so muffig, dass sogar Anna davor zurückschreckte, dort herumzustöbern.

»Warum wohnt Peter nicht im Haus?«, hatte Elspeth wissen wollen, als sie acht oder neun war.

»Weil er keine Frau hat«, hatte Gaddy geantwortet.

Mit dieser Erklärung hatte das Mädchen sich zufrieden gegeben. Immerhin war der Schuppen nicht viel kleiner als ihr eigenes Haus, in dem immerhin vier Personen wohnten.

Die Wahrheit erfuhren die Mädchen ein paar Wochen nach Colls Beerdigung von Peter Docherty. Er klärte sie auf Gaddys Wunsch hin auf. Peter hatte sich nach dem Tod seines Arbeitgebers mit dessen Testament befasst, das Coll Lachlan Sinclair zur Aufbewahrung anvertraut hatte und das von demselben Rechtsgelehrten aufgesetzt worden war, der auch die – natürlich unendlich komplizierteren – Dokumente Sir Gilberts aufsetzte.

Es sprach für Sinclair, dass er Coll die eine oder andere

Gefälligkeit erwies. Es gab keine wirtschaftlichen Bande zwischen dem Gutshof und dem Farmer, einmal abgesehen von der pünktlichen Zahlung des Pachtzinses. Coll verkaufte die Erträge seiner Farmen – Rinder, Wolle und Feldfrüchte – selbst. Trotzdem machte Sinclair der exzentrischen Familie oben auf dem Berg keine Vorwürfe und sprach auch weder öffentlich noch im Kreise seiner Familie schlecht über sie. Vielleicht bewunderte er ja den Abenteuergeist und die kleine Rebellion gegen ein System, das Schuldgefühle und Furcht schürte und Männer und Frauen für alle Zeit an ihre Tretmühle kettete. Aber sofern er dies tat, ließ er auch hiervon nichts verlauten.

Im Übrigen hatte Lachlan Sinclair eine eigene Familie, die alle Aufmerksamkeit forderte, die er neben seinen umfangreichen Pflichten als Gutsverwalter erübrigen konnte. Er musste für die Erziehung seiner Kinder sorgen – er war ein überzeugter Anhänger einer ordentlichen Schulbildung – und diese in das geschäftige Treiben von Ottershaw einfügen, sobald sie alt genug waren, zu arbeiten, um etwas zu ihrem Lebensunterhalt beizutragen.

Matthew, sein Ältester, arbeitete derzeit in der derben Gesellschaft der Stallknechte als Pferdepfleger. Zu gegebener Zeit würde er alles über Rinderzucht lernen, anschließend bei den Waldarbeitern in die Lehre gehen, und wenn seine Ausbildung abgeschlossen war, würde Lachlan dem Gutsherrn vorschlagen, Matt zum stellvertretenden Verwalter zu ernennen. Matthew würde den Posten nicht so jung übernehmen wie Lachlan seinerzeit; Lachlan hielt nichts davon, junge Leute durch zu leichtes Vorwärtskommen zu verderben. Aber Matthew war ein wohl geratener junger Mann, und sein Vater hatte ihm von Kindheit an die bedingungslose Höflichkeit gegenüber der Obrigkeit eingeimpft, die Grundbedingung war für den Posten eines Gutsverwalters.

Für die Mädchen auf dem Nettleburn war die Arbeit von

anderer Art – es gab weder Aufstiegsmöglichkeiten noch besondere Zukunftsperspektiven. Sie arbeiteten für einen Schilling am Tag oder für Naturalien, Arbeiten, die sich zu einem Berg von Pflichten auftürmten, die zwar nicht übermäßig anstrengend waren, aber eine monotone Last darstellten.

Anna war hierüber missgelaunt und unzufrieden, während Elspeth ihr Los stoischer ertrug. Beide waren sich einig darin, dass eine Heirat der einzige gangbare Weg war, der fortführte vom Nettleburn, ihre einzige Aussicht auf etwas Sicherheit. Sie sehnten den Augenblick herbei, ungeduldig und auch ein wenig ehrgeizig, tuschelten über gut aussehende junge Männer, die sie in Seide und Spitze kleiden würden, träumten von Bediensteten, die alle Arbeiten verrichteten, während ihre Aufgaben sich darauf beschränkten, Menüs zusammenzustellen und um halb fünf am Nachmittag Freunde aus der feinen Gesellschaft beim Tee zu unterhalten. Ein Zweispänner würde ihnen zur freien Verfügung stehen. Alle vierzehn Tage würden sie in die Stadt fahren und mit einem Dienstmädchen und einem Kutscher, der sie vor Bösewichten schützen würde, in einem Gasthaus nächtigen. Anna glaubte fest an diese Träume, während Elspeth sich selbst als Ehefrau von Matthew Sinclair sah, die in einem Haus wie jenem der Sinclairs in den schönen Gärten Ottershaws wohnte, so geborgen, respektabel und ihrer eigenen Identität gewiss, wie ein Mädchen aus Balnesmoor es nur sein konnte.

Die Mädchen wären überrascht gewesen, wenn sie geahnt hätten, dass auch Mammy sich mit dem Gedanken trug, die beiden zu verheiraten.

Gaddy war bei weitem nicht so verwirrt, wie die Mädchen glaubten. Sie hing noch viel hochfliegenderen Tagträumen nach, als die beiden zusammen. Aber Gaddy war schlau. Sie spitzte die Ohren und verfolgte sehr genau, was Anna und Elspeth redeten, achtete auf Getuschel, Proteste, unvermitteltes Gelächter und verstohlene Blicke, die sie ihr zuwarfen, um zu sehen, ob ihre Mutter in ihrem Stuhl auch wirklich döste. Dann hörte Gaddy noch etwas genauer hin, ohne ein Blinzeln und ohne sich je einzumischen.

Was Gaddy so belauschte, beunruhigte und erfreute sie gleichermaßen. Annas aufbrausendes Temperament beunruhigte sie, erfreut war sie hingegen, dass Elspeth ihr Herz an Matthew Sinclair verloren hatte. Gaddy hätte sich keinen besseren Mann für ihr Findelkind vorstellen können als den Sohn des Gutsverwalters. Es gab noch weitere Sinclair-Söhne, die aber zu jung waren, um Anna ins Auge zu stechen. Nein, für Anna waren die bodenständigen Sinclairs nichts. Sie würde, wenn die Zeit reif war, ihren eigenen Fisch wählen, würde ihn sich angeln und an Land ziehen, ohne Gaddy nach ihrer Meinung zu fragen.

Gaddy war – einmal abgesehen von ihrer Kurzatmigkeit – bei bester Gesundheit. Aber sie war auch nicht mehr die Jüngste, daran war nicht zu rütteln. Sie fürchtete, sie könne umfallen, so wie Coll, ohne Abschied nehmen zu können. Und wenn sie abdankte, bevor die Mädchen verheiratet waren, könnte eine von ihnen möglicherweise einem Blender wie Donald McIver ins Netz gehen. Es wäre weitaus besser, beide mit einem Ehemann und ein oder zwei Kinder zurückzulassen, auch wenn diese Verpflichtung ihr Glück trüben würde, bis sie sich daran gewöhnt hatten. Sie hätte ihnen erzählen können, wie sie selbst ihre Jugend aus schierer Not heraus vergeudet hatte. Sie hätte ihnen sagen können, dass die zwölf Jahre mit Coll der Ausgleich gewesen waren für das, was sie zuvor hatte durchleiden müssen. Sie hätte sie darüber aufklären können, was die Liebe eines Mannes bedeutete, wie Küsse und Umarmungen sich im Laufe der Jahre veränderten, wie die Leidenschaft abkühlte und dafür das Herz sich erwärmte, wenn wahre Liebe die Ehepartner verband. Sie wünschte sich für ihre Töchter eine Ehe, die so voller Liebe war wie es ihre eigene gewesen war. Aber sie zog es vor zu schweigen, hätten ihre Töchter ihre Weisheiten und Ratschläge doch bestenfalls als langweilig empfunden.

Als die Mädchen nun im Abendrot keuchend den Berg heraufgelaufen kamen, rührte Gaddy sich nicht aus ihrem Stuhl. Stattdessen schaukelte sie weiter, indem sie leicht die Knie beugte und streckte und ihren umfangreichen Bauch und ihre voluminösen Schenkel einen steten Rhythmus bestimmen ließ. Sie hatte nicht geschlafen. Sie hatte registriert, aus welcher Richtung Elspeth gekommen war – über die Mautstraße – und dass Anna ihr nachgerannt war, bis die Neigung des steilen Hanges sich bemerkbar gemacht hatte und die stärkere und beweglichere Elspeth sie abhängte.

Sie hatte Anna laut rufen hören – Sag Mammy nichts, nein? Versprich, dass du Mammy nichts sagst –, was ihre Neugier geweckt hatte. Sie war versucht, den Grund für den Streit zwischen den beiden zu ergründen, da sie so offensichtlich aneinander geraten waren.

Elspeth war jedoch so schlau, eine Pause einzulegen. Im Schutz der Bäume des alten Pfades wartete sie, bis ihr Atem sich wieder beruhigt hatte, strich ihre Röcke glatt und fuhr sich über das Haar, ehe sie sich wieder aufrichtete und langsam die Schafweide östlich des Baches überquerte. Sie schaffte es sogar zu lächeln und gab Gaddy einen Kuss, ehe sie ins Haus ging.

Anna folgte nur sechzig oder siebzig Meter hinter ihrer Schwester. Sie hatte sich keine Atempause zwischen den Bäumen gegönnt, um sich zu sammeln, warf Gaddy kaum einen Blick zu und stürzte gleich an ihr vorbei in die Hütte.

Gaddy lehnte den Kopf an die raue Hauswand.

»Versprich, dass du nichts sagst«, zischte Anna. »Wenn du es versprichst, gebe ich dir die Brosche, Daddys Brosche.«

Gaddy runzelte die Stirn.

Es musste etwas Ernstes sein, wenn Anna bereit war, dafür

ihre geliebte Brosche herzugeben. Coll hatte sie nur wenige Wochen vor seinem Tod aus Glasgow mitgebracht, und sie war das Einzige, worum Elspeth ihre Schwester immer beneidet hatte. Es war nur billiger Tand und lag Anna vermutlich nur deshalb so sehr am Herzen, weil ihre Schwester das Schmuckstück begehrte. Jetzt war sie bereit, die Brosche zu opfern. Warum?, fragte Gaddy sich beunruhigt.

»Du kannst das alte Ding behalten.«

Elspeth war verletzt, erschrocken und wütend.

»Ich gebe sie dir. Jetzt gleich«, sagte Anna eifrig.

»Ich will sie nicht.«

»Verrat mich nicht. Bitte, Pet.«

»Psssst. Sie wird uns noch hören.«

Hierauf sprach Anna leise, aber hörbar eindringlich. Nicht einmal Gaddys auf das Getuschel ihrer Töchter eingestellte Ohren vermochten zu verstehen, was sie sagte. Gaddy zweifelte jedoch nicht daran, dass es um Jungen ging. Sie wusste, dass die Burschen aus dem Dorf – darunter ganz sicher auch Matthew Sinclair – oft vom Fluss heraufkamen, um an der Kreuzung auf der Mautstraße herumzulungern, an der neuen metallisch schimmernden Grenze zwischen Balnesmoor und Kennart. Ihre Töchter waren sicher nicht die einzigen Mädchen, die »rein zufällig« dort Feldblumen pflückten oder entlang den Hecken Kräuter sammelten. Aber was mochte Anna gesagt oder getan haben? Was konnte so unerhört sein, dass sie ihre Schwester förmlich anflehte, kein Wort darüber zu verlieren?

»Behalte deine Brosche, Anna.«

»Aber ...«

»Wie könnte ich so etwas verraten?«

»Du ...«

»Ich war immerhin auch dort, oder hast du das vergessen.«

Anna kicherte. »Ja, das stimmt. Du hast Angst, Matthew könnte davon erfahren.«

»Ja. Wie also könnte ich davon erzählen? Aber es wird nicht wieder dazu kommen, Anna, das garantiere ich dir.«

»Nein«, versprach Anna. »Nein, das wird es nicht. Jedenfalls nicht hier.«

Gaddy seufzte lautlos. Das Wenige, das sie mitbekommen hatte, hatte sie keineswegs beruhigt. Es hatte etwas mit Matthew Sinclair zu tun und mit etwas, dessen Elspeth sich schämte, nicht Anna.

Sie ließ die Vorderbeine des Stuhls herunter, bis sie auf dem Boden aufsetzten. Die Korkaufsätze quietschten leicht, als Gaddys ganzes Gewicht auf ihnen lastete.

Das Stimmengemurmel in der Hütte verstummte abrupt.

Kurz darauf erschien Elspeth in der Tür.

»Mammy?«

»Ja, Liebes?«

»Komm rein, Mammy. Es wird kalt.«

»Wo ist Anna?«

»Im Bett.«

»Die Ziegen brauchen noch etwas zu knabbern.«

»Ich gebe ihnen etwas. Komm ins Haus.«

Gaddy stand auf, packte den niedrigen Stuhl bei der Rückenlehne und tappte zur Tür. Elspeth kam heraus, um Rinde, Kohl oder sonst etwas zum Fressen für die Ziegen in dem Pferch ein Stück weiter den Hang hinauf zu holen.

Gaddy blieb stehen.

»Dann ist es vorbei?«, fragte sie.

Sofort trat Argwohn auf Elspeth' Züge.

»Was?«

»Habt ihr beide euren Streit beigelegt?«

»Was für einen Streit?«, entgegnete Elspeth und fügte dann nicht ganz ehrlich mit einem spröden Lächeln hinzu: »Ach, Mammy. Alles in Ordnung. Vergeben und vergessen.«

»Bis morgen, nehme ich an.«

»Nein, Mammy. Endgültig«, entgegnete Elspeth nachdrücklich und machte sich dann auf zum Ziegenpferch, damit ihre Mutter ihre Verlegenheit nicht bemerkte.

Trotz seiner eigenwilligen Methoden hatte nie jemand Coll Cochran einen »Sonntagsfarmer« geschimpft. Er hatte geschuftet und alle Arbeiten verrichtet, die sich Monat für Monat aus den Jahreszeiten ergaben wie die Bänder an einem Maibaum. Jene, die er aufgrund seines Alters oder wegen des Interessenkonfliktes zwischen dem Dyke und dem Nettleburn nicht selbst übernehmen konnte, ließ er unter seinem wachsamen Auge von Gaddy und den Mädchen erledigen.

Vom alten Coll geschult, war Peter Docherty zu einem wirklich guten Farmer gereift, der so viel von der Bewirtschaftung eines Hofes verstand wie jeder eigenständige Bauer in Lennox. Nach Colls Tod schien es jedoch, als würde der alte Fluch wieder aufleben und eine Katastrophe nach der anderen über den Dyers' Dyke hereinbrechen.

Trotz seines Geschicks und seiner geballten Anstrengungen fiel es Docherty immer schwerer, über die Runden zu kommen. Er hatte im August die Hitzewelle genutzt und gemäht, und die Ernte war gut gewesen. Er hatte in der Scheune Platz geschaffen für das langstielige Stroh, und Anna und Elspeth hatten als Sammlerinnen mit angepackt und die asthmatische Gaddy als Binderin. Zwar würden sie beim Dreschen viel Zeit verlieren, da das Stroh reichlich mit Unkraut versetzt war, aber das Stroh selbst war kostbar, und die Qualität würde die geringere Menge aufwiegen, wenn er mit diesem Rau- und Kraftfutter die Rinder gut über den Winter bekam. Außerdem würde er die Tagesration nicht allein dreschen müssen; die Mädchen würden sich dabei abwechseln, und zumindest Elspeth war eine gute und sorgfältige Arbeiterin. Jetzt musste er nur bis zu den Verkäufen im Frühjahr durchhalten und hoffen, dass der Anstieg der Rindfleischpreise der letzten drei Jahre anhielt, sodass er einen maximalen Profit erzielte mit der gut genährten Herde, wenn er sie im März oder Anfang April an die Fleischer und Metzger verkaufte. Docherty setzte Colls Tradition des Direktverkaufes fort und machte dabei einen deutlich besseren Schnitt, so wie Coll es von Gaddy gelernt hatte. Aber bis zum Frühjahr war es noch verdammt lange hin, und so wie früher Coll hatte er eine vage düstere Ahnung drohenden Unheils.

Manchmal hielt Docherty an einem sengend heißen Nachmittag bei der Arbeit inne, richtete sich auf, starrte auf das einsame Haus und bildete sich ein, eine feine Rauchsäule aus dem Kamin aufsteigen zu sehen, obwohl er an diesem Tag kein Feuer gemacht hatte. Es war kein Rauch, der anheimelnd wirkte oder idyllisch, sondern mehr ein Dunst, als würden Dämpfe einer entkorkten Flasche entweichen. Er schauderte und wandte rasch den Blick ab, den er wieder auf die Pflugscharen oder Blätter des Güllebehälters richtete. Manchmal, wenn er in der Dämmerung den verlassenen Hof überquerte, hätte er schwören können, im Haus leises Gelächter zu hören, dessen Echo wie ein Fluch über die ursprünglichen Morgen des Dyers' Dyke wehte.

Peter Docherty hatte sein garantiertes Gehalt. Gaddy zahlte es aus dem jährlichen Budget, aber die Arbeit wurde mit jedem Jahr mehr und die Provision immer weniger für den achtunddreißigjährigen Junggesellen, sodass nicht viel übrig blieb für notwendige Investitionen. Der Rübenacker musste ständig per Hand bewässert werden, eine Arbeit, die so zeitaufwändig war, dass er sie Anna und Elspeth nicht abverlangen konnte. Er wurde richtig besessen von dem kleinen Acker, fand sich schon vor Tagesanbruch dort ein, die Stiefel von taunasser Erde verklebt und der Griff der Gießkanne beinahe an seinen Fingern festgefroren. Disteln sprossen zwischen den Rübenschösslingen, auch dort, wo noch nie Disteln gewachsen waren. Er hatte nicht die Zeit, sie alle auszureißen, und verfügte nicht über das nötige Geld, um sämtliche Äcker zu düngen, die es eigentlich nötig gehabt hätten. Jetzt, da der September vor der Tür stand, musste er die Aussaat der Sommerernte auf den Feldern planen, die Coll immer turnusmäßig bewirtschaftet hatte. Auch musste er sich um die Kleeaussaat kümmern, sobald der erste Regen der Augustdürre ein Ende machte.

Es war alles so üppig, staubig und viel versprechend. In der Scheune lagerte ein großer Vorrat Futterstroh, das Vieh war fett wie wohlhabende freie Bürger, aber dennoch nagten Kleinigkeiten an Peter Docherty, wurde er das Gefühl nicht los, dass der Dyke, langsam aber sicher seiner Kontrolle entglitt.

Was Peter aber am meisten zu schaffen machte, war der Umstand, dass er immer noch alleinstehend war. Was Peter Docherty brauchte, war eine Frau, die Heim, Herd und Bett mit ihm teilte sowie die tausendundein kleinen Sorgen, die in seinem Kopf herumschwirrten.

Als junger Mann war Peter von den Töchtern kleiner Pachtbauern als guter Fang betrachtet worden, und er hatte seine Anziehung genutzt, um »die Ware zu prüfen«. Später jedoch, als deutlich geworden war, dass Peter sich nicht zum Altar schleifen lassen würde, waren die Mädchen sehr zurückhaltend geworden, sodass er gezwungen gewesen war, sich mit den Frauen im Gefolge der Tagelöhner zu amüsieren oder mit den Mädchen, die an Markttagen hinter den Kneipen herumlungerten. Noch später, als er den Geschmack an käuflicher Liebe verloren hatte, ließ er sich mit Zigeunermädchen ein, wenn diese ihn ermutigten. Aber Mitte dreißig wurde ihm das Fehlen einer Frau an seiner Seite zunehmend zu einer Belastung. Außerdem wollte Peter alleiniger Pächter des Dyers' Dyke sein. Nicht, dass er Gaddy obdachlos oder hungrig hätte sehen wollen, aber es wurmte ihn, dass sie Pächterin der

Farm war und er nur ihr Angestellter, ein Groll, der mit den Jahren wuchs.

Peter Docherty wollte selbst Pächter des Dyke werden, und Peter Docherty liebte Gaddys Tochter, aber in seiner Naivität kam er gar nicht auf den Gedanken, dass die Erfüllung eines Wunsches automatisch die Erfüllung des zweiten nach sich ziehen könnte. Wenn er Colls Tochter heiratete, würde er dann nicht auch die Farm in Besitz nehmen, der er seine Jugend geopfert hatte? Es war offensichtlich – zu offensichtlich für Docherty –, dass Elspeth als Mitgift einen Anteil an der Farm mit in die Ehe einbringen würde. Aber Peter behielt Sehnsüchte und Ängste für sich und brütete stattdessen über der Zukunft.

Gegen drei Uhr am Nachmittag kam sie am Feldrand entlang den Weg von der Farm heraufgelaufen. Peter war mit Pony und Kolter draußen und lockerte den Boden auf zwei Morgen Weideland, da es dem Graswuchs förderlich war, die Erde hin und wieder zu lüften. Mit hoch eingestelltem Kolter kam er gut voran, sodass der verhältnismäßig geringe Arbeitsaufwand sich lohnte.

Als er jedoch Elspeth bemerkte, zog er die Leinen an, brachte das Pony zum Stehen und stützte sich auf die Griffe des Pfluges, die Mütze aus der schweißbedeckten Stirn geschoben. Der Wind, der vom Tal heraufwehte, zauste sein Haar. Er freute sich, sie zu sehen, wenn ihr Anblick ihn auch nervös machte. Er begrüßte sie weniger freundlich, als es eigentlich seine Absicht gewesen war, gehemmt von seiner Nervosität.

»Was willst du?«, fragte er brummig.

Sie trug eine Sichel mit breiter Klinge über der Schulter.

»Ich soll Farn für deine Scheune schneiden.«

»Muss man dich dafür erst herschicken?«

»Was für eine Laus ist dir denn über die Leber gelaufen, Peter Docherty?«

Die Cochran-Mädchen redeten ihn erst seit etwa einem Jahr mit Vornamen an; bis dahin war er für sie Mr. Docherty gewesen. Peter freute sich über die Annäherung.

»Nichts, gar nichts«, entgegnete er freundlicher »Ich könnte wirklich einen Vorrat an Farnkraut brauchen. Es ist noch saftig genug, guten Dünger abzugeben, müsste sich aber einigermaßen leicht mähen lassen, wenn du die Sichel aus dem Ellbogen heraus führst.«

»Soll ich es auch gleich binden und runterbringen?«

»Nein. Ich hole es morgen früh mit dem Karren ab.«

»Und wenn es regnet?«

»Es wird keinen Regen geben, nicht solange der Wind von Osten kommt.

»Und wenn der Wind dreht?«

Nur die Zungenspitze, die zwischen ihren Lippen zu sehen war, und das Blitzen in ihren Augen verrieten Peter, dass Elspeth nicht beleidigt gewesen war von seiner Schroffheit. Sie zog ihn auf. Bei Gott, dachte er bei sich, sie sieht zum Anbeißen aus mit ihren braunen Armen in dem engen Mieder, hochgestecktem Rocksaum und der Schürze, die den Schwung ihrer Hüften betonte. Er würde sich nur schwer auf das Pflügen konzentrieren können, wenn sie nur wenige Meter entfernt am Feldrand arbeitete.

»Der Wind wird erst drehen, wenn ich es sage«, entgegnete er. »Und ich werde es ihm nicht eher befehlen, als bis das Farnkraut sicher in der Scheune untergebracht ist.«

»Wie viel soll ich schneiden?«

Jetzt war sie ernst, und Peter war es, der scherzte. Er ließ den Blick über den Farn schweifen und drehte dann den Kopf den Hängen des Drumglass zu.

Er zeigte mit ausgestrecktem Arm hinüber. »Siehst du die Schafe dort?«

»Ja.«

»Hör auf, bevor du ihnen den Pelz scherst.«

Elspeth lachte.

Dochertys Sorgen lösten sich schlagartig in nichts auf und hinterließen einen bittersüßen Schmerz, den er nicht zu deuten vermochte oder, besser, nicht zu deuten wagte.

Der gesunde Menschenverstand sagte ihm, dass Elspeth Cochran nicht für jemanden wie ihn bestimmt war.

Während Elspeth auf dem Dyers' Dyke war, machte Anna sich mit zwei Eimern auf den Weg nach Ottershaw, um Milch zu kaufen, die sie zu Butter schlagen wollten. Sie mussten Milch kaufen, da keine der Ziegen in dieser Saison trächtig war. Auch wenn der Rückweg mit den schweren, unhandlichen Eimern beschwerlich sein würde, hatte Anna diese Aufgabe freiwillig übernommen. Sie hielt sich gerne in der Nähe des Herrenhauses auf und nutzte jede sich bietende Gelegenheit, hinzugehen, um mit den Dienstboten im Garten zu plaudern und vielleicht einen Blick auf den einen oder anderen Bontine zu erhaschen. An diesem speziellen Nachmittag nach ihrer Begegnung mit Randall Bontine war sie sogar noch neugieriger als sonst. Nachdem sie die Eimer in der kühlen Molkerei abgestellt hatte, schlich sie sich in den Pferdestall in der Hoffnung, den Hengst dort zu finden oder vielleicht sogar seinen Besitzer.

Das Pferd war dort, unverwechselbar in seinem Adel. Es gab in der Grafschaft nur sehr wenige Vollblüter dieser Qualität, das erkannte sogar Anna, die nicht viel von Pferden verstand. Der Hengst wurde auf einer mit Stroh bestreuten Spur im Kreis geführt, und das von keinem Geringeren als Matthew Sinclair.

Anna wartete am Torbogen des Stalles, bis sie sicher war, dass keiner der Pferdepfleger in der Nähe war. Sie waren unfreundliche Gesellen, die eifersüchtig über ihr Reich wachten. Aber sie sah nur Matthew und zwei junge Stallburschen, die eine Box ausmisteten. Beißender Ammoniakgeruch hing in der Luft. Fliegen summten umher und verstärkten die stickige, träge Atmosphäre des Nachmittags. Matts Hemdschöße waren aus seinem Hosenbund gerutscht. Der Stoff klebte ihm schweißgetränkt am Körper, und er war ganz auf den riesigen Schimmel konzentriert, der wie alle hochblütigen Pferde nervös war und widersetzlich.

Matt könnte seine Sachen packen, wenn der Hengst sich losriss, davonpreschte und sich verletzte. Anna sah dem jungen Mann an, dass er stolz war auf das in ihn gesetzte Vertrauen. Wäre er nicht der Sohn des Verwalters gewesen und hätte er sich nicht in der Vergangenheit als zuverlässig erwiesen, hätte man ihm ganz sicher nicht das Privileg eingeräumt, das beste Pferd im Stall zu bewegen.

Im halbmondförmigen Schatten wartete sie unter dem Bogen, bis Matt an ihr vorbeitrabte.

»Matt? Matt, ich bin's.«

»Wer?« Er ließ den Kopf des Hengstes keine Sekunde aus den Augen.

»Ich. Anna.«

»Geh weg.«

»Kommt er heute Nachmittag?«

»Wer? Wen meinst du?«

Sie glitt um die Säule herum, die den Torbogen stützte, aber Matt, der im Übrigen barfuß war, musste laufen, um mit dem trabenden Pferd Schritt zu halten.

Anna wartete, bis er erneut an ihr vorbeikam. Jetzt konnte er sie sehen, ohne den Blick von dem Schimmel abzuwenden.

»Mr. Randall. Kommt er zum Reiten?«, rief sie ihm zu.

»Glaubst du, ich würde mich so abstrampeln, um den Satan zu bewegen, wenn er heute geritten würde?«, knurrte Matt.

Der Hengst ruckte am Halfter und riss den jungen Mann beinahe von den Füßen. Matthew gab mit dem Führstrick nach; er hatte seine eigene Technik im Umgang mit dem temperamentvollen Vollblut entwickelt und eine Beziehung zu ihm aufgebaut, soweit dies zwischen Mensch und Pferd möglich war.

Anna schob sich an der Innenmauer entlang.

Die Stallburschen schwangen die Mistgabeln und taten so, als hätten sie ihre Anwesenheit gar nicht bemerkt, während sie sie tatsächlich verstohlen beobachteten.

Sie sah, wie Matt den Hengst mit der nötigen Mischung aus Ruhe und Bestimmtheit zur Räson brachte. Es fiel ihr selbst schwer zu glauben, dass sie erst vor einem Tag gesehen hatte, wie Randall Bontine dieses Pulverfass auf vier Beinen nicht nur geritten hatte, sondern das Tier bei ihm am langen Zügel lammfromm gewesen war.

Matt kam erneut um den Kreis, diesmal in gemäßigterem Tempo. Er schenkte Anna jetzt etwa seine halbe Aufmerksamkeit.

»Er ist weg. Heute Morgen.«

»Und wohin?«

»Zu seinem verfluchten Regiment, schätze ich. Er wird wohl wieder gegen die Franzosen kämpfen, jetzt, wo Krieg in Spanien ausgebrochen ist.«

»Hat er ...?«

Anna blickte Matt nach, der wieder von ihr fort trottete. Aber es war auch besser, dass er außer Hörweite war. Die Frage, die ihr auf der Zunge brannte, war albern. Sie hatte wissen wollen, ob Mr. Randall sie erwähnt hatte. Als ob der Gutsherr mit einem gewöhnlichen Pferdepfleger über Herzensangelegenheiten sprechen würde. Trotzdem war sie enttäuscht und entmutigt. Sie lehnte sich mit dem Rücken an die Wand und schenkte Matt und dem Hengst keine Beachtung mehr.

Zu ihrer Überraschung machte Matt schwer atmend mit dem Hengst auf ihrer Höhe Halt. Auf dem Hof war es so stickig und heiß, dass das Tier schweißnass war und schnaubte.

Aus glänzenden dunklen Augen musterte der Hengst den weiblichen Fremdling abschätzig.

»Warum erkundigst du dich nach Mr. Randall?«

»Nur so. Ich habe ihn gestern Abend gesehen, das ist alles.«

»Ihn gesehen? Wo?«

»Drüben an der Mautstraße.«

»Ich habe dich gar nicht gesehen.«

»Und warum hättest du mich sehen sollen, Matt Sinclair?«

»Wir sind gegen acht vom Loup o'Kennart raufgekommen und da langgegangen.«

»Ich habe Besseres zu tun, als nach jungen Burschen wie dir Ausschau zu halten«, entgegnete sie hochnäsig.

»Ich habe nie behauptet ...«

»Was habt ihr denn da gemacht?«, fiel sie ihm ins Wort.

»Wir sind geschwommen.«

Anna schürzte die Lippen und gab einen sehr undamenhaften Würgelauft von sich. »Schwimmende Jungs. Wie gewöhnlich. Ich hätte nie gedacht, dass du zu dieser vulgären Bande gehörst, Matt Sinclair.«

Er zuckte die Achseln, scheinbar ungerührt von der Beleidigung.

»War verdammt heiß gestern.«

»Ist die Pumpe nicht gut genug für dich?«

»Wo war Bontine?«

»Er ist über die Hecken ins Moor geritten, rüber zu Wrassles.«

»Über die verfluchten Hecken. Gott! Der blöde Hund wird den Hengst noch zu Schanden reiten, wenn er ihn zu oft über die Hecken jagt. Er hat allerdings keine Kratzer davongetragen, muss also hoch genug gesprungen sein. Hast du ihn springen sehen?«

»Elspeth war bei mir. Sie hat nach dir Ausschau gehalten.«

Matt schien sie nicht gehört zu haben. »Randall ist ein verdammt guter Reiter, das muss man ihm lassen, auch wenn er einer von Georgies verdammten Offizieren ist. Verfluchte Armee.«

»Du hast eine ziemlich böse Zunge, Matt Sinclair.«

»Tut mir Leid. Es ist die Arbeit hier. Die Pferdepfleger ...«

»Ich finde, es ist genau der richtige Platz für jemanden wie dich«, fiel Anna ihm erneut ins Wort. »Elspeth war bei mir, hast du nicht gehört?«

Er neigte gemächlich den Kopf und rieb sich die Stirn an der Schulter. Einen Moment wirkte er verwundbar und gequält. Anna bedauerte ihre Schroffheit, war aber gleich darauf umso verblüffter, als Matt sagte: »Wenn ich gewusst hätte, dass du dort bist, wäre ich früher vom Fluss aufgebrochen.«

»Ich?«

»Ja.«

Er war fast drei Jahre älter als Anna. Vielleicht war es seine Reife, die ihre Flirterei weniger effektiv machte. Er legte keinerlei Unsicherheit an den Tag, zögerte nicht, und seine Freimütigkeit nahm Anna den Wind aus den Segeln.

»Ich wäre gekommen, nur um dich zu sehen«, erklärte er.

»Elspeth ...«

»Nicht Elspeth.« Er zuckte die Achseln. »Dich.«

»Und wie kommst du darauf, dass ich *dich* hätte sehen wollen?«

»Wenn nicht, dann nicht.«

»Was soll das nun wieder heißen?«

Das Pferd wurde unruhig, wölbte den mächtigen Hals und fing an ungeduldig zu scharren.

»Wirst du heute Abend dort sein?«, fragte Matthew.

»Ganz sicher nicht.«

»Ich schon. Allein, ohne die anderen.«

»Aber ... aber weshalb denn?«

»Um dich zu sehen.«

»Ich ... ich habe ... zu viel zu tun.«

»Eine halbe Stunde nach sieben – wenn du nicht zu beschäftigt bist.«

Er schaute Anna in die Augen und lächelte. Auf seinen Zügen lag weder Arroganz noch unangemessene Selbstüberzeugung, aber das Lächeln verlieh ihm ein beinahe verwegenes Aussehen. Dann schnalzte er mit der Zunge und führte den Hengst im Schritt davon, um dann in der Biegung wieder anzutraben.

Anna wartete, als Matt jedoch erneut an ihr vorbeikam, ignorierte er sie. Er war wieder ganz auf das Pferd konzentriert. Es war keine Unhöflichkeit, das wusste Anna, und doch missfiel es ihr. Matt hatte ihr klar zu verstehen gegeben, dass Arbeit vor Vergnügen kam.

Vergnügen? Wäre es ein Vergnügen, mit Matthew Sinclair spazieren zu gehen? Nach dem Kuss Randall Bontines ... Aber Randall war fort und kam vielleicht erst in vielen Monaten oder gar Jahren zurück.

Aus Vernunft geborene Resignation erfüllte Anna, als sie den Hof verließ und zur Molkerei zurückging, um eine Melkerin zu suchen, die ihr die Milch gab. Obgleich der Kuss und die prickelnden Minuten bei der umgestürzten Weide in ihrem Gedächtnis noch so präsent waren wie zuvor, hatte die Erinnerung ein wenig an Glanz verloren. Sie dachte zurück an den nackten Matthew Sinclair unten am Fluss, fand dieses Bild aber weniger anziehend als die Art, wie er vorhin den Kopf geneigt hatte, wie sein Lächeln und seine Direktheit.

Anna legte am Tor zur Molkerei eine Pause ein. Hier war es schattig und kühl und roch nach frischer Milch. Sie hob eine Hand und strich ganz sacht mit den Fingern über ihre Wange. Sie kicherte.

Selbstverständlich würde sie »rein zufällig« heute Abend um halb acht an der Kreuzung sein. Sie würde ihre Arbeiten in Rekordzeit verrichten und schon weg sein, wenn Elspeth vom Farnschneiden auf dem Dyke zurückkam.

Es war, als hätte man ihr eine hübsche neue Brosche geschenkt. Sie konnte sich jetzt schon vorstellen, wie sehr Elspeth sie darum beneiden würde, und das machte sie in ihren Augen noch kostbarer. Aber Matthew Sinclair war kein billiger Tand; wenn jemand fragte, würde sie ohne zu zögern antworten, und zwar ausnahmsweise einmal aufrichtig.

Elspeth würde sie dafür hassen.

Arme Elspeth!

Der scharlachrote Umhang

2 Die Liebe zwischen Lachlan Sinclairs ältestem Sohn und Gaddy Cochrans Jüngster entfaltete sich mit erstaunlicher Geschwindigkeit, nicht zart wie eine wilde Rose, sondern zäh und wuchernd wie ein Unkraut in fruchtbarem feuchten Boden. Geschützt durch seine Kraft, verdrängte es zartere Pflänzchen mit seinen unzähligen sprießenden Trieben, wenn sich auch erwies, dass alles nur Blattwerk war, während es an Wurzeln mangelte.

Elspeth erfuhr von der Beziehung, als diese gerade mal eine Woche alt war, und Gaddy einen Tag später, als sie ihre Älteste dabei überraschte, wie sie sich die Augen ausweinte und ausnahmsweise einmal nicht versuchte, die Tränen vor ihrer Mutter zu verbergen.

»Wer hat dir das erzählt?«, fragte Gaddy und legte Elspeth tröstend einen Arm um die Schultern.

»Sie ... sie selbst. Anna.«

»Es könnte stimmen, 'Pet.«

»Es *ist* wahr. Ich habe sie zusammen gesehen.«

»Zusammen? Wo?«

»Unten bei Elmfoot.«

»Und was haben sie da gemacht?«

»Sie sind spazieren gegangen. Händchen haltend.«

»Hast du ihnen nachspioniert, Elspeth?«

»Nein, habe ich nicht.«

»Hat Anna es dir gesagt, bevor oder nachdem du die beiden zusammen gesehen hast?«

»Vorher. Ich wollte mich davon überzeugen, dass sie nicht gelogen hat.«

»Und das hatte sie nicht.« Gaddy seufzte mitfühlend.

»Er hat sie gefragt, ob sie mit ihm spazieren geht, als sie auf Ottershaw war, um die Milch für die Butter zu holen.«

»Und Anna hat dir damals nichts gesagt?«

»Nein, erst später. Erst nachdem er ...«

»Nachdem er was?«

»Ihr gesagt hatte, dass er sie liebt.«

»Beruhige dich, Liebes. Jungen sagen manchmal komische Sachen. Dinge, die sie gar nicht wirklich meinen.«

Ein riesiger gelber Mond hing seit mehreren Nächten über den Campsie Hills, und die Luft war erfüllt von den Gerüchen der Erde und dem nächtlichen Duft des Taus auf den Hecken und Stoppelfeldern. Wäre Gaddy noch ein junges Ding gewesen, geschützt vor Hunger und anderen Entbehrungen, hätte die romantische Atmosphäre in diesem geschützten Winkel von Lennox sie möglicherweise auch überwältigt. Sie konnte sich nicht vor dem Schmerz in Elspeth' gebrochenem Herzen verschließen, fand jedoch auch keine Worte, um sie hinwegzutrösten über den Verlust von etwas, das nur in ihrer Vorstellung existiert hatte und nie real gewesen war.

Sie betrachtete Matt Sinclair nach wie vor als ordentlichen jungen Mann, immerhin kannte sie die Familie schon sehr lange. Sie hatte oft genug mit ihm gesprochen, um sicher zu sein, dass er so grundanständig war wie sein Vater. Aber die Jahreszeit und die lauen Abende – einmal ganz abgesehen von Annas Launenhaftigkeit – machten Gaddy richtig Angst, mehr als sie Elspeth merken ließ.

»Vielleicht vergeht die Liebe wieder, wenn die kalten Nächte anbrechen«, sagte sie. »Dann werden sie nicht mehr viel voneinander sehen, und bis der Winter vorbei ist, ist Matthew vielleicht zur Vernunft gekommen und erkennt, dass jemand wie du viel besser zu ihm passt als Anna.«

»Das glaube ich nicht. Alle mögen sie viel lieber als mich.«

»Nur die Jungen, die keine Geduld haben.«

»Ich dachte, Matthew hätte Geduld.«

»Das kann man nie sagen«, entgegnete Gaddy, mehr zu sich als zu Elspeth.

»Was?«

»Was ein junger Mann an einem bestimmten Mädchen findet.«

»Er gehörte *mir*. Sie *wusste*, dass er *mir* gehörte. Ich habe es ihr *tausend Mal* gesagt. Ich werde ihr *nie* wieder etwas erzählen, *gar nichts* mehr. Ich rede nie wieder ein Wort mit ihr.«

Gaddy lag es auf der Zunge, ihrer Tochter zu raten, um den Mann ihres Herzens zu kämpfen, aber sie verkniff es sich.

Elspeth hatte nichts von Annas sorgloser, von sich eingenommener Art. Aber die Neuigkeit gab Gaddy zu denken. Anna war ihr leibliches Kind, Colls Kind. Sie war ihr Fleisch und Blut. Und doch fragte Gaddy sich in Anbetracht der Charakterzüge, die das junge Mädchen oft an den Tag legte, ob sie diese von ihr oder von Coll geerbt hatte, auch wenn sie an ihrem Mann nichts dergleichen festgestellt hatte und sich solcher Eigenschaften bei sich nicht bewusst war.

Elspeth gab ihr trotz der geheimnisvollen Umstände ihrer Herkunft weniger Rätsel auf. Eine Lösung des Rätsels war heute unmöglicher denn je, und wer ihre leiblichen Eltern waren, würden sie nie erfahren. Alles, was von diesem Teil ihres Lebens übrig war, war ein verwitterter Grabstein, der nicht einmal einen Namen trug. Und doch fühlte Gaddy sich Elspeth verbundener als ihrer eigenen Tochter. Es kam ihr vor, als hätte sie Elspeth geboren und Anna großgezogen.

Gaddy versuchte gar nicht, Elspeth von ihrer Wut auf Anna abzubringen. Das Mädchen hatte allen Grund, zornig auf seine Schwester zu sein.

Elspeth' Stolz hatte einen ordentlichen Schlag abbekommen, und diesen wieder herzustellen, war Gaddys oberstes Anliegen.

»Auch wenn Matt, wenn er jemand anders findet ...«, begann Gaddy.

»Hauptsache, es ist nicht *sie*.«

»Auch wenn es Anna ist, Liebes, heißt das nur, dass er nicht für dich bestimmt war, nicht der Richtige für dich war.«

»Er war es. Ich *weiß* es.«

»Du bist noch so jung ...«

Gaddy bereute die Worte, kaum dass sie sie ausgesprochen hatte. Es klang, als würde sie ihre Tochter nicht ernst nehmen, sie auf eine Stufe mit einem beleidigten Kind stellen. Zwar mochte sie in Mammys Augen noch ein Kind sein, aber Elspeth betrachtete sich selbst als erwachsene Frau. Und es war ihr gutes Recht, so leidenschaftlich zu leiden wie eine richtige Frau. Dass Herzschmerz eine neue Erfahrung für sie war, machte es nicht leichter, ihn zu ertragen, im Gegenteil.

»Es werden noch viele junge Burschen deinetwegen den Kopf verlieren. Du wirst die freie Wahl haben, 'Pet, und das bei einem umfangreichen Angebot.«

»Ich will aber Matt. Nur Matt.«

Weitere Tränen, ein ganzer Sturzbach. Bei Elspeth waren Gefühle immer echt und unverfälscht, ohne dieses Quäntchen Selbstbewusstsein, das Worte und Taten Annas begleitete.

»Im Augenblick bleibt dir nichts anderes übrig, als Matts Wahl zu akzeptieren«, entgegnete Gaddy vorsichtig. »Auch wenn diese auf deine Schwester fällt.«

»*Sie* wusste es.«

»Aber ich glaube nicht, dass Matt wusste, wie gern du ihn hast. Oder?«

»Er hätte es erraten können.«

»Jungen sind nicht gut im Raten.«

»*Sie* hätte es ihm sagen können.«

»Was hättest du getan, wenn du mit Matt spazieren gegangen wärst und er die ganze Zeit nur von Anna erzählt hätte?«

Elspeth war nicht so unaufrichtig, zu lügen.

Gaddy strich ihr über das Haar.

»Vielleicht wirst du bald feststellen, dass es im Meer noch einen begehrenswerteren Fisch gibt«, sagte sie.

»Wer will *mich* schon haben? Ich bin nichts als Anna Cochrans blöde große Schwester, sonst nichts.«

»Unsinn, Kind! Das ist doch nicht wahr!«

»Nur Männer wie ... wie Mr. Docherty interessieren sich für jemanden wie mich.«

Gaddy fuhr fort, ihr beruhigend über den Kopf zu streichen, aber von Elspeth unbemerkt machte sie große Augen.

Verblüfft von dieser Information, die dem Mädchen so arglos über die Lippen gekommen war, sagte Gaddy: »Peter wäre in der Gegend sicher nicht die schlechteste Wahl.«

»Peter!«

Gaddy ging nicht weiter darauf ein. Sie war klug genug, nicht hier und jetzt ein Loblied auf Peter Docherty anzustimmen. Aber sie fühlte sich ermutigt von dem, was sie unerwartet von Elspeth erfahren hatte. Hatte Peter Docherty Elspeth seine Gefühle gestanden? Und wenn Peter Elspeth nichts bedeutete, warum hatte sie dann seinen Namen genannt und nicht den von Johnny McSherry, dessen Vater Vorarbeiter im Steinbruch war, oder den jungen Walter McGowan, Anna zufolge ein umwerfender junger Schürzenjäger, auch wenn er nur ein Kutscher war und dazu noch etwas kurz geraten? Nicht ihre Namen waren Elspeth über die Lippen gekommen, sondern der Name Peter Docherty. Mr. Docherty. »Ihr« Peter.

Gaddy hatte Matt als gute Partie für Elspeth betrachtet. Wäre er nicht sogar eine noch bessere Partie für Anna, wenn der junge Mann nun einmal sein Herz an ihre jüngere Tochter verloren hatte? Würde Matt als Ehemann nicht das Temperament ihrer Jüngsten zu zügeln wissen? Sie glaubte kaum, dass Matt Sinclair sich Annas Launen gefallen lassen würde, und auch die hochnäsige Affektiertheit würde er ihr austreiben. Wenn er nur halb der Mann war, der sein Vater war, würde er sie schon nach seinen Vorstellungen zur Ehefrau formen. Und er würde sie nicht nur vor den Entbehrungen des Lebens schützen, sondern auch vor sich selbst und ihrer unberechenbaren Natur.

Ja, Matt und Anna, dachte Gaddy. Und für Elspeth vielleicht der fleißige, einsame Peter Docherty. Dann würde auch der Dyers' Dyke in der Familie bleiben, so wie Coll es sich gewünscht hatte.

»Mammy?«

»Hmmm?«

»Ich will Matthew und *niemanden* sonst.«

»Mal sehen«, entgegnete Gaddy besänftigend. »Warten wir ab, wie sich alles den Winter über entwickelt.«

Aber der Winter kam ungewöhnlich früh, dem Altweibersommer dicht auf den Fersen. Und die Veränderungen, die er dick und schnell wie Schneeflocken auf dem Nettleburn bewirkte, gefielen niemandem, nicht einmal Anna.

Egal welchen Alters, Geschlechts oder Standes, Kinder ehrlicher, gottesfürchtiger Menschen fanden die langen Winter schwer erträglich, waren sie doch durch die kurzen Tage in ihrer Bewegungsfreiheit erheblich eingeschränkt. Für die Jungen bedeutete es, dass sie ihre Arbeit in einer immer kürzeren Zeitspanne verrichten mussten, während die Mädchen, zumindest jene, die geschickt genug waren zum Spinnen, Sticken oder Nähen, nach dem Abendessen bei Kerzenschein Handarbeiten machen mussten, bis ihre Augen tränten.

Talg- oder Wachskerzen, Lampenöl bei denen, die es sich leisten konnten, das alles ging von den Ersparnissen ab. Aber die Mädchen verschwendeten kaum einen Gedanken an die Pennys und Schillinge, die sie mit ihren fleißigen Fingern verdienen konnten. Jeder Stich in den Daumen, jeder Schnitt von einem Faden, jeder Tropfen Blut mochte aus dem Herzen kommen, wenn sie in Gedanken bei den leidenschaftlichen Sommernächten weilten und von den Romanzen des kommenden Frühjahres träumten.

Die Treffen und das Umwerben hörten nicht abrupt auf, sondern wurden schleichend immer weniger, wurden immer weniger wie die prallen Monde des August oder September. Nach dem Erntefest – in Balnesmoor Anfang Oktober – trennte nur noch Halloween das Jungvolk von Neujahr. Die alten geheimen Feiern waren verblasst, auch wenn spät im Jahr angesetzte Märkte ein paar wenigen Glücklichen Gelegenheit zu einem Ausflug boten und junge Männer, die alt genug waren und ihr eigenes Geld verdienten, bei jedem Wetter im Ramshead oder Black Bull Ablenkung finden konnten, wenn sie nicht in Stimmung waren, Freunde oder Verwandte zu besuchen. Frauen waren in dieser Zeit ein seltener Anblick auf den ländlichen Wegen und Straßen. Sie brauchten schon einen guten und hochmoralischen Grund, um ihr geschütztes Heim zu verlassen, und jede Ausrede, abgesehen von Kirchentreffen, wurde mit Missbilligung quittiert.

Hoch oben auf den Hängen des Drumglass, in dem winzigen Häuschen am Nettleburn, kam Anna Cochran sich vor wie eine Gefangene, beobachtete ihre Schwester sie doch mit Argusaugen. Annas Liebelei mit Matt hatte jeglicher Solidarität zwischen den Schwestern ein Ende gemacht. Elspeth hatte Anna unmissverständlich zu verstehen gegeben, dass sie nicht zögern würde, sie zu verpetzen, falls sie, Anna, sich aus dem Haus schleichen sollte, nachdem Mammy eingeschlafen war. Ihre nachgiebige ältere Schwester war plötzlich schrecklich unbeugsam.

Noch wurde einiges an Sport getrieben, so lieferten sich die Jungen Fußballspiele, bei denen die Mädchen vom Spielfeldrand aus zusahen. Außerdem traf sich einmal wöchentlich eine Gruppe junger Leute bei Mr. Leggat im Pfarrhaus, um ihre Bibelkenntnisse zu vertiefen.

Anna überredete Mammy, ihr die Teilnahme zu erlauben, auch wenn ihre ganze Frömmigkeit nur gespielt war.

»Es freut mich, dass du Interesse für die Kirche an den Tag legst«, sagte Gaddy. »Gehe ich recht in der Annahme, dass Mr. Matthew Sinclair ebenfalls ein plötzliches Bedürfnis entwickelt hat, das Wort Gottes besser verstehen zu lernen?«

»Keine Ahnung, Mutter.«

»Er wird dort sein und mit heraushängender Zunge dasitzen«, bemerkte Elspeth bissig.

»Und was ist mit dir, 'Pet? Möchtest du nicht auch hingehen?«

»Lieber verfaule ich hier.«

»Und genau das wirst du auch«, sagte Anna gehässig.

Es wurmte Anna, dass Mammy Matthew offenbar nicht weiter ernst nahm. Wenn Elspeth und Mammy geahnt hätten, was tatsächlich zwischen Matt und ihr vorging, hätten sie zweifellos heftiger reagiert. Aber Anna war nicht so dumm, Einzelheiten auszuplaudern, die besser geheim blieben. Sie hatte sich in einem selbst gesponnenen Netz verfangen und wusste nicht, wie sie wieder herauskommen sollte. Sie wusste nicht mehr, wie sie Matthew Sinclair entkommen sollte, den sie so lange gereizt hatte, dass sie ihm den ultimativen Liebesakt nicht mehr verwehren konnte.

Und so bedauerte Anna, dass Elspeth sich weigerte, sie dienstagabends zu Mr. Leggat zu begleiten. Gaddy bestand darauf, dass »jemand« sie am Weidetor abholen und bis zwanzig nach acht wieder dort abliefern musste. Aber wie sollte Anna ihr klar machen, dass sie sich vor Matt fürchtete, davor, mit ihm allein zu sein?

Matt war in vieler Hinsicht noch derselbe Junge, den sie immer gekannt hatte, solide, etwas langsam, mit einer bodenständigen Art von Würde, wie sie sie von Mr. Sinclair her kannte und die sie an die Ehrfurcht erinnerte, die sie dem Verwalter entgegengebracht hatte, als sie noch jünger war. Aber jetzt gab es noch eine neue Seite an Matthew Sinclair, einen teuflischen, groben und hartnäckigen Kerl, der nur dann zu Tage trat, wenn sie beide allein waren. Er besaß nicht die Geduld, sie erst lange überreden zu wollen, und es mangelte ihm auch an der Fantasie, sich vorzustellen, dass sie sich nach Schmeicheleien und Komplimenten sehnte. Stattdessen fasste er sie an, ließ sie die Kraft seiner Gegenwart spüren, das Ausmaß seines Verlangens, als wäre das Kompliment genug. Es dauerte nicht lange, und Anna verlor ihre Selbstsicherheit ihm gegenüber. Das Problem war nur, dass sie sehr wohl auf sein Verlangen reagierte, allerdings widerwillig, gehemmt von seiner Direktheit, die keinen Raum ließ für Manipulationen.

Wenn Matt sie anfasste, wenn er die Lippen auf die ihren presste, wenn er ihre Brüste knetete, erregte sie dies alles. Weitere Freiheiten ergaben sich aus ihrer Duldung. Um ihn zu besänftigen und um die Grenze auszuloten, protestierte Anna nicht weiter, sondern ließ ihn bei jeder Begegnung näher an den Akt herankommen, der sie vom jungen Mädchen zur Frau machen würde.

Der Akt hatte viele Namen, von denen sie die meisten schon gehört hatte. Sie war neugierig auf diese Erfahrung. Aber sie wollte, dass es zu ihren Bedingungen passierte, Bedingungen, die Matt Sinclair irgendwie nicht zu vermitteln waren. Schlimmer noch, sie konnte sich nicht in Schüchternheit flüchten und vorgeben, er habe sie beleidigt. Sie hielt sich selbst immer noch für selbstbewusst, auch wenn in dieser Art der Werbung so gar nichts diese Selbsteinschätzung stützte. Sie war passiv. Nachgiebig. Dumm. Und doch hatte das, was sie miteinander taten, nichts Albernes. Die Art, wie ihre Brustwarzen sich verhärteten, wenn er sie mit der Zunge liebkoste, wie sie ganz feucht wurde, wenn seine Hände über ihren Körper wanderten. Nichts Albernes an der Leidenschaft, die er an den Tag legte, wenn sie ihn so berührte, wie er sie in der Septemberdämmerung berührte.

Gaddy schien die Beziehung gutzuheißen.

Es war allgemein bekannt, dass Matt Sinclair und Anna Cochran ein Paar waren, und alle gingen davon aus, dass es nur eine Frage der Zeit war, bis sie sich verlobten. Anna selbst war verblüfft davon, wie rasend schnell sie scheinbar einem Mann versprochen war, den sie im Grunde kaum kannte. Nur zu gerne hätte sie ihn an Elspeth abgetreten, nur um wieder frei zu sein.

Sie erzählte ihm viel von ihrer Schwester, lobte diese in den Himmel, aber Matt wollte nichts davon hören. Er interessierte sich nicht für die blonde, blauäugige Cochran. Er wollte nur Anna, war so sehr auf sie fixiert, dass andere Mädchen für ihn gar nicht mehr existierten. Um dieses glühende Verlangen zu stillen, um es hinter sich zu bringen und dadurch vielleicht auch Matt loszuwerden, gab Anna schließlich nach.

Er nahm sie grob im Stehen, am rauen Stamm einer Eiche, fünf oder zehn Meter abseits des Weges. Anna empfand keinerlei Vergnügen dabei, und sie vermutete, dass es auch für Matt eine Enttäuschung war. Es war eine kurze, schmerzhafte, schmutzige und unbefriedigende Angelegenheit. Als er sich aus ihr zurückzog und sie auf die Knie sank, reagierte er verständnisvoll und seltsamerweise sogar mit einer Art Ehrfurcht. Er kniete sich zu ihr, ohne sich darum zu scheren, dass er seine Hose auf der feuchten Erde beschmutzte. Er nahm ihre Hände in seine und schaute in ihr Gesicht.

»Gott, du bist so schön«, sagte er, als hätte er dies bisher gar nicht bemerkt.

Anna lehnte sich an ihn, die Schenkel fest zusammengepresst. In diesem Moment brauchte sie ihn dringender denn je. Aber sie hatten keine Zeit. Gaddy oder Elspeth würden jede Sekunde mit einer Laterne am Weidetor sein und nach ihnen Ausschau halten.

»Wirklich, du bist wunderschön.«

»Ich muss gehen, Matt.«

»Hat es wehgetan?«

»Es geht mir gut.«

»Du ... erzählst es doch niemandem?«

»Doch, natürlich, ich werde mich in einen scharlachroten Umhang hüllen und gleich morgen Früh die Hauptstraße auf und ab gehen, damit es auch ja jeder weiß.«

»Wie?«

Matt hatte keinen Sinn für Sarkasmus. Aber vielleicht hatte er ja auch nur noch nie den Ausdruck gehört, mit dem die Mädchen den Verlust der Jungfräulichkeit umschrieben. Der »scharlachrote Umhang« des Frauseins. Was für ein Unsinn. Aber jetzt gab es kein Zurück mehr, sie konnte nicht ungeschehen machen, was passiert war. Das große Ereignis war verdorben worden von Hast und Heimlichtuerei. Anna fühlte sich betrogen, zum einen um ihren Glauben an die Einzigartigkeit dieses Augenblicks, zum anderen um das Vergnügen, das sie sich davon erhofft hatte.

Sie bat Matt, sich umzudrehen, damit sie sich säubern konnte. Er gehorchte bereitwillig, was ihr neue Hoffnung gab. Vielleicht war es ja auch für Matt eine Enttäuschung gewesen, und er würde ihrer überdrüssig werden, sich »entlieben«, so rasch, wie seine Liebe für sie entflammt war.

Elspeth stand mit der Laterne am Tor, um ihre Schwester abzuholen. Elspeth sagte kein Wort, als Matt und Anna auf sie zukamen, auch wenn sie überrascht davon war, dass Anna ein Stück vorausging und Matt sie nicht berührte.

Als sie am Tor angelangten, sagte Matt mit belegter, verlegener Stimme: »Da ist sie wieder.«

»Danke«, entgegnete Elspeth steif.

Matt Sinclair hatte nie bemerkt, dass Annas große Schwester verliebt in ihn war. Ihm ging zu viel anderes durch den Kopf. Er grunzte und ging davon, ohne Anna auch nur eine gute Nacht zu wünschen. Auf dem in der Dämmerung nur schwer erkennbaren Weg trabte er los.

Elsbeth trat zurück. Anna öffnete das Tor und betrat die Weide. Normalerweise hätte sie nur den Rock gelupft und wäre über die Latte gestiegen, ohne sich damit aufzuhalten, das Tor zu öffnen. Aber Elspeth schien dies nicht zu bemerken; sie war bereits mit der Laterne ein Stück vorausgegangen. Sie blieb erst am Zaun stehen, wo Kartoffelacker und Ziegenpferch ein Labyrinth bildeten, in dem man im Dunkeln schnell stolperte.

Sie ließ Anna an sich vorbeigehen.

Drinnen wartete Gaddy bereits.

Sie lächelte ihre Tochter an und fragte sie arglos: »Und was hast du heute Abend gelernt, Schatz?«

Anna brach in Tränen aus.

Anna sollte ihrer Mutter nie verzeihen, was hiernach geschah. Beinahe kam es dem Mädchen vor, als hätte Mammy nur auf diesen Moment gelauert.

Jedenfalls waren beide Mädchen völlig überrascht von Gaddys Reaktion. Die geistige Trägheit und die Lethargie schienen schlagartig von ihr abzufallen. Anna kam es vor, als würde Mammy vor ihren Augen wachsen.

»Nun denn«, sagte sie, als Anna schluchzend den Grund für ihren Kummer gebeichtet hatte.

»Er hat nicht ... er hat nicht ... Ich habe ihn gelassen, Mammy.«

»Nun denn«, sagte Gaddy noch einmal, strich sich das Haar zurück und steckte es mit kleinen Klammern hoch. »Nun denn.«

»Was ... was hast du vor, Mammy?«

»Ich werde jemandem einen Besuch abstatten.«

»Nein«, heulte Anna verzweifelt. »Nein.«

»Und du wirst mich begleiten.«

»Ich gehe nicht mit.«

»O doch, das wirst du. Ab sofort hast du in dieser Sache kein Mitspracherecht mehr, Mädchen.«

»Einen Besuch?«, fragte Elspeth, noch ganz benommen von dem, was sie gehört hatte. Auch war sie nicht so schnell wie Anna und hatte die Absichten ihrer Mutter noch nicht durchschaut.

»Richtig. Mr. Sinclair müsste daheim sein.«

»O nein! Mammy, geh nicht dorthin!«

»Und an wen sollten wir uns sonst wenden?«

Gaddy legte sich den schweren Schal um die Schultern und nahm einen schwarzen Strohhut, der ihr Haupt höchstens ein Dutzend Mal in einem halben Dutzend Jahren geziert hatte.

Die Mädchen starrten sie an, als hätte sie sich vor ihren Augen in eine Hexe verwandelt.

»Und du kommst mit mir.«

Gaddy nahm Annas zitternde Hand und zerrte das Mädchen zur Tür.

»Was ist mit mir?«, fragte Elspeth. »Soll ich auch mitkommen?«

»Diese Angelegenheit betrifft dich nicht. Du bleibst schön hier.«

»Mammy ... Hier, nimm die Laterne mit.«

Die Kerze brannte noch, und Gaddy nahm die Laterne und hielt sie Anna hin.

»Die nimmst du«, befahl sie. »Und keinen Unsinn.«

»Wozu soll das *gut* sein?«, schrie Anna verzweifelt. »*Da* hinzugehen?«

»Ich werde dafür sorgen, dass er dich heiratet.«

»Heiraten? Matt? Ich will Matt aber gar nicht zum Mann haben.«

»Daran hättest du vorher denken sollen.«

»Ich will ihn nicht.«

»Du wirst deine Meinung schnell ändern, wenn du schwanger bist.«

»Ich bin nicht schwanger.«

»Anna, geh jetzt durch diese Tür.«

»Nein, das tue ich nicht.«

Die Mädchen waren früher schon das eine oder andere Mal geschlagen worden. Ein- oder zweimal hatte Coll sie mit einer Weidenrute gezüchtigt, die er auf ihren Waden »tanzen« ließ, und Gaddy hatte ihnen gelegentlich den Hintern versohlt, weniger zur Strafe für echte Missetaten als vielmehr wegen irgendwelcher Nachlässigkeiten. Aber noch nie hatte sie sie ins Gesicht geschlagen, und so zuckte Elspeth solidarisch zusammen, als ihre Mutter Anna eine schallende Ohrfeige versetzte.

Anna zeigte seltsamerweise keinerlei Reaktion. Sie zögerte, der Handabdruck erst blass, dann knallrot auf ihrer hübschen Wange. »Nein.«

Es war ein schwacher, wirkungsloser Protest. Sie war mit harter Hand erzogen worden und hatte mit siebzehn Jahren kein moralisches Rückgrat, hatte nie gelernt, für sich selbst einzustehen.

Als Gaddy ihr die Hand auf die Schulter legte, brach ihr Widerstand vollends in sich zusammen. Mit hängenden

Schultern ließ sie sich resigniert den Pfad entlang vom Nettleburn hinunterführen.

Von der Tür aus schaute Elspeth der hüpfenden Laterne hinterher, bis das Licht von der Nacht verschluckt wurde und mit ihm ihr letzter Hoffnungsschimmer. Sie war schockiert von den Entwicklungen der letzten Viertelstunde, von den unfassbaren Veränderungen, die Annas Leichtsinn herbeigeführt hatte, davon, wie radikal und unwiderruflich das Leben ihrer Schwester sich plötzlich verändert hatte.

Sie ließ sich auf Annas Bett fallen und starrte in das flackernde Feuer. Sie versuchte sich vorzustellen, wie es wäre, von einem Mann auf so intime Weise berührt zu werden, was es für ein Gefühl wäre, wenn er sie nahm, wie es wäre, den scharlachroten Mantel zu tragen. Sie fühlte sich von diesem Geheimnis ausgeschlossen, empfand aber seltsamerweise ihre Unschuld nicht mehr als Schwäche. Jetzt wusste sie, dass Frau zu sein nicht zwangsläufig ein erstrebenswerter Zustand, sondern es bei weitem besser war, die freie Wahl zu haben, ohne Strafandrohung und Demütigung. Der Verlust des eigenen freien Willens war der Preis, den Anna für das eben erst erlangte Wissen würde zahlen müssen.

Am Daumen lutschend schaute Elspeth blinzelnd in die flackernden Flammen. Sie malte sich aus, wie Mammy und Anna bei den Sinclairs eintrafen, dem gepflegten Haus aus Backstein und Putz mit den hübschen immergrünen Sträuchern und dem Rasenstreifen davor. Sie sah vor sich, wie Mr. Sinclair, für den Anstand und Würde keine leeren Worte waren, sich auf Mammys Seite stellte. Vor allem aber konnte sie sich Matt vorstellen, wie er sich düster-schmollend in einer Ecke versteckte. Bei dieser Vorstellung büßte er etwas von ihrem Respekt ein. Obgleich sie Matt immer noch gerne für sich gehabt hätte, fühlte sie im Herzen doch auch eine leise, kühle Distanziertheit von dem Ärger, den ihre Schwester heraufbeschworen hatte, und Erleichterung, dass nicht sie in dieser misslichen Lage war.

Den Daumen immer noch im Mund, war Elspeth bald eingeschlafen. Sie wachte erst auf, als Mammy und Anna heimkamen. Ihre Stimmung war so gedrückt, als kämen sie von einer Beerdigung.

Es stand nie außer Frage, dass Anna und Matthew alles tun würden, was moralisch von ihnen erwartet wurde.

Sein Vater war der Gutsverwalter, und der lebte nach einem so strengen Kodex, dass Gaddy keinen mächtigeren Fürsprecher hätte finden können, auch wenn es in ihrer Macht gestanden hätte, einen der alten schottischen Ritter wieder zum Leben zu erwecken. Darüber hinaus war Sinclair ein unübertreffliches Organisationstalent. Er machte sehr deutlich, wie enttäuscht er von seinem Sohn war und wie tief ihn dessen Benehmen traf. Es war typisch für ihn, dass er Anna mit keinem Wort unterstellte, den Jungen verführt zu haben. Sinclair war der Überzeugung, dass das männliche Geschlecht einer Spezies dazu bestimmt war, das weibliche Geschlecht zu beschützen und zu respektieren. Folglich musste ein Mann sich beherrschen können und nicht von Gefühlen leiten lassen. Lust war ein sehr starker Trieb, der unterdrückt und gezügelt werden musste.

Aileen, Sinclairs unscheinbare Frau, hätte Gaddy wohl angegriffen und ihren Sohn vehementer und bissiger verteidigt, wenn Lachlan ihr hierzu Gelegenheit gegeben hätte. Aber der Verwalter kannte seine Frau zu gut. Er wusste um die Irrationalität mütterlicher Instinkte, und an diesem Abend war er nicht gewillt, auch nur einen Anflug von Irrationalität zuzulassen.

Der Entschluss war denn auch gefasst, wenige Minuten nachdem Gaddy mit ihrer in Tränen aufgelösten Tochter angeklopft hatte.

Die ganze Transaktion – denn genau das war es – fand in der Küche statt, in Anwesenheit von Matts Brüdern und sogar seiner jüngeren Schwester, die sich in Nachtwäsche um sie herum versammelt hatten. Ganz so wie Elspeth es sich vorgestellt hatte, stand Matt in einer Ecke des Raumes im Schatten der holländischen Anrichte. Er machte ein düsteres, grimmiges Gesicht und sprach nur, wenn sein Vater ihn dazu aufforderte.

Nachdem Gaddy von den Vorkommnissen auf dem Nettleburn berichtet hatte, hielt der Verwalter sich nicht mit Gezeter und Geschrei auf, sondern kam gleich auf den Punkt.

»Matthew, ist das wahr?«

»Ja, Vater.«

»Und du warst es, der die Situation herbeigeführt hat?«

»Ja.«

»Also gut«, stellte Lachlan Sinclair fest. »Darf ich davon ausgehen, Mistress Cochran, dass Sie keine Einwände gegen meinen Sohn als Ehemann für Ihre Tochter haben?«

»Ich bin nicht eben begeistert von den Umständen.«

»Das ist keiner von uns. Aber wir sollten das Beste aus einer Situation machen, die sich doch nicht rückgängig machen lässt.«

»Da die beiden schon länger ... geturtelt haben, denke ich, dass genug Zuneigung zwischen ihnen besteht, um eine Heirat nicht als Strafe anzusehen.«

»Hat das Mädchen Einwände?«, fragte Sinclair.

»Keine«, entgegnete Gaddy.

Sinclair wandte sich an seinen Sohn. »Und du, Matt, hast du Einwände dagegen, deine Pflicht zu tun und das Mädchen zur Frau zu nehmen?«

Matthew blickte weiterhin finster drein.

»Sprich, Sohn. Erhebst du Einwände?«

»Nein.«

»Wenn nicht die Möglichkeit bestünde, dass Anna ...«, begann Gaddy.

»Auch ich habe vornehmlich diese Möglichkeit vor Augen, Mistress Cochran«, sagte Sinclair. »Ich denke, die Hochzeit sollte baldmöglichst stattfinden.« Seit Gaddys Heirat mit Coll hatte der Verwalter ihr neuen Respekt gezollt und begonnen, sie zu siezen, vor allem, wenn sie auf offizieller Ebene miteinander zu tun hatten.

»Aber es besteht auch kein Grund für eine übereilte ›Nottrauung‹.«

»Natürlich nicht«, pflichtete Sinclair ihr bei. »Ich werde mit dem Reverend sprechen, das Aufgebot bestellen und dafür sorgen, dass die Heirat noch diesen Monat bekannt gegeben wird.«

»Und die Heirat selbst?«, wollte Gaddy wissen.

»Im November, würde ich sagen. Was halten Sie vom letzten Sonntag des Monats?«

»November passt uns gut«, sagte Gaddy nickend.

Reverend William Leggat war nicht sonderlich überrascht, als er von der Verlobung Matthew Sinclairs und Anna Cochrans erfuhr. In Unkenntnis der näheren Umstände empfand der Geistliche eine gewisse Befriedigung angesichts dieser Fortsetzung der »Tradition«. Natürlich war ihm klar, dass man nicht wirklich von einer Tradition sprechen konnte, aber in seinem inzwischen fortgeschrittenen Alter betrachtete er das Leben der Menschen von Balnesmoor und Ottershaw als eine Art Wandteppich, an dessen einzelnen Szenen er hier und da selbst mitgewoben hatte.

William Leggat hatte für sich schon vor langer Zeit die Grenze zwischen Eitelkeit und Stolz gezogen. Von Letzterem gestattete er sich ein gewisses Maß, während er Ersteres ausrupfte wie Unkraut, wo immer es ihm in seinem Inneren begegnete. Und er hatte allen Grund stolz zu sein auf das, was Gaddy Patterson aus der Chance gemacht hatte, die er und Rankellor ihr seinerzeit eingeräumt hatten. Sie hatte das Findelkind und ihre eigene Tochter so gut erzogen, wie es einer Mutter nur möglich war. Außerdem hatte sie dem alten Cochran in seinen letzten Jahren ein so glückliches Zuhause geschenkt, wie man es sich nur wünschen konnte. Und jetzt würde also die Tochter Gaddys und Colls in die Familie Sinclair einheiraten, und hieraus würde ein völlig neuer Zweig entstehen. Wenn die Kinder, die aus dieser Ehe hervorgingen, ihr Aussehen erbten und die Stärke des jungen Mannes, würden sie ein Segen sein für die Gemeinde und eine solide Stütze für deren Zukunft.

Und so war die Stimme des Geistlichen voller Wärme, als er die Heiratsabsicht der beiden jungen Leute verlas und, wie er es sich zur Gewohnheit gemacht hatte, noch einen kurzen persönlichen Kommentar abgab, so als hätte er das Paar zusammengeführt.

Die Gemeinde hatte sich inzwischen an Mr. Leggats Sentimentalität gewöhnt. Die Mehrheit hätte es vorgezogen, ihre Religion mit weniger Zucker und mehr Essig zu sich zu nehmen. Aber die Gemeinde konnte sich ihren Pfarrer ebenso wenig aussuchen wie der Pfarrer sich seine Gemeinde. Er war auch eigentlich harmlos in einer Zeit, die man alles in allem als blühend bezeichnen konnte und in der der eiserne Griff des Presbyterianismus sich gelockert hatte.

Wenn der Geistliche jedoch um manche Gespräche hinter verschlossenen Türen gewusst hätte, die in seinem Reich und oben auf dem Nettleburn geführt wurden, hätte er seine laxe Haltung womöglich infrage gestellt, und in seine rosige Sicht von Jugend und Liebe hätte sich vielleicht ein Hauch von Zynismus gemischt.

Das Cottage lag inmitten eines Pinienwäldchens, eine gute halbe Meile vom Haus des Verwalters entfernt. Ein schmaler, gewundener Trampelpfad führte hinauf, der sich bei Regen in einen Sturzbach verwandelte. Das Cottage stand seit sieben oder acht Jahren leer, seit der Trupp Waldarbeiter nach einer Dekade des Fällens und Aufforstens reduziert worden war. Sinclair hatte jedoch darauf geachtet, dass das Häuschen gut in Schuss war, vor allem indem er dafür sorgte, dass das Dach all die Jahre dicht war. Trotzdem war es ein ziemlich düsteres Heim auf der Lichtung zwischen den Bäumen und erinnerte an die karge klösterliche Zelle eines Eremiten. An einem verregneten Nachmittag ging er mit Matthew hinauf. Der Junge hatte einen Sack über den Kopf gestülpt wie ein katholischer Büßer.

»Das ist dein Haus. Ich gebe dir alle zwei Tage einen halben Tag frei, damit du es in Schuss bringen kannst«, erklärte Sinclair, als er in der winzigen Küche stand, die so niedrig war, dass sein Kopf fast bis an die Deckenbalken stieß. »Nächste und übernächste Woche. Sag Mr. Lithgow Bescheid. Sag ihm außerdem, dass du vom ersten Dezember an nicht mehr in den Stallungen arbeiten wirst.«

»Und wohin werde ich versetzt?«

»Zu den Waldarbeitern.«

»Ich mag die Pferde.«

»Dann musst du eben lernen, Bäume so zu lieben wie Pferde.«

»Und wie lange soll ich bei den Waldarbeitern bleiben?«

»Bis ich denke, dass du bei ihnen genug gelernt hast.«

»Und was schätzt du, wann es so weit sein wird?«

»Ein Jahr, vielleicht zwei.«

»Verdammt ...«

»Hüte deine Zunge, Matthew.«

Der junge Mann schleuderte den Sack zu Boden. »Willst du mich loswerden, ist es das?«

»Dazu bin ich nicht rachsüchtig genug, obwohl ich allen Grund hätte ...«

»Dann willst du mir also erzählen, du hättest sowieso so entschieden, auch wenn sie nicht ...«

»›Sie‹, wie du das Mädchen nennst, das bald deine Frau sein wird, hat gar nichts getan.«

»Ach, nein?«

»Hat sie? Sag es mir. Hat sie dich ins Gebüsch gezerrt?«

»Das war nicht nötig.«

»Dann war es umso dümmer von dir, dich nicht zu beherrschen.«

»Ach, ich denke, sie ist ganz in Ordnung.«

»Sie wird dich warm halten, so viel steht fest«, bemerkte Sinclair in einem seiner seltenen väterlich-freundschaftlichen Momente.

»Sie ist hübsch, das stimmt«, sagte Matt.

»Es gibt im weiten Umkreis kein hübscheres Mädchen, Matt.«

»Magst du sie?«

»Sie wird dich auf Trab halten.«

Matt schenkte ihm ein widerwilliges schiefes Lächeln, das seiner düsteren Stimmung jedoch nicht lange standhielt. »Alle sagen, ich wäre ein Glückspilz.«

»Sagen sie das, ja?«

»Ja. Die Pferdepfleger sind ganz grün vor Ncid. Sie sagen ...«

»Es interessiert mich nicht, was andere sagen. Ich habe mir das Gewäsch dieser Leute jahrelang anhören müssen. Sie verstehen nicht mehr vom Umgang mit einer Ehefrau und dem soliden Fundament einer Ehe als von den ägyptischen Pyramiden. Diese Männer sind Ignoranten, Matt. Ich sage das nicht, damit du sie verachtest oder auf sie herabschaust. Aber du bist nicht wie sie. Du brauchst sie nicht nachzuahmen und auch ihre Angewohnheiten nicht anzunehmen. Ich hoffe, du hast bessere Vorbilder im Leben als Stallburschen und Pferdepfleger.«

Matt schwieg; er hörte die feierlichen Predigten seines Vaters nicht zum ersten Mal. Sie entbehrten nicht einer gewissen Weisheit, von der auch tatsächlich etwas die Voreingenommenheit des Jungen durchdrang. Jene, die ihn für still, wohl erzogen und unerschütterlich hielten, irrten. Verflucht, hatte er ihnen nicht gezeigt, wie falsch sie mit dieser Einschätzung lagen? Er hatte das hübscheste Mädchen in Lennox gevögelt und würde es heiraten. Es war nicht ehrenrührig, das zu tun, was die Hälfte der Jungs aus der ganzen Grafschaft getan hätten – oder wovon sie träumten. Er war ihnen zuvorgekommen. Sie hatte ihn gewählt, Matthew Sinclair, und das nicht etwa, weil sein verfluchter Vater der verfluchte Gutsverwalter war.

»Du wirst von den Waldarbeitern eine Menge über den Lohn des Fleißes lernen«, fuhr Lachlan Sinclair fort. »Diese Männer sind schlaue Burschen, denen viel an ihrer Arbeit liegt. Du wirst direkt Mr. McDonald unterstellt sein und dich bemühen, von ihm so viel wie nur möglich über Forstwirtschaft zu lernen.«

Derzeit beschäftigte das Gut vier Waldarbeiter. Sie bildeten ihre eigene geheimnisvolle Gemeinschaft und lebten für sich in Cottages am Rand des dichten Forstes an den Osthängen des Drumglass. Matt kannte sie nur vom Sehen und dem Namen nach, hatte aber bislang noch keinen von ihnen persönlich kennen gelernt. Sein Vater stellte keine speziellen Baumgärtner ein, um die durch das Abholzen entstandenen Lichtungen aufzuforsten, sondern erteilte Kenneth McDonald entsprechende Anweisungen und überließ die Ausführung ihm. McDonald war früher Gärtner auf Pearshill Castle bei Tayside gewesen. Er war ein Hüne von einem Mann, der für niemanden ein freundliches Wort übrig hatte. Matt war ganz und gar nicht begeistert von der Aussicht, ein oder zwei Jahre seine Tage in Gesellschaft dieser »schlauen Burschen, denen viel an ihrer Arbeit lag« zu verbringen.

Matt war zu jung und zu unreif, um seine Vorstellungskraft einzusetzen und seine Zukunft klar zu sehen. Er sah sich selbst nicht in der Rolle des Gutsverwalters, der den Rest seines Lebens vor Mister Gilbert katzbuckelte, oder schlimmer noch vor Mister Randall, und ebenso wenig konnte er sich vorstellen, im Wald zu hausen wie ein verfluchtes Eichhörnchen. Und wenn er genau darüber nachdachte, konnte er sich auch nicht vorstellen, dass Anna glücklich wäre mit einem solchen Dasein, wenngleich sie vermutlich entzückt wäre, wenn ein Wunder einträte und er auf der Stelle zum Gutsverwalter ernannt würde.

»Der Sack«, sagte Lachlan Sinclair.

»Hä?«

»Heb den Sack auf. Das hier ist jetzt dein Zuhause, Matt, du musst es in Ordnung bringen und in Stand halten. Es gibt einen Garten, der euch mit Gemüse versorgen kann. Ich erwarte von dir, dass du ihn umgräbst und vorbereitest für die Aussaat im Frühling.«

Matt hob den Sack auf, faltete ihn und legte ihn sich wieder über den Kopf. Düster ließ er den Blick durch die kleine Hütte schweifen. Er brauchte nicht erst die rückwärtige Tür zu öffnen, um in die winzige Kammer zu schauen, in der gerade mal Bett und Schrank Platz hatten. Er verspürte nicht die geringste Lust, über die Dielen zu kriechen auf der Suche nach Spalten und Schwachstellen, oder das Dach unter die Lupe zu nehmen. Nichts, aber auch gar nichts reizte ihn bei dem Gedanken, die schäbige Hütte in ein Heim zu verwandeln, so wie sein Vater es tun würde. Er konnte sich die Hütte nicht mit brennendem Kamin vorstellen und mit einem Topf Stew, der über dem Feuer köchelte, konnte sich auch nicht vorstellen, wie Anna den Tisch für ihn deckte oder auf den Knien herumrutschte und die Bodenplatten schrubbte. Er fragte sich sogar, womit sie sich an den langen Winterabenden ganz für sich allein beschäftigen sollten.

Als sein Vater ihm die Hand auf die Schulter legte, fühlte Matt sich ertappt und zuckte schuldbewusst zusammen.

»Tröste dich, Sohn, du bist nicht der Erste, der so übereilt heiraten muss, und du wirst auch nicht der Letzte sein.«

Aber die Worte seines Vaters waren Matt Sinclair kein Trost. Die wenigen Minuten Vorfreude, die er beim Gedanken an seine Hochzeitsnacht empfunden hatte, lösten sich endgültig in nichts auf, als sie wieder in den Regen hinaustraten.

Auf dem Nettleburn herrschte ebenfalls gedrückte Stimmung. Annas Ungläubigkeit, was die bevorstehende Heirat betraf, hatte sie in einen Zustand solcher Lethargie versetzt, dass ihre Mutter fürchtete, sie würde krank werden.

Elspeth wusste es besser. Sie empfand so überwältigendes Mitleid mit ihrer Schwester, dass sie ihre Verletztheit und Wut begraben und Anna ein Friedensangebot gemacht hatte.

Anna, die ahnte, welche Beweggründe hinter Elspeth' Sinneswandel steckten, reagierte entsprechend zurückhaltend und flüchtete sich nicht in die Arme ihrer Schwester, um dieser ihr Herz auszuschütten. Die wenn auch oft von Streitigkeiten geprägte Intimität ihrer Beziehung hatte sich wie so vieles innerhalb eines Monats verändert. Nie wieder würden die Schwestern ganz offen zueinander sein, sich Geheimnisse anvertrauen oder miteinander konkurrieren in einem Wettbewerb, der so alt war, dass er keinen Namen trug und es keine fixen Regeln gab. Anna glaubte, sie hätte gewonnen. Elspeth hingegen hielt sich für die Siegerin; auch wenn Anna sich einen attraktiven Mann geangelt hatte, stand es ihr, Elspeth, immer noch frei, sich in aller Ruhe zu entscheiden.

Elspeth dachte in diesem verregneten Herbst viel ans Heiraten. Annas Vertrauensbruch hatte ihr rasch kindische Sentimentalitäten ausgetrieben. Nachdem sie lange darüber nachgedacht hatte, kam sie zu dem Schluss, dass Matthew Sinclair ohnehin nicht der Richtige für sie gewesen wäre. Ein Mann, der sich von einem so schamlosen jungen Ding wie Anna den Verstand verquirlen ließ wie rohe Eier, war nicht aus dem Holz gemacht, aus dem man Ehemänner schnitzte, sagte sie sich.

Leider gab es derzeit weit und breit keinen Verehrer, der sich um sie bemühte, keine Schlange verliebter Jünglinge, die mit einem selbst gepflückten Blumenstrauß an ihre Tür klopften. Wenn Anna weg war, würde sie nur noch die Arbeiterkinder zur Gesellschaft haben, es sei denn, sie schloss sich einer der Kirchengemeinschaften an, in denen Rebellen wie verstaubte Konformisten vertreten waren. Aber die Kirche würde ihr nicht geben können, wonach sie suchte, da der Gemeindepfarrer in seiner Laxheit und Toleranz kaum die Art von Mann anzog, den Elspeth sich wünschte.

Wie ihr Traumprinz genau sein musste, wusste sie selbst nicht zu sagen. Als sie die jungen und nicht mehr ganz so jungen Männer aus der Gegend durchging, war keiner darunter, der sie sonderlich gereizt hätte.

Aber sie hielt ein wachsames Auge auf Anna, registrierte deren Trübsinn, die dunklen Augenringe und das Stirnrunzeln. Dem, was Anna selbst über ihren Gemütszustand und ihre Gefühle erzählte, war nicht zu trauen.

So fütterten die Mädchen beispielsweise eines Tages die Ziegen, als Anna urplötzlich den Ellbogen ihrer Schwester packte.

»Egal, was du denkst, ich liebe ihn.«

»Daran habe ich nie gezweifelt, Anna.«

»Ich werde ihm eine gute Frau sein.«

»Wenn du erst richtig kochen gelernt hast ...«

»Das ist nicht das Einzige, das ich noch lernen muss, richtig zu machen.«

Verdutzt wollte Elspeth fragen, was genau sie damit meinte, aber Anna ließ sie los und stapfte mit dem leeren Futtereimer über das schlammige Feld, den Schal über den Kopf gezogen. Elspeth ließ sie gehen.

Später, nur drei Tage vor der Hochzeit, spät abends, als Mammy in tiefem Schlaf laut schnarchte und Elspeth ebenfalls kurz davor war einzudösen, wurde sie davon aufgeschreckt, dass Anna unvermittelt auf die Beine sprang.

»Was ist los? Ist etwas passiert?«

»Heute hat er mich geküsst. Er hat gesagt, er würde mich lieben bis zum Tod. Er hat gesagt, es gäbe auf der ganzen Welt keine Frau, die hübscher wäre als ich.«

Am Nachmittag hatte ein »Familienbesuch« stattgefunden, bei dem sie das Cottage im Kiefernwäldchen begutachtet hatten. Mr. und Mrs. Sinclair waren dort gewesen und Matt ebenfalls. Es war seit »der Nacht« erst die vierte Begegnung zwischen Braut und Bräutigam. Da die Eltern ganz in der Nähe waren, hatte man ihnen ein paar Minuten unter vier Augen in der kleinen Küche des Häuschens gestattet.

Draußen hatte Mrs. Sinclair affektiert gelächelt und Mammy gegenüber unaufrichtig freundlich getan, während Mr. Sinclair Elspeth darauf angesprochen hatte, ob ihr vielleicht Neuigkeiten von der britischen Expedition nach Portugal zu Ohren gekommen wären, der angeblich Master Randall Bontine angehörte. Elspeth hatte seit Colls Tod nur sehr wenige Zeitungen neueren Datums gelesen, obgleich Peter Docherty ihr gelegentlich von den Viehmärkten etwas zu lesen mitbrachte.

Das Gespräch endete, als Sinclair nach einem Blick auf seine Taschenuhr Matt rief.

Matt und Anna kamen sofort aus dem Haus, beinahe fluchtartig, wie es Elspeth schien. Aileen Sinclair und Mammy empfingen sie lächelnd, bevor sich dann alle an diesem trockenen Nachmittag zum Tee zu den Sinclairs begaben.

Elspeth tastete in der dunklen Hütte nach Annas Hand und drückte sie. »Das freut mich für dich.«

»Freust du dich *ehrlich*?«

»Ich schwöre es.«

»Er liebt mich wirklich.«

»Ja«, sagte Elspeth.

Erst jetzt erkannte sie etwas, das ihr an Anna bislang nicht aufgefallen war: Verzweiflung.

»Es wird ein richtig hübsches Häuschen sein, sobald es fertig ist«, sagte Anna.

»Ja.«

»Wirst du mich vermissen, Elspeth?«

»Ich werde dich besuchen.«

»Ja, aber wirst du mich vermissen?«

»Ja, natürlich wirst du mir fehlen, Dummchen.«

Unwillkürlich griff sie nach Anna, um ihre Schwester zu sich herabzuziehen und sie zu umarmen, aber ihre Schwester entwand sich, weil sie fürchtete, Elspeth' Mitgefühl könnte sie doch noch dazu verführen, die Wahrheit preiszugeben. Sie lag wieder in ihrem eigenen unteren Bett, bevor Elspeth noch etwas sagen konnte.

Elspeth zögerte, dann beugte sie sich über den Bettrand. Im schwachen rötlichen Schein der Feuersglut war nicht mehr zu erkennen als dunkle Umrisse. Anna lag zusammengekauert ganz hinten an der Wand.

»Anna?«

»Psssst! Du wirst noch Mammy aufwecken.«

»Anna, ist mit dir ...«

»Schlaf endlich.«

Drei Tage später, um zwölf Uhr mittags, wurden Miss Anna Cochran und Mister Matthew Sinclair von Reverend Leggat getraut, im Angesicht Gottes und in Anwesenheit von vierzig ausgewählten Verwandten und Freunden, die Lachlan zum Gottesdienst und zur anschließenden Feier geladen hatte, auf der es ungewöhnlich ruhig und gesittet zuging.

Als Brautjungfer hatte Elspeth ihre Schwester heim geleiten wollen, aus dem langen Saal im Ramshead, auf dem Gaddy bestanden hatte, und dann die Straße hinunter in der leichten Kutsche, die Sinclair besorgt hatte. Sie hatte sich vorgestellt, wieder kindisch herumzualbern mit den Kindern der Ottershaw-Pächter und den Sprösslingen der Familie Sinclair. Aber sie und die anderen bekamen keine Gelegenheit für einen ausgelassenen Zug durch die dunklen Straßen, da Anna und ihr frisch gebackener stämmiger Ehemann sich klammheimlich davonstahlen und fort waren, ehe sie jemand vermisste.

Aber Elspeth' Aufmerksamkeit war inzwischen anderweitig in Anspruch genommen: von Mr. Peter Docherty.

In den frühen Morgenstunden hatte plötzlich einsetzender Frost den Schlamm erstarren lassen und das Unterholz nicht mit pudrigem Weiß überzogen, sondern mit stacheligen Flächen aus nassem Eis. Die Pfützen auf dem Weg hatten Eisspitzen, und Elspeth suchte sich auf dem Weg zum Dyke vorsichtig ihren Weg zwischen ihnen her. Es war völlig windstill, Wolken hingen reglos über den Gipfeln der Campsieses und verhüllten die Berge jenseits des Sees. Es wurde mit jeder Stunde kälter, obgleich eigentlich nichts auf Frost hindeutete und es sicher noch zu früh war für Schnee.

Peter stolperte über den Hof. Er hatte seine Flanelljacke falsch herum angezogen und sich den Schal um das Gesicht gewickelt, als hätte er Zahnschmerzen. Sein Gesicht war grau wie Schlacke, und seine Augen waren ganz verquollen. Offenbar hatte er nicht einmal genug Kraft, einen Strohballen zu tragen, und so schleifte er ihn einfach über den Boden, trotz allem entschlossen, ihn bis zur Weide zu schaffen. Eine Strohspur deutete darauf hin, dass er schon mehrere Ladungen Stroh auf diese Weise befördert hatte.

Als er Elspeth erblickte, ließ er den Ballen sofort los.

Er hob die Hand und lief unbeholfen auf sie zu. Elspeth versuchte, ihre Belustigung über seinen erbärmlichen Zustand vor ihm zu verbergen.

»Ich hatte zu viel getrunken, Elspeth«, rief er und zuckte gleich darauf zusammen, als die Worte laut in seinem Kopf dröhnten. »Ich war nicht ich selbst und habe dummes Zeug geredet. Ich bitte dich vielmals um Entschuldigung.«

Sie hatte, seit sie wach geworden war, an Peter Docherty gedacht und sich gefragt, wie er sich ihr gegenüber benehmen und ob er sein Verhalten auf der Hochzeitsfeier ansprechen würde. Immerhin bestand die Möglichkeit, dass er sich im kalten Licht des neuen Tages an nichts mehr erinnerte.

Peter hustete und stützte sich mit einer Hand gegen die Wand seines Häuschens. Er atmete pfeifend und schüttelte den Kopf.

»Es ... es lag nur an dem Gerstensaft, Kleines. Der Alkohol, ich schwöre es. Ich weiß auch nicht, was in mich gefahren ist, solche Sachen zu dir zu sagen.« Er blinzelte. »Was ... äh ... was habe ich eigentlich genau gesagt?«

»Alles Mögliche, Mr. Docherty.«

»Was ... was denn zum Beispiel?«

»Das zu wiederholen verbietet mir der Anstand, Mr. Docherty.«

»Gerstenfieber ist etwas Furchtbares«, stöhnte Peter.

»Haben Sie denn kein Feuer gemacht?«

»Ich ... nein ... nein.«

»Und was machen Sie gerade?«

»Es wird noch vor Anbruch der Dunkelheit schneien. Ich bringe den Tieren auf der Weide Futter.«

»Bringen Sie den Ballen noch rüber, ich mache in der Zwischenzeit Frühstück.«

»Vielleicht lag es ja auch am Whisky«, fuhr Peter fort. »Ich vertrage keinen Whisky auf Bier.«

»Ich weiß sehr wohl, dass Sie nichts von alledem gemeint haben«, sagte Elspeth, betrat die Hütte und ließ den armen Docherty einfach stehen. Er fragte sich verzweifelt, was er nicht so gemeint hatte.

Sie war nur selten in Dochertys Heim gewesen. Es verströmte die rauchgeschwärzte, ungemütliche Atmosphäre einer Räuberhöhle. Obwohl er ein sehr ordentlicher Farmer war, maß Peter dem eigenen Komfort offensichtlich keine große Bedeutung bei.

Elspeth fegte Asche aus dem Kamin und machte mit etwas Zunder aus dem Korb und Torfkohlen Feuer. Mithilfe eines alten ledernen Blasebalgs fachte sie die Flammen an, bis die Kohlen richtig brannten. Sie füllte den schwarzen Kessel an der Zisterne draußen auf dem Hof und hängte ihn wieder an die lange Kette. Schon bald stieg Dampf aus dem Schnabel. Anschließend kramte sie in der Speisekammer und ignorierte die tote Maus in der Falle auf dem Boden. Sie fand alles, was sie für ein herzhaftes Bauernfrühstück brauchte.

Trotz der Kälte, die ihm draußen um die Nase geweht hatte, war Peters Zustand noch weitgehend unverändert, als er von der Weide zurückkam.

»Waschen Sie sich bitte, Mr. Docherty.«

Er nickte, nahm ein Handtuch von einem Haken hinter der Tür und ging scheinbar beschwingt hinaus zum Wassertrog. Während Elspeth das Frühstück zubereitete, hörte sie ihn prusten wie ein Nilpferd; er tat so, als genieße er das eisige Wasser. Er kam zurück, das Hemd um den Kragen herum durchweicht und das Haar nass am Schädel klebend. Auf ihre Aufforderung hin setzte er sich an den Tisch. Elspeth stellte eine Schale frisch gebrühten Tee vor ihn hin. Er hielt die Nase in den Dampf, als wäre es Balsam, warf dann einen Blick auf Elspeth und nippte an der brühend heißen Flüssigkeit.

»Himmel, das ist göttlich! Was ist das?«

»Mammys Tonikum. Sie dachte, Sie hätten es vielleicht nötig. Darum bin ich hier.«

»Aha, und was genau ist drin?«

»Brandy. Thomas Mixem's Real. Mammy sagt, er besitzt die wunderbare Fähigkeit, alles wieder ins Lot zu bringen.«

»Bei mir funktioniert es jedenfalls, das kann ich beschwören.«

»Dann sind Sie jetzt bereit für das Frühstück, Peter?«

»Immer her damit, Mädchen.«

Sie hatte Brot von einem runden Laib geschnitten und die Scheiben in einer Mischung aus Eiern, Butter und Mehl gewendet, um sie anschließend zusammen mit zwei Scheiben fettem Schinken in der Pfanne zu braten. Der Schinken stammte von einem Viertelschwein, das in einem Netz in der Speisekammer hing und Peter als haltbarer Fleischvorrat diente. Als sie ihm aufgetragen hatte, setzte sie sich zu ihm und trank ebenfalls Tee, wenn auch ohne Zugabe von Thomas Mixem's Real aus der kleinen Flasche in ihrer Rocktasche.

So weit sie sich erinnern konnte, war es das erste Mal, dass sie für einen Mann gekocht hatte – abgesehen von ihrem Vater. Es machte ihr Freude, Peter beim Essen zuzusehen. Und sie fragte sich, was Matt an diesem Morgen wohl vorgesetzt bekommen hatte, da Anna so gar nichts vom Kochen verstand. Auch fragte sie sich, bevor sie diese Gedanken entschieden verdrängte, ob ihre Schwester erschöpft war von Matts leidenschaftlichen Umarmungen, da sie den männlichen Appetit als unersättlich betrachtete.

Als sie nun Peter Docherty musterte und daran zurückdachte, wie er ihr etwas verworren sein Herz ausgeschüttet hatte, stellte sie sich vor, wie es wäre, mit dem nicht mehr ganz jungen, ungepflegten Farmer zu schlafen. Ob er so agil und leidenschaftlich wäre wie Matt?

Peter schob seinen Teller zurück. Sein Haar hatte angefangen in der Wärme des Feuers in seinem Rücken zu trocknen. Es lockte sich wild, die Haarspitzen waren grau, wie mit Raureif überzogen.

»Bei Gott, das hat mir verdammt gut getan.«

»Mammy hat mich hergeschickt.«

»Um mich vor den Höllenqualen eines Katers zu bewahren. Das war sehr lieb von ihr, Elspeth. Bitte richte ihr meinen herzlichen Dank aus.« Er lehnte sich auf seinem Stuhl zurück, die Schale Tee in beiden Händen. Nach einer kurzen Pause fragte er: »Habe ich dich beleidigt? Ich meine, mit dem, was ich gestern gesagt habe?«

»Nein. Nicht wirklich.«

»Was genau habe ich eigentlich gesagt, Mädchen? Das Schlimmste ist, dass ich mich nur noch vage daran erinnern kann.«

»Nur Unsinn, Peter. Gerstenfieber-Fantasie.«

»Nein, bitte, sag es mir.«

Er erinnerte sich doch. Zumindest im Groben. Sie war sicher, dass er seine Trunkenheit nur vorschob, um das Thema auf indirekte Weise noch einmal aufzugreifen.

»Sie haben gesagt, ich wäre hübscher als meine Schwester. Aber Sie sagten auch, Sie würden Matt Sinclair beneiden, weil er eins der Cochran-Mädchen bekommen habe, während Sie sich diesbezüglich keine Hoffnungen machen könnten.«

Peter Docherty errötete und schluckte.

»Und was noch?«

»Sie sagten, Sie hätten lieber ...«

»Ich glaube, ich erinnere mich wieder.«

»... also, Sie hätten lieber mich zur Frau als zehn Annas oder hundert andere Mädchen.«

»Jetzt weiß ich es wieder. Red nicht weiter.«

»Sie sagten, wenn Sie auch nur einen Funken Verstand hätten, würden Sie niederknien und durch das Feuer gehen ...«

»Das habe ich gesagt?«

»Haben Sie, ich schwöre es. Sie würden von hier bis Killearn und wieder zurück kriechen, um mich anzuflehen, Sie zu heiraten.«

»Ich war wirklich *sehr* betrunken.«

»Dann hat also nur der Whisky aus Ihnen gesprochen?«

»So muss es sein.«

»Es heißt, im Wein liegt die Wahrheit. Ich frage mich, ob das auch für Whisky gilt«, sinnierte Elspeth.

Sie spürte, was als Nächstes kommen würde, und zog sich zurück. Sie griff nach seinem Teller, den er jedoch mit Daumen und Zeigefinger festhielt. Nervös blickte er zu ihr auf.

»Und wenn es wahr wäre, Elspeth?«

Sie antwortete leise, da ihre Worte verletzend genug sein mussten. Kein Grund, schnippisch zu sein und damit noch Salz in die Wunde zu streuen.

»Ich würde dasselbe antworten wie gestern Abend, Peter.«

»Und das wäre?«

»Dass ich viel zu jung für Sie bin.«

»Zwanzig Jahre sind es genau. Ich habe mich etabliert, wie du weißt. Und du kennst mich ja so gut wie kein anderer, nachdem ich dich habe aufwachsen ... erblühen sehen, schön wie eine Rose.«

»Ich denke, die Hochzeit hat Sie auf den Gedanken gebracht.«

Sie schüttelte den Teller leicht. Er ließ ihn los und gab ihr so einen Grund, aus dem Blickfeld seiner Augen zu verschwinden, die seine außergewöhnliche, unausgegorene Liebeserklärung noch einmal bestätigten.

Ihr war früher schon gelegentlich aufgefallen, wie Peter sie ansah, hatte die Blicke jedoch als väterliche Zuneigung gedeutet, da sie ihn in gewisser Weise mit ihrem Vater gleichsetzte, da die beiden Männer auch denselben Beruf hatten. Als sie noch klein war, hatte sie geglaubt, sie wären auch gleich alt. Zwanzig Jahre lagen zwischen ihnen. Viele junge Mädchen waren mit Männern verheiratet, die ihre Väter hätten sein können, auch in gehobeneren Kreisen als jenen von Balnesmoor. Mancher wäre der Ansicht, Peter Docherty wäre genau im richtigen Alter als Bräutigam eines einfachen jungen Mädchens von neunzehn Jahren.

Der Stuhl schabte über den Boden. Peter drehte sich um. Sie war ganz nah; ihr Rock streifte in der Enge des Raumes seine Schulter.

»Ich würde rüber ins Farmhaus ziehen. Ich würde es gründlich schrubben und streichen und auch in Falkirk neue Möbel kaufen. Einen Tisch, einen holländischen Kleiderschrank, Tonkrüge, sogar eine Standuhr, wenn du es möchtest, Elspeth.«

»Peter.«

»Ja.«

»Noch nicht.«

»Ist das ein Nein? Ich bin dir nicht böse, wenn dem so ist, Kleines.«

»Es heißt einfach ›noch nicht‹.«

»Dann ist es nicht ganz aussichtslos?«

»Das kann ich noch nicht sagen.«

»Und was *kannst* du sagen?«

»Das kommt alles zu schnell und unerwartet.«

Er nickte, einen weisen Ausdruck auf dem Gesicht, als würde seine väterliche Ader ihre Vernunft gutheißen, dem Werben eines verliebten alten Junggesellen nicht gleich nachzugeben und vorschnell irgendwelche Versprechungen zu machen.

»Hör zu.« Er stand abrupt auf und nahm ihre Hand, in der sie immer noch den Teller hielt. Sie sah ihn nicht an, sondern hielt den Blick auf den Teller gerichtet. »Wir werden nicht mehr darüber sprechen, Kleines. Ich gebe dir mein Wort, Elspeth. Ich tue das, weil ich dir keinen Grund geben will, mich zu meiden. Es wird alles wieder so sein wie vor dem gestrigen Abend. Ich werde nichts tun oder sagen, was dich in Verlegenheit bringen könnte.«

»Peter, ich werde ab und an kommen und dir zur Hand gehen.«

»Mal ganz abgesehen von der Arbeit. Ich brauche deine Gesellschaft.«

»Ich werde morgen wiederkommen, so wie immer.«

»Du brauchst dich vor mir nicht zu fürchten.«

»Das weiß ich.«

Als er gegangen war, sammelte Elspeth Geschirr und Töpfe ein und stellte beides in den Holzzuber, den sie zuvor mit heißem Wasser aus dem Kessel über dem Feuer gefüllt hatte. Dann spülte sie alles mit dem kleinen mit Moos gefüllten Segeltuchbeutel ab, den Peter zu diesem Zweck bereithielt. Sie konnte ihn im Stall auf der gegenüberliegenden Seite des Hofes rumoren hören und war nicht sonderlich überrascht, als er den Kopf zur Tür hereinsteckte, als sie noch beim Abtrocknen war.

»Sag mal, Kleines, du hast nicht zufällig deiner Mutter ... hast du ihr von gestern Abend erzählt?«

»Nein, Peter. Und das habe ich auch nicht vor.«

»Gott sei Dank«, seufzte er erleichtert, lächelte und war gleich darauf wieder verschwunden.

Peter ahnt ja nicht, dass Mammy vermutlich sein stärkster Verbündeter wäre, dachte Elspeth bei sich. Sie war nicht wirklich sicher, wie Mammy reagieren würde, aber sie hatte so den Verdacht, dass ein Mann wie Peter Docherty in Gaddys Augen genau der Richtige wäre für die Rolle des Ehemannes und Schwiegersohnes.

Dass es Peter ernst meinte, stand außer Frage, das hatte er betrunken wie nüchtern unmissverständlich klar gemacht. Sie musste blind gewesen sein, dass sie nichts gemerkt hatte, bevor er ihr im Rausch sein Herz ausgeschüttet hatte.

Nein, sie würde Mammy nichts von Peters Antrag erzählen – nur für alle Fälle. Sie war noch nicht so weit, den scharlachroten Umhang zu tragen, und sie war auch noch nicht so weit, sich damit zu begnügen, die Ehefrau eines einfachen Farmers zu werden. Sie würde heiraten, wenn sie so weit war, und keinen Tag früher. Und aller Wahrscheinlichkeit nach würde ihre Wahl nicht auf den armen Peter Docherty fallen, wie sehr er sie auch lieben mochte.

Die Werbung des Webers

3 Jeder aus der Gemeinde, der James Simpson Moodie in seiner brandneuen Kalesche auf dem Weg zu Sir Gilbert Bontine die Hauptstraße von Balnesmoor entlangfahren sah – er selbst bezeichnete sie als Cabriolet, ein französisch geprägter Begriff, der gerade in Mode war –, hätte glauben können, er hätte es mit einem Gentleman zu tun, dem nicht nur Reichtum, sondern auch Stil in die Wiege gelegt worden war. Hinter der geschliffenen Walnussholzfassade verbarg sich jedoch eine weniger feingeistige als kommerzielle Natur.

In Anbetracht der Unruhen im ganzen Land, der Aufstände, der stark gefallenen Löhne und der um sich greifenden Mechanisierung war die Weberbranche nicht mehr das, was sie noch vor zwanzig Jahren gewesen war. Tag für Tag gingen Weber, die noch manuell arbeiteten, bankrott, kamen ins Gefängnis oder starben weg. Nur die Besten überlebten. James Simpson Moodie hatte dank seines Geschäftssinnes und Fleißes zahlreiche Krisen überstanden. Das Cabriolet, der kräftige Fuchs im Geschirr und der Bursche im geknöpften Tweed auf dem Trittbrett kündeten von seinem Erfolg. James Simpson Moodie betrachtete sich nicht nur selbst als den Kollegen seiner Zunft überlegen, er hatte diese Überlegenheit hundertfach unter Beweis gestellt.

Es war schwierig, wenn nicht unmöglich, den Gentleman mit dem einstmaligen Mitglied des Kirchenrates in Verbindung zu bringen. Moodie war nicht mehr so selbstherrlich wie damals, als er und seine Schwestern noch in dem Cottage gegenüber dem Pfarrhaus gewohnt hatten. Die Schwestern hatten vor langer Zeit Geschäftsleute geheiratet und lebten weit fort von Lennox. Die alte Mistress Moodie regierte jedoch nach wie vor über den Haushalt und befehligte inzwischen ein kleines Heer von Bediensteten, Köchen, Gärtnern und Stallburschen. Ihren Sohn kommandierte sie jedoch definitiv nicht herum.

Wie das alles gekommen war, war ein Rätsel. Es wurde viel darüber spekuliert, wie Moodie zu solchem Reichtum gelangen konnte. Ursprünglich, Mitte der 90er Jahre, hatte er jeden Cent im Schweiße seines Angesichts verdient, indem er regelmäßig bei schwachem Lampenlicht bis spät in die Nacht am Webstuhl saß. Die Energie, die er einst in die Kirche gesteckt hatte, nur um sich vor aller Welt der Lächerlichkeit preiszugeben – Moodie sah seine jungen Jahre inzwischen aus der richtigen Perspektive –, hatte er umgeleitet in die Anbetung Mammons, in sein Streben nach immer größerem Reichtum.

Fünf lange kräftezehrende Jahre hatte Moodie von früh bis spät an seinem Webstuhl im Wohnzimmer des gemieteten Cottages gesessen. Fünf lange Jahre hatte er seine Schwestern ausgesandt, Abnehmer zu suchen für die einfachen Stoffe, die aus seiner Plackerei hervorgingen. Dann, als er genug angespart hatte, hatte er Arbeit an andere Weber vergeben, von denen viele knapp bei Kasse waren. Er hatte sie nur nach Auftrag bezahlt, und auch das nicht gerade großzügig. Allerdings hatte er stets darauf geachtet, nicht allzu knauserig zu sein, da er die besten Weber brauchte, um eine möglichst gute Qualität zu erhalten. Ein Jahr später – beide Schwestern hatten innerhalb von zwölf Monaten geheiratet – war James Moodie endlich in der Lage, sich seinen größten Traum zu erfüllen, für den er Jahre sechzehn Stunden täglich, sieben Tage die Woche geackert hatte. Er brauchte nicht mehr selbst am Webstuhl zu sitzen. Die Arbeiter übernahmen es, die Wollstoffe anzufertigen. Sollten andere sich Rücken, Finger und Augen ruinieren. Er war das klappernde Gerät endlich los und ließ andere das Geld für ihn erarbeiten. Das war Moodies Geheimnis. Dämonischer Fleiß gepaart mit untrügerischem Geschäftssinn. Beides hatte Jamie aus der Sklaverei befreit und ihn auf den Weg zu Wohlstand und Reichtum gebracht.

Aus der Nähe betrachtet war das Geschäft jedoch gar nicht so einfach; Geschäfte wurden mit noch größerer Sorgfalt gewoben als die Stoffe. Erst mit kleineren und später auch mit umfangreicheren Bestechungsgeldern wurden die Rädchen im Getriebe geschmiert. Und so fanden sich immer mehr Einkäufer für seine Plaids, Kilt-Stoffe, Decken und edlen Wollwaren. Mr. Moodie verstand etwas von seinem Geschäft. Er lieferte beste Qualität in exakt der bestellten Menge, und das Ganze pünktlich zum vereinbarten Termin. Er platzierte seine »kleinen Geschenke« sehr überlegt und bedachte ausschließlich einflussreiche Leute, die ihm von Nutzen sein konnten. Wenn jedoch einer von seinen Webern auch nur einen Faden in einem Muster ausließ, einen Artikel zu wenig herstellte oder sich eine halbe Stunde verspätete, wenn der Wagen kam, um die Ware abzuholen, bekam er von Moodie nie wieder einen Auftrag, und wenn er noch so flehte und bettelte und seine eigene Lohnforderung bis an die untersten Grenzen des Machbaren herunterschraubte.

In geschäftlichen Angelegenheiten war Moodie so unbeugsam wie er es seinerzeit in religiösen Fragen gewesen war. Schwarz war Schwarz und Weiß war Weiß.

Es war der Anfang eines Zeitalters der Opportunisten, und mancher von ihnen scheiterte, weil er sich übernahm. Nicht so James Simpson Moodie. Er erkaufte sich erst seinen Markt, dann investierte er in Arbeitskräfte und erst an letzter Stelle in das Rohmaterial. Er besaß Schafe, die auf fremden Weiden untergebracht waren, Wollballen in anderer Leute Lagerhäuser, Garn, das schneller von den Spinnrädern kam als das Auge sehen konnte. Er besaß Anteile an einer Färberei. 1806 stellte er ein junges Genie mit wild abstehendem Haar ein, einen Mann, den er bei einer Besichtigungstour von Webereien in Yorkshire kennen gelernt hatte und der nicht nur neue Muster entwerfen, sondern darüber hinaus auch bessere Färbemittel ersinnen sollte. Mr. Moodie las ausschließlich technische Berichte. Mr. Moodie sprach nur mit Experten. Mr. Moodie reiste in die Zentren des Wollhandels an den schottischen Grenzen und bis nach England hinein, »um zu sehen, was andere Leute anders machen«, tatsächlich aber auf der Suche nach Neuerungen und Vorteilen, die ihm selbst in der Zukunft nützlich sein könnten.

Geduldig wartete er auf den Tag, an dem Napoleon Bonaparte sein unausweichliches Schicksal ereilen würde – nicht weil Europa dann endlich von einem Tyrannen befreit wäre, sondern weil er dann endlich mit seinen Agenten und Ballen feinsten Tuches in Paris einfallen konnte. Innerhalb eines Jahrzehnts hatte sich die Qualität schottischer Stoffe unendlich verbessert. Auf vielen ausländischen Märkten standen sie sogar schon höher im Kurs als englische Erzeugnisse, und Mr. Moodie hatte hierbei einen nicht unerheblichen Anteil gehabt.

Allerdings gab es kein »Reich«, das in Balnesmoor sichtbar gewesen wäre. James Simpson Moodies »Interessen« waren nicht an einem Ort gebündelt, sondern auf vier Grafschaften verteilt, auf hunderte von Dörfern und fünfhundert Cottages. Der Umfang seines gesamten Vermögens ließ sich nur aus den Büchern ersehen, die Mr. Moodie persönlich führte und die zwei große Bände umfassten, die er in seinem abschließbaren Schreibtisch auf Moss House aufbewahrte.

Nur zwei Menschen auf der Welt wussten um die Machtposition innerhalb des Wollhandels, die Mr. Moodie errungen hatte und die eine dezente Schätzung seines Vermögens erlaubte. Aber diese Herren waren klug genug, kein Wort darüber zu verlieren, nicht einmal untereinander.

Robert Rudge und John Scarf waren Mr. Moodies wichtigste Agenten, seine rechte und seine linke Hand. Sie wirkten über geringere Agenten und Manager, die James Simpson Moodie nur dem Namen nach kannten, jedoch nie zu Gesicht bekommen hatten. Rudge und Scarf waren genau wie Moodie von dem Ehrgeiz getrieben, es in der Geschäftswelt weit zu bringen. Ihr Arbeitgeber traute ihnen keinen Meter weit. Er benutzte sie, übertrug ihnen Verantwortung und delegierte einen Berg weniger wichtiger Pflichten auf sie. Aber er lauerte im Verborgenen wie ein Fuchs im Heu, behielt sie stets im Auge und wartete nur darauf, dass einer von ihnen auch nur ein Pfund einsteckte, das ihm nicht zustand – dann würde Rudge oder auch Scarf seine Untreue teuer bezahlen, und der andere würde hiernach zum Heiligen mutieren.

Bei seiner Ankunft auf Ottershaw überließ Mr. Moodie Pferd und Cabriolet dem Burschen, der die gleiche Art von Selbstbewusstsein an den Tag legte wie sein Herr, wenn auch in kleinerem Maßstab.

Moodie ging um das Haus herum zur Vordertür. Er übergab Hunter Mantel und Hut und ging nach oben in die Bibliothek. Moodie war nach der neuesten dezenten Edinburgher Mode gekleidet und trug ein zweireihiges Jackett, ein Hemd mit hohem steifen Kragen, helle naturlederfarbene Kaschmirhosen und halbhohe blank polierte tiefschwarze Stiefel. Er verströmte Virilität. Er hatte nach Jahren am Webstuhl und zusätzlichen Übungen mit zwei Eisenstangen, um seinen stark beanspruchten Rücken zu kräftigen, einen Brustkorb und eine Kraft, um die ihn manch Profiringer beneidet hätte. Mit seinen braunen Augen und dem dunklen Haar war Moodie eine auffallend herrisch wirkende Gestalt verglichen mit dem älteren Gutsherr.

Gicht und Gallensteine hatten Sir Gilberts einstmals freundliches Wesen untergraben, und so war der von Schmerzen geplagte alte Mann zu allen bärbeißig – außer zu seinen Enkeln. Er war in einen gesteppten Morgenmantel gehüllt, hatte eine Strickmütze auf dem kahlen Schädel, und die geschwollenen Füße und Beine waren mit schmutzigen Bandagen aus Lammwolle umwickelt, die mit einer Tinktur getränkt waren, die Hunter ihm von einem Apotheker in Balfron mischen ließ. Er verließ die Bibliothek nur noch an den wärmsten Sommervormittagen oder nach dem Lammen seiner Schafe. Dann setzte er sich in Decken gehüllt auf die Terrasse und schaute seiner Herde zu. Für Moodie war Sir Gilbert Bontine kein hochherrschaftlicher Gutsherr, sondern ein professioneller Schafzüchter mit genügend Wissen und dem nötigen Kleingeld, um nach Herzenslust herumexperimentieren zu können. Die Beziehung zwischen dem ehemaligen Weber und dem alten Gentleman ließ sich mit einem Wort zusammenfassen: Cheviots.

In einem Teil des Landes, in dem genügsame Schwarzkopfschafe vorherrschten, die sich mit kargen, ungastlichen Berghängen zufrieden gaben, waren Cheviots wahrlich ein seltener Anblick. Aber Cheviots hatten ein besonders dichtes, glattes Fell, das, richtig geschoren, genau die Wollqualität lieferte, die Moodie für begehrte Webstoffe benötigte. Moodie zahlte Sir Gilbert Höchstpreise für weiße – unbehandelte – Wolle: 45 Schilling pro Sack zu 24 Pfund. Nach dem Zusammenbruch des Handels mit dem Baltikum war es schwierig geworden, billigen Teer zu bekommen, mit dem die Tiere traditionell gegen Parasitenbefall behandelt wurden. Moodie war das nur recht. Sir Gilbert hatte es mit Bädern aus Tabaksaft versucht, was preiswerter war, aber die Wolle verfärbte, woraufhin er auf Moodies Rat hin diese Praktik wieder aufgegeben hatte. Sir Gilbert hatte sich auch für kurze Zeit an Leicester-Schafen versucht, aber ihre, wenn auch sehr dichte Wolle, war qualitativ nicht mit jener der Cheviots zu vergleichen, sodass der alte Gutsherr sich auf Moodies Betreiben hin wieder damit zufrieden gab, auf dem aufzubauen, was er hatte.

Cheviot-Schafe wurden immer beliebter, auch wenn ein paar ewig Unzufriedene beklagten, dass sie angeblich zu früh die Zähne verloren. Andere Farmer versuchten, Schwarzkopfschafe mit Cheviot-Böcken zu kreuzen, um genügsame Tiere mit hochwertiger Wolle zu züchten. Sir Gilbert aber zog die Reinzucht vor. Auch hatte die Erfahrung ihn gelehrt, die Herde aufzuteilen und Mutterschafe, entwöhnte Lämmer und Jungtiere zu trennen sowie üppiges Gras für den Winter aufzusparen. Er profitierte gleich mehrfach von dieser Vorgehensweise: Zum einen brachten fette Hammel bei der Schlachtung 80 Schilling ein, und zweitklassige Böcke konnten in der Decksaison den Farmern in den Ochils und Grampians für bis zu 150 Guineas überlassen werden.

Um solcherlei Angelegenheiten drehten sich denn auch die Gespräche von Sir Gilbert und James Simpson Moodie. Smalltalk gab es so gut wie keinen. Schafe waren ihr gemeinsamer Nenner, der Gegenstand ihrer Obsession.

An diesem Morgen wollte Moodie jedoch eine andere geschäftliche Angelegenheit mit dem Gutsherrn besprechen, die zwar entfernt mit Haltung und Fütterung von Cheviot-Schafen zu tun hatte, aber doch nicht ganz dem entsprach, was Sir Gilbert erwartet hatte.

Moodie bekam einen Kaffee, eine Erfrischung, die er Wein oder Spirituosen vorzog. Als der Diener sich zurückgezogen hatte, kam der Weber sofort zur Sache.

Er erklärte, was er wollte und warum.

Sir Gilbert, dessen Kopf halb im Kragen des Morgenmantels steckte wie bei einer alten Eule, blickte grimmig aus zusammengekniffenen Augen zu seinem Gast auf. Das verkniffene Gesicht signalisierte jedoch keinen Unmut, sondern deutete lediglich darauf hin, dass seine Füße schmerzten.

»Dyers' Dyke? Es steht mir nicht zu, über die Farm zu verfügen, alter Freund. Zumindest im Augenblick nicht.«

»Wie lange läuft die Pacht noch?«

»Abgeschlossen wurde sie für neunzehn Jahre, und seit der Verlängerung sind noch keine elf Jahre vergangen. Bleiben also ... acht.«

»Ich würde ungern noch acht Jahre warten, Gilbert.«

»Der Pächter hat mir keinen Anlass gegeben, den Vertrag aufzukündigen. Ich meine, Docherty hält das Land gut in Schuss. Dafür hat Cochran gesorgt. Er füttert Gras. Sinclair hat ihm die besten Weiden überlassen, aber Cochran hat auch einen entsprechenden Preis dafür bezahlt.«

»Und Docherty führt die Verbesserungen fort?«

»Ich habe nichts Gegenteiliges gehört, wenn ich das auch ehrlich gesagt ganz Sinclair überlasse, seit Cochran die Schafe abgeschafft und wieder auf Rinder umgestiegen ist.«

»Aber die Schafe – die Cheviots – kamen großartig mit den Weiden dort zurecht, oder?«

»Ja, die Herde war immer in hervorragendem Zustand.«

»Können Sie sich noch erinnern, wie viel Wolle die Tiere gebracht haben?«

»So viel wie meine eigenen. Allerdings waren sie eingeschmiert; ich konnte es Cochran nicht ausreden. Er schwor darauf.«

»Nach der Rinderhaltung wird es auf den Weiden von Flöhen und Zecken wimmeln«, meinte Moodie. »Er war nur vorsichtig.«

»Mag sein. Ich bin aber sicher, dass er irgendwann umgestiegen wäre und auf weiße Wolle gesetzt hätte.«

»Zeit. Damit wären wir wieder beim Thema. Acht Jahre sind zu lange, um auf das Auslaufen der Pacht zu warten.«

»In diesem Fall tut es mir Leid, James, aber ich kann nicht viel tun, um den Zeitraum zu verkürzen. Sie hat einen schriftlichen Vertrag. So ungewöhnlich dies auch sein mag, er wurde von meinem eigenen Rechtsberater aufgesetzt, Mr. O'Hara, der als Experte in Vertragsdingen und Erbrecht gilt.«

»Erbrecht?«

»Cochran wollte sicher sein, dass die Pacht nach seinem Tod auf sie übergeht.«

»Auf die Patterson, seine Frau?«

»Und auf die Töchter. Verdammt ungewöhnlich, wenn Sie mich fragen.«

»Ich dachte immer, dass nach dem Tod des Pächters das Land wieder dem Grundbesitzer zur Verfügung steht.«

»Normalerweise schon, aber Cochran war ein sturer Geselle, wie Sie sich erinnern werden.«

Moodie grunzte. Er hatte geschäftlich nur wenig mit Coll Cochran zu tun gehabt. Eine als hitzköpfiger junger Mann angezettelte Prügelei, die auf dem Fußboden des Pfarrhauses geendet hatte, war kaum eine gute Basis für gute geschäftliche Beziehungen. Und doch hatte er Cochran im Auge behalten, insbesondere seine Cheviot-Herde, die er auf den kargeren seiner Wiesen der Farm gehalten hatte. Wären es einfache Schwarzkopfschafe gewesen, hätte Moodie keinen Funken Interesse gezeigt, aber bei Cheviots sah das schon anders aus. Es verblüffte ihn, dass die Herde so prächtig gedieh. Er hatte seinerzeit aus Sir Gilbert und Sinclair alles an Informationen herausgepresst, was zu kriegen war. Natürlich war es Sir Gilbert gewesen, der Cochran überredet hatte, es mit dieser Rasse zu probieren.

»Darf ich fragen, wer nun wen wovon überzeugt hat.«

»Wie bitte?« Sir Gilbert legte eine Hand ans Ohr.

Moodie wiederholte sich, wobei er sich diesmal etwas leichter verständlich ausdrückte. »Aha, ach so. Ja, ja. Fakt ist, James, dass ich von Sinclair gehört habe, Cochran wolle das Pachtverhältnis auf rechtlichem Wege übertragen, mit einem Dokument, das sicherstellt, dass seine rechtmäßige Frau und seine weiblichen Erben noch einige Zeit von den Früchten seiner nicht unerheblichen Mühen auf der größeren wie auch der kleineren Farm profitieren.«

»Hat Sinclair – wenn Sie die Frage gestatten – Sie in Ihrer Entscheidung beeinflusst?«

»Sinclair war der Meinung, wir hätten durch diese Abmachung nichts zu verlieren.«

»Sinclair hatte schon immer eine Schwäche für die Patterson. Jetzt gehört sie durch Heirat sogar zur Familie«, meinte Moodie. »Aber wie dem auch sei – kommen wir auf die Cheviots zurück.«

»Ich habe nicht gleich zugestimmt, das Pachtverhältnis auf eine Frau und zwei Mädchen zu übertragen, aber es gab ja diesen ›Verwalter‹ – Sie kennen ja die Geschichte mit Docherty –, und als es dann um die Anschaffung von Cheviots ging ...«

»Ist Cochran mit dem Vorschlag an Sie herangetreten, eine ausgesuchte Herde Cheviots anzuschaffen?«, fragte Moodie auf gut Glück.

»Ja. Erst über Sinclair, aber später kam er dann auch persönlich.«

»Ich verstehe. Er hat Sie um Rat gefragt?«

»Wen sollte er in der Gegend sonst fragen, wenn es um Cheviots geht?«

»Sehr clever von ihm.«

Sir Gilbert zeigte seine verfaulten Zähne und zwinkerte. »Mir war schon klar, dass eine gewisse Schläue dahinter steckte. Er wollte mein Interesse wecken und mich vorab für sich einnehmen wegen der späteren Pachtvereinbarung.«

»Und Sie haben mitgespielt, Gilbert.«

»Ich hatte ja dabei nichts zu verlieren. Es war nicht mein Problem, wenn die verfluchten Schafe an Blähsucht eingingen oder die Wolle verloren vom Lorbeerfressen. Ich hatte keinen Anteil am Erwerb der Herde – die anfangs kaum mehr als ein Dutzend Tiere umfasste –, aber Sinclair begutachtete sie bei ihrer Ankunft, um sich davon zu überzeugen, dass sie gesund waren.«

»Cochran hat also seinen ungewöhnlichen Pachtvertrag bekommen?«

»Ich bin kein Prophet, James. Ich konnte ja nicht ahnen, dass Cochran acht Jahre vor Ablauf des Pachtvertrages tot umfallen würde.«

»Und es geht um zwei Pachten«, entgegnete Moodie und ließ anklingen, dass er selbst weniger großzügig gewesen wäre als der Gutsherr, wenn das Land ihm gehörte.

»Der Nettleburn ist unbedeutend, nur ein bescheidenes Stück Land. Vielleicht sollte man dort Bäume pflanzen. Das Land ist viel zu weit von der Straße weg.«

»Und doch ist das Gras dort von hervorragender Qualität, wie ich gehört habe«, sagte Moodie.

Wieder zeigte der Gutsherr die Zähne, zwinkerte, und seine Mundwinkel zuckten; Sir Gilbert rückte die geschwollenen Beine vorsichtig zurecht, bis er Moodie halb zugewandt war, nah genug, um dem jüngeren Mann die Hand auf die Schulter zu legen.

»Ja, das ist richtig. Genau das hat Cochran bewiesen. Das Gras ist tatsächlich hervorragend.«

»Entschuldigen Sie meine Dreistigkeit, Sir Gilbert, aber ... Sie würden nicht eventuell in Betracht ziehen, mir etwas von Ihrem Land zu verkaufen?«

Sir Gilbert war keineswegs schockiert. Er mochte ja senil erscheinen, und hin und wieder bereitete ihm auch das Sprechen Schwierigkeiten, aber sein Verstand war noch glasklar, und er genoss knifflige Verhandlungen. Jetzt durchschaute er auch, worauf Moodie hinauswollte.

Sir Gilbert gab ihm eine direkte und unmissverständliche Antwort auf seine Frage.

»Das würde ich nicht, James.«

»Das dachte ich mir schon.«

»Nicht einmal Ihnen. Nicht einmal, wenn Sie mich mit viel Geld locken. Nicht einmal dann, wenn Sie versprechen, reinrassige Tiere aus Linburn zu kaufen, jedes Mutterschaf mit einem Pedigree lang wie mein Arm, jeder Bock ein Abkömmling von Standish. Die Bontines trennen sich prinzipiell nicht von ihrem Land.«

»Was halten Sie dann von einem Pachtvertrag über dreißig Jahre?«

»Für den Dyers' Dyke?«

»Und den Nettleburn.«

»Warum?«

»Ich beabsichtige, ein progressiver Wollerzeuger zu werden.«

»Sie? In Wolljacke und Stiefeln wollen Sie über die Weiden stapfen, mit einem Stück Käse im Rucksack und einem Hund an Ihrer Seite? Das kann ich mir ehrlich gesagt nicht vorstellen, James.«

Moodie lächelte. »Ich würde die Tiere nicht persönlich versorgen.«

»Und es wären alles Cheviots?«

»Gewiss.«

»Aber das Land?«

»Ich würde in Verbesserungen investieren. Ich würde Weiden anlegen oberhalb des Weges entlang dem Moor, am ganzen Steinbruch entlang bis zum Steilhang des Drumglass.«

Sir Gilberts Augen leuchteten auf. Ein Dutzend Jahre schienen von ihm abzufallen. Fast beschwingt erhob er sich aus seinem Sessel und ging auf seinen Gehstock gestützt zu den hohen Fenstern. Er straffte die Schultern und blickte auf das Wenige, das von dem halbhohen Hang oberhalb der Bäume zu sehen war.

Moodie stand ebenfalls auf und gesellte sich zu ihm.

»Es wäre machbar, Gilbert. Der Wald kann gerodet werden, und an seiner Stelle können Weiden angelegt werden, mithilfe entsprechender Dünger, und wenn man einen Wetterschutz der offenen Flächen vorsieht. Natürlich dürften die Wiesen nicht überweidet werden.«

»Wie viele Tiere?«

»Dreihundert.«

»Dreihundert, sagen Sie?« Sir Gilbert war beeindruckt. »Und wie viele Morgen wollen Sie von mir pachten?«

»Dreihundert«, entgegnete Moodie. »Den langen Streifen.«

»Das wäre ein Anblick, was?«, sagte der Gutsherr träumerisch. »Ja, James, wenn ich den Anblick der Weiden, weiß von Gottes Geschöpfen, vielleicht nicht mehr erleben werde, hätten immerhin meine Söhne etwas davon.«

»Ich kann nicht acht Jahre warten. Ich muss das Land innerhalb eines Jahres haben.«

Sir Gilbert wandte sich um und geriet ins Wanken. Moodie stützte ihn, indem er ihm einen Arm um die Taille legte.

»Mir sind die Hände gebunden. Ich kann die Patterson nicht von ihrem Land vertreiben, ohne mich als gesetzloser Tyrann zu gebärden. So etwas werde ich nicht tun, James, nicht einmal für Sie und tausend weiße Schafe. Immerhin gehört sie auch zu meiner Herde. Es würde dem Ansehen der Familie sehr schaden, wenn ich es versäumte, auch die Interessen meiner Pächter zu wahren.«

»Nur wenige Männer wären in dieser Situation so großzügig«, entgegnete Moodie grimmig.

Sir Gilbert lehnte eine Schulter ans Fenster und tippte mit einem Finger an die Glasscheibe. »Ich sehe sie noch vor mir, wie sie damals durch den Park zum Haus kam, als wäre es erst gestern gewesen. Sie war ein hübsches Ding, als sie noch jung war.«

Moodie enthielt sich jeden Kommentares hierzu. »Das jüngere der beiden Mädchen hat kürzlich geheiratet, nicht wahr?«

»Den Sohn meines Verwalters«, entgegnete der Gutsherr.

»Das heißt, die ältere – noch unverheiratete – Tochter lebt noch bei der Mutter?«

»Soweit ich weiß, ja«, sagte Sir Gilbert, der immer noch über seine verregneten Gärten auf die Bäume blickte.

»Cochrans Erbe«, sagte Moodie nachdenklich, »beinhaltet doch sicher Instruktionen bezüglich der Umverteilung der Pachtverhältnisse im Falle einer Hochzeit.«

Sir Gilbert hatte die Konzentration verloren; er interessierte sich nicht für die neue Richtung, die das Gespräch genommen hatte. Er hatte sich Mr. Moodies Anliegen angehört und sah sich schlicht nicht in der Lage, ihm seinen Wunsch zu erfüllen. Was er von ihm verlangte, wäre nicht mit seiner Ethik vereinbar gewesen. Und doch faszinierte ihn der Plan des Webers, die unteren Berghänge in neues Weideland zu verwandeln.

»Gilbert?«

Der alte Mann lehnte sich mit dem Rücken ans Fenster und ließ sich auf dem Fensterbrett nieder. Es war so kalt, so weit weg vom Feuer. Fröstelnd zog er den Kragen des Morgenmantels über der Brust enger.

»Hmm?«

James Moodie stand wieder am Feuer, die Hände hinter dem Rücken verschränkt. Er wirkte in dieser Haltung so besitzergreifend, dass Sir Gilbert sich einen Moment wünschte, sein Soldatensohn hätte ein wenig von diesem Mann oder »Klein Gibbie« besäße etwas von James' entschlossener Energie.

»Ich kann das nicht tun, James. Ich kann die Frau nicht von ihrem Land verjagen«, sagte der Gutsherr.

»Natürlich. Aber es würde sich unter Umständen als sehr nützlich erweisen, wenn ich eine Kopie von Cochrans Testament lesen könnte, um zu sehen, was er im Falle einer Heirat seiner Töchter vorgesehen hat. Und wenn ich mir darüber hinaus mit Ihrer Erlaubnis die Pachtverträge ansehen dürfte?«

»Das lässt sich leicht arrangieren, James.«

»Ich wäre Ihnen sehr verbunden«, entgegnete James.

Der Gutsherr beugte sich vor und massierte mit den Fäusten seine Kniescheiben. Die Schmerzen waren schlimmer geworden und krochen zusammen mit der Kälte seine Beine hinauf.

»Aber inwiefern sollten die Dokumente Ihnen bei Ihrem Vorhaben von Nutzen sein?«

»Vielleicht stellt sich ja heraus, dass die Pacht auf die Töchter übergeht.«

»Worauf wollen Sie hinaus?«, fragte Sir Gilbert kopfschüttelnd.

»Ich will das gesamte Weideland vom Steinbruch bis zum Nettleburn für dreißig Jahre pachten. Ich bin es nämlich leid, ständig von A nach B zu hetzen wie ein verdammter Viehtreiber. Ich möchte mein Geschäft dicht bei meinem Geburtsort etablieren, hier in Balnesmoor.«

»Was für ein Geschäft?«

»Ich habe ein Angebot für Kennart gemacht.«

»Kennart? Aber wieso denn das?«

»Um dort eine Deckenfabrik zu errichten.«

»Aber für die Herstellung von Decken brauchen Sie doch keine hochwertige Wolle.«

»Die Deckenfabrik wäre nur die Spitze des Eisbergs.«

Sir Gilbert schüttelte den Kopf über den Wagemut seines Gastes. Aus betriebsamen jungen Ratsmitgliedern wurden Giganten der Wirtschaft; wohl ein Merkmal der Zeit, in der sie lebten. Und er war ehrlich beeindruckt vom Ausmaß von James' Vision. Moodie hatte angedeutet, dass er es nicht bei der Deckenfabrik belassen würde, was bedeutete, dass ihm eine dieser neumodischen Manufakturen vorschwebte.

Sir Gilbert hatte keine Einwände, im Gegenteil.

»Aber was um alles in der Welt hat dieses Projekt mit der Cochran-Witwe zu tun und den Testamentsklauseln ihres verstorbenen Mannes?«

»Ich stimme Ihnen zu, dass es unverzeihlich wäre, rechtmäßige Pächter ohne guten Grund zu vertreiben«, sagte Moodie. »Aber in dieser Angelegenheit bin ich – unter uns gesagt – nicht bereit, große Geduld walten zu lassen.«

»Das Problem scheint mir unlösbar zu sein, James.«

»Ich denke, es gibt vielleicht doch eine Möglichkeit.«

»Und wie das?«

»Durch eine Heirat.«

»Eine Heirat? Wessen Heirat?«

»Meiner.«

»Und wen würden Sie heiraten wollen, wenn ich fragen darf?«

»Elspeth Cochran natürlich.«

Es war der neunzehnte Tag nach der Hochzeit, knapp eine Woche vor Weihnachten, auch wenn in der Hütte keine Spur von Festtagsstimmung zu spüren war, schon gar nicht zu dieser unchristlichen Stunde um Viertel nach fünf am Morgen.

Anfangs fand Anna ihn noch ganz amüsant. Matts gute Laune, wenn auch gepaart mit einer etwas groben Art, belustigte sie und vermittelte ihr ein Gefühl der Verbundenheit, vor allem, da sie für gewöhnlich zu intensivem Schmusen auf dem Kiefernbett im Hinterzimmer führte. Aber Matt riss ihr nicht aus Spielerei die Decke vom Körper, sodass sie, das Laken um die Beine gewickelt, im eisigen Halbdunkel protestierte: »Was soll das denn, Matt?«

»Zeit aufzustehen.«

»Heiland, was redest du da?«

»Du musst mir Frühstück machen und etwas zu essen für unterwegs.«

»Aber du musst doch erst um sieben anfangen.«

»Ich sage, wann ich anfange, Anna.«

Sie sprang aus dem Bett und griff nach ihrer Unterwäsche, während Matt polternd in die Küche ging. Zitternd vor Kälte und Wut folgte Anna ihrem Ehemann. Kein Geringerer als Mr. Sinclair persönlich hatte sie gewarnt, dass Matt launisch und schwierig war, aber sie hatte diese Einschätzung als voreingenommen abgetan, musste jedoch rasch erkennen, dass Matt kein Abklatsch seines Vaters war. Seine Zurückhaltung und scheinbare Höflichkeit waren lediglich ein Merkmal der Unterdrückung gewesen, genährt von Furcht und Respekt vor der eisernen Hand des Verwalters. Aber nun war dieser eine Meile entfernt in seinem eigenen Zuhause; das hier war Matts Reich, und sie war Matts Frau, in guten wie in schlechten Zeiten. Sie tat gut daran, nie zu vergessen, dass der Sohn nicht, und zwar in keiner Weise, so fair und berechenbar war wie sein Vater.

Aber Anna war impulsiv und nicht sehr klug. Sie hatte noch viel zu lernen, und Matt hatte ihr noch viel beizubringen.

»Und wann fängst du jetzt an?«

»Um sechs«, antwortete Matt. »Gestern um sieben und künftig um sechs.«

»Aber warum denn?«

»Weil ich tue, was man mir sagt, ohne dumme Fragen zu stellen«, entgegnete Matt unwirsch. »Und jetzt bring endlich das verdammte Feuer in Gang.«

»Du hast gesagt, dass du Feuer machst.«

»Ich habe nichts dergleichen gesagt. Ich habe das gestern nur übernommen, weil ich eine Stunde länger Zeit hatte. Jetzt ist es an der Zeit, dass du anfängst, dich zu benehmen wie eine ordentliche Ehefrau.« Weniger barsch fügte er hinzu. »Das sollte ich dir eigentlich nicht sagen müssen, Anna.«

Er setzte sich vor die kalte Asche und zog Strümpfe und

halbhohe Stiefel an, steife, schmierige Dinger, deren Sohlen mit Nägeln gespickt waren für besseren Halt auf rutschigen Hängen.

Jeden Abend schmierte er die Stiefel mit Nierenfett ein und klopfte die Nägel mit einem kleinen schwarzen Hammer wieder fest. Auch schärfte er die Axt mit einem Schleifstein, ölte sie ein und polierte die Klinge endlos, bis Anna hätte schreien können wegen seiner monotonen Konzentration. Die Axt war ein Merkmal seines niedrigen Standes. Anna konnte nicht verstehen, warum er dem Ding mehr als nur flüchtige Aufmerksamkeit zollte. Sie hatte einen Fremden geheiratet, einen gut aussehenden Jungen, der ganz anders war, als sie ihn sich vorgestellt hatte.

Sofern möglich, war es in der Küche noch kälter als im Schlafzimmer. Steinplatten waren in das irdene Fundament eingebettet, und die Feuerstelle war leicht versenkt. Als Kaminaufsatz diente ein entrindeter und imprägnierter Kiefernstamm. Matt hatte die Kerze in ihrem Ständer angezündet und dort abgestellt. Um diese Stunde hob der gelbe Schimmer jedoch nur die primitive Kargheit der Hütte hervor.

Matt stampfte mit den Stiefeln auf. Die Nägel kratzten über die Steine, ein Geräusch, von dem Anna eine Gänsehaut bekam. Sie wusste sehr gut, wie man Feuer machte, aber Gaddy hatte sie verwöhnt, und sie hatte nie wirklich effizient und gründlich sein müssen, da sie es fast immer irgendwie geschafft hatte, um die unangenehmsten Arbeiten herumzukommen. Das Gleiche galt fürs Kochen. Gaddy und sogar Elspeth hatten ihr so viel durchgehen lassen, dass sie in dieser Hinsicht so gut wie nichts gelernt hatte und sie sich jetzt, auch wenn sie sich Mühe gab, mit den einfachsten Arbeiten schwer tat. Nur wenige hätten Verständnis dafür, dass ein Mädchen, das in einer einfachen Hütte aufgewachsen war, nicht einmal die Grundlagen der Haushaltsführung beherrschte – und Matt Sinclair gehörte ganz sicher nicht dazu.

»Was zum Teufel machst du denn da?«, rief er ärgerlich.

»Ich lege Zweige für das Feuer in den Kamin.«

»Grundgütiger!« Er zog sie zurück. »Erst musst du den Kamin säubern. Die kalte Asche entfernen.«

»Und womit, Matt?«

Tränen, schwer und kalt, sammelten sich unter Annas Augenlidern. Sie schniefte. Aber Matt kannte diesen Trick bereits und ließ sich nicht hinters Licht führen.

»Damit.« Er trat die herzförmige Kehrschaufel quer durch den Kamin.

Sie wusste sehr gut, wozu diese da war. Sie benutzte sie, wenn Matt auf der Arbeit war, wenn auch hauptsächlich als Backblech zum Rösten von Kastanien. Aber um diese Zeit fühlte sie sich schwerfällig und wie benommen mit dem Regen, der auf das Dach trommelte, und dem eisigen Wind, der sich unter der Tür her stahl und sie in die nackten Beine und Füße kniff.

Matt setzte sich schwer wieder hin, die Hände auf den Oberschenkeln. Anna wagte es nicht, erst ihr Wollmieder und ihre Schuhe zu holen. Achtzehn Morgen hatte beim Aufwachen ein prasselndes Feuer im Kamin gebrannt, der kalte Steinboden war in warmes Licht getaucht gewesen, und der Duft köchelnder Hafergrütze hatte in der Luft gelegen. Sie hatte sich tiefer in die Strohmatratze gekuschelt, dem Wetter gelauscht und darauf gewartet, dass Matt zu ihr ans Bett kam und sagte: »Aufstehen, Liebes«, und fünf Minuten später noch einmal: »Auf, auf, sonst kannst du was erleben.« Aber sie hatte sich geweigert, aus dem Bett zu steigen, bis er die Hände unter die Bettdecke geschoben und sie gekitzelt hatte, bis sie lachte.

Tief im Innersten hatte sie gewusst, dass diese Spielereien nicht von Dauer sein würden, aber sie war verletzt davon, dass er dieser Phase ein so abruptes Ende gesetzt hatte. Erst viele Jahre später war Anna reif genug, sich zu fragen, ob nicht vielleicht sie selbst verantwortlich gewesen war, dass Matt sich in einen uncharmanten groben Klotz verwandelt hatte, ob nicht sie schuld war, dass alles schief gelaufen war in jenen ersten Wochen ihrer Ehe.

Sie griff nach der kleinen Eisenschaufel und hantierte ungeschickt damit herum; sie war es nicht gewohnt, dass man ihr bei der Arbeit auf die Finger schaute. Tränen rannen ihr – diesmal ohne ihr Zutun – über die Wangen, aber sie schürzte die Lippen und kehrte ihrem Gatten den Rücken zu, damit er sie nicht sah. Sie hob die Schaufel mit der weißen Asche, stand auf und lief damit durch die Küche. Als sie die Haustür öffnete, wurde die Asche vom Luftzug erfasst und überzog die Küche mit einer staubigen grauen Schicht.

Matt schüttelte angewidert den Kopf. »Benutz die verdammte Kiste, Anna, dazu ist sie da.«

Anna hatte oft gesehen, wie ihre Mutter kalte Asche in einen Binsenkorb gab, aber die andere Form und die ganze Machart der rechteckigen Kiste mit dem Eisengriff hatten sie den Zweck des Gegenstandes nicht gleich erkennen lassen. Matt hatte ganz Recht, sie zu schelten, auch wenn sie sich das in diesem Moment nicht eingestehen wollte.

»Feg das auf«, sagte er.

Sie schloss die Tür, legte die Schaufel aus der Hand, holte den Besen und fing an, hektisch den Schmutz auf den Steinfliesen zusammenzukehren.

»Matt, ich kann nichts dafür. Ich bin es eben nicht gewöhnt, für jemanden ...«

»Dann gewöhn dich eben dran. Ich habe keine Hure geheiratet, sondern eine Ehefrau.«

Das war es also; er war in gewisser Weise ebenso verwöhnt worden wie sie. Was er erwartete, war ein perfektes Duplikat seiner Mutter, bewandert in allen Hausarbeiten und nur um sein Wohlergehen besorgt. Wut stieg in ihr auf. Sie wirbelte herum.

»Und ich frage mich, was *ich* geheiratet habe«, fuhr sie ihn an. »Noch bist du nicht dein verdammter Vater, der befiehlt und nach dessen Pfeife alle tanzen, Matt Sinclair. Sogar deine Mam.«

Zorn erregte Zorn, und Matt ging in die Luft angesichts dieser scheinbaren Beleidigung seiner Eltern. Er versetzte Anna einen so heftigen Stoß, dass sie rückwärts taumelte und in den Kamin fiel. »Bei der nächsten Unverschämtheit prügle ich dich mit dem Riemen so lange, bis du nicht mehr aufstehen kannst.«

Einen Moment war Anna ehrlich erschrocken, und Furcht stieg in ihr auf, als ihr bewusst wurde, dass auch Matt überfordert war von der Fremdheit ihres Zusammenlebens, dass er ebenso wenig mit ihr verheiratet sein wollte wie sie mit ihm und er diese ganze neue Situation verabscheute. Sie schwenkte um und flehte um Verständnis. »Matt, es tut mir Leid. Ich ... ich werde mein Bestes tun.«

Mitgefühl war für Matt jedoch ein Fremdwort. Ihr Angebot war dem Verwaltersohn nicht gut genug. Er schnaubte verächtlich, nahm Jacke und Schal vom Haken und stolzierte ohne ein Wort des Trostes oder des Abschieds hinaus in die Dunkelheit.

Anna blieb mehrere Minuten sitzen, wo sie hingefallen war.

Die Arme um den Oberkörper geschlungen starrte sie auf die halb offene Tür, die traurig knarrend hin und her schwang. Sie konnte die Äste der Kiefern draußen im stürmischen Wind ächzen hören, und der feucht-modrige Geruch des Unterholzes stieg ihr in die Nase. Sie schniefte und schluckte die Tränen herunter. Was würde Matt wohl tun, wenn sie sich ihren Schal überwarf, heim zu Mammy auf dem Nettleburn lief und sich weigerte, jemals wieder das Bett mit ihm zu teilen? Natürlich würde Mammy sie zurückschicken. Matt war ihr rechtmäßig angetrauter Ehemann, und in den

Augen aller gehörte sie nicht nur zu ihm, sondern war gewissermaßen sein Eigentum.

Anna stand auf. Sie zitterte, und ihr war ganz übel von dem Schock, von dem, was der Zwischenfall über den wahren Zustand ihrer Ehe verraten hatte, und von der Verbitterung, die an Matt Sinclairs Seele nagte. Sie konnte ihren Ehemann nicht mit dem Jungen in Verbindung bringen, der erst vor wenigen Monaten auf Ottershaw den Vollbluthengst auf dem Hof vor den Stallungen geführt hatte. Welche Überraschungen hielt Matt noch für sie bereit? Sie erschauerte.

Hastig grub sie eine Kuhle in die Asche im Kamin, die sie noch nicht entfernt hatte. Sie nahm ein paar Zweige aus dem Korb, bildete daraus eine Pyramide, die sie mit Hilfe der Kerze anzündete, und hockte sich vor die Flammen, obgleich diese noch keine Wärme abgaben. Aber schon bald konnte sie erst noch ein paar Stöckchen und dann gespaltene Holzscheite nachlegen und den Kessel über das Feuer hängen, in der Hoffnung, dass das Wasser bald kochen würde.

Sie nahm die Kerze, schirmte sie mit einer Hand ab und ging zur Tür.

»Matt«, rief sie. »Matt, bist du noch da?«

Sie erwartete keine Antwort. Ihr Mann war sicher schon den halben Weg hinunter, der zu der Hütte auf der Lichtung führte, dreihundert Meter weit im Wald, und stolperte durch Dunkelheit und Regen. Sie verspürte leises Mitleid mit ihm, aber schon bald überwog wieder das Selbstmitleid. Sie schloss und verriegelte die Tür und kehrte zurück ins Schlafzimmer. Sie stellte die Kerze in die Waschschüssel, legte sich angezogen wieder ins Bett und wickelte sich in die Decken. Ihre Füße waren die reinsten Eisklumpen. Sie rieb sie aneinander, erst kräftig, dann vorsichtiger. Sie wischte sich mit dem Handgelenk über die Nase und vergrub sich tiefer in der Bettdecke. Matt würde nicht zurückkommen und sie noch einmal zwingen aufzustehen. Mit Besuchern war ebenfalls nicht zu rechnen. Bei diesem Regen würden weder Mammy noch Elspeth den weiten Weg vom Nettleburn auf sich nehmen, und Mrs. Sinclair war, wie Matt ständig stolz hervorhob, viel zu gewissenhaft, um die eigenen Haushaltspflichten ruhen zu lassen, nur um eine Schwiegertochter zu besuchen, von der sie ohnehin nichts hielt.

Zum Teufel mit den Sinclairs. Sie scherte sich einen Dreck um ihre Meinung. Im März, wenn die neuen Kälber auf die Welt kamen, würde man ihr dazu noch Arbeit in der Molkerei auf Ottershaw aufhalsen. Man würde von ihr erwarten, für Matt Sinclair zu kochen, zu putzen und zu nähen – und ganz nebenbei noch sechs oder sieben Stunden für ein paar Schilling extra die Woche beim Melken zu helfen. Nur eigene Kinder würden sie von der Pflicht entbinden, Geld verdienen zu müssen.

Anna strich mit einer Hand über ihren Bauch. Ob Matt ihr bereits ein Kind gemacht hatte? Sie betete zu Gott, dass dem nicht so war, nicht einmal, wenn sie dann den ganzen Tag zu Hause bleiben durfte. Sie wollte kein Kind, schon gar nicht von ihm. Ein Kind würde nur mehr Arbeit machen, mehr Unordnung, und es würde einen Teil von Matts Aufmerksamkeit für sich beanspruchen.

Wut verwandelte sich in beinahe angenehmen Groll, ein Gefühl, das Anna wärmte und beruhigte, so wie es ihrer selbstsüchtigen Natur entsprach.

Sie würde den Großteil des Vormittages im Bett bleiben. Bis dahin würde das Wasser im Kessel sieden, das Feuer würde die Küche gewärmt haben, und sie würde in aller Ruhe ihr Frühstück genießen können.

Schläfrig blickte die junge Frau auf die tropfende Kerze. Lächelnd wie ein Kind döste sie wieder ein und träumte vom Sommer, dem vergangenen Sommer und nicht dem kommenden. Sie träumte von Randall Bontine.

Die Geschichte, die James Moodie dem Gutsherrn erzählt hatte, stimmte weitgehend. Allerdings hatte er den alten Mann getäuscht, was seine Motive anbelangte und die inspiratorische Natur der Idee, dass eine Heirat mit Elspeth Cochran ihm das begehrte Land einbringen könnte. In gewissen Dingen war Mr. Moodie im Herzen immer noch das kleinliche Kirchenratsmitglied. Diese Rolle hatte er so viele Jahre mit solcher Überzeugung gespielt, dass sie ihn unwiderruflich geprägt hatte.

Anders als Peter Docherty wünschte Moodie sich die junge Frau nicht als Gefährtin, die auch bei der Arbeit auf dem Hof mit anpackte. Er sah sie in einem anderen, komplexeren Licht, als etwas so Kostbares, dass sie nicht mit Geld erworben werden konnte und darüber hinaus als etwas – was? Heidnisches? –, das ihn auf noch ganz anderer Ebene reizte. Das Gesicht des toten Mädchens, der Fremden, hatte sich in sein Gedächtnis eingebrannt. Ihre Gesichtszüge und ihre pathetische Anonymität hatte er lebhafter als alles andere in Erinnerung behalten. Für James Simpson Moodie war sie die Verkörperung der ultimativen Erniedrigung gewesen. Sie war nicht nur würdelos gestorben, sondern darüber hinaus ohne Identität. Für den Kirchenältesten, für den erfolgreichen Weber, verkörperte sie ein Schicksal, das er mehr fürchtete als das ewige Höllenfeuer.

Moodie hatte sich nie mit Huren und Zigeunerinnen eingelassen so wie Peter Docherty. In seinem Leben hatte es nur drei Frauen gegeben. Er war alle drei – im Übrigen sehr kurzen – Liaisons mit Bedacht eingegangen, und sie alle waren ohne Bedauern zu Ende gegangen.

Die erste echte Affäre hatte er mit der Ehefrau eines Futterhändlers aus Edinburgh, und die Heimlichtuerei hatte genügt, dass Moodie Gefallen fand an Intrigen und Hintergehen. Mrs. Matilda Dobie war jedoch nicht sonderlich leidenschaftlich gewesen, sodass er nicht allzu viel von ihr hatte lernen können.

Die zweite Herzensangelegenheit war in jeder Hinsicht deutlich befriedigender gewesen, durchaus mit einigen Elementen einer romantischen Tragödie behaftet. Deirdre Garstang war die einzige Tochter eines wohlhabenden Wollproduzenten, der mitten in einem Moor in Pertshire in einem riesigen unheimlichen Haus lebte. Deirdre gehörte der Römisch Katholischen Kirche an und litt angeblich an Schwindsucht. Niemand rechnete damit, dass sie heiratete. Im Übrigen hätte sie so oder so keinen Presbyter ehelichen können. Mit dreißig Jahren besaß Deirdre die dunklen, raubvogelartig-hübschen Züge einer Prophetin. Gebildet, introvertiert, mystisch hatte sie James Moodie bei einem seiner seltenen Aufenthalte auf Garstang House verführt. Sie hatte ihm beinahe das Rückgrat gebrochen mit ihrer Lust an der Leidenschaft.

Drei Jahre waren der Weber und »die Todgeweihte« ein Liebespaar gewesen, auch wenn sie tatsächlich nur achtmal miteinander geschlafen hatten. Die Affäre bestand hauptsächlich aus heißen Liebesbriefen Deirdres an James, auf die dieser in einem Verhältnis von etwa eins zu fünf eher nüchtern antwortete, um sich ja nicht zu kompromittieren. Letztendlich war die Korrespondenz abrupt abgebrochen – nicht etwa, weil Deirdre ihrem Lungenleiden erlegen wäre, sondern weil sie Vettern in Norwich besuchte und kurze Zeit später einen verwitweten Richter vom Geschworenengericht geehelicht hatte. Soweit Moodie wusste, lebte Deirdre noch glücklich und zufrieden mit ihrem Mann in Yarmouth.

James Simpson Moodie war in vieler Hinsicht ein begehrenswerter Junggeselle, aber er ging dennoch nicht davon aus, dass er nur mit den Fingern zu schnippen brauchte, damit die Frauen ihm in Scharen nachliefen. Er war alles andere als hässlich und achtete sehr darauf, die Narben zu verbergen, die dreißig Jahre harter handwerklicher Arbeit seinem Körper zugefügt hatten. Natürlich hätte er sich eine Frau »kaufen«

können, und dazu noch eine aus guten Kreisen. In der feinen Gesellschaft von Stirling – und erst recht in jener von Edinburgh – gab es reichlich wohl erzogene junge Damen, die entzückt wären, einen reichen Mann zu heiraten.

Aber James Moodie wollte keine Vernunftehe. Streng genommen wollte er gar keine Ehefrau. Er wollte nur Elspeth.

Er war richtig besessen von Elspeth. Gaddy Pattersons Tochter. Nicht das Mädchen würde er umwerben müssen, sondern die Mutter. Das Mädchen konnte ihn eigentlich gar nicht kennen und somit auch keinen Groll gegen ihn hegen. Sie hatte ihn nie als James Moodie, Speichellecker des Reverends, oder Jamie Moodie, den kleinen Weber, gekannt. Sofern sie überhaupt wusste, wer er war, dann kannte sie ihn als wohlhabenden, einflussreichen Gentleman. Das Alter spielte dabei keine Rolle.

Jede andere Mutter einer Tochter in der ganzen Gemeinde hätte alles getan, um ihn in seinen Heiratsabsichten zu bestärken, zumal wenn diese Frau Witwe war. Moodie ahnte jedoch, dass sich dies bei Gaddy Patterson anders verhielt. Er hatte sein ganz eigenes Bild von der Highlanderin. Trotz allen Selbstbewusstseins fühlte er sich ein wenig eingeschüchtert von dem, was er sich vorgenommen hatte – zumindest vor dem ersten Schritt.

In den vergangenen sechs oder sieben Jahren, seit das Mädchen begonnen hatte, sich zur Frau zu entwickeln, hatte James Moodie jede Gelegenheit genutzt, um sie zu beobachten. Er erniedrigte sich – oder sie – nicht dadurch, dass er ihr nachspionierte, aber hin und wieder führte er Situationen herbei, bei denen es ihm möglich war, sie aus der Nähe zu betrachten. Obwohl er nicht mehr Mitglied der Kirche von Balnesmoor war – er hatte kurz nach seinem Rücktritt als Mitglied in Mr. Leggats Kirchenrat nach Harlwood gewechselt –, empfing er gelegentlich noch hier die Kommunion. Auch hatte er es sich zur Gewohnheit gemacht, an jedem Fest teilzunehmen, bei dem die Wahrscheinlichkeit bestand, dass auch die Pattersons erschienen. Beide Mädchen waren außergewöhnlich hübsch, wenngleich die Jüngere der beiden eine Aggressivität ausstrahlte, die nicht zu Moodies Vorstellungen einer Ehefrau passte. Je älter Elspeth wurde, desto sicherer war James Moodie sich seiner Wahl. Er musste sie heiraten. Es gab einfach keine andere Lösung.

Gaddy ahnte nichts von den Absichten des Webers. Kein Gedanke lag ihr ferner. Und wenn Elspeth überhaupt an Mr. Moodie dachte, dann in der gleichen Weise wie an den Verwalter. Für sie war er mehr eine »gesellschaftliche Größe« denn eine reale Person. Mr. Moodie hob sich aus der Masse hervor durch seine Kutsche und seine Art, sich zu kleiden, nicht etwa wegen seiner Persönlichkeit, die er gar nicht versuchte, der Gemeinde aufzudrängen.

James Simpson Moodie verwandte viel Zeit darauf, sich Möglichkeiten auszudenken, wie er idealerweise um Elspeth Cochran werben sollte. Er kam zu dem Schluss, dass er möglichst bald handeln sollte und die Angelegenheit am besten sehr direkt und ohne große Umwege anging. Er hatte sich lange genug geduldet.

Zu diesem Schluss kam er – ohne es zu ahnen – an eben dem Tag, da Coll Cochran achtzehn Jahre zuvor Gaddy Patterson seine Liebe gestanden hatte. Weihnachten fiel auf einen Sonntag. Mr. Leggat widmete sich dem Fest voller Inbrunst, auch wenn es keine hundert Meilen entfernt schottische Gemeinden gab, in denen Weihnachten kaum Beachtung fand.

An diesem Morgen gingen immer wieder eisige Schauer nieder. Seit fast drei Monaten war das Wetter denkbar ungemütlich, auch wenn die nassen Westwinde wenigstens den Schnee in Schach gehalten hatten. Zerfetzt wie ein alter Schal zogen Wolken am Himmel über die Berge und verdeckten See und Gipfel. Der Gottesdienst war etwas spärlich besucht.

Mr. Leggats Laxheit und das Wetter lockten kaum einen Christen hinter dem Ofen hervor, seit das Ansehen der Kirchenrobe in Balnesmoor deutlich verloren hatte.

Mr. Moodie fuhr in einem feschen leichten Gig mit Verdeck vor. Seine Mutter erschien wie eine Herzogin im Cabriolet, das von Moodies Stallknecht gelenkt wurde. Der in Tweed gekleidete Bursche ritt hinterher. Aber niemand schenkte der kleinen Prozession große Aufmerksamkeit, vielleicht weil man davon ausging, dass das Cabriolet dazu dienen sollte, nach dem Gottesdienst Gäste zu befördern, die auf einen Bissen oder ein Glas Madeira geladen waren.

Nachdem Mr. Leggat mit vielen Hms und Ähs und breitem Lächeln die Messe gelesen hatte, wurde Mutter Moodie von ihrem Sohn zum Cabriolet geleitet, und Knecht und Bursche brachten sie heim, während Mr. Moodie kehrtmachte, um im Windschatten der Kirche noch ein paar Worte mit Sir Gilberts Frau und Gilbert junior zu wechseln.

Mr. Moodie musste sich schon früh einen Sherry genehmigt haben, bemerkte Gilbert Junior später, denn sein Blick schweifte immer wieder ab, und er geriet ins Stottern. Das war seltsam, galt der Weber doch allgemein als notorischer Abstinenzler.

Der Grund für James Moodies Konzentrationsmangel war der Anblick Gaddy und Elspeth Cochrans, die bei den Sinclairs standen.

James Moodie war nicht der Gedanke gekommen, dass Lachlan Sinclair für den Transport der ganzen Familie sorgen könnte, einschließlich der frisch angeheirateten Verwandten vom Nettleburn. Aber Sinclair hatte einige Pflichten zu erledigen, musste er doch für Sir Gilberts Frau die Kutsche vom Hof des Ramshead holen. Zu Moodies Erleichterung machte sich Gaddy mit ihren Töchtern und ihrem neuen Schwiegersohn zu Fuß auf den Weg.

Minuten später, als eben die ersten Tropfen eines weiteren

kalten Schauers auf das Verdeck klatschten, fuhr Mr. Moodie sein Gig vom Hof des Gasthauses und lenkte es zügig auf die Witwe Cochran und ihre Töchter zu.

Die vier blieben stehen.

Alle vier starrten ihn an.

Moodie setzte ein freundliches Lächeln auf.

Nachdem sein Entschluss gefasst war, gestattete der Weber sich, dem Mädchen in die Augen zu schauen. Sie schien weniger überrascht als ihre Mutter und ihre Schwester, beinahe so – wie Moodie sich zu hoffen gestattete –, als hätte sie sein Interesse an ihr bereits bemerkt.

»Kein sehr freundliches Fest«, sagte er, wobei er sich unter dem Verdeck vorneigte. »Was das Wetter anbelangt, meine ich.«

»Da haben Sie wahrlich Recht, Mr. Moodie.«

Es war das jüngere der beiden Mädchen, das ihm antwortete. Sie sprach sehr frei und selbstbewusst. Aber Moodie hielt den Blick auf Elspeth gerichtet. Sie trug einen schlichten gerippten langen Mantel aus hochwertigem Kaschmir, der ihr ausnehmend gut stand. Verbrämt, wie Moodie registrierte. Dieses Kleidungsstück war ganz sicher nicht für einen Schilling und Sixpence auf dem Markt von Balfron erstanden worden. Ihre Slipper waren mehr modisch als praktisch, mit gerundeter Kappe und nicht spitz, was auf Modelle vom Vorjahr hingedeutet hätte. Der Hut wurde von einem dünnen Schal aus Kaschmirwolle gehalten. Hinzu kam, dass die junge Frau die Kleider zu tragen verstand, ohne übertriebenen Hüftschwung, der nur von ihrer schlichten Linie abgelenkt hätte.

»Hat der Gottesdienst Ihnen gefallen, Ladies?«

Elspeth konnte unmöglich daran zweifeln, dass die Frage eigentlich an sie gerichtet war.

Sie zögerte und schenkte ihm einen Blick aus tiefblauen Augen.

»Er hatte den Vorzug, nicht übermäßig lang zu sein, Sir.«

Moodie lachte. Teufel auch, wenn er schon den glücklichen Verehrer spielen musste, dann ordentlich. Er war berühmt für seine nüchterne Art; sollte sie ruhig sehen, dass er auch fröhlich sein konnte.

Regenwasser rann am Verdeck herunter und ergoss sich in kleinen Sturzbächen auf die Hauptstraße.

»Wenn Sie auf dem Heimweg zum Nettleburn sind, Mistress Patt ... Cochran, oder wenn Sie unterwegs sind, um den Tag bei ihrer verheirateten Tochter auf Ottershaw zu verbringen, darf ich Ihnen dann anbieten, Sie alle trocken hinzubringen?«

Gaddy holte keuchend Luft, als hätte der Wind ihr den Atem geraubt und sie sprachlos gemacht.

»Wenn das Angebot ...«, begann Anna.

Gaddy schnitt ihr das Wort ab. »Wir gehen heim, Mr. Moodie, in Gesellschaft.«

»Das ist aber ein weiter Weg bei diesem Regen.«

Es war interessant zu beobachten, was geschah, als Elspeth seine Absichten durchschaute. Sie hätte ebenso gut in Bath, in Turnbridge Wells oder dem Salon Lady Maclindens in der George Street in Edinburgh erzogen worden sein, anstatt von einer Viehtreiberhure und einem derben Bergbauern, so höflich und zurückhaltend fiel ihre Antwort aus.

»Wir wären Ihnen sehr dankbar, wenn Sie uns mitnehmen würden, Sir«, sagte sie. »Wenn es keine Umstände macht. Meiner Mutter fällt es schwer, den Weg zu bewältigen, wenn der Boden nass und schwer ist.«

»Es macht überhaupt keine Umstände«, entgegnete James Moodie und stieg vom Kutschbock.

Er hielt die Zügel mit der linken Hand und reichte Gaddy die Rechte. Er bemerkte, wie die jüngere Tochter, die verheiratete, ihrer Schwester den Ellbogen in die Rippen stieß und ihr etwas zuflüsterte, konnte jedoch kein Wort verstehen, weil das Rauschen des Regens zu laut war. Unausgesprochene Pläne, dass Gaddy und Elspeth mitgehen sollten zu dem düsteren kleinen Cottage auf der Lichtung in dem Kiefernwäldchen am hintersten Ende des Parks von Ottershaw, wurden spontan fallen gelassen. Vielleicht versuchte die jüngere der Schwestern ihre Mam ja aus Neid zu überreden, doch mitzukommen.

Gaddy zögerte.

Elspeth versetzte ihr einen leichten Stoß mit der flachen Hand.

»Los, steig ein, Mammy.«

Gaddy blickte auf die dargebotene Hand und von dort auf Moodies Gesicht, in seine Augen, auf der Suche nach einer Veränderung und einem Zeichen der Reue. Die alte Feindseligkeit, ein Überbleibsel aus längst vergangenen Tagen, war noch da. Sie konnte nicht einfach so, mir nichts, dir nichts, vergessen, was Moodies Boshaftigkeit seinerzeit nach sich gezogen hatte. Aber der Aufstieg war lang, der Boden schwer, und der Wind machte ihr das Atmen schwer. Auch wäre es falsch, den kleinlichen Groll, der nun schon seit einer halben Generation zwischen ihnen bestand, auf Elspeth übergreifen zu lassen. Elspeth zuliebe wollte sie wenigstens höflich sein.

»Danke, Mr. Moodie.«

Sie gestattete ihm, ihr die Stufe hinauf in den Wagen zu helfen, der, da er so zierlich war, unter ihrem Gewicht ins Wanken geriet.

»Miss?«

Elspeth' Hand berührte die seine. Seine Finger schlossen sich um die ihren. Der Weber hatte eigentlich nicht auf eine Berührung spekuliert, aber nachdem ihm diese so unspektakuläre Geste der Höflichkeit gelungen war, erfüllte sie ihn mit prickelnder Erregung. Sie stieg leichtfüßig ein und setzte sich ohne viel Tamtam dicht neben ihre ausladende Mutter.

Moodie verneigte sich knapp vor dem jüngeren Mädchen und ihrem etwas schwerfälligen Ehemann. »Ich bedaure zutiefst, dass ich keine größere Kutsche zur Verfügung habe. Ich fürchte, Sie beide werden Ihre jungen Beine beanspruchen müssen, um möglichst bald aus dem Regen zu kommen.«

»Machen Sie sich um uns keine Sorgen«, entgegnete Anna bissig. »Wir kommen schon zurecht.« Besitzergreifend hakte sie ihren Mann unter. »Matt und ich werden in null Komma nichts zu Hause sein, nicht wahr, Liebling?« Sie bog den Kopf zurück und blickte trotzig zu ihrer Schwester auf. »Auf uns wartet ein großes Stück frische Rinderrippe, nicht wahr, Matt?«

Matt Sinclair enthielt sich einer Antwort. Grimmig sah er zu, wie Mr. Moodie zurück auf den Bock kletterte, das Verdeck weiter nach vorn zog, die Zügel auf den Pferderücken klatschen ließ und mit Gaddy und Elspeth davonfuhr, als hätte er die beiden entführt.

Gaddy beobachtete ihn sehr genau, um zu ergründen, was sie von ihm zu erwarten hatte.

»Das war wohl das einzig Anständige, denke ich, Mistress Cochran«, sagte Peter.

»Sich selbst einzuladen einzutreten?«

»Haben Sie nicht gesagt, Sie hätten ihn reingebeten?«

»Er hat das Pferd am Zaun festgemacht und uns über die Weide bis zum Haus begleitet. Wir konnten ihn ja schlecht draußen stehen lassen, nachdem es wieder angefangen hatte zu gießen.«

»Ich verstehe nur nicht, weshalb Sie sich so aufregen. Übrigens, wo steckt eigentlich Elspeth?«

»Sie ist daheim. Sie hat heute einiges für mich zu erledigen.«

Peter nickte.

Sie saßen in der trockenen Scheune, Gaddy auf einem angebrochenen Strohballen und Peter auf einem Melkschemel. Er rauchte eine schmale Pfeife, die er in den gekrümmten Fingern hielt. Gaddy musste von dem beißenden Rauch husten, aber sie konnte ihm schlecht verbieten zu rauchen. Er hatte die Angewohnheit von Coll angenommen. Außerdem gefiel es ihr, einem Mann beim Rauchen zuzusehen. Und doch spürte sie den Rauch bis hinunter zum Brustbein. Der Aufstieg durch den Matsch, der so glitschig war wie geschmolzener Speck, war ihr über die Maßen schwer gefallen.

»Und was hat Moodie gesagt, nachdem er eingetreten war?«, wollte Peter wissen.

»Herzlich wenig, das sich zu hören gelohnt hätte.«

»Hat er etwas getrunken?«

»Er hat um eine Tasse Tee gebeten.«

Docherty lachte. »Das muss ein seltsamer Anblick gewesen sein: Weber Moodie, der in Ihrer kleinen Hütte sitzt und eine Tasse hält wie eine Lady.«

»An der Hütte gibt es nichts auszusetzen, Peter. Sie ist mir und meiner Familie achtzehn Jahre lang ein warmes, trockenes Heim gewesen.«

»Ich wollte Sie nicht beleidigen, Missus.«

Sie wusste selbst nicht, warum sie so schnippisch ihm gegenüber war. Er hatte ihr nichts getan. Im Übrigen ebenso wenig wie James Moodie. Aber in Moodies Gegenwart schmerzten alte Narben, wenn er auch nicht mehr viel gemein hatte mit dem einstmaligen Kirchenratsmitglied.

»Moodie muss doch etwas gesagt haben«, fuhr Peter fort.

»Er hat sich mit Elspeth über Schafe unterhalten.«

»Schafe? Seit wann ist denn Elspeth Expertin auf diesem Gebiet?«

»Seit sie damals Colls Cheviots versorgt hat.«

»Richtig. Moodie könnte sich den lieben langen Tag über nichts anderes unterhalten als über Cheviots.«

»Wie meinst du das, Peter?«

»Er wollte damals die Schurwolle von Coll kaufen, aber der wollte nicht.«

»Davon weiß ich ja gar nichts«, sagte Gaddy überrascht.

Sie war verwirrt und ein wenig verärgert; für gewöhnlich hatte Coll sich ihr anvertraut, sie um Rat gefragt, vor allem, wenn es um das Vieh ging.

»Das war hier auf dem Dyke.«

»Und wie lange ist das her?«

»Das weiß ich nicht mehr. Als er die Cheviots auf den Weiden hatte. Vor sechs Jahren vielleicht.«

»Coll hat mir kein Wort davon erzählt.«

»Vielleicht hielt er das für nicht notwendig. Er hat Moodie eine klare Abfuhr erteilt.«

»War Moodie persönlich hier?«

»Das zweite Mal schon, ja. Das erste Mal kam sein Agent. Rudge hieß der, wenn ich nicht irre.«

»Coll hat sich geweigert, mit ihm Geschäfte zu machen?«

»Stimmt.«

»Und du hast das Gespräch mit angehört?«

»Nein, nein, Mistress Cochran. Ich habe nur so viel mitbekommen, dass ich weiß, worum es ging.«

»Dann war Jamie Moodie also persönlich hier?«

»Ich war überrascht. Und der Boss ebenso. Ich meine, was waren die paar Schafe – es waren nur vierundzwanzig Stück – für einen Mann wie James Moodie? Er besaß doch selbst ein Vielfaches dieser Stückzahl.«

»Viel setzt sich aus wenig zusammen, Peter. Außerdem kann Moodie jedes bisschen gute Wolle als Nachschub für seine Spinner und Färber brauchen.«

»Das ist wohl wahr.«

»Ist Coll laut geworden?«, fragte sie.

»Ich glaube nicht. Sie haben sich etwa zehn Minuten draußen auf dem Hof unterhalten, und dann – ja, jetzt weiß ich es wieder –, dann haben sie sich die Hand gegeben.«

»Und?«

»Als Mr. Moodie weg war, habe ich den Boss gefragt, ob er die Wolle schon vor der Schur verkauft habe. Mr. Cochran meinte nur, eher würde er sie in Ätzkalk auflösen.«

»Und in welchem Tonfall hat er das gesagt?«

»Damals dachte ich bei mir, dass er es nicht so gemeint hat. Ich glaube, er freute sich insgeheim, dass Moodie zu ihm gekommen war und offenbar der Ansicht war, die Cheviots würden hochwertige Wolle liefern.«

»Und Moodie war nur an der Wolle interessiert, nicht an den Schafen?«

»Jawohl, nur an der Wolle.«

Gaddy beugte sich vor und stützte die verschränkten Arme auf dem Bauch ab.

»Wir besitzen keine Schafe mehr, Peter, was also könnte er wollen?«

»Wahrscheinlich gar nichts.«

»Doch, da war etwas.«

Sie war nun noch ratloser als vorher. Peter war alles andere als hilfreich. Sie fragte sich, ob er diese Art, sich vage auszudrücken, erst kürzlich entwickelt hatte. Vielleicht eine Begleiterscheinung des Alters?

Sie hatte vorab den Dyke inspiziert und war nicht erfreut von dem, was sie gesehen hatte. Der Hof war nicht mehr so blitzblank wie noch bei ihrem letzten Besuch. Sie hatte darauf vertraut, dass Elspeth ihr erzählte, wenn auf der Farm etwas nicht stimmte. Aber Elspeth hatte keinen Ton gesagt. Vielleicht hatte die Vernachlässigung schrittweise stattgefunden. Es war nichts Konkretes, aber für eine Farm, die winterfest sein sollte, machte der Dyke einen vernachlässigten Eindruck. Ob Peter nachließ?

Das vergangene Jahr war sie zu sehr in Anspruch genommen worden von anderen Dingen, um dem Dyers' Dyke große Aufmerksamkeit zu schenken. Künftig würde sie Mr. Docherty jedoch unter irgendeinem Vorwand regelmäßige Besuche abstatten, um sicherzugehen, dass er einstmals gepflegtes Land nicht verkommen ließ.

Sie verabschiedete sich früher, als ursprünglich geplant.

Es war – zumindest in mancher Hinsicht – Zeitverschwendung gewesen, herzukommen. Peter hatte ihr zwar Informationen geliefert, aber keine persönliche Meinung und auch keine Interpretation. Vielleicht war es falsch gewesen, dergleichen von ihm zu erwarten. Coll war immer der Macher gewesen, der Planer und Verwalter. Peter hatte nie wirkliche Verantwortung übernehmen müssen.

»Sind schon alle Rinder draußen?«, fragte sie.

»Ja, Mistress Cochran.«

»Auch die Kühe und Kälber?«

»Ja, auf der großen Weide ist es trocken genug. Noch müssten sie genug zu fressen finden.«

»Es ist schlammig auf den Weiden, Peter. Es ist überall schlammig. Das weiß ich, ohne vor Ort gewesen zu sein. Hol die Tiere heute oder morgen rein.«

»Aber ...«

»Die Scheune ist voll gestopft mit Futter. Wir haben Ende Dezember, und nur die zähesten Tiere sollten sich jetzt noch vom übrig gebliebenen Gras ernähren müssen.«

»Es ist genug Gras da, Mistress Cochran. Ich schwöre es.«

»Sollen sie denn krank werden? Nässe zieht Krankheiten nach sich, Peter.«

»Ich wollte das Ausmisten sparen.«

»Kommst du nicht mehr alleine zurecht, Peter?«

Er wandte den Kopf ab und spuckte Tabaksaft ins Heu. Seine Hand schloss sich um die Tonpfeife, eigentlich nur, um die Glut festzudrücken, aber der Zorn, der in ihm schwelte, wurde deutlich, als der Stiel abbrach. Er schleuderte die zerbrochene Pfeife zu Boden und löschte die Glut mit dem Stiefelabsatz.

»Doch, ich komme zurecht. Ich dachte nur, ein paar Tage Gras, zumal es bisher nur so wenig Schnee gegeben hat ...«

»Ich werde rausgehen und nach den Tieren sehen, Peter.«

Es sah aus, als wollte er widersprechen, ließ es aber dann doch sein.

»Soll ich einen Wagen für Sie anspannen?«, fragte er.

»Ich gehe zu Fuß. Kann ich sie vom Westtor aus sehen?«

»Ja, die meisten schon. Soll ich sie zusammentreiben, Mistress Cochran?«

»Heute nicht, Peter.«

Peter und sie kamen nicht mehr ganz so gut miteinander aus wie zu Colls Lebzeiten.

Sie würde ihn zum Zustand der Rinder beglückwünschen, auch wenn sie mit heraushängender Zunge auf der Seite lagen. Heute wollte sie ihn aufbauen. Morgen aber würde sie dafür sorgen, dass Elspeth ihm Weisungen überbrachte und sich vergewisserte, dass er diese auch punktgenau befolgte. Mastvieh musste aufgestallt werden, bevor der Schnee einsetzte. Was war nur in Docherty gefahren, das Aufstallen so lange hinauszuzögern und die Tiere derart zu vernachlässigen? Sie musste Elspeth fragen, ob ihr eine Veränderung an dem Mann aufgefallen war. Und ob ihrer Meinung nach diese Veränderung jene auf der Farm zur Folge hatte oder umgekehrt.

Peter setzte seine Mütze auf und wickelte sich den Schal um den Hals. Er zog die Schultern hoch, obwohl es lange nicht mehr so nass und kalt war wie zuvor, und ging dann neben Gaddy her langsam über den Hof. Wortlos steuerten sie die Westtore an, wo drei von Hecken eingefasste Weiden in ungleichen Winkeln aufeinander trafen.

Gaddy lehnte sich nacheinander an die Tore und inspizierte die Rinder, die das kurze Gras abweideten. Docherty stand neben ihr, folgte ihrem schweifenden Blick jedoch nicht, scheinbar völlig desinteressiert.

»Ich ... ich ... äh, Mistress Cochran?«

»Was gibt es, Peter?«

»Moodie. Mr. Moodie.«

»Was ist mit ihm?«

»Hat er es vielleicht auf den Dyke als Pachthof abgesehen, um hier Schafe zu halten?«

»Du meinst, dass er schöntut, um mich für sich einzunehmen, damit ich dich entlasse und ihm die Farm überlasse? Der Gedanke ist mir ehrlich gesagt auch gekommen, Peter.«

»Oder ... oder ... oder ...«

»Oder was?«

»Oder geht es um Elspeth?«, fragte Peter Docherty gepresst.

»Elspeth?« Gaddy wandte sich ihm zu und schaute ihm in die Augen, wie um sich zu überzeugen, dass er nicht den Verstand verloren hatte. »Was sollte ein Mann wie Jamie Moodie von meiner Elspeth wollen?«

»Dasselbe wie jeder andere Mann«, entgegnete Docherty.

»Aber Moodie ist ein ... ein ... er ist reich.«

»Und sie ist bildhübsch.«

»Ja, das stimmt«, gab Gaddy zu.

»Jeder Mann würde sie haben wollen. Sie zu sehen heißt, sie haben zu wollen«, fuhr Docherty in naiver Offenheit fort. »Gott, ich selbst hätte sie gerne und würde ihr einen Antrag machen, wenn ich ihr etwas zu bieten hätte.«

»Sie wollen? Inwiefern?«

»So wie ein Mann eine Frau will, Missus. Im Bett – und außerhalb.«

»Das reicht jetzt, Peter.«

Er war hochrot im Gesicht. Seine Mundwinkel waren vom Tabak verfärbt, sodass sie wie herabgezogen wirkten, als würde er trauern. Gaddy fand den Anblick abstoßend.

»Ich ... Ich ... musste es einfach loswerden, Missus.«

»Moodie«, sagte Gaddy Patterson Cochran. »Eher gäbe ich sie dem Leibhaftigen zur Frau.«

Aber Gaddys Worte trösteten Peter Docherty nicht. Er hatte solcherlei schon früher gehört, in exakt dem gleichen Tonfall. Beispielsweise bei Coll im Zusammenhang mit den Cheviots. Ja, Gaddy fühlte sich geschmeichelt, dass ihre Tochter Moodies Interesse geweckt hatte, dass der Weber Elspeth als gut genug einstufte, seine Frau zu werden.

In diesem Augenblick wurde Peter Docherty von Verzweiflung und Resignation übermannt.

Gaddy wandte sich bereits von den Toren ab und machte ein paar Schritte heimwärts.

»Mistress Cochran?«, sagte er hölzern. »Was ist mit den Rindern?«

»Hol sie rein, Peter. Hol sie einfach rein.«

Er ließ sie alleine fortgehen. Sie hatte das Interesse an ihm verloren, an den Rindern, am Dyers' Dyke. Ganz zweifellos dachte sie an Elspeth.

Peter blickte ihr nach, wie sie den matschigen Weg hinunterhastete, der sie von der Farm weg zu dem Pfad durch das Moor führen würde, wodurch sie eine Viertelmeile Weges sparte. Sie konnte es kaum noch erwarten, wieder daheim zu sein und Elspeth zu befragen, was sie für den verfluchten Weber empfand, den verfluchten »Gentleman«, den verfluchten Kirchenältesten, der das Glück gehabt hatte, etwas aus seinem Leben machen zu können. Und auch wenn Elspeth nicht geneigt war, ihm ihr Jawort zu geben, würde der Mann so lange auf sie einreden, sie umschmeicheln und sie weichkochen, bis sie es doch tat. Und Docherty wusste, wie die Werbung des Webers letztlich ausgehen würde.

James Simpson Moodie würde sich nicht lange gedulden müssen.

Warten musste nur der arme Peter Docherty.

Er blickte über die Tore hinweg grimmig auf die Rinder, die das karge Wintergras ausrupften, machte dann kehrt und trottete hügelabwärts in Richtung Farm.

Zum Teufel mit ihr, er würde sie reinholen, wenn er es für richtig hielt und nicht auf den Befehl irgendeiner Frau hin.

Die Neuigkeit war zu absonderlich und aufregend, um sie für sich zu behalten. Elspeth zweifelte kein Sekunde daran, dass die Voraussage ihrer Mutter früher oder später eintreffen würde. Sie war Frau genug, um Mr. Moodies Blicke richtig zu deuten, und nicht so jungfräulich-bescheiden, dass sie nicht darauf eingegangen wäre und mit den Augen geflirtet hätte.

James Moodie: James Simpson Moodie. Kaum zu glauben, dass der starke, gut aussehende Mann, der ein richtiges Cabriolet fuhr und sich in feinstes Tuch kleidete, derselbe Mensch war, der einst versucht hatte, ihren Vater zu ruinieren. Natürlich hatte sie nicht die ganze Geschichte gehört, nur Fetzen, die sie durch Belauschen fremder Gespräche aufgeschnappt hatte. Weder sie noch Anna hatten bisher viel an Moodie gedacht. Die Geschichte hatte sie nicht genügend interessiert, als dass sie Mammy in den Ohren gelegen hätten, ihnen mehr zu erzählen.

Bei ihrer Rückkehr vom Dyers' Dyke nahm Gaddy kein Blatt vor den Mund. Sie erzählte erst eine Weile von Peter Docherty und davon, wie respektlos er geworden war, dass sie sich geärgert habe über seine Vernachlässigung der Farm. Im kommenden Jahr würde der Dyke ganz sicher nur eine magere Ernte einfahren. Elspeth war überrascht von den Anschuldigungen ihrer Mutter; diese Kritik an Peter war etwas völlig Neues. Elspeth fragte sich, ob es vielleicht mit ihr zu tun hatte. Keine fünf Minuten später hatte sie ihre Antwort.

Unverblümt sagte Gaddy: »Docherty behauptet, James Moodie wäre auf Brautschau.«

»Ach ja? Und wen hat er sich ausgeguckt?«, fragte Elspeth. »Eine der Bontine-Töchter, nehme ich an?«

»Nein. Dich.«

»Peter redet dummes Zeug, Mammy.«

»Was wollte Moodie sonst hier?«

Lahm entgegnete Elspeth, es wäre nur eine freundliche Geste gewesen, aber Gaddy wollte davon nichts wissen.

Zehn oder fünfzehn Minuten diskutierten Mutter und Tochter über Mr. Moodies mögliche Absichten, wobei Elspeth bestritt, dass ein so wohlhabender und gut situierter Gentleman auch nur das geringste Interesse an ihr haben könnte, während Gaddy sich im Verlauf der Debatte richtig in Rage redete.

Erst am nächsten Vormittag kam Elspeth vom Nettleburn fort und nach Ottershaw, um ihre Schwester zu besuchen.

Sie war verletzt gewesen, dass ihre Schwester ihr Matt »weggenommen« hatte; wahrscheinlich würde sie nie darüber hinwegkommen. Aber da die Zeit bei jungen Menschen Wunden besonders schnell heilte, hatten Zorn und Schmerz bereits stark nachgelassen. Sie hoffte, in Anna eine geeignete Zuhörerin für ihre Neuigkeiten zu finden. Sie brauchte, wie jedes junge Mädchen, eine Vertraute.

Zu Elspeth' Überraschung schrubbte Anna gerade in einer Wasserlache auf allen vieren mit einem Stück Ton die Steinfliesen in der Küche ihres Cottages. Sie war den Umgang mit dem Ton nicht gewohnt, der weich und glitschig geworden war. So würde er kaum das hübsche Fächermuster auf den Steinen hinterlassen, das geübte Hausfrauen wie Mrs. Sinclair erreichten.

Das Haar hing Anna strähnig ins Gesicht, und ihre Röcke waren durchweicht, das Mieder war aufgeschnürt, sodass ihre Brüste zu sehen waren, besprenkelt mit Schmutzspritzern vom Ton. Die Haustür stand halb offen, und obgleich drinnen kein heimeliger Lichtschimmer zum Eintreten einlud, ging Elspeth hinein, ohne erst anzuklopfen.

»Anna?«

Die junge Ehefrau fuhr erschrocken zusammen, wirbelte

auf den Knien herum in eine sitzende Position und warf dabei den Holzeimer mit lauwarmem Putzwasser um, sodass sich eine Flut grauen Putzwassers über den Steinboden ergoss.

»Ach du bist es. Kannst du nicht anklopfen?«

»Ich ... es tut mir Leid.«

Anna funkelte ihre Schwester böse an, warf den durchweichten Tonklumpen in den leeren Eimer und stand auf. Achtlos wischte sie sich die schmutzigen Hände über den Brüsten ab und hinterließ helle Streifen auf dem Mieder.

»Was willst du denn?«

Der Bluterguss war zu offensichtlich, als dass man ihn hätte übersehen können. Er hatte eine gelb-lila Färbung angenommen, die an eine Rübe erinnerte, und war immer noch geschwollen, sodass Annas Braue und Lid leicht hochgezogen waren, was ihr einen fragenden Ausdruck verlieh.

Elspeth, die keinen Grund hatte, die Wahrheit zu argwöhnen, fragte: »Hast du dich gestoßen?«

»Ja.«

Mitfühlend streckte die ältere der beiden Schwestern die Hand aus, um die Wunde zu berühren.

Anna zuckte zurück.

»Tut es sehr weh?«

»Ja, allerdings«, entgegnete Anna unwirsch. »Ich habe auf einem Stuhl gestanden, um das Regal über dem Kamin abzuwischen. Der Stuhl ist umgekippt ... und ich habe mir den Kopf an der Regalkante gestoßen.«

»Das muss ein mächtiger Stoß gewesen sein. Wann war denn das?«

»Vor ... drei Tagen.«

Anna presste die Lippen fest zusammen. Sie sah älter aus, viel älter als ihre Jahre. Aber es war nicht, wie Elspeth erwartet hätte, Müdigkeit, die auf leidenschaftliche Nächte zurückzuführen war, sondern eine Art von Erschöpfung wie sie sie oft an Frauen beobachtet hatte, die von früh bis spät auf den

Feldern schufteten. Annas Art war unverändert, die Gestik so ausholend wie eh und je, aber ihre Bedeutung war eine andere: Sie zeugten von einem Zorn, der mühsam beherrscht wurde.

»Hat Matt den Bluterguss denn nicht gekühlt?«

Anna lachte bitter. »Matt? Ah ja. Er hat sich für mich darum gekümmert.«

Sie senkte den Blick auf ihre Schuhe – Schuhe, nicht Stiefel, die albernen zierlichen Slipper, die sie bei der Hochzeit getragen hatte und die bereits für den Alltag herhalten mussten, obwohl sie im Grunde viel zu fein waren, um wirklich praktisch zu sein.

Das Wasser hatte sich in einer Kuhle des Bodens zu einer schaumbedeckten Pfütze gesammelt. Das Feuer im Kamin brannte schlecht und rauchte. Auf dem Tisch standen Tonkrüge und eine Holzschale, letztere gefüllt mit erstarrter Hafergrütze. Im Cottage roch es muffig, die Luft war eingeschlossen in der stehenden Feuchtigkeit des Kiefernwaldes. Es war völlig windstill, und die Kälte nahm zu, je näher der Mittag rückte.

»Mammy hat eine Salbe, die Prellungen schneller abklingen lässt«, sagte Elspeth. »Wenn ich das gewusst hätte, hätte ich dir welche mitgebracht.«

Anna schnaubte, griff nach dem Putzeimer und stellte ihn wieder aufrecht hin. Dann zog sie zu Elspeth' Verblüffung ihren Rock aus, kniete sich hin und fing an, in Unterwäsche mit dem Kleidungsstück das Putzwasser aufzuwischen.

»Muss sowieso gewaschen werden«, erklärte Anna. »Er wird aber nicht trocknen, nicht bei dem Wetter.«

»Du brauchst ein anständiges Feuer und eine Wäscheleine.«

»Stimmt.«

Elspeth erbot sich nicht, Anna zu helfen. Sie war verunsichert. Sie fühlte sich nicht willkommen. Der Grund für ihren

Besuch war ihr entfallen. Erst als ihre Schwester mit Aufwischen fertig war und den Eimer mit dem durchweichten Rock draußen vor der Tür abstellte, fiel ihr wieder ein, was sie hergeführt hatte. Natürlich hatte sie es nicht wirklich vergessen, aber es war ihr trivial erschienen, beinahe grausam, mit einem Mädchen – einer Frau –, die bis über beide Ohren in häuslichen Pflichten steckte, über ihre »Aussichten« zu plaudern.

»Ist Matt bei den Waldarbeitern?«

»Ja.«

»Und, gefällt ihm die Arbeit?«

»Ich denke schon.«

»Hat er sich denn nicht dazu geäußert?«

»Er erzählt mir nur sehr wenig«, erwiderte Anna und fügte schnell hinzu: »Wie alle Männer.«

Elspeth gab vor, in diese Ehefrauen-Weisheit eingeweiht zu sein: »Das stimmt.«

»Was willst du hier?«, fragte Anna unvermittelt.

Sie kniete breitbeinig vor dem Feuer und fütterte die qualmende Masse mit Kiefernzapfen und Zweigen, um größere Hitze zu erzeugen. Der Kessel, dessen Deckel fehlte, stand zusammen mit einem Topf Grütze und einem fettigen Blech auf dem Herd. Auf einer Platte auf einem Schemel lag ein kleiner Klumpen dunkelbrauner Rinderbraten – die Reste des Festtagsessens, trocken und unappetitlich. Vielleicht wollte Anna ihn klein schneiden für eine Kartoffelpastete, einen Erbsenbrei oder als Einlage für einen deftigen Eintopf. Elspeth registrierte, dass das Fleisch mit einer Schicht aus Staub und Asche bedeckt war.

Plötzlich fing einer der Zapfen in der Glut Feuer, und goldene Flammen schlugen hoch in den Kaminabzug.

»Gott, so ist es schon besser! Das hier ist ein verfluchtes Loch«, meinte Anna grimmig.

Aber der Anblick der lodernden Flammen schien sie ein

wenig zu entspannen. Sie setzte sich auf die Kaminplatte und zog sich die Unterröcke über die Knie. Dann schlang sie beide Arme um die angezogenen Beine und saß da wie ein durchnässter Kobold.

»Setz dich, ’Pet«, forderte sie ihre Schwester auf. »Erzähl mir, was es Neues gibt.« Sie lächelte gezwungen. »Sogar eine viel beschäftigte Hausfrau sollte zehn Minuten erübrigen können für einen Schwatz mit ihrer Schwester.«

Nach kurzem Zögern erzählte Elspeth Anna von James Moodies Besuch in der Hütte und seiner zuvorkommenden Art ihr gegenüber. Ermutigt von Annas sichtlichem Interesse vertraute sie ihr auch an, dass Gaddy überzeugt davon war, der Weber wolle ihr den Hof machen.

Anna lachte nicht. Vielmehr runzelte sie die Stirn, schürzte die Lippen, nahm Elspeth’ Hand und befragte sie sehr ernst. Anna fand Gaddys Annahme keineswegs albern oder voreilig; und sie bezweifelte ebenfalls nicht, dass Mr. Moodies Freundlichkeit am Weihnachtstag einen romantischen Hintergrund gehabt haben mochte.

Die Schwestern diskutierten noch andere Motive, die hinter der Annäherung stecken könnten, aber keine erschien ihnen plausibel, und so kamen sie schon bald auf die richtige Strategie zu sprechen, als hätte der Gentleman sich bereits erklärt.

»Findest du, er ist zu alt für mich?«, fragte Elspeth.

»Er ist jedenfalls nicht so verbraucht wie Docherty, oder? Ich meine, er ist noch sehr agil.«

»Und er hat noch volles Haar.«

»Mir gefällt sein kleiner Schnauzbart«, meinte Anna. »Sehr schick.«

»Das ist in England gerade Mode.«

»Woher willst du das denn wissen?«

»Das habe ich im ›Journal‹ gelesen«, entgegnete Elspeth.

»Er und seine zwei Kutschen. Ich bin sicher, dass du deine

eigene bekommst. Weißt du noch, wie wir davon fantasiert haben?«

»Es kommt mir unwirklich vor. Ich glaube, ich träume das alles nur«, sagte Elspeth kopfschüttelnd.

»Tust du nicht.« Anna war sehr darauf bedacht, am Glück ihrer Schwester teilzuhaben, und in diesem Stadium zeigte sie noch keine Spur von Neid. »Er wollte dich in seinem Gig haben. Ich war ja dabei. Ich habe seinen Blick gesehen, als er dich angeschaut hat. Er hat dich förmlich mit Blicken *liebkost*, richtig?«

Zum ersten Mal seit Monaten kicherten die Schwestern gemeinsam. Anna legte Elspeth den Arm um die Schultern. Das Feuer röstete ihre Rücken und Pos und jagte Silberfische in die Flucht, die über die Steinfliesen davonstoben wie Mäuse.

»Mammy muss ja ganz aus dem Häuschen sein«, sagte Anna.

»Ich weiß nicht, was sie denkt«, entgegnete Elspeth.

»Und sie hat nie etwas geahnt?«

»Peter Docherty hat ihr den Floh ins Ohr gesetzt. Mammy dachte, Mr. Moodie hätte es auf die Farm abgesehen.«

»Den Nettleburn?«

»Den Dyke.«

»Vielleicht stimmt das ja. Vielleicht will er den auch.«

»Für seine Schafe?«

»Er hat doch gar keine eigenen Schafe, oder?«

»Keine Ahnung«, erwiderte Elspeth achselzuckend.

»Wenn nicht, will er möglicherweise welche anschaffen. Matt hat gehört, dass er am Loup of Kennart um die Mühlenruine herumgeschlichen ist.«

»Die Mühle von Kennart? Was sollte Mr. Moodie ...«

»Sei nicht dumm, 'Pet. Für eine Fabrik. Kilt-Stoff oder Decken. Es gibt reichlich Leute in der Gegend, die für kleines Geld die Webstühle bedienen würden.«

»Hör doch mal nach, ob Matt noch mehr weiß. Mr. Sinclair ist bestimmt auf dem neuesten Stand.«

Anna zwinkerte ihr zu. »Überlass das nur mir.«

»Pass aber auf, dass Mr. Moodie nicht erfährt, dass wir uns über ihn erkundigen.«

»Der ist zu reich, um sich darum zu scheren«, sagte Anna. »Denk doch nur, 'Pet. Du würdest in einem eleganten Herrenhaus wohnen, mit Dienstboten, die nur darauf warten, dass du ihnen befiehlst.«

Plötzlich stieg Panik in Elspeth auf. Anna ließ diese Fantasie zu real erscheinen, zu konkret. Sie stand auf.

»Und was wird aus Mammy, wenn ich ... wenn ich heirate? Nicht unbedingt ihn, sondern überhaupt.«

»Wenn es James Moodie wäre, würde er ihr ein eigenes Haus bauen. Seine Mutter lebt auf Moss House. Die beiden würden sich sicher gut verstehen.«

Elspeth war unsicher. Sie konnte sich Gaddy nirgendwo anders als auf dem Nettleburn vorstellen, aber allein würde sie den kleinen Hof nicht bewirtschaften können. Dazu war sie körperlich nicht mehr in der Lage; das Alter hatte sie ihrer Unabhängigkeit beraubt. Außerdem war sie nie allein in der Hütte im Schatten des Drumglass gewesen. Sie hatte immer jemanden gehabt, um den sie sich kümmern konnte – und der sich um sie kümmerte.

Die Vorstellung, Mammy ganz allein auf dem Nettleburn zurückzulassen, erfüllte Elspeth mit Gewissensbissen und Vorbehalten. Andererseits ließ sich der Reiz dieses neuen Abenteuers nicht verleugnen. Der Gedanke, einen reichen Mann zu heiraten, war aufregend, egal mit welchen Risiken und Problemen diese Heirat behaftet sein mochte.

Anna hatte die erste Lektion in der harten Schule der Realität gelernt. Und doch versäumte sie es, ihre Schwester zu warnen.

Die Pläne der Mädchen hatten nichts Subtiles.

Eine Heirat und das Leben als Ehefrau waren die einzigen Möglichkeiten, weiterzukommen, die das Leben ihnen bieten konnte. Allein konnten sie ihrem tristen Dasein nicht entrinnen, so wie es James Moodie gelungen war. Und ihre Zukunft war auch nicht vorausgeplant wie jene Matt Sinclairs. Sie hatten nur diese eine Chance, eine Chance, die Anna bereits vertan hatte.

An diesem trüben Tag am Jahresende hätte Anna Elspeth auf ihren Bluterguss aufmerksam machen können und auf die Trostlosigkeit und Deprimiertheit, die sie schon nach wenigen Wochen Ehe befallen hatten. Aber sie wollte – konnte – nicht ehrlich zu Elspeth sein. Stattdessen verfiel sie in verrückte Spekulationen über den weiteren Verlauf von Mr. Moodies Werbung und darüber, wie Elspeth den größten Nutzen aus der Verliebtheit ihres Verehrers schlagen konnte.

Der Schwatz nahm den Großteil des Nachmittags in Anspruch.

Hätte James Simpson Moodie gewusst, was die Cochran-Mädchen über ihn sagten und in welche Bahnen ihr Gespräch lief, wäre er mehr belustigt denn geschmeichelt gewesen, da er selbst bereits eine Werbestrategie ersonnen hatte, die für ihn keineswegs nur geschäftlicher Natur war, sondern durchaus eine Herzensangelegenheit.

Mutter Moodies Verstand war mit den Jahren wie die Klingen einer Schere durch Überbeanspruchung abgestumpft, aber sie verehrte ihren Sohn so sehr und war – glaubte sie – so vertraut mit seinen Launen und Stimmungen, dass sie als Erste erkannte, welche Absichten er hinsichtlich des Cochran-Mädchens verfolgte. Der Umstand, dass Mutter Moodie hiervon nichts geahnt hätte, wenn Jamie sie nicht selbst eingeweiht hätte, verringerte ihre Glaubwürdigkeit in Fragen mütterlicher Wachsamkeit aber in keiner Weise.

Mary Jean Moodie war immer eine dominante Frau, die kein Blatt vor den Mund nahm, wenn ihr das auch in ihrer eigenen Ehe nicht viel genutzt hatte. Sie benutzte die materiellen Güter, mit denen ihr Sohn sie an ihrem Lebensabend umgeben hatte, um ihr eigenes gesundes Selbstwertgefühl zu festigen. Obwohl sie körperlich noch recht fit war, zog sie es vor, sich von zwei jüngeren Bediensteten – jenen, die nicht schnell genug reagierten und das Weite suchten – durch das Haus tragen zu lassen, unter den strengen Blicken ihrer Zofe Betty und des Butlers Tolland.

Tolland war ein echter Gentleman. Er war in einem herrschaftlichen Haus aufgewachsen und hatte sehr genau Manieren und Gestik des Adels von Edinburgh und Dunblane studiert. Tollands leise, spröde Stimme war es denn auch, die die gelegentlichen Fauxpas' seines Dienstherrn in Fragen gesellschaftlicher Etikette korrigierte. Und Tom Tolland war auch dem Umgang mit vulgären alten Damen gewachsen. Mr. Moodie erkannte wohl, dass diese neue Laune seinem Personal viel abverlangte, und Tolland war so höflich, seinen Dienstherrn in dieser unbedeutenden Frage nicht zu belästigen.

Und so wurde Mutter Moodie wie die Königin von Saba von zwei ächzenden Dienstboten auf ihrem Stuhl herumgetragen, während Betty mit Fußschemel, Kissen und Likörkaraffe folgte und Tolland ihr formvollendet die Türen öffnete und den Weg von einem Zimmer zum nächsten frei machte, ganz so wie es die alte Dame wünschte. Es gab nur wenige Dinge im Leben, die Mutter Moodie so viel Freude bereitet hatten wie dieser Luxus. Wenn sie abends in ihrem Bett betete, dankte sie dem Allmächtigen für diesen Sohn, der ihr ein solches Leben ermöglichte.

Der Stuhl war ihr ganzer Stolz und ihre ganze Freude. Es handelte sich um einen Lehnstuhl mit gedrechselten Streben und geschnitzten Füßen, den jeder Amateur-Antiquitätenhändler aus zehn Metern Entfernung auf den ersten Blick als der Epoche Charles II. zugehörig erkannt hätte. Aber James hatte den Stuhl aufpolstern und mit erlesenem Brokat beziehen lassen – Sitz, Rückenlehne und gepolsterte Armlehnen –, und er hatte seiner Mutter erklärt, das Sitzmöbel habe einst Königin Maria von Schottland gehört. Tom Tolland war in das Geheimnis eingeweiht, und auf die Frage der alten Dame, ob ihr Sohn nicht übertrieben habe, was die Herkunft des Stuhles anbelangte, bestätigte er ohne mit der Wimper zu zucken die Lüge und fügte noch die eine oder andere selbst erdachte Anekdote hinzu.

Auf diesem Stuhl also wurde Mutter Moodie in Begleitung ihres vierköpfigen Gefolges vom hinteren Salon im Erdgeschoss den Flur hinunter, durch die Eingangshalle und in den vorderen Salon tragen, wo ihr Sohn sie bereits erwartete. James hatte sie zu sich gebeten.

Vorsichtig wurde sie auf einem kleinen marokkanischen Teppich abgesetzt, der die polierten Holzdielen zwischen dem langen Sofa und dem offenen Kamin schützte.

Der Raum war in keiner Weise überladen, zeugte aber trotz aller Schlichtheit von einer gewissen Individualität. Ein wunderhübsches kleines Spinnrad aus edlem Rosenholz zierte eine Ecke, so filigran, als warte es nur darauf, dass eine Märchenprinzessin seine Pedale trat. An einer Wand hing ein gerahmter Webteppich, der eine romantisierte Szenerie des Lebens im Hochland zeigte, und direkt gegenüber ein riesiges düsteres Gemälde in einem verschnörkelten vergoldeten Rahmen, das einen Hirten darstellte, der seine Herde eine laubbedeckte englische Allee hinunterführte.

Jamie stand vor den hohen Fenstern mit Blick auf ein seltsames Arrangement von vier Ligusterhecken, die dazu dienen sollten, die Benutzer des Salons vor den neugierigen Blicken der Einheimischen zu schützen, die auf einem Heuwagen oder auf dem Dach des Harlwood Flyer vorbeifuhren. Es war kaum der richtige Tag, den Ausblick zu genießen, da unheilvolle schwarze Wolken tief über die Berge hinwegzogen und es in Strömen auf das Tal herabregnete.

Jamie hatte jedoch keineswegs den Regen bewundert. Er war in eine kürzlich veröffentlichte Schrift über Pachtland in den Weidebezirken Großbritanniens vertieft gewesen, verblüfft von einer Liste von Grundbesitzern, zu denen auch mehrere Herzöge und sogar noch zahlreichere Grafen gehörten. Jamie las mit Hilfe einer Lupe – kein so filigranes Spielzeug wie das in Gold gefasste Lorgnon seiner Mutter, sondern ein großes rundes, gewölbtes Glas in einer Hornhalterung. Er unterbrach seine Lektüre nicht, als seine Mutter hereingetragen wurde, sondern wartete, bis sie in herrischem Tonfall den letzten Befehl erteilt hatte und alle, einschließlich Tolland, hinter dem Stuhl Aufstellung genommen hatten.

»Ah, Mutter«, sagte er und blickte endlich auf, als hätte sie sich auf Zehenspitzen hereingeschlichen. »Danke, Tolland. Sie dürfen sich jetzt zurückziehen.«

»Und ich und die anderen, Sir?«, fragte Betty.

»Ihr auch, Betty.«

Das Gefolge ließ sich nicht zweimal bitten. Die Türen schlossen sich hinter ihnen.

Es war Monate her, dass Mutter und Sohn allein gewesen waren; sogar in dem kleinen Speisezimmer war beim Dinner für gewöhnlich ein Dienstmädchen zugegen, das sie bediente.

»Mein Likör. Betty hat meinen Likör vergessen«, stellte Mutter Moodie fest und schaute sich suchend um. »Ich werde sie rufen und ihr sagen, sie soll ihn mir bringen.«

»Ich werde deine Zeit nicht lange in Anspruch nehmen«, entgegnete Jamie. »Du wirst gleich wieder in deinem eigenen Zimmer sein, Mutter, versprochen.«

Mutter Moodie war zwar langsam, aber doch nicht ganz vergreist. Sie spürte, dass etwas Wichtiges anstand. Sie fragte sich, ob vielleicht eine finanzielle Katastrophe über ihren

Sohn hereingebrochen war. Was, wenn er sie hatte kommen lassen, um ihr mitzuteilen, dass sie in das Cottage im Dorf zurückkehren würden und sie wieder durch den kalten Regen von Tür zu Tür gehen musste, um Aufträge einzuholen oder fertige Ware auszuliefern? Sie blieb jedoch völlig ruhig, wohl weil diese Möglichkeit in etwa so wahrscheinlich war wie jene, dass der Mond vom Himmel fiel und in den Loch Lomond stürzte.

Sie rutschte auf dem Stuhlpolster hin und her, hob das Lorgnon und betrachtete Jamie aus einem zusammengekniffenen Auge.

Er ließ die Broschüre und das Leseglas sinken und nahm an einem Ende des Sofas Platz. Er musterte seine Mutter einen Moment, ehe er sprach.

»Ich trage mich mit dem Gedanken, Gäste zu einer Tee-Party einzuladen«, erklärte er.

»Einer was?«

»Einer *Tee-Party*, Mutter.«

»Du?«

»Nein, nicht ich. *Du.* Ich möchte, dass du ein paar Einladungen zum Tee verschickst.«

»Um wie viel Uhr?«

»Da es schon früh dunkel wird, würde ich vorschlagen um drei Uhr.«

»An welchem Tag?«

»In einer Woche, Mutter. Also kommenden Mittwoch.«

»Eine Tee-Party, ja?«

»So halten es Leute unseres Standes, Mutter. Du warst doch selbst zum Tee auf Ottershaw, weißt du das nicht mehr?«

»Doch. Ziemlich mager, was man uns dort vorgesetzt hat.«

»Ich werde dafür sorgen, dass es bei uns großzügiger zugeht.«

Mutter Moodie widersprach nicht, sondern musterte erneut Jamie durch das Lorgnon. Sie war überrascht vom Anliegen ihres Sohnes. Ihr fiel beim besten Willen kein Grund ein, weshalb er die Erträge eines Arbeitstages opfern wollte, um Gäste zu unterhalten. Er hatte in der Vergangenheit hin und wieder Dinner-Partys im kleinen Kreis veranstaltet, gewöhnlich für Geschäftspartner – ausschließlich Männer. Sie hatte man mit einem Tablett auf ihr Zimmer verfrachtet und ihr strikt verboten, sich blicken zu lassen. Aber eine Tee-Party. Langsam näherte sie sich der Wahrheit an – über Umwege.

»Und worüber soll ich mit den Gästen sprechen?«

»Worüber du willst, Mutter.«

»Zum Beispiel?«

»Das Wetter, das Personal. Was weiß ich? Du bist doch sicher in der Lage, dich über irgendein Thema zu unterhalten. Ich sage dir was – überlass doch einfach ihnen das Reden.«

»Aber dann bin ich doch gezwungen zu antworten, oder?«

»Mutter, meine Güte ...«

»Meine Tee-Party, meine Tee-Party.«

Jamie schloss die Augen zur Hälfte, und seine Stimme wurde gedämpft, beinahe ein Gurren.

Die alte Frau triumphierte innerlich. Wieder einmal hatte sie seine Geduld überstrapaziert, aber er wagte es nicht, ihr seinen Ärger zu zeigen. Es erfüllte sie mit Genugtuung zu sehen, wie ihr Sohn sich sogar jetzt noch ihrem Willen beugte. Ja, er mochte ein großer Mann geworden sein, aber für sie war er immer noch ihr kleiner Junge.

»Ja, Mutter, *deine* Tee-Party. Aber ich stelle die Gästeliste zusammen. Ich habe bereits Einladungen drucken lassen. Ich werde Tolland anweisen, Tag und Uhrzeit nachzutragen.«

Das war Jamies respektvolle Art, ihr mitzuteilen, dass Tolland für sie unterschreiben würde, da ihre Schrift nicht mehr leserlich war.

»Und wer werden diese Gäste sein?«

»Leggat.«

»Der?«

»Ohne einen Geistlichen wäre es keine richtige Tee-Party.«

»Gibbies Frau?«

»Nein, Alicia nicht.«

»Und wer dann noch?« Jetzt war sie richtig neugierig.

»Doktor und Mistress Rankellor«, entgegnete Jamie.

»Der!«

»Mistress Cochran und ihre Tochter.«

»Ha? Ha!«

»Es wird sicher nett für sie, sich alle wiederzusehen – unter meinem Dach.«

»Tochter«, sagte Mutter Moodie nachdenklich. »Ihre Tochter?«

»Ja.«

»Die du an Weihnachten in deinem Gig mitgenommen hast, ja? Die?«

»Wer hat dir davon ...? Ja, Mutter.«

»Warum?«

»Es ist Zeit, mit alten Feinden Frieden zu schließen. Ich möchte den alten Fehden ein Ende machen. Ich möchte Großmut zeigen.«

»Großmut?«

»Vergiss es, Mutter.« Jamie stand auf, ein Lächeln auf dem Gesicht, das falsche jungenhafte Lächeln, das er immer aufsetzte, wenn er etwas von ihr wollte. »Nun, werden wir unsere Tee-Party geben, Mutter?«

»Ist das ihr Name, Maggie?«

»Mutter, ihr Name ist Elspeth.«

»Es geht um sie, richtig? Sie ist der Grund für die Party.«

Jamie machte große runde Augen und setzte eine gleichzeitig schuldbewusste und verlegene Miene auf. Er trat vor die alte Dame, legte ihr die Hände auf die knochigen Schultern und betrachtete sie durch seine Lupe hindurch.

»Ja«, sagte er. »Dir kann man auch gar nichts verheimlichen, nicht wahr? Du bist viel zu gewitzt, um dich lange täuschen zu lassen.«

»Ich werde nicht ewig leben.«

»Wer weiß.«

»Du wirst eine Frau brauchen, die sich um dich kümmert.«

»Aber eine so liebenswerte wie meine alte Mutter werde ich kaum finden. Niemals, nicht in tausend Jahren.«

»Aber du glaubst, sie wäre die Richtige für dich?«

Jamie richtete sich wieder auf. Der jungenhafte Charme fiel von ihm ab. Sie sah ihn so wie er war, und dieser Mann war ihr fremd. Sie verspürte einen schmerzhaften Stich, einen Schmerz, wie sie ihn noch nie gekannt hatte, nicht einmal beim Tod seines Vaters. Sie hatte immer gewusst, dass sie ihren einzigen Sohn eines Tages verlieren würde. Sie hatte sich für diesen Tag gewappnet, damit man ihr ihren Schmerz nicht ansah. Aber die Jahre waren ins Land gezogen, und der Entschluss war in Vergessenheit geraten. Schließlich hatte sie gar geglaubt, Jamie würde ihr bis zu ihrem Tode die Treue halten.

Jetzt war sie alt und schwach und brauchte seine ungeteilte Zuneigung mehr denn je. Andererseits war er sechsundvierzig Jahre seines Lebens für sie da gewesen, und mehr konnte man von Gott nicht verlangen – oder von ihrem Sohn.

Sie würde später auf ihrem Zimmer weinen, wenn die Kerzen gelöscht waren.

Jetzt musste sie tapfer sein.

»Ist sie die Richtige?«, fragte sie noch einmal.

»Ja, ich glaube wirklich, dass sie das ist.«

»Dann verschick die Einladungen«, sagte Mutter Moodie stoisch.

Die Tee-Party erwies sich als noch größerer Erfolg, als James Moodie erwartet hatte. Vor dem Eintreffen der Gäste am Mittwoch nach Neujahr sah es allerdings noch aus, als würde aus der Einladung aufgrund von Moodies Ruf nichts werden.

»Erst kommt er her, und jetzt lädt er uns zu sich ein. Ich bin versucht, ihm abzusagen«, sagte Gaddy zu Elspeth.

»Die Einladung ist von seiner Mutter und nicht von ihm. Vielleicht ist er ja gar nicht da.«

»Er wird da sein. Sie kann nicht richtig schreiben.«

»Er kauft die alte Mühle unten am Kennart.«

»Woher weißt du so viel von den Geschäften eines reichen Mannes?«

»Anna hat es mir erzählt.«

»Und von wem hat sie ihre Informationen?«

»Mr. Sinclair.«

»Wird Mr. Sinclair auch zu dieser Soirée kommen?«, fragte Gaddy.

»Mammy, das ist bestimmt eine Einladung nur für Damen.«

»Damen, ja? Ich glaube nicht, dass ich Lust habe, so zu tun, als wäre ich eine feine Dame. So etwas mag ja Mary Jean Moodie Spaß machen, aber ich habe nicht viel übrig für affektiertes Getue, daran ändert auch eine gedruckte Einladung nichts.«

»Ich werde schriftlich antworten.«

»Und den Brief persönlich abgeben, nehme ich an.«

»Nein. Ich lasse ihn von dem kleinen Tom Short hinbringen. Für zwei Pence übernimmt er den Botengang sicher gerne.«

»Siehst du. Es kostet uns bereits Geld, noch bevor wir überhaupt hingegangen sind.«

»Ich habe noch das weiße Kleid, das Daddy mir geschenkt hat.«

»Das wird dir inzwischen zu eng sein. Und für Januar ist es auch viel zu dünn.«

»Ich könnte mein ...«

»Warum ist es dir so wichtig, zu dieser Tee-Party zu gehen?«

»Ich bin noch nie auf einer richtigen Tee-Party gewesen.«

»Ich bin mein ganzes Leben sehr gut ohne solchen Unsinn ausgekommen.«

»Tee aus Indien und China, überleg doch mal«, entgegnete Elspeth neckend.

Gaddy drehte die Karte in der Hand und studierte die Rückseite, als würde dort jeden Moment der wahre Grund für die ungewöhnliche Einladung erscheinen.

»Sag, dass wir hingehen, Mammy, bitte.«

»Dieser Moodie ist mit dem Teufel im Bunde. Das war immer so und wird immer so sein. Ich will nicht, dass du mit ihm etwas zu tun hast, 'Pet.«

»Und das wirst du auch zu verhindern wissen, ja? Ich bin nicht gut genug, ist es das, Mammy?«

»Nicht gut genug? Gott, o doch, und ob du das bist. Du wärst gut genug für eine Tee-Party beim König, ganz zu schweigen von einer bei James Moodie.«

Das Mädchen spürte den inneren Konflikt der Mutter, wenn sie auch dessen Ursprung nicht verstand. In ihrer Mutter standen eine für Elspeth unverständliche Furcht und mütterlicher Stolz im Widerstreit. Und hinzu kam wohl noch eine ganz natürliche Unsicherheit, das zu tun, was für das eigene Kind das Beste war. Sie musste schon sehr stark sein, um ihre Vorurteile zu überwinden – sei es auch eines nach dem anderen –, opportunistisch zu sein und dazu noch objektiv-vernünftig zu handeln.

»Dann darf ich annehmen, dass wir doch hingehen?«, fragte Elspeth.

»Hol dein weißes Kleid aus der Kiste, damit ich es mir ansehen kann«, entgegnete Gaddy.

Außerdem holte Gaddy sich Rat bei Mr. Leggat. Sie war angenehm überrascht zu erfahren, dass der Geistliche ebenso auf der Gästeliste stand wie Mr. Rankellor. Wenigstens würde Elspeth in der Höhle des Löwen Verbündete haben.

»Ich bin noch nie in Moss House gewesen«, sagte Leggat. »Sie, Mistress Cochran?«

»Ich würde auch jetzt nicht hingehen, wenn Elspeth nicht so erpicht darauf wäre.«

»Aha! Soso! Es wird dem Kind sicher nicht schaden, seinen Horizont zu erweitern.«

»Elspeth ist kein Kind mehr, Reverend.«

»Nein, wohl nicht. Mir kommen dieser Tage alle viel jünger vor als früher. Das Haus der Moodies muss wirklich sehr schön sein, habe ich gehört.«

»Ich verstehe nur nicht, warum er Leute wie uns zu sich einlädt.«

»Geistliche sind immer wieder Opfer solcher Tee-Kränzchen.«

»Ich meinte auch nicht Sie, sondern mich und meine Tochter.«

»Vielleicht um die Gesellschaft abzurunden.«

»Abzurunden?«

»Mit Schönheit«, erklärte Mr. Leggat hastig. »Schönheit und ... einer gesunden Portion Humor. Immerhin ist Moodie nicht von unserer Generation. Nein, da liegen viele Jahre dazwischen.«

Gaddy interessierte sich nicht für mathematische Feinheiten. Sie empfand sich selbst nicht als so alt wie William Leggat oder Harry Rankellor, wenn sie sie auch durchaus zu ihrer »Generation« zählte. Und beide hatten sie seit der ersten Stunde ihrer Ankunft in Balnesmoor unterstützt und waren für sie eingetreten. Und der Pfarrer hatte ganz Recht: Jamie Moodie war um vieles jünger als sie.

Es brannte ihr auf der Zunge, Mr. Leggat ihre Ängste anzuvertrauen. Vor zehn oder auch nur fünf Jahren hätte sie nicht gezögert. Aber in letzter Zeit hatte das Gespür des Geistlichen nachgelassen. Vielleicht würde er sich ja verplappern und außerhalb des Pfarrhauses und seiner Gärten eine mögliche Heirat zwischen James Moodie und Elspeth Cochran ansprechen. Und noch hatte der Weber sich nicht erklärt, noch mochte alles nur reine Einbildung sein.

»Mr. Moodie und ich haben in den vergangenen achtzehn Jahren kaum ein Wort miteinander gewechselt, aber auch wenn er der Kirche von Harlwood angehört, ist er immer unserer kleinen Kirche hier in Balnesmoor gegenüber großzügig gewesen. Seine Mutter allerdings habe ich immer als schwierige Person empfunden«, sagte William Leggat.

»Mary Jean? Ja, das kann man wohl sagen.«

»Ich vermute einfach, dass James Moodie, nachdem er es in unserer kleinen Gemeinde zu etwas gebracht hat, alte Streitigkeiten beilegen möchte. Pax. Er möchte Frieden schließen.«

»Vielleicht möchte er ja bald heiraten.«

»Nein, in diesem Punkt muss ich widersprechen«, entgegnete Leggat kopfschüttelnd. »Für mich ist und bleibt James Moodie ein eingefleischter Junggeselle.«

Die Ehe Annas mit Matt hatte zu keiner Annäherung der Cochrans und Sinclairs geführt. Gaddy bekam Aileen und Lachlan Sinclair nicht öfter zu Gesicht als vor der Hochzeit im November. Aber tatsächlich war sie hierüber eher erleichtert; Sinclair schüchterte sie immer noch ein, und Aileen war zu streng und spröde für ihren Geschmack. Anna sah sie ebenfalls nur sehr selten, und Matt hatte sie gar nicht mehr gesehen, einmal abgesehen von der einen Gelegenheit an Weihnachten. Die Kommunikation zwischen dem Nettleburn und dem Wald-Cottage auf Ottershaw blieb somit Elspeth überlassen.

»Eine richtige Karte!«, rief Anna aus. »Meine Güte, das ist

aber fein, speziell gedruckte Einladungen zu verschicken. Und was hat Mammy dazu gesagt?«

»Sie wollte nicht hin.«

»Aber du hast sie überredet?«

»Und ob. Ich habe angedeutet, wir wären vielleicht nicht gut genug.«

»Das dürfte gewirkt haben.«

»Das hat es.«

»Und wer kommt sonst noch? Kommen auch welche von den Bontines?«

»Ich glaube nicht«, sagte Elspeth. »Soviel ich weiß, werden der Pfarrer und der Doktor da sein.«

»Schau an, wie aufregend«, sagte Anna leicht verächtlich.

»Ich weiß nicht, wer sonst noch eingeladen ist. Vermutlich wird es eine ziemlich langweilige Angelegenheit werden.«

»Aber wir können uns ja denken, worum es tatsächlich geht.«

»Mr. Leggat meint, Mr. Moodie wolle den alten Streit beilegen.«

»Ich denke, ihm geht es vielmehr darum, dir schöne Augen zu machen.«

»Anna!«

»Das ist der wahre Grund für die Einladung, du wirst schon sehen. Er will dich seiner alten Mam vorführen. Sorg dafür, dass sie dich gut leiden kann. Jamie würde niemals einer Frau den Hof machen, die seine Mammy missbilligt.«

»Unsinn!«

»Denk nach, 'Pet. Überleg doch mal. Weihnachten. Und jetzt diese Tee-Party.«

»Man könnte meinen, ich würde begutachtet wie eine Zuchtkuh.«

»Damit liegst du wahrscheinlich gar nicht so falsch. Feinen Leuten ist Nachwuchs sehr wichtig. Ein Stammhalter, du verstehst.«

»Anna!«

»Erspar mir deine Empörung, 'Pet. Das ist auch der Grund, weshalb Moodie ein Auge auf dich geworfen hat. Weil du jung und gesund genug bist, ihm acht oder zehn Kinder zu schenken.«

»Wenn ich kann.«

»Du bist nicht Mammys leibliche Tochter, er weiß also nichts über deine Abstammung. Vielleicht glaubt er ja zu wissen, wer deine Eltern waren, deine Vorfahren.«

Für Elspeth war diese Spekulation viel zu weit hergeholt.

Allerdings war sie beeindruckt von der Intuition ihrer Schwester. Es stimmte wohl, dass ein Mann in James Moodies Position, ein Mann, der vermögend war und ein gut gehendes Geschäft besaß, Söhne brauchte, die in seine Fußstapfen traten, wenn er selbst zu alt wurde. Sie fühlte sich ganz komisch, wenn sie sich vorstellte wie Mr. Moodie sie anfasste, sie streichelte ... ganz zu schweigen von dem, was er noch von ihr erwarten würde und sie ihm als Ehefrau schuldig wäre. Bei näherer Betrachtung kam ihr das Ganze ganz anders vor als ihre Fantasien von Matt oder – und dieses Geheimnis hatte sie nicht einmal Anna anvertraut – von Peter Docherty.

Trotz des Geredes über sein Benehmen in der Vergangenheit konnte Elspeth sich nicht vorstellen, dass Mr. Moodie grausam sein sollte – und doch fiel es ihr auch schwer, sich vorzustellen, wie er die Freuden des Fleisches genoss. Sie lieben? Möglich! Aber als was würde er sie lieben? Die Antwort auf diese Frage würde sich ihr wohl erst erschließen, wenn sie ihn näher kennen gelernt hatte. Die keuschen Rituale des Werbens würden einer Freundschaft im Vorfeld einer Trauung allerdings im Wege stehen.

»Mammy hat mein weißes Kleid weiter gemacht«, sagte Elspeth.

»Wenn das den Weber nicht überzeugt, kann er gleich ein Schaf heiraten«, meinte Anna.

Keine der drei Cochran-Frauen hatte je nachvollziehen können, was in Daddy gefahren war, für seine Töchter zwei weiße Musselinkleider zu kaufen. Vielleicht hatte Coll seine Mädchen ja mit weniger väterlichem als männlichem Blick betrachtet und realisiert, dass die beiden ungewöhnlich zarte Wesen waren für dieses raue Bergland. Vielleicht hatte er ja vorhergesehen, dass die feine Gesellschaft irgendwann auf sie aufmerksam werden würde. Aber was auch immer seine Beweggründe gewesen sein mochten – an einem Sommerabend war er mit zwei identischen Päckchen, die die ebenso schönen wie unpraktischen Kleider enthielten, vom Markt in Bridge of Allan zurückgekehrt.

Die Kleider hatten eine kleine Schleppe, ein Korsagen-Oberteil mit eckigem Ausschnitt und enge lange Ärmel. Das eine war in schlichtem griechischen Weiß und das andere, das Elspeth sofort für sich beansprucht hatte, war mit einem dezenten Vergissmeinnicht-Muster bestickt. Die Mädchen hatten viele Stunden damit verbracht, sich schön zu machen und die eleganten Kleider anzuziehen, aber es hatte sich nie eine Gelegenheit ergeben, sie in der Öffentlichkeit zu tragen.

Gaddy hatte ganz Recht; das Kleid war tatsächlich zu dünn für einen eiskalten Januartag. Aber Elspeth war bereit, um der Schönheit willen zu leiden, und Gaddy, die ihre Tochter viel lieber begleitete, als sie zugeben mochte, kapitulierte schließlich.

Das Kleid wurde geändert. Der Saum wurde über einen Unterrock leicht gekürzt und die Manschetten wurden ein paar Zentimeter verlängert, damit die feine Spitze elegant über die Hände fiel. Dazu wollte Elspeth blaue Wildlederschuhe anziehen – die sie in einem Korb bei sich tragen würde, bis sie den Fußmarsch zu den Moodies hinter sich hatten – und einen aufgearbeiteten langen Mantel, der zwar leider nicht ganz zu dem Kleid passte, aber unverzichtbar war, wenn Elspeth auf dem Weg zum Moss House nicht erfrieren wollte. Vervollständigt wurde die Garderobe von Strümpfen. Gaddy hatte sie mit einem Säckchen von Empson's Färbekristallen in einem hübschen Nelkenrosa eingefärbt. Die Farbe passte zwar nicht so gut zu jener der Schuhe, und Anna hätte wegen dieses Stilbruchs in einer ansonsten perfekten Aufmachung protestiert, aber Elspeth störte sich nicht an dieser kleinen Unvollkommenheit. Die Vernunft sagte ihr, dass Mr. Moodie sich ohnehin nicht für ihre Knöchel interessieren würde.

Am Morgen der Tee-Party studierten sie nervös das Wetter, aus Angst, es könnte vor ihrem Aufbruch um Viertel nach zwei anfangen zu regnen.

Der Nachmittag erwies sich als so klar und kalt, wie es der Morgen schon gewesen war.

Elspeth stieg in ihre so sorgfältig zusammengestellte Garderobe, und Gaddy zog ihr Sonntagskleid an. Gaddy verschwendete kaum einen Gedanken an das eigene Aussehen; ihr ging es allein um ihre Tochter. Das Haar aufgesteckt, die Haube auf dem Kopf und in ihrem eng anliegenden weißen Kleid, das jede Kontur ihrer makellosen schlanken Figur hervorhob, bot Elspeth einen wahrhaft atemberaubenden Anblick. Sie war nicht nur bildhübsch, sondern strahlte darüber hinaus ein Selbstbewusstsein aus, das ihrer Mutter immer gefehlt hatte. Nicht, dass Gaddy schüchtern gewesen wäre, bei weitem nicht, aber Elspeth war sich trotz aller Nervosität ihrer selbst sicher. Die Aussicht darauf, mit Damen und Herren, die neben den Bontines die feine Gesellschaft von Balnesmoor darstellten – oder zumindest das ländliche Äquivalent des Bürgertums –, Tee zu trinken, schüchterte sie kein bisschen ein.

Obgleich nichts dergleichen abgesprochen worden war, sahen Mutter und Tochter, dass das Cabriolet am Weidetor stand, wo es bereits seit einer halben Stunde auf sie wartete.

Macgregor, der Kutscher, und der junge Bursche in Tweed-Livree halfen den beiden Damen sehr feierlich beim Einsteigen.

Die große Kutsche schaukelte über den unbefestigten Weg, und winterlich-nackte Eichenäste kratzten leicht über das Faltverdeck. Auf halber Strecke zum Dyers' Dyke trafen sie auf Peter Docherty. Er sah sie wohl – immerhin hatte er auf der Lauer gelegen, seit die Kutsche auf der Hinfahrt vorbeigefahren war –, aber er erwiderte Elspeth' fröhliches Winken nicht. Er stand stocksteif da, die Hände in die Seiten gestemmt, ganz der misstrauische Farmer, der er ja auch war.

»Beachte ihn gar nicht«, sagte Gaddy, als Elspeth sich ihr mit fragendem Blick zuwandte.

»Aber er hat mich doch gesehen. Ich weiß, dass er mich gesehen hat.«

»Docherty kennt seinen Platz nicht.« Gaddy tätschelte ihrer Tochter tröstend den Arm. »Es wurmt ihn, dich in dieser feinen Kutsche zu sehen, 'Pet, das ist alles. Und jetzt lehn dich entspannt zurück. Sollen die Leute im Dorf uns sehen und sich das Maul zerreißen.«

Da Winter war, gab es für die Dorffrauen keine landwirtschaftlichen Arbeiten zu verrichten. Und so kamen sie an die Türen ihrer Häuser und hinaus auf die Straße und starrten entgeistert auf die Highlanderin und ihre Hexen-Tochter, die wie feine Damen in Mr. Moodies Kutsche vorbeifuhren. Es verschlug ihnen glatt die Sprache. Gaddy kümmerte das nicht. Sie genoss die Fahrt und dachte zurück an jenen regnerischen Nachmittag, da diese Biester sie mit Steinen und Erdklumpen beworfen hatten, während sie ein krankes kleines Kind auf dem Schoß hielt. Mit Steinen beworfen, beschimpft und verjagt hatten sie sie.

»Ich glaube, die Party war ein Erfolg«, sagte James zu seiner Mutter.

»Ja, sie haben jedenfalls bei Brot und Butter reichlich zugelangt und dazu Unmengen Tee getrunken.«

»Alle schienen sich gut zu amüsieren. Ich kann mich nicht erinnern, dass in diesem Haus je so viel gelacht worden wäre.«

»Tut mir Leid, dass ich nicht so unterhaltsam bin wie Harry Rankellor, wenn du das damit meinst.«

»Himmel, Mutter! Ich wollte nichts dergleichen andeuten. Sogar du hast über Rankellors Anekdoten aus seiner Zeit in Edinburgh gelacht.«

»Alles gelogen, wette ich.«

»Möglich!«, entgegnete James Moodie. »Aber trotzdem zum Brüllen komisch.«

»Sie hat gelacht, wie mir aufgefallen ist. Sie hat lauter gelacht als wir alle zusammen.«

»Unsinn! Ihr Benehmen war tadellos. Sie ist nicht du, Mutter. Sie ist ein Leben im Wohlstand nicht gewohnt.«

»Sie ist sehr hübsch.«

»Das ist dir also auch aufgefallen.«

»Ich kann nichts Gegenteiliges behaupten.«

»Sie wird uns keine Schande machen, oder?«

»Interessiert dich meine Meinung wirklich?«

»Natürlich.«

»Ich dachte, du hättest dich bereits entschieden.«

»Das habe ich. Trotzdem lege ich Wert auf deine Meinung.«

»Und wann willst du ihr einen Antrag machen?«

»Im März.«

»Kannst du dein Verlangen denn so lange zügeln, James?«

»Ich werde im März um ihre Hand anhalten, Mutter, weil das der Monat ist, indem sie am ehesten geneigt sein wird, Ja zu sagen.«

»Sie würde es niemals wagen, dir einen Korb zu geben«, erwiderte Mutter Moodie voller Überzeugung.

»Ich hoffe nicht«, sagte James. »Nein, sie wird mich wohl nicht abweisen, da bin ich sicher.«

Am 12. Januar hielt der Winter endgültig Einkehr in Schottland. Es schneite achtzehn Stunden hintereinander. Böige Winde trugen dicke Flocken herbei und schichteten sie zu tiefen Schneewehen auf, begruben ganze Hauswände hinter sich und bildeten eine einzige lange Schräge in Verlängerung des Daches der Hütte am Nettleburn.

Auf Anweisung ihrer Mutter hin erklomm Elspeth den weißen Hang und schaufelte den Schnee vom Dach, damit dieses nicht unter der Last einstürzte.

In dieser Nacht fror es, und in der Abenddämmerung des folgenden Tages fing es erneut an zu schneien, wobei der Schnee körnige Spiralen bildete, die wie Gespenster über das Moor tanzten. Die Schneewehen türmten sich noch höher und veränderten je nach Windrichtung ständig ihre Form. Schon bald bildeten sie Buckel, Hügel und Grate und lagen wie Musselin drapiert über Häusern, Hecken und kopfhohen Sträuchern. Es war jedoch zu keinem Zeitpunkt richtig kalt, und in den folgenden Wochen schmolz der Schnee langsam fort, ohne je zu verharschen.

Und das war dann alles, womit der Winter in jenem Jahr aufwartete.

Als der Schnee nach sechs Wochen in der letzten Februarwoche weggeschmolzen war, kamen Schneeglöckchen, Krokusse und andere Frühlingsboten zum Vorschein.

An einem Vormittag kam Moodies Bursche, der Luke McWilliams hieß, wie Elspeth inzwischen wusste, auf einem Pony zum Nettleburn geritten. Das Pony war so fett und struppig wie der Junge schlank und gepflegt. In der Brusttasche seiner Jacke steckte ein Brief für Elspeth. Sie war gerade dabei, mit einer langstieligen Hacke den Kartoffelacker zum Bepflanzen vorzubereiten. Sie war schmutzig, und ihr Haar unter dem alten Schal war strähnig und zerzaust. Der Junge musterte sie abschätzig, als er ihr den Brief reichte. Sie öffnete ihn und las ihn gleich, auf die Harke gestützt. Es handelte sich um eine weitere Einladung, diesmal handschriftlich von James Moodie verfasst.

Er lud sie und ihre Mutter ein, ihn auf einer Kutschfahrt zur Besichtigung seines neuen Grundbesitzes in Kennart zu begleiten. Jeder Nachmittag in den kommenden zwei Wochen wäre ihm recht; ihre Antwort könne sie mündlich dem »kleinen Merkur« übermitteln, der, wie Mr. Moodie ihr versicherte, absolut zuverlässig sei und die Diskretion in Person.

»Warte«, sagte Elspeth. »Möchtest du ein Glas Milch?«

Der Junge verzog angewidert den Mund. »Milch? Nein, aber gegen einen Schluck Ale hätte ich nichts einzuwenden, sofern Sie welches haben.«

Elspeth schüttelte den Kopf und ging ohne ein Wort der Entschuldigung zum Haus.

Mammy hatte sich, eine Decke über den Beinen, hingelegt. Sie hatte sich angewöhnt, am Nachmittag ein Schläfchen zu halten, und hatte die Winterlethargie noch nicht abgeschüttelt. Sie schlief auf dem Rücken, die Hände rechts und links neben dem Kopf, wie um ein Kissen abzuwehren, das sie zu ersticken drohte.

Elspeth kniete sich neben das Bett.

»Mam?«

Gaddy schreckte hoch. Sie drehte sich auf die Seite und ergriff die Hand ihrer Tochter. Elspeth ging durch den Kopf, dass ihre Mutter erschrocken aussah, als hätte sie daran gezweifelt, ob sie überhaupt wieder aufwachen würde.

Sie zeigte Mammy den Brief und las ihn ihr laut vor. Die Highlanderin setzte sich ächzend auf und stützte sich auf die Ellbogen.

»Kann der Mann nicht sprechen?«, brummte sie, als Elspeth fertig war. »Der und seine Briefe.«

»Das gehört sich in den Kreisen halt so, Mammy. Sollen wir die Einladung zur Kutschfahrt annehmen, was meinst du?«

»Sag ihm, wir sind beschäftigt.«

»Er sagt, wir können den Tag frei wählen. Ich würde gerne mitfahren.«

Gaddy musterte ihre Tochter übellaunig.

»Nach allem, was Mr. Sinclair dir gesagt hat?«

»Eben darum möchte ich ja mit ihm sprechen.«

»Hoffst du, dass er hinkniet und dir einen Antrag macht?«

Vor sechs Monaten hätte Elspeth dies noch verneint. Inzwischen war sie mutiger, wenn auch nicht ganz so direkt wie ihre Schwester. Hatte vielleicht James Moodies Interesse an ihr ihr Selbstbewusstsein gestärkt? Die Tee-Party war wunderbar verlaufen. Mr. Leggat und sogar Jean Moodie hatten Gaddy zu ihrer wohl geratenen, wohl erzogenen Tochter beglückwünscht. Seit jenem Tag sah Gaddy Moodies Werbung, sofern es sich denn um eine solche handelte, mit anderen Augen. Sie vertraute auf Elspeth' gesunden Menschenverstand und darauf, dass sie den Mann nicht weiter ermutigte. Aber vermutlich war sie von Natur aus zu aufrichtig, um den Weber schmoren zu lassen, indem sie ihn abblitzen ließ.

»Ja, ich hoffe, dass Mr. Moodie mir einen Antrag macht«, gab sie zu.

»Das dachte ich mir schon.«

»An welchem Tag, Mammy?«

»Morgen. Je eher wir es hinter uns bringen, desto besser.«

Und so teilte Elspeth Luke McWilliams ihre Antwort mit, die dieser an Mr. Moodie weitergab, der sich seine Freude nicht anmerken ließ.

James Moodie kam nicht im Cabriolet, sondern im Gig mit heruntergeklapptem Verdeck. Auf dem Sitz lagen warme Decken, damit die Damen nicht froren, sowie Brokatkissen für Gaddy.

Sie mussten schmale Wege befahren, darunter den Nettleburn-Weg, und James Moodie wollte die Verkleidung der großen Kutsche nicht verkratzen und anschließend Unsummen für die Instandsetzung bei dem französischen Lackierer bezahlen. Er war stolz auf das elegante Gefährt. Außerdem war das Gig geselliger. Es gelang ihm, Gaddy auf dem hufeisenförmigen Sitz hinter dem Kutschbock unterzubringen, gestützt von Kissen und warm eingepackt in mehrere Decken, wie eine Galionsfigur, die Moodies Waren präsentierte.

Derweil war auf dem Bock reichlich Platz für den Weber und sein Mädchen. Elspeth war in ihren warmen Schal gehüllt nicht minder attraktiv als in ihrem Kleid. Schals galten nicht mehr als vulgär, seit die Prinzessin von Wales bei einem Theaterbesuch einen getragen hatte. James registrierte mit Genugtuung, dass dieser aus guter Wolle war und nach indischen Vorlagen gewoben – vermutlich handelte es sich um ein Produkt der Dalgety-Manufaktur in Glasgow. Er war erleichtert, dass er offenbar ernst genommen wurde.

Der Nachmittag war trocken, dafür sorgte ein kalter Ostwind. Zwar gelang es der Sonne nicht, die streifige graue Wolkendecke zu durchdringen, aber es war keineswegs ungemütlich. Mr. Moodie fuhr gemächlicher als Wattie McGowan mit seiner Postkutsche. Er behielt ein gemäßigtes Tempo bei. Nachdem sie erst die Mautstraße erreicht hatten, klapperten die Pferdehufe rhythmisch auf der metallisch glänzenden Oberfläche.

Von der tief liegenden Straße aus konnte man zurück auf die Bergkette blicken und wenn auch nicht die Hütte, so doch immerhin den Bach sehen, der sich silbern von den kahlen Hängen abhob. Auch war hier und da im Miniaturformat Aktivität zu erkennen, die der Frühling mit sich brachte. Schafhirten trennten in ihren Herden Mutterschafe und Böcke und zäunten die besten Weiden ein, auf denen die Lämmer zur Welt kommen sollten. Auch sah man lang gezogene Rinderherden, reinweiße Schwärme von Möwen, die den Pflügen auf den Feldern folgten, und hier und da Rauchwolken, dort, wo Farnkraut verbrannt wurde oder die Waldarbeiter das Unterholz abflämmten, um es zu lichten. Die Szenerie kündete von friedlicher Betriebsamkeit. Die Entfernung verbarg die Armut und Monotonie vor den Augen des Betrachters.

Moodie lenkte das Pferd an der Kreuzung nach links und steuerte das Gig die schmale Straße entlang in Richtung der Brücke über den Lightwater oberhalb des Loup o'Kennart. Sofern der Ort Elspeth an den vergangenen Sommer erinnerte, ließ sie sich hiervon nichts anmerken. Es gab viel zu sehen. Als die leichte Kutsche sich hangabwärts der Brücke näherte, sah sie dunkle Säulen beißenden Rauches, die von einem Bauarbeiterlager aufstiegen, das auf dem Feld oberhalb der alten Mühle entstanden war.

Dort hatten sich ein Dutzend Männer mit vier oder fünf Ponys und einem gewaltigen Kaltblut niedergelassen, das mit leichten Ketten vor einen Schlitten gespannt war. Auf dem Schlitten lag ein dicker verkohlter Balken bereit zum Abtransport.

Moodie brachte das Gig auf der Südseite der Brücke zum Stehen.

Gaddy auf dem Sitz hinter dem Weber beugte sich vor.

Es war offensichtlich, dass die Männer die Ruine der alten Mühle frei räumten, und ebenso klar war, dass die Arbeiten erst kürzlich begonnen hatten. Weniger deutlich waren die Gründe, weshalb Mr. Moodie mit ihnen hergefahren war.

Ein leises Lächeln umspielte die Lippen des Webers, als er die Arbeiter betrachtete. Alle wussten, wer er war; sogar das Kaltblut schien sich noch ein wenig mehr ins Zeug zu legen.

Der Schlitten setzte sich knarrend in Bewegung und glitt eine Erdrampe hinauf zu einer Halde jenseits des Zeltlagers.

»Dann stimmt es also, Mr. Moodie«, sagte Elspeth. »Sie bauen die alte Mühle wieder auf.«

»Das ist richtig.«

»Die Männer sind nicht von hier«, stellte Gaddy fest.

»Ich habe sie aus Dumbarton kommen lassen«, entgegnete Moodie. »Sie arbeiten immer als ganze Mannschaft und sind ein sehr erfahrener Bautrupp. Das Material wird größtenteils aus Drymen hergebracht werden.«

»Errichten Sie eine Fabrik?«, fragte Elspeth.

»Zu gegebener Zeit«, antwortete James Moodie zurückhaltend.

»Ich dachte immer, die gäbe es nur in Städten«, bemerkte Gaddy.

»Es gibt in der Gegend um Balnesmoor genug Arbeitskräfte für meinen Bedarf«, erklärte Moodie.

»Sie werden Arbeiter von den Feldern und Farmen abziehen müssen«, gab Gaddy zu bedenken.

»Nur Weber. Außerdem habe ich vor, für meine Leute Unterkünfte zu errichten.« Er warf einen Blick auf Elspeth. »Hier wird gewissermaßen ein kleines Weberdorf entstehen.«

»Von Ihnen abhängige Sklaven«, knurrte Gaddy.

»Sklaven? Nein, ich gedenke, meine Arbeiter ordentlich zu entlohnen. Das hier wird ein Werk, auf das man stolz sein kann, wenn es erst fertig ist.«

»Und was wollen Sie herstellen?«

»Anfangs Decken«, erklärte Moodie. »Zu einem wettbewerbsfähigen Preis. Ich werde die modernsten Maschinen installieren. Die Webstühle selbst, aber auch die Spinnvorrichtungen werden über ein Rad mit der Kraft des Wassers angetrieben.«

»Wie ein Mühlrad?«

»Nach dem gleichen Prinzip.«

»Und wie viel Zeit wird der Bau in Anspruch nehmen?«, wollte Elspeth wissen.

»Es wird etwa ein Jahr dauern, bis wir mit der Produktion anfangen können.«

Das Kaltblut wurde von zwei jungen Burschen am Zaumzeug gehalten. Obgleich es kalt war, hatten die meisten Männer ihre Jacken abgelegt und arbeiteten in Hemd und Weste. Sie arbeiteten schnell und voller Eifer, als hätte James Moodie sie mit seinem Wunsch, die Realisierung seines Traums voranzutreiben, angesteckt. Mit dicken Eisenstangen und sichelartigen Spießen stachen sie in den riesigen Balken, der, nachdem die Seile gelöst worden waren, mit denen er zuvor auf dem Schlitten festgezurrt worden war, langsam rückwärts rutschte. Abrupt zogen die Jungen das Pferd nach vorn. Der Schlitten ruckte vor, und der Balken fiel polternd herunter. Schreiend sprangen die Arbeiter zurück, als der Balken hangabwärts rollte und halb aufgerichtet in einem Graben liegen blieb. Die Männer stürzten sich auf ihn und hackten mit ihren gebogenen Klingen auf das Holz ein wie auf einen Tierkadaver.

Elspeth fiel auf, wie lärmend die Männer aus Dumbarton ihrer Arbeit nachgingen, geschwätzig wie die Krähen, anders als Farmarbeiter, die zwar ebenfalls redselig waren, aber stets in gedämpftem Tonfall sprachen, als wollten sie das Land mit seinen Feldfrüchten und Tieren nicht erschrecken. Die junge Frau fand den Anblick der Ruine, die von den Männern ausgeweidet wurde, seltsam faszinierend. Sie verspürte leises Bedauern über die Veränderungen, die hier stattfinden würden, eine erste leise Ankündigung ihres eigenen unvermeidlichen Verfalls.

»Sollen wir ein Stück am Fluss entlanggehen, Elspeth?«, fragte James Moodie.

»Ja, ich würde mir gerne ein wenig die Beine vertreten.«

»Mistress Cochran?«, fügte Moodie hinzu, ehe Gaddy

ebenfalls zustimmen konnte. »Sie ziehen vielleicht die Bequemlichkeit der Kutsche vor?«

Gaddy antwortete nicht gleich. »Ja. Ich werde Sie von hier aus im Auge behalten.«

Das Pferd wurde am Pfosten am Brückenende angebunden, wo es augenblicklich den Kopf senkte und anfing, das spärliche trockene Gras auszurupfen.

Moodie half Elspeth vom Kutschbock und führte sie über die Brücke. Der Lightwater rauschte unter ihnen, schlammigbraun von der Schneeschmelze oben in den Fintry Bergen. Der Strom sprudelte unaufhaltsam durch die Rinnen und Furchen in seinem felsigen Bett, gleichgültig gegenüber Moodie und dem Lärm seiner angeheuerten Arbeiterschar aus Dumbarton.

Elspeth' Herz schlug ein wenig schneller, als James ihr seinen Arm anbot. Reflexartig drehte sie den Kopf und schaute zu Gaddy hinüber, um sich ihrer Billigung zu versichern, auch wenn es sich nur um eine höfliche Geste handelte. Steif und förmlich hakte sie ihn unter. Sie schlenderten über die Brücke und wandten sich am anderen Ufer nicht in Richtung der Bauarbeiten, sondern gingen am Wasser entlang, blieben jedoch weiterhin in Sichtweite der Frau im Gig.

»Elspeth, ich habe Sie aus einem bestimmten Grund hergebracht«, begann James Moodie. »Ich wollte Ihnen zeigen, dass ich Zukunftspläne habe und worin diese bestehen. Nicht viele werden dies wissen, aber ich agiere in dieser Sache ganz allein. Anders als die Border-Tuchmacher habe ich keine stillen Teilhaber und auch keine Mittel aus einer Kooperative im Rücken. Ich wurde gewarnt, der Lennox sei nicht der richtige Standort für eine Fabrik. Mir wurde erklärt, es gäbe in der Gegend nicht genügend Schafe. Mir wurde prophezeit, dass ich den Rohstoff für meine Erzeugnisse zu horrenden Kosten würde importieren müssen, da die Wolle die Hälfte der Produktionskosten ausmacht. Mir wurde viel erzählt, und ich wurde förmlich überschüttet mit guten Ratschlägen, vornehmlich von Männern, die wenig oder gar nichts von meinem Geschäft verstehen und nicht ein Zehntel meiner Erfahrung im Tuchweben besitzen.«

»Warum ziehen Sie ausgerechnet mich ins Vertrauen, Mr. Moodie?«

»Können Sie sich das nicht denken?«

»Nein, das kann ich nicht.«

»Weil Sie, Elspeth, Teil meines Planes sind.«

»Ich? Tatsächlich?«

Sofern der Weber den leicht ironischen Unterton in ihrer Stimme registrierte, zog er es vor, diesen zu ignorieren. Wahrscheinlicher aber war, dass er ihn gar nicht bemerkte in seinem Eifer, ihr seine Pläne darzulegen. Es war das erste Mal, dass er sein ehrgeiziges Projekt in Worte fasste. Sogar in seinen eigenen Ohren klang das Ganze etwas hochtrabend. Er nahm ihre Hand. Sie waren auf einem kleinen Vorsprung über der bröckelnden Uferböschung oberhalb des natürlichen Wasserbeckens stehen geblieben.

»Elspeth, ich möchte, dass Sie meine Frau werden.«

Schlicht, direkt und unmissverständlich; er musterte sie nervös, eine Unsicherheit in den braunen Augen. Der große, erfolgreiche, ehrgeizige James Simpson Moodie war unsicher!

»Ich verstehe«, sagte Elspeth.

Sie blickte über die Brücke zur Kutsche. Sie konnte ihre Mutter sehen, die in ihre Decken gehüllt aus der Entfernung an einen großen, von Flechten überzogenen Felsbrocken erinnerte, wie sie von den Arbeitern aus Dumbartonshire ausgegraben und weggeräumt wurden.

»Antworten Sie mir, Elspeth, ich bitte Sie. Willigen Sie ein, meine Frau zu werden.«

Sie entzog ihm ihre Hand und strich sich über die Hüfte, wie um ihren Rock zu glätten, der völlig faltenfrei war.

»Meine Antwort lautet Nein, Mr. Moodie. Nein. Ich werde Sie nicht heiraten.«

Seine Lippen formten ein stummes »Oh«, durch das ihm ein leiser Ausruf der Verblüffung entfuhr.

»Denken Sie eine Weile darüber nach, Elspeth. Übereilen Sie nichts.«

»Ich habe bereits darüber nachgedacht, Mr. Moodie. Es wäre unaufrichtig von mir vorzugeben, mir wäre nie der Gedanke gekommen, dass ich Ihre Aufmerksamkeit erregt haben könnte.«

Seine Finger schlossen sich um ihr Handgelenk. »*Sie* ist es, habe ich Recht? Ihre Mutter, die Highlanderin. *Sie* hat es verboten, richtig?«

»Es ist meine Entscheidung, Mr. Moodie, nicht die meiner Mutter.«

Elspeth wandte sich ab. Als es einen kurzen Ruck an ihrem Handgelenk gab, ließ James dieses augenblicklich los. Er folgte ihr zurück am Flussufer entlang und durch das Loch in der Hecke, durch das sie auf die Wiese gelangt waren.

Leise und fordernd fragte er: »Warum in Gottes Namen? Elspeth, warum weisen Sie mich ab? Glauben Sie nicht, dass Sie mich mit der Zeit lieben könnten?«

Sie drehte sich ihm wieder zu und schaute ihm fest in die Augen.

»Das ist es nicht, James. Vielmehr frage ich mich, ob *Sie* mich jemals wirklich lieben werden.«

James Moodie schloss die Augen und neigte den Kopf, als gestehe er eine Niederlage ein. Es war, als schämte er sich des Schmerzes, den sie ihm zugefügt hatte, indem sie die einzige Erklärung abgab, die er akzeptieren musste, da er ihr nichts entgegenhalten konnte.

»Das werde ich, Elspeth. Das tue ich. Ich liebe Sie bereits.«

Aber die junge Frau war bereits durch die Lücke gestiegen

und hörte ihn nicht. Als sie an der Kutsche anlangte, blieb sie mit seitwärts geneigtem Kopf stehen.

»Hat er dich gefragt?«, wollte Gaddy wissen.

»Ja, das hat er.«

»Und was hast du geantwortet?«

»Wie wir es besprochen haben. Ich habe ihn abgewiesen.«

Die Highlanderin runzelte die Stirn. Sofern sie Genugtuung empfand, ließ sie sich hiervon nichts anmerken.

In Elspeth' Augen standen Tränen.

»Es ist vorbei, Kleines. Keine Angst. James Moodie wird dich kein zweites Mal fragen.«

Minuten später kehrte der Weber nach kurzer Bedenkzeit bei der Brücke zurück.

Wortlos stieg er auf den Kutschbock, löste die Leinen von dem Pfosten und wendete das Pferd.

Er wechselte mit keiner der beiden Cochran-Frauen ein Wort, bis er sie am Weidetor unterhalb des Nettleburn absetzte. Und auch dann sagte er nur: »Ihnen beiden noch einen schönen Tag.«

Die Werbung des Webers war vorbei.

Ein langer dunkler Tag

4 Es war Lachlan Sinclair, der Moodie seine Chancen bei der kleinen Cochran verdorben hatte. Er hatte nicht in böser Absicht gehandelt oder um den Weber herabzuwürdigen. Aber er hasste Manipulationen. Und er hatte – fälschlich – das Gefühl, dass man ihn irgendwie zum Komplizen einer Täuschung gemacht hatte, die dem Gutsherrn zum Nachteil gereichen würde, ganz zu schweigen von den Cochrans.

Bei seinen Nachforschungen hinsichtlich des »Arrangements« zwischen Sir Gilbert und James Moodie hatte der Verwalter keinen Gedanken an Gefühle verschwendet. Er verstand Frauen nicht. Hatte sie nie verstanden. Aileen, seine Frau, entsprach seinem Frauenideal. Er bewunderte und achtete Aileen, ja vielleicht liebte er sie sogar, weil sie ihr Leben dem seinen angepasst und untergeordnet hatte. Sie diente und gehorchte ihm ohne Widerspruch oder Gejammer und stellte seine Interessen weit über die eigenen – immer. Sie war zuverlässig, beständig, die verkörperte Konvention, und neigte weder zu Gezeter noch zu Tränenausbrüchen, den üblichen Eigenheiten des weiblichen Geschlechts. Und so kam Sinclair gar nicht in den Sinn, dass der Weber, ein Mann mit komplexen Wünschen, für Elspeth Cochran geeigneter sein könnte als ein junger Bursche ihres Alters und Standes.

Sinclair verübelte Moodie denn auch nicht etwa, was sich in der Vergangenheit zugetragen hatte, sondern ihm gingen dessen gegenwärtige Lebensumstände und vor allem seine Pläne gegen den Strich. Es war für den Verwalter nicht weiter schwer gewesen, herauszufinden, welche Absichten der Weber verfolgte, als er verlangte, die Pachtverträge für den Dyers' Dyke und den Nettleburn einzusehen. Sinclair hatte dem Gutsherrn beim Entwurf der Verträge geholfen, und er fühlte sich den Pächtern ebenso verbunden wie dem Grundbesitzer.

Der alte Mann war seinem Verwalter nicht gewachsen, sodass ein paar geschickt platzierte Fragen hier und da genügten, um Sir Gilbert Antworten zu entlocken, die Mr. Sinclair gar nicht gefielen. Er erkannte gleich, wie leicht ein Mann wie der Weber, der es ganz allein geschafft hatte, erfolgreich und mit einem großen Vermögen ausgestattet, die Macht der Bontines untergraben konnte, indem er Parzelle für Parzelle Land erwarb, um sich trotz niederer Herkunft und mangelnder Erziehung in die feine Gesellschaft einzukaufen. Der Radikale in Sinclair verachtete Unternehmer wie James Simpson Moodie, die die einfachen Arbeiter und anständigen Kleinbauern viel skrupelloser ausbeuteten, als es irgendein Gutsherr tun würde. Wenn auch in mancher Hinsicht kurzsichtig, besaß Sinclair große Weitsicht, wenn es um Macht und Nachlass ging. Er würde alles in seiner Macht Stehende tun, um die Machenschaften von Moodie und seinesgleichen abzuwürgen, ehe die Saat keimen, blühen und sich ausbreiten konnte.

Hätte Sinclair allerdings gewusst, was oben auf dem Dyke vorging, hätte er sich vielleicht nicht eingemischt. Wenn er sich weniger auf Logik als auf seine Intuition verlassen hätte, hätten sich die Tragödien jenes Sommers möglicherweise vermeiden lassen. Aber Sinclair tat eben das, was er für das Richtige hielt. Und so konnte ihm niemand vorwerfen, was dann geschah.

Er hatte mit den Pachtverträgen in der Tasche Gaddy aufgesucht und ihr den exakten Wortlaut gezeigt. Er hatte ihr die Klauseln in Colls Testament genau erklärt, darunter auch, dass der Dyke bei Elspeth' Heirat an sie fallen, während das Nutzungsrecht am Nettleburn nach Gaddys Tod auf Anna übergehen würde. Das alles überstieg Gaddys Begriffsvermögen. Sie verstand einfach nicht, warum Coll so komplizierte Regelungen vereinbart hatte, und darauf hatte auch Sinclair keine Antwort. Offensichtlich aber wurde, dass James Simpson Moodie den Dyke und die kleine Farm am Nettleburn an sich reißen wollte. Da der Gutsherr sich geweigert hatte, die Pachtverträge ohne triftigen Grund aufzukündigen, hatte Moodie sich in den Kopf gesetzt, sich wenigstens eine der Farmen – wenn nicht beide – durch eine Heirat mit Elspeth anzueignen.

Auf Gaddys Bitte hin hatte Sinclair hierauf mit Elspeth gesprochen und ihr die Hintergründe für Moodies Werbung offenbart. Wie Elspeth auf diese Neuigkeit reagieren sollte, war jedoch nicht Sinclairs Sache, sondern fiel wieder in Gaddys Zuständigkeitsbereich. Aber wie sich herausstellte, brauchte es nicht viel, ihre Tochter davon zu überzeugen, was das Richtige war. Sie sah ihre eigene Position ganz klar, und obwohl sie noch ein paar Zweifel hegte, führte sie keine naiven Argumente zu Gunsten Moodies an.

»Halt dich fern von ihm, 'Pet.«

»Nein, Mammy. Ich muss einen sauberen Schlussstrich ziehen.«

»Einen Schlussstrich?«

»Warten, bis er mir einen Antrag macht.«

»Und dann?«

»Dann weise ich ihn ab.«

Gaddy brachte es nicht über sich, ihrer Tochter das Recht auf ihren ersten Antrag zu verwehren. Und doch fürchtete sie, Elspeth könnte ihr eigenes Spiel spielen und nicht Moodie eine Abfuhr erteilen, sondern ihrer Mam.

Entsprechend groß waren dann auch Gaddys Erleichterung und Dankbarkeit. Sie hätte ihrer Tochter liebend gerne jedes Detail des Gespräches zwischen ihr und Moodie entlockt, so gierig auf die Einzelheiten wie eine Katze auf Taubenknochen. Aber etwas an dem, wozu sie aus reiner Vernunft heraus gezwungen gewesen war, hatte das Mädchen verletzt, und so weigerte Elspeth sich schroff, darüber zu sprechen. Es war vorbei, aus, die Gelegenheit vertan. Da gab es nichts mehr zu reden.

Gaddy nickte, zu glücklich über den Ausgang der Angelegenheit, um Elspeth zu bedrängen.

James Simpson Moodie würde sich ein anderes Stück Land für seine Schafe suchen müssen. Auf den Weiden des Dyers' Dyke grasten Rinder, und so würde es auch bleiben, solange sie lebte. Und die vergleichsweise kleine Farm am Nettleburn war ihr Paradies, ihr Zuhause. Daran konnte nichts und niemand rütteln. Nichts außer Krankheit oder einer sonstigen Katastrophe – schicksalhafte Ereignisse, auf die sie keinen Einfluss hatte.

Es war acht Tage her, seit Elspeth das letzte Mal zum Arbeiten drüben auf dem Dyke gewesen war.

Docherty hatte in den Wintermonaten immer häufiger behauptet, es gäbe auf dem Hof für ein Mädchen nichts zu tun. Er war ihr gegenüber übellaunig, ja beinahe grob gewesen, seit er erfahren hatte, dass Moodie ihr den Hof machte. Natürlich war sie dort gewesen, um beim Dreschen zu helfen oder die aufgestallten Tiere zu füttern. Aber seit acht Tagen nicht mehr.

Als sie das letzte Mal dort gewesen war, hatten sie und Peter Docherty nicht ein Wort gewechselt. Er war draußen auf den Feldern gewesen, um diese – recht spät –für die Weizenaussaat im Frühjahr umzupflügen. Er hatte erst das Rübenfeld umgegraben, und wie so oft in den vergangenen Monaten den richtigen Zeitpunkt verpasst, sodass er kurzfristig von Weizen auf Gerste umsteigen musste. Der lehmige Boden war jedoch in gutem Zustand, und Docherty hatte gehofft, ohne erneutes

Pflügen, nur mit Eggen auszukommen, um Furchen für die Gerstensaat zu schaffen. Er verriet Gaddy nichts von seinen Plänen, gab keine Gründe für den Schwenk an, handelte ganz nach eigenem Gutdünken.

Elspeth hatte damit gerechnet, dass das Feld fertig gepflügt war und bereit für die Aussaat. Tatsächlich war sie deshalb gekommen, mit speziellen Holzschuhen an den Füßen und Garn zum Hochbinden ihrer Röcke. Aber der Pflug stand umgestürzt mitten auf dem Acker, und dort hörten auch die Furchen auf. Der größte Teil des Feldes war noch mit den großen schweren Erdklumpen des ersten Umpflügens bedeckt.

So etwas hatte Elspeth noch nie erlebt, es sei denn, das Wetter hatte das Weiterpflügen unmöglich gemacht. Es beunruhigte sie. Sie hatte sich auf die harte Arbeit gefreut, die sie von ihren trüben Gedanken ablenken sollte. Sie hatte gehofft, sich in Erschöpfung flüchten zu können, da das Gehen über feinkörnige Erde beschwerlich war, man immer nur kleine Mengen der glitschigen Gerstensaat zu fassen bekam und die Aussaat entsprechend langsam voranging. Aber sie wollte in Monotonie versinken, um die Ereignisse der vergangenen Wochen zu vergessen, um draußen auf den Feldern jener Farm, die einst ihrem Vater gehört hatte, wieder zu sich selbst zu finden. Vor allem aber hatte sie gehofft, Peter dadurch aufzuheitern, dass sie ihm auf ihre ganz eigene Art mitteilte, dass Jamie Moodie nicht der Richtige für sie war.

Sie folgte dem Weg hinauf bis zur Hecke und starrte verständnislos auf das verlassene Feld.

Was war nur mit Peter los? War er krank, oder lag er vielleicht betrunken in seinem Schuppen? Noch vor einem Jahr wäre ihr ein solcher Gedanke gar nicht in den Sinn gekommen. Aber Peter hatte sich verändert. Es war beinahe so, als würde der Dyke, auch wenn er an diesem friedlichen Märzmorgen so unschuldig wirkte, ihn unaufhaltsam Zentimeter für Zentimeter hinabziehen in einen Abgrund aus Gleichgültigkeit.

Ihre flachen Holzpantinen klapperten auf dem trockenen harten Boden, als sie die letzten Meter des Wegs zur Farm hinunterlief.

Wenn von den Bergen ein frischer Wind herabgeweht wäre, hätte sie es schon früher gerochen. So stieg ihr der Übelkeit erregende Gestank aus Richtung des Stalls erst in die Nase, nachdem sie um die Hausecke gebogen war. Genau genommen war es nicht nur ein Gestank, sondern eine Mischung verschiedener übler Gerüche.

»Peter? Peter, wo stecken Sie denn?«

Die Tür zum Schuppen stand offen. Eine Spur aus Decken und Laken führte vom Bett fort. Im Kamin türmte sich eine Pyramide aus kalter Asche. Auf dem Tisch schlichen zwei streunende Katzen zwischen fettigen Töpfen und Pfannen umher.

»Peter?«

Sie sah mehrere Flaschen, grüne bauchige Flaschen aus rauem Glas, wie sie in Balnesmoor üblich waren für Whisky aus den illegalen Brennereien in Aberfoyle.

Elspeth lief zurück auf den Hof. Sie wandte sich zur Seite und blickte auf das Farmhaus. Die Fensterläden waren geschlossen, ebenso die Tür. Und doch umwehte eine Rauchwolke das Dach, beißender Rauch, der den Gestank mit sich trug. Einen flüchtigen Moment dachte sie, das verlassene Haus verströme den widerlichen Geruch.

Sie machte einen großen Bogen um das Haus, entfernte sich von Scheune und Kuhstall und folgte dem schmalen Trampelpfad, der zu einer Stelle oberhalb des Misthaufens führte. Der Hahn stand ganz oben auf dem Mist, während die Hühner gackernd davor in der Erde scharrten und pickten. Auf der angrenzenden Weide grasten ein Ackergaul und zwei Ponys. Die Tiere hoben den Kopf und blickten zu ihr herüber, als sie die Hände trichterförmig an den Mund legte und rief: »PETER. PETER DOCHERTY.«

Sie erhielt keine Antwort, abgesehen von einem gedämpften Echo.

Sie ging um den Misthaufen herum, stieg durch eine Lücke in der Hecke und lief über die Weide zum Acker.

Sie fürchtete immer noch, ihn tot in einer Ackerfurche zu finden, wie ihr Vater niedergestreckt von einem plötzlichen Herzanfall. Unvermittelt blieb sie stehen. Sie schirmte die Augen mit einer Hand gegen die Sonne ab und blickte angestrengt auf die östliche Ecke, dort, wo das Gerstenfeld und die Bergweiden, nur getrennt von einem überwucherten Streifen Dornengestrüpp, aus dem zwei junge Birken aufragten, aufeinander stießen.

Rauch stieg auf, aus verschiedenen Quellen, die sie nicht zu identifizieren vermochte.

Nervös ging sie weiter, ließ die Weide hinter sich und erklomm den Dyke, den Steinwall, dem die Farm ihren Namen verdankte. Von diesem erhöhten Ausguck aus blickte sie auf die Stelle, von der der Rauch aufstieg, der nun so Ekel erregend stank, dass sie würgen musste und sich einen Arm über die Nase legte, bevor sie die letzten zweihundert Meter am Fuß des Walls zurücklegte.

Ein Dutzend Nebelkrähen taten sich an dem Festmahl gütlich. Hoch oben – eigentlich hätte sie die Vögel schon viel früher bemerken müssen – kreisten zwei Bussarde und stießen in Abständen ihr typisches *Kiiii-kiii-kiii* aus. Ein Fuchs huschte mit einem Brocken Aas davon und warf ihr noch einen grimmigen Blick zu, bevor er in dem Graben verschwand, der in einem schrägen Winkel zum Waldrand verlief.

Jetzt konnte Elspeth auch erkennen, was den bestialischen Gestank verströmte, der weitläufig die Luft verpestete. Sie sah verkohltes Fleisch, aus dem bleiche abgenagte Knochen ragten wie junge Triebe aus einem winterlich nackten Strauch. Aber hier gab es kein neues Leben – weder neues noch altes, um genau zu sein. Nur die Kadaver von acht oder neun Jungbullen. Und auch einigen Kühen, so weit sie das anhand der Überreste erkennen konnte.

Die Fäuste auf den Mund gepresst zwang sie sich, die Kadaver genauer anzusehen. Sie hatte früher schon tote Tiere gesehen, aber so etwas noch nie.

Allmächtiger!, dachte sie. *Nicht einmal das hat er ordentlich gemacht. Er hat sie nicht einmal anständig vernichtet.*

Wie viele waren es genau? Acht oder neun? Zehn? Ein Dutzend?

Unmöglich, das genau zu sagen.

Sie fing an zu schreien und mit den Armen zu wedeln. Die Krähen krächzten ärgerlich und räumten hopsend das Feld. Sie schrie erneut, so laut, dass ihre Kehle schmerzte. Sie zog Steine aus dem Wall und nahm so lange die Krähen unter Beschuss, bis diese sich endlich in die Luft erhoben und in den umstehenden Bäumen niederließen.

Sie kletterte wieder über den Wall und kehrte zurück zur Farm, um Peter zu suchen. Wenn sie ihn nicht finden konnte, würde sie zu Mr. Sinclair laufen, der Hilfe organisieren würde, um wenigstens noch ein paar der Rinder zu retten, die ihren Lebensunterhalt sicherten.

Aber es war zu spät.

Hinter dem Kuhstall fand sie weitere aufgeblähte Kadaver. Docherty hatte nicht einmal die Seile von den Vorderfüßen entfernt. Sie sah die Schleifspuren auf dem Boden. Sie konnte sich vorstellen, welchen Kraftakt es erfordert haben musste, so viele Tiere über eine solche Entfernung zu ziehen. Warum hatte er nicht das Pferd oder eins der Ponys zu Hilfe genommen? Sie verstand das alles einfach nicht. Er hatte die Jungbullen aus dem Stall geholt, ebenso wie die mageren kleinen Kälber und zwei gute Kühe.

Es war, als hätte der Himmel in nur acht Tagen den Tod auf den Dyers' Dyke herabregnen lassen und als wäre Peter in der Flut ertrunken.

Aber er hatte sich noch in einer anderen Flüssigkeit ertränkt.

Sie fand ihn im Kuhstall.

Er lag ausgestreckt auf stinkendem Stroh, halb nackt, mit Mist beschmiert, stockbetrunken. Die wenigen Tiere, die die Katastrophe überlebt hatten, stampften und muhten in ihren Boxen. Sie wollten endlich erlöst werden von Schmerzen, wollten hinaus, sich bewegen und wieder frische Luft atmen.

Sie erkannte auf den ersten Blick, dass die Rinder dem Tode geweiht waren, abgesehen von drei älteren Kühen, die noch einen recht gesunden Eindruck machten. Das Mastvieh aber lag mit geschwollenen Gliedmaßen im schmutzigen Stroh und muhte kläglich. Einige der Tiere waren blutverschmiert von Schnitten an den Fesseln. Sie verströmten einen fiebrigen Geruch, den säuerlichen Gestank von Urin, Kot und Schweiß, der ihr dampfendes nasses Fell verklebte.

Elspeth beugte sich hinab und packte Docherty bei einem Fuß.

Im Stroh unter seinem Kopf kam eine bauchige grüne Flasche zum Vorschein. Eine zweite hielt er an die Brust gedrückt. Wie die Tiere rann auch dem Farmer Speichel aus dem Mund, und er stank bestialisch. Krank oder sturzbetrunken? Elspeth vermochte dies ebenso wenig zu bestimmen wie die Natur der Krankheit, die so rasend schnell die ganze Herde dahingerafft hatte.

»Verdammt, Docherty, wachen Sie auf!«, herrschte sie ihn an.

Er bewegte schmatzend die Lippen, rührte sich. Seine Lider zuckten. Sie sah das stumpfe metallische Silbergrau seiner Pupillen.

»Peter. Ich bin es. Elspeth.«

Er rang sich ein Lächeln ab. »Ach du bist es, Mädchen«, murmelte er. »Ach, Kleines. Komm her und leg dich zum alten Peter, ja? Komm schon, komm her. Ich möchte dich haben, bevor der verfluchte Weber dich bekommt.«

Sie trat ihn mit aller Kraft in den Hintern, aber er schien den Tritt gar nicht zu spüren. Immer noch grinsend drückte er die Flasche noch fester an sich und grub sich tiefer in das stinkende Stroh. Noch bevor Elspeth erneut zutreten konnte, schnarchte er laut. So viel stand jedenfalls fest: Er war nicht krank, sondern sternhagelvoll.

Das Mädchen konnte nichts mehr tun, weder für Docherty noch für die kranken Rinder. Sie fühlte sich ohnmächtig und hilflos. Sie wich ein paar Schritte zurück, machte dann kehrt und stürzte aus dem Stall hinaus an die Luft. Mit gerafften Röcken rannte sie, so schnell ihre Füße sie trugen, den Weg hinunter, durch die Hecke und über das Moor, eine Abkürzung zum Nettleburn, um möglichst schnell nach Ottershaw und zu Sinclair zu gelangen.

Mr. Sinclair würde wissen, was zu tun war.

Sie stürzte und fiel.

Auf den Knien drehte sie sich um und blickte zurück zur Farm.

Der Rauch hing tief über dem Haus. Bussarde kreisten immer noch am Himmel, Vorboten noch größeren Unheils, wenngleich Elspeth dies nicht ahnen konnte.

Sie zogen Docherty bei den Füßen aus dem Stall. Rücksichtslos schleiften sie ihn über den schlammigen Boden hinaus auf den Hof, wo Hearn, einer der Rinderhirten von Ottershaw, ihm eine kalte Dusche verpasste. Docherty schnappte nach Luft und fuhr zusammen. Er wurde viel fester, als Elspeth es je vermocht hätte, von einem Stiefel getreten und bekam noch einen zweiten Eimer Wasser ins Gesicht. Schreiend setzte er sich auf, als würde er nicht aus einem Alkoholrausch erwachen, sondern aus einem schrecklichen Albtraum. Hearn zerrte ihn auf die Füße. Eine Hand in seinem Nacken, schubste er ihn in Richtung des Schuppens. Mr. Sinclairs Anweisungen waren unmissverständlich gewesen: ihn schnellstmöglichst nüchtern machen.

Gaddy war mit dem leichten Wagen am Weidetor abgeholt worden. Sie konnten nichts weiter tun, ehe Mr. Sinclair nicht mit seinen Leuten eingetroffen war. Gott sei Dank war Mr. Sinclair auf dem Hof hinter seiner Farm gewesen, und der Verwalter hatte innerhalb weniger Minuten, nachdem Elspeth ihm Bericht erstattet hatte, eine Hand voll Männer zusammengetrommelt. Er hatte eine Stute aufgezäumt und war mit einem alten Mann namens Bob McClorty auf dem Pferd davongeprescht. McClorty verstand einiges von Tiermedizin. In sechzig Jahren im Dienste der Bontines hatte er tausende kranker Tiere versorgt. Er war ein hageres Männlein mit spitzem Gesicht und abstehenden weißen Haarbüscheln über den Ohren, trug eine Seemannsmütze und hatte einen Segeltuchbeutel bei sich mit verschiedenen Instrumenten und Chemikalien. Er saß hinter Sinclair und klammerte sich an den Verwalter wie ein Kind.

Als Gaddy und die anderen auf dem Dyke eintrafen, war McClorty längst bei der Arbeit.

Hearn betrat den Stall und kam fast sofort wieder heraus.

»Würden Sie mit reinkommen, Missus?«, bat er.

Gaddy stieg von dem Karren.

Als Elspeth ihre Mutter begleiten wollte, hob Hearn abwehrend eine Hand.

»Nein, nein«, sagte er. »Niemand außer der Lady. Es könnte ansteckend sein, verstehen Sie?«

Hearn war sehr groß, hatte ein bleiches Gesicht und erinnerte Elspeth an ihren Vater, auch wenn er zehn oder zwölf

Jahre jünger war als Coll bei seinem Tod. Sie widersprach nicht, sondern blieb mit den anderen Helfern von Ottershaw beim Wagen zurück, während Gaddy den stinkenden, dunklen Stall betrat.

Gaddy blieb nicht lange, höchstens fünf oder sechs Minuten. Als sie wieder herauskam, war sie unter der Bräune aschfahl im Gesicht. Sie hatte Tränen in den Augen. Sie taumelte gegen den Türpfosten und lehnte sich kraftlos dagegen, eine Hand auf die Brust gelegt.

Elspeth lief zu ihr.

»Mammy, was ist denn? Was ist mit dir?«

»Es ... ich ...« Gaddy drehte den Kopf und übergab sich. Mit bebendem Busen fuhr sie fort zu würgen, auch als ihr Magen längst leer war. »Wahrscheinlich handelt es sich um Gasbrand. McClorty hat sie zur Ader gelassen. Schwarzes Blut. Dick wie Melasse. Nur die ältesten Kühe werden es überleben.«

»Und die anderen?«

»Er lässt sie schlachten.«

»Alle?«

»Ja, jedes einzelne Tier.«

Am Abend lag drückende Stille über Weiden, Stall, Scheune, Hof, Gassen und Pfaden des Dyers' Dyke, auf dem kein lebendiges Rind mehr zu finden war.

Auch die vertrauten Geräusche fehlten. Nur das unheimliche Zischen des ungelöschten Kalks war zu hören, der über den Misthaufen gestreut worden war, um einer Ausbreitung der Seuche vorzubeugen, vermischt mit dem Knacken des Gebälks im Kuhstall. Das Gebäude war nur noch eine leere Hülle; das Innere war mit Petroleum abgeflämmt worden, nachdem die Männer alle Kadaver entfernt hatten. Bob McClorty hatte die noch lebenden Tiere getötet. Hearn hatte die Beseitigung der Kadaver und ihren Transport bis zur Moorgrenze überwacht, wo sie auf riesigen Scheiterhaufen verbrannt wurden, und die stinkenden Überreste anschließend in Gruben verscharrt. Die Männer von Ottershaw führten die Arbeiten mit Abscheu aus, jedoch ohne zu murren. Sie wussten nur zu gut, wie ansteckend manche Krankheiten waren, und sahen vor ihrem geistigen Auge bereits die wohl genährten verhätschelten Tiere in ihrer Obhut elendig zu Grunde gehen. Die von Sinclair angeordnete Vorgehensweise war neu in der Seuchenbekämpfung. Es zeugte von Konsequenz und Weitsicht, dass der Verwalter die Tötung des gesamten Tierbestandes befohlen hatte.

Elspeth hatte Gaddy heimgebracht. Aber sogar auf dem Nettleburn war der Gestank schier unerträglich, und die Feuer drüben am zwei Meilen entfernten Moor glühten in der Dämmerung. Es gab kein Entrinnen, weder in dieser Nacht noch am folgenden Tag. Erst als der Westwind kräftigen Regen mitbrachte, wurden die Berghänge und das Dorf von den Folgen von Dochertys Nachlässigkeit befreit, da, wie eine Untersuchung bald ergab, Gaddy Cochrans Vieh vergiftet worden war.

Es gab jetzt keine feine Kutsche mehr für die Cochran-Frauen, nur sie beide, Mutter und Tochter, Gaddy und Elspeth. Anna hatte Anteilnahme bekundet, aber Sinclair hatte sie – über Matt – entmutigt. Die Ehe hatte sie aus dem Kreis der Betroffenen entfernt, zumindest was den Dyers' Dyke anbelangte. Und so folgten die beiden Frauen dem alten Weg unter den Eichen her in einer der Regenpausen, die den Übergang vom März zum April begleiteten. Keine leichten Schauer, sondern sintflutartiger Regen, der fast eine Woche ohne Unterbrechung niedergegangen war. Er hatte die Felder in Schlammlöcher verwandelt, Feldwege in Bäche, und viele Lämmer das Leben gekostet; er hatte unter den Jungtieren schlimmer gewütet als Frost.

Sinclair hatte ihnen über Hearn eine Nachricht zukommen lassen. Das heißt, streng genommen war es keine Einladung, sondern ein Befehl.

Für ein Uhr war ein Gespräch zwischen dem Eigentümer und den Pächtern des Dyers' Dyke angesetzt worden. Weder Gaddy noch Elspeth waren seit jenem schrecklichen Tag vor einer Woche auch nur in der Nähe der Farm gewesen. Gaddy kämpfte mit den Tränen aus Furcht vor dem, was sie dort vorfinden würden.

Lachlan Sinclair erwartete sie bereits auf dem Hof, obgleich sie pünktlich waren. Er war nicht allein. Zwei Fremde waren bei ihm, Gentlemen, wie sie aus ihrer Kleidung schlossen, ernste Gestalten etwa im selben Alter wie der Gutsverwalter. An der Scheune waren drei Pferde angebunden, und in der Tür zu Dochertys Schuppen sahen sie Hearn stehen. Peter Docherty war nirgends zu sehen, aber sie wussten von Anna, dass dieser auf dem Heuboden von Ottershaw eingesperrt worden war.

Gaddy und Elspeth trugen ihre dunklen Sonntagskleider, aber die Säume ihrer Röcke waren schlammverkrustet, und sie hatten nasse Füße.

»Hier entlang.« Sinclair deutete auf die Tür des Farmhauses, die aufgesperrt worden war und einen Spaltbreit offen stand.

Gaddy zögerte, und ihre Hand schloss sich fester um Elspeth' Arm.

»Was ist denn, Mammy?«, fragte die junge Frau leise.

»Ich kann nicht.«

»Ins Haus gehen?«

»Kommen Sie bitte, Mistress Cochran«, sagte Sinclair.

Er nahm ihren Ellbogen, und allem Widerwillen zum Trotz fand Gaddy sich in Etta Cochrans Küche wieder.

Im Kamin brannte ein Feuer, und die Fensterläden waren geöffnet worden. Sie war nicht sicher, aber es schien, als habe jemand das Haus frisch gefegt und geschrubbt. Trotzdem lag ein unauslöschlicher muffiger Geruch in der Luft, die Aura einer Frau, die lange tot war.

Über den Küchentisch war eine Leinendecke gebreitet, auf der eine Karaffe Wein und langstielige Gläser standen. Daneben sahen sie einen Stoß Unterlagen, ein Tintenfass aus Horn und mehrere Federn. Das Ganze wirkte wie ein fremdartiger Zauber aus heidnischen Zeiten.

»Bitte nehmen Sie Platz«, forderte der Verwalter sie auf.

Er zog einen Stuhl für Gaddy unter dem Tisch hervor.

Elspeth setzte sich zu ihrer Rechten, einem der Fremden gegenüber, der ihnen kurz darauf als Mr. Royle vorgestellt wurde, seines Zeichens Jurist. Der zweite Mann wurde als Mr. Peart vorgestellt, ohne weitere Erläuterungen zu seiner Funktion. Keiner der beiden Männer lächelte. Beide wirkten geschäftig und hatten es sichtlich eilig, zur Sache zu kommen.

Sinclair nahm am Kopfende des Tisches Platz, mit dem Rücken zum Fenster. Er öffnete seine Mappe aus Ziegenleder und blickte auf das oberste Blatt.

»Eine äußerst unangenehme Angelegenheit führt uns heute hier zusammen«, begann er. Er warf einen Blick auf Gaddy. »Ich vertrete die Interessen von Sir Gilbert und dem Ottershaw-Anwesen.« Er steckte die Nase wieder in die Unterlagen. »Nach dem aktuellen Stand der Ermittlungen scheint es, als hätte der Verwalter des Hofes mit Namen Dyers' Dyke sich eines Verbrechens schuldig gemacht. Besagter Verwalter wurde vom einstmaligen Pächter der Farm, dem inzwischen verstorbenen Coll Cochran, eingestellt und von seiner Witwe, Mistress Gaddy Cochran, auf die die Pacht beim Tod ihres Gatten übergegangen ist, weiter beschäftigt«.

»Das entspricht so weit den Fakten«, bestätigte Royle.

»Im Testament steht jedoch darüber hinaus in einem Anhang, dass die Pacht im Falle des Todes der Witwe auf diese junge Dame hier, Miss Elspeth Cochran, übergeht«, fuhr Sinclair fort.

»Wovon ich seinerzeit abgeraten habe, wenn ich Sie daran erinnern darf«, warf Royle ein.

Sinclair atmete tief ein und wieder aus. Er war sichtlich verärgert über die Unterbrechung.

Royle ließ sich hiervon jedoch nicht im Mindesten beeindrucken. »Fahren Sie fort, Mr. Sinclair. Sprechen Sie weiter.«

»Ich habe Sie heute hergebeten, um mit Ihnen eine Annullierung des Anspruches zu besprechen«, fuhr Sinclair fort.

Gaddy versteifte sich.

»Ich möchte vorab klarstellen, dass Sir Gilbert durchaus Mitgefühl hegt für seine Pächterin, Mistress Cochran, dass jedoch die ungewöhnlichen Umstände ein untragbares Risiko für den Verpächter darstellen.«

»Risiko?«, warf Gaddy ein.

»Kapital«, warf Royle ein. »Kapital in Form von Bargeld oder Arbeitskraft.«

»Ich verstehe nicht.«

»Wenn Mr. Royle mir gestattet, ein oder zwei Minuten ohne weitere Unterbre... ohne Kommentar, fortzufahren«, sagte Lachlan bissig, »werde ich es Ihnen erklären, Gaddy.«

Elspeth hob eine Hand, so als wollte sie einen Eid schwören.

»Was gibt es, Mädchen?«, fragte Sinclair.

»Ich glaube, ich habe verstanden. Ihre Sorge ist die, dass die Farm in diesem Jahr ohne Vieh und ohne Bestellung der Felder keinen Ertrag erwirtschaften wird.«

»Eine späte Aussaat würde zwar ein gewisses Einkommen bringen«, sagte der Mann namens Peart. »Aber wer sollte die Arbeit ausführen?«

»Aber wir haben doch Peter«, entgegnete Elspeth naiv.

»Ach ja! Docherty«, sagte Sinclair. »Sprechen wir von Ihrem Verwalter.«

Mr. Peart, der weniger energisch schien als der Anwalt und dazu offenbar besser informiert, beugte sich über den Tisch und legte die Hände auf Gaddys. Es war eine freundschaftliche Geste, die besagen sollte, dass er keinen persönlichen Groll gegen sie hegte und keine eigennützigen Ziele verfolgte. Aber Fakten waren nun einmal Fakten und ließen sich nicht wegreden.

»Wie viel Kapital könnten Sie aufbringen, Mistress Cochran?«, fragte er.

»Ein wenig.«

»Wie viel genau? Sechshundert Pfund?«

»Ich ... nein. So viel nicht.«

»Gehe ich recht in der Annahme, dass der Großteil Ihres Einkommens mit dem Dyers' Dyke erwirtschaftet wurde?«

»Ja. Das meiste habe ich am Verkauf der Rinder drei- oder viermal im Jahr verdient.«

»Das war also bisher Ihre Haupteinnahmequelle?«

»Wir verkaufen außerdem Kartoffeln.«

»Bringt das viel ein?«

»Den Lohn für die Arbeit«, antwortete Elspeth. »Viel mehr nicht.«

»Dann haben die Rinder nicht nur Ihren Lebensunterhalt, sondern auch Ihr Arbeitskapital eingebracht?«, fragte Peart.

»Das ist richtig«, bestätigte Gaddy.

Der Mann zog die Hände zurück. Er drückte in Mundhöhe die Handflächen aneinander, als hielte er einen Grashalm zwischen den Daumen, auf dem er gleich blasen wollte.

»Sie besitzen kein Vieh mehr. Weder Mastvieh für den Verkauf im Frühjahr noch Jungtiere für die Märkte im Herbst. Weder Kühe noch Kälber. Der gesamte Bestand ist tot. Sie müssen die Pacht für die Weiden aufbringen, auf denen kein einziges Tier grast. Es wird Sie ein Vermögen kosten, eine neue Herde anzuschaffen.«

»Ich kann mit ein paar Stück anfangen. Ich werde geschickt einkaufen. Fragen Sie Mr. Sinclair. Ich mag ja für Sie nicht wie eine Viehhändlerin aussehen, Sir, aber ich habe immer noch einen untrüglichen Blick für gute Mastrinder.«

»Es sind zu viele Morgen Land«, entgegnete Mr. Peart ruhig.

»Und die Pacht ist sehr hoch«, sagte Elspeth. »Könnten wir nicht Gerste anbauen oder ein anderes spätes Getreide?«

»Und wie wollen Sie die Felder pflügen? Eggen und säen, Unkraut jäten und ernten?«

»So wie wir es immer gemacht haben.«

»Arbeiter anheuern?«, fragte Mr. Peart. »Unmöglich. Sie haben nicht genug Geld, um die Pacht zu zahlen, Saatgut zu kaufen und Arbeiter zu entlohnen. Außerdem gibt es auf der Farm nicht genug fruchtbaren Boden, um einen ausreichenden Profit allein mit dem Ackerbau zu erwirtschaften.«

Jetzt erkannte Elspeth, dass sie von Mr. Peart am meisten zu fürchten hatten. Er war Landwirtschaftsexperte, vielleicht einer von der »Landverbesserungsbrigade«. Sinclair hatte ihn mitgebracht, damit er Fakten und Zahlen vortrug. Verstanden sie denn nicht, keiner von ihnen, dass es mehr gab als so und so viele Garben pro Morgen und Kilo pro Schlachtkörper? Ihre Mammy hatte mit einer halb verfallenen Hütte und einer mehr als überschaubaren Fläche Land angefangen, und aus fast nichts hatte sie mit viel harter Arbeit eine gut gehende Farm aufgebaut.

Elspeth setzte an, um den Willen und die Entschlossenheit ihrer Mutter in die Waagschale zu werfen, aber dann fiel ihr Blick auf Gaddy, sie sah das faltige Gesicht und hörte ihren pfeifenden Atem, und entsetzt musste das junge Mädchen erkennen, dass, was noch vor einigen Jahren möglich gewesen wäre, heute die Kräfte der Highlanderin überstieg. Entschlossenheit und Willen konnten die Last der Jahre, die Bürde des Alters nicht wettmachen.

Ich werde es schaffen, dachte Elspeth naiv. *Mammy braucht mir nur zu sagen, was zu tun ist.*

Aber fast sofort erkannte sie, dass sie niemals schaffen könnte, was ihre Mutter geleistet hatte. Sie besaß weder die Kraft noch war sie Entbehrungen und harte körperliche Arbeit gewöhnt, Grundvoraussetzungen, um den Dyke vor dem Ruin zu bewahren.

Was vor zehn, fünfzehn Jahren noch möglich gewesen wäre, ließ sich jetzt nicht mehr bewerkstelligen. Die Pachtzinsen waren in schwindelnde Höhen gestiegen, und die Preise für Saatgut, Vieh und Arbeitskräfte hatten sich vervielfacht. Mr. Peart, Mr. Sinclair und Mr. Royle, der Anwalt, waren nicht zum Spaß hergekommen – und sie waren auch keine Ausbeuter. Sie waren gekommen, um Gaddy die Realität vor Augen zu führen, wie Missionare, die die Konvertierung zum neuen Materialismus predigten.

»Wenn der Gutsherr uns ein Jahr Zeit gäbe ...«

»Zehn Jahre wären nicht genug, den Verlust wettzumachen, Elspeth«, sagte Sinclair sanft.

»Was haben wir für Möglichkeiten, Lachlan?«, fragte Gaddy.

»Sie können nur hier und jetzt den Pachtvertrag aufkündigen.«

»Ich soll Dyers' Dyke aufgeben?«

»Ja.«

Royle wollte etwas sagen, aber Lachlan Sinclair bedeutete ihm mit einem Wink, zu schweigen.

Gaddy schlug das Herz bis zum Hals. Einen Moment schien es, als wäre sie eingeschlafen. Sie atmete gleichmäßig, und Elspeth sah, dass ein leises zittriges Lächeln auf ihren Lippen lag.

»Mistress Cochran?«, sagte Sinclair schließlich. »Gaddy?«

Die Highlanderin blickte auf.

»Gibt es eine Abfindung für die geleisteten Investitionen?«

Offenbar hatte sie ihre Gefühle verdrängt, und der pragmatische Teil ihrer Natur hatte wieder die Führung übernommen. Sie akzeptierte den unvermeidbaren Verlust der Erträge aus dem Dyke und des Erbes, das Coll ihnen hinterlassen hatte.

Sinclair gab einen leisen Grunzlaut von sich, den man als Belustigung deuten mochte.

»Vielleicht kann ich fünfzig Guineas herausschlagen, je nachdem, wie hoch Mr. Peart die Investitionen bewertet.«

»Fünfzig Guineas scheinen mir nach allem, was ich gesehen habe, eine faire Ablösesumme zu sein«, sagte Peart.

»Lachlan?«

»Nehmen Sie an, Gaddy«, riet ihr der Verwalter.

»Elspeth?«

»Ja, Mammy. Schaff dir den Hof vom Hals. Wir beide kommen auch mit dem Nettleburn über die Runden.«

»Uns wird nichts anderes übrig bleiben, fürchte ich, 'Pet. Geben Sie die Feder her, Lachlan. Ich unterschreibe.«

Der Verwalter nahm ein einzelnes Blatt aus der Mappe vor sich. Er überflog es noch einmal und schob es dann über den Tisch Gaddy zu. Peart tauchte die Feder in das Tintenfass, schüttelte die überschüssige Tinte ab und reichte sie Gaddy. Die alte Frau schob die Zunge innen gegen die Wange und formte konzentriert die Buchstaben ihres Namens, so wie ihre Töchter es ihr beigebracht hatten.

Die Männer und Elspeth sahen zu.

Gaddy lehnte sich zurück. Peart nahm die Feder an sich, stellte sie zurück in die Halterung, und sie alle warteten schweigend, dass die Tinte auf dem Papier trocknete.

Anschließend legte Sinclair das Dokument zurück in die Ziegenledermappe.

»Es tut mir aufrichtig Leid, Gaddy«, sagte er.

Gaddy nickte und machte Anstalten aufzustehen.

Es war Royle, der sie daran hinderte. »Madam, ich fürchte,

das war noch nicht alles. Es gibt da noch eine weitere Angelegenheit zu besprechen.«

»Peter Docherty?«, frage Elspeth.

»Leider ja.«

»Hat er sich mit der Seuche angesteckt?«

»Nein«, entgegnete Sinclair, »er ist krank vor schlechtem Gewissen. Es steckt mehr hinter der ganzen Sache, als es auf den ersten Blick den Anschein hat. Wenn Sie erlauben, möchte ich Docherty, der draußen wartet, hereinbringen lassen, damit Sie aus seinem Mund hören, was zu der Katastrophe geführt hat.«

»Sie meinen den Whisky?«

»Soll ich ihn holen lassen?«

»Ja«, sagte Elspeth.

Docherty war glatt rasiert und trug seine besten Kleider. Sein Haar war mit Wasser zurückgekämmt und abgesehen davon, dass er die Schultern hängen ließ, sah er so ehrenwert aus wie eh und je.

Zögernd trat er ein. Hearn stieß ihn in Richtung Küche.

Niemand stand auf, um ihn zu begrüßen, und ihm wurde auch kein Stuhl angeboten. So suchte er sich selbst einen Platz und stellte sich seitlich vor den Kamin.

In den Minuten, die es dauerte, Peter hereinzuholen, schenkte Mr. Royle sich ein Glas Wein ein. Für Elspeth hatte die Geste des Weintrinkens beinahe etwas Obszönes. Sie schien Peters pathetische Ausgrenzung noch zu unterstreichen.

Docherty grüßte ebenfalls niemanden im Raum, nicht einmal Elspeth.

»Ich wäre Ihnen sehr verbunden, Docherty, wenn Sie Mistress Cochran erzählen würden, was die Erkrankung der Rinder herbeigeführt hat«, forderte Peart ihn auf.

»Es ging ganz schnell«, begann Docherty. »Sie waren bestens in Schuss. Hatten nie besser ausgesehen. Strotzten förmlich vor Gesundheit, Missus. Dann fiel mir auf, dass ein oder zwei lahmten. An den Fesselgelenken. Nichts Dramatisches, aber ich hielt ein Auge darauf. Dann fiel mir auf, dass ihre Augen blutunterlaufen waren und sie speichelten. Ihr Zustand verschlechterte sich innerhalb kürzester Zeit derart, dass sie bald nicht mehr stehen konnten. Sind im Stall und draußen auf der Weide umgefallen.«

»Peter, Peter. Du hättest mich benachrichtigen sollen«, sagte Gaddy vorwurfsvoll.

»Sie waren ... beschäftigt.«

»Erzähl weiter«, befahl Sinclair.

»Zwei Tage und eine Nacht, und die ganze verdammte Herde hatte sich angesteckt. War todkrank. Sind schneller eingegangen, als ich sie entsorgen konnte. Ich dachte, die Seuche würde sich austoben, ein paar Tiere dahinraffen, und die anderen würden es schon überstehen. Aber es hörte nicht auf.«

»Hatten Sie denn keinen Verdacht, was die Ursache sein konnte?«, fragte Peart.

»Ich dachte, es wäre das Fieber.

»Um Himmels willen, Mann, warum haben Sie sich keine Hilfe geholt?«

»Ich sagte ja bereits, Sir, dass ich hoffte ...«

»Was haben Sie unternommen, um die Tiere zu retten?«, fiel Peart ihm ins Wort.

»Ich habe versucht, sie zur Ader zu lassen. Das Blut war schwarz und zäh. Aber es waren so viele, Sir. Sie hatten sich angesteckt, ehe ich richtig zum Denken kam.«

»Dann haben Sie sie aus dem Stall geschafft und versucht, sie zu verbrennen?«

»Ja, das habe ich.«

»Und Ihr Gewissen mit Schnaps betäubt?«, bemerkte Mr. Royle und nippte an seinem Wein. »Eine solche Nachlässigkeit verdient den Galgen, wenn Sie mich fragen.«

»Ich war so müde, so furchtbar müde«, entgegnete Docherty. »Bei Gott, Mistress Cochran. Es ist so plötzlich über die Herde hereingebrochen wie ein Blitz aus heiterem Himmel. Sie waren eben noch so gesund und nahmen zügig zu.«

»Es war Gottes Wille, Peter«, sagte Gaddy und winkte ab, als täte sie damit nicht nur Dochertys Elend ab, sondern die ganze Katastrophe an sich. »Du hast getan, was du konntest.«

»Aber es war nicht Gottes Wille, nicht wahr, Docherty?«, sagte Peart.

»Inzwischen weiß ich, dass es das Futter war.«

»Was für Futter?«, fragte Gaddy aufhorchend.

»Sie hatten den Verdacht, es könnte die Maische sein, oder, Docherty?«, sagte Peart. »Ist das nicht der Grund, weshalb Sie den Kessel und die Ölkrüge unter dem Heu ganz hinten in der Scheune versteckt haben? Sie hatten selbst den Verdacht, Ihnen könnte beim Füttern der armen Viecher ein verhängnisvoller Fehler unterlaufen sein.«

»Zähflüssiges Blut«, sagte Gaddy, die jetzt kerzengerade dasaß. »Allmächtiger! Überschüssige Energie hat die Erkrankung verursacht. Die Symptome sind die gleichen wie bei Gasbrand. Ich habe das zwei- oder dreimal erlebt.«

»Ich wollte nur das Beste«, sagte Docherty betreten. »Ich meine, der Hof war auf dem absteigenden Ast, es lief immer schlechter. Ich hatte Angst, es würde wieder so weit kommen wie damals, als sie noch lebte. Ich meine, als die erste Mistress Cochran noch da war. Ich fand das Vieh nicht fett genug.«

»Du hast sie zu lange draußen auf der Weide gelassen«, rief Gaddy aus. »Bei entsprechender Aufstallung und Fütterung hätten sie ein gutes Gewicht erreicht.«

»Dann waren sie gar nicht wirklich krank?«, fragte Elspeth.

Mr. Peart beantwortete ihre Frage. »Zumindest war es keine ansteckende Krankheit. Ich war auch verwirrt, bis wir – Mr. Sinclair und ich – das Leinöl entdeckt haben.«

Gaddy schob ihren Stuhl zurück und stand auf. Sie war wütend und machte keinen Hehl daraus. »Ich habe es dir tausend Mal gesagt, Peter. Man darf die Mast nicht künstlich beschleunigen wollen. Und füttere den Rindern niemals frische Maische. Du wolltest, dass sie schneller Gewicht zulegen, habe ich Recht? Gott, Peter, du hast sie umgebracht.«

Sinclair erhob sich ebenfalls und ging zu Gaddy, um sie zu beruhigen. Er legte ihr linkisch einen Arm um die Schultern und versuchte, sie zurück auf ihren Stuhl zu drücken. Sie leistete erst Widerstand, gab dann jedoch nach, auch wenn sie Docherty weiterhin zornig anfunkelte.

»Verflucht, Missus, es war nie meine Absicht, die Tiere zu töten. Ich wollte nur, dass sie kräftig zulegen. Und sie sahen auch prächtig aus, bis ...«

»Das ist ein ganz typisches Anzeichen«, unterbrach ihn Mr. Peart. »Ich hätte irrtümlich angenommen, es wäre der ansteckende Gasbrand, wenn ich sie nicht persönlich untersucht hätte.«

»Das Öl muss verdorben gewesen sein«, sagte Gaddy.

»Richtig. Wir haben den Maische-Kessel gefunden, wie ich vorhin schon sagte«, sagte Sinclair. »Aber die Krüge Leinsamen haben uns erst verraten, was passiert ist.«

»Warum hast du die Krüge versteckt, Peter?«, wollte Gaddy wissen.

»Ich ... ich habe mich geschämt, Mistress Cochran.«

»Du warst wohl zu stolz, einer Frau gegenüber deinen Fehler einzugestehen, richtig?«

»Wenn das Öl verdorben war, können wir dann nicht Schadenersatzansprüche geltend machen gegen denjenigen, der es uns verkauft hat?«, fragte Elspeth.

Peart und Royle warfen ihr einen anerkennenden Blick zu, überrascht von ihrem Scharfsinn.

Sinclair schüttelte den Kopf. »Wir wissen nicht, woher das Öl stammt.«

»Wo hat Peter es denn her? Peter, sagen Sie uns, wo Sie das Öl gekauft haben«, sagte Elspeth.

Docherty errötete und wich ihrem Blick aus. »Ich weiß seinen Namen nicht. Ein fahrender Händler hat es mir billig angeboten.«

»Du hast ihm gutes Geld gezahlt, ohne die Qualität des Öles zu prüfen?«, rief Gaddy aufgebracht.

»Ich habe es geprüft. Ich habe es probiert. Es roch und schmeckte ganz frisch.«

»Er hat Sie aus einem Probierkrug die Qualität prüfen lassen, stimmt's?«, sagte Peart.

Docherty grunzte. Offensichtlich hatte er das alles bereits Lachlan Sinclair erzählt.

»Das spielt jetzt ohnehin keine Rolle mehr«, sagte Gaddy gepresst. »Aber wie viel hat der Betrüger verlangt, und wie viel Öl hat er dir verkauft?«

»Ich dachte mir, ich verfüttere eine Gallone in der Woche, mit der Maische, eine Gallone pro Kopf. Acht Wochen lang. Ich habe einhundertsechzig Gallonen gekauft. Er hatte das Zeug auf zwei Wagen. Er sagte, er würde wiederkommen und den Rest nachliefern.«

»Einhundertsechzig. Zu welchem Preis?«

»Billig, Missus. Sehr billig. Achtzehn Schilling den Zentner. Auf dem Markt hätte die gleiche Menge sechsundzwanzig Schillinge gekostet«, erklärte Docherty, als könnte er immer noch seine Fehleinschätzungen und Irrtümer rechtfertigen, die die Pächterin und ihre Tochter an den Rand des Ruins gebracht hatten. »Ich habe Öl im Wert von einem Schilling und Sixpence pro Woche und Tier verfüttert. Und sie haben sich prächtig rausgemacht, das können Sie mir glauben. Prächtig.«

»Wenn man davon absieht, dass sie es nicht überlebt haben«, entgegnete Gaddy sarkastisch.

»Ich habe das nie gewollt, Missus.«

»Nein, das wohl nicht, Peter. Aber es ist trotzdem passiert und lässt sich auch nicht wieder rückgängig machen.«

»Es ist dieser Ort. Es ist der Dyke. Verflucht sei er. Sie ist es. Dieses verfluchte Land würde jeden über kurz oder lang fertig machen. Ich schwöre bei Gott, dass ich in manchen Nächten hören kann, wie sie mich auslacht. Jawohl, *sie*. Ich kann sie dort in der Tür stehen sehen oder draußen am Teich, wo wir ...«

»Genug, Docherty«, bremste ihn Sinclair. »Ich kann auf Ihren abergläubigen Unsinn verzichten. Ihre Visionen kamen aus der Whisky-Flasche und sonst nirgendwo her.«

Leise erwiderte Docherty: »Es ist wahr, Mistress Cochran.«

»Mag sein«, entgegnete Gaddy. »Vielleicht sollte ich froh sein, die Farm los zu sein. Aber da sie mir nun nicht mehr gehört, kann ich auch deinen Lohn nicht zahlen.«

»Das ist mir klar. Und das Ganze tut mir aufrichtig Leid.«

»Bleib bis Saisonende. Bis dahin sind es noch ein, zwei Wochen. Haben Sie Einwände, Mr. Sinclair?«

Sinclair zögerte. Hätte er bei Docherty auch nur einen Hauch von Trotz ausmachen können, er hätte nicht zugestimmt. Aber er war sicher, dass der Mann nicht würde bleiben wollen, dass er sich noch vor Ende der Woche aufmachen würde auf der Suche nach einer neuen Stelle und einem anderen Acker, den er bestellen konnte.

»Keine«, sagte er. »Würden Sie uns jetzt allein lassen, Docherty?«

Unbegleitet schlurfte der Landarbeiter aus der Küche.

»Ich dachte mir, es wäre nur recht, wenn Sie die ganze Geschichte erfahren, Gaddy«, sagte Sinclair.

»Das ist nicht die ganze Geschichte«, wandte Elspeth ein. »Ich möchte wissen, woher das verdorbene Öl kam.«

»Der Händler wurde in der Gegend nicht mehr gesehen,

und ich schätze, er wird sich auch nicht mehr blicken lassen.«

»Es könnte ja auch sein, dass er gar nicht wusste, dass das Öl verunreinigt war«, bemerkte Royle, der sich inzwischen ein zweites Glas Wein genehmigte. »Ich glaube, es dürfte schwer werden, vor Gericht zu beweisen, dass der Ölverkäufer nicht in gutem Glauben gehandelt hat. Er könnte glaubhaft versichern, das Öl sei nach dem Kauf falsch gelagert worden oder ...«

»Vielen Dank, Mr. Royle, Sir«, unterbrach ihn Sinclair. »Wenn Sie so gut wären, zusammen mit Mr. Peart etwas frische Luft schnappen zu gehen ... Ich komme gleich nach.«

Anwalt und Gutachter erhoben sich und verließen die Küche.

Sinclair hob eins der Weingläser und hielt es der Highlanderin hin. »Möchten Sie?«

»Nein«, lehnte Gaddy ab. »Aber wenn Ihr Job Sie durstig macht, tun Sie sich keinen Zwang an.«

Sinclair schenkte sich zwei Fingerbreit der rubinroten Flüssigkeit ein und trank einen Schluck. Anschließend wischte er sich den Mund ab, nicht mit seinem Taschentuch, wie Elspeth registrierte, sondern mit dem Handrücken.

Hinter dem Verwalter klatschte Regen ans Fenster. Sie lauschte auf das Trommeln auf dem Dach, konnte aber nichts hören, als würde das Haus alle Geräusche verschlucken.

»Mistress Cochran ... Gaddy«, sagte Sinclair. »Es tut mir sehr Leid, dass es so weit kommen musste. Ehrlich. Coll hat es weiß Gott nicht leicht gehabt hier, aber mit Ihrer Hilfe und Unterstützung hat er es geschafft, dem Fluch ... Meine Güte, ich klinge schon wie Docherty mit seinem Gerede von Flüchen und bösem Zauber. Harte Arbeit kann jeden Fluch bezwingen. Aber das würde Ihre Kräfte übersteigen.«

»Ja, inzwischen schon«, musste Gaddy zugeben.

»Werden Sie beide vom Nettleburn allein existieren können?«

»Er hat uns früher schon ernährt«, entgegnete Gaddy.

»Ich könnte Ihnen etwas unter die Arme greifen.«

»Ich will keine Almosen«, entgegnete Gaddy und fügte dann freundlicher hinzu, »nicht einmal von Ihnen, Lachlan Sinclair, auch wenn wir uns schon eine halbe Ewigkeit kennen.«

»Sie haben meine Hilfe schon einmal angenommen.«

»Das war Freundlichkeit Ihrerseits, kein Almosen.«

»Gibt es da denn einen Unterschied?«

»Für mich gab es den, ja – und gibt es ihn noch.«

»Sie werden nie hungern müssen oder obdachlos sein, das verspreche ich.«

»Nochmals vielen Dank. Aber der Nettleburn wird uns alles geben, was wir brauchen.«

»Ihre ganz spezielle Zuflucht, richtig?«

»Das und noch mehr.«

Sinclair stand auf und nahm seine Ziegenledermappe an sich. Er klemmte sie sich unter den Arm. »Sind Sie froh, die Verantwortung für die Farm los zu sein?«

»Der Hof bedeutete Weideland, Vieh und ein Auskommen, ein gutes noch dazu«, antwortete Gaddy und erhob sich schwerfällig. »Aber er bedeutet mir nicht so viel wie meine eigene Hütte. Diese Farm hat nie wirklich mir gehört – nur auf dem Papier. Ich habe ihre Erinnerungen nicht geteilt.«

»Vielleicht wäre Coll ja auch ein klein wenig erleichtert gewesen?«

»Vielleicht«, gab Gaddy zu.

Der Verwalter geleitete sie aus dem Haus. Elspeth schloss sich den beiden an.

Es regnete nur leicht, aber der Wind wehte weitere dunkle Wolken vom Fintry herbei. In einer halben Stunde würde es auch in Balnesmoor wieder schütten. Sinclair hatte nur für sich und die beiden Männer ein Reittier vorgesehen, und Gaddy war zu alt, um noch hinter jemandem sitzend zu reiten.

»Halten Sie sich nicht mehr lange auf, Elspeth. Sehen Sie zu, dass Sie beide möglichst rasch heimkommen«, riet Sinclair.

Höflich wartete er, bis die junge Frau und ihre Mutter um die Ecke des Schuppens gebogen waren, ehe er sich in den Sattel schwang. Aber sie hatten erst wenige Meter auf dem Weg zum Nettleburn zurückgelegt, als er hinter Royle und Peart an ihnen vorbeiritt. Was aus Hearn und Docherty geworden war, kümmerte Gaddy nicht. Langsam ging sie, von Elspeth gestützt, die sie untergehakt hatte, hinter den Reitern her.

Das Mädchen hatte Peter Dochertys Erklärungen nicht nachvollziehen können. Auf sie hatte er immer den Eindruck eines Mannes gemacht, der mit beiden Beinen fest auf dem Boden stand. Aber Mammy hatte sein Gefasel vorbehaltlos hingenommen, und sofort waren Zorn und Bitterkeit mit ihr durchgegangen. Nun aber hatte sie das Kinn wieder entschlossen vorgeschoben, und ihre Augen wirkten hart wie Granit.

Als die Reiter auf der Dorfstraße außer Sichtweite verschwunden waren, machte Gaddy Halt, um wieder zu Atem zu kommen. Sie stand eine lange Minute reglos da und blickte zurück auf die Umrisse des Farmhauses und der verlassenen Nebengebäude, die sich vom Regenhimmel abhoben wie von einer Leinwand.

»Er kann den Hof haben, mit Handkuss«, murmelte sie.

»Wer?«

»Moodie.«

»James? Glaubst du, Bontine wird ihm die Farm sofort verpachten?«

»Natürlich wird er das. Moodie bekommt immer, was er will.«

»Mich hat er nicht bekommen, Mam«, widersprach Elspeth.

Obgleich das Mädchen diesen Kommentar ohne jede Ironie gemacht hatte, kicherte Gaddy. »Das stimmt.«

Sie hakte Elspeth wieder unter, wandte sich vom Dyke ab und setzte sich in Richtung der Eichenallee in Bewegung.

»Mammy, spukt es wirklich auf dem Dyers' Dyke?«, fragte Elspeth nach einer Weile.

»Noch nicht, Kleines«, erwiderte Gaddy hintergründig. »Noch nicht.«

Er kam in den frühen Morgenstunden, vor Sonnenaufgang. Draußen war es noch dunkel, und die Glut im Kamin gab nur wenig Licht. Elspeth fuhr aus dem Schlaf hoch und setzte sich auf. Sie spürte seine Gegenwart eher, als dass sie ihn sah.

»Elspeth«, flüsterte die Stimme erneut. »Elspeth.«

Sie ließ sich aus dem Bett gleiten, tastete, fand und ergriff die Axt, die sie zum Holzhacken stets neben dem Kamin bereit hielten.

»Wer ist da?«

»Peter Docherty.«

Die Axt in der Faust zog Elspeth die Decke von ihrem Bett und hüllte sich darin ein.

Mammy schnarchte und rührte sich nicht. Vor vier oder fünf Jahren wäre Mammy noch beim leisesten Geräusch wach geworden. Die Dinge änderten sich. Elspeth schlich auf Zehenspitzen zur halb offenen Tür.

»Ich bin es nur«, sagte Docherty leise. »Könntest du vielleicht kurz rauskommen, Kleines? Ich möchte mir dir reden.«

Vor dem dämmrigen Hintergrund des dunstigen Moores konnte sie seine Silhouette ausmachen. Zerrupfte Wolken zogen kalt und bedrohlich über den Gipfel des Drumglass. Sie fröstelte, zog die Decke fester um sich, stellte die Axt neben der Tür ab und ging hinaus. Sie war nicht verwundert von Dochertys Erscheinen zu dieser unchristlichen Stunde. Er war gekommen, um sich zu verabschieden.

Sie entfernte sich von der Hütte und steuerte eine Biegung des Baches an, wo eine Senke Schutz bot vor dem Wind. Peter ging ihr voraus. Er trug seine Habseligkeiten in eine Decke eingerollt auf den Armen wie einen vermummten Säugling, und einen großen Jägerkorb an einem Trageriemen über der Schulter. Er hatte seine besten Stiefel an und eine warme Hose, dazu Weste und Mantel und auf dem Kopf einen Hut, den sie noch nie an ihm gesehen hatte, mit einer runden Krone und einer breiten Krempe, eine fesche Monstrosität, die zwanzig Jahre verborgen in einer Schublade gelegen haben musste – vielleicht seit der Zeit, als er noch auf der Suche nach Arbeit umhergezogen war.

»Du gehst also fort, Peter.«

Das Gras strich nass über ihre Füße und Fesseln, aber die Luft duftete so frisch und rein, dass diese Unannehmlichkeit sie nicht weiter störte. Immerhin war es nur eine halbe Stunde vor der Zeit, zu der sie ohnehin aufzustehen pflegte. Unten im Wald krächzte verschlafen eine Krähe, und der Gesang einer einzelnen Drossel zog einen ganzen Chor von Vogelstimmen nach sich.

»Ja. Hier hält mich nichts mehr. Es ist für alle das Beste, wenn ich möglichst bald verschwinde.«

»Ich ... ich werde Sie vermissen«, sagte Elspeth.

Das entsprach nicht ganz der Wahrheit. Jetzt da es soweit war, verspürte sie nur einen Hauch von Bedauern, dass Peter Docherty aus ihrem Leben verschwand.

»Du möchtest nicht zufällig mit mir gehen?« Er machte

sich einen Scherz daraus und lachte am Ende der Frage schnaubend.

»Ich kann Mammy nicht allein lassen.«

»Nein. Du bist ein wunderbares Mädchen, Elspeth. Ich denke, ich werde dich mehr vermissen als du mich.«

»Wo wollen Sie hin?«

»Das weiß nur Gott allein!«

»Nach Fintry?«

»Nein, nein. Ich habe genug von kleinen Dörfern. Ich will in die Stadt. Ich habe gehört, dass es heutzutage Molkereien in den Städten gibt, und das heißt, dass sie Männer brauchen, die mit Kühen umzugehen verstehen. Ansonsten kann ich mich immer noch einem Trupp Wanderarbeiter anschließen. Vielleicht um bei den Ausschachtungsarbeiten für die neuen Docks mitzuhelfen.«

Elspeth wusste nicht, was sie ihm sagen sollte. Sie suchte nach den richtigen Worten, Worten, die nicht allzu unaufrichtig klangen. Vielleicht würde sie ihn ja tatsächlich vermissen, so wie man einen Onkel oder Vetter vermisste, jemanden, der lange Zeit zum vertrauten Umfeld gehört hatte.

Aber Peter überraschte sie.

»Was hast du dem Weber gesagt?«, fragte er ohne Umschweife.

»Dass ich ihn nicht heiraten würde.«

»Das muss ein harter Schlag für ihn gewesen sein.«

»Ja, er war wütend, glaube ich.«

»Hat er dich angeschrien?«

»Er hat geschmollt.«

»War sie es? Hat Gaddy dir geraten, ihn abzuweisen?«

Elspeth schüttelte den Kopf. »Es gibt für meinen Geschmack zu viel Verborgenes um James Moodie.«

Peter Docherty schwieg eine Weile. »Hör zu, Kleines. Ich kann dir nichts schenken, nichts, was du würdest haben wollen. Aber ich kann dir einen guten Rat geben. Halt dich fern von James Moodie. Du wirst nie die Meine sein, und das ist sehr schade, aber ich bete zu Gott, dass du auch nie die Seine wirst.«

»Keine Bange, Peter. Er wird sich nicht die Blöße geben, noch einmal zu fragen.«

»Ach nein? Darauf würde ich mich nicht verlassen.«

Elspeth lachte verlegen, aber Docherty meinte es ernst. Todernst.

»Ich habe Sinclair nicht alles gesagt. Der Verwalter würde mich nur auslachen und mir unterstellen, aus Eifersucht zu lügen, wenn ich ihm von meinem Verdacht erzählte.«

»Was meinst du damit, Peter?«

»Der fahrende Händler, der mir das verdorbene Öl verkauft hat«, entgegnete Docherty.

»Was ist mit ihm?«

»Ich glaube, den hat Jamie Moodie geschickt.«

»Aber Peter! Nicht doch!«

Sie sprach in einem Tonfall, der verriet, dass sie ihn nicht ernst nahm, als wäre er angetrunken oder als würde er fantasieren, als wäre er ein Kind und sie eine Erwachsene mit reichlich Lebenserfahrung.

»Halt mich nicht für verrückt, Mädchen. Ich weiß, dass ich keine Beweise habe. Aber ich habe nichts davon, wenn ich dich anlüge, oder? Das ist mein Abschiedsgeschenk an dich, Elspeth. Der Name des Mannes: Er hieß Fitter.«

»Woher weißt du das? Ich dachte ...«

»Er hatte einen jungen Burschen bei sich. Der Junge hat die Krüge abgeladen. Der Name ist ihm rausgerutscht. Hat ihn mit ›Mister Fitter‹ angesprochen.«

»Warum du nichts davon gesagt?«

»Wenn tatsächlich Moodie dahinter steckt – und ich würde mein Leben darauf verwetten, dass dem so ist –, dann wird dieser Fitter schwerer aufzuspüren sein als ein Floh im Wald. Aber merke dir den Namen, Elspeth. Vergiss ihn nicht. Fitter.«

»James würde niemals absichtlich Rinder töten.«

»Er ist es gewohnt, zu bekommen, was er will.«

Elspeth schauderte bei der Erinnerung an das gestrige Gespräch mit ihrer Mutter. Hatte sie nicht selbst Zweifel gehegt an der Unschuld des fahrenden Händlers? Sie war beunruhigt von der Information, die Peter Docherty ihr gegeben hatte. Er war ehrlich. Und sie zweifelte keine Sekunde daran, dass er selbst an seine Verschwörungstheorie glaubte. Allerdings traute sie seiner Schlussfolgerung nicht. Er hatte keinerlei Beweise dafür, dass irgendeine Verbindung bestand zwischen James und der Lieferung verdorbenen Öls beziehungsweise zwischen dem Weber und dem fahrenden Händler. Das Ganze war zu vage, zu spekulativ. Sie konnte Peters Beteuerungen, dass seine Vermutung ganz sicher zutreffe, nicht vorbehaltlos Glauben schenken. Aber sie würde seinen Rat befolgen und sich den Namen einprägen: Fitter.

Erste Fäden buttergelben Lichts tauchten zwischen den Wolken im Osten auf, und böige Winde pfiffen durch die Bäume, ließen die Vögel verstummen und veranlassten den Landarbeiter und die junge Frau, die Schultern hochzuziehen und dem Sturm den Rücken zuzukehren. Dochertys Hut zerrte an der Schnur, mit der er unter dem Kinn festgemacht war. Er legte eine Hand auf die Krone, damit er ihm nicht vom Kopf geweht wurde und über die Felder bis zur Kreuzung flog, ja womöglich noch vor ihm in Glasgow war.

Als er sprach, klang seine Stimme bestimmt und kräftig wie die auffrischende Luft. »Also, Mädchen, ich mache mich dann mal auf den Weg. Ich habe mich schon zu lange hier aufgehalten. Peter Docherty ist nicht dazu bestimmt, so lange an einem Ort zu verweilen.« Er zog die Hutkrempe herunter und den Knoten der Schnur unter dem Kinn enger. Als er die Hände wieder frei hatte, wandte er sich ihr zu und umarmte sie. Er küsste sie auf den Mund. »Wenigstens habe ich jetzt abends in der Wirtschaft etwas zu erzählen, was? Dass ich das hübscheste Mädchen im ganzen Land geküsst habe. Und wenn irgendjemand es wagt, mir zu widersprechen, bekommt er meine Fäuste zu schmecken.«

Das Seltsame war, dass er es wirklich ernst meinte. Sein fröhlicher Optimismus war zurückgekehrt, angeschlagen und verbeult wie ein altes Wagenrad, aber immer noch gut genug in Schuss, um Docherty ein einigermaßen glückliches Leben zu ermöglichen. Wenn diese Charaktereigenschaft stärker ausgeprägt gewesen wäre und Peter weniger zu Selbstmitleid und Resignation geneigt hätte, die Elspeth beide als Schwäche betrachtete, hätte sie möglicherweise mehr für den gealterten Landarbeiter empfinden können. Aber es war zu spät, zu spät, um ihr Schicksal noch zu beeinflussen.

Sie erwiderte die Umarmung und küsste ihn ebenfalls impulsiv auf die Lippen.

»Ich wünsche dir eine gute Reise, Peter Docherty, und einen sicheren Hafen am Ende deines Weges.«

»Dir auch alles Gute, Kleines.«

»Auf Wiedersehen, Peter.«

Er machte kehrt und entfernte sich mit federndem Gang trotz seines Bündels und des schweren Korbs an seiner Seite, beschwingter als sie ihn seit langem gesehen hatte.

Er hatte einen ganz leichten Whiskygeschmack auf ihren Lippcn hinterlassen.

Und in ihrem Herzen Zweifel gesät.

Der August brachte schönes Wetter mit sich, als wollte er den feuchten, wechselhaften Frühling wieder gutmachen. Im Mai, Juni und Juli regnete es fast ohne Unterbrechung. Die braven Menschen von Balnesmoor und Ottershaw hatten entschieden die Nase voll von Schlamm und Matsch und dem Waten durch Felder, die so zäh waren wie Hafergrütze. Weber Moodies prächtige neue Cheviot-Herde, die er gleich nach dem Erwerb auf einem Frühlings-Viehmarkt an der Grenze zu England hatte herauftreiben lassen, wurde bei der Dauernässe einer harten Prüfung unterzogen, und der Möchtegern-Wollproduzent musste seine Expansionspläne um ein Jahr verschieben, da das neu eingesäte Gras auf dem Dyers' Dyke nicht recht wachsen wollte. Die Macfarlanes, eine Familie von Schafhirten, die James eingestellt hatte und die nun das Farmhaus bewohnte, das Coll damals mit Etta geteilt hatte, mussten hilflos mit ansehen, wie der Hof überschwemmt wurde und das Wasser bis in die Küche sickerte, als der Brunnen überlief. Der Rest des Hauses blieb aber vom Hochwasser verschont. Die Arbeiten an der alten Mühle in Kennart wurden trotz des Regens fortgesetzt, auch wenn immer wieder Fundamente wegsackten und gerade mal kniehohe Mauern ohne Vorwarnung einstürzten. Atemberaubende tiefrote Sonnenuntergänge begeisterten alle ein oder zwei Tage. Ein vereinzelter Nachmittag meerblauen Himmels über den Bergen veranlasste die Keimlinge, in die Höhe zu schießen. Aber das Wetter spiegelte Elspeth Cochrans Seelenzustand wider und machte das Geldverdienen besonders schwierig in einem Jahr, das ihrer Familie schon genug Unheil beschert hatte.

Anna war auf Ottershaw nicht glücklicher als ihre Schwester. Allerdings stellte sie fest, dass sie die Gesellschaft der Milchmädchen und Kuhhirten auf dem großen Gut der Einsamkeit der Waldhütte und Matts säuerlicher Miene, wenn er daheim war, vorzog. Sie bekam ihre Schwester nur selten zu Gesicht und stieg selbst nur gelegentlich und aus reinem Pflichtgefühl den Berg hinauf, um Mammy zu besuchen und ihr etwas Käse oder Butter zu bringen und sich nach ihrem Befinden zu erkundigen. Anna kümmerte der Verlust des Dykes nicht. Wenn sie wie Elspeth unverheiratet gewesen wäre, hätte sie vielleicht gejammert wegen ihrer »Rechte«, aber da Colls Testament nichts an ihrer lebenslangen Strafe in Form ihrer Ehe geändert hätte, hatte sie nichts dabei verloren, dass die stinkenden Morgen Land an Jamie Moodie gefallen waren. Von Matt hatte sie gehört, dass Mr. Sinclair sich für zusammenhängendes Farmland aussprach und die Tage der Parzellierung gezählt seien. Investitionen waren unverzichtbar für eine erfolgreiche Bewirtschaftung eines großen Anwesens, und Matt meinte sarkastisch, dass sein Vater davon träume, an Ottershaw ein Vorbild zu schaffen, an dem sich jeder Grundbesitzer orientieren konnte.

Elspeth war nur noch selten daheim; sie verdingte sich zum ersten Mal als angestellte Feldarbeiterin. Obgleich sie auch auf dem Dyke keine Berührungsängste mit den Saisonarbeitern gehabt hatte, war sie noch nie an jemanden herangetreten – nicht einmal an Mr. Sinclair –, um eine Bezahlung zu fordern. Das lief ihrem ausgeprägten Sinn für Unabhängigkeit zuwider. Irgendwie kam es ihr vor, als wären Mammy und sie gesellschaftlich abgestiegen.

Nicht dass Elspeth je eingebildet gewesen wäre oder den Töchtern anderer Pächter gegenüber die Lady herausgekehrt hätte, so wie Anna es gerne getan hatte. Aber sie war auf geheimnisvolle Art anders als sie und war sich dessen in ihrer ganzen Jugend so bewusst gewesen wie ihres guten Aussehens.

Sic hatte sich angestrengt, hatte alle sich bietenden Gelegenheiten ergriffen, beispielsweise was ihre Schulbildung betraf, aber jeder Versuch, sich weiter zu entwickeln, war ihr als Exzentrik oder, schlimmer, als Arroganz ausgelegt worden, die einer Frau schlecht zu Gesicht stand. Sie hatte gelernt, mit Hacke und Dreschflegel umzugehen, hatte Butter geschlagen, mit der Sichel Farnkraut geschnitten, Ziegen gefüttert und Hühner gerupft, in eisigem Bachwasser Decken gewaschen, tagtäglich Feuerholz gehackt und mehr als nur ihren Anteil an Feldarbeit geleistet – niemand konnte ihr vorwerfen, sie sei nicht fleißig. Aber sie hatte es außerdem gewagt, in James

Moodies Kutsche zu fahren und aufgedonnert mit dem Weber am Flussufer spazieren zu gehen und in seinem Haus Tee zu trinken. Und das Elefantengedächtnis des Dorfes hatte noch einiges andere gegen sie gespeichert. Als sie nun durch den Ruin des Dykes gezwungen war, Fronarbeit zu leisten wie die meisten anderen Frauen von Balnesmoor, ergötzten diese sich an 'Pet Cochrans »Fall«, und sie überschütteten sie mit Beleidigungen, wenn sie zwischen ihnen auf dem Feld kauerte.

Aber es waren weniger Spott und Boshaftigkeiten, die Elspeth beunruhigten, als vielmehr ihre eigene Reaktion darauf. Sie stimmte den Dorfbewohnern in einem zu: Sie war keine von ihnen. Sie mochte ja so wie sie in Stall und Scheune aufgewachsen sein, auf Heuboden und im Getreidespeicher, aber ihre Saiten spielten eine völlig andere Melodie. In jenem Sommer der Ungewissheit gestand Elspeth sich dies endlich ein. Sie hielt ihren Zorn im Zaum, unterdrückte den Schmerz und nahm ihren Lohn mit großem Stolz entgegen. Sie war sicher, dass sie sich eines Tages an ihr neues Schicksal gewöhnen würde. Der August brachte einen Wetterumschwung, und im Laufe des Monats nahmen Hitze und Trockenheit immer mehr zu, bis man zum Erntebeginn von einer wahren Dürre sprechen konnte. Für Elspeth sollte es keine Gewöhnung und keine Lösung ihres Dilemmas geben, nur ein Ende, das niemand, nicht einmal James Moodie, hätte vorhersehen können.

Hitze waberte über dem Moor. In der Mittagszeit und in den kurzen kühleren Nachtstunden schien der Quilt aus Heidekraut und Ginster so flach zu atmen wie Gaddy, ein verzweifeltes Seufzen, in das sich bedrohliches Knistern mischte. Dann wieder war es so still, so unnatürlich still, dass es dem Mädchen vorkam, als wären alle Tiere bewusstlos oder tot und die Vögel auf der Suche nach kühleren Gefilden nach Norden gezogen. Nur Bussarde, Adler und Habichte profitierten vom Wetter, hoben sich gestochen scharf vom strahlend blauen Himmel ab, auf heißen Luftwirbeln dahinsegelnd, die den Augen vorgaukelten, der ganze Berghang würde dahinschmelzen wie eingefärbter Ton.

Elspeth schuftete auf Getreidefeldern, die so staubig waren, dass es aussah, als würden sie von Nebel verhüllt. Das Kratzen im Hals, juckende Beine und brennender Schweiß an den intimen Körperstellen machten die Arbeit zu einer Qual. Ein kräftiges junges Pferd, das ironischerweise einen Karren mit Wasserfässern zog, brach im Geschirr tot zusammen. Ein junger Bursche von der Wrassels-Farm drehte durch, tobte mit Schaum vor dem Mund und fantasierte, als wäre er von Dämonen besessen. Er musste eingefangen und gefesselt werden, damit man ihn baden und für eine Weile in einen dunklen Raum sperren konnte. Mindestens drei Babys wurden unter großen Schmerzen zu früh geboren und starben im tiefen, trockenen, raschelnden Getreidemeer. Unter den Männern kam es ständig zu handgreiflichen Auseinandersetzungen, und auch die Frauen gingen aufeinander los wie die Furien, kurze erschöpfende Wutausbrüche, die zur Normalität wurden an den endlosen Tagen unter sengender Sonne.

Die Ernte fiel reichlich aus, ein gutes Jahr für Pächter und Grundbesitzer, ein fetter Ertrag, der der bröseligen Erde abgerungen wurde. Das galt allerdings nur für die frühen Sorten. Jene, die in diesem Jahr spät gesät hatten, mussten sich mit einer mickrigen Ernte zufrieden geben. Getreidearten mit oberflächlichem Wurzelwerk sowie Knollengewächse verschrumpelten ebenfalls aus Wassermangel. Viele Rinder gingen ein, umschwärmt von durstigen schwarzen Fliegen. Wasserläufe trockneten aus. Da auch der Nettleburn dieses Schicksal erlitt, musste Elspeth zusätzlich zu ihren anderen täglichen Pflichten noch Wasser aus der drei Meilen entfernten Zisterne der Short-Farm holen, die sich das kostbare Nass teuer bezahlen ließen. Auch der Pegel von Blane, Lightwater und Endrick sank beständig und vor allem in den letzten Tagen des Monats, bis praktisch kein Wasser mehr übrig war, sondern nur noch stinkende, schaumbedeckte schlammige Flussbetten, auf deren gärender Oberfläche tote Fische trieben. Auch die Nacht brachte keine Kühlung für die geplagten, erschöpften Feldarbeiter. Die Menschen, die den Himmel nach Anzeichen von Wolken und Regen absuchten, hatten keinen Blick für die wunderschönen Sonnenuntergänge in Rosa- und Blauschattierungen. Viele Dorfbewohner schliefen wie die Viehtreiber unter freiem Himmel. Die Hitze in geschlossenen Räumen war unerträglich; die Häuser waren errichtet worden, um der Kälte zu trotzen und ließen sich jetzt nicht so lüften, wie es das Wetter erfordert hätte. Sicher hatte es früher noch längere Perioden gegeben, in denen kein Regen gefallen war, aber niemand konnte sich erinnern, dass die Sonne je so lange hintereinander und mit solcher Intensität auf das Land herabgeschienen hätte.

Am Sonntag quälte Leggat zu allem Überfluss die Gemeindemitglieder, die den Weg in die Kirche fanden, mit Gebeten, die sich so lange hinzogen wie die verfluchte Dürre. Auf Ottershaw organisierte Mr. Sinclair die Versorgung halb verdursteten Viehs, indem er Wasser zu den Weiden schaffen ließ. Er kaufte sogar Wasser, das inzwischen so kostbar war wie Whisky, von Montrose, transportierte es mit dem Zug vom Loch Lomond nach Balnesmoor, und die Hälfte der Arbeiter des Gutes waren mit Tränken und Bewässern beschäftigt.

Anna fand das Cottage im Wald ein wenig kühler als jeden anderen Ort, aber am besten gefiel es ihr in der Molkerei mit ihren Steinböden und den dicken Natursteinmauern. Wie die anderen Milchmädchen auch trödelte sie in den Kühlkammern, in denen Sahne, Butterfässer und Milchkannen gelagert wurden. Im Wald hielten derweil Matt und seine Kollegen Ausschau nach Feuern, die sich im staubtrockenen Unterholz spontan entzünden konnten. Schwere Arbeiten waren vorübergehend eingestellt worden, um nicht zu riskieren, dass ein Funke den ganzen Berg in Brand setzte. Oben in der Hütte neben dem staubigen Bachbett, das einmal der Nettleburn gewesen war, schleppte Gaddy sich durch die Tage, versorgte ihre armen Ziegen und Hühner und besprenkelte die vertrockneten Kartoffelbeete mit Wasser, das sie aus nassen Lappen wrang.

Das Ende der Hitzeperiode stellte sich nur langsam ein. Zunehmend dunklere Wolken zogen flach wie Pergament über Berge und Hügel hinweg. Einen Tag, eine Nacht und einen Morgen zog sich die Wolkendecke immer dichter zusammen, und obwohl die Sonne verdeckt war, wurde die Hitze durch die hinzugekommene Schwüle beinahe noch unerträglicher. Das Atmen wurde beschwerlich. Bei der kleinsten Bewegung brach einem der Schweiß aus, der bald am ganzen Körper klebte. Die Schläfen pochten, und die Augäpfel schmerzten, als die bedrohlichen dunklen Wolken immer tiefer über den Lennox hinwegstrichen.

Am Mittag des zweiten Tages brüllte das Vieh gequält. Von Moodies Schafen lagen viele reglos auf der Seite. Auf den Stoppelfeldern weigerten sich die Ponys stur, die Erntewagen zu ziehen, und die Ackergäule traten bösartig nach jedem, der ihnen zu nahe kam, als betrachteten sie plötzlich jeden Menschen als Feind. In der Bibliothek des Herrenhauses auf Ottershaw ließ Sir Gilbert das Feuer ausgehen und setzte sich ans Fenster, die Gluthitze genießend, die seine Gelenkschmerzen linderte. Aber der Gutsherr war weit und breit der Einzige, der dem Wetter etwas abgewinnen konnte. Die meisten anderen fühlten sich elend, sehnten den ersten leisen Lufthauch und Vorboten des Regens herbei, lauschten hoffnungsvoll auf ein Grollen über dem See in der Talsohle, das endlich das Ende der Folter und Dürre ankündigte.

Der Morgen war so dunkel wie der Tag des Jüngsten Gerichts. Gaddy war nervös, kribbelig. Sie schwitzte und hatte Schüttelfrost. Das bleierne Gewicht in ihrer Brust nahm weiter zu. Sie fuhr beim leisesten Geräusch zusammen, dem Flügelschlag einer Henne, dem Schrei einer Möwe, dem Weinen eines Kindes irgendwo auf der Hauptstraße, hoch und schrill genug, um die drückende Stille zu durchdringen. Die Ziegen waren unruhig, wollten weder fressen noch sich hinlegen. Innerhalb weniger Stunden steigerte sich das Grau über dem Drumglass zu Schwarz, und ja, in der Ferne, jenseits des Loch Lomond, sah sie einen Blitz zucken und hörte ein erstes leises Donnergemurmel, bei dem ihr ein erwartungsvoller Schauer über den Rücken lief.

Drüben auf dem Dyers' Dyke trieben die Macfarlanes die Cheviots vorsichtshalber von den Weiden, auf denen Bäume standen. In den Gärten von Ottershaw waren auch Lachlan Sinclairs Männer emsig und brachten Rinder und Schafe von den Wiesen am Flussufer hinauf auf höher gelegene Weiden. Sir Gilberts preisgekrönte Schafböcke wurden von ihrer von Bäumen eingefassten Weide geholt und in Pferchen auf dem Hof untergebracht. Die Molkerei wurde zweifach mit Wasser gekühlt, um zu verhindern, dass die Milch des Tages in den Kannen sauer wurde. Anna war nervös, und auch wenn sie selbst nicht wusste, warum, hatte sie Angst um Matt oben in der Kathedrale aus Kiefern, Eichen und Birken.

Elspeth hatte an jenem Tag keine bezahlte Arbeit. Sie war auf der Short-Farm gewesen, um Wasser zu holen. Schwer beladen mit einem Joch, von dem rechts und links je ein gefüllter Eimer baumelte, stapfte sie auf dem steinhart gebackenen Weg zurück zum Nettleburn. Sie fühlte sich schrecklich verwundbar und blickte immer wieder unruhig auf die kohlschwarzen Wolken am Horizont. Der Ben Lomond und die Berge von Argyll waren schon nicht mehr zu erkennen. Scharen von Möwen hoben sich weiß wie Knochensplitter von der düsteren, glatten Leinwand des Himmels ab. Zwitschernde Schwalben schossen in einem Bogen über die Dornenhecke, schwenkten abrupt um und verschwanden zwischen den reglosen Ästen der Bäume. Durch die Bäume sah sie wie unterhalb des Steilhangs Krähen ihre Nester aus Zweigen verließen. Lärmend und heiser stritten die Vögel in der zunehmenden Dunkelheit über die Klugheit, ihrem Instinkt zu folgen, um sich schließlich vor ihren Augen zu sammeln, sich in die Luft zu erheben und außerhalb ihres Blickfeldes unterzutauchen. Die Nester der Kolonie blieben verlassen zurück.

Elspeth fing an zu laufen; Wasser schwappte über den Rand der Eimer und durchweichte ihre Röcke. Sie krallte die Finger in das Joch und zog es fest auf ihre Schultern. Sie hetzte den Weg hinunter, als würden die Wolken jeden Moment Dämonen aus der Hölle ausspeien oder die zuckenden Blitze sich zu einem Speer formen, der sich in ihren Rücken bohren würde. Ihre Gedanken überschlugen sich: *Mammy wird sich fürchten, Mammy wird sich um mich sorgen, Mammy sollte nicht allein sein, Mammy hat Gewitter immer gehasst. Mammy!*

Nervosität hatte sich zu Furcht gesteigert. Als nun Rotwild ohne Vorwarnung aus dem Unterholz preschte, verwandelte sich diese Furcht in Panik. Keine Rehe, sondern Hirsche mit struppigem Fell, an der Spitze ein mächtiges männliches Tier mit schwerem Geweih, gefolgt von mehreren Hirschkühen. Sie kamen direkt auf sie zugestürmt. Elspeth warf kreischend Joch und Eimer hin und brachte sich im Wurzelwerk der Hecke auf der erhöhten Seite des Weges in Sicherheit.

Mit offenen Mäulern, die Brust mit weißen Speichelfäden bedeckt, die Augen verdreht und blutunterlaufen, jagten die Tiere in einer Staubwolke vorbei und setzten dann unter Führung des Leittieres den Hang hinauf, wobei sie die Hecke teils übersprangen, teils durch sie hindurchbrachen. Elspeth sah benommen, wie eine Hirschkuh sich an den Dornen den Bauch aufriss und hängen blieb. Sie strampelte schreiend und riss sich los, wobei sie Hautfetzen, ein rötliches Haarbüschel und frisches Blut auf den Stacheln hinterließ. Dann waren die Tiere fort und galoppierten quer über eine Ecke des Feldes dem offenen Moor zu, um sich der Sintflut zu stellen, die aus dem bleiernen Himmel auf die Erde niedergehen würde.

Die trockene Erde auf dem Weg hatte das verschüttete Wasser bereits vollständig aufgesogen. Elspeth ließ Eimer und Joch liegen, wo sie waren. Außer sich vor Angst rannte sie so kopflos weiter wie vorhin die Hirsche, zwängte sich durch eine Lücke in der Hecke und lief so schnell sie konnte über das Feld auf die dünne Rauchsäule zu, die den Standort der Hütte verriet. Sie wollte nur eins: sich in die schützenden Arme ihrer Mutter flüchten.

Ohrenbetäubender Donner ließ die Erde erbeben, und hinter ihr klatschten riesige Wassertropfen mit der Wucht von Geschossen auf die verdorrte Erde. Der Regen holte sie ein, als sie eben die Beete vor dem Haus erreichte. Gleichzeitig rumpelte Donnergrollen über den Drumglass. Gezackte Blitze tauchten den Himmel in blendendes grelles Licht, das den Himmel vom Rand des Moores ablöste. Ein schwefelgelber Lichtstreifen hob für einen Moment die Umrisse des Berges hervor, während der Regen zunahm und ein frischer Wind aufkam.

Gaddy stand an einer Ecke der Hütte und winkte hektisch ihr Kind zu sich. In Tränen aufgelöst warf Elspeth sich in Mammys starke Arme und ließ sich von ihr in die Hütte ziehen. Gaddy verriegelte und sicherte die Tür und setzte sich dann in eine Ecke neben den Kamin, die Arme wieder um die zusammengekauerte Elspeth gelegt.

Donner so laut wie Geschützfeuer ließ die Hütte in ihren Grundfesten erbeben, als der Sturm Balnesmoor endgültig erreichte.

»Er wird bald vorübergezogen sein, ’Pet«, versprach Gaddy und klang dabei mutiger, als sie sich fühlte. »Es wird nicht allzu lange dauern.«

Aber der Sturm ließ nicht nach. Er wütete und wütete, knallte und krachte den ganzen Nachmittag über und bis weit in die Nacht.

Die Luft kühlte ab, und es wurde richtig kalt. Regen trommelte auf das Strohdach und tropfte stellenweise in die Hütte. Der Wind drückte das Wasser in den Kamin, wo es zischend zwischen den Töpfen verdampfte. Den ganzen Nachmittag harrte die Highlanderin im Schutz ihrer Hütte aus. Als jedoch die Nacht nahte, wagte sie, die Tür einen Spaltbreit zu öffnen und einen Blick nach draußen zu werfen. Schieferfarbene Bäume spiegelten Eindrücke des Unwetters wider. Blitze, die in kurzen Abständen die Dunkelheit zerrissen, ließen den Regenvorhang schimmern wie Seide. Mit einiger Anstrengung zog Gaddy die Tür wieder zu und sicherte sie mit einem Seil.

Der Regen ging auf das Dach nieder wie Bleigeschosse. Donner hallte in den Steinbrüchen von Dumgoyne wider, wo das Rotwild Zuflucht gesucht hatte.

Gaddy schüttelte den Kopf. »So etwas habe ich noch nicht erlebt. Trotzdem wird es bis morgen überstanden sein.«

»Das Unwetter wird einigen Schaden anrichten, Mammy«, sagte Elspeth.

»Ja. Und nicht zu knapp«, pflichtete Gaddy ihr bei.

»Komm und leg dich ins Bett.«

Aneinander gekuschelt verbrachten Mutter und Tochter die Nacht, einander ein Gefühl der Geborgenheit spendend angesichts der ungezügelten Wut der entfesselten Elemente, Kräften, die sich jeder Kontrolle entzogen.

Aber auch am Morgen war noch kein Ende in Sicht.

Als die Dämmerung sich mühsam über die Kuppe des Moores schob, stürzte die Felswand ein, hinter der der Nettleburn entsprang, und der Fluss schoss nun heraus wie aus dem Wehr eines Staudammes. Innerhalb weniger Minuten war der Bach zu einem schäumenden Strom angeschwollen. Felsbrocken und Moorschlamm wälzten sich das Bachbett entlang und rissen bis zu den Wäldern von Ottershaw auf ihrem Weg alles mit sich fort.

Elspeth schlief noch nicht ganz, als sie den dumpfen Knall hörte. Trotz der Kakophonie von Geräuschen um die Hütte herum, eine Lärmkulisse, von der ihre Ohren schmerzten und mit deren Verarbeitung ihr Hirn einige Mühe hatte, hörte sie diesen fremden Laut heraus. Er klang bedrohlich, und da sie ihn nicht zuordnen konnte, rüttelte sie Mammy bei der Schulter wach und rief: »Was ist das? Hörst du das? Was hat das zu bedeuten?«

Gaddy setzte sich auf. Sie war noch in den Schal gewickelt, der ihren Körper verhüllte wie ein Schleier. Sie hatte schon einmal ein solches Geräusch gehört, auf dem Ben Cruachan. Damals war sie noch jünger gewesen als Elspeth heute, und sie hatte den Anblick der Schlammlawine, die sich den Berg hinunterwälzte, nie vergessen. Erdrutsch hatten die Kleinbauern es seinerzeit genannt und das Weite gesucht, obwohl die Lawine zu weit weg abgegangen war, um eine Gefahr für den Weiler darzustellen. Allerdings waren Rinder von den Erdmassen erfasst und zu Tal gerissen worden. Gaddy erinnerte sich noch gut an den Anblick der zerschmetterten Kadaver in den Schlammmassen.

Sie hatte keine Zeit zu handeln, und für Erklärungen fehlte ihr der Atem.

Sie stieß Elspeth vom Bett auf den Boden, stieg dann über sie hinweg und zerrte sie wieder auf die Füße. Elspeth hatte Rock und Oberteil ausgezogen und trug nur ein Mieder und Unterwäsche. Aber für Fragen des Anstands und der Schicklichkeit war nicht der richtige Augenblick. Die Panik erreichte ihren Höhepunkt, als Gaddy zur Tür rannte und mit fliegenden Fingern den Riegel zurückschob und das Seil entknotete.

Der Wind riss ihr die Tür aus der Hand. Jetzt war deutlich zu hören, dass das Donnern nicht vom Himmel kam, sondern vom Berg.

Im schwachen Licht des anbrechenden Tages sahen sie, dass der Nettleburn weit über die Ufer getreten war. Die Beete vor dem Haus waren knöcheltief überflutet. Unzählige Geräusche vereinten sich zu einem akustischen Chaos: Das Meckern von Ziegen, das Krachen umstürzender Bäume, das Heulen des Windes ... Aber das alles wurde übertönt vom gewaltigen Brüllen der Lawine, die sich unterhalb der Stelle gelöst hatte, an der der Nettleburn einer Fontäne gleich aus dem Fels schoss. Unter den Wassermassen hatten sich Felsen und Erdreich gelöst, die jetzt wie eine große Flutwelle den Hang hinunterglitt.

Gaddy vergeudete keine Zeit. Sie stieß Elspeth vor sich her und schrie: »Lauf. Lauf so schnell du kannst. Zum Tor. Zum Weidetor.«

Bergabwärts zu laufen, auf dem Weg nach Ottershaw, hätte sie über einen Abschnitt der Weide geführt, der jeden Moment überrollt werden würde.

Elspeth wollte Mammy nicht zurücklassen.

Sie klemmte sich Gaddys Handgelenk unter den Arm und zerrte die übergewichtige Frau von der Tür fort, durch das gurgelnde Wasser, das bereits die Hütte umspülte, seitlich um die Hausecke herum und über das Beet hinweg. Die dunkelbraune Suppe, die die beiden Frauen durchwateten, war alles, was von ihrem sorgfältig angelegten Gemüsegarten übrig war. Der sintflutartige Regen hatte den Berghang bereits in einen riesigen Wasserfall verwandelt. Die verstopften Drainagen waren hoffnungslos überfordert. Gaddy rief etwas von wegen der Ziegen. Die armen Tiere waren im Schutz des Dachüberstandes auf der Rückseite der Hütte angepflockt. Aber Elspeth hatte den Ernst der Lage erkannt und wusste, dass keine Zeit mehr war, die Ziegen loszubinden, so grausam es auch scheinen mochte, sie dem sicheren Tod zu überlassen.

Elspeth wäre nie auf die Idee gekommen, dass der Bach sich in eine zerstörerische reißende Flut verwandeln könnte. Sie hatte schon oft erlebt, wie er anschwoll, und gelegentlich war er sogar über die Ufer getreten, aber jetzt war der Verlauf des Bachbettes nicht einmal mehr zu erkennen; der Nettleburn war eine einzige braune schäumende, brodelnde Masse, die ein widerlich gurgelndes Geräusch von sich gab, als giere sie danach, alles auf ihrem Weg aufzusaugen. Noch viel größere Angst machte Elspeth jedoch die Lawine, die Springflut, die sich den Berg hinabwälzte. Sie war so vernünftig, Gaddy weiter in Richtung Farnkraut zu ziehen, auf die Rückseite des Dorfes und den Dyers' Dyke zu und nicht bergab.

Dreißig, vierzig, sechzig Meer trennten sie von der Hütte, als die Flut sie einholte. Bis zu den Knien, bis zur Taille, bis zum Rippenbogen umspülte sie der Schlamm. Elspeth war überzeugt, dass die Lawine sie jeden Moment von den Füßen reißen würde und sie in der schmutzigen Flut ertrinken würden. Hier im Moor. Ertrinken im Regen. Es kam ihr so verrückt vor, so absurd. Elspeth kämpfte darum, nicht das Gleichgewicht zu verlieren. Mammy stürzte. Ein Ende des Schals löste sich von ihrer Schulter und trieb auf dem Wasser. Elspeth krallte beide Hände in den Stoff und zerrte unter Aufbietung all ihrer Kräfte ihre Mutter daran aus dem Wasser. Sie kletterten hangaufwärts, wobei Elspeth die dicken Felsbrocken ansteuerte, die die Grenze ihres Pachtlandes markierten. Gaddy fiel erneut, richtete sich dann halb auf und befreite Elspeth von dem toten Gewicht, das an ihren Armen zerrte, um sich aus eigener Kraft bergauf zu kämpfen. Oben angelangt, ließ sie sich zu Boden sinken, streckte sich rücklings im nassen Gras aus und schloss die Augen.

Regen klatschte auf ihr Gesicht, aber Elspeth schaute nicht

ihre Mutter an, auch wenn sie ihre Mutter mit beiden Armen fest umschlungen hielt; sie starrte wie gebannt auf die Hütte.

Die Lawine aus Geröll, Gestein, Schlamm und Wasser ließ die Grenze zum Moor hinter sich und prallte auf das Gebäude, glitt über das Dach hinweg, verschluckte es und brachte das Dach zum Einsturz. Für die Ziegen bestand keine Hoffnung mehr. Vier oder fünf Hühner versuchten flügelschlagend und hopsend zu flüchten, schafften es sogar immer wieder, ein paar Meter weit zu fliegen, wurden aber eins nach dem anderen von der Flut eingeholt und verschlungen.

Elspeth konnte hören, wie die Hütte zusammenbrach. Sie leistete keinen großen Widerstand und machte auch keinen großen Lärm. Sie wurde so mühelos weggespült wie sich ein Kuhfladen im Regen auflöste. Balken ragten kurz aus den Schlammmassen und versanken dann wie zuvor das Dach in der braunen Masse. Der gemauerte Kamin hielt nur den Bruchteil einer Sekunde länger stand, um dann mit einem schwachen Ächzen ebenfalls unterzugehen. Mehr gab es nicht zu sehen. Die Hütte, die hundert Jahre oder sogar länger gestanden hatte, die ihrer Mutter Obdach geboten hatte und in der sie selbst aufgewachsen war, die Farm, deren Boden sie ernährt hatte, deren Dach sie fast zwanzig Jahre zu jeder Jahreszeit vor Wind und Wetter geschützt hatte, war Vergangenheit, verloren wie ein Blatt im Wind. Sie konnte kaum glauben, was sie sah. Dornenhecke, Weg, Erlen, Unterholz, dann die älteren Bäume, deren massige Stämme die Flut teilten und ihre vernichtende Kraft bremste. Aber sie konnte sie weiterhin hören, unterteilt in Dutzende kleinerer Lawinen und Wasserfälle, wie sie sich der Mautstraße entgegenwälzte, um zu den schmutzigen Wassermassen auf dem Talboden zu stoßen.

»Mammy«, murmelte sie. »O Mammy, sieh nur.«

Aber Gaddy antwortete nicht.

»Ich wünschte, sie würde sterben«, seufzte Anna. »Wirklich. Ich meine, was ist das für ein Leben für eine Frau wie sie, hilflos dazuliegen in unserem Hinterzimmer? Sie wird sich nie mehr erholen. Das sieht doch ein Blinder, 'Pet. Es wäre für alle Beteiligten das Beste, wenn sie für immer einschliefe.«

»Sei still«, entgegnete Elspeth grimmig.

»Sie kann mich nicht hören.«

»Sie nicht, aber ich.«

Die junge Mistress Sinclair schwieg eine Weile. Sie hielt eine Schale Tee in beiden Händen, hatte die Beine gespreizt und ließ sich, die Röcke auf dem Schoß zusammengerafft, die Schenkel vom prasselnden Feuer rösten. Sie starrte ins Feuer, während Elspeth hinter ihr den Tisch für das Abendessen deckte.

Die Küche war frisch geschrubbt und blitzblank, und doch wirkte sie überfüllt und seltsam provisorisch. In der Kaminecke lehnte eine lange Strohmatratze an der Wand, und ein Bündel Decken und Kissen nahm weiteren kostbaren Platz ein. In zwei Körben waren die wenigen Gegenstände verstaut, die Elspeth aus dem Chaos hatte bergen können, das die Flut hinterlassen hatte: Kleidungsstücke, ein paar durchweichte Stiefel mit Schnallen und ironischerweise die Brosche, die Coll Anna geschenkt hatte in einer Zeit, die unendlich weit zurückzuliegen schien.

»Rankellor hat uns nichts vorgemacht«, fuhr Anna nach einer taktvollen Pause fort. »Es ist nur eine Frage der Zeit. Ich sage ja nur, dass ich um ihretwillen wünschte, es würde nicht so lange dauern.«

»Es geht ihr ganz gut«, entgegnete Elspeth.

»Sie hat keine Schmerzen, und darüber bin ich mehr als froh«, sagte Anna, die ihrer Schwester immer noch den Rücken zukehrte. »Aber das ist doch kein Leben, oder?«

Elspeth klapperte mit den Suppenschalen und stellte sie mit lautem Knall auf den Tisch.

»Wer spricht da aus dir?«, fragte sie. »Anna oder Matt?«

»Fang nicht an, Matt zu kritisieren.« Anna drehte sich endlich um. »Immerhin hat er euch beide aufgenommen, oder etwa nicht? Ich meine, wo wärt ihr jetzt, wenn Matt nicht wäre? Sicher, ihr hättet ein Dach über dem Kopf, aber kaum mehr als eine Kammer auf dem Heuboden über dem Stall. Dort hätte sie keine Nacht überlebt, oder? Also wetz deine Zunge nicht an Matt.«

»Wenn Mammy nicht so krank wäre oder wenn auch nur ein bisschen von der Farm am Nettleburn übrig wäre, sei es auch nur ein Fleckchen trockenen Bodens, hätte ich ihn niemals gebeten, uns Obdach zu gewähren«, entgegnete Elspeth ruhig.

»Was ich damit sagen wollte, ist: Was willst du tun, wenn sie noch ein Jahr lebt?«

»Verstehst du denn nicht?«, erwiderte Elspeth knapp. »Sie ist todkrank. Ihr Herz ist derart angeschwollen, dass es jeden Moment platzen kann. Du hast doch selbst die Sorge auf Rankellors Gesicht gesehen, als er sie abgehorcht hat. Aber von der Diagnose des Doktors einmal ganz abgesehen – man braucht sie sich doch nur anzusehen.«

»Genau das meine ich ja. Mehr habe ich doch gar nicht gesagt. Ich wünschte, sie würde ...«

»Möchtest du, dass wir verschwinden?«

»Und wo würdet ihr hingehen?«

»Lass das mal meine Sorge sein. Will Matt uns aus dem Haus haben?«

Anna saugte an der Unterlippe. Sie stellte die Schale auf den Herd, faltete die Hände auf dem Schoß und starrte wieder ins Feuer, als hoffte sie, es würde sie zu einer glaubhaften Lüge inspirieren.

Aber die Wahrheit ließ sich nicht leugnen. Ihr Mann hatte sie geschlagen wegen der neuen Wohnsituation. Sie konnte ihm keinen Vorwurf machen; die kleine beengte Hütte war sein Reich. Er kam abends nach einem langen anstrengenden Tag nach Hause und wollte seine Ruhe. Das einzig Positive an ihrem abgeschiedenen feuchten kleinen Häuschen war bislang gewesen, dass sie weitestgehend ungestört geblieben waren. Es war eine Sache, mit Geschwistern auf engem Raum zu leben, aber etwas völlig anderes, Fremde im eigenen Heim aufzunehmen. Elspeth tat ihr sehr Leid. Selbstverständlich sorgte sie sich ebenfalls um Mammy, aber sie musste auch an Matt denken. Es war unfair, von ihm zu verlangen, dieses »Arrangement« über längere Zeit zu ertragen.

Mr. Sinclair war es gewesen, der 'Pet und Mammy hier untergebracht hatte, und Matts Vater hatte keinen Widerspruch geduldet. Ihr selbst – so sagte Anna sich – war es eigentlich egal. Tatsächlich hatte es auch seine Vorteile, Mam und 'Pet dazuhaben. Zum einen leisteten sie ihr Gesellschaft, und zum anderen übernahm Elspeth einen Großteil der Hausarbeit. Auch kam ihnen das Geld, das ihre Schwester aus ihren Einnahmen auf den Feldern von Ottershaw beisteuerte, gerade recht. Aber es schmerzte Anna, zu wissen, dass Mammy gleich nebenan in dem engen düsteren Zimmer lag und sie ihr weder etwas geben noch Trost bei ihr suchen konnte.

»Also, was ist?«, hakte Elspeth nach. »Wenn dem nämlich so ist, wird er sich dazu durchringen müssen, es uns persönlich mitzuteilen.«

»So grausam wäre er nicht«, entgegnete Anna ohne große Überzeugung.

»Du meinst, er würde es aus Furcht vor seinem Vater nicht wagen.«

»Rede nicht so von ihm. Ich erlaube dir nicht, schlecht über meinen Mann zu sprechen.«

Anna stand auf, bereit, einen Streit anzufangen. Eine Auseinandersetzung wäre genau das Richtige, um ihre Unzufriedenheit und Frustration abzureagieren. Ein guter schwesterlicher Streit würde sie aufheitern und etwas von der Spannung abbauen, die in der Luft lag.

Aber Elspeth hob in einer begütigenden Geste die Hand. »Hör doch.«

»Was ist?«

»Mammy.«

»O Gott!« Furcht schlich sich in Annas Herz.

Sie schreckte vor der Bedeutung des Geräuschs aus dem Hinterzimmer zurück, so wie sie vor jedem Laut von dort zurückschreckte. Sie fühlte sich der Frau entfremdet, die still und klaglos unter den Decken lag, verunsichert von ihrer ungewohnten Hilflosigkeit und Schwäche.

»O Gott, 'Pet. Was ist mit ihr?«

Es war nichts; ein Husten, pfeifend wie ein defekter Blasebalg.

»Es geht ihr gut«, antwortete Elspeth.

»Geh und sieh nach ihr«, drängte Anna sie nervös.

Obwohl sie und nicht Elspeth Gaddys leibliche Tochter war, brachte Anna es nicht über sich, ihre Mutter zu pflegen. Sie konnte Gaddys Kranksein nicht ertragen, den Verlust der mütterlichen Aufmerksamkeit, die Körperlichkeit ihrer Invalidität. Und so stählte sie sich jeden Abend, bevor sie das Hinterzimmer zu ihrem täglichen Pflichtbesuch betrat, als müsse sic dort körperliche Qualen ertragen. Mit einem angespannten Lächeln und einem liebevollen Satz, der noch auf ihren Lippen erstarb, beugte sie sich über die Todgeweihte und drückte ihr einen flüchtigen Kuss auf die Stirn. Es waren Mammys Augen, die für sie am schwersten zu ertragen waren, Augen, in denen nicht nur die Liebe, sondern sogar das Erkennen beinahe erloschen war.

Gaddy hustete wieder. Wäre Anna mit ihr alleine im Cottage gewesen, was nie der Fall war, wäre sie in Panik zur Tür gestürzt, überzeugt davon, dass dieser ganz gewöhnliche Laut den Tod bedeutete. Elspeth hingegen wirkte, obgleich viel fürsorglicher, in mancher Hinsicht unbekümmerter, ja beinahe gleichgültig.

»Geh besser zu ihr, 'Pet«, drängte Anna.

»Es ist nur ein Kratzen im Hals.«

Aber Elspeth ging trotzdem zu der geschlossenen Tür und öffnete sie leise. Sie betrat das dunkle Zimmer. Anna tat einen Schritt vor und lauschte mit geneigtem Kopf, um zu hören, ob nebenan gesprochen wurde.

Sie fühlte sich ausgeschlossen.

Zwei oder drei Minuten später kehrte Elspeth zurück.

»Sie hat Durst«, erklärte sie. »Ich mache ihr einen Tee.«

»Wird das nicht ...?«

»Nein, der wird ihr nicht schaden.«

In einer großen schlanken Flasche war Medizin, ein Sirup, den Doktor Rankellor bei seinem letzten Besuch einen Tag nach der Flut dagelassen hatte.

Der alte Doktor war aus dem Ruhestand in den Dienst zurückgeholt worden, da nach dem Unwetter viele seiner Hilfe bedurften. Zwei Kinder waren in einem Cottage in Killearn verletzt worden, als eine große Esche auf das Haus stürzte. Eins der Kinder war seinen Kopfverletzungen erlegen. In Balnesmoor hatte es ebenfalls einen Todesfall gegeben. Die fast neunzig Jahre alte Mistress Meldrum war von einer Windböe von den Füßen gerissen worden und zehn Meter von ihrem Häuschen entfernt in einer einen halben Meter tiefen Pfütze ertrunken. Um diese und andere Fälle, darunter zahlreiche Frakturen, hatten sich Rankellor und ein junger Mann namens Carswell, der bei einem Knocheneinrenker in die Lehre gegangen war und jetzt in Drymen lebte, gekümmert.

Schlimmere Verluste waren beim Vieh zu verbuchen. Viele Herden waren durch das Hochwasser beim Zusammenfluss von Blane und Endrick dezimiert worden sowie auf den niedrig gelegenen Weiden entlang dem Lightwater. Hunderte von

Tieren waren ertrunken und vier Ochsen und ein Pferd vom Blitz erschlagen worden. Auch die Gebäudeschäden waren erheblich und reichten von abgedeckten Stroh- und Schieferdächern über eingestürzte Kamine bis hin zu Häusern, die unter umstürzenden Bäumen begraben worden waren. Das Wohnhaus auf der Wrassles'-Farm war fast bis zum Dach überflutet und wie Gaddys Hütte von den Wassermassen fortgespült worden. Die Überschwemmung des Talbodens hatte die noch nicht abgeernteten spätreifen Feldfrüchte ruiniert sowie große Mengen bereits eingelagerten Getreides fortgeschwemmt und in den See oder an Brückenpfeiler gespült. James' neues Fabrikgebäude am Kennart war zur Hälfte eingestürzt. Nur die hohen Bögen der Konstruktion hatten es davor bewahrt, vollständig unter der Last der Wassermassen in sich zusammenzufallen. Ohne die Bögen wäre auch das alte Mühlrad verloren gewesen, und das hätte ein so großes Loch in Moodies Finanzen gerissen, dass es sogar ihn geschmerzt hätte.

Aber für Anna und Elspeth verblassten Elend und Unglück der anderen neben ihrem eigenen Los. Von den Morgen Land am Nettleburn waren nur noch steinige Schlammfelder zurückgeblieben, die wie Kerzenwachs erstarrt waren und dreihundert Meter weit von dort, wo der Bach aus dem Fels schoss, bis zur Mautstraße reichten. In ein oder zwei Jahren, sagte Rankellor, würde die Natur die Narbe mit neuem Bewuchs auflockern, aber Mr. Sinclair hatte ihnen erklärt, dass sich zuerst die widerstandsfähigsten Pflanzen wie Farn, Heidekraut und Disteln dort breit machen würden, bis das Moor sich so weit an die Straße heranschob wie seit hundert Jahren nicht mehr.

Die Ziegen waren ertrunken, ebenso Hahn und Hühnerschar. Die eingelagerte Ernte war ebenso unter der Schlammschicht begraben wie die bepflanzten Felder und die Hausruine. Elspeth war drei Tage nach dem Unwetter, als der

Schlamm anfing zu trocknen, dort gewesen und hatte ein paar Kleidungsstücke gerettet und das, was sie überhaupt zu dieser Suche veranlasst hatte: die Holztruhe, in der Gaddy ihr Bargeld aufbewahrte. Die Kiste ragte am Rand der Dornenhecke aus dem Schlamm, nicht weit von dem Kadaver einer der Ziegen entfernt. Die Ersparnisse der Familie – achtundvierzig Pfund – befanden sich noch in dem Leinenbeutel, größtenteils sehr alte Guineas und dazu eine feuchte Banknote.

Anna war völlig entgeistert, dass es nur so wenig war. Ob denn früher nicht mehr Geld da gewesen wäre, wollte sie von ihrer Schwester wissen. War die Grenze zur Armut immer so nah gewesen?

Elspeth schüttelte den Kopf. Sie wusste hierauf keine Antwort. In Gelddingen hatte Mammy sie nie ins Vertrauen gezogen. Es war auch immer so unwichtig erschienen. Geld. Und es hatte ganz den Anschein, als wären sie – sie selbst und Anna – in einer Welt der Illusionen aufgewachsen. Wie nah hatten sie doch all diese Zeit am Abgrund gelebt. Und wie schwer musste dies auf Gaddy gelastet haben, trotz Colls ungewöhnlicher Vereinbarungen mit Anwälten und Gutsherr. Mit einem Schlag hatten sie Dyers' Dyke und Nettleburn verloren.

Aber der materielle Verlust verblasste neben Mammys Herzattacke und ihrem weiterhin kritischen Zustand. Wie Rankellor ihnen ganz offen gesagt hatte, hätte sie eigentlich schon in jener verhängnisvollen Nacht das Zeitliche segnen müssen. Und auch wenn sie die Wahrheit tief in ihrem Herzen vergraben hielt, wünschte Elspeth manchmal, Mammy wäre tatsächlich an jenem chaotischen Morgen oben auf ihrer Farm gestorben, da dies ein würdiges Ende für diese außergewöhnliche Frau gewesen wäre.

Elspeth schenkte Tee in eine Schale. Sie gab Zucker aus einem Behälter aus dem Regal hinzu, rührte um und blies auf die dampfende Flüssigkeit, um sie abzukühlen. Dann trug sie die Schale und einen runden Löffel zum Hinterzimmer, misstrauisch beäugt von Anna, die schmollend in der Küche saß.

Schon der Rauch einer Kerze reizte Gaddy zum Husten, sodass sie dazu verdammt war, reglos im Dunkeln zu liegen, wenn sie weiterleben wollte.

Es war fünf Wochen her, dass sechs kräftige Burschen von Ottershaw sie auf einer improvisierten Trage den Hügel hinuntergeschafft hatten, obwohl sie eigentlich dringend auf dem Gut gebraucht wurden. Seitdem hatte Gaddy kaum ein Wort gesagt. Es war nicht so, dass sie nicht hätte sprechen können, aber der Schock hatte sie verwirrt, und seitdem litt sie auch an Herzrhythmusstörungen.

Elspeth fütterte sie, wusch sie, wechselte ihre Bettwäsche und lebte mit einem Schweigen, das weder billigend noch missbilligend war, sondern völlig gleichgültig schien, was so gar nicht zu Mammy passte und sie ihr entfremdete. Nie hatte Elspeth sie mehr geliebt. Bislang war diese Liebe von Selbstmitleid und Zukunftsangst nicht berührt worden. Und so fürchtete Elspeth sich vor allem davor, dass Mammys Inkontinenz und Hilflosigkeit irgendwann in ihr Verachtung aufkeimen ließen, die die schönen Erinnerungen verdarb, die ihr noch so viel bedeuteten. Für Anna war die Frau nebenan nur noch ein Klumpen Fleisch und nicht ihre Mammy. Elspeth wehrte sich – noch – gegen diese Einstellung.

Sie nahm auf einem Holzstuhl dicht neben dem Bett Platz.

»Mammy?«, sagte sie leise. »Mammy, ich habe dir Tee gebracht.«

Gaddy fiel das Schlucken schwer, und so fütterte Elspeth sie mit in Milch eingeweichtem Brot, Rührei oder Brühe, kaum genug, um eine Maus am Leben zu halten. Am besten aber schien ihr Tee zu schmecken, lauwarm, süß und angenehm adstringierend.

Elspeth hob ihren Kopf um ein paar Zentimeter an. Gaddy konnte weder aufrecht sitzen noch ganz flach auf dem Rücken liegen. Der pfeifende Atem ihrer schwachen Lungen kündete von Schmerzen, und wenn ihr krankes Herz sie quälte, verzog sie das Gesicht wie nach einem Schluck Essig, schürzte die Lippen und kniff die Augen zusammen. Elspeth stützte Mammys Kopf mit dem Arm und drückte die Schale in eine Kuhle der Bettdecke. Sie tauchte den Löffel in den Tee und hielt ihn der alten Frau an die Lippen. Gaddy schluckte artig, den vagen Blick auf den Löffel gerichtet. Erkannte sie denn die Hand nicht, die sie hielt, das Gesicht dicht bei ihrem?

Wieder führte Elspeth den Löffel an die blutleeren Lippen und wischte Gaddy mit dem Fingerknöchel vorsichtig Speichel vom Kinn.

Unerwartet legten sich hierbei Gaddys Finger um ihre.

»He-heim?«, flüsterte sie. »Heim...gehen.«

»Bald, Mam.«

»Net'burn.«

»Ja, zum Nettleburn.«

Gaddy runzelte leicht die Stirn.

»Dunkel hier.«

»Ich bringe Licht mit, wenn ich ins Bett komme.«

»J-jetzt ... heim...gehen ... 'Pet.«

Die Erregung der alten Frau beunruhigte Elspeth. Emotionen bedeuteten Gefahr. Aufregung konnte einen weiteren Herzanfall auslösen. Harry Rankellor hatte ihr dies ziemlich ausführlich erläutert.

»Himmel sehen«, presste Gaddy mühsam hervor.

»Es ist alles in Ordnung, Mam.«

»Zeit ... für Aussaat. Ziegen melken«, stammelte Gaddy.

An welchem Punkt hatte ihre Erinnerung ausgesetzt? Aber im Grunde spielte das keine Rolle. Wichtig war, dass sie Interesse zeigte, Fragen stellte. Vielleicht würde sie sich ja doch wieder erholen.

Elspeth legte den Löffel in die Schale.

»Wir werden bald heimgehen«, sagte sie. »Versprochen. Bald wirst du wieder den Himmel sehen, Mammy, das Moor und die Berge.«

Gaddys Kinn sank auf ihre Brust. Ein Lächeln umspielte ihre Mundwinkel, und Elspeth glaubte, in den traurigen, verschleierten Augen einen Hauch von Zufriedenheit zu erkennen. Der friedliche Augenblick fand jedoch ein jähes Ende, als die Haustür mit lautem Knall zufiel.

»Weilt sie immer noch unter den Lebenden?«, polterte Matt Sinclair laut.

»Halt dein großes Maul, Matt«, fuhr Anna ihn an.

Der junge Mann trat in die Tür zum Hinterzimmer, und seine kräftige Gestalt verdunkelte dieses noch zusätzlich. Er hatte getrunken. Das war fast immer der Fall, wenn er so spät nach Hause kam. Anna war an seiner Seite und zerrte an seinem Arm. Er stieß sie mit dem Ellbogen fort.

»Ach, da ist ja auch deine reizende Schwester. Froh, dass ich wieder daheim bin, 'Pet?«

»Matt, komm weg da. Komm. Ich habe Suppe für dich auf dem Herd«, flehte Anna und wich dabei geschickt seinen abwehrenden Schlägen aus. »Lass Mammy in Frieden.«

Und dann war es vorbei.

Matt schlug die Tür der winzigen Kammer zu und tauchte die sterbende Frau und das Mädchen in Dunkelheit.

Elspeth – und vielleicht auch Mammy – konnte sein Gelächter hören, dann Annas Proteste und schließlich ihr Quieken.

Elspeth wusste, dass sie in dieser Nacht von den Geräuschen geweckt werden würde, die das raue Liebesspiel des jungen Ehepaares begleiteten. Angespannt würde sie daliegen und dem Schnaufen und Grunzen lauschen, das durch die dünne Trennwand drang. Und auch Mammy würde es hören. Das war das Schlimmste daran, das Unerträgliche. Matts Zurschaustellung seiner Lust hatte etwas abstoßend Selbstsüchtiges an sich. Wie würde sie an Annas Stelle reagieren? Wenn sie Matts Frau wäre? Aber sie war nicht Anna, ja, sie war nicht einmal wirklich mit ihr verwandt. Zum ersten Mal war sie froh darüber.

Sie hob den Löffel erneut an den faltigen Mund und versuchte, so zu tun, als könnte sie die laute, derbe männliche Stimme im Nebenzimmer nicht hören. »Gott, wenn sie Frieden braucht, den kann ich ihr geben. Ein Kissen über Mund und Nase, und sie hat in zwei Minuten ihren Frieden. Für immer.«

Elspeth streichelte in der Dunkelheit Mammys Wange und fühlte Tränen. Sie war schockiert, als sie realisierte, dass Mam alles gehört und auch verstanden hatte.

Linkisch legte sie Gaddy einen Arm um die Schultern und drückte sie, tapfer gegen die eigenen Tränen ankämpfend.

»Ruhig, Mammy, beruhige dich. Kümmere dich gar nicht um ihn.«

Sie waren Matt Sinclairs Gefangene, gefangen durch Umstände und Krankheit.

Aber Elspeth hatte ihren eigenen Willen, und in diesem demütigenden Moment fällte sie eine Entscheidung.

Spät in jener Nacht hockte sie im Hinterzimmer, im schwachen Schein eines Kerzenstummels, der oben in einer Flasche steckte, und schrieb einen Brief, den sie gleich am nächsten Tag überbrachte, kurz nach Morgengrauen, lange bevor das Dorf erwachte.

Einen Tag später brachte ein Bursche von Moss House die Antwort.

Es ließ sich nicht so ohne weiteres arrangieren. James Simpson Moodie hatte an jenem Tag gleich mehrere wichtige Termine, die er nun absagen oder verschieben musste. Aber er ließ sich hiervon nichts anmerken, als Elspeth Cochran um zwei Uhr am folgenden Tag fein zurechtgemacht in ihrem Sonntagsstaat in den Salon geführt wurde.

Die Umstände hatten sich entscheidend zu seinem Vorteil entwickelt. Aber James Moodie triumphierte nicht. Er ließ weder durch sein Gebaren noch durch Worte durchblicken, wie verzweifelt ihre Lage war. Er war vielleicht nicht mehr ganz so bemüht, vielleicht auch eine Spur weniger herzlich, aber noch ebenso höflich wie vor einem halben Jahr.

Der Dyers' Dyke gehörte ihm ebenso wie der Nettleburn, wenn er es wollte, so verschlammt dieser auch sein mochte. Die junge Frau hatte somit keine Mitgift mehr, konnte ihm keinen materiellen Vorteil mehr bieten. Und doch respektierte er den Umstand, dass sie weder hochfahrend noch unterwürfig auftrat, sondern einen Pragmatismus an den Tag legte, der zumindest oberflächlich James Moodies eigenen Charakter widerspiegelte.

Er gab ihr ein Glas süßen spanischen Wein und erkundigte sich nach dem Befinden ihrer Mutter. Sein Mitgefühl klang förmlich, war aber echt.

Die junge Frau wartete wohl erzogen, dass er sie zum Sprechen aufforderte.

»Darf ich fragen, was Sie hergeführt hat, Elspeth?«

Sie stellte das Weinglas auf den Tisch, straffte die Schultern, faltete die Hände im Schoß und erwiderte seinen Blick.

»Sind Sie immer noch daran interessiert, mich zu heiraten, Mr. Moodie?«

»Es scheint, als hätte ein Wandel der Umstände auch einen Wandel in Ihrem Herzen bewirkt. Ist es so?«

»Im Großen und Ganzen, ja.«

»Elspeth, Sie heute zur Frau zu nehmen brächte mir nicht mehr dieselben Vorteile wie noch vor einem halben Jahr.«

»Ich habe nichts zu bieten und komme nur mit einem Haufen Bedingungen im Gepäck her«, gab sie zu.

James Moodie war verblüfft. »Bedingungen?«

»Vielleicht wäre es nur fair, Ihnen meine Bedingungen erst mitzuteilen, bevor Sie mir Ihre Antwort geben«, sagte Elspeth.

»Nein, das wäre ganz und gar nicht fair. Nein, Elspeth, ich kann Ihnen meine Antwort schon vorher geben. Ja, ich möchte Sie immer noch zur Frau.«

Sie seufzte.

»Anders, als Sie seinerzeit geglaubt haben – oder als man Ihnen möglicherweise erzählt hat –, hatte ich keine materiellen Hintergedanken, als ich um Ihre Hand angehalten habe.«

»Ist das auch wirklich wahr, James?«

»Ich schwöre es.«

»Und aus welchem Grund ...«

»Stell dich doch nicht dümmer, als du bist, Mädchen. Siehst du denn nie in den Spiegel?«

Bei jedem anderen Mann wäre sie errötet vor Freude bei diesem Kompliment. Obwohl keine Spur von Falschheit oder Unaufrichtigkeit in James Moodies Tonfall mitschwang, hätte sie eine Antwort vorgezogen, die von praktischen Hintergründen zeugte.

»Ich vermute allerdings, dass du weniger romantisch veranlagt bist als ich. Also, lass deine Bedingungen hören, Elspeth, und wir diskutieren darüber, da du in mir ja einen gewieften und berechnenden Intriganten siehst. Ich bin allerdings nicht dumm, und ich bin ziemlich sicher, dass du mich nicht um meiner selbst willen heiraten willst. Egal. Ich habe in meinem Herzen mehr als eine Geldkassette und einen Aktenschrank. Viel mehr.«

Fast schien es, als wären James die Anschuldigungen zu Ohren gekommen, die Peter Docherty gegen ihn erhoben hatte. Elspeth war versucht, ihn herauszufordern, um zu hören, wie er es abstritt. In diesem Moment der Erleichterung hätte sie keine Sekunde an seinen Worten gezweifelt und ihr Misstrauen ein für alle Mal begraben. Aber sie blieb skeptisch.

»Meine Mutter hat nicht mehr lange zu leben. Sie leidet, hat starke Herzbeschwerden. Doktor Rankellor schätzt, dass sie noch höchstens ein, zwei Monate leben wird.«

Seltsamerweise spiegelten seine Züge echte Trauer wider und nicht nur höfliche Anteilnahme oder feierlichen Ernst. Elspeth verstand das nicht; immerhin waren er und ihre Mutter immer verfeindet gewesen.

»Ich wusste nicht, dass ihre Erkrankung so ernst ist«, sagte er.

»Sie könnte noch in dieser Nacht im Schlaf das Zeitliche segnen«, entgegnete Elspeth. »Es ist also wirklich ›ernst‹.«

»Grundgütiger!«

»Es ist sehr wichtig, dass Ihnen klar ist, dass keine Hoffnung auf Genesung besteht. Sie ist nicht einmal ein Invalide, der auf Medikamente und gute Pflege ansprechen würde.«

James nickte. »Ich verstehe.«

»Wenn Sie wollen, können Sie gerne mit Harry Rankellor sprechen.«

»Ich glaube dir, Elspeth. Und bitte sei nicht so förmlich. Duzen wir uns, ja? Immerhin wollen wir heiraten.« Er lächelte sie an und wurde gleich darauf wieder ernst. »Haben die Bedingungen, die du vorhin angesprochen hast, etwas mit deiner Mutter zu tun?«

»Wir wohnen zurzeit bei meiner Schwester und meinem Schwager. Das Haus ist zu klein und eng, als dass wir friedlich miteinander auskommen könnten. Sie ... du hast hingegen Platz in Hülle und Fülle.«

»Sie wird sich nicht darauf einlassen. Gaddy – deine Mutter – wird dir nicht erlauben, sie unter meinem Dach unterzubringen.«

»Sie hat nicht mehr die Kraft, sich dagegen zu sträuben«, entgegnete Elspeth. »Außerdem wird sie nachgeben, wenn ich sie darum bitte.«

»Wenn das so ist, holen wir sie gleich her. Allerdings muss

dies völlig unabhängig von unserem Ehevertrag geschehen. Ich bin kein so übler Schurke, dass ich einen Vorteil aus einer tödlichen Erkrankung schlagen würde.«

»Nein«, erwiderte Elspeth. »Ich werde dich aus freien Stücken heiraten, James.«

»Ich will keinen Märtyrer an meiner Seite, hast du verstanden?«

Sie lachte gezwungen. »Ich bin viel zu hübsch für einen Märtyrer, oder?«

Aber der Weber war nicht zum Spaßen aufgelegt. »Elspeth, ich bin nicht auf ein ›Arrangement‹ aus. Ich wünsche mir dich als Lebensgefährtin, als Partnerin.«

»Wenn du willst, James, kannst du unsere Verlobung bekannt geben. Mam und ich werden auf unbestimmte Zeit Gäste in deinem Haus sein. Ich verlange ein sauberes, helles und luftiges Zimmer für meine Mutter. Wenn möglich im Obergeschoss.«

»Mit Blick auf den Nettleburn?«

»Ja.«

»Soll sie haben.«

»Wenn meine Mam ... gestorben ist, können wir uns nach einer Trauerzeit von sagen wir drei Monaten trauen lassen.«

»Das sind deine Bedingungen?«

»Ja.«

»Ich werde tun, worum du mich bittest, ohne die Bedingung eines Heiratsversprechens daran zu knüpfen.«

»Mein Ruf in Balnesmoor ist auch so schon nicht der beste«, entgegnete Elspeth. »Da hat es schon genügt, dass du mir den Hof gemacht hast. In deinem Haus zu leben, ohne dich zu heiraten, wird meinen Ruf für alle Zeit ruinieren.«

James lachte schnaubend.

»Du musst deinen Preis zahlen, nicht wahr, so oder so«, entgegnete er.

»Dann sind wir uns einig, James?«

James Moodie erhob sich und kam zu ihr. Er nahm ihre Hände und zog sie sanft auf die Füße. Er küsste sie linkisch auf die Wange, so wie ein Vater seine Tochter küssen mochte.

»Abgemacht«, sagte er. »Ich schicke gleich morgen Früh eine Kutsche nach Ottershaw.«

»Es ist nicht gut genug für dich bei uns, nehme ich an«, sagte Anna. »Hier schenkt man dir wohl nicht genug Aufmerksamkeit, was? Also gut! Dann geh doch.«

»Und komm bloß nicht irgendwann jammernd angekrochen«, pflichtete Matt Sinclair seiner Frau bei.

Der junge Waldarbeiter hatte seinem Vorgesetzten Bescheid gegeben, dass er sich an diesem Morgen verspäten würde. Er hatte behauptet – und wer sollte dies bestreiten, war er doch bei all seinen Fehlern immer noch der Sohn des Verwalters –, dass er helfen müsse, seine kranke Schwiegermutter an einen Ort zu bringen, an dem sie gepflegt werden würde. Er erwähnte weder Moodie noch den Umstand, dass seine Schwägerin ebenfalls unter dessen Dach wohnen würde. So etwas hatte es noch nicht gegeben, und so brachte er diese Ungehörigkeit einfach nicht über die Lippen.

An Anna verschwendete Matt kaum einen Gedanken, auch wenn sie in der vergangenen Nacht eine gute Stunde an seiner Brust geheult hatte wie ein verdammtes Kind, nur weil ihre Mammy auszog.

Aber Matt beschäftigte etwas völlig anderes, nämlich Elspeth' Aussehen und der Vergleich zwischen den Schwestern, der sich ihm aufgedrängt hatte, der Vergleich zwischen jener, die er geheiratet, und jener, die er verschmäht hatte. Elspeth hatte all das, was Anna nicht hatte: Sie war gehorsam, fleißig, pflichtbewusst, aufmerksam und verstand es, ihre Zunge im Zaum zu halten. Darüber, wie sie wohl im Bett gewesen wäre, sollte Matt in den kommenden Jahren noch öfter nachdenken, wenn auch nicht wirklich ernsthaft, war er doch dumm genug zu glauben, dass eine Frau war wie die andere, wenn es darum ging, einen Mann in dieser Hinsicht zu befriedigen.

Und Matt war froh, die Highlanderin endlich wieder los zu sein. Krank und schwach war sie nur eine Last und lenkte dazu noch Anna ab, wo er doch deren ganze Aufmerksamkeit für sich beanspruchte. Er fragte sich nur, wie sie Gaddy Cochran zu Moodie bringen wollten, ohne ernsthaft ihr Leben zu gefährden. Und so trieb er sich mehr aus Neugier denn aus Sorge den halben Morgen im Haus herum.

Anna war verletzt gewesen von Gaddys Zustimmung. Mammy hatte trotz ihrer Schwäche deutlich gemacht, dass sie gewillt war, alles zu tun, was 'Pet für richtig hielt. Sie konnten nicht sicher sein, dass die alte Frau verstanden hatte, wo sie künftig untergebracht sein würde, und so hatte Anna die Geduld verloren und sie von der Schlafzimmertür aus angeschrien: »Sie bringt dich zu Moodie! Du wohnst also lieber bei Moodie als bei deinem eigenen Fleisch und Blut!?«

Mammy hatte es irgendwie geschafft zu nicken, wenngleich ihre Augen bis auf zwei schmale Schlitze geschlossen waren und sie aufgequollen wirkte, als bestünde ihr Gesicht nur aus Mund und Wangen. Sie rang zwei, drei Minuten nach Luft, ehe sie sprechen konnte.

»Wie ... 'Pet sagt. Ja«, flüsterte sie.

Und jetzt war es so weit, sie zog in Moodies Haus, nicht um dort zu leben, sondern um dort zu sterben.

Elspeth war es also doch noch gelungen, sie ihr wegzunehmen.

Als das Cabriolet den schmalen Pfad zwischen den Kiefern heraufkam, kratzten die Nadeln der umstehenden Bäume an seinem glänzenden Lack. Der Kutscher musste seine ganze Geschicklichkeit aufbringen, um das Pferd, dessen Blickfeld durch Scheuklappen eingeschränkt wurde, durch den Wald zu steuern.

In einem beinahe hysterischen Anfall rief Anna: »Ihr könnt sie nicht wegbringen. Ihr könnt mir nicht meine Mammy wegnehmen«, als wäre die Kutsche ein Leichenwagen und das Bett – in dem sie transportiert werden sollte – ein Sarg.

Elspeth' Augen waren geweitet, und sie hatte die Lippen fest zusammengepresst. So viel hatte sie von James Moodie gar nicht erwartet. Es war ein Zeichen seines komplexen Charakters.

Im Inneren des schönen, teuren Cabriolets war die Polsterung entfernt worden, sodass praktisch nur die äußere Hülle erhalten war. Dazu war eine Halterung aus Holzklötzen und Lederriemen angebracht worden, um das Bett zu fixieren, damit Gaddy es einigermaßen bequem hatte. Der Umbau war über Nacht erfolgt, sorgfältig geplant und ausgeführt. Dem Cabriolet folgten in einer Reihe hintereinander Moodies Gärtner und zwei der Macfarlane Söhne, insgesamt sechs Mann. Aber von allen Gesten, die der Weber sich hatte einfallen lassen, überzeugte keine Elspeth so sehr von seiner guten Seele wie seine Anwesenheit.

In Tweed gekleidet wie ein einfacher Arbeiter saß er neben dem Fahrer oben auf dem Kutschbock.

James stieg von der Kutsche, ging zu Elspeth hinüber, nahm ihre Hand und küsste diese zärtlich.

»Ist Gaddy im Haus?«

»Ja, James.«

Matt Sinclair stellte sich vor ihn. »Das ist mein Haus, wissen Sie?«

James Moodie drehte den Kopf und musterte den jungen Mann vom Scheitel bis zur Sohle.

»Darf ich eintreten?«

Nicht einmal von Sir Gilbert oder gar dem Herzog hätte der Weber sich in diesem Augenblick verbieten lassen, das zu tun, weswegen er hergekommen war.

»Komm, Elspeth«, sagte er.

In Begleitung der jungen Frau betrat James das Cottage und steuerte gleich das Hinterzimmer an.

Gaddy hatte jedes Zeitgefühl verloren. Sie lag halb aufgerichtet im Bett, den Blick an die Deckenbalken geheftet, schwer atmend und mit schlaffem Mund. Elspeth hatte sie gewaschen und ihr das Haar gebürstet, sie umgezogen und ihr die mit Spitzen besetzte Haube aufgesetzt sowie einen Wollschal um die Schultern gelegt. Gaddy schien jedoch nicht zu begreifen, wozu das alles gut sein sollte; sie konnte keine Verbindung herstellen zwischen dem Geschrei des vergangenen Abends und den Ereignissen, die jetzt stattfanden.

James Moodie nahm die Kopfbedeckung ab.

»Es tut mir aufrichtig Leid, Sie so zu sehen, Mistress Cochran. Ich werde mich bemühen, Ihre Fahrt so angenehm wie nur möglich zu gestalten.«

Vier Männer zwängten sich in die Kammer; Matt Sinclair war nicht unter ihnen.

Das Ganze verlief völlig glatt und so effizient wie ein einstudiertes Zeremoniell. Elspeth nahm an, dass sie den Ablauf tatsächlich vorab geprobt hatten. Die Matratze wurde von vier der Männer mitsamt der alten Frau hochgehoben. Elspeth blieb die ganze Zeit an Gaddys Seite und hielt ihre Hand, während ein paar von Moodies Bediensteten die Matratze waagerecht hielten und die anderen das Bett zügig auseinander bauten, nach draußen trugen und neben dem Cabriolet wieder zusammensetzten. Gaddy wurde in die Matratze gewickelt, ebenfalls durch sämtliche Türen getragen und ganz vorsichtig auf das Bett zurückgelegt. Es waren keine weiblichen Bediensteten dabei, aber Frauen hätten auch nicht rücksichtsvoller und einfühlsamer sein können – zumal ihr Dienstherr allgegenwärtig war und ihnen beim geringsten Feixen oder Grinsen die Ohren lang gezogen hätte.

»Dann los, Männer«, befahl Moodie.

Das Bett wurde hochgehoben, in das ausgehöhlte Cabriolet

gehievt und fest zwischen die sechs Holzblöcke geklemmt und noch zusätzlich mit Riemen fixiert.

Die Männer stiegen wieder vom Wagen, bis auf einen, der am Fußende des Bettes stehen blieb und sich davon überzeugte, dass das Möbel nicht hin und her rutschte.

»Elspeth, hast du irgendwelches Gepäck?«, fragte James Moodie.

»Zwei Schränkchen und eine Tasche.«

»Kümmere dich darum, Marshall«, sagte James Moodie.

Der Diener gehorchte prompt, hob die kleinen Schränkchen nacheinander auf den Wagen und verstaute sie zusammen mit der Stofftasche unter dem Bett.

»Bist du so weit, Elspeth?«

»Ich bin bereit.«

»Dann rauf mit dir auf den Bock«, sagte James und half ihr hinauf.

»Mam! Mam!«, rief Anna und stürzte von Matts Seite auf die Kutsche zu, aber James Moodie versperrte ihr den Weg.

»Du kannst deine Mutter jederzeit besuchen, Mädchen«, sagte er.

»Ich werde sie nie wiedersehen«, heulte Anna.

»Sie.« Er nickte Matt zu. »Kümmern Sie sich bitte um Ihre Frau. Die Patientin darf nicht länger als unbedingt nötig der Kälte hier draußen ausgesetzt sein.«

»Verdammter ...«

»Wie bitte?«

Matt Sinclairs bäuerliche Züge waren verzerrt von unterdrücktem Zorn. Aber er wagte es nicht, gegen die Macht des Webers aufzubegehren. Und genau darum ging es. Genau das sah Matt in der ganzen Aktion. Keine Liebe, keine Achtung und erst recht keine christliche Nächstenliebe. Für ihn war das alles nur eine Zurschaustellung von Macht, subtil und effizient, aber deshalb nicht weniger deutlich.

»Fahr los«, befahl Moodie.

Der Weber stieg selbst nicht mit auf den Bock, sondern ging vor der Kutsche her, als führe er eine Prozession an. Ihm folgten vier Diener in einer Reihe hintereinander, während ein weiterer das Schlusslicht bildete.

Elspeth, die verkehrt herum auf dem Bock saß, hatte keinen Blick übrig für die kleine Hütte, ihre Schwester oder ihren Schwager. Ihre Augen blieben unverwandt auf das Gesicht ihrer Mutter gerichtet, das sich, während rechts und links die Kiefern vorbeihuschten, entspannte und glättete, bis ein friedlicher Ausdruck auf ihren Zügen lag. Es war, als würden der Duft des Herbstmorgens und der klare Herbsthimmel eine schwere Last von Gaddys Brust nehmen und ihr endlich Erleichterung verschaffen.

Sie starb unterwegs, irgendwo auf der Mautstraße.

Elspeth wollte glauben, dass der Tod dort eingetreten war, wo der Weg sich gabelte, der Drumglass durch eine Lücke zwischen den Eichen herabblinzelte und das Farnkraut schimmerte wie Bronze. Aber sicher sein konnte sie nicht, da Mammy kurz vorher mit einem Lächeln auf den Lippen eingeschlafen war.

Gaddy Patterson Cochran wurde am Donnerstagnachmittag auf dem Friedhof der alten Kirche von Balnesmoor bestattet. Es war ein stiller, milder Tag, auch wenn die Sonne nicht schien und sich früh blasser Nebel über den Stoppelfeldern des Tales ausbreitete. Sogar die Argyll-Berge wirkten seltsam fern und flach, als wären sie aus Respekt für die Highlanderin, die einstige Gefährtin des Viehtreibers, zurückgewichen.

William Leggat, selbst nicht bei bester Gesundheit, führte persönlich durch den Trauergottesdienst und las lange aus der Bibel, aus dem Prediger Salomo Lobpreisungen über die Frauen, und hielt eine sonderbare, ein wenig wirre Predigt über den Wandel der Zeiten und verloren gegangene alte Werte und Tugenden.

Dem Gottesdienst wohnten recht viele Männer aus der Gemeinde bei, auch wenn sie Gaddy kaum gekannt hatten. Aber der Gutsverwalter und James Moodie, die sich der Verstorbenen verbunden fühlten, auch wenn streng genommen Matthew Sinclair ihr einziger wirklicher männlicher Verwandter war, hatten die Dorfbewohner mobilisiert.

Matt, der an der Seite seines Vaters in der vordersten Reihe der Trauergäste stand, legte aus reinem Pflichtgefühl heraus eine feierliche Miene an den Tag. Auf der anderen Seite des jungen Waldarbeiters stand ein gebeugter und verschrumpelter Harry Rankellor, der zur Verblüffung des Schwiegersohnes die eine oder andere Träne vergoss und sich laut in ein fleckiges Taschentuch schnäuzte. Noch überraschender war, dass James Simpson Moodie ebenfalls weinte, wenn er seine Tränen auch diskret hinter der ausgebreiteten rechten Hand verbarg. Einige behaupteten hinterher – fälschlich –, dass er auf diese Weise sein triumphierendes Grinsen verbarg, und andere, dass er sich ins Fäustchen lachte, da er die Highlanderin endlich los war, auch wenn es ihm nicht gelungen war, sie aus der Gemeinde zu vertreiben.

Aber Elspeth wusste es besser.

Anna und sie verfolgten die Zeremonie von der Straße jenseits der Mauer aus, wohin die alte Tradition sie verbannt hatte, die Frauen von Beerdigungen ausschloss.

Elspeth sah James weinen. Sie war verblüfft, zweifelte sie doch keine Sekunde daran, dass echte Trauer dem Weber die Tränen in die Augen trieb. Immerhin war Moodie neben Mr. Leggat und Doktor Rankellor der Erste aus Balnesmoor gewesen, der ihre Mammy zu Gesicht bekam. Sie hatte verschiedene Versionen jener dramatischen Nacht vor zwanzig Jahren gehört, in der sie selbst gefunden und gerettet worden war und Gaddy mit Moodie um ihr Schicksal gerungen hatte.

Ihr war auch bekannt, dass Jamie Moodie alles versucht hatte, um das »Findelkind« davor »zu bewahren«, in die Hände einer Viehtreiber-Schlampe zu fallen. Heute sah sie James' damaliges Verhalten in einem anderen Licht, deutete es als übersteigerte Sorge aus einem ausgeprägten Pflichtgefühl heraus. Sie war sicher, absolut sicher, dass James heute in einer ähnlichen Situation ganz anders reagieren würde. Trotzdem waren die Tränen eine Überraschung wie so vieles an James Moodie, waren Teil des Rätsels, das sich ihr erst langsam offenbarte.

Anna weinte bitterlich. Elspeth umarmte und tröstete ihre Schwester, bis Matt durch das Tor trat und ihr diese Pflicht abnahm, so gut er konnte.

Elspeth war weniger aufgewühlt als sie es erwartet hätte. Sie vergoss in der Öffentlichkeit nicht eine Träne. Sie brauchte keine Trauer niederzukämpfen; sie empfand keine.

In gewisser Weise war sie erleichtert, dass es vorbei war, dass Mammy sich nicht endlos hatte quälen müssen. Es machte sie froh zu wissen, dass ihre Mutter dort gestorben war, wo sie es sich gewünscht hätte, auf offener Straße und unter freiem Himmel, nicht weit weg vom Nettleburn, wo sie vor so vielen Jahren ihre Chance genutzt und ihr Glück gefunden hatte. Das war keine Illusion. Elspeth machte sich nichts vor und hatte auch nicht Annas Neigung, in Klischees zu denken und die Vergangenheit neu zu stricken, als könne sich niemand mehr an die Fakten erinnern.

Elspeth wohnte seit jenem Tag als Gast James Moodies und seiner Mutter auf Moss House. Gaddy war dort, in einem lang gezogenen Raum, in einem feinen, mit Samt ausgeschlagenen Sarg, der ausgepolstert war mit Leinensäckchen voller getrocknetem Lavendel, aufgebahrt worden wie eine Blutsverwandte. Gleich würde sie, Elspeth, nach Moss House zurückkehren, zusammen mit James – und Gaddy würde hier zurückbleiben. Gaddy hatte nie dort gelebt. Die Erinnerung an ihre Mutter war ausschließlich mit dem Berg verknüpft. Sie spürte, dass Gaddy nie weit weg sein würde, solange sie auf das sonnenbeschienene Moor oder den mit frühem Schnee bestäubten Drumglass blicken konnte.

Die Schwestern trennten sich am Tor. Mr. Sinclair ging mit den meisten anderen Männern auf ein Glas Bier und einen Schluck Whisky in den Ramshead, nachdem er dafür gesorgt hatte, dass Matt seine Frau heimbrachte und mit ihr im Haus der Sinclairs wartete.

James seinerseits schenkte seine ganze Aufmerksamkeit Elspeth und schlenderte mit ihr völlig ungeniert die Bonnywell entlang, vorbei an dem Cottage, in dem er seinerzeit so geschuftet hatte.

»Bist du sehr unglücklich, Elspeth?«, fragte er.

»Seltsamerweise nicht.«

»Ich werde für dich sorgen, weißt du.«

»Ja«, entgegnete sie distanziert.

Aber jene, die aus den kleinen Fenstern schauten, die einst die Gesichter Moodies und seiner Familie eingerahmt hatten, konnten nicht glauben, dass nur zwanzig Jahre das ehemalige Kirchenratsmitglied in einen Gentleman verwandelt haben sollten, und so wunderten sie sich über das verschlungene Muster, das Jamie Moodie und Gaddy Pattersons Findelkind miteinander verwoben hatte. Sie wussten keine Antwort, keine Lösung – und Moodie selbst ging es nicht anders. Es gab keine einfache Antwort. Einfache Antworten waren etwas für einfache Menschen, und Moodie, ein reifer Geschäftsmann, war alles andere als das. Tiefgang und Komplexität seines Charakters waren ihm nach außen hin nicht anzusehen. Und so war seine Zuneigung zu der jungen Frau nicht gespielt, und er beabsichtigte auch nicht, ihr weh zu tun. Und bei alledem hatte Gaddy Pattersons Tochter keine Vorbehalte wegen der Vergangenheit, Dinge, die sie doch nicht verstand und die zu einer Lebensart gehörten, die lange aus der Mode gekommen war wie schwarze Pantalons und hessische Stiefel, derb und unförmig, aber bequem.

Auf Moodies Weisung hin war Gaddy ganz in der Nähe der letzten Ruhestätte des jungen Mädchens beerdigt worden, das Elspeth' leibliche Mutter gewesen war. Vielleicht war es auch Zufall, da der Friedhofswächter für Arme und Mittellose keinen speziellen Platz vorgesehen hatte; zu Jamie Moodies Zeiten waren alle gleich gewesen im Angesicht Gottes und in den Augen des Kirchenrates, wenn das Kirchenratsmitglied diese Art der Demokratie seinerzeit auch nicht gutgeheißen hatte. Coll Cochran war ebenfalls im selben Abschnitt beerdigt. Auf der gegenüberliegenden Seite hatte Moodie bereits vor langer Zeit drei Gräber für sich, seine Mutter und seine Frau reserviert. Niemand, nicht einmal der ausgefuchste Gutsverwalter, hatte damals etwas dazu gesagt, und weder eine Kette noch eine sonstige Abtrennung deutete darauf hin, wem die Gräber gehörten oder wer dort seine letzte Ruhe finden würde.

Jedoch war es, als hätte James Simpson Moodie über Elspeth' Leben bestimmt, als hätte er bereits so viel Macht über sie, dass er ihr sogar vorschreiben konnte, wo sie nach ihrem Tod ruhen würde.

An diesem Abend schickte James Simpson Moodie seine Mutter schon früh auf ihr Zimmer. Er wollte allein mit Elspeth in dem hübschen getäfelten Esszimmer speisen. Es war angenehm warm dort, da im Kamin ein Kohlefeuer brannte, und neue lange schlanke Kerzen steckten in den Kandelabern. James' Vorschlag folgend trug Elspeth keine Trauerkleidung, sondern ihr bestes Kleid; morgen würde es immer noch früh genug sein, dunkle Kleidung zu tragen und um Gaddy zu weinen.

Gegen Ende des Dinners, als die Dienerschaft sie allein gelassen hatte, sagte James: »Ich bedaure sehr, dass deine Mutter nie hier gelebt hat.«

»Warum, James?«

»Ich weiß es nicht. Es wäre ...« Er beendete den Satz nicht.

»Es war besser so. Ich meine, dass sie so gestorben ist, draußen im Freien.«

»Sie hätte sich mit meiner Mutter über die alten Zeiten unterhalten können, und wir hätten ihnen zugehört und aus ihren Erzählungen gelernt.«

Die junge Frau blickte zu ihm auf. »Dass Mammy gestorben ist, bevor wir sie hier unterbringen konnten ... das ändert nichts zwischen uns.«

Moodie zögerte. Es kostete ihn große Überwindung, das Folgende auszusprechen.

»Du brauchst dich nicht an dein Versprechen gebunden zu fühlen.«

»Möchtest du nicht, dass ich bleibe?«

»Doch, natürlich.«

»Und du möchtest mich auch noch heiraten?«

»Sobald der Anstand es erlaubt.«

»Und wann wäre das?«

»In fünf oder sechs Monaten, würde ich sagen.«

Sie musterte ihn forschend, aber sein Gesichtsausdruck war unergründlich, zeigte nichts von seinen Gefühlen für sie. Sie musste auf sein Wort vertrauen. Aber sie spürte in ihm eine leise Nervosität, die sie beinahe ebenso überraschte wie es die Tränen am Grab ihrer Mutter einige Stunden zuvor getan hatten.

»In meinem Alter wage ich es nicht, allzu lange zu warten«, scherzte er. »Bis dahin bleibst du hier wohnen.«

»Das gehört sich aber nicht.«

»Und wo willst du sonst hin?«

»Meine Schwester ...«

»In diesen Schweinestall auf Ottershaw. Großer Gott, Kleines, ich werde nicht zulassen, dass meine Braut von dieser schäbigen Hütte zum Altar kommt.«

»Ich bin in einer solchen schäbigen Hütte aufgewachsen, James.«

»Du wirst hier bleiben. Sollen sie sich doch die Mäuler zerreißen. Meine Mutter wird als deine Anstandsdame fungieren. Du kannst ja ihr Gast sein, wenn du nicht der meine sein willst.«

»Du hast meine Mutter nie gemocht, habe ich Recht?«, fragte Elspeth übergangslos.

Moodie zog überrascht die Brauen hoch. Er zögerte wieder und zuckte dann mit den Achseln. »Ich habe sie nie verstanden.«

»Und darum hast du einen Groll gegen sie gehegt.«

»Vielleicht, ja.«

»Warst du eifersüchtig auf meinen Vater?«

Elspeth' Beobachtungsgabe war beinahe unheimlich, aber James wich der Frage nicht aus.

»Mag sein.« Er schüttelte den Kopf. »Nein, nicht eifersüchtig. Ich dachte, dass er, Cochran, etwas hätte, das ich für mich haben wollte. Das erwies sich als Irrtum. Sie wirkte so, so verdammt frei, deine Mutter. Das hat sie ihm gegeben. Du wirst das nicht verstehen.«

»Frei? Ich weiß nicht, was du meinst.«

»Sie ließ sich von niemandem etwas vorschreiben. Das ist eine Macht an sich, glaub mir.«

»Sie hat hart gearbeitet für das, was du Freiheit nennst.«

»Zweifellos.«

»Ich verstehe nicht, warum du mich heiraten willst.«

»Weil ich dich liebe.«

»Ich bin nicht Gaddys Tochter, und Coll war auch nicht mein Vater. Meine Herkunft ist ein großes Fragezeichen, James.«

»Vielleicht. Aber nicht für mich. Komm, es war ein anstrengender Tag. Du musst zu Bett gehen und ausruhen.«

»Ja«, entgegnete Elspeth gehorsam.

James öffnete die Esszimmertür. »Brauchst du ein Mädchen?«

»Ich komme sehr gut allein zurecht. Das bin ich immer.«

»Ich habe eine Lampe auf dein Zimmer bringen und Feuer im Kamin machen lassen, um dir eine kleine Freude zu machen.«

Elspeth hielt inne und küsste ihn auf die Wange. Der Kuss war höflich, aber ohne jede Wärme. James zog dies vor. Mit der Zeit würde sie ihre Gefühle vielleicht eher zeigen können und dankbar sein für all das, was er ihr geben würde. Dann würde sie ihn brauchen, zu seinen Bedingungen, auf eine Art und Weise, die ihn nicht seiner Macht beraubte.

Nach dem Kuss sagte Elspeth gute Nacht und stieg die Treppe hinauf zum Schlafzimmer im ersten Stock des Hauses. James blieb auf dem Flur im Erdgeschoss zurück und blickte ihr nach, bis zwei Hausangestellte im düsteren Küchendurchgang auftauchten.

Er zuckte zusammen, als schreckte er aus einer Art Trance auf, und sagte: »Ja, ihr könnt jetzt den Tisch abräumen.«

Er folgte dem Durchgang und einem kürzeren Flur zu einem schmalen holzgetäfelten Zimmer, in dem er Geschäftsunterlagen aufbewahrte sowie in einer Stahlkiste verschiedene persönliche Unterlagen zwischen den Seiten der Firmenbücher. Kein Diener außer Tolland durfte den Raum betreten, und nicht einmal Tolland hatte einen Schlüssel zum Schreibtisch. Diese Kammer war Geschäften der vertraulichsten Art vorbehalten.

Er schenkte sich aus einer Karaffe, die auf dem Schreibtisch stand, ein Glas Whisky ein und gab Wasser aus einem Krug hinzu, den Tolland erst an diesem Abend aufgefüllt hatte. In der niedrigen Feuerstelle mit dem Eisenrost glühten Kohlen. James Moodie zündete eine Öllampe an, nahm auf dem einzigen Stuhl im Raum Platz, einem ungepolsterten Möbel, dessen Rückenlehne mehrere Querstreben aufwies, knöpfte den Rock auf und legte die Füße auf den Tisch. Er trank einen Schluck und ließ den Kopf zurücksinken.

Über seinem Kopf knarrten Dielen. Moodie lächelte, und plötzlich erfüllte sentimentale Wärme seine Augen.

»Gott!«, flüsterte er. »Gott, endlich ist sie hier.«

Die Schritte von oben waren leise, leichtfüßig und rastlos. Ja, dachte Moodie, Elspeth wird heute Nacht kaum ein Auge zutun. Er war vertraut mit Schlafstörungen, nächtlichen Seelenqualen, Schuldgefühlen und Ängsten, die nach dem Löschen des Lichts kamen, sobald man den Kopf auf das Kissen sinken ließ, als hätten alle guten und schlechten Taten ein Sediment hinterlassen, das nun das Hirn einnebelte.

Moodie nippte noch einmal an seinem Whisky, stellte dann impulsiv das Glas beiseite und nahm die Füße vom Tisch. Er kniete sich vor den Tresor, nahm einen Schlüssel aus der Uhrentasche seiner Weste und steckte ihn in das herzförmige Schloss. Langsam hob er den Deckel der Stahlkiste an. Ohne Zögern streckte er die Hand nach dem Buch mit dem abgewetzten Schaflederinband aus. Er schlug das Buch mit dem Zeigefinger auf und nahm vorsichtig das Blatt heraus, das er vor so vielen Jahren aus dem Gemeinderegister entwendet hatte. *Sein* Blatt, bedeckt mit einer seltsam kindlichen Schrift, die jedoch sauber und gut leserlich war.

Es ging ihm um einen bestimmten Eintrag, auf den er nun den Finger legte.

11. November im Jahr des Herrn 1791
Kosten für einen Sarg für eine verhungerte Fremde
unbekannter Herkunft: 6 Schillinge 8 Pence.

Schriftführer Moodie hatte seinerzeit emotionslos Buch geführt – oder zumindest hatte er so getan.

Jetzt starrte James Simpson Moodie auf das Blatt, als wollte er die Lüge auslöschen, die er vor all den Jahren niedergeschrieben hatte, die Lüge, die er sein halbes Leben zu vergessen versucht hatte. Sollte er das Blatt vernichten? Wozu brauchte er es noch, jetzt, da Elspeth unter seinem Dach weilte? Sollte er das Blatt nicht am besten zerknüllen, auf die Kohlen legen und zusehen, wie es zu grauer Asche zerfiel? Er zögerte, seufzte und legte es dann zurück an seinen Platz. Mit einem dumpfen Knall klappte er den dicken Band zu, legte ihn zurück in die Kiste und schloss den Deckel.

Er spitzte die Ohren. Von oben war kein Laut zu hören. Er lauschte angespannt und starrte an die Deckenbalken. Die Stille, ihre Stille, ließ irrationale Panik in ihm aufsteigen. Hastig schloss er die Kiste ab, richtete sich auf und eilte aus seinem Arbeitszimmer und den Flur hinunter bis zur Treppe.

Was kümmerte es ihn, dass die Dienstboten ihn hörten und ihn auslachten wegen seiner Ängste? Zum Teufel mit ihnen, sollten sie sich doch das Maul zerreißen. Niemand würde es wagen, in seiner Gegenwart zu grinsen oder auf die junge Frau herabzusehen, die bald seine Frau und somit ihrer aller Herrin sein würde. Nach der Heirat würde die Fantasie der Mädchen durch weit mehr beflügelt werden als durch Lärm auf der Treppe. Endlich war sie sein, und er würde sie nie wieder loslassen, auch wenn das einen Gesichtsverlust bedeutete, Getuschel und den Tausch einer Todsünde gegen eine andere.

In der Halterung auf dem Flur brannte eine einzelne Kerze. Vorsichtig nahm James Moodie sie heraus und trug sie zwischen Daumen und Zeigefinger nach oben. Er war beinahe auf dem oberen Treppenabsatz angelangt, als er sie sah. Ihm stockte der Atem vor ehrfürchtigem Staunen, da sie völlig still und blass wie ein Geist auf dem Sitz unter dem hohen Bleiglasfenster saß, von dem aus man über den Garten und bis hinauf zum dunklen Hügel des Moores sehen konnte.

Sie trug ein Nachthemd und hatte sich einen Schal lose um die Schultern gelegt. Beine und Füße waren nackt.

In diesem Augenblick erinnerte sie ihn an ein anderes Mädchen.

Unsicher fragte er: »Elspeth, bist du das?«

»Ja, James.«

»Was ... was ist denn? Stimmt etwas nicht?«

»Ich kann noch nicht schlafen.«

Obgleich James Moodie den Treppenabsatz betrat, wagte er es nicht, sich ihr weiter zu nähern.

Ein Luftzug, der durch das offene Fenster hereinwehte, neigte die Kerzenflamme und trug frische Herbstgerüche ins Haus. In einer Ecke des Fensters konnte er den großen runden buttergelben Mond sehen. Erntemond gleich Liebesmond, hieß es volkstümlich, aber es war auch ein Mond, bei dem es sich gut träumen ließ. Elspeth' Träume würden sich niemals so erfüllen wie seine in Erfüllung gegangen waren. Er konnte nicht sicher sein, dass er sie nicht vernichten würde. Er liebte sie zu sehr, um Versprechungen zu machen; zu sehr und zu selbstsüchtig. Aber wie sollte er vernünftig sein, nachdem er zwanzig Jahre mit Schuldgefühlen gelebt hatte, mit einem tiefen Schmerz und einem schrecklichen Geheimnis.

»Ich schnappe gerne frische Luft, bevor ich schlafen gehe«, sagte sie. »Siehst du, wie hell der Mond heute ist?«

»Fast zu hell«, sagte er. »Bleib nicht zu lange in der Kälte sitzen.«

»Nein, versprochen.«

»Gute Nacht, Liebste.«

»Gute Nacht, James.«

Die Art, wie sie ihn ansah, scheu und doch erwartungsvoll, verriet ihm, dass sie seine Berührung brauchte, einen Kuss, der ihr Trost und Sicherheit schenkte. Er brachte es jedoch nicht über sich, sie zu küssen, wagte es nicht. Und so sagte er nur noch einmal knapp gute Nacht, wandte sich ab und ging zurück nach unten, die junge Frau allein mit ihren Träumen zurücklassend.

Auf dem Flur wandte er den Kopf und musterte sie beinahe verstohlen im silbrigen Mondschein. Nein, vor Elspeth brauchte er sich nicht zu fürchten, vor ihr am allerwenigsten. Endlich war er in Sicherheit. Niemand, kein Mensch auf der ganzen Welt, wusste um sein Geheimnis. Kein Mensch würde je eingeweiht sein in die Scham des weit zurückliegenden Verbrechens oder um das Verbrechen wissen, das er noch begehen würde. Ja, jetzt war sie sein und würde es immer bleiben. Endlich hatte James Simpson Moodie seine Tochter nach Hause geholt.

Der Stoff, aus dem die Bestseller sind.
»Besser kann man nicht erzählen.«

THE BOOKSELLER

Tamara McKinley
ANEMONEN IM WIND
Roman
432 Seiten
ISBN 3-404-15276-X

Auf einer Farm in der Wildnis Australiens kämpft die junge Ellie gegen die Naturgewalten – und für ihre Liebe zu Joe, der in den Krieg gezogen ist. Erst als Charlie, Joes Zwillingsbruder, schwer verwundet von der Front zurückkommt, wird ihr Glauben an ein Glück mit Joe erschüttert. Ellie ist hin und her gerissen zwischen ihrer Treue zu Joe und der Zuneigung für Charlie – einen Mann, der schon immer besitzen wollte, was seinem Bruder gehört ... Einmal mehr verzaubert uns Tamara McKinley mit den Farben, Düften und Klängen Australiens – in einem ergreifenden Buch über die Macht der Liebe und den Trost der Hoffnung, das bis zum überraschenden Ende gefangen nimmt.

Bastei Lübbe Taschenbuch

Große Gefühle sterben nie:
Dieses Buch ist ein richtiger Schatz!

Marcia Willett
EIN HAUS
IN CORNWALL
Roman
464 Seiten
ISBN 3-404-15246-8

In einem einsam gelegenen Landhaus in Cornwall, das zum Verkauf steht, trifft die Städterin Melissa den Architekten Rob, der das Anwesen liebevoll restauriert hat. Melissa ist sofort verzaubert, und das nicht nur von dem malerischen Cottage. Als ein Schneesturm die junge Frau und den sympathischen Rob in dem Haus überrascht und tagelang von der Außenwelt abschneidet, kommen sich die beiden näher und schmieden schon bald Pläne. Pläne für eine Zukunft, die Melissa nicht hat ... Doch sie findet einen Weg, Rob ihre Liebe zu zeigen.

Bastei Lübbe Taschenbuch